Crissy Catella

Das Vermächtnis der Arassis

Die Macht der Zwei vereint

Crissy Catella

Das Vermächtnis der Arassis

Die Macht der Zwei vereint

Roman

fehu

... für meine geliebte Familie.

1. Auflage 2018

fehu ist das Fantasy-Label des familia Verlages, Leipzig

Umschlaggestaltung & Illustration:
Illustration & Game Design Petra Rudolf, Berlin
Abbildungen: KochDialog Agentur für Raffinierte Kommunikation, Leipzig
Bildnachweis Seite 473 upload.wikimedia.org
Lektorat: Dr. Mona Dertinger, Mannheim
Satz: Uhl + Massopust, Aalen
ISBN: 978-3-96131-061-6
Printed in Europe

www.fehu-fantasy.de
www.crissycatella.com

Der Zug des Herzens
ist des Schicksals Stimme.

Friedrich Schiller

Fakt

Seit Anbeginn der Zeit leben zum einen magisch begabte Talenter und zum anderen einfache Menschen auf der Erde. Jahrhundertelang hatte der übermächtige Zeus für das friedliche Zusammenleben beider Lebensformen gesorgt und das irdische Miteinander an den Grundbausteinen der Gerechtigkeit und Nächstenliebe ausgerichtet.

Doch dann geschah das Unfassbare: Zeus starb, und sein plötzlicher Tod hatte verheerende Konsequenzen. Niemand war in der Lage, unvorbereitet an seine Stelle zu treten. Binnen kürzester Zeit begann in den Reihen der Talenter eine fatale Lücke zu klaffen, die einen blutigen Krieg zwischen Gut und Böse zur Folge hatte. Das irdische Gleichgewicht war aus den Fugen geraten.

Nunmehr steht der Weltfrieden auf dem Spiel. Der Elysische Bund, eine im Untergrund operierende Geheimorganisation, setzt seither alles daran, die Menschheit zu versklaven und die Herrschaft über die Erde an sich zu reißen. Und um dieses Ziel zu erreichen, ist den Elysiern jedes Mittel recht. Einzig und allein die Anhänger der Arassis-Dynastie und der Glaube an die Prophezeiung des Orakels Sibylle gelten als letzte Hoffnung für die Menschheit.

Prophezeiung der Sibylle

Tapfere Seelen,
unschuldig und rein,
haben die Macht,
die Menschheit von der
Knechtschaft des Bösen
zu befreien.
Aus der Blutlinie
allen Ursprungs emporgestiegen,
haben sie die Kraft zu siegen

Prolog

Arassis-Anwesen
White Cliffs of Dover – England
Einundzwanzigstes Jahrhundert
Unzählige Jahre nach Zeus' Tod
In der Vergangenheit

Es ist nunmehr fast zwölf Jahre her, dass das Schicksal der Menschheit an einem bitterkalten und stürmischen Wintertag im Arassis-Anwesen an den White Cliffs of Dover besiegelt wurde. Es geschah an einem Tag im Dezember, an dem beim mächtigen Talenter-Ehepaar Mara und Alexis Arassis aber auch einfach alles schiefzulaufen schien.

Schon in aller Herrgottsfrühe hatten sich die beiden Talenter aufgrund eines erneuten Anschlages des Elysischen Bundes gezwungen gesehen, eine außerordentliche Versammlung aller Anhänger der Arassis-Dynastie in ihrem herrschaftlichen Landsitz einzuberufen. Und diese würde nun heute um genau einundzwanzig Uhr abends stattfinden. Sollte sich Alexis' Vermutung nämlich bewahrheiten – und davon war leider auszugehen –, befand sich die Weltbevölkerung in akuter Gefahr und es musste dringend gehandelt werden. Hoffentlich war es dafür noch nicht zu spät. Und da diese Schreckensnachricht offenbar nicht genug der Last für die Familie Arassis war, hatte sich obendrein auch noch die Nanny ihrer beiden Kinder krankgemeldet, die heute aufgrund der anstehenden Versammlung deren Nachmittags- und Abendbetreuung hätte übernehmen sollen. Nun galt es also gleichzeitig Beschützer der Erde *und* liebevolle Eltern zu sein – eine fast unmögliche Herausforderung, wie es schien.

Aber immerhin ein wenig Glück war Alexis und Mara heute gegönnt: Da die vierjährigen Zwillinge Nico Alechandro und Lavinia am späten Nachmittag beim Spielen mit ihrer Modelleisenbahn unerwartet eingeschlafen waren, fand das Ehepaar noch vor Beginn der geheimen Versammlung Gelegenheit, in ihrem Büro ein Gespräch unter vier Augen zu führen. So konnten Mara und Alexis die beunruhigende Sachlage wenigstens dennoch wie geplant im Voraus miteinander besprechen und gemeinsam eine Strategie zur weiteren Vorgehensweise entwickeln.

»Alexis, wenn du wirklich richtigliegst und die Absichten der Elysier durchschaut hast, musst du die Artefakte zerstören«, forderte die junge Frau gerade außer sich vor Angst von ihrem Mann, ehe sie innehielt und haltsuchend nach seinem muskulösen rechten Oberarm griff. »Du musst mich stützen. Ich fühle mich schon wieder unwohl und mir ist schwindelig.«

»Oh, meine Liebste… Komm, du musst dich setzen.« Kummervoll betrachtete Alexis Arassis seine Frau, während er mit seiner freien Hand einen Stuhl herbeizauberte und Mara, die sich inzwischen kaum noch auf den Beinen halten konnte, dabei half, Platz zu nehmen.

Was war bloß seit einigen Stunden mit der jungen Frau los? Pausenlos – um präzise zu sein, schon seit dem Aufstehen heute um sechs Uhr früh – wurde die Talenterin von furchtbaren Bildern heimgesucht. Ständig schwirrten leidende und sterbende Menschen in ihrem Kopf herum. Überall sah sie Blut, Trümmer und von blankem Entsetzen gezeichnete Gesichter.

»Hoffentlich steht uns heute Abend keine weitere Hiobsbotschaft bevor«, seufzte Mara schwermütig, während sie um Fassung rang und sich selbst zu beruhigen versuchte. Obwohl sie nicht sagen konnte, ob diese Sinneseindrücke bloße Einbildungen, düstere Vorahnungen oder schlichtweg die ersten Anzeichen einer Überarbeitung waren, wusste sie eines gewiss: »Der verheerende Anschlag der Elysier – der todbringende Tsunami heute Morgen – war sicherlich nicht der Gipfel der Grausamkeit des Bundes … Ich bin so froh, dass wir die Flutwelle wenigstens abmildern konnten.«

Tröstend strich der Krieger seiner engelsgleichen Frau sanft über das lang gelockte braune Haar. Er machte sich ebenfalls große Sorgen – nicht nur um Mara und die Kinder, sondern vor allem auch um die Menschheit. Irgendein Unheil, da war er sich ganz sicher, rollte mit horrender Geschwindigkeit auf das Arassis-Anwesen zu, doch Alexis wusste weder was es war, noch wann es Dover erreichen würde. Schon seit Wochen verfolgte ihn im Traum nämlich immer wieder dieses eine Bild … das Bild von seinem eigenen Tod. Sollte sich diese traurige Vorhersehung tatsächlich in Realität wandeln, würde das Erbe der Prophezeiung auf seine erst vierjährigen Kinder übergehen – allein die Vorstellung verursachte in ihm ein beklemmendes Gefühl. Er durfte gar nicht darüber nachdenken, welchen Gefahren seine Zwillinge dann ausgesetzt wären.

Ob Alexis seiner Gemahlin von seinen Befürchtungen erzählen sollte? ›Lieber nicht‹, entschied er nach kurzem Überlegen, schließlich wollte er Mara nicht noch mehr Angst einjagen. »Alles ist gut, mein Schatz, gleich geht es dir wieder besser«, sagte er stattdessen in ruhigem Tonfall, während er ihre Hand hielt und nachdenklich zu den beiden antiken Gegenständen starrte, die in der gläsernen Vitrine in der Mitte des Raumes aufbewahrt wurden. Der junge Mann musste sich etwas einfallen lassen, um die Artefakte in Sicherheit zu bringen, und zwar schnell …

»Nichts ist gut, Alexis!«, konterte Mara sogleich angespannt, fast als könnte sie spüren, dass er ihr irgendetwas verschwieg. »Falls es diesen Tyrannen wirklich gelingt, mit Kronos' Stundenglas in die Vergangenheit zu reisen und Pandoras Büchse zum richtigen Zeitpunkt, also noch bevor die Hoffnung aus ihr entweichen kann, zu zerstören, wäre die Weltbevölkerung auf ewig verloren! Der Bund würde sie restlos versklaven! Aber das dürfen wir nicht zulassen! Alexis, ich flehe dich aus ganzem Herzen an, die Artefakte zu vernichten! Und zwar sofort!«

Vehement schüttelte der direkte Nachfahre des Zeus den Kopf. »Nein, mein Schatz, was du da von mir verlangst, ist unmöglich! Das geht nicht! Für die vollständige Zerstörung brauche ich Zeit, und diese fehlt mir im Moment an allen Ecken und Enden. Ich mache keine halben Sachen, das weißt du. Aber hab keine Angst, das Anwesen ist gut geschützt. Ich habe den magischen Wall um unser Zuhause bereits verstärkt. Hier sind die Gegenstände, zumindest vorerst, in Sicherheit, glaub mir! Und sobald sich die gegenwärtige Lage entspannt hat und wir den Stützpunkt des Elysischen Bundes gefunden haben, kümmere ich mich um den Rest«, versuchte Alexis seine geliebte Ehefrau zu beruhigen. Insgeheim zweifelte er jedoch selbst an seinen Worten… Ob es vielleicht doch an der Zeit war, den *einen* Zauber auszusprechen? Alexis war sich nicht sicher…

Mara schien mit der Aussage ihres Mannes jedoch mehr als unzufrieden zu sein, was abrupt ihren Kampfgeist zurückkehren ließ. Trotz ihres körperlichen Befindens stand die junge Frau entschlossen auf und blickte Alexis tief in die Augen. »Du verstehst nicht… hör mir zu: Ich weiß nicht warum, aber irgendetwas sagt mir, dass du *heute* handeln musst! Mir ist klar, dass unser Heim von einem mächtigen Schutzschild umgeben ist, doch sicher ist sicher! Wenn du glaubst, dass eine Zerstörung der Artefakte kurzfristig unmöglich ist, dann glaube ich dir natürlich. Aber du kannst doch bestimmt noch irgendetwas anderes als bloß die Verstärkung des Zauberwalls unternehmen, um die Gegenstände zu beschützen, oder etwa nicht?« Fordernd sah die junge Frau ihrem Mann ins Gesicht. »Und wie ich dich kenne, hast du garantiert auch schon eine Lösung parat, oder …?« Ein Flehen lag in ihrer Stimme.

Umgehend verhärteten sich die Gesichtszüge des jungen Kriegers – nun galt es also wirklich das zu tun, was er bisher stets hatte vermeiden wollen. »Also gut … es … es gibt tatsächlich eine einzige Sache, die möglich wäre«, antwortete er mit ernster Stimme, nachdem er sich dazu entschieden hatte, Mara zumindest teilweise in sein Wissen einzuweihen. »Apparete!«, sprach er den Zauber, und nur einen Moment später hielt er ein altes, golden schimmerndes Buch mit dem Titel »Das Buch des Ursprungs« in den Händen.

Hastig begann Alexis Arassis darin zu blättern – so lange, bis er eine ganz bestimmte Stelle gefunden hatte. »Hier«, sagte er schließlich und bedeutete seiner Frau, den besagten Absatz zu lesen. »Ich könnte die Gegenstände mit dem sogenannten Zeusenium, dem mächtigsten aller Schutzzauber, belegen. Die Büchse der Pandora und das Stundenglas des Kronos würden damit vollständig vom Radar verschwinden. Sie wären für die Elysier unerreichbar und sicherer als in jedem Tresor der Welt«, erklärte er nach einer Weile. ›Nun ja … zumindest für einige Zeit …‹, fügte der Krieger still und heimlich in Gedanken hinzu, da er wusste, dass seine Widersacher bestimmt irgendwann einen Weg finden würden, um die Verstecke der Gegenstände dennoch ausfindig zu machen. Aber aussprechen konnte und wollte er diese Befürchtung in Anwesenheit seiner Ehefrau nicht.

Mara fing augenblicklich zu grinsen an. »Wusste ich es doch! Das ist perfekt! Und wenn sich die Lage hier erst mal wieder beruhigt hat, dann kannst du die Artefakte zerstören und …« Bereits nach einem kurzen Moment der Begeisterung verstummte die Talenterin jedoch wieder und wurde skeptisch, denn irgendetwas an Alexis' Mimik verhieß nichts Gutes – er sah so… bedrückt aus. »Sag schon, wo ist der Haken?«, wollte Mara daher wissen. »Warum hast du diesen Zauber bisher nicht in Erwägung gezogen? Du verschweigst mir doch etwas.«

Zögerlich nickte Alexis. »Leider liegst du mit deiner Annahme richtig. Ich habe diesen Schutzzauber nur aus einem ganz bestimmten Grund noch nicht angewendet…« Er verstummte, denn wieder musste er an seine Vorhersehung, an seinen eigenen Tod und das Erbe seiner Kinder, denken…

»Und der wäre?«, hakte Mara neugierig nach und befürchtete bereits, dass ihr seine Erklärung ganz und gar nicht gefallen würde.

Was sollte Alexis seiner Frau nur antworten? Er war noch nicht bereit, sie in alles einzuweihen. »Dass… dass… dass ich mir eigentlich geschworen habe, diesen Spruch niemals zu wirken«, startete er seine Erklärung, ehe er etwas konkreter wurde. »Der allmächtige Zeusenium-Zauber ist nämlich an das Blut der Arassis-Dynastie gebunden. Sollte… mir etwas zustoßen, dann wären ausschließlich Nico Alechandro und Lavinia dazu imstande, die Gegenstände zu finden und zu zerstören. Nicht einmal du, Rupert oder Mikelo könntet etwas ausrichten«, seufzte Alexis sichtlich besorgt. »Und dieser Gefahr wollte ich unsere Kinder niemals aussetzen. Die Kleinen würden Aufgaben bewältigen müssen, die tödlich enden könnten! Aber offensichtlich bleibt mir nun keine andere Wahl mehr… Ich *muss* die Artefakte wohl mit diesem Zauber belegen und…« Doch er sprach nicht weiter, denn Mara schüttelte bereits kreidebleich den Kopf.

»Alexis, wovon sprichst du? Dir wird nichts zustoßen! Wieso redest du derart wirres Zeug? Der Zauber soll doch nur als zusätzliche Schutzvorkehrung dienen, bis du die Gegenstände zerstört hast, mehr nicht! Du hast vorhin selbst gesagt, dass unser Anwesen gut geschützt ist. Vertrau auf dich und deine Fähigkeiten! Und nun hör auf, schwarzzumalen! Du machst mir Angst! Bald wirst du die Artefakte vernichten können. Komm, ich helfe dir nun bei der Durchführung des Zaubers. Lass mal sehen, was wir dafür benötigen.«

Entschlossen begann Mara sogleich aufmerksam im »Buch des Ursprungs« zu lesen. »Das wird knapp!«, sagte sie nervös, als sie ihre Nachforschungen nach einer Weile beendet hatte. »Wenn wir bis zum Eintreffen unserer Verbündeten fertig sein wollen, müssen wir uns tunlichst beeilen.«

»Das ist korrekt«, antwortete Alexis inzwischen wieder vollkommen gefasst. Seine düsteren Gedanken hatte er fürs Erste aus seinem Geist verdrängt. Nun galt es zu handeln. »Dann lass uns beginnen!«, sagte er voller Tatendrang, da er hoffte, dass er vielleicht doch noch etwas Zeit haben würde, um zumindest einige Hilfestellungen für seine Kleinen in den Zauber einzuweben. Es war seine Pflicht, ihnen zur Seite zu stehen …

Konzentriert machte sich das Ehepaar keine zehn Minuten später auch schon an die Arbeit, und nachdem Mara alle notwendigen Hilfsmittel herbeigezaubert hatte, begann Alexis mit dem Wirken des mächtigen Spruches, damit er noch vor dem Eintreffen der ersten Gäste seine volle Schutzkraft entfalten konnte. Somit sollten die Büchse der Pandora und das Stundenglas des Kronos ausreichend geschützt sein, bis sich das Ehepaar Arassis ihrer finalen Zerstörung würde widmen können.

Leider sollte es dazu nicht mehr kommen … Denn bereits wenige Stunden nachdem die beiden den mächtigen Zauber gewirkt hatten, bewahrheitete sich Alexis' Vorahnung aufs Schrecklichste. Noch während die am Morgen einberufene geheime Versammlung in vollem Gang war, fand ein verheerender Anschlag auf das Arassis-Anwesen statt, bei dem trotz aller Schutzvorkehrungen nicht nur der direkte Nachfahre des

Zeus, sondern auch seine geliebte Ehefrau und viele ihrer Verbündeten auf grausamste Weise ihr Leben verloren.

Von einer auf die andere Sekunde waren Maras und Alexis' kleine Kinder zu Waisen und Schutzpatronen der Menschheit zugleich geworden. Seither liegt das Schicksal der Erde in den Händen von Nico Alechandro und Lavinia Arassis. Sie allein haben nunmehr die Macht, den Elysischen Bund zu besiegen und die Menschheit vor dessen Grausamkeiten zu bewahren.

1

Eine aussichtslose Herausforderung

Arassis-Anwesen
White Cliffs of Dover – England
Zwölf Jahre nach dem Tod von Mara und Alexis Arassis
31. Juli
In der Gegenwart

Ich weiß nicht, wie lange Lavinia, Sebi, Mary und ich heute bereits hier im Gemeinschaftsraum sitzen und uns die Köpfe zerbrechen. Vier, fünf oder gar sechs Stunden? Ich habe inzwischen jedenfalls nicht nur jegliches Zeitgefühl, sondern auch meine Geduld verloren. Mittlerweile bin ich so verärgert, dass ich aus der Haut fahren könnte. Mein braunes Haar steht vom vielen Nachdenken in alle Richtungen ab, und meine Finger kribbeln regelrecht vor Anspannung und Nervosität. Am liebsten würde ich dieses verstaubte alte Stück Papier, das wir nun schon seit Wochen erfolglos zu entschlüsseln versuchen, in tausend Teile zerreißen und diese am besten auch gleich noch verbrennen. Alles ist so zermürbend, denn diese Karte ist und bleibt ein einziges Rätsel! Wobei *Karte* hierfür wohl auch das falsche Wort ist, denn das würde ja bedeuten, dass darauf wenigstens *irgendetwas* zu sehen sein müsste.

»Aber da ist einfach nichts, rein gar nichts!«, stelle ich frustriert und zum wiederholten Male an diesem ungewöhnlich heißen Julitag fest und blicke genervt von der bequemen Ledercouch aus zum Fenster hinüber, um das Spiel der Wolken am Himmel zu beobachten. »Wir brauchen endlich irgendeinen ordentlichen Anhaltspunkt, sonst wird auf diesem Pergament nie etwas sichtbar!«

Es ist inzwischen schon mehrere Wochen her, dass Rektor Gottman und Professor Erossa meiner Schwester Lavinia und mir dieses einzelne, vollkommen blanke Blatt Papier aus dem »Buch des Ursprungs« übergeben und uns mit der Aufgabe betraut haben, eine auf dem Zettel verborgene Geheimbotschaft unserer Eltern freizulegen. Angeblich soll dieses nichtssagende Pergament nämlich eine Art Wegweiser zum Versteck der mythologischen Gegenstände sein, die wir unbedingt auffinden müssen, um den verheerenden Plan des Elysischen Bundes zu vereiteln. Aber egal was meine Freunde und ich bisher versucht haben, dieses blöde Ding zeigt einfach keinerlei Reaktion. Es verändert sich überhaupt nicht. Es kommt mir sogar beinahe so vor, als würde es uns jedes Mal lediglich schadenfroh angrinsen und flüstern: »Falsch gedacht, so verrate ich euch garantiert nichts!«

Irgendwie habe ich schon fast die Hoffnung verloren, die Büchse der Pandora und das Stundenglas des Kronos jemals zu finden. Mittlerweile bin ich mit meinem Latein wirklich am Ende. Denn inzwischen haben wir nahezu alles versucht: Wir haben verschiedenste chemische Experimente durchgeführt, das blöde Papier gegen das Licht gehalten und es ins Wasser getaucht … aber selbst die Zauberformeln des Caduceus, meines mächtigen Hermesstabs, haben sich als wirkungslos erwiesen. Und ich lüge nicht, wenn ich behaupte, dass Serpens und Anguis ausnahmslos alle magischen Sprüche dieser Welt kennen. Es funktioniert einfach nichts! Dieses Stück Papier ist und bleibt weiß!

Hätten uns unsere Eltern nicht wenigstens *einen* brauchbaren Hinweis geben können? Nur einen klitzekleinen Anhaltspunkt, damit wir nicht völlig ratlos dastehen? Oder noch besser: direkt eine Art Entschlüsselungsanleitung? Aber nein. Nichts als dieses leere Pergament haben sie uns hinterlassen. Dabei bräuchten wir so dringend eine Hilfestellung, was wir zu tun haben, um die Botschaft erscheinen zu lassen. Dachten sie wirklich, wir wüssten mit diesem Zettel etwas anzufangen? Wenn ja, dann haben sie uns wohl gravierend überschätzt.

»Warum, zum Henker noch mal, kann uns ausschließlich dieses blöde Ding das Versteck der mythologischen Gegenstände verraten?!«, ärgere ich mich erneut und sehe meine Freunde hilfesuchend an. »Wenn wir so weitermachen, finden die Elysier die Büchse der Pandora und das Stundenglas des Kronos bestimmt noch vor uns.«

Und genau das ist gerade tatsächlich meine größte Befürchtung, denn was diese Terrorgruppe, die Einnar Torloxton zum Anführer hat, damit plant anzurichten, ist schlimmer als mein grässlichster Albtraum. Kostproben ihrer Skrupellosigkeit haben wir in der Vergangenheit leider zur Genüge erhalten. Allein die Mantikor-Epidemie oder das Schneechaos haben viel zu viele Menschenleben gefordert.

Zutiefst beunruhigt erhebe ich mich vom Sofa und laufe im Gemeinschaftsraum, unserem selbsternannten Sitzungszimmer, planlos auf und ab.

»Ohne die Hinweise auf diesem Zettel sind wir vollkommen hilflos! Leute, wir brauchen endlich eine zündende Idee, und zwar sofort! Wir müssen irgendetwas unternehmen, um diese Tyrannen aufzuhalten!«

Auffordernd sehe ich meine Freunde an und ärgere mich im selben Augenblick darüber, dass Sebi, Mary und Lavinia immer noch imstande sind, derart ruhig zu bleiben. Während ich wie eine aufgescheuchte Raubkatze rastlos umherlaufe, sitzen die drei noch immer seelenruhig auf der Couch und fordern mich schlichtweg auf, Ruhe zu bewahren und Geduld mit mir selbst zu haben.

»Nico, alles wird sich zu gegebener Zeit fügen, du wirst schon sehen. Davon bin ich felsenfest überzeugt. Glaub daran«, lautet zumindest Marys vergeblicher Versuch, mich aufzuheitern.

»Dass ich nicht lache!«, schnaube ich jedoch nur verbissen und schüttle den Kopf. Obwohl ich mich wirklich bemühe, die Einstellung meiner Freunde nachzuvollziehen, will es mir einfach nicht gelingen. Wie kann ich denn Geduld haben, wenn uns doch die Zeit davonläuft? Die Uhr tickt, und zwar verflucht schnell!

Erneut erinnert mich das Pochen der Narbe an meinem rechten Bein daran, dass uns die Elysier sicherlich bereits mindestens einen Schritt voraus sind. Bestimmt haben sie, im Gegensatz zu uns, einen Anhaltspunkt, wo die Gegenstände verborgen sein könnten. Woher ich das weiß? Ganz einfach: Weil Torloxton mir sonst bei dem Überfall auf das Arassis-Anwesen vor knapp zwei Monaten niemals nach dem Leben getrachtet hätte. »Dich brauche ich gewiss nicht in meiner Dienerschaft!«, hat er damals hämisch gegrölt, als er mit seinem Zauberstab direkt auf mich zielte, um mich tödlich zu verletzen. Wäre Torloxton mein Leben noch von Nutzen gewesen, hätte er garantiert nicht so reagiert. Denn eines ist sicher: Obwohl der Anführer des Elysischen Bundes keinerlei Hemmungen und Skrupel kennt, würde er niemals handeln, ohne vorher sämtliche Konsequenzen zu überdenken. Davon bin ich felsenfest überzeugt. Und deswegen glaube ich, dass uns diese Tyrannen einiges voraus haben, was das Wissen um das Versteck der Gegenstände betrifft. Ich verwette alles darauf, dass diese hinterhältigen Elysier mehr Informationen haben als wir alle zusammen – auch wenn Rektor Gottman und Professor Erossa da anderer Meinung sind.

Wie dem auch sei: Grundsätzlich sollte ich mich wohl glücklich schätzen, dass ich mir diese Gedanken heute überhaupt noch machen kann, denn ohne Mikelo Erossa wäre ich nun tot. Ohne ihn hätte ich Torloxtons Angriff vor zwei Monaten nämlich nicht überlebt. Ihm allein habe ich mein Leben zu verdanken. Nur für mich hat er seine Tarnung aufgegeben und sich selbstlos und ohne Rücksicht auf Verluste vor mich geworfen. Und das ungeachtet der Tatsache, dass ich ihm zuvor immerzu Unrecht getan und ihn für einen Elysier gehalten habe. Wie töricht das doch von mir war …

Diese Erfahrung hat mich gelehrt, mich niemals mehr vom äußeren Schein leiten zu lassen, sondern immer hinter die Kulissen zu blicken. Der erste Eindruck ist zwar oft prägend, muss aber nicht zwangsläufig der richtige sein. Und inzwischen ist dieser Mann, von dem ich dachte, er sei ein Verräter, sogar zu einer Art Onkel für Lavinia und mich geworden – und es freut ihn immer riesig, wenn wir ihn auch so nennen. Mit ihm als Vorbild werde ich garantiert noch sehr viel lernen. Aber auch das wird nur möglich sein, wenn wir die beiden Artefakte *vor* den Elysiern finden. Sollte uns das nicht gelingen, ist die Menschheit verloren und unsere schöne Welt wird eine vollkommen andere, eine trostlose und dunkle, werden.

Ich erinnere mich noch haargenau an jedes Wort von Gottmans Erklärung über Torloxtons perfiden Plan: Mit dem Stundenglas des Kronos will der Elysier in die Vergangenheit reisen, direkt zu Pandora. Er hat vor, ihr die Büchse im richtigen Moment, nämlich kurz bevor die Hoffnung aus ihr entweichen kann, zu entreißen und sie daraufhin zu zerstören. Danach will er wieder in die Gegenwart zurückkehren, wo er die Menschen auf ewig versklaven und knechten könnte, denn ohne Hoffnung wären sie seinen Machenschaften vollkommen schutzlos ausgeliefert. Und das Traurigste daran ist, dass ohne Hoffnung niemand mehr imstande wäre, etwas gegen dieses

Schicksal zu unternehmen – auch wir nicht. Und darauf zu vertrauen, dass Torloxton jemals selbst Erbarmen mit den Menschen haben könnte, wäre vollkommen abwegig. Gnade ist für den Elysier nämlich ein Fremdwort. Genau wie er seine geballte Macht bei dem Überfall auf das Arassis-Anwesen ohne Zögern auf mich geschleudert hat, wird er es auch bei der Menschheit tun. Schließlich ist das Leid anderer sein höchstes Gut.

Pandoras Büchse aus der Gegenwart ist für Torloxtons Plan jedoch ebenso wichtig wie ihr Pendant aus der Vergangenheit, denn diese benötigt er zu Experimentierzwecken. Nur mit ihrer Hilfe kann er herausfinden, wie und womit er das mächtige Artefakt bei seiner Zeitreise zerstören kann. Gottman zufolge weiß der Elysier nämlich ganz genau, dass ein schlichter Explosionszauber sein Ziel verfehlen würde und dass er alsdann Zeus höchstpersönlich ausgeliefert wäre. Und das würde nicht nur das Ende seiner bösartigen Mission, sondern vor allem auch seiner selbst bedeuten. Nur wenn er es schafft, die antike Büchse auf Anhieb zu vernichten, wäre sein Sieg und damit die Verwirklichung seines grausamen Plans möglich. Und die Einzigen, die dieses Vorhaben durchkreuzen können, sind Lavinia und ich, indem wir das Rätsel um dieses blöde Pergament endlich entschlüsseln und sowohl Pandoras Büchse als auch das Stundenglas des Kronos *vor* den Elysiern finden.

»Verdammt noch mal!«, rufe ich verärgert aus. »Warum ist diese Sache nur so aussichtslos?« Ich könnte auf der Stelle losschreien!

Je mehr ich mich in meine Wut hineinsteigere, desto unkontrollierter beginnen meine Hände zu zittern. Verflixt und zugenäht, ich muss mich zusammenreißen, ich darf die Nerven nicht verlieren. Wir dürfen unter keinen Umständen zulassen, dass diese Halunken mit Kronos' Stundenglas Raum und Zeit verändern und mit Pandoras Büchse die Erdbevölkerung für immer versklaven – koste es, was es wolle. Wir müssen beide Artefakte zerstören – und zwar *bevor* Torloxton sie in die Hände bekommt und damit Schaden anrichten kann.

»Ich brauche Frischluft, hier drinnen kann ich unmöglich klar denken, es ist viel zu stickig«, schnaube ich schließlich und öffne entschlossen das Fenster.

Prompt bläst mir die schwüle Sommerluft entgegen und verpasst mir damit einen Schlag ins Gesicht. Draußen ist es um etliche Grad heißer als hier drinnen im Aufenthaltsraum. Aber egal: Vielleicht hilft mir dieses kleine und viel zu warme Lüftchen dabei, einen klaren Kopf zu bekommen. Einatmen. Hoffentlich wird es dadurch besser …

Leider erfüllt aber auch eine gehörige Portion Sauerstoff nicht den gewünschten Zweck, und binnen kürzester Zeit beginnt mein Puls erneut zu rasen. Ich weiß einfach weder ein noch aus.

»Ohne die Botschaft, die dieses Pergament verbirgt, sind uns die Hände gebunden«, schnaube ich frustriert. »Und dass nur Lavinia und ich in der Lage sind, die Botschaft freizulegen, macht alles nur noch schlimmer.« Verzweifelt sehe ich meiner Schwester in die Augen.

Wieso stürzen eigentlich ausgerechnet wir von einem Chaos ins nächste? Und warum kann nicht einmal etwas so funktionieren, wie wir es gerne hätten? Aus welchem Grund liegt das Schicksal der Menschheit ganz allein in unseren Händen? Der damit verbundene Druck ist kaum auszuhalten …

Was habe ich nur verbrochen, dass mir diesmal nicht einmal unser verstorbener Vater weiterhilft? ›Lass mich nicht im Stich. Bitte! Warum sprichst du nicht zu mir?‹, flehe ich in Gedanken und ärgere mich im selben Augenblick über die Tatsache, dass unser Ahne nur dann in der Lage ist, Kontakt mit mir aufzunehmen, wenn sich meine Schwester oder ich in akuter Lebensgefahr befinden. ›Herrgott noch mal! Anstatt zu jammern, sollte ich froh darüber sein, es endlich einmal nicht zu sein‹, ermahne ich mich innerlich zur Vernunft und rufe mir gleichzeitig in Erinnerung, dass unser Leben in der Vergangenheit schon viel zu oft in Gefahr war.

Sofort fällt mir unser Ausflug in den Pegasoswald ein, während dem wir überfallen wurden, oder der Flug von Dublin nach Dover, den wir nur dank der Kraftverstärkung durch die Veneficium-Perle überlebt haben. Damals haben wir wirklich Glück gehabt …

Doch zurück zum Thema: Ich muss irgendwie lernen zu akzeptieren, dass Lavinia und ich bei dieser Sache völlig auf uns allein gestellt sind. Na ja … fast. Denn wenigstens haben wir unsere Freunde, die uns mit all ihren Kräften unterstützen. Und auch Sir Gottman und Professor Erossa halten große Stücke auf uns und stehen uns zur Seite. Wir dürfen sie nicht enttäuschen … Aber was, wenn es sich bei allem, was in den letzten Monaten geschehen ist und was wir glauben, herausgefunden zu haben, doch nur um ein großes Missverständnis handelt? Was, wenn der Rektor mit all seinen Annahmen falschliegt? Was, wenn Lavinia und ich doch keine Geschwister sind? Und damit schlimmer noch: Was, wenn die echten Auserwählten der Prophezeiung noch nicht einmal gefunden sind und nur alle *glauben*, dass wir es sind? Was, wenn … Ich könnte durchdrehen!

›Schluss mit dieser unnützen Grübelei‹, befehle ich mir augenblicklich selbst. So komme ich garantiert nicht weiter. Wir können all das nur schaffen, wenn ich mit diesen unnützen Zweifeleien und Gedankenspielen aufhöre.

Lavinia ist meine Schwester, Punkt. Aus. Ende! Und dafür bin ich auch unendlich dankbar! Obwohl wir beide etwas Zeit gebraucht haben, um uns an die Tatsache zu gewöhnen, dass wir tatsächlich Geschwister sind, sind wir inzwischen wie Pech und Schwefel – niemand könnte uns jemals mehr auseinanderbringen. Und obendrein sind wir uns auch ähnlicher als uns lieb ist. Beide sind wir gleichermaßen ehrgeizig, was unsere Ziele betrifft. Und witzigerweise haben wir sogar ein gemeinsames Lieblingsessen, nämlich Burger mit Wedges und haufenweise Sauce, und das trotz der Tatsache, dass dieses Gericht schon des Öfteren eine Art Ankündigung für ein folgendes Unglück war. Ich sage nur Mantikor oder Mrs Jackson …

Wie auch immer: Niemals in meinem Leben werde ich den einen Tag vergessen, an dem Lavinia und ich hinter das Geheimnis unseres Verwandtschaftsverhältnisses gekommen sind und wir die Wahrheit herausgefunden haben.

Begonnen hat damals alles damit, dass Rektor Gottman uns nach dem Angriff der Elysier erneut in die unterirdische Arassis-Geheimwohnung führte, die früher einmal als Versteck für die mythologischen Gegenstände diente, um uns etwas Wichtiges zu verkünden. Ich weiß noch ganz genau, wie ich mich gefreut habe, als Onkel Mikelo mir dort erzählte, dass er die Taschenuhr meines Ahnen, die ich bei Torloxtons Angriff leider verloren hatte, gefunden und repariert hat und ich sie nun zum ersten Mal in meinem Leben würde öffnen können. Doch als ich genau das tat, hat Lavinia die Personen auf dem Foto in ihrem Inneren erkannt. »Wieso hast du ein Bild von meiner Familie in deiner Uhr?«, hat sie damals gestottert, ehe Sir Gottman uns beide nervös ansah und uns endlich erklärte, dass wir Geschwister, Zwillinge sogar, und vom Blut der Arassis sind.

Hin- und hergerissen zwischen Unglauben, Überwältigung, Freude und Trauer sind wir uns danach in die Arme gefallen. Die Wucht der Erinnerungen, die wir mit dieser Berührung in unserem Inneren auslösten, hätten wir dabei niemals für möglich gehalten. Schlagartig kehrten alle Einzelheiten aus unseren ersten vier Lebensjahren, insbesondere die Erinnerung an den tragischen Tod unserer Eltern, in unser Gedächtnis zurück. Seit diesem Tag kennen meine Schwester und ich den wahren Hintergrund unserer Herkunft. Ich muss gestehen, dass ich in diesem einen Moment mehr über mich und meine Familie erfahren habe, als in meinem ganzen bisherigen Leben zuvor.

Lavinias und meine leiblichen Eltern waren die mächtigen Talenter Mara und Alexis Arassis, die beide vor knapp zwölf Jahren bei einem brutalen Hinterhalt des Elysischen Bundes ihr Leben verloren. Hätte meine tapfere Mutter damals ihren Mörder, Asmus Westhold, nicht noch kurz vor ihrem Tod mit einem mächtigen Zauber belegt, der ihm alle Erinnerungen an das Arassis-Anwesen nahm, wären die mächtigen Artefakte womöglich schon früher in großer Gefahr gewesen … Auf alle Fälle sind Lavinia und ich nunmehr die einzigen lebenden Nachkommen der letzten von Zeus abstammenden Blutlinie – der Arassis-Dynastie – und die alleinigen Auserwählten, von denen eine jahrhundertealte Prophezeiung berichtet. Uns obliegt es, die Menschheit vor den Elysiern zu schützen.

Wohl wissend, dass nur mehr meine Schwester und ich das grausame Vorhaben des Geheimbundes durchkreuzen können, trachten uns diese Tyrannen seither nach dem Leben. Denn aufgrund unserer Verbundenheit zu allen vier Elementen haben nämlich nur wir als Erben der Arassis die Macht, sie aufzuhalten und die Menschen vor Unterdrückung und Knechtschaft zu bewahren – genau wie einst unser verstorbener Vater Alexis Arassis. Nachdem unsere Eltern ermordet worden waren, wären wir dem Bund vollkommen hilflos ausgeliefert gewesen. Wir hatten enormes Glück, dass sich Rupert Gottman unserer angenommen und uns voneinander getrennt hat, sodass wir in Sicherheit heranwachsen konnten. Dass man uns trennte, mag zunächst grausam klingen, war aber schlussendlich der einzige Weg, um unsere wahre Identität zu verbergen. Niemand durfte wissen, dass wir noch lebten.

Aus diesem Grund wuchs Lavinia in dem Glauben auf, nicht nur ihre Eltern, sondern auch mich, ihren Bruder Alechandro, das ist mein zweiter Vorname, bei einem Überfall in ihrer Kindheit verloren zu haben. Während meiner Schwester wenigstens bruchstückehafte Erinnerungen an die Vergangenheit gelassen wurden, ließ man mich hingegen alles vergessen. Zumindest versuchte man das … Denn obwohl Rupert Gottman mich als kleines Kind mit dem mächtigsten Verdrängungszauber überhaupt belegt hatte, ließ sich mein Unterbewusstsein nicht täuschen. Nacht für Nacht wurde ich von qualvollen Albträumen über den Tag der Ermordung unserer Eltern heimgesucht. Fast die Hälfte meiner Jugend verbrachte ich deswegen in unterschiedlichsten Kliniken. Untersuchungen über Untersuchungen ließ ich über mich ergehen, tagein, tagaus – ein Kapitel in meinem Leben, das ich nur allzu gerne vergessen würde. Aber wenigstens habe ich im Gegensatz zu meiner Schwester, die bei unserer Tante Elvira, einer Anhängerin des Elysischen Bundes wie sich später herausstellte, aufwachsen musste und beinahe von ihr vergiftet worden wäre, mit meinen Zieheltern, der Menschenfamilie Ringhoff, das große Los gezogen und eine überaus behütete Kindheit gehabt. Sie sind das Beste, das mir passieren konnte. Ohne ihre liebevolle Zuwendung wäre ich wegen meiner Albträume sicherlich früher oder später entweder auf die schiefe Bahn geraten oder in einer psychiatrischen Einrichtung gelandet. Jammerschade, dass ich sie nicht in unser Geheimnis einweihen darf. Doch was nicht ist, kann bekanntlich ja noch werden.

Einzig und allein den engsten Vertrauten unserer biologischen Eltern, also Schulrektor Rupert Gottman und Doktor Mikelo Erossa, haben Lavinia und ich es zu verdanken, dass wir heute wieder vereint sind. Letzten Sommer sorgten sie nämlich dafür, dass wir *rein zufällig* im Arassis-Sportcamp aufeinandertrafen. Dass wir sofort, ganz freiwillig und ohne ihr Zutun, Freunde wurden, erleichterte die Sache für beide natürlich ungemein. Um uns zu schützen, haben sie damals jedoch beschlossen, die Wahrheit über unsere Herkunft vorerst noch für sich zu behalten. Doch die Ereignisse, die wir gemeinsam mit Sebi und Mary, unseren treuesten und besten Freunden, durchlebt haben, machten es unausweichlich, dass wir erfahren mussten, wer wir wirklich sind, und Gottman sah sich schließlich doch dazu gezwungen, uns die Wahrheit zu verraten. Und genau das geschah dann auch vor knapp zwei Monaten. Seither wissen Lavinia und ich, dass wir nicht nur Geschwister, sondern auch durch unsere Abstammung dazu auserkoren sind, die Menschheit vor dem Elysischen Bund zu schützen.

Und akut bedeutet das leider nichts anderes, als dass ausschließlich meine Schwester und ich dazu in der Lage sind, die Botschaft auf dem Stück Pergament freizulegen, mit deren Hilfe wir die Büchse der Pandora und das Stundenglas des Kronos finden können. Wenn wir bei dieser *einen* Aufgabe versagen, werden uns die Elysier zuvorkommen und mit Hilfe der Artefakte den Untergang der Menschheit herbeiführen. Um zu verhindern, dass diese grauenhafte Vorstellung jemals Wirklichkeit werden kann, müssen wir Torloxtons Pläne zunichtemachen! Doch wie?

»Was haben wir übersehen, was machen wir falsch? Warum verlaufen all unsere Bemühungen, die Botschaft endlich zu entschlüsseln, im Sand?« Ich könnte wahnsinnig werden! »Sag uns endlich, was wir tun sollen!«, stöhne ich deprimiert. Ich bin dem Ende meiner Kräfte nahe, kurz vor dem Aufgeben, und schüttle verbissen das Pergamentpapier in meiner Hand. Lediglich der lautstarke Knall, als die Tür aufschwingt und gegen die Wand donnert, hält mich davon ab, völlig in Selbstmitleid zu versinken.

Ich horche auf, und als ich den Kopf hebe und sowohl Professor Erossa als auch Rektor Gottman und den Hund Argos, unseren treuen sprechenden Freund, völlig aufgelöst in den Raum stürmen sehe, überschwemmt mich sofort die nächste Sorgenwelle.

»Was ist passiert?«, platzt es sofort aus mir heraus. Gottmans starrer, von dunklen Augenringen überschatteter Gesichtsausdruck verheißt bestimmt nichts Gutes.

»Die Elysier haben uns eine Nachricht gesendet«, gibt er beunruhigt zur Antwort und sieht meine Freunde und mich sorgenvoll an.

»WAS haben sie?« Oh nein…

2

Das Zepter des Zeus

Sofort fällt mir das winzige schwarze Päckchen in Onkel Mikelos Hand auf. Der blutrot schimmernde Buchstabe auf dem Absenderetikett, die eindeutige Handschrift des Bösen, treibt mir augenblicklich Schweißperlen auf die Stirn.

»Das Zeichen der Elysier! Das V für ›Vergeltung‹, ›Versklavung‹ und ›Verbannung‹, das kann nichts Gutes bedeuten!«, ruft Mary erschrocken aus und sieht genau wie Sebi, Lavinia und ich wechselweise Erossa, Gottman und Argos verzweifelt an.

Instinktiv wechsle ich in Verteidigungshaltung und lasse den Caduceus erscheinen. Ich bin bereit, komme was wolle!

»Nico, bleib ruhig! Die Botschaft ist nicht verzaubert. Der magische Schutzwall hätte sonst sofort angeschlagen und den Postboten mit dem Paket niemals bis zur Klingel kommen lassen. Vertrau mir, hab keine Angst«, versucht mich der Rektor zu beruhigen. »Ich habe alles genau überprüft.«

»Wenn Sie meinen …« Nur widerwillig lasse ich den Hermesstab verschwinden und betrachte mit mulmigem Gefühl die viereckige Schatulle, die Onkel Mikelo gerade auf dem Couchtisch im Gemeinschaftsraum abgestellt hat. Der Inhalt muss ziemlich klein sein, das Päckchen ist kaum größer als eine Zigarettenschachtel.

Es dauert nicht lange und meine Gedanken spielen vollkommen verrückt, ohne dass ich irgendetwas dagegen tun kann: Ein Finger oder eine Zehe hätten in etwa diese Größe … Torloxton wird doch nicht? … Haben die Elysier vielleicht unseren Familien etwas angetan? Hoffentlich sind meine Adoptiveltern in Amersham wohlauf. Aber was, wenn nicht meine, sondern Marys oder Sebastjans Familie das Anschlagziel des Bundes waren? Oh nein …

Diese Vorstellung lässt mich augenblicklich zittern, und noch bevor ich Lavinias »Ich werde es öffnen!« und Gottmans »Nein, stopp!« richtig verarbeiten kann, ist es passiert. Schon hat Mary den ahnungslosen Sebi nämlich am T-Shirt gepackt und ihn mit einem lauten Warnschrei einen Meter weit nach hinten gerissen, nur um gleich darauf wie wild geworden mit ihrem Notizblock auf den niedrigen Couchtisch einzuschlagen. »Weg mit euch!«

Was ist denn jetzt los? Normalerweise ist Mary doch jemand, der zuallererst wegläuft, statt sofort zum Angriff überzugehen. Und was greift sie da überhaupt an? Hier ist doch nichts …

Marys Reaktion, die mir im ersten Augenblick völlig unverständlich und hysterisch erschien, kann ich erst nachvollziehen, als der kleine Argos an mir hochspringt und aus Leibeskräften »Ich hasse diese Viecher!« kläfft. Denn das ist der Moment, in dem auch ich sie massenweise aus der Verpackung stürmen – Pardon: krabbeln – sehe.

»Ameisen? Was haben Ameisen hier zu suchen? Will uns der Elysische Bund etwa mit Krabbeltieren abschrecken? Die haben doch nicht mehr alle Tassen im Schrank!«, rufe ich völlig entgeistert und beginne vor Erleichterung sogar zu lachen. »Da haben wir ja noch einmal Glück gehabt. Ich wusste gar nicht, dass du Angst vor Ameisen hast, Argos«, necke ich meinen kleinen vierbeinigen Freund, ehe ich ihn wieder absetze und gelassen seine Ohren kraule. »Keine Angst, du kannst dich wieder beruhigen. Diese Ameisen tun dir garantiert nichts.«

Erleichtert atme ich tief durch und beobachte gelassen die krabbelnde Meute, die sich nach und nach in eine v-förmige Formation begibt… Wenn Torloxton nichts Besseres einfällt, um uns zu erschrecken, soll mir das recht sein.

Leider folgt die Ernüchterung auf dem Fuße. »Still!«, befiehlt Onkel Mikelo nämlich keine fünf Sekunden später in ernstem Tonfall und blickt mir dabei vorwurfsvoll und kopfschüttelnd in die Augen. »Exoculare! Haut ab, Eindringlinge!« Bereits im nächsten Augenblick sind alle ungebetenen Gäste inklusive ihrer Transportbox verschwunden oder, besser gesagt, zu stinkend grüner Asche zerfallen. Zurück bleibt ein Geruch, der mich an eine Mischung aus Schimmel und ausgeblasenen Kerzen erinnert.

Sofort bekomme ich Gänsehaut. Dann waren das also doch keine ganz normalen Ameisen… Ich Blödmann! Wie, zum Teufel noch mal, konnte ich nur an eine harmlose Botschaft der Elysier glauben? Sehr naiv von mir… »Tut mir leid«, stottere ich darum entschuldigend, als meine anfängliche Euphorie vollends verflogen ist und ich auf den Boden der Tatsachen zurückkehre. »Ich dachte nur… Sir Gottman… Sie sagten doch, die Botschaft sei nicht verzaubert gewesen?«

»Das war sie auch nicht. Trotzdem haben wir es hier mit einem ernstzunehmenden Problem zu tun«, beginnt der Rektor sogleich mit gedämpfter Stimme zu erklären. »Bei diesen Tieren handelte es sich nämlich um keine gewöhnlichen Ameisen, sondern um Myrmidonen.«

Verständnislos blicke ich ihn an. »Myrmiwas?«, frage ich verwirrt. Dieses Wort habe ich ja noch nie gehört.

»Myrmidonen! Um zu verstehen, was ich meine, hört mir jetzt genau zu«, ermahnt Gottman meine Freunde und mich aufzupassen. »Hat euch Mrs Arlon bereits gelehrt, dass menschenverachtende und kriminelle Talenter einst auf der Insel der Seligen in Haft genommen wurden?«

Wir nicken allesamt. »Ja. Das hat sie uns im ersten Semester beigebracht«, antwortet meine Schwester, die sich wie immer an jedes Detail des Geschichtsunterrichts erinnern kann. »Mrs Arlon nannte diese Insel auch die Elysischen Gefilde. Sie liegen am Rande des Erdkreises, irgendwo in der Arktis.«

»Absolut korrekt«, bestätigt Gottman Lavinias Aussage. Er ist sichtlich erleichtert, dass wir schon Bescheid wissen und er somit gleich zum eigentlichen Thema kommen kann. »Nun gut: Ein ganz bestimmter Talenter, Aiakos war sein Name, war zu Lebzeiten des Zeus so dermaßen grausam, dass der mächtige Herrscher höchstpersönlich eine vollständige Isolation seinerseits vornehmen musste. Denn für Aiakos wären nicht einmal die Elysischen Gefilde eine ausreichende Strafe gewesen. Er hatte nämlich Experimente an Menschen durchgeführt und sie auf brutale Weise zu Tode gefoltert – er war schlimmer als alle Elysier zusammen …«

Betroffen legt der Rektor eine kurze Pause ein, und schon weicht mir jegliche Farbe aus dem Gesicht. Das klingt gar nicht gut … vor allem nicht, weil dieser Aiakos Gottmans Ansicht nach wohl etwas mit unserer jetzigen Situation zu tun zu haben scheint …

Endlich spricht er weiter: »Zeus blieb daher nichts anderes übrig, als diesen Halunken mutterseelenallein auf eine rund tausend Quadratmeter große Sandbank mitten im Pazifik zu verbannen. Nachdem er nach einigen Jahren zumindest einen Ansatz von Reue zeigte, hatte Zeus Mitleid mit ihm und verwandelte ein paar der dort lebenden Ameisen in Menschen. Er wollte prüfen, ob Aiakos nun in der Lage war, die andere Lebensform als seiner ebenbürtig anzuerkennen. Doch leider wurde Zeus bitter enttäuscht, denn Aiakos' demütige Worte waren nichts als Lügen gewesen. Der Überlieferung nach soll er wie ein grausamer König über die Menschen-Ameisen, die Myrmidonen, geherrscht und sie furchtbar gequält haben, wenn sie seine Befehle missachteten. Und aus diesem Grund konnte Zeus ihm auch weiterhin nicht erlauben, auf die Insel der Seligen zu wechseln, sondern …«

»Moment«, unterbreche ich den Rektor umgehend und wohl wissend, dass mein Benehmen gerade nicht der feinen englischen Art entspricht – meine Adoptiveltern haben mir nämlich beigebracht, den Gesprächspartner immer ausreden zu lassen. Doch in Anbetracht der Umstände ist mir diese Benimmregel herzlich egal. Ich muss einfach wissen, ob ich mit meiner Vermutung richtigliege, und zwar sofort! »Sir, können Sie bitte zum Punkt kommen?«, dränge ich und sehe Gottman fordernd an. »Wollen Sie damit etwa sagen, dass diese Tiere im Paket gerade … verzauberte Ameisen waren? Hatten die etwa vor, uns zu überfallen?«

Insgeheim klammere ich mich in Gedanken an den letzten Strohhalm Hoffnung, doch noch eine gegenteilige Antwort zu erhalten. Aber wie befürchtet bleibt diese aus.

»Da hast du leider richtig kombiniert, Nico«, bestätigt Onkel Mikelo kurzerhand an Gottmans Stelle. »Hätten Mary, Rupert und ich vorhin nicht derart schnell reagiert, hätten sich die Ameisen in Krieger zurückverwandelt und uns eiskalt attackiert. Aber ich befürchte, Myrmidonen sind momentan unser geringstes Problem.«

»Wie bitte?« Was will er denn damit sagen? Jedes Mal, wenn er so anfängt, folgt meist eine noch größere Katastrophe … Verängstigt blicke ich zu Gottman.

Nanu? Täusche ich mich, oder scheint der Rektor ebenfalls nicht zu verstehen? Dass auch er fragend die Nase rümpft und die Augenbrauen hochzieht, macht mich stutzig. Schlagartig werde ich noch nervöser. Anscheinend war die Angelegenheit auch für ihn mit dem Verweis auf die beabsichtigte Myrmidonen-Attacke ausreichend erklärt …

»Hört zu«, ergreift Erossa nun erneut das Wort und sieht uns nacheinander ernst an. »Im ersten Augenblick mag die nun folgende Erläuterung vielleicht verrückt klingen, doch ich bin sicher, dass sie korrekt ist. Ich glaube nämlich, dass Aiakos' Geschichte mit der Verwandlung der Ameisen überhaupt erst richtig begonnen hat. Meines Erachtens liegt der Knackpunkt in der Tatsache, dass er Monate später nach einem fürchterlichen Sturm zusammen mit all seinen Gefolgsleuten spurlos verschwunden ist. Bis heute glaubte man, er wäre damals schlichtweg bei dem Sturm ums Leben gekommen. Doch ich bin davon überzeugt, dass wir gerade den Gegenbeweis erhalten haben.«

Wie jetzt? Was hat das nun wieder zu bedeuten? Aiakos soll also überlebt haben? Und? Wäre das denn wichtig? Der beabsichtigte Überfall allein ist doch schon schlimm genug gewesen, oder etwa nicht?

Ehe ich eine der tausend Fragen stellen kann, die gerade in meinem Kopf herumschwirren, sind Erossa und Gottman bereits in eine für mich mehr als rätselhafte Zweierdiskussion verfallen.

»Nein, Mikelo, du irrst dich. Das kann nicht sein! Zeus selbst hat damals seinen Tod bestätigt. Und …« Plötzlich verändert sich der Gesichtsausdruck des Rektors. »Herrschaftszeiten, du könntest recht haben!«, ruft er dann völlig unerwartet wie von Sinnen.

»Jetzt hast du mich verstanden, Rupert. Das ist *die* Erklärung. Genau jenes Puzzleteil, das uns bisher immer gefehlt hat. Denk nach! Genau damit könnte Torloxton Einfluss auf das Wetter ausüben. Warte … ich habe eine Idee, wie wir unsere Theorie überprüfen können …«

Mit einem geschickten Schwung seines Zauberstabes lässt Erossa ein dickes, in eine schwarze Folie gehülltes Buch erscheinen, in dem er wild zu blättern beginnt.

»Hier, sieh dir das an«, ruft er aufgeregt, als er fündig geworden ist, und genau in dem Moment, als auch Gottman die besagte Stelle erblickt, bekommen beide wie auf Knopfdruck ein hochrotes Gesicht.

»Dann hat es Aiakos also wirklich gestohlen, ich fasse es nicht!«, keucht der Rektor geschockt.

»Ganz genau! Und da die alte Frau damals von niemandem ernstgenommen wurde, ist ihre Spur auch nicht verfolgt worden! Und dummerweise hat zudem jeder diese schwarzen Punkte auf der Abbildung hier falsch gedeutet«, bestätigt jetzt wieder Erossa.

»Wir hätten schon viel früher dahinterkommen müssen, wie einfältig von uns. Aber kannst du mir bitte sagen, warum Torloxton diese Information nicht für sich behält? Ergibt das in deinen Augen einen Sinn?«, will Gottman schließlich von Onkel Mikelo wissen und zieht fragend die Augenbrauen hoch.

»Ja, den ergibt es tatsächlich, und die Erklärung ist überraschend einfach: Der Bund will uns damit erneut seine Macht demonstrieren. Torloxton versucht uns einzuschüchtern und aus der Reserve zu locken. Er will uns unter Druck setzen, damit wir einen Fehler begehen und ihm Gelegenheit bieten, uns auszuschalten. Ab jetzt müssen wir noch klüger und noch durchdachter als bisher vorgehen! Wir dürfen keine Zeit verlieren und müssen die Büchse der Pandora und das Stundenglas des Kronos so schnell wie möglich aufspüren. Ich vermute, mit allen drei Gegenständen wäre er …«

Moment mal, drei Gegenstände? »Stopp!«, unterbreche ich die beiden richtig ungehalten, als sie bereits eine andere Seite in Onkel Mikelos Buch verbissen anstarren. Jetzt reicht es mir! Merken Erossa und Gottman eigentlich nicht, dass wir auch noch anwesend sind? »Das ist der falsche Ort für Privatunterhaltungen, schließlich wollen wir ebenfalls wissen, was das alles eigentlich zu bedeuten hat.«

Genervt blicke ich den Professoren nacheinander anklagend in die Augen. »Könnte uns wenigstens einer von euch beiden freundlicherweise aufklären, worum es hier gerade geht«, fordere ich nun mit Nachdruck und dränge mich zwischen sie. »Wir haben doch vereinbart, dass wir von nun an alles gemeinsam besprechen. Und natürlich kann ich nur für mich reden und nicht sagen, wie es den anderen geht, aber *ich* bin inzwischen vollständig ausgestiegen und verstehe rein gar nichts mehr. Also zuallererst: Warum habt ihr gerade von drei Gegenständen gesprochen, wo es doch die ganze Zeit nur um zwei ging? Büchse und Stundenglas ergibt nach meinen mathematischen Berechnungen zumindest zwei und nicht drei … Ach, und außerdem, Onkel Mikelo, lass mal sehen, was du da gefunden hast«, meckere ich ungehalten weiter und schüttle den Kopf, während ich entschieden nach dem schwarzen Buch in seiner Hand greife – ein Fehler, der leider sofort schmerzhaft bestraft wird.

Blitzschnell fährt der Einband des antiken Stückes nämlich messerscharfe Zähne aus und beißt mich völlig ohne Vorwarnung in den Mittelfinger.

»Au, was soll das denn? Spinnst du? Du blödes Ding! Ich habe dir doch gar nichts getan!«, rufe ich verärgert aus, wobei die Verärgerung mehr mir selbst als dem Buch gilt, denn an Erossas Schutzzauber hätte ich wirklich denken können.

Seit dem Tag, an dem er uns im Unterricht mit dem »Buch der göttlichen Mythologie«, dem Standardwerk über antike Gegenstände, erwischt hat, hat er ausnahmslos alle Bücher der Lehrerbibliothek geschützt. Und die meisten davon mit genau diesen hinterhältigen Zuschnapp-Zaubern. Wie ich diese Biester hasse!

Ich kann mich noch genau daran erinnern, wie er mir damals, als wir gerade das Referat in Mythologie vorbereitet haben, partout nicht glauben wollte, dass wir das Buch wirklich zwischen den Bänden der Schülerabteilung gefunden haben. Er dachte, ich hätte Gyges eingesetzt – meinen Ring, der mir Unsichtbarkeit verleiht – und mich mit dessen Hilfe in den verbotenen Bibliotheksbereich geschlichen. Dabei wusste ich zu diesem Zeitpunkt noch nicht einmal, dass es so einen überhaupt gibt. Den habe ich nämlich erst viel später entdeckt, als ich nach möglichen Verstecken der mythologischen Gegenstände gesucht habe. Wie ich mich damals über Erossa aufgeregt habe! Am liebsten hätte ich ihn in der Luft zerrissen oder sonst etwas mit ihm angestellt, weil er mich einfach so als Lügner abgestempelt hat … Aber Schwamm drüber, wenigstens wird es solche Ungereimtheiten in Zukunft nicht mehr zwischen uns geben – Onkel Mikelo würde mir niemals mehr misstrauen.

»›Erst fragen, dann tragen!‹, lautet die Devise, Nico, das hättest du wissen müssen«, unterbricht Lavinia plötzlich in belehrendem Tonfall meine Gedankengänge. »Hier hast du ein Taschentuch, du tröpfelst wie ein kleiner Wasserfall.«

»Ist schon gut, Frau Schlaumeier, intelligent reden kann jeder im Nachhinein. Und dein Taschentuch kannst du behalten, ich habe selber eines«, stänkere ich und wickle ein schon etwas mitgenommenes Exemplar aus meiner Hosentasche um die Wunde.

Vor lauter Schreck habe ich nicht einmal mitbekommen, dass der Finger blutet – wobei meine Schwester mit dem Wasserfallvergleich natürlich maßlos übertrieben hat. Das ist wieder typisch Lavinia. Immer muss sie alles besser wissen – wie das nervt! Doch leider muss ich ihr in einer Sache recht geben: Hätte ich zunächst gefragt, ob ich das Buch anfassen darf, hätte es mich nicht gebissen. Dummer, unnötiger Schutzzauber! Wenigstens brennt der Biss nicht allzu sehr …

»Entschuldige, Nico. Damit so etwas in Zukunft nicht mehr passiert, werden Mikelo und ich noch heute sämtliche Zauber im Anwesen mit einem Arassis-Ausnahmemodus versehen. Doch vorher sollten wir uns unbedingt etwas anderem widmen, oder was meint ihr?« Abwartend blickt Sir Gottman meiner Schwester und mir nacheinander in die Augen. »Wenn ihr eure Geschwisterstreitereien beendet habt, würde ich nämlich gerne Licht in die Sache bringen und euch aufklären. Ich denke, das wäre in eurem Sinne, oder liege ich damit falsch?« Der leicht vorwurfsvolle Tonfall ist nicht zu überhören.

Wie dumm von uns. Er hat ja recht. Es gibt gerade wirklich Wichtigeres zu tun, als zu streiten. »Entschuldigung«, murmeln wir darum beide im Chor, und sofort plagt mich ein schlechtes Gewissen. »Dieses Verhalten ist gerade wirklich kindisch von uns gewesen.«

Nach einem kurzen, bestätigenden Nicken beginnt Gottman schließlich mit seinen Ausführungen: »Seht her, den Schlüssel zu allem finden wir in diesem Werk hier«, meint er und deutet auf Onkel Mikelos Buch, welches inzwischen wenigstens seine Zähne wieder eingefahren hat und sich nun ohne Gegenwehr berühren lässt.

Allen Ärger beiseiteschiebend konzentrieren Lavinia, Mary, Sebi und ich uns auf die aufgeschlagene Seite. Doch was wir dort zu sehen bekommen, bringt mich gehörig zum Nachdenken. Denn obwohl ich mir sicher bin, diesen … – was ist das eigentlich, das Zeus auf dieser Abbildung da in seinen Händen hält? Ein Stab? – noch nie zuvor gesehen zu haben, kommt mir der obere Teil dieses Dings doch irgendwie vertraut vor. Woran er mich erinnert, kann ich jedoch erst nach einem kurzen Moment des Nachdenkens festmachen. Dann dämmert es mir nämlich: Diese ineinander verschlungenen Schlangen sehen fast genauso aus wie mein Hermesstab – oder umgekehrt, da davon auszugehen ist, dass dieses Stück hier bereits vor meinem da war …

»Na, erkennst du etwas wieder?«, fragt mich Gottman nach einer Weile.

»So … so … sollte ich denn?«, stottere ich verlegen. Ob ich den Rektor in meine Vermutung einweihen sollte? Wohl eher nicht, denn untenrum sieht dieses Ding nun wirklich ganz anders als der Hermesstab aus.

»Keine Idee?«, bohrt er neugierig nach.

Ach was soll's: »Der Teil hier oben sieht dem Caduceus irgendwie ähnlich.«

»Er sieht ihm nicht nur irgendwie ähnlich, sondern das *ist* der Caduceus, dein Zauberstab«, meint der Rektor nun bis über beide Ohren grinsend.

»Was?«, frage ich erstaunt. Ich muss im falschen Film gelandet sein! Das obere Ding soll wirklich *mein* Zauberstab sein? Gottman spinnt doch! »Aber warum hält ihn *Zeus* dann auf diesem Bild hier in den Händen? Das kann doch nicht sein! Ich kann doch unmöglich Zeus' Zauberstab … Nie und nimmer!« Verbissen schüttle ich den Kopf.

Gottman sieht mich irritiert an. »Nico, es ist an der Zeit, den Tatsachen ins Auge zu sehen. In deinen Adern fließt das Blut des Ursprungs! Wer, außer dir, sollte sonst diesen Zauberstab geerbt haben? Von Generation zu Generation wird er von Vater zu Sohn weitergegeben, das kannst du doch nicht vergessen haben, oder? Und Zeus stand nun mal am Beginn der Blutlinie der Arassis-Dynastie.«

Fassungslos starre ich ihn an. Hier kann etwas ganz und gar nicht stimmen. Sofort weiß ich auch, was: »Aber Sir, Sie sagten doch immer, dass der Caduceus Hermes gehört hat?«

»Ach deswegen zweifelst du … Jetzt verstehe ich. Aber ja, natürlich, das hat er auch, aber doch nur für kurze Zeit. Zeus hat Hermes diesen Stab nämlich nur vorübergehend *geliehen*. Zu Friedenszwecken, hauptsächlich als Erkennungsmerkmal. Er signalisierte seine Immunität bei der Überbringung militärischer Befehle oder geheimer Nachrichten und sicherte ihm so seine schadlose Rückkehr. Doch als seine Dienste beendet waren, hat er den Caduceus selbstverständlich seinem rechtmäßigen Träger, also Zeus höchstpersönlich, zurückgegeben.

Der Zweitname des Stabs, nämlich Hermesstab, hat sich wohlgemerkt dennoch bis heute gehalten.«

Verblüfft starre ich Gottman mit offenem Mund an. »Ach so«, stottere ich verlegen. Das hätte er mir aber auch schon früher sagen können. »Jetzt verstehe ich …«, murmle ich in mich hinein. Also besitze ich tatsächlich Zeus' Zauberstab. Wahnsinn … das ist ja irre!

»Aber warum sieht der Caduceus dann auf diesem Bild hier so anders, vor allem größer und länger, aus? Ist er irgendwann zu Bruch gegangen und konnte nicht mehr repariert werden?«, fragt Lavinia neugierig.

Offensichtlich scheint sie ebenso wie ich an Gottmans Worten zu zweifeln. Wir können wirklich nicht abstreiten, dass wir Geschwister sind. Genau diese Frage wollte ich nämlich auch gerade stellen … Mal sehen, was Gottman antwortet.

»Um Himmels willen, nein!«, meint der Rektor fast schon lachend. »Das Zepter des Zeus, in dieser Form auch Caelum genannt, bestand seit jeher aus zwei miteinander verschmolzenen magischen Gegenständen. Kommt, setzen wir uns. Seht her …«

Nachdem meine Freunde und ich auf dem Sofa Platz genommen haben, beginnt der Rektor auf die Abbildung zeigend zu erklären: »Also: Der obere Teil ist der Caduceus und völlig identisch mit deinem, Nico. Mit ihm konnte Zeus Zauber wirken, genau wie du. Und mit der Verlängerung hier unten, dem mächtigen Zepter Aigis, konnte Zeus das Wetter beeinflussen.«

»Was?«, frage ich verwundert und beginne erneut zu überlegen … Das haben wir im Geschichtsunterricht doch anders gelernt … »Aber Professor Arlon sagte immer, Zeus habe dafür Blitz, Zündkeil und Donner verwendet?«, fällt mir nämlich ganz plötzlich wieder ein. Wehe, wenn Lavinia noch einmal behauptet, ich würde in der Schule nicht aufpassen – das war wohl gerade der beste Gegenbeweis.

»Sehr gut mitgedacht, mein Junge! Bravo!«, freut sich der Rektor über meine Wortmeldung. »Das hat er auch! Aber nun kommt der Clou: Zeus hatte es irgendwann satt, immer mit mehreren unterschiedlichen Gegenständen hantieren zu müssen. Das war ihm viel zu mühsam und umständlich. Kannst du das verstehen?« Gottman sieht mich fragend an.

Ich nicke zustimmend. »Ja, das kann ich. Diese ganze Blitz-Zündkeil-Donner-Sache war bestimmt ziemlich unübersichtlich.«

»Absolut! Und Zeus wäre nicht Zeus gewesen, wenn er keine viel elegantere Lösung parat gehabt hätte«, fügt der Rektor mit einem gerissenen Grinsen hinzu. »Und daher hat der mächtige Talenter mit der Kraftverstärkung einer Veneficium-Perle aus dem Inneren des Caduceus – wie auch du bereits eine eingenommen hast, Nico – alle drei Tartaren-Geschenke zu einem einzigen verwoben, nämlich dem Zepter Aigis.«

»Wie cool!«, ruft Sebi sogleich völlig begeistert und klatscht in die Hände. »Und ich wette, dass er dieses wiederum nach Belieben mit dem Caduceus verbinden konnte, woraus sich dann schließlich das Zepter Caelum ergab. Stimmt's?«

»Ganz genau!«, bestätigt der Rektor Sebastjans Vermutung. »Somit war es Zeus möglich, auf einen Schlag Zauber zu wirken *und* das Wetter zu beeinflussen. Genial, oder? Aber fragt mich bitte nicht, warum bei den Menschen das allmächtige Aigis so oft als Ziegenfell dargestellt wird, dafür habe nämlich auch ich ausnahmsweise mal keine Erklärung. Ich könnte mir allenfalls vorstellen, dass Zeus anfangs noch mit den drei Tartaren-Geschenken experimentiert und sie zunächst in eine Art Umhang verwandelt hat... Womöglich hat sich diese Darstellungsform dann bei den Menschen einfach als Ziegenfell eingeprägt«, beendet er seine Ausführungen.

»Okay, verstehe. Eine geniale Sache, die zwar etwas kompliziert klingt, aber durchaus verständlich ist. Also ergibt Caduceus plus Aigis das Zepter Caelum«, wiederhole ich, um mich zu vergewissern, ob ich auch alles richtig verstanden habe.

Gottman nickt.

»Aber … was genau hat das nun mit der heutigen Ameisensache zu tun?«, will ich schließlich wissen, denn irgendwie stehe ich dahingehend noch immer auf der Leitung und bin komplett verwirrt.

»Na ganz einfach: Wir haben gerade herausgefunden, wo das mächtige Aigis abgeblieben ist. Hör mir zu«, fordert uns der Rektor erneut auf, seinen Worten zu lauschen. »Da Zeus' Werkzeuge niemals in falsche Hände geraten durften, entschied er bereits zu Lebzeiten, sie bei seinem Tod mit ins Grab zu nehmen. Doch in der Nacht vor seinem Begräbnis verschwanden sowohl sein Leichnam als auch der Hermesstab und das mächtige Zepter Aigis auf mysteriöse Art und Weise. Natürlich ging damals niemand von Diebstahl, sondern von einer Art Wunder aus. Alle dachten, Zeus' Geist sei mit beiden Artefakten in das Reich der Ahnen aufgestiegen, von wo aus er bis in alle Ewigkeit über die Erde wachen würde. Keiner schenkte der einzigen Augenzeugin dessen, was wirklich geschehen war, einer alten und scheinbar verwirrten Frau, Glauben, als sie behauptete, den Talenter Aiakos am Friedhof erkannt zu haben. Ein fataler Fehler … wie sich heute herausstellte.«

Hektisch schlägt der Rektor eine weitere Seite in Onkel Mikelos Buch auf. »Dieses Gemälde hier …«, Gottman zeigt auf ein mit Bleistift gezeichnetes Bild, »hat Mikelo und mir vorhin den Beweis dafür geliefert, dass wir mit unserer Theorie richtiglagen. Es wurde als Erinnerung an Zeus' Bestattung von einem Künstler namens Marcus del Verrati angefertigt. Und nun achtet bitte auf diese kleinen schwarzen Punkte rechts neben dem Grabstein, direkt auf der Erde. Fällt euch dabei etwas auf?«

Schon nickt Sebi bestätigend. »Diese Punkte formen ein V, das Zeichen der Elysier. Aber … Sir, ich glaube nicht, dass der

Geheimbund dieses Symbol damals überhaupt schon als Erkennungsmerkmal verwendet hat. Laut unserem Geschichtsbuch wurde dieser Buchstabe nämlich erst viel später zum offiziellen Logo der Elysier gemacht, so um 1930. Und zu dieser Zeit existierte dieses Gemälde doch schon längst, oder?«

»Da hast du recht, Sebastjan«, bestätigt Gottman und grinst gerissen. »Aber ich wollte mit diesem Buchstaben auch nicht auf die Elysier, sondern auf etwas anderes hinaus.«

Kurzerhand mischt Mary sich ein. »Wenn Sie mich fragen, würde ich sagen, dass diese Punkte, die ein V bilden, schlichtweg die versteckte Unterschrift des Künstlers del Verrati sind. Damit hat es bestimmt nichts Besonderes auf sich. Künstler versuchen oft, ihr Kürzel unbemerkt auf Gemälden zu platzieren.«

»Und genau das, liebe Mary, dachten bis heute auch alle. Und genau deshalb schenkte keiner diesen Punkten eine tiefere Bedeutung – sogar dann nicht, als die einzige Augenzeugin behauptete, Aiakos am Friedhof gesehen zu haben … Jeder hielt sie für verrückt. Aber als Mikelo vorhin die Ameisenformation erblickte, ging ihm ein Licht auf, und im Nu entlarvte er den versteckten Hinweis der Elysier. Heute hat uns Einnar Torloxton höchstpersönlich verraten, dass sich damals wirklich alle in Bezug auf den Verbleib des Aigis geirrt haben und dass niemand Geringeres als der Talenter Aiakos selbst das mächtige Zepter gestohlen hat. Ihr müsst wissen, dass das V nämlich seit jeher als das inoffizielle Symbol der Myrmidonen gilt. Es leitet sich vom Anfangsbuchstaben jener Insel ab, auf die der grausame Talenter Aiakos damals verbannt wurde: Verexilium.«

»Ach so … Aber … hätte dieser Diebstahl nicht spätestens auffliegen müssen, als Zeus' Nachkomme lediglich den Caduceus von seinem Vorfahren erhielt?«, will Mary verdutzt wissen und zieht fragend die Augenbrauen hoch.

Eine gute Frage, auf die Gottman ebenfalls sofort eine Antwort parat hat. »Keineswegs, mein Kind, denn weitergereicht werden seit jeher ausschließlich die Zauberstäbe, und zwar immer und ausnahmslos in der nächsten Samhain-Nacht nach dem Tod eines Talenters. Voraussetzung ist lediglich, dass der Nachkomme zu diesem Zeitpunkt bereits sein fünfzehntes Lebensjahr vollendet hat. Da Zeus natürlich länger lebte als jeder andere Talenter zuvor, waren einige seiner Söhne bereits vor ihm gestorben, sodass der Stab nicht wie üblich an den Erstgeborenen, sondern an einen von Zeus als für würdig befundenen Erben vermacht wurde. Dieses Übergabe-Prozedere hat sich über die Jahrhunderte hinweg niemals verändert. Dass damals nur der Caduceus und nicht das Aigis weitergegeben wurde, war also ganz richtig«, beendet der Rektor seine Ausführungen und blickt uns an.

»Spannend«, staune ich, und auch meine Freunde nicken bestätigend. »Und bestimmt ging darum auch Zeus' direkter Nachfahre davon aus, dass das Aigis dauerhaft im Himmel verwahrt werden würde, oder?«, füge ich abschließend noch hinzu.

»Korrekt«, bejaht der Rektor, ehe er weiterspricht und seine Erklärung sogar noch konkretisiert. »Hinzu kam außerdem, dass damals jeder wusste, dass Zeus das Beherrschen des Wetters schon zu seinen Lebzeiten heilig war und es ausschließlich ihm und seinem Bruder Poseidon vorbehalten war – wenn auch bei Letzterem in etwas abgespeckter Form mittels seines Dreizacks. Der Talenter-Vater wollte nämlich stets vermeiden, dass solch mächtige Instrumente in falsche Hände geraten. Genau deshalb hat er Poseidons Dreizack umgehend nach dessen Tod vernichtet, und das, obwohl mit ihm eine Wetterbeeinflussung nur in eingeschränktem Ausmaß möglich war.«

»So ist das also«, sagt Lavinia plötzlich und beendet damit Gottmans Erklärung. »Jetzt kennen wir auch dieses Rätsels Lösung. Nun wissen wir endlich, warum wir damals bei unseren Nachforschungen für das Referat in Mythologie den Aufenthaltsort dieses Dreizacks nicht ausfindig machen konnten. Weil er schlichtweg nicht mehr existiert! Und wir dachten schon, Torloxton würde damit all die Naturkatastrophen und Epidemien heraufbeschwören, dabei …«

»Moment … aber das bedeutet ja …«, unterbreche ich meine Schwester, denn mit einem Mal glaube ich, alles durchschaut zu haben. »Lavinia, freu dich nicht zu früh, denn wenn ich eins und eins richtig zusammengezählt habe, hat Aiakos das Aigis nicht nur gestohlen, sondern es direkt an den Elysischen Bund übergeben! Möglicherweise ist er sogar so etwas wie der Gründervater dieses Vereins«, rufe ich schockiert aus, springe von meinem Platz auf und sehe meiner Schwester, Sebi, Mary, Argos, Gottman und Erossa abwechselnd tief in die Augen. »Habe ich recht, Onkel Mikelo?«

Als er betroffen nickt, wird meine schlimmste Befürchtung bestätigt und mein Herz schlägt augenblicklich schneller. Oh nein! »Leute, wisst ihr, was das für uns und unsere Mission zu bedeuten hat?«, fahre ich sogleich schockiert fort. »Torloxton hat also nicht nur eine Armee aus Myrmidonen als Verstärkung, sondern auch das mächtige Zepter in seiner Gewalt. Wenn er nun auch noch die Büchse der Pandora und das Stundenglas des Kronos in die Hände bekäme, wäre er allmächtig. Niemand könnte ihn jemals mehr aufhalten, nicht einmal wir!«

»Leider ist es exakt so, wie du sagst, Nico«, bestätigt nun auch Rektor Gottman kreidebleich meinen Verdacht, ehe er kurz darauf noch ein Schäufelchen nachlegt. »Und nun stellt euch obendrein noch vor, Torloxton würde einen Weg finden, den Blutlinienzauber, der auf dem Caduceus liegt, aufzuheben. Wenn ihm das gelänge, könnte er selbst zum rechtmäßigen Träger des Hermesstabs werden, was wiederum hieße, dass er Zugriff auf die Veneficium-Perlen in seinem Inneren hätte und …«

»Um Himmels willen, nein!«, rufe ich erschrocken, wobei mir abwechselnd heiß und kalt wird. »Wenn Torloxton die Veneficium-Perlen in die Finger bekäme, wäre alles aus! Damit wäre der Elysier für zehn Stunden die mächtigste Person auf Erden. Und das … das wäre buchstäblich das Ende der Welt!«

Vollends nervös blicke ich auf die stinkende grüne Asche auf dem Tisch und schrecke unerwartet hoch. Aber … »Was ist das denn?«, frage ich schockiert, als ich sehe, wie sich die Staubkörner wie von Geisterhand plötzlich im Kreis bewegen. »Was, zum Henker noch mal, geht hier vor?«, stottere ich nervös und beobachte, wie sich auf dem Holz des Tisches allmählich Wörter und vollständige Sätze formen.

Sofort läuten meine Alarmglocken. Vor mir befindet sich nun eine elysische Nachricht. Am ganzen Körper zitternd beginne ich sie zu lesen …

❖

Einhundert Punkte, unwürdige Talenter, ich dachte schon, ihr durchschaut mein Vorhaben nie!
Und ehe ich es vergesse:
Ich bin euch immer einen Schritt voraus!
V oder besser gesagt: Einnar Torloxton
(jetzt wisst ihr ja, wer ich bin)

❖

Von einer Sekunde auf die andere beginnt mein Herz bis zum Hals zu hämmern, und Schweißperlen bilden sich auf meiner Stirn. Pures Adrenalin rauscht unkontrolliert durch meine Adern. Sämtliche Synapsen meines Gehirns sind unter Hochspannung geraten. Meine schlimmste Befürchtung ist soeben Realität geworden.

»Die Botschaft unserer Eltern ist also tatsächlich unser *einziger* Ausweg!«, keuche ich entsetzt und starre die anderen verzweifelt an. »Wir müssen handeln, und zwar schnell.«

3

Am Fenstersims des Gemeinschaftsraums

Während die Nerven der Anhänger der Arassis-Dynastie auf die Zerreißprobe gestellt werden, lacht sich die winzige schwarze Ameise, die im Balkonkasten zwischen den bunten Begonien lauert, hämisch ins Fäustchen.

›Endlich haben diese minderwertigen Kreaturen von Talentern begriffen, was Sache ist‹, freut sich die Myrmidone bis über beide Ohren grinsend. Es hat ihr überaus große Freude bereitet, Gottmans Gesichtsausdruck genau zu beobachten, als er endlich verstanden hat, was vor sich geht. Das rundet die hinterhältige Mission der kleinen Ameise perfekt ab. Heute scheint wahrlich ihr Glückstag zu sein.

Niemals hätte sie es für möglich gehalten, einfach ein sperrangelweit offen stehendes Fenster genau an ihrem Zielort vorzufinden. So war es ihr ohne große Anstrengung möglich, gleichzeitig stiller Beobachter und verborgener Zuhörer zu sein – mehr, als sie jemals zu hoffen gewagt hätte. Sie musste einfach nur abwarten, bis diese dämlichen Talenter den Plan ihres Meisters durchschaut hatten, ehe sie unbemerkt den Zauberspruch ihres Herren aktivieren konnte, sodass sich die Botschaft aus der Asche ihrer Kameraden formte.

Noch immer ist es erheiternd, mit anzusehen, wie die Talenter rätseln, was den Nachrichtenzauber wohl ausgelöst haben könnte, wo doch die Schatulle selbst, nach Gottmans eigener Überzeugung, keinerlei magische Spuren aufgewiesen hat… Keiner von ihnen scheint auf die Idee zu kommen, dass sie von jemandem ausspioniert werden könnten – eigentlich töricht von ihnen…

Es war wirklich schlau vom Meister der Myrmidone, ihr zu befehlen, sich nicht gemeinsam mit ihren anderen Gefährten in der Box zu verbergen. Obwohl das kleine hinterhältige Wesen natürlich tiefe Trauer über den Tod ihrer Kameraden verspürt, überwiegt dennoch ein Gefühl von Zufriedenheit in ihrem Inneren. Bald wird sie dem Anführer des Elysischen Bundes frohe Kunde überbringen dürfen! Hoheit Torloxton wird stolz sein zu hören, dass alles ganz genau so gelaufen ist, wie er es befohlen hatte.

4

Das Blut des Ursprungs

Außer mir vor Sorge beginne ich im Gemeinschaftsraum umherzulaufen. Gerade ist mir klargeworden, dass es nun endgültig kein Zurück mehr gibt. Irgendwie muss es meiner Schwester und mir gelingen, die Botschaft auf diesem leeren Zettel sichtbar zu machen. Das ist unsere einzige Chance, Torloxton aufzuhalten. Seine Nachricht hat uns wieder einmal sehr genau vor Augen geführt, wozu dieser Elysier fähig ist.

»Wie machen wir nun weiter?«, will ich darum von Gottman und Erossa wissen und sehe beide hilfesuchend an.

»Ich schlage vor, die Arbeiten untereinander aufzuteilen. Während ihr«, damit meint Onkel Mikelo Sebi, Lavinia, Mary und mich, »weiter nach Möglichkeiten sucht, die Botschaft auf der Karte sichtbar zu machen, versuchen Rupert, Argos und ich herauszufinden, wie es den Elysiern möglich war, die Asche-Botschaft erscheinen zu lassen. Das Ganze hier ist mir einfach nur schleierhaft«, murmelt er in grüblerischem Ton, bevor er Torloxtons Nachricht mit einer geschickten Bewegung seines Zauberstabes verschwinden lässt. »Rein gar nichts an dieser Schatulle war magisch.«

Wir nicken Professor Erossa zustimmend zu. Dieser Plan klingt gut. »In Ordnung, so machen wir es«, antworte ich ihm und möchte mich bereits an die Arbeit machen. Doch als die Professoren bereits aufgestanden und kurz davor sind, den Raum zu verlassen, bemerke ich es, und sofort wird mir gleichzeitig heiß und kalt. »Das gibt es doch nicht!«, rufe ich entsetzt aus und sehe mich hektisch suchend um. Wie konnte das geschehen, ausgerechnet jetzt, zum allesentscheidenden Zeitpunkt?! »Wohin, zum Henker noch mal, ist denn diese Karte so plötzlich verschwunden? Gerade eben hatte ich sie noch in der Hand!«

»Herrschaftszeiten«, höre ich Onkel Mikelo noch erschrocken keuchen, ehe mich blanke Wut und Hilflosigkeit gleichzeitig übermannen. Binnen einer Nanosekunde ist mein Blutdruck in eine mir unbekannte Dimension geschnellt – dabei dachte ich, dass ich den höchstmöglichen Wert schon längst erreicht hätte. Meine Schläfen pochen, mein Kopf steht kurz vor der Explosion und meine Nerven gehen vollends mit mir durch, denn soeben macht sich ein fürchterlicher Verdacht in mir breit.

»Was, wenn uns Torloxton mit seiner Botschaft lediglich ablenken wollte, um die Karte unbemerkt zu stehlen?«, rufe ich verzweifelt aus und spüre schon, wie mir sämtliche Farbe aus dem Gesicht weicht.

Kurzerhand beginnen wir alle wie von der Tarantel gestochen jeden noch so kleinen Winkel des Gemeinschaftsraums zu durchkämmen. Wie von Sinnen verrücken wir Regale, wühlen uns durch Zettelberge und zerlegen selbst die Sofakissen in ihre Bestandteile. Alles nur, um festzustellen, dass die Karte einfach nirgends auffindbar ist. Und dann bellt auch noch Argos die ganze Zeit. Sicherlich ist er ebenfalls ganz aufgeregt. Irgendwann ist es sogar so weit, dass Onkel Mikelo schon befürchtet, er könnte die Karte und damit unseren einzigen Hoffnungsschimmer versehentlich mitsamt den Ameisen zu Staub und Asche verwandelt haben, doch das kann ich mir bei ihm einfach nicht vorstellen.

Ein jähes Ende findet dieser ganze Zirkus erst, als ich vollkommen fertig mit den Nerven und mit einer fetten Ladung Staub in der Nase hinter dem Sofa vorgekrochen komme und Argos mich bellend und schwanzwedelnd anspringt. Denn dann sehe ich es und kann den Ärger und die gleichzeitige Erleichterung, die sich mit einem Mal in mir breitmachen, kaum in Worte fassen.

»Oh Mann, da ist sie ja!«, keuche ich, da ich bemerke, dass der kleine Mistkerl die Karte doch tatsächlich in seiner Schnauze hält. Und das wahrscheinlich schon die ganze Zeit! Bestimmt war er deswegen so aufgeregt! »Aber warum hast du denn nicht einfach etwas gesagt?!« Da hat man schon einen sprechenden Hund an seiner Seite und dann so was!? Offensichtlich haben wir sein aufgeregtes Kläffen allesamt völlig falsch gedeutet, nämlich als Aufforderung weiterzusuchen… Ob sich Argos mit dieser Aktion vielleicht ein klein wenig an uns rächen wollte? Möglich wäre das durchaus. Schließlich war er gestern schon ziemlich sauer auf uns alle, als keiner von uns Partei für ihn ergriffen hat, als Rektor Gottman ankündigte, er würde ihn bald auf eine strenge Diät setzen…

Wie auch immer: Wenigstens hat der Kleine mitgedacht und die Karte an sich genommen, als sie mir irgendwann zwischen Marys Ameisen-Attacke und Gottmans Myrmidonen-Erklärung runtergefallen sein muss. Nicht auszudenken, was es bedeutet hätte, wenn sie tatsächlich weg gewesen wäre… beziehungsweise wenn Torloxton sie wirklich geklaut hätte! Bei diesem Gedanken läuft mir sogar jetzt noch ein kalter Schauer über den Rücken. Daran möchte ich gar nicht denken. Aber nun gilt es, mit den Nerven runterzukommen und den richtigen Decodierungsansatz zu finden. Wir müssen uns auf das Wesentliche konzentrieren.

Erleichtert nehme ich Argos die Karte ab und drücke sie fest entschlossen gegen meine Brust. Doch genau da passiert es! Vor

Schreck lasse ich die Karte ein zweites Mal fallen, und damit ist es auch schon wieder vorbei. »Himmel noch mal, was war das?!«

Panisch sehe ich zu meinen Freunden. »Habt ihr das eben nicht gesehen?«, frage ich sie verdattert, als keiner von ihnen irgendeine Reaktion zeigt und sie mich lediglich mit großen fragenden Augen anstarren. Ob ich überschnappe und den Verstand verliere? Nach der ganzen Aufregung gerade wäre das durchaus denkbar …

Ruhig bleiben und abregen, Nico! Ich versuche es einfach noch einmal. Doch als ich mich bücke, um die Karte wieder an mich zu nehmen, geschieht es erneut: Alles um mich herum wird strahlend hell!

»Ich fasse es nicht!« Das ist bisher noch nie passiert. »Habe ich es mir also doch nicht eingebildet! Sobald ich das Papier berühre, beginnt irgendetwas hier im Raum auf mysteriöse Weise zu leuchten. Das kann kein Zufall sein«, rufe ich aufgeregt.

»Himmel noch mal, genau! Das ist des Pudels Kern«, ruft Gottman plötzlich begeistert und verpasst Onkel Mikelo einen freundschaftlichen Klaps auf die Schulter.

»Aber natürlich!«, stimmt dieser sofort aufgeregt und mit hochrotem Gesicht zu. »Ich liebe Zuschnapp-Zauber!«

Häh … was meint er denn damit? Was haben die beiden denn jetzt wieder herausgefunden? Mit hochgezogenen Brauen starre ich sie abwechselnd an.

»Dein Blut ist der Schlüssel, Nico!« Erossa kommt mit triumphierendem Gesicht auf mich zu. »Los, mach schnell!«

Und da begreife ich, was er meint. ›Oh Vater, bitte lass ihn recht haben‹, flehe ich in Gedanken. Gleich wird sich herausstellen, ob wir wirklich die Lösung gefunden haben.

Hastig reiße ich das Taschentuch von meinem blutverkrusteten Mittelfinger und presse ihn keine Sekunde später mit Druck gegen die Karte. Und genau in dem Moment, als Haut und Papier einander berühren, lodert ein unbeschreibliches Gefühl der Macht in mir auf. Ich könnte losheulen, denn plötzlich weiß ich ganz genau, dass wir kurz vor dem Ziel stehen!

Alles um mich herum beginnt sich wild zu drehen, immer schneller und schneller, bis ich fast das Gleichgewicht verliere. Beinahe habe ich das Gefühl, in eine andere Welt abzutauchen, so prächtig ist das Farbenspiel der flammengleichen Lichter an der Wand – blau, gelb, grün, alle Farben des Regenbogens … Um nicht ganz in den Bann dieser Pracht gezogen zu werden, schließe ich für einen Moment die Augen. Eine gute Entscheidung, die meine Konzentration schürt und mich wieder klarer werden lässt.

»*Noch nicht bereit, ihr seid zu zweit*«, steht nämlich mit einem Mal in Schreibschrift auf dem Pergament der Karte geschrieben. Und kurz bevor der letzte Buchstabe vollständig verblassen kann, ist mein Denkvermögen auch restlos zurückgekehrt und ich beginne zu überlegen. Zu zweit? Wofür …? Aber natürlich!

»Lavinia, um die Karte zu entschlüsseln, ist auch dein Blut notwendig«, fordere ich entschieden und obwohl ich genau weiß, dass meine Schwester eigentlich kein Blut sehen kann – ihr eigenes schon dreimal nicht.

»Was? Du spinnst doch!« Augenblicklich wird Lavinia kreidebleich. »Ist das dein Ernst?«, stammelt sie kritisch und starrt nun unsicher und ein wenig mitleidheischend Rektor Gottman an.

»Ich fürchte ja, mein liebes Kind. Nico hat recht mit dem, was er sagt. Ihr beiden seid die Auserwählten der Prophezeiung. Doch keine Sorge, Mädchen, viel Blut wird nicht notwendig sein. Ein kleiner Schnitt hiermit wird reichen … Apparete! … Soll ich, oder willst du?«

Als Lavinia das lange spitze Messer in Gottmans Hand erblickt, verstummt sie augenblicklich – eine Klinge ist eindeutig das Letzte, das sie in diesem Moment sehen möchte. Prompt weicht auch der letzte Rest Farbe aus ihrem schönen Gesicht, welches dem unserer Mutter so sehr ähnelt.

»Komm schon, Lavinia, stell dich nicht so an«, versuche ich sie anzustacheln. Vielleicht wird sie mutiger, wenn ich sie ärgere. »Mach schon, da musst du jetzt durch! Oder soll ich das Buch holen? Aber der Biss tut mit Sicherheit mehr weh als ein kleiner Schnitt mit diesem Kindergarten-Messer. Ich weiß, wovon ich rede.«

Unbeeindruckt blickt sie mich an.

Aber … warum zögert sie noch immer? Sie weiß doch, was auf dem Spiel steht! Nun gut, anscheinend will sie es nicht anders, also muss ich noch ein bisschen nachlegen. Und natürlich habe ich noch eine weitere Stichelei in petto.

»Wenn du so weitermachst, bist du schuld, wenn wir die Gegenstände nicht finden und die Elysier die Menschen versklaven!«, schimpfe ich also kaltherzig drauf los und merke, wie sich ihre Mimik sofort verändert. Das hat gesessen! So etwas lässt meine Schwester natürlich nicht auf sich sitzen. Damit habe ich nicht nur ihren wunden Punkt, sondern vor allem auch ihren Stolz getroffen.

»Halt deinen Mund, Nico! Von dir lasse ich mich nicht beleidigen! Her mit dem Ding!«, fordert sie auf einmal wieder mutig und reißt Gottman das Messer fast schon aus der Hand. Mit einem kurzen »Autsch!« ist es vollbracht.

Niemals in meinem Leben werde ich diesen, nicht in Worte zu fassenden, Moment vergessen, als sich unser beider Blut mit dem Pergament verbindet. Augenblicklich durchströmt eine allesdurchdringende Energiewelle den Raum. Es ist mir beinahe unmöglich, mich aufrecht zu halten – so grenzenlos ist die soeben entfesselte Zauberkraft, die alles bisher Dagewesene in den Schatten stellt.

Neben mir, über mir, unter mir, einfach überall sehe ich bunte

Sterne funkeln. Nicht einmal die Luft scheint mehr stillzustehen, auch sie dreht sich tornadoartig im Kreis. Mit Schwung wird die Karte schließlich an die Decke gerissen und der Boden und die Wände des Gemeinschaftsraums beginnen mit der Stärke eines heftigen Erdbebens zu vibrieren.

Obwohl Mary und Sebastjan vor Angst um ihr Leben schreien – wahrscheinlich denken sie, die Elysier würden uns erneut angreifen –, Argos bellend umherspringt und Erossa und Gottman panisch versuchen, sich schützend vor uns zu stellen, bleiben Lavinia und ich vollkommen reglos nebeneinander stehen. Wir bewegen uns keinen Millimeter von der Stelle. Ich fühle mich wie in einer Art Trance. Vollkommen ruhig. Aus mir unerklärlichen Gründen weiß ich, dass uns keine Gefahr droht, nicht einmal dann, als alles um uns herum schwarz wird, ich rein gar nichts mehr sehen kann und ein Windhauch mit einer für den Sommer ungewöhnlichen Frische mein Gesicht streift.

Nach und nach versiegen auch die Nebengeräusche und nur ein beruhigendes, wasserfallähnliches Plätschern bleibt zurück. Wie hypnotisiert beginne ich hin und her zu wippen, so lange, bis ich geschätzte fünf Minuten später mit einem dumpfen Knall direkt auf meinem Hintern auf dem Fußboden lande.

Nun kehrt nicht nur das Licht, sondern auch die Realität zurück. Die Magie ist verschwunden, und alles scheint genau wie vorher zu sein – mit einem Unterschied: Die Botschaft ist endlich erschienen.

5

Kryptische Worte und unverständliche Phrasen

Auf der Stelle springe ich auf und haste mit der Karte in der Hand zu Mary. »Schnell, kneif mich mal, ich muss testen, ob ich schlafe«, ist das Erstbeste, das ich herausbringe, als ich mich wieder etwas gefangen und meine Stimme unter Kontrolle habe. Ich muss gestehen, dass niemals zuvor ein »Autsch, nicht so fest! Einmal reicht!« derartige Hochgefühle in mir ausgelöst hat.

Voller Aufregung hüpfe ich in die Luft. Es ist fast zu schön, um wahr zu sein. Vor Freude drücke ich Mary einen Kuss auf die Wange – und das zum allerersten Mal, ohne dabei rot anzulaufen. Danach falle ich Sebi, Onkel Mikelo, Rektor Gottman und Lavinia nacheinander glückselig um den Hals.

»Wir haben es tatsächlich geschafft! Wir haben die Botschaft der Karte freigelegt!«, jubelt auch meine Schwester mit einem breiten Grinsen im Gesicht und gibt mir einen freundschaftlichen Klaps auf die Schulter. »Ich hoffe, du nimmst mir die Messer-Sache von vorhin nicht übel, Bruderherz?«

»Hey, vergiss es! Ich wollte dich sowieso nur anstacheln, damit du zu deinem Mut zurückfindest«, entschuldige ich mich ebenfalls bei ihr. »Nichts von dem, was ich gesagt habe, war ernst gemeint!«

»Ich weiß …«, antwortet sie mir lächelnd, ehe Sebi geradewegs zu uns gelaufen kommt und unsere Geschwister-Wiedervereinigung unterbricht.

»Nico und Lavinia, ihr seid eine Wucht!«, ruft er freudig aus und klatscht euphorisch mit uns ab. »Wie ich immer zu sagen pflege: ›Einer für alle und alle für einen!‹ Aber jetzt zeigt endlich her, was eure Eltern uns …«

»Schweigt still!«, ruft Onkel Mikelo ganz plötzlich und völlig unerwartet und versetzt mir damit einen kleinen Stich ins Herz. Warum unterbricht er unsere Freude denn so ruppig?

»Was ist denn jetzt wieder los?«, frage ich verdattert und sehe zu ihm hinüber.

»Irgendetwas in diesem Raum behagt mir ganz und gar nicht!«, gibt er mir kurz angebunden zur Antwort, wobei er sich abschätzend nach allen Seiten umblickt. »Irgendwie habe ich das Gefühl, beobachtet zu werden. Schnell! Versteckt die Karte, Kinder! Los, ich habe etwas gehört. Jetzt bin ich mir ganz sicher!«, befiehlt er, bevor er entschieden seinen Zauberstab zückt und dicht gefolgt von Rektor Gottman zum Fenster eilt, ohne ein weiteres Wort zu verlieren.

Damit bin auch ich wieder in höchste Alarmbereitschaft versetzt. »Wenn die Elysier glauben, uns die Karte so einfach entreißen zu können, dann haben sie sich bitter getäuscht! Ich werde das Vermächtnis unserer Eltern mit meinem Leben verteidigen, wenn es sein muss! Komme, was wolle«, rufe ich entschlossen und blicke auffordernd Sebi, Mary, Argos und Lavinia in die Augen, die mir alle bestätigend zunicken.

»Auch wir werden tun, was nötig ist!«

Abwartend beobachten wir die beiden Professoren, die sehr zu unser aller Erleichterung, kurz nachdem Sir Gottman das Fenster geschlossen und den Vorhang zugezogen hat, Entwarnung geben. »Hier ist niemand, wir sind allein. Das war wohl doch nur der Wind«, seufzt der Rektor sichtlich beruhigt.

»Offenbar braut sich draußen ein Sommergewitter zusammen. Unser aller Nerven liegen heute wohl einfach blank. Da lässt einen schon mal das kleinste Geräusch aufschrecken und unruhig werden.«

Der Stein, der mir in diesem Moment vom Herzen fällt, ist mit Worten kaum zu beschreiben, und sekundenschnell klettert der Pegel auf meinem Gute-Laune-Barometer wieder nach oben. »Gott sei Dank, da bin ich aber froh!«, schnaufe ich erleichtert und atme tief durch.

»Doch bevor wir uns der Botschaft der Karte widmen, wirke ich vorsorglich lieber noch einen Schutzzauber«, kündigt Onkel Mikelo an, der sich noch immer nicht ganz wohlzufühlen scheint. Schon murmelt er unverständliche Worte, und erst als er seinen Zauber beendet hat und wir gemeinsam auf dem Sofa Platz genommen haben, verlese ich endlich mit klarer Stimme die vorhin auf der Karte erschienenen Worte unserer Eltern.

❖

Die Macht der Zwei enthüllt Mehrerlei,
doch kein Kinderspiel ist der Weg zum Ziel.
Schritt eins ergibt zwei und dieser dann drei,
und nach Etappe vier, seid ihr nicht mehr im Visier.

Gebt acht, denn alles wird aufs Schärfste bewacht.
Nepenthes, Honig und Moly sei Dank,
denn diese Dinge ersparen euch Zank.

Benutzt euer Gespür, dann raus zur Tür.
Doch seid nicht bang, der Nebel weist euch stets den Anfang.

❖

»Mann oh Mann, das klingt vielleicht geschwollen«, ruft Sebi, als ich mit dem letzten Satz fertig bin, und spricht mir damit aus der Seele. Irritiert schüttelt er den Kopf. »Das ist mir irgendwie zu hoch.«

»Das ist wahr, mir auch. Ich verstehe bis auf weniges nur Bahnhof«, antworte ich ihm völlig durcheinander.

Während ich das, von dem ich glaube, es zumindest halbwegs verstanden zu haben, zusammenfasse, beginnt die Karte plötzlich von Neuem zu schimmern. Abrupt entgleitet sie mir, steigt wie von Geisterhand in die Luft und schwebt dann langsam in die Mitte des Raumes, wo sie die Richtung ändert, umkehrt und direkt zum Couchtisch zurückgleitet. Dort hält sie inne und ein goldener Nebel entsteigt dem Pergament, der nach und nach, ganz langsam, ein dreidimensionales Hologramm formt.

»Wow, sieh dir das an …«, flüstert meine Schwester ehrfürchtig und deutet gebannt auf das eben entstandene Gebilde. »Seht ihr diesen … diesen … riesigen Saal mit dem wunderschönen Kuppeldach auch?«

Da ich gerade nicht dazu imstande bin, auch nur einen einzigen Satz korrekt zu formulieren, nicke ich lediglich und bestaune weiterhin das Bildnis, das einen mindestens zwölf Meter hohen Raum zeigt, der an beiden Seiten von prunkvollen, antiken Säulen begrenzt wird und in dessen Mitte sich ein runder, mit Fenstern versehener Bau befindet, um den sich Treppenstufen winden. Wenn das Glasdach und die modernen Wegschilder nicht wären, würde ich alles darauf verwetten, dass dieser Saal zu irgendeinem antiken griechischen Tempel oder dergleichen gehört.

»Leute, ich habe da so eine Vorahnung, dass dieser Ort für unsere Suche relevant sein könnte«, überlegt Sebi nach einer Weile mit nervösem Unterton in der Stimme. »Ich denke, wir müssen dort hin!«

»Damit hat Sebastjan ganz bestimmt recht!«, mischt nun auch Argos sich ein. »Der letzte Satz der Karte hat mit Sicherheit genau das zu bedeuten. Erinnert euch: ›Seid nicht bang, der Nebel weist euch stets den Anfang‹, hieß es da! Aber *ich* habe überhaupt keinen blassen Schimmer, wo sich dieser Raum befinden könnte ...«, endet der Hund kopfschüttelnd und sieht zuerst mich, dann Lavinia und schließlich Sebi und Mary fragend an. »Wisst ihr denn, wo das sein könnte?«

»Keine Ahnung«, antworten meine Freunde und ich fast gleichzeitig und schütteln allesamt die Köpfe.

»Aber *wir* wissen es«, unterbricht Onkel Mikelo plötzlich unsere Ratlosigkeit und klatscht dabei erfreut in die Hände. »Wir würden dieses einzigartige Kuppeldach sogar im Schlaf wiedererkennen, nicht wahr Rupert? Aber bevor wir euch in unser Wissen einweihen, müssen der Rektor und ich noch etwas überprüfen. Und zwar allein! Um dem Rätsel dieser kryptischen Floskeln vollständig auf den Grund gehen zu können, benötigen wir nämlich Ruhe. Und Nico ...«, Erossa sieht mich durchdringend und streng an, »du brauchst gar nicht versuchen zu spitzeln. Ich meine es ernst! Wir brauchen absolute Stille! Stimmt's, Rupert?«

»Richtig, mein Freund«, antwortet ihm Gottman und nickt Onkel Mikelo dabei verschwörerisch zu. »Keine Widerrede, Kinder! Bei unserem Vorhaben ist volle Konzentration notwendig. Eure Gegenwart alleine würde schon ausreichen, um uns abzulenken. Aber um Punkt achtzehn Uhr treffen wir uns in meinem Büro wieder«, fügt er noch zwinkernd und etwas weniger streng hinzu. »Bis dahin sollten wir alles Nötige herausgefunden haben. Dann werden wir euch in die Details einweihen und die weitere Vorgehensweise besprechen.«

»Und so wie ihr fünf«, Erossa deutet auf Lavinia, Sebi, Mary, Argos und mich, »momentan ausseht, braucht ihr sowieso mal eine Pause, nicht wahr?« Onkel Mikelo wirft uns noch einen letzten väterlichen Blick zu, bevor Gottman die noch immer schwebende Karte an sich nimmt und den Zauber damit beendet. Auf einen Schlag ist das Hologramm wieder verschwunden und alles ist exakt so, wie es vorher war.

Ein Blick in die ernsten Gesichter der Professoren genügt mir, um zu erkennen, dass jeglicher Widerstand unsererseits zwecklos wäre. »Dann eben bis später«, verabschieden meine Freunde und ich uns schließlich murrend von den beiden und marschieren widerwillig in die Küche, um uns dort etwas Essbares zu besorgen.

6

13 500 Kilometer entfernt auf einer Insel in Vanuatu

Fast wäre Balthasar Enorak erneut ohne zu klopfen in die Gemächer seines Herren eingetreten. Genau wie früher als seine Welt noch in Ordnung war. Aber seit geraumer Zeit, um präzise zu sein, seit dem Scheitern der Westhold-Jackson-Undercover-Mission im Arassis-Anwesen, ist alles anders. Nun benötigt sogar er, der einst engste Vertraute und Freund des Anführers, eine Voranmeldung. Wer hätte das jemals gedacht?

Zugegeben, als Wasser-Talenter hätte Enorak Mikelo Erossas Absichten und Pläne durchschauen müssen, als er ihn damals um die Weihnachtszeit herum kennenlernte. Schließlich war es seine Aufgabe gewesen, die Loyalität des Elysier-Anwärters zu prüfen, ehe diesem die Identität des Anführers des Bundes preisgegeben wurde. Aber leider versagte seine sonst nahezu perfekte Talenter-Kenntnis bei Erossa komplett – niemals hätte er es für möglich gehalten, dass er ein falsches Spiel mit ihnen treiben könnte. Niemandem zuvor ist es jemals gelungen, seinen Lügendetektortest auszuhebeln. Doch kann ein einmaliges Versagen wirklich diese abartige Behandlung ihm gegenüber, dieses eiskalte Abservieren rechtfertigen? Müsste nicht etwas Gravierenderes gegen ihn vorliegen?

Von heute auf morgen wurde er, der offizielle Berater Torloxtons, seines Amtes als Hauptmann enthoben und zu einem gewöhnlichen Boten degradiert. Sogar siezen muss er seinen früheren Kumpan nun. Eine bodenlose Frechheit ist das!

Aber was bezweckt Torloxton eigentlich mit dieser Unverfrorenheit? Was führt er im Schilde? Hat er vergessen, wem er seine Stellung im Bund zu verdanken hat? Wohl kaum. Ob ihn der Elysier deshalb verschont und zumindest nicht in den Kerker geworfen hat? Um sein schlechtes Gewissen zu beruhigen? Schließlich ist er mit den anderen – Elvira van Divort und Melissa Jackson zum Beispiel – wesentlich härter verfahren. Die beiden hat er gleich mehrere Wochen lang im Gefängnis hungern und foltern lassen, bevor er sie wieder zu sich geholt und für seine Dienste eingespannt hat. Wie auch immer, Balthasar Enorak muss etwas gegen diese Misere unternehmen, und zwar bald, denn ihm geht die gegenwärtige Situation gewaltig gegen den Strich. Doch das Schicksal bereits heute herauszufordern, wäre alles andere als eine kluge Idee, und nur aus diesem Grund wird er brav buckeln und klopfen.

»Wer stört?«, ertönt die gebieterische Stimme Torloxtons.

»Eure Hoheit, verzeihen Sie die Störung. Myrmidonen-Anführer Eudoros bittet um eine Fernaudienz. Er lässt ausrichten, er habe Neuigkeiten und warte auf Befehle. Zu sprechen ist er auf Schaltung drei bei Akon Hollenbeck im Konferenzraum«, erklärt der ehemalige Hauptmann gefasst, fast so, als wäre nie etwas vorgefallen. Ein Meister der Täuschung war er wahrlich schon immer.

Binnen Sekunden läuft Torloxtons Gesicht blutrot an. »Nicht einmal arbeiten kann ich in Ruhe! Wenn diese minderwertige Kreatur von einer Ameise nichts Wichtiges zu berichten hat, mache ich ihr eigenhändig den Garaus! Diese Geschöpfe widern mich an«, flucht er und marschiert zielgerichtet ins Nebenzimmer.

»Myrmidone Eudoros, was gibt es so Dringendes, dass du dir eine Störung erlaubst?«, grölt der Elysier wütend, als er die Fernverbindung hergestellt hat.

»Eure Majestät, die Arassis-Sprösslinge haben die Karte entschlüsselt. Die Botschaft ist freigelegt. Ich habe es mit eigenen Augen gesehen, ehe ich von Gottman und Erossa beinahe erwischt worden wäre. Nur in letzter Sekunde konnte ich von meinem Spionageplatz am Fenster fliehen, um Euch Bericht zu erstatten. Wie soll ich nun weiter vorgehen?«

Staunend bleibt dem Elysier für einen Moment der Mund offen stehen, denn mit solch einer positiven Nachricht hat er beim besten Willen nicht gerechnet – zumindest nicht so bald. Ob er die Meinung über seine Sklavenherde noch einmal überdenken sollte? Scheinbar sind diese Ameisen doch nützlicher als erwartet.

»Gut gemacht, Myrmidone, gut gemacht!«, lobt Torloxton daher zögernd. »Bleib weiter in der Nähe des Anwesens und spioniere den Anhängern der Arassis-Dynastie nach. Lass dich aber ja nicht erwischen, hörst du!«

»Gewiss, Meister, gewiss. Niemals, ich verspreche es bei meinem Leben.«

»Aber nun sag mir: Wie haben Gottman und Erossa eigentlich meine Nachricht aufgenommen?«

»Sie waren … außerordentlich geschockt, Sir. Und …«

»Und *was*?!«, brüllt Torloxton mit einer Stimme, die allen Anwesenden durch Mark und Bein geht.

»Leider hat keiner meiner Gefolgsleute überlebt«, fügt die Myrmidone mit traurigem Unterton hinzu. »Sie haben sie alle kaltblütig ermordet!«

Torloxton zeigt sich jedoch in keiner Weise beeindruckt und lacht nur hämisch auf. »Natürlich sind die tot. Das war nicht anders zu erwarten. Minderwertige Bauernopfer müssen eben sein, gewöhn dich daran«, antwortet der Elysier kaltschnäuzig und ohne jegliches Mitgefühl. »Warum wohl, glaubst du, habe ich dir befohlen, dich außerhalb des Pakets zu verstecken? Natürlich wusste ich bereits im Vorfeld, was mit ihnen geschehen würde … Aber jetzt: Geh an die Arbeit, Diener.«

Damit ist das Ferngespräch beendet.

»Nun zu dir, Balthasar«, wendet sich der Anführer der Elysier nun wieder an seinen ehemaligen Hauptmann. »Folge mir zurück in mein Arbeitszimmer. Diese Kehrtwendung ändert nämlich alles! Vielleicht kann ich dir dein törichtes Vergehen sogar verzeihen … Denn es gäbe da etwas, das du für mich tun könntest«, spricht der Elysier in geheimnisvollem Ton.

Augenblicklich hebt sich Enoraks Laune merklich und er beginnt zu grinsen. Diese unverhoffte Chance auf Wiedergutmachung bringt seinen Ehrgeiz zurück. »Liebend gern, Gebieter, alles was Sie wünschen«, antwortet er unterwürfig. Nun ist seine Zeit gekommen. Er wird Torloxton beweisen, dass er noch immer auf ihn zählen kann.

»Dann lass uns gehen, komm! Ich habe einen Plan. Und dieser ist besser und sicherer denn je. Und zu seiner Durchführung brauche ich dich, genau wie in alten Zeiten. Du musst mir wieder einmal ein Voxonium bauen.«

7

Die Artefakte-Mission beginnt

Am Morgen des ersten August freue ich mich zum wiederholten Male darüber, dass wir unsere Dolmetscher haben und mit dem Rätsel rund um die Artefakte-Mission nicht ganz alleine dastehen. Für Onkel Mikelo und Rektor Gottman war es gestern natürlich ein Kinderspiel, den Reim der Karte in eine für uns angemessene Sprache zu übersetzen und das Wegweiser-System unserer Eltern lückenlos zu durchschauen. In wenigen Stunden hatten die beiden Professoren tatsächlich alles herausgefunden, was es herauszufinden gab.

Obwohl ich zuerst richtig sauer auf die beiden war, als sie uns gestern nach dem Entschlüsseln der Karte so einfach mir nichts dir nichts weggeschickt und uns eine Zwangspause verordnet haben, bin ich letzten Endes froh darüber, dass sie es getan haben. Denn sowohl das leckere Essen, das Mary für uns zubereitet hat – es gab Hühnchen Chop Suey – als auch die zwanglose Plauderei mit meinen Freunden haben nicht nur meine Kräfte, sondern auch meine innere Ruhe zurückgebracht. Diese Pause hatten wir alle dringend nötig!

Außerdem wäre die eigentliche Bedeutung dieses kryptischen *Talenterisch* – so bezeichnen wir seit gestern die hochtrabenden Floskeln und Formulierungen meiner Eltern auf der Karte – für Lavinia, Sebi, Mary, Argos und mich sowieso nicht zu durchschauen gewesen. Dieses Kauderwelsch schrie ja förmlich nach einer Übersetzung! Warum jemand freiwillig eine dermaßen geschwollene und komplizierte – wenn auch laut Gottman angeblich in Talenterkreisen übliche – Ausdrucksform wählt, kann ich einfach nicht verstehen. Wie dem auch sei, die Hauptsache ist, dass wir nun wissen, worum es geht und was Sache ist.

Und nun zum Wesentlichen: Bei der gestrigen Besprechung um achtzehn Uhr in Gottmans Büro haben meine Freunde und ich nämlich erfahren, dass Lavinias und meine Eltern für nahezu alle Eventualitäten Vorkehrungen getroffen haben. Die Karte ist mit Was-wäre-wenn-Zaubersprüchen regelrecht übersät – egal, ob wir von den Elysiern verfolgt werden sollten, kurzfristig in der Zwickmühle sitzen oder ein Scheitern der Mission bevorstehen könnte, alles wurde einkalkuliert. Wie das Pergament auf solche Fälle genau reagieren wird, ist zum jetzigen Zeitpunkt noch fraglich. Das konnten uns gestern nicht einmal die beiden Professoren mit hundertprozentiger Sicherheit sagen. Aber es ist anzunehmen, dass uns die Karte Hilfestellungen zur weiteren Vorgehensweise geben wird. Vorerst bleibt uns nichts anderes übrig, als abzuwarten.

Auf alle Fälle haben nicht einmal Gottman und Erossa mit diesem ausgeklügelten, fast schon hinterhältigen Wegweiser-System gerechnet, das unsere Eltern verwendet haben, um sicherzustellen, dass niemand außer uns die Gegenstände ausfindig machen kann. Onkel Mikelo selbst ist beinahe die Kinnlade runtergefallen, als er den mächtigen Zauber identifiziert hat, der die Artefakte schützt. Weder er noch Gottman hatten wohl gedacht, dass Alexis und Mara wirklich so weit gegangen waren und die Karte mit nichts Geringerem als dem mächtigsten Schutzzauber überhaupt, dem sogenannten Zeusenium, belegt hatten.

Wie uns die Professoren inzwischen erklärt haben, handelt es sich dabei um eine Art Schritt-für-Schritt-Zauber, der zwar sehr effektiv ist, aber leider auch unsagbar heimtückische Elemente enthält. Einerseits ist das zwar gut für die Artefakte, andererseits aber schlecht für uns. Warum, ist recht einfach zu erklären: Um die Büchse der Pandora und das Stundenglas des Kronos finden und letztendlich vernichten zu können, müssen Lavinia und ich nämlich vier unterschiedliche Etappen bewältigen. Zugegeben, bis hierhin klingt die Sache machbar, doch nun kommt der Haken: die zu meisternden Prüfungen!

Jedes Mal, bevor uns die Karte das nächste Etappenziel offenbart, müssen meine Schwester und ich unterschiedliche Aufgaben bewältigen. Dass diese kein Spaziergang werden, ist selbstredend, denn die Karte hat gleich zu Beginn einen Hinweis auf die Gefährlichkeit dieser Aufträge gegeben. Uns wird nämlich geraten, bereits im Vorfeld Schutzvorkehrungen gegen *Zank* zu treffen und dafür drei Objekte mit auf den Weg zu nehmen.

Erstens: das Zaubermittel Nepenthes, das Helena von Troja einst gegen ihren Kummer einnahm. Zweitens: eine magische Pflanze namens Moly, die der mächtige Odysseus vom Talenterboten Hermes erhielt, um gegen die Hexenkünste der Zauberin Kirke immun zu sein. Und drittens: Na ja, drittens ist und bleibt uns ein Rätsel. Denn warum uns die Karte zu Honig rät, ist uns allen vollkommen schleierhaft. Ob sich unsere Eltern schlichtweg geirrt haben, als sie dieses Wort in die Nachricht integrierten? Vielleicht haben sie sich verschrieben oder waren durcheinander? Gottman hält das für ausgeschlossen, Onkel Mikelo hingegen für durchaus denkbar. »Sogar die Besten können sich irren«, hat er gestern dazu gesagt. Aber egal. Immerhin ist Honig ein wirksames Desinfektionsmittel bei Verletzungen, wobei seine Heilkraft natürlich nicht mit der von Ambrosia zu vergleichen ist. Dieses Wundermittel ist noch weit wirksamer – ausschließlich bei Talentern und magischen Lebewesen, versteht sich. Aber mal sehen, was die Zukunft bringt. Ein Glas Sonnenblumenhonig – meine Lieblingssorte – habe ich heute Morgen jedenfalls schon vorsorglich in meinen Rucksack gepackt. Und was nicht gebraucht wird, landet einfach nach Beendigung unserer Mission in meinem Magen. Ein perfekter Deal, wie ich finde.

»Wo bleiben die denn bloß?«, reißt mich Argos' Stimme plötzlich aus den Gedanken. »Hast du den Treffpunkt auch wirklich nicht verwechselt?«

»Nein, ganz bestimmt nicht! Sebi hat versprochen, gleich nachzukommen, und Mary und Lavinia meinten nach dem Frühstück, dass sie nur noch schnell etwas zu erledigen hätten und dann auch zu uns stoßen würden«, antworte ich genervt und blicke ungeduldig und inzwischen bereits zum zweiten Mal innerhalb der letzten Viertelstunde auf meine Taschenuhr, die ich letztes Halloween von meinem verstorbenen Vater bekommen habe. »Ich weiß auch nicht, wo die drei bleiben. Es ist gleich zehn Uhr vormittags.«

Dass unsere Freunde ausgerechnet heute zu spät kommen müssen, treibt nicht nur den kleinen Hund, sondern auch mich fast zur Weißglut. Schließlich haben wir gestern ausdrücklich vereinbart, wann wir zu unserer ersten Etappe aufbrechen würden. Und zu so einer wichtigen Angelegenheit pünktlich zu erscheinen, wäre meines Erachtens wohl das Mindeste, das man an Höflichkeit an den Tag legen sollte. Doch Fehlanzeige, was Sebi, Lavinia und Mary betrifft, denn inzwischen sitzen der Kleine und ich seit nunmehr bereits fünfunddreißig Minuten aufbruchbereit in der Aula des Arassis-Anwesens in den Startlöchern und warten mit zunehmender Ungeduld auf sie.

»Pünktlichkeit zählt definitiv nicht zu den Stärken von Sebi, Lavinia und Mary«, meckert Argos und spricht mir damit aus der Seele.

»Wo du recht hast, hast du recht … Wenn sie in fünf Minuten nicht da sind, dann gehen wir sie suchen!«, sage ich entschlossen zu dem kleinen Hund und bücke mich, um ihn zu streicheln. Vielleicht wird damit diese unnötige Warterei zumindest *etwas* kurzweiliger. Ich wünsche mir nämlich nichts sehnlicher, als diese Mission so schnell wie möglich hinter uns zu bringen und die Elysier dadurch endlich ein für alle Mal aufzuhalten. Hoffentlich werden die zu bewältigenden Aufgaben nicht allzu gefährlich …

Glücklicherweise sind gerade Sommerferien und es findet darum kein Unterricht statt. Pauken wäre nämlich eindeutig das Letzte, wofür ich nebenbei einen Kopf hätte. Und das, obwohl ich vor einigen Wochen noch Gegenteiliges behauptet habe, als Gottman und Erossa uns ankündigten, dass Lavinia und ich die mündlichen Prüfungen trotz allem, was geschehen war, schnellstmöglich und noch vor dem Ende der ersten Ferienwoche nachholen müssten. Mit der Wichtigkeit einer ordentlichen Ausbildung und dem Versprechen unseren leiblichen Eltern gegenüber haben sie damals argumentiert. Mann, war ich sauer auf die beiden, als sie uns alles – sogar die Karte! – hintanstellen ließen. Nicht einmal unseren eigenen Geburtstag durften wir am 22. Juni feiern! Lernen, Lernen und nochmals Lernen war das Einzige, das wir bis zum Ende der ersten Juliwoche tun durften. Ohne gute Noten im Gepäck hätten Gottman und Erossa niemals erlaubt, dass wir uns der Karte auch nur auf zehn Schritte nähern. Wie mich das geärgert hat! Allerdings wären wir dem Geheimnis wahrscheinlich sowieso nicht früher auf die Schliche gekommen. Die paar Tage mehr oder weniger wären aus heutiger Sicht wohl auch nicht ins Gewicht gefallen. Ein Segen, dass meine Freunde wirklich recht hatten und sich tatsächlich alles zu gegebener Zeit gefügt hat. Irgendwie ist das schon Ironie des Schicksals, dass unser Blut der Schlüssel war. Darauf hätten wir eigentlich auch selbst kommen können. Ich möchte mir gar nicht ausmalen, wo wir nun stehen würden, wenn mich dieses blöde Buch nicht gebissen hätte ... Aber egal! Hauptsache ist, dass wir den ersten Teil des Rätsels gelöst haben, der nun mal Grundvoraussetzung ist, um mit unserer Mission beginnen zu können. Und etwas Positives hat die Sache allemal: Nun haben wir wenigstens alle Prüfungen hinter uns und können im Herbst getrost ins dritte Semester aufsteigen. Und dank Magie haben meine Adoptiveltern in Amersham nicht nur die Prüfungswiederholung in der ersten Ferienwoche ohne lange Widerrede akzeptiert, sondern auch meine Teilnahme am anschließenden Arassis-Sportcamp – dem Deckmantel für die geheime Karten-Entschlüsselungs-und-Artefakte-Rettungs-Mission von vier Jugendlichen plus Hund. Schade nur, dass ich so nicht einmal mehr Gelegenheit hatte, sie zumindest kurz zu besuchen.

»Gegrüßet seid ihr, Kameraden!«, erschreckt Sebi den Vierbeiner und mich plötzlich gut gelaunt, und sofort beende ich meine Argos-Streicheleinheit und richte mich auf.

»Endlich! Wo warst du denn so lange?«, schnaufe ich genervt und deute ungeduldig auf meine Taschenuhr.

»Ich musste noch *das* hier finden«, antwortet Sebastjan triumphierend und zeigt auf das Pfadfinder-Überlebensset, das er soeben aus seinem Rucksack holt – genau jenes, welches wir bereits vergangenen Herbst bei der Expedition in den Pegasoswald dabeihatten. »Alles Fehlende ist aufgestockt. Nun haben wir wieder einen Kompass!«

Wenigstens etwas! Den hätten wir damals wirklich gut gebrauchen können. Er hätte uns mit Sicherheit jede Menge Ärger erspart. »Super ... aber ... wo sind denn nun die Mädchen?«

»Augen auf, da kommen sie doch schon«, antwortet Sebi sogleich und zeigt in Richtung Speisesaal, von wo aus gerade tatsächlich Lavinia und Mary auf uns zukommen.

»Wir sind startklar! Gottman und Erossa kommen direkt in den Park. Wir fliegen nämlich! Mary und ich haben Hektor und drei weitere Pegasospferde gesattelt«, erklärt meine Schwester motiviert, als beide bei uns angekommen sind. »Darum haben wir uns auch verspätet. Wir haben die Professoren vorhin getroffen und ihnen bei den Vorbereitungen ein wenig unter die Arme gegriffen. Sorry!«

Diese Neuigkeit entschuldigt natürlich alles. Fliegen ist definitiv besser als Fahren! Die Reise mit Bus, Zug und Metro, auf die ich mich bis eben eingestellt hatte, wäre garantiert mühsam geworden. Aber so ist es natürlich perfekt! Außerdem verschafft uns das jede Menge Zeit, die wir sicher super nutzen können!

»Dann auf zum ersten Streich: Lasst uns ins London British Museum aufbrechen«, rufe ich voller Tatendrang, und schon marschieren wir los.

Im Geiste bedanke ich mich erneut bei den Professoren für ihre Unterstützung beim Entschlüsseln der Karte, denn ohne unsere beiden Helfer würden wir wahrscheinlich noch immer im Dunkeln tappen. Während Onkel Mikelo und Rektor Gottman den auf dem Hologramm erschienenen Ort mit links identifizieren konnten, hat uns dieses Bildnis, das tatsächlich unseren ersten Zielort darstellt, rein gar nichts gesagt.

Noch immer entlockt mir Erossas Aussage, er und Gottman würden dieses Kuppeldach sogar im Schlaf erkennen, ein Grinsen. Wie Onkel Mikelo bei der Besprechung gestern geprahlt und uns voller Hingabe die Geschichte des Bauwerks erläutert hat, war einfach »typisch Lehrer«. Aber wie nützlich solche Hintergrundinformationen sein können, hat uns die Vergangenheit schon oft genug gezeigt. Daher nutze ich die Wegzeit in den Park auch dazu, die Details seiner Erläuterung im Geiste noch einmal Revue passieren zu lassen – man weiß ja nie, wofür so etwas gut sein kann.

Also: Das London British Museum wurde im Jahre 1753

errichtet, als der Arzt und Wissenschaftler Sir Hans Sloane seine umfangreiche Sammlung aus Literatur- und Kunstgegenständen an den englischen Staat übereignete. Das Parlament hielt seine Sammlung für dermaßen außergewöhnlich, dass man sich dazu entschloss, sie unter dem Überbegriff »British Museum« zu erhalten und weiterzuführen. Ursprünglich war das Museum im Montagu House, einem Herrenhaus im ehemaligen Londoner Stadtteil Bloomsbury, eingerichtet worden. Doch die stetig wachsende Sammlung und die steigenden Besucherzahlen machten den Umzug in ein größeres Gebäude unumgänglich. Und genau dort fliegen wir heute mit Hektor und seiner Herde hin: in den Neubau, der sich seit 1850 in der Great Russell Street befindet.

»Kommt, beeilt euch und macht schneller«, fordert Mary gehetzt, als wir den Park bereits erreicht haben.

Damit ist auch meine innerliche Wiederholungseinheit beendet, denn gerade sehe ich, dass uns die Professoren bereits herbeiwinken. »Unsere Planbesprechung werden wir während des Fluges machen, dafür bleibt nun keine Zeit mehr«, sage ich etwas hektisch zu meinen Freunden.

»In Ordnung, Admiral«, antwortet Sebi wie aus der Pistole geschossen, wobei er grinst und salutiert.

»Was für ein Scherzkeks!«, flüstere ich meiner Schwester lächelnd ins Ohr.

Lavinia nickt nur wissend. »Was der sich heute Morgen eingeworfen hat, hätte ich auch gerne. Sebastjan ist wieder einmal hypergut drauf!«

Wie recht sie hat …

Beim Treffpunkt angekommen, nehmen uns Hektor und drei weitere Pegasospferde sofort wiehernd in Empfang. Zur Begrüßung falle ich dem eleganten weißen Hengst, der Lavinia und mir in der Vergangenheit schon mehrfach das Leben gerettet hat, lachend um den Hals. Mit Hektor als Weggefährten wird uns bestimmt nichts passieren. Bei ihm sind wir sicher. Und um ehrlich zu sein, freue ich mich trotz aller Umstände auf den bevorstehenden Flug mit ihm. Denn immer, wenn ich auf seinem Rücken sitze und er mit seinen meterlangen Schwingen vom Boden abhebt, überwältigt mich dieses gigantische Gefühl von Freiheit – und das, obwohl ich selbst mit dem Element Luft verbunden bin und inzwischen schon richtig gut fliegen kann. Aber mit ihm ist es jedes Mal ein völlig anderes Erlebnis, viel lebendiger und befreiender, einfach wunderschön.

»Habt ihr alles?«, will Rektor Gottman schließlich mit besorgtem Gesicht von uns wissen. »Bei dem Gedanken daran, euch nun alleine ziehen lassen zu müssen, ist mir alles andere als wohl.« Der nervöse Unterton in seiner Stimme ist nicht zu überhören. Fast raubt er mir den Mut.

Nur in letzter Sekunde kann ich mir ein ›Mir wäre es auch lieber, wenn Sie uns begleiten würden!‹ verkneifen. Den Sorgenausbruch, den ich damit ausgelöst hätte, möchte ich nicht zu verantworten haben. Stattdessen antworte ich: »Ja klar, wir haben, was wir brauchen! Alles ist hier drin.« Bestrebt deute ich auf meinen dunkelblauen Rucksack, meinen heißgeliebten Burton.

Wenn uns die Myrmidonen-Botschaft der Elysier eines gelehrt hat, dann dass wir unter ständiger Beobachtung stehen. Und genau deshalb haben wir gestern bei unserem Treffen mit den Professoren, gleich nachdem sie uns über die Kartenbotschaft aufgeklärt hatten, beschlossen, alleine loszuziehen. Würden Onkel Mikelo oder Rektor Gottman uns heute begleiten, würde dies definitiv das Risiko erhöhen aufzufliegen. Dann könnten wir auch gleich ein Schild mit der Aufschrift »Botschaft entschlüsselt – Etappe eins beginnt im London British Museum« an die Haustür des Anwesens montieren. Ein Hinterhalt der Elysier wäre vorprogrammiert, und unsere jetzt schon schwierige Mission würde wahrscheinlich völlig außer Kontrolle geraten und scheitern. Daher werden wir also versuchen, das Geheimnis der Karte so lange, wie es nur irgendwie möglich ist, zu wahren. Und genau aus diesem Grund ziehen wir nun alleine los und mimen vier harmlose Jugendliche, die aus reinem Interesse an der Kultur ein Museum erkunden.

»Hey, ihr da, wartet auf mich, ich komme mit!«, vernehme ich plötzlich eine mir viel zu bekannte Stimme aus der Ferne, als ich gerade auf Hektors Rücken steigen will.

»Oh nein, was habe ich denn bitte verbrochen, dass ich jetzt auch *den* noch ertragen muss?«, meckere ich, als ich mich umdrehe und sehe, wie mein ehemaliger Erzfeind Paco Torloxton mit wild entschlossener Miene auf uns zu gelaufen kommt. Sofort kochen die unterschiedlichsten Gefühle in mir hoch – von Wut über Enttäuschung bis hin zu Mitleid ist alles dabei. »Was will der denn hier?«, stöhne ich genervt.

»Nehmt mich mit. Ich kann helfen! Ich möchte euch begleiten und wiedergutmachen, was mein Vater angerichtet hat!« Fast flehend sieht Paco Lavinia, Sebi, Mary und mich an, als er völlig außer Atem vor uns zum Stehen kommt.

»Wer hätte das gedacht: ein Torloxton reumütig?«, stänkere ich gehässig und ernte sogleich bitterböse Blicke von allen Seiten. Was Torloxton Junior angeht, sind meine Freunde und ich inzwischen leider sehr konträrer Meinung.

Während diese ihm, na ja … sagen wir mal so etwas Ähnliches wie verziehen haben, bin ich noch immer der Ansicht, dass man ihm nicht trauen kann. Sein Verhalten ist mir einfach nicht geheuer. Wer weiß, welche Absichten dahinterstecken! Schließlich ist er der Sohn unseres ärgsten Feindes! Und egal wie man es dreht und wendet: Einnar Torloxton, Pacos Vater, ist und bleibt der Anführer des Elysischen Bundes. Und dass dieser mit allen Wassern gewaschen ist, brauche ich an dieser Stelle garantiert nicht zu betonen. Also warum, zum Teufel noch mal, sollte es dann Paco nicht ebenso sein?

Natürlich könnte man zu seiner Verteidigung anführen, dass ihn sein Vater vor aller Augen gedemütigt hat – sogar Missgeburt soll er ihn genannt haben –, doch was, wenn das alles bereits damals eine hinterhältige Masche war und er nur ein falsches Spiel mit uns treibt? Ich kann einfach nicht verstehen, warum er plötzlich mit uns befreundet sein möchte. Schließlich hat er die ersten beiden Schulsemester ständig versucht, uns eins auszuwischen und uns in Schwierigkeiten zu bringen. Und jetzt? Jetzt schleimt er sich ein und tut so, als wären wir seine besten Kumpel. Da geht doch etwas nicht mit rechten Dingen zu!

Wäre es wirklich möglich, dass sich jemand in so kurzer Zeit vollkommen ändert? Ich werde aus ihm einfach nicht schlau. Zugegeben, irgendwie tut er mir ja leid, so plötzlich mutterseelenallein zurechtkommen zu müssen – sogar sein bester Freund Kilian hat ihn im Stich gelassen. Denn auch er ist, gemeinsam mit seinem Vater Akon Hollenbeck, einem Elysier, und Einnar Torloxton untergetaucht. Während seine einstigen Vertrauten also auf einmal wie vom Erdboden verschluckt sind, ist nur er, der ach so arme Paco, zurückgeblieben. Sicher ist das schrecklich. Und es ist auch richtig nobel von Gottman gewesen, ihn aufzunehmen und ihn vorläufig im Arassis-Anwesen wohnen zu lassen – nun, wo er nirgendwo mehr hin kann. Aber soll ich ihm nur deswegen so einfach verzeihen und trauen?

Was, wenn er doch mit seinem Vater unter einer Decke steckt und alles nur ein Täuschungsmanöver ist? Blut ist schließlich dicker als Wasser, behauptet man zumindest … Und immerhin ist sein Vater der gefährlichste Talenter auf Erden. Zudem kann ich auch beim besten Willen nicht verstehen, wieso nicht einmal Gottman und Erossa ihm gegenüber vorsichtiger sind. Sie verlangen inzwischen sogar von mir, dass ich mich etwas zusammenreiße und dass meine Freunde und ich uns seiner *annehmen*. Aber irgendwie kann und will ich das nicht …

»Ich sage, Nico entscheidet!«, meint Sebi plötzlich und reißt mich damit aus meiner Grübelei über Pacos Ehrlichkeit. »Du bist so etwas wie unser Anführer, du sagst wo's langgeht!«

»Finde ich auch!«, fügt Mary entschlossen hinzu und nickt bestätigend.

»Komm schon, Nico! Jeder hat eine zweite Chance verdient«, redet mir Lavinia natürlich sofort ins Gewissen und bedeutet mir mit einem durchdringenden Blick nachzugeben.

»Bitte, Nico, ich habe mich geändert! Ich werde es dir beweisen, bitte!«, fleht nun auch Paco mit mitleiderregendem Gesichtsausdruck.

Na toll, jetzt bin ich wieder der Böse. Was soll ich nur tun? Wie soll ich mich entscheiden? Sage ich »Nein«, denken alle, ich wäre egoistisch, sage ich »Ja« und etwas geht schief, werde ich mir das ewig vorwerfen. Verflixt und zugenäht! Ich hasse es, in so einer Zwickmühle zu stecken …

»Na schön, du kannst mitkommen«, seufze ich nach einer Weile zaghaft und ärgere mich im selben Moment darüber, es getan zu haben. Hoffentlich war das die richtige Entscheidung … »Aber solltest du nicht genau das tun, was ich dir sage, dann gnade dir Gott!«, füge ich drohend hinzu und sehe Paco ernst in die Augen. »Aber jetzt lasst uns endlich aufbrechen, wir sind schon viel zu spät dran.«

Das war Hektors Stichwort. »Nico, Lavinia und Argos, ihr reitet auf mir. Ich bin das stärkste Pferd, ich kann euch drei problemlos tragen. Mary, du fliegst mit Leda, Sebi, du mit Anthimos, und Paco, du sitzt auf Kanos auf«, befiehlt der Hengst. »Lasst uns die Mission beginnen.«

Gesagt, getan. Nach einer kurzen, jedoch innigen Verabschiedung von Rektor Gottman und Onkel Mikelo heben wir ab und nähern uns dem ersten Ziel, dem London British Museum.

8

Neue Erkenntnisse im London British Museum

Niemals zuvor habe ich einen ähnlich gigantischen und leider auch irreführenden Gebäudekomplex wie das London British Museum betreten. Meine Freunde und ich wissen gar nicht, worauf wir uns zuerst konzentrieren sollen – auf den Lageplan, auf eines der drei Stockwerke, auf die vielen Menschen oder die atemberaubende Glasdecke? Wir haben keinen blassen Schimmer! Spätestens jetzt wird mir bewusst, was es bedeutet, im größten Museum des Vereinigten Königreichs herumzuirren. Mein akribisch ausgeklügelter Plan, hier schnell durchzumarschieren, die Aufgabe zu bewältigen und anschließend flugs wieder zu verschwinden, löst sich schneller in Luft auf, als ich das Wort Zauberstab buchstabieren kann.

»Wie sollen wir denn bei einer Sammlung von mehr als sieben Millionen Objekten fündig werden?«, jammert Argos aus meinem Rucksack heraus. »Mir ist jetzt schon heiß! Hier drinnen bleibe ich bestimmt nicht lange, das könnt ihr vergessen! Auf dem Übersichtsplan, den du mir gegeben hast, Nico, sind sage und schreibe … warte … sechzig … siebzig … nein, sogar vierundneunzig verschiedene Ausstellungsräume eingezeichnet! Sie alle durchzugehen und abzusuchen würde uns mindestens zwei Tage kosten! Und dann wüssten wir noch immer nicht, welches der Kunstwerke überhaupt unser Ziel ist und was wir damit tun sollen!«

»Ich weiß, mein Kleiner, ich weiß. Und glaub mir, mich ärgert es auch, dass hier drinnen Hundeverbot gilt. Aber jetzt hör endlich auf zu meckern, denn unbequem hast du es in meinem Burton definitiv nicht, dafür habe ich höchstpersönlich gesorgt. Wenn du willst, kann ich dir sogar noch eine zusätzliche Belüftung inklusive Luftkühlung in den Rucksack zaubern…«, schlage ich Argos kurzerhand vor, um meinen Freund ein wenig zu besänftigen. Doch zur Antwort erhalte ich lediglich ein genervtes Bellen. Der Hund ist nämlich stinksauer.

Als wir gestern Abend vor dem Zubettgehen im Internet noch einige Recherchen über das Museum angestellt haben, fanden wir heraus, dass an den Informationsständen Hundenäpfe erhältlich sind. Darum sind wir natürlich davon ausgegangen, dass Hunde hier erlaubt sind, und haben beschlossen, Argos mitzunehmen. Hätten wir im Text jedoch etwas weiter nach unten gescrollt, wären wir dahintergekommen, dass es sich dabei nur um eine Ausnahme für Blindenhunde handelte… Doch als wir das vorhin auf dem großen Schild beim Eingang gelesen haben, war es natürlich bereits zu spät, um den Kleinen zu Hause zu lassen. Und da ich weder dem Museumsangestellten beim Einlass meinen Willen aufzwingen noch Argos draußen warten lassen wollte, habe ich kurzerhand entschieden, den Kleinen einfach in meinen Rucksack zu packen.

Dafür musste ich allerdings etwas Magie wirken: Damit Argos nämlich überhaupt hineinpasst und es so bequem wie möglich hat, habe ich zuerst meine eigenen Sachen – bis auf die Karte meiner Eltern natürlich – ausgeräumt und auf die Rucksäcke meiner Freunde verteilt. Danach konnte ich den Rucksack mit Serpens' und Anguis' Hilfe problemlos… nennen wir es einfach »etwas ausbauen«. Im Grunde habe ich es ähnlich dem Prinzip von der Lampe und dem Flaschengeist gemacht, nur eben umgekehrt. Denn ich habe nicht Argos geschrumpft, sondern einfach das Innenleben meines Rucksacks vergrößert. Und jetzt hat der Kleine dort einen großzügigen Raum für sich allein …

»Schon gut, schon gut, ich höre ja schon auf zu meckern, Nico! Hier ist es wirklich bequem, ich gebe mich ja geschlagen«, gibt Argos schließlich zu und schnauft.

Ich grinse. »Ich weiß, mein Kleiner. Das habe ja auch *ich* gemacht!«, scherze ich, ehe ich wieder ernst werde. »Doch mit einem hast du definitiv recht: Unser Vorhaben braucht System. Ohne einen Hauch von Durchblick sind wir hier verloren. Das British Museum beheimatet schließlich Artefakte aus einer Zeitspanne von mehr als zwei Millionen Jahren – Gegenstände aus Afrika, Amerika, Asien, Europa und sogar aus den heutigen Pazifikstaaten sind hier zu finden. Fast die gesamte Kulturgeschichte der Menschheit ist unter diesem Dach vereint.« Ratlos dreinblickend suche ich Hilfe bei meinen Freunden. »Habt ihr eine Idee, wie wir vorgehen könnten?«

Überraschenderweise ist es weder Sebi, Mary noch Lavinia, sondern Paco, der das Wort ergreift: »Leute, was haltet ihr davon, uns dieser Reisegruppe dort drüben anzuschließen? Lasst uns bei der Führung mitmachen. So können wir strukturiert vorgehen, uns erst mal einen Überblick verschaffen und ein wenig Insider-Wissen erlangen.«

Wie auf Knopfdruck wird mein Torloxton-führt-etwas-im-Schilde-Instinkt aktiviert. »Und wie soll das gehen, du neunmalkluger Schlauberger?«, schnauze ich ihn an, ohne lange zu überlegen. »Hier gibt es keine öffentlichen Führungen. Die sind alle privat organisiert und kosten mit Sicherheit jede Menge Geld. Denen kannst du dich nicht einfach so mir nichts dir nichts anschließen. Und was willst du denen überhaupt sagen? Juhu, ich bin der liebe Paco und kenne mich nicht aus?«

Umgehend rempelt meine Schwester mich an.

»Aua, was soll das!?«, rufe ich verärgert und verziehe beleidigt mein Gesicht.

»Nico, es reicht! Könntest du endlich dein Hirn wieder einschalten und mit deinen Vorurteilen aufhören!«, rügt sie mich. »Du benimmst dich wie ein Baby! Streitereien und Machtkämpfe bringen uns hier nicht weiter. Unsere Mission kann nur gelingen, wenn wir zusammenhalten! Ich finde, dass Pacos Plan vielversprechend klingt, oder hast *du* vielleicht eine bessere Idee?«

Augenblicklich rührt sich mein schlechtes Gewissen. Ich bin gerade wirklich unfair gewesen. Egal mit welchem Vorschlag Paco rausgerückt wäre, ich hätte ihn so oder so abgelehnt, einfach vorsorglich und leider auch ohne nachzudenken. Dabei ist seine Idee wahrscheinlich wirklich eine gute Möglichkeit, um uns einen ersten Überblick über das Museum zu verschaffen. Und vielleicht können wir dadurch sogar ein paar Informationen erhaschen, die unsere weitere Vorgehensweise erleichtern. Die Realisierbarkeit steht sowieso außer Frage, denn mit Zauberei ist schließlich alles möglich – also von wegen »Die lassen uns niemals mitgehen«. In diesem Fall würden wir nämlich nicht einmal das Gebot verletzen, das es eigentlich verbietet, Menschen seinen Willen aufzuzwingen. Denn Paragraf dreizehn Absatz eins der Gesetzesgrundlagen der Talenter rechtfertigt genau dieses Vorgehen mit der Begründung, dass bei Nichtdurchführung des Zaubers Menschen in unmittelbarer Gefahr wären – und das wäre im Falle eines Scheiterns unserer Mission durchaus der Fall! Himmel noch mal! Ich muss meine Wut auf Paco unbedingt in den Griff bekommen, so kann das nicht weitergehen. Lavinia hat recht.

»In Ordnung, wir halten uns an deinen Plan, Torloxton. Und entschuldige bitte«, antworte ich schließlich kleinlaut. Dieser Satz hat mächtig wehgetan.

Ohne weiter Zeit zu vertrödeln, machen wir uns umgehend auf den Weg zum Infopoint, dem Treffpunkt einer Reisegruppe, die uns dank des geschickten Einsatzes unserer Magie sofort mit offenen Armen empfängt und aufnimmt. Niemals hätte ich damit gerechnet, dass ausgerechnet ein Geistesblitz von Paco uns weiterhilft – insgeheim schmerzt es mich sogar ein wenig. Aber der Guide der belgischen Truppe, ein gepflegter, leger gekleideter Mann mit grau meliertem Haar um die fünfzig, stellt sich bereits in den ersten paar Minuten als äußerst kompetent heraus. Er scheint das Gebäude und die darin befindlichen Sammlungen in- und auswendig zu kennen. Und außerdem hat er genau das, was uns fehlt: nämlich Überblick!

»Herzlich willkommen im spannendsten Museum Englands«, startet er sogleich die Führung. »Mein Name ist Theodor Sloom. Ich stehe Ihnen für die nächsten drei Stunden uneingeschränkt zur Verfügung. Scheuen Sie sich nicht, mich mit Fragen zu bombardieren, denn ich werde sie alle beantworten«, erklärt er begeistert und bedeutet uns mit einer auffordernden Handbewegung, ihm zu folgen. »Beginnen wir zuerst mit den allgemeinen Informationen: Wie Sie sehen können, hat das Museumsgebäude einen quadratischen Grundriss mit drei Stockwerken. Entworfen wurde es von Robert Smirke. Die Planung des Innenhofs, des Great Courts, welcher den berühmten Lesesaal der ehemaligen British Library umgibt, erfolgte durch den Architekten Sir Norman Foster, vielleicht haben Sie schon von einem der beiden Herren gehört?«, will er hoffnungsvoll von uns wissen, ehe er stehen bleibt und die eigens für unsere Gruppe zusammengestellte Führungsmappe mit Fotos und vertiefenden Informationen über das Museum durchgibt.

Spätestens jetzt haben meine Freunde und ich den Beweis dafür, dass wir bei ihm in den allerbesten Händen sind.

»Wenn wir in diesem Labyrinth hier fündig werden, dann garantiert nur mit ihm und seiner Hilfe. Das Wissen dieses

Menschen ist großartig«, bestätigt auch Argos, der von meinem Rucksack aus ebenfalls gespannt lauscht. »Kannst du mir den Reißverschluss bitte etwas öffnen, damit ich Sloom noch besser verstehen kann?«

»Na klar«, antworte ich und tue wie mir geheißen. »Aber versprich mir, dass du auch brav drinnen bleibst, hörst du?«, füge ich zur Sicherheit noch hinzu.

Doch noch bevor ich Argos' »Jawohl, Chef!« richtig verarbeiten kann, fesselt mich der Bericht des Fremdenführers erneut. »Und nun, meine Herrschaften, bitte ich Sie alle, nach oben zu blicken«, sagt er plötzlich und zeigt mit seiner rechten Hand in die Höhe. »Dieses beeindruckende Dach hier ist eine Stahl-Glas-Konstruktion, die aus 1656 Paar Glasplatten besteht. Ein österreichisches Stahlbauunternehmen namens Waagner-Biro hat die Decke im Jahr 2000 fertiggestellt. Und dieser wunderbare Innenhof hier«, der Fremdenführer weist mit einer ausholenden Geste einmal um sich herum, »ist mit 7100 Quadratmetern Fläche der größte überdachte öffentliche Platz in ganz Europa.«

»Sehr beeindruckend, Mr Sloom, doch sagen Sie, für welche Exponate ist das Museum eigentlich besonders berühmt?«, möchte Paco schließlich wissen und unterbricht damit die Ausführungen des Guides über die uns umgebende Architektur.

»Jetzt heißt es aufpassen, diese Antwort könnte wichtig sein«, meint Sebi zwinkernd und stupst mich dabei freundschaftlich an. »So schlecht macht Torloxton das gar nicht …«

Wohl wissend, was er damit ausdrücken will, nicke ich etwas beschämt. Die Frage war wirklich gut …

Schon ist Sloom ganz in seinem Element. »Mein Lieblingsthema!«, ruft er begeistert aus. »Das Museum ist bekannt für sehr, sehr viele Artefakte, hoch geschätzter junger Mann. Doch im Grunde ist das Bauwerk selbst bereits eine architektonische Meisterleistung. Ein Highlight des Museums ist auf alle Fälle der Reading Room, der Leseraum. Dieser gehörte früher sogar zu den Lieblingsaufenthaltsorten von Karl Marx, Sie wissen schon, dem bekannten deutschen Ökonomen, der meines Erachtens als wichtigster Vordenker der Arbeiterbewegung anzusehen ist. Auch nicht zu vernachlässigen sind natürlich der Great Court und die altägyptischen Mumien – diese werden Ihnen sehr gefallen, das verspreche ich. Besonders berühmt sind unter anderem auch noch der Stein von Rosetta – vor ihm stehen die Menschen tagtäglich Schlange, denn er hat maßgeblich zur Entschlüsselung der altägyptischen Schriftzeichen beigetragen – und die Elgin Marbles, die Marmorstücke des Athener Parthenon – auch diese Ausstellung ist wunderbar. Aber bevor wir den ersten Raum betreten, möchte ich Ihnen noch ein paar Details rund um die Bibliothek erzählen …«, spricht er weiter.

»Dieser Mann ist Wikipedia auf zwei Beinen«, murmle ich beeindruckt in Marys Richtung und schüttle verblüfft den Kopf. »Ein echtes wandelndes Lexikon. Ich kann diese Masse an Informationen, die er uns liefert, kaum verarbeiten. Er redet ja wie ein Wasserfall.«

»Und ob! Aber hör mal: Anscheinend umfasst die Bibliothek des Museums derzeit rund 350 000 Bände. Das ist ja der Wahnsinn! Und hier, schau mal«, fährt sie fort und zeigt nach oben. »Direkt über uns ist sogar die Kuppel, von der Onkel Mikelo gestern so geschwärmt hat. Wenn unsere Mission nicht wäre, könnte ich den Aufenthalt hier richtig genießen.«

»Da hast du verdammt recht«, stimme ich Mary augenblicklich zu, ehe Sloom unerwartet vor einer riesigen, fast zwei Meter hohen Informationswand, die in der Mitte des Raumes aufgebaut ist, anhält und uns fragend mit großen Augen ansieht.

»Gleich starten wir mit der ersten Ausstellung. Welche möchten Sie zuerst betreten, werte Gäste?«, will der Guide auch direkt von uns wissen und beginnt, die Teilbereiche der Tafel durchzugehen. »Folgende Abteilungen haben Sie zur Auswahl: Frühgeschichte und Europa, Naher Osten, Altes Ägypten und

Sudan, Griechische und Römische Antike, Afrika, Ozeanien und Amerika, Asien, Münzen und Medaillen oder Drucke und Zeichnungen. Mit welcher Sammlung sollen wir anfangen?«

Sofort wittere ich meine Chance. »Mit der zur Griechischen und Römischen Antike!«, rufe ich wie aus der Pistole geschossen und damit schneller als alle anderen. Ganz klar, wenn eine der Sammlungen für unsere Suche relevant sein könnte, dann muss es diese sein!

»Eine hervorragende Wahl, junger Mann! Dann folgen Sie mir bitte in die grandiosen Parthenon Galleries, die in den Räumen 18a und 18b ausgestellt sind.«

Das war mein Stichwort! Denn sofort, noch bevor wir losmarschieren, kommt mir Dorothy Arlons Geschichtsunterricht in den Sinn. Bei ihr haben wir nämlich gelernt, dass der Parthenon-Tempel der Akropolis einer mächtigen Talenterin, einer Tochter des Zeus, wie hieß sie doch gleich ... genau, der Athene, gewidmet ist. Diese Kultstätte wurde zum Dank für die Rettung der Menschen nach dem letzten Perserkrieg errichtet. Heutzutage ist der Parthenon eines der berühmtesten noch existierenden Baudenkmäler des antiken Griechenlands und eines der bekanntesten Gebäude weltweit. Sofort keimt Hoffnung in mir auf.

»Möglicherweise haben unsere Eltern genau diese Sammlung für unsere erste Etappe auserkoren. Schließlich ist der Parthenon-Tempel ein zentraler Eckpfeiler unserer Talenter-Vergangenheit«, flüstere ich meiner Schwester aufgeregt ins Ohr.

Sie nickt. »Das könnte durchaus möglich sein.«

Und genau in dem Moment, als wir den besagten Ausstellungsraum erreichen, wird meine Vorahnung nur noch bekräftigt. Denn als ich die im Licht golden schimmernden Marmorskulpturen an den Wänden erblicke, fühle ich mich, als hätte ich einen Zeitsprung in die Antike gemacht und könnte nun jeden Augenblick meinen Vorfahren direkt gegenüberstehen.

»Vor Ihnen befinden sich die legendären Elgin Marbles, jene Marmorskulpturen und Fragmente, die Lord Elgin höchstpersönlich von der Akropolis entnehmen und an das British Museum verkaufen ließ«, beginnt Theodor Sloom sogleich zu erzählen. »Diese herrliche Sammlung ist unglaublich umfangreich. Sie umfasst ...«

Auf einmal habe ich binnen Sekunden alles um mich herum – die Reisegruppe, Slooms Erklärungen, einfach die komplette Umgebung – vergessen und ausgeblendet, und das, obwohl mich die Ausführungen des Guides durchaus interessieren würden ... Doch irgendetwas in meinem Inneren – vielleicht eine Vorahnung? – zwingt mich dazu ...

›Ob unsere Eltern wohl entlang der Wände Hinweise für uns versteckt haben könnten?‹, frage ich mich selbst in Gedanken und sehe mich nachdenklich um.

Mit offen stehendem Mund betrachte ich schließlich die Ausstellungsstücke des prächtigen Saals, eines nach dem anderen, so lange, bis meine Schwester mich unerwartet an der linken Schulter packt und mir ein »Sag mal, hast du auch dieses Gefühl?« ins Ohr flüstert. Fragend sieht sie mich dabei mit großen Augen an.

Damit ist mein Jagdinstinkt vollends geweckt. Wusste ich es doch! »Absolut, das habe ich! Und wenn du es auch spürst, dann bekräftigt das meine Vermutung nur noch ... Wir sind ganz sicher auf dem richtigen Weg«, antworte ich ihr etwas kurz angebunden, denn genau in diesem Augenblick habe ich eine weitere Eingebung. »Wir brauchen die Karte!«

Wie besessen öffne ich meinen Rucksack und beginne, darin zu kramen. Wo ist dieses alte Ding denn bloß? Argos braucht wirklich viel Platz – vielleicht hätte ich den Innenraum des Rucksacks beim Zaubern doch kleiner halten sollen.

»Suchst du die hier?«, fragt mich der Hund zum Glück kaum eine Sekunde später und hält mir mit seiner Schnauze das Pergamentpapier hin, welches kurz darauf in allen Farben des Regenbogens zu leuchten beginnt.

»Du liebe Güte, Nico, was geht hier vor?«, fragt mich meine Schwester nervös, doch wenigstens so leise, dass es niemand mitbekommt, und starrt wechselweise Argos, das Papier und mich an. »Will uns die Karte etwa schon wieder etwas sagen?«

»Ich denke, ja! Erinnere dich, was uns die Professoren über die Was-wäre-wenn-Zauber, mit denen die Karte belegt wurde, erzählt haben. Und das wird dann wohl der erste sein – schließlich könnten wir nun eine Hilfestellung gebrauchen. Mach schnell, gib mir deine Hand. Ich glaube, wir müssen sie wieder gemeinsam berühren – du weißt schon, die Macht der Zwei und so«, fordere ich Lavinia umgehend auf und zerre sie, sofort nachdem ich meinen Rucksack wieder umgehängt habe, in eine Ecke des Saales. Schließlich sollten wir bei dem, was wir vorhaben, nicht übermäßig viel Aufmerksamkeit auf uns ziehen.

Neugierig berühren wir beide das Papier, und damit geht es los. Sofort beginnt sich der Raum wie von Geisterhand um uns herum zu drehen, immer schneller und schneller, bis von unserer Umgebung nichts und niemand mehr zu erkennen ist – alles ist genau wie gestern im Arassis-Anwesen, als wir die Karte zum ersten Mal aktiviert haben. Ich fühle mich, als würde ich träumen. Wieder verspüre ich weder Angst noch Unsicherheit. Entschlossen nehme ich mir vor, diesmal nicht den Überblick zu verlieren. Also konzentriere ich mich nicht auf Lavinia, die sich inzwischen ganz fest an mich geklammert hat, sondern starre gebannt auf die Karte in meiner rechten Hand. Und plötzlich, gerade als unsere Umgebung endlich wieder stillsteht, sehe ich, wie innerhalb von Sekunden die ursprünglichen Sätze verblassen und nach und nach, Wort für Wort, etwas völlig Neues zum Vorschein kommt.

❖

Ihr habt noch Zeit,
passieren wird es erst in der Dunkelheit!
Es fehlt nicht viel,
und ihr seid am Ziel.

Aber gebt acht, denn es wird aufs Schärfste bewacht.
Seid nicht bang, bei diesem Objekt macht ihr den Anfang.

❖

Ruckartig löst sich die Karte ganz plötzlich aus meinem Griff und wird genau wie gestern in die Höhe gerissen, wo sie exakt auf meiner Augenhöhe schwebend anhält und zu glänzen beginnt. Wieder entsteigen ihr die uns bereits bekannten goldenen Nebelschleier, die vor Lavinia und mir ein Hologramm formen.

»Wahnsinn«, ruft Argos aufgeregt und begutachtet aus dem noch immer offenen Rucksackspalt das soeben erschienene dreidimensionale Bildnis, das diesmal etwas völlig anderes zeigt.

Gebannt starren wir geradewegs auf zwei faszinierende antike Marmorskulpturen, die sich offensichtlich duellieren. Ihr Gesichtsausdruck ist ernst. In der linken Gestalt erkenne ich ein wütend dreinblickendes Mischwesen, ein kräftiges Pferd mit einem Menschenkopf, das mit seinen Vorderbeinen die rechte Gestalt, einen unbewaffneten Riesen, brutal niederzuringen versucht. Vage erinnern mich die beiden Wesen an die Geschichten von den Abenteuern des Herkules, die ich früher so geliebt habe. Doch ehe ich diesen Gedanken aussprechen kann, greift Lavinia bereits nach der schwebenden Karte und beendet damit, genau wie Gottman gestern, abrupt den Zauber. Und just wird mir wieder bewusst, dass wir mitten in einem Museum voller Menschen stehen, die von Magie überhaupt keine Ahnung haben…

»Nico!«, ruft meine Schwester auf einmal aufgeregt und leider auch viel zu laut. »Will uns die Karte etwa sagen, dass wir das, was wir suchen, erst finden, wenn es draußen dunkel wird? Aber dann müssen wir ja über die Sperrstunde hinaus hierbleiben!«

»Pst, leise! Spinnst du?« Bestimmt hat sie mit ihrer Lautstärke alle Aufmerksamkeit auf uns gezogen. Wenigstens hat sich Argos inzwischen wieder versteckt – der Kleine denkt mit, das muss man ihm lassen.

»Ja, ich glaube schon, dass es genau das bedeuten soll«, antworte ich flüsternd, spüre aber, dass uns inzwischen fast alle Teilnehmer der Reisegruppe fragend anstarren und in unsere Richtung kommen. Wenn die herausfinden, was wir vorhaben, sitzen wir ganz schön tief in der Tinte…

»Was habt *ihr* denn für Geister gesehen?«, ruft Mary plötzlich kichernd und eilt direkt auf uns zu. Gekonnt rettet sie die Situation. »Warum schreist du denn so, Süße? Das gehört sich doch nicht in einem Museum!« Sie setzt einen übertrieben tadelnden Gesichtsausdruck auf. »Aber… oh nein, deswegen also… jetzt ist mir alles klar. Lavinia, dir ist ja übel! Du siehst auch ganz blass aus«, fügt sie noch ernst hinzu, ehe sie ihrer Freundin mit besorgter Miene an die Stirn fasst. »Komm, du musst dich setzen. Dort drüben steht eine Bank.«

Kurz drauf wendet sie sich auch schon an Mr Sloom, der inzwischen ebenfalls zu uns gekommen ist und uns verwundert mustert. »Ich habe alles im Griff, keine Sorge, Sir! Ich kümmere mich um alles. Aber machen Sie doch bitte schon mit Ihrer Führung weiter. Sobald es meiner Freundin wieder besser geht, kommen wir nach.« Damit ist Marys Vorstellung beendet, und die Menschentraube um uns herum löst sich umgehend auf.

»Perfekt, einfach nur perfekt – eine echte Glanzleistung!«, lobe ich Mary, nachdem die komplette Reisegruppe weitergezogen ist und wir uns außer Hörweite befinden.

Es ist wirklich fabelhaft, wie meine Freundin ihr Talent beherrscht. So simpel, wie es gerade bei ihr ausgesehen hat, ist es nämlich in Wirklichkeit gar nicht – ich weiß, wovon ich spreche, denn ich bin ebenfalls mit dem Element Wasser verbunden. Wenn *ich* Menschen mit nur einem einzigen Blick beeinflussen möchte, dauert es immer wesentlich länger als bei ihr. Mary ist ein wahres Naturtalent, was das anbelangt. Binnen Sekunden hat die Reisegruppe inklusive Mr Sloom ihre Ausrede gefressen und ist abgehauen. Das war richtig genial.

»Süße, aber was war denn gerade wirklich mit dir los?«, fragt Mary Lavinia schließlich besorgt. »Was hast du denn?«

»Aber … habt ihr das eben nicht mitbekommen?«, stammelt meine Schwester nervös und sieht sowohl Mary als auch Sebi und Paco nacheinander mit fragendem Blick in die Augen. »Noch vor einer Minute war der Saal hier ein richtiges Karussell! Alles hat sich wie wild gedreht. Genau wie gestern! Und dann war auf einmal alles verschwunden, ich konnte kurzfristig nur noch Nico, Argos und die schwebende Karte sehen. Und …«

»Was? Nein, so ein Blödsinn! Hast du Alkohol getrunken?«, scherzt Sebi und beginnt zu lachen. »Sei nicht fies und gib mir auch einen Schluck davon ab!«

»Hey, du Witzbold! Bleib ernst, sie sagt die Wahrheit«, schimpfe ich hastig, denn dieser Kommentar ist typisch für meinen Freund. Aber offensichtlich hat wirklich niemand mitbekommen, was eben geschehen ist. Im Vergleich zu gestern wurden diesmal anscheinend nur Lavinia, Argos und ich in diese … nennen wir es mysteriöse Parallelwelt hineingezogen.

Aber wieso? Wie ist das möglich? Schließlich waren beim ersten Mal doch auch alle dabei und haben genau dasselbe erlebt wie wir! Komisch … Ob das etwas mit der Macht der Zwei zu tun haben könnte? Wohl eher nicht, denn warum hätte dann Argos gerade alles miterleben sollen? Hmm … Ich habe wirklich keine Ahnung … Aber im Moment gibt es sowieso Wichtigeres, als das zu hinterfragen – nun ist wirklich keine Zeit für solche Grübelei.

»Leute, wir müssen reden, hört mir gut zu«, fordere ich die anderen deshalb auf, meiner Schwester und mir zuzuhören.

Nachdem Lavinia und ich unsere Freunde inklusive Paco – den kann ich leider noch immer nicht als Freund bezeichnen – auf den neuesten Stand gebracht und in unseren Wir-bleiben-bis-es-dunkel-wird-Plan eingeweiht haben, ziehen die drei erst mal los, um uns Proviant für die Nacht zu besorgen. Wenn wir schon länger als geplant hierbleiben sollen, brauchen wir wenigstens etwas Anständiges zu essen. Immerhin gehören unsere Mägen auch versorgt und meiner rebelliert schon seit geraumer Zeit. Und da uns nach der offiziellen Sperrstunde um siebzehn Uhr dreißig auch das Museumsrestaurant im Stich lassen wird und ich nicht gezwungen sein möchte, es zu plündern, ist das die einzige Möglichkeit, an etwas Essbares zu kommen. Man muss ja immer vorausdenken … Hätten wir früher erfahren, dass wir bis nachts hierbleiben müssen, wären wir möglicherweise erst am Freitag gekommen, denn da hat das Museum sogar drei Stunden länger geöffnet. Aber da wir jetzt schon einmal hier sind, ziehen wir die Sache auch durch.

Während Mary, Sebi und Paco also ihrer Pflicht als Futterbesorgungsfunktionäre nachkommen, arbeiten meine Schwester, Argos und ich uns kontinuierlich durch die Elgin Marbles Collection vor, wo wir in Kürze, genau genommen, als wir den Nebenraum 18b betreten, die belgische Reisegruppe eingeholt haben. Flugs werden wir erneut von einer Super-Guide-Informationswelle überrollt.

Doch plötzlich sehe ich es. »Himmel noch mal, schau nur!«, rufe ich Lavinia aufgeregt mit hochrotem Gesicht zu und zeige hektisch an die Wand, wo sich das Metopenrelief – so lautet nämlich laut Theodor Sloom der Fachbegriff für dieses dreidimensionale Bildnis – befindet, welches uns eben noch die Karte gezeigt hat.

»Ein ganz einmaliges Ausstellungsstück haben wir hier«, sagt der Guide augenblicklich, offenbar hocherfreut über meine Reaktion. »Ich finde dieses Exponat ebenfalls sehr imposant.« Schon geht er zu den Details über. »Es zeigt den Kampf zwischen einem Zentauren und einem Lapithen. Zentauren sind Menschen mit Pferdeleibern und gelten seit jeher als unbeherrscht und lüstern. Lapithen hingegen sind edle, sanfte Riesen. Der geschichtlichen Überlieferung nach waren zur Hochzeit des tapferen Lapithen-Königs Peirithoos auch die wilden Zentauren eingeladen. Doch als der betrunkene Zentaur Eurytion der Braut Gewalt antun wollte, schnitten ihm die Lapithen kurzerhand Nase und Ohren ab, und es kam zu einer unerbittlichen Schlacht, in der die Lapithen die Oberhand behielten. Seither gelten die beiden Völker als Erzfeinde. In der heutigen Zeit steht dieser Kampf sinnbildlich für die Auseinandersetzung zwischen Intellekt und Triebhaftigkeit im einzelnen Menschen – ein allzeit beliebtes Thema in Kunst und Literatur. Hat jemand Fragen dazu?«, endet er freundlich seine Erläuterung und sieht uns hoffnungsvoll an – anscheinend würde er gerne noch weiterreden.

»Nein, herzlichen Dank für diese … diese ausführliche Erklärung«, antworte ich umgehend – auch wenn sie möglicherweise nicht ganz den Tatsachen entsprochen hat, denn ich verwette alles darauf, dass Zentauren bestimmt keine Mischwesen aus *Menschen* und Pferden, sondern wohl eher aus Talentern und

Pferden sind ... Aber egal, das kann er nun wirklich nicht wissen. Auf alle Fälle haben wir nun mehr als genug geschichtlichen Background erhalten. Jetzt müssen wir nachdenken, und zwar allein.

»Sehr gerne! Wenn es weiter nichts gibt, womit ich euch helfen kann, dann werde ich mich nun den restlichen Herrschaften unserer Gruppe widmen. Wie mir scheint, sind alle bereits in den nächsten Raum weitergegangen. Also dann, bis später«, verabschiedet sich Sloom grinsend und eilt davon, um woanders sein Wissen zu verbreiten.

»Endlich ...«, sage ich erleichtert zu meiner Schwester und Argos, dem ich gleich nachdem ich mich vergewissert habe, dass wir tatsächlich allein sind, den Reißverschluss öffne. Jetzt kann auch er sich das Ausstellungsstück ansehen.

»Und ... könnt ihr irgendetwas Ungewöhnliches erkennen?«, fragt uns Lavinia, als wir das Exponat für eine Weile in Augenschein genommen haben. »Für mich sieht dieses Werk aus wie jedes andere auch.«

»Ich sehe auch nichts, aber ganz sicher ist genau das der Sinn der Sache«, antwortet Argos geheimnisvoll. »Denn laut Karte muss es ja erst dunkel werden, bevor etwas geschieht. Das wisst ihr doch sicher noch«, fügt er gerade abschließend hinzu, als plötzlich mein Handy vibriert.

Etwas verwundert nehme ich den Anruf entgegen. »Ach, du bist es. Wieso hast du denn deine Nummer unterdrückt? Aha ... das weißt du auch nicht ... Wird wohl ein Anzeigefehler sein ... Ja ... wartet bitte kurz ... In Ordnung, wir kommen zu euch! Bis gleich«, sage ich und lege auf. »Das war Sebi. Sie sind mit jeder Menge Futter zurück und warten vor dem Eingangstor im Freien auf uns.«

»Juhu! Dann los!«, fordert Argos meine Schwestern und mich ungeduldig auf, uns zu beeilen und verschwindet augenblicklich, freiwillig und ganz ohne mein Zutun, in meinem Rucksack. »Ich habe Hunger, und Gassi muss ich auch!«, höre ich ihn leise aus seinem Versteck meckern, während Lavinia und ich uns bereits auf den Weg zu den anderen machen.

Als wir nur kurze Zeit später bei ihnen angekommen sind und ich die McDonalds-Tüten in den Händen meiner Freunde sehe, macht sich sofort ein breites Grinsen auf meinem Gesicht breit. Ein Haufen Fast Food ist eindeutig das Beste, das ich mir nach so einem anstrengenden Museums-Trip vorstellen kann.

»Endlich Essen! Habe ich einen Kohldampf!«, rufe ich und klatsche begeistert in die Hände. »Kommt, suchen wir uns ein ungestörtes Plätzchen im nahegelegenen Park, dem Bloomsbury Square, der später auch der Treffpunkt für unsere Heimreise mit Hektor und der Herde ist. Dort finden wir bestimmt ein ungestörtes und schattiges Fleckchen.« In der Sonne zu essen, wäre bei dieser Tropenhitze heute nämlich alles andere als angenehm.

Gesagt, getan. Keine fünfzehn Minuten später sitzen Sebi, Lavinia, Mary, Paco, Argos und ich auch schon unter einem schattenspendenden Baum im Park.

Nachdem ich Argos ein Stück gegrilltes Hühnchen verfüttert und ihm Wasser gegeben habe, verdrücke auch ich summa summarum ganze drei Burger – einen McChicken, einen Filet-o-Fish und einen Hamburger Royal TS – inklusive einer großen Portion Pommes frites mit Süßsauer-Sauce. Nach dem Essen bin ich so voll, dass ich fast platze, derart prall ist mein Bauch gefüllt. Doch statt auszuruhen, gilt es nun meine To-do-Liste, die ich mir während des Essens im Geiste zurechtgelegt habe, abzuarbeiten.

»Leute, wir brauchen zuallererst einen ordentlichen Plan, mit dem es uns gelingt, über die Sperrstunde hinaus im Museum zu bleiben«, fordere ich meine Freunde auf, ihre Köpfe anzustrengen und Kreativität walten zu lassen. Zwar verlangt uns dies tatsächlich einiges an Anstrengung und geistiger Arbeit ab, aber etwa eine halbe Stunde später sind wir uns über die weitere Vorgehensweise einig.

Als nächstes widme ich mich dem zweiten und letzten Punkt auf meiner Liste. Flugs bitte ich Serpens und Anguis um einen Telepathie-Zauber, mit dem ich Hektor über die überraschende Wende in unserer Mission in Kenntnis setzen kann. Schließlich sollen sich die Pferde keine unnötigen Sorgen machen, wenn wir später als geplant beim Treffpunkt für unsere Heimreise auftauchen.

»Nun sind wir so weit. Wir haben alles erledigt. Lasst uns ins Museum zurückkehren«, fordere ich die anderen auf, mir zu folgen.

Wieder dort angekommen, überbrücken Sebi, Lavinia, Mary, Paco, Argos und ich die restliche Zeit bis das Museum schließt, indem wir planlos durch das Gebäude schlendern und gedankenverloren die verschiedenen Ausstellungsstücke begutachten.

»Etwas Sightseeing hat noch niemandem geschadet«, hat Mary beim erneuten Betreten des Gebäudes beschlossen. Unter normalen Umständen würde ich ihre Meinung teilen, doch heute habe ich, weiß Gott, keinen Kopf dafür. Und das, obwohl mich viele der ausgestellten Artefakte, insbesondere die ägyptischen Mumien, wirklich interessieren würden. Mit Sicherheit werde ich irgendwann einmal wiederkommen, wenn das Ganze hier vorbei ist.

»In zehn Minuten machen die hier zu. Es ist siebzehn Uhr zwanzig. Lasst uns schnell die Toiletten aufsuchen und uns verstecken«, erinnert uns Paco irgendwann an unseren zuvor ausgeklügelten Plan und zeigt auf seine Uhr.

Endlich ist es so weit, dazu lassen wir uns nicht zweimal auffordern. »Auf geht's. Möge unser Vorhaben gelingen.«

9

Pholos der Schreckliche

Einige Stunden später atme ich erleichtert auf. Alles hat geklappt, ich bin heilfroh! Ohne irgendwelche Zwischenfälle konnte ich unseren im Park ausgetüftelten Zwei-Punkte-Plan umsetzen. Es hätte gar nicht besser laufen können. Ein klitzekleiner Fehler meinerseits hätte ausgereicht, um unser ganzes Vorhaben zunichtezumachen. Wären wir aufgeflogen, würden wir jetzt wirklich mächtig in der Klemme sitzen. Aber zu meiner Erleichterung ist es mir problemlos gelungen, uns alle vor den Augen des Museum-Personals zu verbergen. Rektor Gottman hatte wohl tatsächlich recht, als er behauptete, meine Macht würde von Tag zu Tag stärker werden. Ich bin richtig glücklich darüber.

Mein erster Streich kam, als die Security-Männer um Punkt zweiundzwanzig Uhr abends ihren abschließenden Rundgang machten und ich Gyges' Kraft auf meine Begleiter übertragen musste. Ich bin so stolz, dass ich inzwischen problemlos in der Lage bin, den Verbindungszauber – jenen, den Lavinia mir im Mai in Irland beigebracht hat – über längere Zeit für ganze fünf Personen und einen Hund aufrechtzuerhalten. Und das ganz ohne die Kraftverstärkung einer Venificium-Perle! Trotzdem lässt sich der Stein, der mir vom Herzen gefallen ist, als die Beamten endlich wieder weg waren, kaum mit Worten beschreiben.

Nun war Streich Nummer zwei an der Reihe, den ich zu meiner eigenen Verblüffung ebenfalls schnell und mit Leichtigkeit hinter mich bringen konnte. Im Nu hatte ich das ausgeklügelte Alarmanlagen- und Kamerasystem des Museums mithilfe eines von Serpens und Anguis gelieferten Zaubers ausgetrickst. Nicht einmal auf den Monitoren im Überwachungsraum sind wir mehr zu sehen. Die habe ich nämlich so verzaubert, dass die Wachen die ganze Zeit über eine Art Standbild angezeigt bekommen und darum denken, dass alles in bester Ordnung wäre. Wir und alles, was hier passiert, sind damit gänzlich von der Bildfläche verschwunden. Besser hätte es nicht laufen können. Ich liebe Magie! Nun können wir uns endlich auf unser Vorhaben konzentrieren und Etappe eins hinter uns bringen.

»Auf zu Raum 18«, sage ich motiviert und froh darüber, dass alles wie am Schnürchen läuft. »Parthenon Galleries, wir kommen!«

Mit unseren Taschenlampen ausgestattet, machen wir uns sogleich neugierig auf den Weg, den diesmal sogar der kleine Argos zu Fuß bestreiten darf – schließlich ist nun auch sein Rucksackgebot überflüssig geworden.

»Endlich frei«, freut er sich, während er wie ein Irrer zickzack vor uns her flitzt, bis wir endlich unser Ziel, das antike Metopenrelief Nummer 320 – Lavinia hat sich sogar die korrekte Zahl gemerkt – wiedergefunden haben.

»Und jetzt? Da ist noch immer nichts Ungewöhnliches zu erkennen. Die Skulptur sieht genauso aus wie vorher«, stellt Lavinia enttäuscht fest, als wir bereits eine Weile nachdenklich davorstehen und nach Auffälligkeiten suchen.

»Ob etwas passiert, wenn wir das Ding berühren?«, schlage ich nach einem Moment hoffnungsvoll vor. »Es wäre doch möglich, oder?« Schließlich hat uns genau das in letzter Zeit schon oft weitergebracht, zumindest bei der Karte. »Komm, lass es uns testen!« Sofort nehme ich meine Schwester bei der Hand, schließe meine Augen und konzentriere mich auf die Schwerelosigkeit, um abheben und sicher in die Luft steigen zu können.

An unserem Ziel angelangt, überprüfen wir schnellstmöglich meine These. Doch Fehlanzeige … Auch das hilft uns diesmal kein Stückchen weiter. Fast verlässt mich der Mut. So ein Mist …

Zerknirscht lehne ich mich nach der Landung an eine Wand und lasse mich auf dem Boden nieder. Was nun? Erneut begutachte ich die Karte, die uns jedoch traurigerweise völlig im Stich lässt – auch eine halbe Stunde später zeigt sie noch immer denselben altbewährten Text.

»Wir haben irgendetwas übersehen, aber *was*?«, beginne ich laut zu überlegen. »Freunde, habt ihr denn überhaupt keinen Vorschlag? Sebi, was ist mit dir? Oder du, Paco? Vorhin hattest du auch eine vernünftige Idee«, bitte ich letztendlich sogar meinen Erzfeind um Hilfe. »Wenn wir nicht bald einen Geistesblitz haben, geht die Nacht zu Ende, ohne dass wir irgendetwas erreicht haben. Das wäre wirklich ein …«

»Was war das?«, unterbricht Mary plötzlich erschrocken meinen Redeschwall. »Habt ihr das gehört?«

Gespannt horche ich auf. »Was? Nein, da war nichts.«

»Da! Da ist es schon wieder«, sagt sie erneut.

Und tatsächlich, nun habe auch ich das Geräusch gehört. Sofort läuten meine Alarmglocken und ich springe auf. »Ob uns die Elysier auflauern oder wir vom Museums-Personal erwischt wurden? Was, wenn uns mein Zauber doch nicht gänzlich vom Radar hat verschwinden lassen?«

»Bitte nicht …«, antwortet Mary und kaut nervös an ihren Fingernägeln. »Hoffentlich kommt niemand, um uns festzunehmen …«

»Hey, cool down zusammen, beruhigt euch«, beschwichtigt Paco die Situation, als wir bereits alle mit dem Schlimmsten rechnen. »Schon vergessen, dass wir uns in einem alten Bauwerk befinden? Da sind komische Geräusche, vor allem in der Nacht, gang und gäbe«, erklärt er unbeirrt. »So etwas ist total normal. Wir dürfen uns davon nicht ablenken lassen. Wir müssen weitermachen und nachdenken. Wir haben schließlich keine Zeit zu vertrödeln!«

Mary nickt. »Okay, das klingt durchaus plausibel. Paco, du hast wohl recht, aber Nico… ich… kannst du uns denn nicht… wenigstens… einfach nur vorsichtshalber… unsichtbar machen?«, bittet sie mich und sieht mich dabei mit treuherzigem Blick an. Sie fühlt sich sichtlich unwohl.

Obwohl ich Pacos Erklärung ebenfalls zustimme – im Haus meiner Großeltern waren nämlich auch immer so komische Nachtgeräusche zu hören –, erfülle ich Mary den Wunsch liebend gern. Sicher ist sicher. Und schließlich können wir auch unter Gyges' Tarnung weiterarbeiten. Sofort drehe ich den Stein meines Ringes und lasse uns mit einem kurzen »Universi!« erneut von der Bildfläche verschwinden. »Nun können wir weitermachen.«

Eine ganze Weile lang ist nichts mehr zu hören, doch als wir gerade wieder dabei sind, uns völlig in unsere Aufgabe zu vertiefen, knarrt es erneut. Dieses Mal jedoch viel lauter als zuvor.

»Leute, das sind definitiv keine Geräusche, die ein altes Gebäude macht. Da ist jemand!«, flüstere ich den anderen überzeugt zu und lasse den Caduceus erscheinen, während ich mich bereits nach allen Seiten umsehe. »Kommt, wir müssen herausfinden, wer das ist und was hier los ist.« Hoffentlich hat mich mein Zauber vorhin nicht im Stich gelassen. Was, wenn ich mich vollends überschätzt habe und meine Kräfte gar nicht so phänomenal sind?

»Du hast recht! In Ordnung!«, bestätigen nun auch meine Freunde und setzen damit meiner Grübelei ein Ende.

»Serpens und Anguis, bevor wir gehen, brauche ich noch schnell einen Zauber, mit dem wir alle unter Gyges' Tarnung unbemerkt miteinander reden können. Uns darf niemand hören«, bitte ich meine beiden Zaubergehilfen um Rat und ärgere mich im selben Augenblick darüber, dass das In-Gedanken-Kommunizieren unter dem Schutz des Ringes nur zwischen zwei Personen automatisch funktioniert. Ich kann mich noch gut daran erinnern, wie Lavinia und ich dies beim Überfall auf das Arassis-Anwesen vor rund zwei Monaten zum ersten Mal festgestellt haben. Damals hätte es mir vor Schreck beinahe die Schuhe ausgezogen, als ich realisiert habe, dass meine Schwester mich verstehen konnte, ohne dass ich Dinge laut aussprechen musste.

»Kein Problem, Eure Hoheit, mit der Magie von ›Obsurdescerete!‹ sollte das kein Problem sein«, holt mich sogleich die Stimme des Caduceus aus dem Schwelgen in der Vergangenheit.

»Perfekt«, bedanke ich mich bei den beiden Schlangen und wirke den magischen Spruch. »Jetzt können wir los!«

Mit kühner Entschlossenheit schleichen Sebi, Mary, Lavinia, Paco, Argos und ich keine fünf Sekunden später auf leisen Sohlen dicht an der Wand entlang in die Richtung, aus der wir den Lärm vernommen haben. Doch mit dem, was uns ein paar Zimmern weiter erwartet, hätten wir in hundert Jahren nicht gerechnet. Der Anblick lässt mir fast das Blut in den Adern gefrieren: Eines der Fenster im Raum steht nämlich sperrangelweit offen, und ein dickes Seil hängt in den Saal hinab.

»Das darf doch wohl nicht wahr sein«, sage ich zu den anderen und deute geschockt auf den maskierten Mann, der ganz eindeutig weder ein Elysier noch ein Mitarbeiter des Security-Personals ist. »Da ist ein Einbrecher, der gerade seinen Einstieg ins Museum vorbereitet.« Das ist nicht zu glauben!

Plötzlich höre ich auch schon die Treppenstufen hinter mir

knarren. »Himmel noch mal, da kommt ja noch einer!« Mein Hals ist wie zugeschnürt.

»Marco, heute scheint unser Glückstag zu sein«, sagt der eine Mann gerade zu seinem Komplizen am Fenster, der mittlerweile mit dem Abseilen begonnen hat. »Sowohl das Alarmanlagen- als auch das Kamerasystem scheinen defekt zu sein. Ich brauchte nicht einmal meine eigens programmierte Software zum Einsatz bringen, um unbemerkt ins Gebäude zu gelangen. Ich konnte einfach so hineinspazieren. Es war wohl Bestimmung, dass du letzte Woche krank geworden bist und wir unseren Clou auf heute verschieben mussten. Das ist der beste Zufall meines Lebens. Besser könnte unser Vorhaben nicht laufen.«

Oh nein. Sofort mache ich mir fürchterliche Vorwürfe. Warum habe ich Dummkopf den Alarm vorhin nur komplett außer Kraft gesetzt? Lediglich *uns* für das System unsichtbar zu machen hätte doch auch gereicht… Ich bin so ein Blödmann! Jetzt haben wir die Misere! Aber Pech haben wir schon, dass gerade heute ein Einbruch stattfinden muss…

»Leute, das dürfen wir den beiden nicht durchgehen lassen! Wir müssen etwas unternehmen! Schließlich sind wir schuld daran, dass das Überwachungssystem nicht mehr funktioniert«, sage ich nervös zu meinen Freunden und beginne zu überlegen. Was könnten wir nur tun?

Was wäre, wenn ich die Alarmanlage jetzt einfach wieder aktivieren würde? Nein, das ist eine schwachsinnige Idee. Binnen Minuten würde es im Museum vor Einsatzkräften nur so wimmeln, und dann wäre auch unser Plan hinfällig und wir müssten von Neuem beginnen. Das kann ich also vergessen. Aber *was sonst* könnten wir unternehmen? Himmel noch mal! Diese Situation macht mich echt fertig! Wir müssen schleunigst handeln, um den ganz eindeutig geplanten Diebstahl dieser zwei Schurken zu verhindern.

Und zum zweiten Mal an diesem Tag ist es Paco, der die Nerven behält und eine brauchbare Idee liefert: »Wir müssen uns aufteilen. Ich übernehme die Ganoven. Ihr kümmert euch um die Skulptur und das Rätsel!«, schlägt er tapfer vor und sieht mir dabei eindringlich in die Augen. »Vielleicht kann ich dir damit endgültig beweisen, dass ich es ernst meine!« Schon möchte er sich von uns trennen und sich auf den Weg in Richtung Einbrecher machen.

»Was? Halt!«, pfeife ich ihn augenblicklich zurück. »Das kommt gar nicht in Frage, das ist viel zu gefährlich!«

»Nico hat recht, so geht das nicht!«, mischt auch Sebi sich ein. »Du gehst bestimmt nicht alleine los! Aber an sich ist deine Idee, sich aufzuteilen, echt gut. Perfekt wird sie aber erst, wenn Mary, Argos und ich mit dir kommen. Zu viert haben wir viel bessere Chancen, diese Halunken zur Strecke zu bringen. Und ihr beiden«, nun wendet sich Sebastjan an Lavinia und mich, »ihr seid die Auserwählten der Prophezeiung, ihr kümmert euch um die Skulptur. Sobald alles hier vorbei ist, treffen wir uns im Park wieder«, bestimmt er im Befehlston und sieht mich streng an. Sein Gesichtsausdruck lässt keinen Raum für Widerspruch.

»In Ordnung«, seufze ich nach einem Moment des Nachdenkens. »Wir machen es, wie Sebi gesagt hat«, gebe ich mich schließlich geschlagen. »Aber nehmt vorsichtshalber Gyges mit. Dann kann sich wenigstens einer von euch unsichtbar machen«, füge ich im Wissen, dass keiner meiner Freunde die notwendige Kraft für den Übertragungszauber besitzt, hinzu. Sofort überlege ich, wo wir den Ringtausch am besten durchführen könnten. »Kommt, lasst uns zum Great-Court-Shop in der Eingangshalle laufen. Dort finden wir bestimmt einen Unterschlupf, wo wir in Deckung gehen können.«

Im besagten Museumsbereich angekommen, finden wir tatsächlich im Nu ein passendes Versteck hinter einem Verkaufstand. Eilig mache ich uns sichtbar, streife mir Gyges vom Finger, wodurch ich auch den Zauber beende, der es uns erlaubt hat, unbemerkt miteinander zu kommunizieren, und reiche den Ring an meinen besten Freund weiter.

»Viel Glück!«, verabschieden wir uns kurz darauf flüsternd voneinander. Damit sind wir getrennt. Hoffentlich geht alles gut. Ob ich mich tatsächlich in Paco getäuscht habe und meine Meinung über ihn noch einmal überdenken sollte? Das war vorhin wirklich mutig von ihm …

»Los, Nico, komm jetzt, wir müssen uns beeilen. Trödle nicht so rum!«, fordert meine Schwester mich leise auf, schneller zu machen, und zieht dabei nervös an meiner Hand. »Wir müssen zur Skulptur zurück, und wenn wir sie erreicht haben, will ich einen brauchbaren Vorschlag von dir hören.«

Lavinia hat gut reden. Wieso denn unbedingt eine Idee von *mir*? Dass ich nicht lache. Wenn ich eine ordentliche parat hätte, wären wir längst weitergekommen und säßen nicht so tief in der Misere …

Entfernt nehme ich während des Marschierens den dumpfen Schlag der Mitternachtsglocken wahr. ›Wenigstens ist es noch nicht später‹, versuche ich mich im Geiste zu beruhigen, als mir unerwartet tatsächlich ein Einfall kommt: »Lavinia, bleib stehen«, bitte ich meine Schwester, kurz anzuhalten und fasse sie dabei vorsichtig an der Schulter. »Ich muss mit dir reden.«

»Was ist denn?«, fragt sie ungeduldig. Ich kann es ihr nicht verübeln. Sie weiß ebenso wie ich, wie sehr uns die Zeit drängt.

»Ich glaube … wir müssen vielleicht gar nichts Bestimmtes tun.«

»Häh? … Alles okay bei dir?« Mit ungläubigem Gesichtsausdruck starrt sie mich an.

»Nein, im Ernst. Erinnerst du dich noch an den Spruch über die Geisterstunde, also die Zeit von null bis ein Uhr nachts, den wir im Fach ›Magische Geschichte‹ gelernt haben?«

Augenblicklich scheint meine Schwester zu verstehen. »Nico! Natürlich! Du bist genial! ›Immerzu um Mitternacht löset sich auf, was niemand gedacht‹, hat er gelautet, oder? Das ist es! Um zu finden, wonach wir suchen, müssen wir nur zur rechten Zeit am rechten Ort sein! Warum bin ich nicht selbst darauf gekommen? Schnell, lass deinen Zauberstab erscheinen! Wir müssen auf alles vorbereitet sein. Räume 18a und 18b, wir kommen!«, ruft sie aufgeregt und läuft los.

Je näher Lavinia und ich unserem Ziel kommen, desto unerträglicher wird meine Nervosität. Gleich werden wir wissen, ob wir richtigliegen. Ich hoffe es tunlichst … Und tatsächlich: Als wir Raum 18a der Parthenon Galleries erreichen und durchqueren, sehe ich Licht aus Raum b schimmern!

Abrupt bleibt Lavinia stehen. »Ich glaube, wir … wir werden schon er… erwartet«, stottert sie ängstlich und blickt mir dabei hilfesuchend in die Augen.

Just bekomme auch ich es mit der Angst zu tun, und mein Herz hämmert bis zum Hals. Jetzt muss ich tapfer sein und all meinen Mut zusammennehmen. Ich darf meine wahren Gefühle in einer solchen Situation nicht vor Lavinia zeigen. Einatmen … Ruhe bewahren …

»Ich gehe vor, und du bleibst dicht hinter mir«, sage ich nach einer Weile zu meiner Schwester und hoffe, zumindest tapfer zu klingen. Wenn etwas passiert, dann soll es wenigstens mich zuerst treffen. Tief in meinem Inneren fühle ich mich nämlich für Lavinia verantwortlich. Ich werde sie nicht noch einmal im Stich lassen und enttäuschen. Es ist schon schlimm genug, dass sie bei unserer Tante aufwachsen musste, während ich eine behütete Jugend bei den Ringhoffs erleben durfte …

Alle Furcht beiseiteschiebend marschiere ich los, als mich meine Schwester an der Schulter zurückhält. »Sollten wir nicht zumindest klopfen, bevor wir weitergehen?«, gibt sie unsicher zu bedenken.

»Ähh … meinst du?« Ich bin nicht sicher, ob eine Vorankündigung in unserem Fall wohl mehr schaden oder helfen würde … Ach egal, da ich sowieso nicht glaube, dass ein Überraschungsmoment etwas an unserer Lage ändern würde, hämmere ich lautstark gegen die Wand von Raum 18a. Richtig blöd, dass die beiden Ausstellungsräume der Parthenon Galleries nur mittels eines schmalen Torbogens und ganz ohne verschließbare Tür voneinander getrennt sind …

Da! Schon geht es los. Offenbar habe ich gerade den Stein ins Rollen gebracht. »Wer wagt es, den mächtigen Pholos zu stören?«, dringt mir eine unfreundliche, tiefe Männerstimme lautstark in die Ohren.

Diese Begrüßung kommt einem Schlag in die Magengrube gleich. Die klingt gar nicht nett. Am liebsten würde ich auf der Stelle kehrtmachen und mich verkriechen. Bestimmt geht gleich die Sache mit den Prüfungen los …

Halt! Ich muss mich beruhigen, ich brauche jetzt meine volle Konzentration … Nun heißt es vorbereitet sein, immer an den Reim der Karte und die Empfehlung, Schutzmaßnahmen gegen Zank zu treffen, denken. ›Cool down, Nico‹, ermahne ich mich selbst in Gedanken und atme tief durch.

»Hier sind Nico Alechandro und Lavinia Arassis«, antworte ich kurz darauf klar und deutlich, all meinen Mut zusammennehmend. »Unsere Eltern, die mächtigen Talenter Mara und Alexis Arassis, haben uns zu dir geschickt.« Hoffentlich hat derjenige, der uns im Nebenzimmer erwartet, die Angst nicht aus meinen Worten herausgehört.

»Kommt näher!«, befiehlt uns die Stimme, sogleich einzutreten. »Ich möchte euch sehen.«

Nun gut … Vorsichtig und mit eingezogenen Köpfen tun meine Schwester und ich wie uns geheißen, und prompt jagt mir der Anblick der Kreatur, die ich zu Gesicht bekomme, einen kalten Schauer über den Rücken. Oh Mann, wie konnte ich nur so blöd sein und aufgrund der maskulinen Tonlage glauben, dass ich hier einen ganz normalen menschlichen Krieger vorfinden würde? Ich Dummkopf … Denn anstatt eines Mannes sehe ich genau dasselbe Wesen, das ich bereits vom Metopenrelief kenne.

Direkt vor mir steht ein gewaltiger Zentaur, der sich meiner Schwester und mir mit donnerndem Hufschlag und versteinertem Gesichtsausdruck Schritt für Schritt nähert. Mit einem Mal fallen mir Slooms Worte über diese Spezies wieder ein – lüstern und unbeherrscht soll sie sein. Das kann ja heiter werden.

›Wir dürfen ihn bloß nicht reizen, wir dürfen ihn bloß nicht reizen‹, ist das Einzige, das mir pausenlos durch den Kopf geht, als der Zentaur Meter für Meter näherkommt.

»Alexis Arassis kenne ich tatsächlich. Doch niemals falle ich auf euch mindere Talenter herein. Alexis hat mich nämlich vorgewarnt! Nichts und niemand wird meinen kostbaren Schatz bekommen, ohne vorher die eine Prüfung zu bestehen!«

Also doch … ich wusste, dass das gleich losgehen würde …

»Was … was verlangst du von uns?«, frage ich so souverän wie nur irgendwie möglich.

»Ich will Spaß haben und spielen!«, gibt mir der Zentaur hinterhältig grinsend zur Antwort.

Was? Soll das ein Scherz sein? Will er uns etwa an der Nase herumführen?

Das Wesen muss meinen Gesichtsausdruck wohl richtig gedeutet haben, denn plötzlich beginnt es bitterböse zu lachen.

»Nicht so, wie du denkst, du törichter Talenter. Ich möchte mich natürlich duellieren. Das ist das Einzige, das mich noch erfreuen kann. Seit ich vor langer, langer Zeit meinen besten Freund Cheiron aufgrund nur einer einzigen Dummheit verloren habe, hasse ich alles und jeden. Mein Leben bedeutet mir nichts, rein gar nichts. Ihr seid meine erste Aufmunterung seit Langem. Um präzise zu sein: seit Hunderten von Jahren.«

Unerwartet wendet sich der Zentaur für einen kurzen Moment von uns ab, und als ich nur noch seinen Rücken sehe, glaube ich, ein leises Schluchzen zu hören. Ob er traurig ist?

Zum langen Überlegen bleibt mir jedoch keine Gelegenheit, denn sofort geht es los.

Mit einer Wucht, die der eines Orkans gleichkommt, springt die Kreatur mit einem Satz direkt auf mich zu, und reflexartig richte ich meinen Zauberstab auf sie. Bitterböse starrt mich der Zentaur aus einem halben Meter Entfernung wütend an. Wie ein tollwütiger Hund fletscht er die Zähne.

»Solltet ihr beide siegen, bekommt ihr, was Alexis mir hinterlassen hat. Aber wenn nicht, dann bleibt es auf ewig mein und ihr seid des Todes. Doch nun haben wir lange genug geplaudert. Lasst uns mit dem Kampf beginnen.«

»Moment, Moment, nicht so schnell! Wir können kämpfen, natürlich. Aber zuerst … verrate uns zumindest, wer du bist und was mit dir geschehen ist«, bittet Lavinia gekonnt interessiert. »Schließlich haben auch wir das Recht zu erfahren, wer uns gegenübersteht. Wir haben uns ebenfalls vorgestellt.«

Gut gemacht, Schwester, gut gemacht! Hoffentlich funktioniert ihre Verzögerungstaktik.

›Serpens und Anguis, macht euch bereit! Gleich brauche ich einen wirklich guten Verteidigungszauber‹, bitte ich meine Zaubergehilfen im Geiste um Hilfe und denke nach, was wir tun könnten, um uns aus dieser verzwickten Lage zu befreien.

»Ha, Mädchen!« Das Lachen des Zentauren, das den Raum erfüllt, gleicht mehr einem Grollen. »Was erwartest du denn von mir? Deine Masche wird euch kein Stück weiterbringen. Aber gut: Ich bin Pholos der Schreckliche und zu allem bereit. Und da du in wenigen Augenblicken sowieso tot sein wirst, kann ich dir auch gerne meine ganze Geschichte erzählen. Das bisschen Zeit kann ich durchaus erübrigen. Also passt auf, ihr beiden: Alles begann vor Hunderten von Jahren mit diesem

Tölpel namens Herakles. Seinetwegen habe ich nicht nur meinen einzig wahren Freund, sondern auch mein eigenes Leben verloren. Wie ich ihn hasse, diesen falschen, verlogenen Bastard von einem Talenter. Als Herakles damals zu mir kam, hätte ich ihm meine Gastfreundschaft verweigern sollen. Doch wie immer habe ich mich von meinem lieben Freund Cheiron dazu überreden lassen, ihn in meiner Herberge aufzunehmen und zu bewirten. Warum er diesen falschen Halunken überhaupt unterstützte, kann ich bis heute noch immer nicht verstehen. Wie besessen half er ihm dabei, diesen einen dummen Eber zu fangen. Und als sie diesen dann endlich erlegt hatten, bat mich Cheiron, zur Feier des Tages ein besonderes Fass Wein – ein Geschenk des Dionysos, das ausschließlich Zentauren zum Trinken vorbehalten war – zu öffnen. Und obwohl mir dabei alles andere als wohl war, tat ich ihm diesen Gefallen. Doch leider wurde mein Vergehen umgehend bestraft. Denn innerhalb von wenigen Minuten wurden vom süßen Geruch des Weines wilde Zentauren angelockt. Es kam zu einem blutigen Kampf, bei dem mein lieber Freund Cheiron sein Leben verlor. Dieser Narr hat sich nämlich ohne zu zögern vor Herakles geworfen, um ihn zu beschützen. Dabei traf ihn ein Pfeil, der mit dem Blut der Hydra vergiftet war. Er durchbohrte seinen Körper, und das Gift saugte ihm über Tage hinweg all seine Lebensenergie aus. Ich werde niemals vergessen, wie er geschrien und um sich geschlagen hat. Und Herakles, dieser Tölpel, hat überlebt! Ich hätte ihn töten sollen, als ich die Gelegenheit dazu hatte, doch ich habe es nicht getan. Im Wissen, dass mir meine Artgenossen auf ewig nach dem Leben trachten würden, ließ mich Herakles kurz nach Cheirons Beerdigung allein in meiner Herberge zurück. Und dann kamen sie, meine Zentauren-Gefährten. Doch anstelle des Todes ließen sie mich viel größeren Schmerz erleiden. Sie verbannten mich in diese unnütze Skulptur, wo jahrhundertelange Buße meine Strafe sein sollte. Weder

Menschen noch Talenter noch andere Lebewesen sollten mich je wieder lebend zu Gesicht bekommen. Ewige Isolation sollte mein Schicksal sein. Doch nun seid *ihr* gekommen! Nun kann ich endlich all den Schmerz und all meine Wut an euch auslassen. Attacke!«, ruft der Zentaur plötzlich wie von Sinnen und holt unerwartet mit einem messerscharfen, silbern glänzenden Schwert aus, das plötzlich wie aus dem Nichts aufgetaucht ist.

»Halt, halt, stopp!«, rufe ich aus Leibeskräften, kurz bevor mich die Klinge treffen kann. »Ich glaube, ich habe etwas, das dir deine Lebensfreude zurückgeben kann.«

Entschlossen beginne ich in meinem Rucksack zu kramen und hoffe insgeheim, dass ich mit meinem Geistesblitz richtigliege und uns retten kann. Ich bin froh, dass ich vorhin all meine Sachen wieder an mich genommen habe, als ich Argos in der Toilettenanlage aus meinem Rucksack gelassen und den Raum-Erweiterungs-Zauber beendet habe.

»Trink hiervon!«, sage ich schließlich zu Pholos und halte ihm die soeben herausgenommene Phiole vor die Nase. Hoffentlich hält das Mittel, was es verspricht.

»Was ist das?«, brüllt der Zentaur sofort und mustert das Fläschchen misstrauisch.

»Das ist ein Getränk namens Nepenthes. Es wird deinen Kummer lindern. Selbst Helena von Troja hat es geholfen«, erkläre ich ihm eilends.

»Und das soll ich glauben? Andererseits … was habe ich zu verlieren? Also her damit! Aber ihr sollt gleich im Voraus wissen, dass ich gegen jede Art von Betäubungsmittel immun bin. Sollte dieses Gesöff nicht wirken, seid ihr des Todes!«, grölt der Zentaur drohend, als er mir das Gefäß mit der magischen Flüssigkeit aus der zittrigen Hand nimmt.

Oh Mann. Wenn das schiefgeht, sind wir endgültig fällig …

Augenblicklich verschlingt Pholos mit nur einem einzigen Happen das Fläschchen und seinen Inhalt. Das Knirschen, das

Lavinia und ich zu hören bekommen, als das Glas der Phiole zwischen seinen bloßen Zähnen zerspringt, wird mir ewig in Erinnerung bleiben – das muss furchtbar wehgetan haben. Für einen kurzen Augenblick glaube ich sogar, Blut aus seinen Mundwinkeln spritzen zu sehen …

»Ziemlich geschmacksneutral, aber … ahhh!« Abrupt dreht sich der Zentaur ganz plötzlich im Kreis, jubelt wie ein Kleinkind und stapft dabei aufgeregt mit seinen Pferdebeinen auf den Boden. In seinen Augen blitzen tatsächlich Tränen auf. »Oh mein Gott, oh mein Gott! So ein Gefühl hatte ich … noch nie! Es ist unbeschreiblich! Endlich ist er weg! Endlich ist der Schmerz fort! Meine Seele ist geheilt. Ich bin frei, ich bin frei! Ihr habt die Prüfung bestanden. Ihr seid wahrlich die Kinder von Alexis Arassis!«, ruft Pholos voller Glück und sieht Lavinia und mich an. »Euer Vater versprach mir, dass die Erwählten mich heilen würden. Verzeiht, dass ich euch anfangs nicht getraut habe, doch Alexis zufolge hätte mich weiß Gott wer besuchen können. Hier, nehmt meinen Schatz. Nun ist er euer. Euch übergebe ich ihn wirklich gerne.« Ohne Zögern lässt Pholos in seiner linken Hand einen kleinen Gegenstand erscheinen. Es ist eine Sanduhr, die sehr alt aussieht.

»Moment … deswegen sind wir hier?«, platzt es Lavinia raus, während sie mich ungläubig ansieht. Und auch ich hoffe insgeheim, dass es sich dabei um einen Scherz handeln muss.

»Gewiss! Genau dieses edle Stück hat Alexis bei mir deponiert«, antwortet der Zentaur ehrfürchtig und überreicht mir die Sanduhr.

»Und was sollen wir damit anstellen? Hat unser Vater auch dazu etwas gesagt?«, will meine Schwester sogleich hoffnungsvoll wissen.

»Nein, darüber hat er leider kein Sterbenswörtchen verloren.«

Mist, aber bestimmt wissen Rektor Gottman und Onkel

Mikelo, was es damit auf sich hat. Sorgfältig verstaue ich unser Geschenk in meinem Rucksack.

»Aber nun sputet euch! Ihr müsst gehen, eure Zeit ist um. Wenn ihr nicht umgehend von hier verschwindet, werdet ihr genau wie ich ewig in dieser Skulptur gefangen sein«, warnt uns der Zentaur.

»Was?!«, rufen meine Schwester und ich zeitgleich und starren einander nervös an. »Dann sollten wir aber schleunigst abhauen«, fordere ich unverzüglich.

»Aber Nico, ohne Gyges können wir da nicht einfach so rausspazieren«, gibt Lavinia plötzlich besorgt zu bedenken und hält mich vor einer unüberlegten Handlung zurück, als ich mich bereits zum Gehen gewendet habe. »Es grenzt an ein Wunder, dass uns bisher niemand bemerkt hat. Da draußen ist inzwischen bestimmt die Hölle los! Unsere Freunde haben garantiert die Polizei alarmiert. Kurz bevor wir den Raum betreten haben, habe ich Blaulicht durch ein Fenster gesehen. Und wenn die Beamten uns erwischen, werden am Ende auch wir für Einbrecher gehalten und landen im Gefängnis. Und ich glaube nicht, dass unsere magischen Kräfte für die Beeinflussung von Menschenmassen reichen würden.«

»Guter Punkt, jetzt stehen wir wirklich vor einem mächtigen Problem ...«, antworte ich und überlege, wie wir nun am besten vorgehen könnten. Jetzt hätten wir Gyges dringend nötig ...

Unerwartet naht unsere Rettung. »Vertraut ihr mir?«, mischt Pholos sich in die soeben aufkeimende Diskussion zwischen meiner Schwester und mir über unsere Handlungsalternativen ein. »Ich bin euch etwas schuldig. Wenn ihr mir verratet, wohin es gehen soll, werde ich helfen und euch dorthin bringen.«

»Das kannst du? Das wäre ja wunderbar! Wir müssen in den Bloomsbury Square, den Park in der Nähe des Museums!«, ruft Lavinia hocherfreut und ohne Umschweife.

»Na dann! Ich danke euch für dieses wunderbare Geschenk! Viel Glück auf eurem weiteren Lebensweg«, sagt Pholos und stampft dabei lautstark auf den Boden.

Ohne Vorwarnung und noch bevor auch wir uns von dem Zentauren verabschieden können, verlieren meine Schwester und ich den Boden unter den Füßen. Wir beginnen zu fallen, immer tiefer und tiefer in einen langen, feuchten Tunnel hinein. Binnen kürzester Zeit wird es stockdunkel um uns, und ich bin nicht mehr imstande, etwas zu erkennen. Ich habe das Gefühl, mich auf einer meterlangen Rutsche zu befinden.

Und dann, als sich erneut die Richtung, in die wir stürzen, ändert, werde ich abrupt mit einem groben Schlag gegen eine Wand katapultiert. Schon höre ich Lavinia schmerzerfüllt aufschreien und blanke Panik überrollt mich. Wiederholt versuche ich, nach ihrer Hand zu greifen, doch vergeblich, außer Leere fasse ich nichts.

»Wo bist du?!«, rufe ich so laut ich kann, als es weiter wechselweise rauf, runter, nach rechts und dann wieder nach links geht. Mir wird speiübel.

Irgendwann stoße ich plötzlich unsanft mit meiner Schwester zusammen. Mit aller Kraft gelingt es mir, sie am Arm zu fassen. »Ich habe dich! Jetzt lass ich dich nicht mehr los, das verspreche ich dir«, rufe ich so laut ich kann, während ich mich verzweifelt an sie klammere, es zunehmend kälter und kälter wird und ich zu frösteln beginne.

›Bitte, Vater, Mutter, lasst uns das Ganze hier ohne Genickbruch überstehen‹, flehe ich innerlich, als wir weiterhin grob hin- und hergeschleudert werden.

»Was passiert hier?!«, ruft Lavinia. Sie klingt dem Ende ihrer Kräfte nahe. »Was hat der Zentaur nur mit uns angestellt? Wann nimmt dieser Horrortrip denn endlich ein Ende?«

Und irgendwann, eine gefühlte Ewigkeit später, als ich schon denke, Pholos hätte uns mit seinem »Vertraut ihr mir?« in eine gemeine Falle gelockt, landen wir beide mit einem unsanften Plumpsen auf unseren Hintern auf hartem Boden.

»Ich bin noch ganz, ich bin noch ganz!«, jubelt Lavinia kurzerhand und sieht mich mit tränennassen Augen an, als sie dankbar meine Hand loslässt.

»Ich auch, Gott sei Dank«, bestätige ich und versuche gleichzeitig, mich zu orientieren und aufzustehen. Zum Glück ist es inzwischen hell geworden …

Ich blicke mich um, und als ich das Schild sehe, weiß ich, dass wir tatsächlich in der Parkanlage des Bloomsbury Square gelandet sind. Mir fällt ein Stein vom Herzen. »Pholos hat also doch Wort gehalten und uns aus dem Museum rausgebracht!« Schon bekomme ich ein schlechtes Gewissen, weil ich dachte, er hätte uns betrogen …

»Seid gegrüßt, Hoheiten!«, lässt mich plötzlich eine vertraute Stimme aufschrecken, und sofort drehe ich mich um.

»Hektor!«, rufe ich aus Leibeskräften, als ich das edle weiße Pferd auf uns zutraben sehe. Sofort falle ich ihm zur Begrüßung erleichtert um den Hals. »Ich bin unendlich froh, dich zu sehen!«

»Aber wo sind denn die anderen?«, will meine Schwester umgehend wissen und reißt mich damit aus meinem Freudentanz. Ich Idiot. Das hätte auch meine erste Frage sein sollen! Wir hatten doch vereinbart, uns hier zu treffen. Hoffentlich ist ihnen nichts zugestoßen!

Erwartungsvoll starre ich das Pegasospferd an. »Und?«

»Keine Sorge, euren Freunden geht es gut! Beruhigt euch erst mal. Sie sind schon zurückgeflogen. Sie sind jetzt gefeierte Helden und bereits in allen Nachrichten zu sehen«, antwortet uns Hektor stolz. »Mary, Sebi, Paco und Argos ist es nämlich zu verdanken, dass die beiden Museums-Einbrecher gestellt werden konnten.«

»Das ist ja Wahnsinn«, jubeln Lavinia und ich erfreut. Ich

habe so gehofft, dass sie das schaffen! »Aber wie genau haben sie das letztendlich angestellt?«, will ich schließlich neugierig von Hektor wissen. »Haben sie es dir erzählt?«

Er grinst. »Natürlich, was glaubst du denn? Also, hört zu: Nachdem ihr euch im Museum von euren Freunden getrennt habt, sind diese schnurstracks ins Freie gerannt, um die Polizei zu alarmieren und den Einbruch zu melden. Binnen kürzester Zeit waren die Einsatzkräfte auch schon vor Ort und konnten umgehend einen der Diebe festnehmen. Der andere jedoch wäre ihnen durch die Lappen gegangen, hätten Mary, Paco, Sebi und Argos nicht so tapfer reagiert. Denn als die vier vor dem Gebäude auf ihre Zeugenbefragung warten mussten, haben sie beobachtet, wie der flüchtige Ganove im Erdgeschoss aus dem Fenster geklettert kam. Ohne zu überlegen sind sie sofort auf ihn zugestürmt und haben sich ihm in den Weg gestellt. Und dank der schulischen Nahkampfausbildung im Arassis-Anwesen ist es den Jungs sogar ohne Magie gelungen, den Einbrecher handlungsunfähig zu machen – natürlich hatten sie dabei auch Unterstützung von Argos, der den Ganoven mehrfach ins Bein gebissen hat. Nun war Mary an der Reihe: Zuerst fesselte eure Freundin den Einbrecher mit einem Seil aus Sebis Pfadfinderset und danach brachte sie ihn mit ihrer Wasser-Talenter-Magie dazu, der Polizei die Tat bis ins kleinste Detail zu gestehen. Die Einsatzbeamten waren restlos überwältigt. Sie sprachen sogar von einem Wunder. Natürlich denken sie, dass eure Freunde nur rein zufällig beim Museum vorbeigekommen sind, als sie mit ihrem Hund einen Nachtspaziergang gemacht haben. Niemand weiß, dass sie im Gebäude waren.«

»Wirklich? Das ist ja sensationell! Unsere Freunde sind genial! Aber nun: Nichts wie weg von hier!«, meint Lavinia, die endlich wieder Farbe im Gesicht hat, und gähnt. »Ich brauche eine Dusche und eine gehörige Portion Schlaf.«

»Dann ab nach Hause!«, ruft auch Hektor und geht in die Knie, um uns das Aufsteigen zu erleichtern.

Schon fliegen wir los.

Während wir über die Dächer Londons gleiten, sehe ich neugierig auf meine Uhr und erkenne, dass es bereits halb sechs morgens ist. Offenbar haben wir mehr Zeit bei Pholos verbracht, als wir dachten. Was wohl aus ihm geworden ist? Auf jeden Fall hoffe ich, dass er mit dem Zaubermittel Nepenthes seinen Seelenfrieden gefunden hat.

Dankbar, dass am Ende alles gut ausgegangen ist und wir die erste Hürde lebend hinter uns gebracht haben, schließe ich einige Zeit später meine Augen und genieße den restlichen Flug nach Dover.

10

Das mysteriöse Verschwinden von Gottman und Erossa

Schon den ganzen Vormittag verhalte ich mich wie ein besorgtes Kleinkind. Panisch laufe ich mehrfach gemeinsam mit Argos jeden noch so kleinen Winkel des Anwesens ab, nur um vielleicht doch noch einen Hinweis auf ihren Verbleib zu entdecken. Doch Fehlanzeige. Egal wo wir suchen, es ist nichts, rein gar nichts zu finden. Die beiden sind einfach spurlos verschwunden! Nervös blicke ich, zum sicher hundertsten Mal seit heute Morgen, auf meine Taschenuhr.

»Es ist beinahe Mittag! Inzwischen sind sie schon mehr als vierundzwanzig Stunden weg… Hoffentlich ist Onkel Mikelo und Rektor Gottman nichts zugestoßen«, seufze ich und sehe besorgt zu dem kleinen Hund, der mir seit dem Frühstück nicht mehr von der Seite weicht. »Irgendetwas muss es doch geben, das wir tun könnten… Ach, Argos… Diese Warterei treibt mich in den Wahnsinn. Komm, Kleiner, lass uns auf mein Zimmer gehen und überprüfen, ob die Karte vielleicht einen Anhaltspunkt für uns hat«, fordere ich ihn schließlich auf, mir zu folgen. Hoffentlich lässt uns dieses Pergament-Ding nicht im Stich…

Während der Hund und ich in Richtung Unterkünfte-Trakt marschieren, kauen wir die wesentlichen Geschehnisse des vergangenen Tages, die leider unsere einzigen Anhaltspunkte darstellen, noch einmal von vorne bis hinten durch.

»Also gut, Nico: Du sagst, dass alles angefangen hat, seltsam zu werden, als Lavinia und du gestern früh, also am zweiten August, mit Hektor ins Arassis-Anwesen zurückgekehrt seid und ihr Gottman und Erossa diese komische alte Sanduhr von Pholos dem Schrecklichen und die im Museum erschienene neue Botschaft auf der Karte gezeigt habt, richtig?«, beginnt der Vierbeiner zusammenzufassen.

»Ganz genau«, antworte ich und nicke eifrig. »Und dann ging alles auch schon los. Mir kam es fast vor, als hätte jemand bei den beiden einen Schalter umgelegt. Ganz plötzlich verfielen sie in eine überaus eigenartige Diskussion. Zwischendurch haben sie immer wieder für einen Moment innegehalten und einander angestarrt. Und nach etwa zwanzig Minuten haben sie sich dann wie besessen Gottmans Handy geschnappt und unsere Geschichtslehrerin, Mrs Arlon, angerufen. ›Dorothy, es ist so weit, wir brauchen dich! Ich sage nur: Brighton! Wir haben das *eine* Puzzleteil gefunden. Nun bist du an der Reihe!‹, war das Einzige, das ich klar und deutlich verstehen konnte. Kurz nachdem sie das Gespräch beendet hatten und ich schon fragen wollte, was denn los sei, haben die zwei aber auch schon mit hochroten Gesichtern erklärt, dass sie ganz überraschend wegmüssten, aber bis spätestens gestern Abend zurück sein wollten …«

»Doch das waren sie nicht! Und jetzt sind sie schon viel zu lange überfällig«, schnauft der Hund zutiefst beunruhigt und schüttelt den Kopf.

»Ich Idiot, ich hätte ihnen gestern einfach den Weg versperren und hartnäckiger sein müssen!«

»Nico, spinnst du? Du kannst dir doch nicht die Schuld für ihr Verschwinden geben! Wenn Gottman und Erossa sich etwas in den Kopf gesetzt haben, dann hat niemand eine Chance, ihr

Vorhaben zu durchkreuzen. Und außerdem hast du doch selbst gesagt, dass du alles versucht hast!«

»Ach, Argos … aber … na ja, doch … eigentlich schon«, antworte ich bekümmert, fühle mich aber nur wenig überzeugt. »Ich habe wirklich all meine Überzeugungskünste walten lassen. Aber die beiden haben sich partout geweigert, mir zu verraten, was eigentlich los ist und weswegen sie aufbrechen wollten. Sie meinten nur, dass sie etwas unsagbar Wichtiges und nicht Aufzuschiebendes für unsere Mission zu erledigen hätten und dass wir auf keinen Fall weiter nachfragen sollten … Nicht einmal aus ihren Abschiedsworten werde ich schlau: ›Macht ja keinen Blödsinn! Versteckt die Sanduhr in der Arassis-Wohnung und sagt der Sphinx, dass sie niemanden außer euch einlassen soll.‹ Aber warum? Was hat es denn mit diesem komischen Ding auf sich? Was genau verheimlichen sie uns?«

»Ich weiß es auch nicht«, ergreift Argos nun wieder das Wort. »Aber hast du schon einmal daran gedacht, dass diese komische Sanduhr möglicherweise das sagenumwobene Stundenglas des Kronos sein könnte?«

»Ja, sicher habe ich das, sogar mehrmals«, antworte ich dem Vierbeiner umgehend. »Aber nehmen wir einmal an, es wäre so: Was würde das für einen Sinn ergeben? Warum sollten wir dieses wertvolle Ding, das es zu zerstören gilt, schon bei unserer ersten Etappe finden?«

»Keine Ahnung.« Argos schüttelt den Kopf. »Das weiß ich auch nicht …«

»Ich fühle mich total vor den Kopf gestoßen. Warum sollen *wir* abwarten, während *sie* eine so wahnsinnig wichtige Sache erledigen? Was steckt dahinter? Das ist doch nicht fair! Wir hatten doch alle gemeinsam vereinbart, keine Geheimnisse mehr voreinander zu haben!«

»Da bin ich völlig deiner Meinung. Aber Nico, denk nach: Die beiden würden sich niemals so seltsam verhalten, wenn es sich nicht um eine unfassbar wichtige Angelegenheit handeln würde. Mein Herrchen und Mikelo führen bestimmt irgendetwas streng Geheimes im Schilde!«

»Und genau das macht mir solche Angst. Denn schlimmer als meine Wut *auf* sie ist meine Sorge *um* sie. Hoffentlich ist ihnen nichts passiert!«

Zerknirscht öffne ich die Tür zu meinem Zimmer, das wir inzwischen erreicht haben, und trete ein.

»Argos, ich weiß wirklich nicht, was ich noch machen soll. Ich habe sicher schon fünfzig Mal versucht, Gottman, Erossa oder Arlon auf dem Handy zu erreichen, doch jedes Mal Fehlanzeige. ›Die von Ihnen gewünschte Nummer ist derzeit nicht verfügbar, bitte probieren Sie es später noch einmal.‹ Diese Ansage kommt ständig und leider immer wieder. Nicht einmal mit Serpens' und Anguis' Ortungszaubern komme ich weiter …«

»Hey, Nico, Kopf hoch. Wenn zwei mächtige Talenter wie Gottman und Erossa nicht gefunden werden wollen, dann finden wir sie auch nicht«, versucht mich Argos zum wiederholten Male an diesem Tag zu beruhigen.

Nebeneinander machen wir es uns auf meinem Bett gemütlich.

»Und noch einmal, Nico: Ich kenne mein Herrchen nur zu gut. Rupert weiß genau, was er tut! Für ihr Nichterscheinen gestern Abend gibt es eine Erklärung, ganz bestimmt. Und überhaupt würde ich es spüren, wenn den beiden etwas zugestoßen wäre. Also: Kopf hoch!«

»Dein Wort in Gottes Ohr, Argos. Ich wünsche mir nichts sehnlicher, als dass der Rektor und Onkel Mikelo wieder heil nach Hause kommen«, sage ich traurig und versinke in Gedanken.

Wenn mich meine Freunde heute beim Frühstück nicht zurückgehalten hätten, wäre ich mit Sicherheit längst losgezogen, um die beiden zu suchen. Doch wo ich angefangen hätte, kann ich beim besten Willen nicht sagen. Nicht weil Brighton mit fast 156000 Einwohnern ein riesen Ort ist, sondern weil ich mir verdammt sicher bin, dass sie nicht einmal wirklich dort sind. Wieso ich das vermute? Ganz einfach: Weil ich denke, dass Onkel Mikelo niemals einen richtigen Treffpunkt so offenkundig am Telefon genannt hätte. Dafür ist er nämlich viel zu schlau.

»Argos? Was ist, wenn die ganze Sache nur ein geplantes Ablenkungsmanöver für die Elysier gewesen ist?«, mutmaße ich. »Ich habe ein richtig komisches Gefühl. Das alles stinkt doch zum Himmel!« Gedankenverloren streiche ich dem Hund über den Kopf. »Brighton könnte ein Codewort gewesen sein, aber wofür? Bestimmt sind sie in etwas Gefährliches hineingeraten …« Diese elende Warterei macht mich noch rasend.

Was soll ich bloß unternehmen, wenn sie nicht wiederkommen? Das wäre schrecklich! Einerseits natürlich für mich persönlich, weil ich sie unendlich vermissen würde, andererseits aber vor allem für die Menschheit, da wir ohne Gottman und Erossa nicht einmal ansatzweise in der Lage wären, die uns aufgetragene Mission zu Ende zu führen und die Elysier zur Strecke zu bringen.

»Nico, jetzt warten wir erst mal ab. Aufregen bringt sowieso nichts«, meint der Hund aufmunternd und springt sogleich von meinem Bett. Schnurstracks läuft er zum Schreibtisch, schnappt sich die Karte, die dort liegt, eilt zu mir zurück und überreicht sie mir. »Schau mal nach, ob wir damit vorankommen! Deswegen sind wir doch auf dein Zimmer gegangen, schon vergessen?«

»In Ordnung, du hast ja recht.« Dankend nehme ich das Papier entgegen, und als ich es ansehe, falle ich fast aus allen Wolken. »Himmel noch mal! Argos, ich hatte mit meiner Vorahnung tatsächlich recht! Sieh nur, wie die Karte schimmert. Schnell, wir müssen die anderen suchen. Ich brauche Lavinia! Die Karte will uns garantiert eine neue Botschaft übermitteln!«

Ohne noch ein weiteres Wort zu verlieren, stürmen Argos

und ich aus dem Zimmer und laufen so schnell wir können in den Gemeinschaftsraum. Hoffentlich ist meine Schwester dort.

Und tatsächlich haben wir Glück. Hier befindet sich nämlich nicht nur Lavinia, sondern auch Sebi, Mary und Paco, die allesamt auf der Couch sitzen und über genau dieselbe Sache beraten wie Argos und ich zuvor.

»Sind sie zurück?«, ruft Mary sofort hoffnungsvoll, als sie mich sieht und springt auf.

»Nein, leider nicht, aber … Lavinia, schau nur: die Karte! Es geht wieder los! Schnell, wir müssen sie gemeinsam berühren«, fordere ich hektisch, haste zu ihr und setze mich neben sie.

Schon geht das typische Raum-dreh-dich-Spielchen wieder los. Wieder verblassen die alten Worte, bis nach und nach die neue Nachricht zum Vorschein kommt.

❖

Gut gemacht!
Etappe eins habt ihr hinter euch gebracht.

Verdient hättet ihr euch eine Pause,
doch bleiben könnt ihr nicht zu Hause.

Weit, weit weg ist euer nächstes Ziel,
es wird das erste Auswärtsspiel.

Und nun zu eurem letzten Tipp:
Diesem edlen Herrn begegnet ihr am dreizehnten August
bei eurem Trip.

❖

Umgehend beginnt die Karte wieder ganz von selbst zu schweben, und nachdem sie in der Mitte des Tisches zum Stillstand gekommen ist, formen die ihr entweichenden Nebelschwaden nach und nach ein neues Hologramm.

»Ich fasse es nicht!«, ruft Lavinia beim Anblick des dreidimensionalen Bildnisses.

»Himmel noch mal, das ist ja Zeus!«, rufe ich lautstark, da auch ich diesen Mann sofort erkenne. »Das Hologramm gleicht haargenau dem Bild, das wir erst vor ein paar Tagen in Onkel Mikelos Buch betrachtet haben! Du weißt schon, dem Mistding, das mich in den Finger gebissen hat. Mit genau dieser Illustration hat Gottman uns nach dem Myrmidonen-Überfall über das Zepter Caelum, das Zeus auch hier in seinen Händen hält, aufgeklärt! Aber was hat das alles …«

Kurzerhand höre ich zu sprechen auf, denn prompt fällt mir ein, dass Sebi, Mary, Paco und Argos möglicherweise rein gar nichts mitbekommen haben könnten. Eilends greife ich deshalb nach der Karte und beende den Zauber, um meine Freunde in die soeben geschehenen Dinge einzuweihen. Doch sehr zu meiner Verblüffung erweist sich dies als völlig überflüssig, denn heute haben sie, im Gegensatz zum Vorfall im London British Museum, alles miterlebt – genau wie beim ersten Mal hier im Arassis-Anwesen, als uns die Karte unseren ersten Bestimmungsort gezeigt hat.

»Wie ist das möglich? Wie kann es sein, dass ihr gerade wieder beim Ausflug in diese … diese Parallelwelt mit dabei wart?«, will ich wissen und blicke den anderen ratsuchend in die Augen. »In London habt ihr doch überhaupt nichts bemerkt … Jetzt verstehe ich gar nichts mehr. Das ergibt keinen Sinn!«

»Doch, das tut es!«, ruft Argos sogleich wie aus der Pistole geschossen und offensichtlich sehr erfreut darüber, dass er mehr zu wissen scheint als wir. »Mara und Alexis haben die

Karte nämlich mit einem Ausnahmezauber für Menschen belegt! Deshalb konnte in London niemand außer Lavinia, Nico und mir etwas sehen!«

»Wie jetzt? … Aber warum hast du uns das nicht schon damals erzählt?« Verblüfft und ungläubig starre ich ihn an.

»Hey, schau mich nicht so an, Nico! Ich weiß das ja auch erst seit Kurzem«, klärt er mich auf. »Nachdem Sebi, Mary, Paco und ich die Einbrecher gestellt hatten, sind wir ja vor euch ins Arassis-Anwesen zurückgekehrt. Und da die drei nicht mehr mit mir spielen, sondern sofort schlafen gehen wollten, bin ich zu meinem Herrchen gerannt, um bei ihm auf euch beide, Nico und Lavinia, zu warten. Und als mir langweilig wurde, habe ich mein Herrchen irgendwann beiläufig gefragt, woran es gelegen haben könnte, dass niemand im Museum etwas von dem Karten-Zauber mitbekommen hat. Daraufhin hat er mir erklärt, dass die Karte vor jeder Botschafts-Offenbarung die Umgebung auf die Anwesenheit von Menschen hin überprüft. Sind welche da, dann erleben nur jene diese seltsamen Dinge, die die Karte berühren, oder die, die mit den Auserwählten der Prophezeiung untrennbar verbunden sind – also wie ich, als ich in deinem Rucksack saß, Nico. Sind keine Menschen in der Nähe, dann ist es genau wie gerade eben und alle sind live dabei.«

»Ach, so ist das! Verstehe«, antworte ich dem Hund erstaunt. »Aber damit wären wir auch schon wieder beim Thema, Leute: Die Tatsache, dass der Rektor über diese Sache Bescheid wusste, bestätigt wieder einmal, dass wir ohne die Hilfe der beiden Männer aufgeschmissen sind … Allein kommen wir bei der Suche nach den Artefakten niemals weiter. Wir haben weder eine genaue Vorstellung davon, was diese Karte von uns will, noch wissen wir, wo wir mit unserer Suche weitermachen müssen.«

»Da gebe ich dir leider recht, Nico«, bestätigt auch Lavinia meine Besorgnis. »Diese kryptischen und komplizierten Talenterbotschaften von unseren Eltern sind wirklich alles andere als aufschlussreich. Auch diesmal verliert der Reim der Karte kein Sterbenswörtchen darüber, was wir tun sollen«, stellt meine Schwester bekümmert fest und blickt in die Runde meiner Freunde, als plötzlich ein dumpfes Poltern unsere Aufmerksamkeit erregt.

Augenblicklich beginnt Argos lautstark zu bellen und zu hüpfen. Wie von Sinnen springt der Hund plötzlich auf und rennt hechelnd zur Tür, wo er unerwartet einen Freudentanz veranstaltet.

»Sie sind da, sie sind da, ich kann sie wittern! Mein Herrchen hat soeben den magischen Schutzwall durchbrochen!«, jubelt der Hund und flitzt, sobald ich die Tür für ihn geöffnet habe, wie ein geölter Blitz nach draußen.

»Hinterher!«, rufe ich mindestens ebenso aufgeregt, und als ich aufspringe und durch die Fensterscheibe zwei majestätische Pegasospferde mitsamt ihren Reitern vorbeifliegen sehe, überrollt mich eine Welle der Erleichterung. »Sie landen im Park! Wir müssen uns beeilen«, fordere ich Sebi, Mary, Lavinia und Paco schließlich auf, mir zu folgen, und beginne so schnell ich kann zu laufen. Gleich habe ich sie wieder …

Doch in dem Moment, als ich Rektor Gottman, Onkel Erossa und … zu meiner, nicht sehr großen, Überraschung auch Mrs Arlon erblicke, überkommt mich eine böse Vorahnung – irgendetwas ist wohl ganz und gar nicht nach ihrem Plan verlaufen.

»Was ist passiert?!«, rufe ich entsetzt und spüre, wie mir Tränen in die Augen steigen, als ich in die von blutigen Schrammen entstellten Gesichter blicke. »Wer hat dich so zugerichtet, Onkel Mikelo?«, schluchze ich und fasse ihn am Arm, um ihn zu stützen. »Du hinkst ja und deine Kleidung ist auch völlig zerrissen.«

Augenblicklich nimmt mich der Mann in die Arme. »Alles ist gut, mein Junge, alles gut. All unsere Körperteile sind ganz, und Schrammen und blaue Flecke verheilen ja bekanntlich«, versucht er, mich zu beruhigen und fasst sich an seine zerbrochene Brille. »Meine Gläser gehören sowieso schon seit geraumer Zeit erneuert«, sagt er, bevor er wieder ernst wird und meine Freunde und mich anblickt. »Aber nun lasst uns reingehen, wir brauchen dringend eine Dusche und frische Kleidung. Und zudem haben wir euch allerlei zu berichten, und eine Erklärung sind wir euch ebenfalls schuldig. Aber zuerst rührt uns bitte drei Tiegel Ambrosia an. Jeder Muskel unserer Körper schmerzt. Und Hunger haben wir auch. Richtet uns doch bitte etwas Essbares her. Wir treffen uns in fünfzig Minuten im Speisesaal.«

»Selbstverständlich, wir kümmern uns um alles«, antwortet Mary augenblicklich.

Wie sie es schafft, immer in der richtigen Situation die Fassung zu bewahren, ist wirklich bemerkenswert – Mary überrascht mich immer wieder. Sie ist ein tolles Mädchen.

Erleichtert darüber, die Professoren lebendig wiederzuhaben, machen meine Freunde und ich uns nach einer kurzen Verabschiedung, bei der Arlon, Gottman und Erossa uns alle fest in die Arme geschlossen haben, an die Arbeit.

»Wir teilen uns auf«, übernimmt Mary kurzerhand das Kommando, als wir bereits in Richtung Anwesen zurückmarschieren. »Argos, du kommst mit uns. Lavinia und ich kümmern uns um warmes Essen, während ihr drei, Sebi, Nico und Paco, den Ambrosia-Part im Krankenflügel erledigt.«

»Alles klar, bis später«, verabschieden wir uns von den Mädchen und machen uns auf den Weg in Richtung Süd-Trakt.

Im Reich von Schwester Rina – die natürlich wie alle anderen Schulangestellten Urlaub hat – angekommen, sorgen Sebi und ich innerhalb kürzester Zeit für Wundermittelnachschub. Ein Glück, dass ich das Ambrosia-Rezept inzwischen auswendig kann. Ich frage mich allerdings, wo Paco so plötzlich abgeblieben ist. Eigentlich dachte ich, er wäre die ganze Zeit über bei Sebi und mir gewesen. Ob er sich auf dem Weg hierher umentschieden hat und lieber den Mädchen Gesellschaft leisten wollte? Möglich. Aber im Grunde ist es egal. Jetzt habe ich wirklich keine Zeit für solch unnötige Überlegungen. Wir haben definitiv Wichtigeres zu tun. Gleich müssen wir wieder zurück zum Speisesaal, und zuvor gilt es, alles Notwendige für die Professoren zusammenzusuchen.

»Schnell, Sebi, reich mir drei leere Tiegel, in die wir unsere Salbe füllen können. Dort drüben stehen welche … Wir müssen uns beeilen.«

11

Am Grenzzaun des Arassis-Anwesens

Ein eigenartiges Flüstern erregt Paco Torloxtons Aufmerksamkeit, als er gerade mit Nico und Sebastjan auf dem Weg in die Krankenstation ist, um dort Ambrosia für die Professoren anzufertigen. War das bloß Einbildung, oder hat da tatsächlich jemand nach ihm gerufen?

Da, schon wieder – jetzt war es eindeutig.

Unbemerkt entfernt sich der Junge ein Stück von seinen neuen Freunden. Wobei … sind diese Teenager wirklich seine *Freunde*? Das Wort klingt so sonderbar für ihn. Schließlich ist besonders Nico ein ganz schön harter Brocken. Was muss er noch alles tun, um sein Vertrauen zu gewinnen? Bei Sebastjan und den Mädchen war es kinderleicht, doch bei ihm? Bei ihm verläuft jede seiner Bemühungen im Sand … Dabei geht es Paco im Grunde eigentlich nur um Ringhoff – nun, wo er niemanden mehr hat und ganz allein ist. Von allen vieren ist Nico nämlich der Einzige, von dem er profitieren und lernen könnte. Und genau das ist sein Ziel. Denn irgendwann möchte auch er die notwendigen Fähigkeiten besitzen, um sich an seinem Vater zu rächen. Und dafür braucht er nun mal das Wissen des Arassis-Erben.

Erneut hört Paco die verlockende Stimme, doch diesmal klarer und lauter: »Ich bin hier, hinter dem Gartentor. Sir, kommen Sie weiter. Noch ein kleines Stück und Sie können mich sehen.«

›Sollen Nico und Sebi doch allein Ambrosia herstellen‹, denkt sich der Junge, kratzt all seinen Mut zusammen und marschiert in die Richtung, aus der die Stimme zu kommen scheint. Er wird dieser Sache auf den Grund gehen, und zwar jetzt.

»Wer … wer ist da?«, stammelt Paco schließlich unsicher und blickt sich um, obwohl er sehr genau weiß, dass es eigentlich das Beste wäre, wegzulaufen und Verstärkung zu holen. Doch dafür ist es nun zu spät, denn prompt erscheint ein gebuckelter, schmuddelig wirkender Mann ein paar Meter vor dem Gartentor des Arassis-Anwesens, das Paco gerade erreicht hat.

Noch während sich die männliche Gestalt zaghaft in seine Richtung bemüht, fast schon kriecht, und die strähnigen, vor Fett glänzenden Haare nach hinten wirft, bekommt es der Junge mit der Angst zu tun. Der Geruch, der von diesem eindeutig magischen Wesen ausgeht, treibt ihm Schweißperlen auf die Stirn. Angewidert rümpft Paco die Nase. Dieser Kerl stinkt bestialisch. Noch nie zuvor hat er eine ähnliche Mischung aus Schweiß und Verwesungsgeruch wahrgenommen. Fast glaubt er, erbrechen zu müssen.

Trotz allem lässt sich Paco nicht beirren. Mit seinem Zauberstab bewaffnet postiert sich der Sechzehnjährige breitbeinig vor dem Tor des Anwesens. An ihm kommt keiner vorbei. Er wird sein inzwischen einziges Zuhause mit allen Mitteln verteidigen, komme, was wolle. »Wie sind Sie hierhergekommen, und was wollen Sie?«, fragt er sein Gegenüber mutig.

»Mein Name ist Kapitän Eudoros, Euer Vater schickt mich! Er möchte Euch einen Vorschlag unterbreiten.«

»Dann können Sie sofort wieder verschwinden! Mit meinem Vater und seinen Machenschaften will ich nichts mehr zu tun haben!«, antwortet Paco schroff. »Hauen Sie ab, sonst rufe ich um Hilfe!«

»Nicht so schnell, urteilt nicht voreilig. Ich würde empfehlen, Euch meine Botschaft zumindest anzuhören. Eurem Vater tut es unendlich leid, Euch die Wahrheit vorenthalten zu haben. Doch er hatte keine andere Möglichkeit! Nur auf diese Weise konnte er für Eure Sicherheit garantieren, Sir. Aber nun möchte er seinen Sohn wiederhaben, er will Kontakt mit Euch aufnehmen. Wenn Ihr Euch dazu bereit erklärt, wird er Euch alles erklären. Ich soll Euch ausrichten, dass er Euch sehr liebt und vermisst.«

»Und das soll ich glauben? Das meint mein Vater doch nicht ernst! Niemals zuvor hat er etwas in dieser Art zu mir gesagt! Hauen Sie ab, sofort!«, schreit Paco wütend.

»Er wusste, dass Ihr so reagieren würdet. Doch er gibt Euch Bedenkzeit! Überlegt es Euch gut, ich werde bald wiederkommen, und dann verlange ich, Eure endgültige Entscheidung zu hören«, verabschiedet sich das übelriechende Geschöpf, das bereits beim nächsten Blinzeln Pacos wieder verschwunden ist.

›Was war das denn gerade für ein Wesen?‹ Verwirrt blickt Paco über das Gartentor, doch als er auf der Erde eine winzige Ameise kriechen sieht, kennt er die Antwort und weiß, womit er es gerade zu tun hatte: Dieses Geschöpf war eine Myrmidone, ein Untertan seines Vaters.

Soll Paco Gottman und die anderen einweihen? Aber dann wird er bestimmt niemals erfahren, welche Botschaft sein Vater für ihn hat und warum er plötzlich wieder seine Nähe sucht... Aus purer Vaterliebe wird es wohl kaum sein... Wobei...? Ob Einnar Torloxton sein Verhalten tatsächlich bereuen könnte? Traurig erinnert sich Paco an die Zeit, als seine Mutter noch lebte, die Welt noch in Ordnung war und ihn genau dieser Mann stundenlang im Arm hielt. Wie konnte aus ihm nur ein derart böser Tyrann werden? Einer, der sogar seinen eigenen Sohn fallen lässt... Pacos Gefühlswelt ist ein einziges Chaos. Wie soll er nun vorgehen? Die anderen einbeziehen, oder nicht? Er hat wirklich keine Idee.

›Ich kann nicht mehr klar denken! Ich muss auf mein Zimmer und überlegen‹, sind seine einzigen Gedanken, als er kehrtmacht und in Richtung Anwesen verschwindet. Jetzt möchte Paco definitiv keine Gesellschaft mehr haben. Er wird einfach am Abend zu Gottman und Erossa gehen und sich für sein Fernbleiben entschuldigen. Gesundheitliche Probleme waren schon immer eine passable und glaubwürdige Ausrede …

12

Das sagenumwobene Stundenglas des Talenters Kronos

Sofort nachdem Sebi und ich im Speisesaal angekommen sind, tragen die Professoren unsere penibel hergestellte Salbe auf ihre Verletzungen auf, wo sie zum Glück schon nach kurzer Zeit zu wirken beginnt. Wunden und Kratzer schließen sich, ohne sichtbare Spuren zu hinterlassen, und auch Dorothy Arlons ramponiertes, tiefblaues Auge sieht inzwischen nicht mehr ganz so schlimm aus wie noch kurz zuvor. Ein Segen, dass Ambrosia bei Talentern derart schnelle Heilerfolge erzielt. Ich bin so froh, dass es allen so schnell wieder besser geht und sie halbwegs gesund und munter zu uns zurückgekehrt sind. Obwohl mich meine Neugierde, insbesondere die Frage, wo die drei wohl gewesen sein könnten, beinahe zerreißt, entscheide ich mich dazu, noch etwas abzuwarten, bevor ich die Professoren auszuquetschen beginne. Zumindest bis nach dem Essen. In Anbetracht der Umstände, wäre alles andere eindeutig *zu* dreist.

»Vorsicht, heiß!«, kündigt Lavinia an, als sie und Mary mit drei dampfenden Tellern Spaghetti bolognese beladen an den Tisch herantreten und den Professoren die duftende Speise servieren. »Guten Appetit, wünschen wir!«

»Mmmhh, sieht das lecker aus!«, freut sich Rektor Gottman beim Anblick des Gerichts und beginnt in Windeseile zu essen.

»Damit habt ihr euch wahrlich selbst übertroffen, die Pasta ist köstlich!«, loben auch Onkel Mikelo und Mrs Arlon die Mädchen, nachdem sie probiert haben.

Während die Professoren Bissen für Bissen genießen und Argos um Nudeln bettelt – wie immer hat der kleine Hund Hunger –, beginne ich erneut über Pacos Abwesenheit zu sinnieren. Wo der Kerl wohl abgeblieben ist? Komisch ist das schon irgendwie ... Ob er müde war? Kann ich mir nicht vorstellen ... Nicht einmal die Mädchen haben eine Ahnung, wo er stecken könnte ... Hmm ...

Bevor meine Mutmaßungen jedoch konkreter werden, haben Gottman, Erossa und Arlon auch schon aufgegessen und ihr Besteck zur Seite gelegt. Und da es nun keinen driftigen Grund mehr für mich gibt, meine Neugier länger auszubremsen, beschließe ich herauszufinden, was ihnen zugestoßen ist, statt mich weiter über Paco zu wundern. »Würdet ihr uns jetzt bitte mal erklären, wo ihr wart und was los war?«, möchte ich deshalb voller Ungeduld von Onkel Mikelo wissen.

Sofort lächelt er. »Auf diese Frage habe ich schon gewartet, mein Junge. Hätte mich auch sehr gewundert, wenn du noch länger ausgehalten hättest«, scherzt er und klopft mir väterlich auf die Schulter. »Ich wollte mit Rupert schon eine Wette darüber abschließen, wie lange du warten wirst ... Aber die hätte er bestimmt verloren ...«

»Hahaha ... Sehr witzig ...«, meckere ich scherzhalber und freue mich, dass Erossa wieder lachen kann.

»Aber Spaß beiseite, ihr habt euch wirklich eine Erklärung verdient. Hört zu«, fängt Onkel Mikelo auch schon zu erzählen an. »Alles begann gestern, als ihr beiden mit der Sanduhr nach Hause gekommen seid und wir die Botschaft auf der Karte, die euch zu Pholos führte, gesehen haben. Auf einmal hatte ich nämlich ein äußerst komisches Gefühl, und als ich mich umdrehte und im Gemeinschaftsraum Richtung Fenster blickte, da bemerkte ich es.«

»Und was? Was hast du bemerkt?«, will Lavinia umgehend von Erossa wissen.

»Ich sah eine Myrmidone auf dem Fenstersims lauern!«

»Was? Nein! Hier im Anwesen?«, ruft Sebi verdattert. »Ich dachte, Sie hätten diese Viecher damals allesamt erledigt! Nach Ihrem Zauber war doch nur noch diese stinkende Asche von ihnen übrig…«

»Das dachte ich auch. Aber entweder habe ich mich damals geirrt und eines der Wesen ist mit dem Leben davongekommen, oder aber eine völlig neue, die gar nicht im Paket war, hat sich ins Anwesen geschlichen. Ich vermute, dass Letzteres der Fall war. Wie auch immer: Auf alle Fälle musste ich gestern, als ich das Tier sah, annehmen, dass wir schon eine ganze Weile beobachtet werden. Erinnert ihr euch daran, als ich bei der Erstentschlüsselung der Karte dieses Geräusch am Fenster hörte? Wahrscheinlich war das damals ebenfalls nicht nur der Wind. Also musste ich etwas gegen diese Myrmidone unternehmen. Und deshalb habe ich kurzerhand beschlossen, die Gelegenheit beim Schopfe zu packen, sie nicht auffliegen zu lassen – zumindest nicht offiziell – und sie stattdessen aber für unsere Zwecke zu nutzen. Also verwirklichte ich Plan B, unseren erst kürzlich entworfenen Notfallplan für den Fall, dass einer von uns bemerkt, dass wir ausspioniert werden, und von dem ausschließlich Rupert, Dorothy als Vizerektorin, der Präsident der Talenterpolizei und ich wissen. Ich gab Rupert ein Zeichen, nämlich dieses Fingerschnippen hier…«, Erossa demonstriert, »…unser Symbol für den Akutfall.«

»Ein geheimer Notfallplan also? Sehr klug!«

»Genau, Sebastjan. Und bei diesem Plan geht es darum, die Elysier auf eine falsche Fährte zu locken und zu versuchen, ein paar von ihnen zu schnappen! Damit unser Vorhaben aber auch gelingen konnte, mussten wir uns strikt an unsere zuvor vereinbarten Regeln halten.«

»Und die wären?«, frage ich fast schon beleidigt. Geheimer Plan also, aha. Wenigstens einen kleinen Hinweis hätte man uns aber doch geben können …

»Erstens: weitermachen, als wäre nichts gewesen. Die Myrmidone durfte schließlich keinen Verdacht schöpfen. Zweitens: jegliche Absprachen miteinander unterlassen, bis wir den vereinbarten Zielort in Brighton erreicht hatten. Und drittens: die Elysier auf eine falsche Fährte und damit in die Falle locken. Um diese Schurken zu ködern, mussten wir den Bund glauben machen, dass sich etwas, das für unsere Artefakte-Mission unabdingbar ist, in Dorothys Besitz befindet. Deshalb dieser kryptische Anruf bei ihr. Mit ihm sorgten wir dafür, dass die Elysier neugierig wurden, uns folgten und genau dorthin kamen, wo wir sie haben wollten. Niemals würde sich der Bund die Chance entgehen lassen, uns etwas Fundamentales vor der Nase wegzuschnappen. ›Brighton‹ war für Dorothy natürlich ein Codewort, das so viel besagte wie: Jetzt geht es los, alarmiere die Talenterpolizei und warte beim Treffpunkt – dem geheimen, abhörsicheren Schutzhaus in Brighton – dort hatten wir zuvor bereits ausreichend Waffen und Kampfutensilien für ein Zusammentreffen mit den Elysiern deponiert. Aber leider ist das Ganze etwas aus dem Ruder gelaufen. Torloxton schickte nämlich nicht nur Talenter, auf die wir bestens vorbereitet gewesen wären, sondern auch einen Haufen Myrmidonen, die sich plötzlich, als wir bereits kurz vor dem Sieg standen, zu Kriegern verwandelten und die Schlacht von vorne beginnen ließen. Aber letztendlich konnten wir die Truppe in die Flucht schlagen. Und obendrein war unsere Mission von Erfolg gekrönt, denn wenigstens ein Mitglied der Elysier, nämlich eure Tante Elvira, konnten wir schnappen!«

»Wirklich?«, ruft meine Schwester erfreut. »Das hat diese hinterhältige Person verdient!«

»Endlich bekommt sie ihre gerechte Strafe!«, füge auch ich erfreut hinzu und klatsche in die Hände. Ich darf gar nicht daran denken, was diese böse Frau Lavinia antun wollte …

»Und das Wunderbare an Elviras Gefangennahme ist vor allem, dass wir durch sie endlich die Möglichkeit haben, herauszufinden, von wo aus Torloxton sein Unwesen treibt, beziehungsweise, wo sich sein Hauptquartier befindet. Denn leider habe ich bei meiner Undercover-Mission, was diese Tatsache anbelangt, kläglich versagt«, ärgert sich Onkel Mikelo darüber, dass Torloxton ihm niemals den Ort seines Stützpunktes verraten hat. »Und glaubt mir, wenn ich sage, dass die Talenterbeamten Elvira so lange verhören werden, bis sie alles ausgeplaudert hat. Im Gegensatz zu Westhold, aus dem rein gar nichts herauszubekommen war – offensichtlich glaubt er noch immer, Torloxton würde ihn irgendwann befreien und wieder zu sich holen –, ist Elvira garantiert leichter zu knacken. Laut meinem Bekannten bei der Talenterpolizei soll eure Tante inzwischen schon nach einem Deal gefragt haben«, beendet Erossa zwinkernd seine Ausführungen.

Das klingt wenigstens vielversprechend. »Aber wieso habt ihr uns nicht eingeweiht?«, muss ich nun dennoch meine Unzufriedenheit kundtun. »Wir hätten euch bestimmt irgendwie helfen können!«

»Nico, hör bitte auf, solchen Unfug zu reden! Wie hätten wir euch denn von dem Plan in Kenntnis setzen sollen, wenn wir doch sicher waren, dass man uns beobachtete? Alleine zuzuschlagen war die einzige Möglichkeit, um das Stundenglas des Kronos zu schützen!«, mischt Gottman sich ein und rümpft verärgert die Nase. »Obendrein seid ihr für den offenen Kampf auf einem Schlachtfeld nicht ausgebildet. Ihr hattet erst ein Semester Training.«

»Und überhaupt: Wie hätten *wir* in Brighton derart konzentriert kämpfen sollen, wenn euch Rupert und Mikelo mitgenommen hätten?«, gibt nun auch Mrs Arlon ihren Senf dazu. Sie wirkt sehr verärgert. »Die Sorge um euch hätte uns viel zu sehr abgelenkt! Euch hätte etwas zustoßen können, und was dann? Ohne euch ist die Menschheit verloren, schon vergessen?«

»Komm schon, Nico, sieh mich nicht so an. Du weißt, es war die richtige Entscheidung. Ich kenne dich, du hättest dich niemals davon abhalten lassen, uns zu begleiten«, meint Onkel Mikelo schließlich besänftigend.

Oh Mann … damit hat er vermutlich recht. Ich hätte mich garantiert nicht abwimmeln lassen. Aber hey! Anscheinend lag ich mit meiner Annahme über die Elysier und das Codewort gar nicht so falsch.

»Erklärung akzeptiert! Ich höre ja schon auf«, antworte ich kleinlaut und entscheide mich, zum eigentlichen Thema, unserer Mission, zurückzukehren. Und plötzlich dämmert es mir: »Aber Rektor Gottman, haben Sie gerade ›Stundenglas des Kronos‹ gesagt?«, will ich perplex wissen, als mir bewusst wird, was ich da gerade gehört habe. Ob Argos und ich auch mit diesem Verdacht richtiglagen?

»Ja, natürlich! Oh verzeiht, ihr wisst das ja noch gar nicht!«, entschuldigt sich Gottman kurzerhand und überhaupt nicht mehr erbost. »Die Sanduhr, die euch Pholos der Schreckliche gegeben hat, ist nichts Geringeres als das mächtige, sagenumwobene Artefakt des Talenters Kronos! Und Mikelo und ich haben auch schon eine Vermutung, was wir mit diesem Gegenstand anstellen sollen.«

»Ich fasse es nicht!« Das ist doch irre! Sofort muss ich an die Botschaft unserer Eltern denken, die wir heute erst erhalten haben. »Sir, als Sie weg waren, hat sich die Karte erneut verändert. Können Sie damit etwas anfangen, bringt Sie das weiter?«, frage ich und reiche ihm das Pergament. »Wir sind völlig ratlos. Wir wissen wieder mal überhaupt nicht, was es mit dem neuen Reim auf sich hat«, füge ich noch hinzu und erzähle ihm bereits von dem Hologramm von Zeus, als mich meine Schwester plötzlich unsanft anrempelt und unterbricht.

»Stopp, Mund zu! Alle miteinander! Wer garantiert uns denn, dass wir nicht noch immer abgehört werden?« Besorgt starrt Lavinia die Professoren nacheinander an.

»Ich! Denn ich habe noch vor unserer Abreise ein Myrmidonen-Gift rund um das Anwesen verteilt«, erklärt Onkel Mikelo mit einem gerissenen Grinsen auf den Lippen. »Sobald eine Ameise das Arassis-Grundstück betritt, fällt sie in einen tiefen Schlaf, aus dem sie erst Tage später und ohne jegliche Erinnerungen an ihr früheres Leben wieder erwacht. Auf diese Weise kann ich die Kreaturen unschädlich machen, ohne dass sie dafür ihr Leben lassen müssen. Und nein, Lavinia, du brauchst gar nicht weiter zu fragen. Wanzen oder sonstige Abhörgeräte haben die Elysier keine installiert. Rupert und ich haben das bereits überprüft.«

»Da bin ich ja beruhigt«, antwortet sie erleichtert und grinst zufrieden. »Ihr seid richtig toll!«

»Danke für die Lorbeeren! Aber nun zurück zum Wesentlichen, kommen wir auf den Punkt«, leitet Gottman zum eigentlichen Thema über. »Ihr wollt sicher wissen, was es mit Kronos' Glas und dieser Botschaft auf sich hat und warum Mrs Arlon mit uns ins Anwesen gekommen und nicht wieder nach Hause zurückgekehrt ist, als die Gefahr nach der Schlacht in Brighton gebannt war.«

Guter Punkt. »Und was ist der Grund dafür?«, frage ich, und auch meine Freunde sehen ihn interessiert und neugierig an.

»Ganz einfach! Ich bin hier, weil ich Geschichtsprofessorin bin«, antwortet die Lehrerin selbst und lacht dabei verschwörerisch.

»Häh?« Meine Freunde und ich heben fragend die Augenbrauen.

»Lernen werden wir aber garantiert nicht im Sommer!«, ruft Sebi sogleich, und alle lachen.

Doch Gottman sieht das offensichtlich anders. »Da wäre ich mir nicht so sicher, Sebastjan«, beginnt er seine Erklärung und grinst. »Ich habe euch vorhin doch gesagt, dass Mikelo und ich bereits eine Vorahnung haben, was es mit dieser Sanduhr auf sich hat. Und die Nachricht eurer Eltern, die du mir gerade gezeigt hast, Nico, hat unsere Vermutung zum Glück nur bestätigt. Jetzt haben wir nämlich eine konkrete Vorstellung von eurem nächsten Zielort, den ihr mithilfe des Stundenglases besuchen werdet. Euch, und diesmal leider nur euch beiden, Nico und Lavinia, steht am dreizehnten August eine Zeitreise in die Vergangenheit bevor! Zeitreisen können nämlich leider nur von maximal *zwei* Personen angetreten werden.«

»Was?«, rufen meine Schwester und ich vollkommen perplex und starren einander ungläubig an.

»Ich dachte, es sei zu gefährlich, in die Vergangenheit zu reisen, da man diese dadurch verändern könnte. Das haben Sie doch immer gesagt!«, füge ich noch verwirrt hinzu. Gottman muss sich irren.

»Grundsätzlich ist das korrekt, doch nicht in diesem besonderen Fall, mein Junge«, fährt der Rektor fort. »Denn eure Eltern wollen nämlich nicht, dass ihr eine normale Zeitreise macht, sondern dass ihr einen ganz bestimmten Herrn aufsucht. Und der weiß sehr genau, was zu tun ist, damit so etwas nicht passiert.«

»Müssen wir etwa zu Zeus?«, frage ich freiheraus, da mir sofort das Hologramm in den Sinn kommt.

»Ganz genau! Und es ist anzunehmen, dass ihr von ihm entweder Informationen oder irgendetwas anderes erhalten werdet, das ihr braucht, um die nächsten Hürden überwinden und letztendlich beide Artefakte zerstören zu können. Doch wohin genau eure nächste Reise gehen wird, können wir aufgrund der ungenauen Kartenbotschaft leider auch nicht sagen. Schließlich hatte Zeus olympische Anwesen auf der ganzen Welt, um jederzeit Talenter versammeln zu können. Aber da das antike Griechenland der Ausgangspunkt unserer Vergangenheit ist, nehmen wir an, dass ihr ihn dort aufsuchen werdet.«

»Himmel noch mal!« Ich fühle mich völlig überrumpelt. Hätte ich gewusst, was mit Gottmans Rede auf mich zukommt, hätte ich mich garantiert an irgendetwas festgehalten. Das haut einen ja glatt um! Wie unglaublich ist das denn? Doch eigentlich dürfte mich das Ganze gar nicht mehr wundern. Seit ich vor rund einem Jahr ins Arassis-Anwesen gekommen bin, hat sich alles verändert. Inzwischen ist nichts mehr, wie es früher war, und es gibt scheinbar nichts, das unmöglich ist. Also warum sollte es die Tatsache, dass Lavinia und ich die Chance bekommen, unseren Ur-Ur-Ur-Ur-, keine Ahnung wie viele »Ur« noch fehlen, Großvater Zeus persönlich kennenzulernen, dann sein? Und je länger ich darüber nachdenke, desto besser klingt es! Als kleines Kind habe ich mir doch immer gewünscht, einmal zu den griechischen Göttern zu reisen – okay, okay, Götter ist vielleicht falsch ausgedrückt, klingt aber viel besser als Talenter – und jetzt bekomme ich die Gelegenheit dazu. Ich sollte mich freuen! Also tief durchatmen und Ruhe bewahren …

Gespannt lausche ich der nun folgenden Erklärung von Dorothy Arlon, deren Part wirklich der einer Geschichtslehrerin, oder vielmehr der einer Beraterin, sein wird. Sie hat die ehrenvolle Aufgabe, uns in den nächsten Tagen fit für die Zeitreise zu machen. Und weil Gottman der Überzeugung ist, wir würden das antike Griechenland besuchen, bedeutet das, dass Lavinia und ich eingekleidet, oder wie die Menschen zu sagen pflegen, in Götter verwandelt werden.

Als meine Schwester das hört, fällt sie aus allen Wolken. »Wie

Aphrodite möchte ich aussehen«, ist das Erstbeste, das ihr dazu einfällt. Ich muss richtig lachen.

Bestimmt werden die nächsten Tage anstrengend, denn mit dem Klamottenwechsel ist es offensichtlich noch lange nicht getan, viel wichtiger ist laut Mrs Arlon nämlich das olympisch *adäquate* Benehmen – ein neues Fremdwort, das uns die Geschichtslehrerin gerade beigebracht hat und das so viel wie *angemessen* bedeutet. Und das heißt, Hofgesülze und irgendwelche doofen Wortfloskeln einüben und auswendig lernen. Die Professorin glaubt sogar, dass uns ungebührliches Verhalten im antiken Griechenland das Leben kosten könnte. Hoffentlich hat sie nur übertrieben, um uns lernwilliger zu stimmen …

Aber nun brauche ich definitiv eine Pause, vor allem Frischluft, denn Mrs Arlon hat unser erstes Vorbereitungstreffen schon für heute Nachmittag angesetzt.

13

Die Zeitreise beginnt

Es ist der dreizehnte August, als meine Schwester und ich, wie von der Karte verlangt, unsere Reise in die Vergangenheit antreten. Um ehrlich zu sein, habe ich mir diesen großen Tag komplett anders vorgestellt. Zumindest dachte ich, dass ich gut vorbereitet sein würde. Stattdessen ist jedoch das genaue Gegenteil der Fall und ich fühle mich wie ein Kleinkind bei seinem ersten Schritt – wackelig und hilflos. Dabei war ich vor zehn Tagen, als Professor Arlon mit unserer Ausbildung angefangen hat, noch guter Dinge. Aber von diesem Gefühl ist jetzt überhaupt nichts mehr übrig …

»Seid ihr so weit?«, reißt mich plötzlich Rektor Gottman aus meiner trostlosen Gedankenwelt, als er pünktlich um acht Uhr dreißig gemeinsam mit Onkel Mikelo, Mrs Arlon, Mary, Sebi, Paco und Argos den Gemeinschaftsraum betritt.

›Grundgütiger, überhaupt nicht‹, wäre es mir fast herausgerutscht – nur in letzter Sekunde kann ich mir diese sorgenvolle Bemerkung verkneifen. Lieber schweige ich in mich hinein und verheimliche das ungute Gefühl in meiner Magengegend, das mich innerlich fast zu ersticken droht. Es würde sowieso nichts nutzen, wenn die anderen wüssten, wie es mir geht. Schließlich bleibt meiner Schwester und mir nichts anderes übrig, als diese Reise durchzuziehen, denn genau das ist nun mal unsere Bestimmung.

Wenn wir doch wenigstens irgendeine Vorstellung hätten, was uns in der Antike erwarten wird … Dann wäre mir bestimmt leichter ums Herz. Doch so …?

Klar klingt ein derartiger Ausflug verlockend und eigentlich auch wirklich spannend, aber damit sind wir mit dem Positiven auch schon wieder am Ende. Denn weder haben meine Schwester und ich auch nur den Hauch einer Ahnung, wo wir genau hinreisen, noch wissen wir, auf wen wir dort treffen werden – von Zeus einmal abgesehen. Aber auch den müssen wir erst einmal *finden,* was bestimmt gar nicht so einfach wird. Zudem komme ich mir in meinem, meiner Ansicht nach wirklich albernen, Kostüm auch noch unsagbar dämlich vor. Im Grunde trage ich nämlich nicht mehr als einen Fetzen Stoff am Körper – einen sogenannten Chiton. Den hat mir Dorothy Arlon heute Morgen nach dem Frühstück verpasst.

»Du wirst dich daran gewöhnen«, hat sie gesagt. Glaube ich nicht, aber mal abwarten …

Genaugenommen handelt es sich bei einem Chiton um ein knielanges, mit griechischen Schriftzeichen versehenes, weißes Seidentuch, das ausschließlich von der winzigen Nadel an meiner Schulter zusammengehalten wird – also wenig bewegen lautet die Devise. Sonst stehe ich am Ende noch nackt da.

Scheinbar war es im antiken Griechenland Mode, die Gewänder weder zu nähen noch zuzuschneiden. Die Stoffe wurden einfach so wie sie waren fantasievoll drapiert und rund um den Körper gewickelt, sodass eine Art Faltenwurf entstand. Und genau so sehe ich heute aus: wie ein dummer Junge in einem Faltensack. Zugegeben, einem schön bestickten Faltensack, was laut Arlon sogar allesentscheidend sein soll. Die Professorin meint nämlich, dass das verwendete Material, dessen Drapierungen und Verzierungen den gesellschaftlichen Status einer

Person im antiken Griechenland widerspiegelten. Kostbare Stoffe – wie die Seide, aus der unsere Gewänder besteht – oder Lavinias Schmuck und Gürtel waren im antiken Griechenland ausschließlich der Oberschicht vorbehalten. Und anscheinend müssen meine Schwester und ich in der Vergangenheit den Anschein erwecken, genau dieser anzugehören, wenn wir Zeus treffen wollen. Arlon sagt nämlich, dass nur hochwohlgeborene Herrschaften eine Audienz bei dem obersten aller Talenter erhalten würden. Na dann … mal sehen … Aber wenigstens wirkt Lavinia, im Gegensatz zu mir, alles andere als lächerlich in ihrem Aufzug. Mit ihren dunklen Locken, die ihr bis zur Taille fallen, und den silbernen Brokatbändern im Haar könnte sie tatsächlich als eine Tochter der Aphrodite durchgehen. Sie ist wirklich wunderschön.

»Seid ihr startklar?«, fragt Gottman nun zum zweiten Mal ernst und sieht mir, eindeutig in Erwartung einer Antwort, fragend in die Augen. »Habt ihr alles mit dabei, auch deinen Ring?«

»Ja«, antworte ich zögernd und wohl wissend, dass uns dieses Spektakel sowieso nicht erspart bleiben wird, egal wie lange ich es hinauszögere. »Sebi hat mich heute Morgen extra noch mal daran erinnert, ihn nicht zu vergessen.« Dankbar lächle ich meinem besten Freund zu.

»Dann lasst uns Abschied nehmen«, verkündet der Rektor, ehe er und Onkel Mikelo auf uns zukommen und uns ein letztes Mal väterlich umarmen. »Seid vorsichtig und passt auf euch auf, Kinder!«

Nun sind Sebi, Mary, Argos und Paco an der Reihe.

Obwohl es keine Verabschiedung für immer, sondern nur eine für kurze Zeit sein soll, kommt es mir vor, als wäre es eine. Freundschaftliche Umarmungen, gute Ratschläge, überwältigende Gefühlsausbrüche und Tränen von all meinen Freunden stehen auf dem Programm. Und sogar Paco Torloxton lässt sich zu Emotionen hinreißen – auch ihm scheint nicht ganz wohl dabei zu sein, uns alleine in die Vergangenheit reisen zu lassen.

Doch der Höhepunkt der Verabschiedungsrunde ist erreicht, als Mary mir einen dicken Kuss auf die Wange drückt und mir verspricht, ihre grandiose Brownies-Torte zu backen, sobald wir wieder zurück sind. Irgendwie ärgert es mich maßlos, dass ich nicht einmal heute den Mut dazu aufbringen kann, ihr zu gestehen, wie sehr ich in sie verliebt bin. Ich bin ein elender Feigling ...

Jammerschade ist auch, dass heute sogar der kleine Argos zu Hause bleiben muss. Mit ihm an unserer Seite würde ich mich definitiv wohler fühlen. Es ist eine richtig blöde Regel, dass eine Zeitreise nur von maximal zwei Personen angetreten werden kann. Und für mythische Lebewesen wie Argos gilt laut Gottman leider dasselbe ...

»Dann legen wir mal los«, sagt Lavinia schließlich mutig, während sie nervös meine Hand nimmt. »Nur für alle Fälle, sicher ist sicher«, grinst sie, und ich nicke ihr bestätigend zu.

Kurz darauf platzieren wir uns in der linken vorderen Ecke des Gemeinschaftsraumes, etwas abseits von den anderen, um diese nicht in das Zeitreiseportal, das sich gleich öffnen wird, mithineinzureißen – so hat es uns Onkel Mikelo zumindest erklärt.

»Mikelo, zaubere bitte Alexis' Skytale her«, fordert Gottman schließlich seinen engsten Vertrauten auf, loszulegen. »Wir beginnen!«

»Schon geschehen«, antwortet ihm dieser bestätigend und hält einen antik wirkenden, runden Gegenstand in die Luft. »Nun bist du an der Reihe, mein Freund!«

»Selbstverständlich!« Flugs lässt Gottman mit einem eleganten Schwung seines Zauberstabes ein langes Band aus Leder in seiner linken Hand erscheinen. »Sebi, Mary, Paco und Argos, macht schnell! Kommt zu uns und lernt, wie das Skytal'sche

Verschlüsselungsverfahren, mit dem Talenter seit jeher geheime Botschaften übermitteln, in der Praxis funktioniert«, ruft er sogleich und bedeutet meinen Freunden, ihm zuzusehen.

Schon beginnt Onkel Mikelo zu erklären: »Um dieses recht einfache Verschlüsselungsverfahren anwenden zu können, werden lediglich zwei Dinge benötigt: eine Skytale, wie ich sie hier in der Hand halte, und ein Lederstreifen, wie Rupert ihn hat. Wie ihr sehen könnt, ist eine Skytale im Grunde nichts anderes als ein Holzstab mit einem ganz bestimmten Durchmesser, wobei jede Skytale ein Unikat ist und keine der anderen gleicht. Jede einzelne wird nämlich auf ihre Weise magisch präpariert. Doch jetzt kommt der Lederstreifen ins Spiel«, kündigt Onkel Mikelo an und bittet den Rektor, ihm den seinen zu überreichen.

»Herzlichen Dank«, sagt Erossa, als er ihn in der Hand hält. »Ein Lederband wie dieses benötigt man, um Botschaften verfassen und übermitteln zu können. In einem ersten Schritt, der bei uns natürlich bereits im Vorfeld erledigt wurde, wird dieser Lederstreifen wendelförmig um die Skytale gewickelt, so in etwa«, sagt er und macht vor, wie es geht. »Wie ihr sehen könnt, ist nun eine ebene Schreibmöglichkeit längs auf dem Band entstanden, auf welche die zu übermittelnde Nachricht geschrieben werden kann«, spricht er weiter. »Doch jetzt kommt der Trick des Skytal'schen Verschlüsselungsverfahrens: Um alles anonym und geheim zu halten, wird das Lederband letztendlich wieder abgewickelt und getrennt von der Skytale aufbewahrt, genau wie es bei Rupert und mir der Fall war.«

»Genau so ist es«, mischt nun Gottman sich wieder ein. »Hat jemand lediglich den Lederstreifen zur Verfügung, ist die Nachricht auf dem Band unlesbar, denn Buchstaben und Zahlen scheinen darauf in willkürlicher Reihenfolge angeordnet zu sein. Nur derjenige, der die passende Skytale zu dem Band hat, ist in der Lage, die Botschaft zu entziffern.«

»Und genau das werden wir jetzt tun«, verkündet Onkel

Mikelo verschwörerisch. »In unserem Fall stammen nämlich sowohl Skytale als auch Lederband von unserem lieben Freund und Vater Alexis Arassis, der am Tag seines Todes Rupert das lederne Band und mir den Stab mit der Bitte anvertraute, beides sicher zu verwahren. Seine Worte von damals, ›Tempus ipsum affert consilium‹, was so viel wie ›Kommt Zeit, kommt Rat‹ bedeutet, haben wir erst in dem Moment richtig verstanden, als wir das Stundenglas des Kronos am Tage eurer Rückkehr aus London sahen. Seither wissen Rupert und ich genau, was es mit diesem Spruch auf sich hat. Alexis wollte uns damit nämlich nicht nur auffordern, geduldig abzuwarten, bis uns die Bedeutung der beiden Gegenstände von allein klar wird, sondern im Grunde gab er uns mit dem Wort ›tempus‹ auch einen versteckten Hinweis auf die Zeit und somit auf das Zeitreisen. Und als wir Kronos' Glas schließlich sahen, war alles klar. Wir wussten, was unser nächster Schritt sein würde. Die Skytale und das Lederband ergeben zusammen nämlich den Clou, oder besser gesagt, den geheimen, sechsstelligen, kryptographischen Code, den wir brauchen, um eure Zeitreise zu Zeus durchführen zu können«, ruft er erfreut.

»Und genau diesen Code werde ich gleich in das Stundenglas des Kronos, genauer gesagt in diese Befestigungsplatte aus Messing hier auf der Unterseite, eingeben«, sagt nun wieder Gottman und hält das besagte Ende der Sanduhr in die Höhe.

»Und danach: Möge die Zeitreise beginnen«, meint Sebi mit unsicherem Unterton in der Stimme. Hoffentlich geht diese Mission gut …

Schon drängt sich Paco näher an Sebastjan und Mary heran, die inzwischen ganz eng bei Onkel Mikelo und Rektor Gottman stehen, um den nächsten Schritt genau mitverfolgen zu können. Offensichtlich hat er sich in den letzten Tagen blitzschnell und ganz ohne Ambrosia von seiner Sommergrippe – wer's glaubt wird selig – erholt. Meines Erachtens war der Grund für sein

Fortbleiben bei der Salbenherstellung einfach nur chronische Faulheit beziehungsweise Arbeitsverweigerung ... Aber egal, beweisen kann ich sowieso nicht, dass er nicht krank war ...

»Wie lautet die Kombination?«, will Torloxton schließlich unruhig wissen. »Ich kann von hier aus gar nichts sehen.«

»Für mich ist das auch alles unlesbar, da ist nichts als eine Aneinanderreihung von komischen Zeichen«, gibt ihm mein bester Freund, natürlich ohne zur Seite zu gehen, zur Antwort. Seinen Platz würde er niemals hergeben.

»Hieroglyphen?«, fragt Paco neugierig.

»Selbstverständlich nicht. Soweit *ich* das beurteilen kann, sind diese komischen Zeichen Buchstaben des griechischen Alphabets. Im antiken Griechenland gab es keine Hieroglyphen, die waren ausschließlich bei den Ägyptern zu finden. Und dort müssen Nico und Lavinia zum Glück nicht hin«, belehrt ihn Argos, der sich inzwischen von Marys Arm aus einen besseren Überblick verschafft hat.

»Und obendrein hätten die beiden bestimmt keine Lust, sich mit Pharaonen, Mumien und altägyptischen Flüchen herumzuärgern, denen reichen die Talenter der Antike allemal ...«, gibt auch Mary ihren Senf dazu.

Womit ich ihr recht geben muss. Auf Mumien kann ich wirklich gut verzichten.

»Wenn ich den Code jetzt gleich eintippe, geht es los. Bereit?«, fragt Gottman, was mich meinen gedanklichen Ausflug zu den Pyramiden natürlich schnell vergessen lässt. Gleich geht die Reise los ...

Lavinia und ich nicken tapfer.

»Achtung, jetzt kommt der letzte Buchstabe! Viel Glück euch beiden!«, höre ich den Rektor noch rufen, ehe seine Stimme leiser und leiser wird und ich nur mehr entfernt »Zeus wird schon wissen, was zu tun ist, er bringt euch garantiert wieder nach Hause« höre.

Damit ist es geschehen. Abrupt werden Lavinia und ich wie von Zauberhand nach unten gezogen, direkt durch den Holzboden hindurch, ehe wir uns in einer sich immerwährend drehenden Spirale wiederfinden, die uns zu verschlingen droht.

Immer tiefer und tiefer werde ich in ihren Bann gezogen. So lange, bis ich anstelle von Bildern, Sinneseindrücken und Gesprächsfetzen aus meinen Erinnerungen nur mehr ineinander- und übereinanderliegende Schichten aus Vergangenheit, Gegenwart und Zukunft in meinem Kopf wahrnehme. Hätte mich Lavinia zuvor nicht an der Hand genommen, wüsste ich nicht einmal, dass sie bei mir ist. Alles fühlt sich unwirklich und fremd an. Obwohl ich ein Muster in allem zu erkennen glaube, ist es weder Kreis noch Linie, der wir folgen. Alles vermischt sich ineinander, immer intensiver und intensiver, bis sich vor mir eine unendliche Gleichzeitigkeit ausbreitet … Eine, die in einem spitzen schwarzen Fleck ihr Ziel findet? Wie ist das möglich?

Noch bevor ich die Bedeutung dieses Punktes erkennen kann, sind meine Schwester und ich inmitten einer von Staub bedeckten Landschaft gelandet. Wir sind am Ziel.

14

Im Olymp der Talenter

»So habe ich mir die griechische Antike irgendwie überhaupt nicht vorgestellt«, ist das Erste, das ich herausbringe, als ich mich nach der Zeitreise wieder halbwegs gesammelt habe und das Schwindelgefühl langsam nachlässt.

»Ich mir auch nicht«, gibt Lavinia ebenfalls enttäuscht zur Antwort und schüttelt den Kopf. »Irgendwie dachte ich, wir würden auf Wolken landen – eine blöde Vorstellung, ich weiß. Aber den Wohnort des mächtigen Zeus habe ich mir immer irgendwie … überirdisch und wunderschön vorgestellt.«

»Da ging es mir ganz ähnlich«, bestätige ich und denke zwangsläufig an unsere erste Unterrichtseinheit im Fach »Magische Geschichte« zurück. Als Professor Arlon uns damals erklärt hat, dass der Olymp, also der Wohnort des Zeus, ganz anders war, als man ihn aus den Überlieferungen der Menschen kennt, habe ich zumindest nicht an eine derart herkömmliche Gegend gedacht. Egal wo ich hinblicke, sehe ich nur einfache Sträucher, vertrocknete braune Wiesen, ein paar bestellte Felder und haufenweise Bäume. »Hier ist alles so … öd und trist.«

»Komm, lass uns in diese Richtung losgehen«, schlägt Lavinia vor, als wir uns bereits eine Weile orientierungssuchend umgesehen haben. »Das hier könnte so etwas wie eine Straße sein.«

»Straße ist gut. Schotterweg trifft es wohl eher«, antworte ich bedrückt, folge ihr aber dennoch den langen, schmalen Pfad entlang.

Eine geschätzte halbe Stunde später trifft mich wider Erwarten jedoch fast der Schlag.

»Ach, du heiliges Kanonenrohr!«, rufe ich laut und traue meinen Augen kaum, als ich das imposante alte Bauwerk, das von prächtigen Säulen begrenzt wird, über die kreideweißen Klippen und Felsvorsprünge ragen sehe. So habe ich mir die griechische Antike schon viel eher vorgestellt. Ziemlich genau *so* sogar. »Sieh nur, dieses … dieses Schloss ist ja der pure Wahnsinn! Das übertrifft bei Weitem sogar die Schönheit der Athener Akropolis. Exakt so habe ich mir den Sitz der Götter immer ausgemalt! So könnte der Olymp wahrlich ausgesehen haben!« Doch genau in diesem Augenblick dämmert es mir. »Aber Moment … diese … diese Klippen kenne ich doch? Diese eine Felsformation da vorne, das ist doch …« Ich beginne zu überlegen … Kann das wirklich sein? Aber das würde ja dann bedeuten, dass Gottman falsch lag und wir gar nicht in Griechenland sind, sondern in … »Lavinia, denkst auch du, was ich denke?«, frage ich meine Schwester völlig verdattert.

»Und was denkst du?«, will Lavinia etwas genervt wissen und sieht mir erwartungsvoll in die Augen. »Ich kann schließlich nicht hellsehen!«

»Dass sich der Rektor geirrt hat und wir uns noch immer in Großbritannien befinden! Und zwar am selben Ort, an dem wir vorhin unsere Zeitreise begonnen haben. Wir sind in der Nähe von Dover. Ich schätze ungefähr drei Kilometer vom Arassis-Anwesen entfernt! Zwar sieht dieses Bauwerk dort drüben anders aus als unser Landsitz, viel älter und um einiges prunkvoller und vor allem gigantischer, aber bestimmt musste man das Schloss irgendwann renovieren und modernisieren … Schau nur, das könnten sogar die gleichen Säulen sein, die es auch heute noch gibt! Und sieh nur, diese eine Klippe dort vorne hat sogar dieselbe Einkerbung wie die bei uns«, erkläre ich aufgeregt und deute mit der Hand in die besagte Richtung. »Das ist doch der Beweis! Ich denke, dass Zeus in der Zeit, in die uns unsere Eltern geschickt haben, in England residierte!«

»Du liebe Güte! Du könntest tatsächlich recht haben!«, ruft meine Schwester erstaunt und beginnt sich genauer umzusehen. »Und Nico, dieser Wald dort könnte dann womöglich sogar unser Pegasoswald sein«, ruft sie aufgeregt. »Ich fasse es nicht! Bestimmt hat es den auch damals schon gegeben! Aber … weißt du eigentlich, was diese Erkenntnis für uns und unsere Mission bedeutet?«

»Dass wir hier nicht völlig fremd sind!«, juble ich hocherfreut. Scheinbar wohnen wir tatsächlich in so etwas wie einem olympischen Anwesen, also … zwar nicht ganz direkt, aber schon irgendwie … Wie cool ist das denn?! Die Professoren werden staunen, wenn ich ihnen das erzähle.

»Komm, lass uns erst mal die Lage checken! Ein Hoch auf die Unsichtbarkeit«, rufe ich motiviert aus und drehe Gyges' Stein nach rechts, spreche den Übertragungszauber und lasse uns im Nu von der Bildfläche verschwinden. Diese Vorsichtsmaßnahme muss natürlich sein. Nicht, dass wir am Ende in einem Kerker oder sonst wo landen …

Gut getarnt und froh darüber, dass Lavinia und ich unter dem Schutz meines Ringes problemlos in Gedanken miteinander kommunizieren können, wagen wir uns leisen Schrittes an die Grenze des Anwesens – unseres Zuhauses in der Gegenwart – vor.

Dort angelangt, starten wir einen ausgedehnten Rundgang, währenddessen ich noch immer jubeln könnte. Ständig schwirrt mir der Gedanke durch den Kopf, tatsächlich in einer der ehemaligen olympischen Residenzen des Zeus zu leben …

Leider wird dieser Anfangseuphorie eine knappe halbe Stunde später ein kräftiger Dämpfer verpasst. Denn als wir das Haupttor des Anwesens erreichen, merken Lavinia und ich, sehr zu unserem Missfallen, dass dieses von Hunderten Soldaten bewacht wird.

›Und nun?‹, fragt mich meine Schwester in Gedanken. ›Sollen wir es wagen und uns einfach vorbeischummeln?‹

›Hmm … lass mich nachdenken …‹, antworte ich und beginne ebenfalls zu überlegen.

Ins Gebäude zu kommen, wäre mit Gyges' Hilfe sicher kein Problem. Und drinnen könnten wir dann Zeus suchen und uns, schwuppdiwupp, ganz einfach vor ihm sichtbar machen? Nein, lieber nicht. Zeus zu erschrecken, wäre bestimmt keine glorreiche Idee. Entweder würde er im Glauben, dass wir Eindringlinge sein müssen, sogleich einen Blitz auf uns abfeuern oder, noch schlimmer, uns gleich in der Luft zerreißen. Da muss uns schon etwas Besseres einfallen. Aber sich an den Soldaten vorbeizuschummeln, könnte erst mal nicht schaden. Dann wären wir zumindest einen Schritt weiter. Und über alles andere können wir uns den Kopf zerbrechen, wenn es so weit ist.

›Gute Idee, Schwester. Lass uns einfach losmarschieren‹, gebe ich darum nach einer kurzen Bedenkzeit das Kommando aufzubrechen.

Alles scheint reibungslos zu funktionieren, bis mich Lavinia kurz vor dem Passieren der letzten drei Soldaten überraschend zurückreißt. ›Stopp!‹

Vor Schreck hätte ich fast einen Schrei ausgestoßen! Nur in letzter Sekunde konnte ich mich zusammenreißen. ›Was hast du denn?‹, will ich etwas ungehalten wissen und sehe mich verwirrt um. ›Da ist doch nichts, oder habe ich etwas übersehen?‹

›Aber Nico … Hast du das gerade nicht mitbekommen?‹, fragt sie mich völlig aufgelöst.

›Nein, was denn? Wovon redest du?‹

›Wie kannst du das denn nicht bemerkt haben? Wir haben geflimmert!‹

›Häh? Jetzt noch einmal für Dummies, bitte.‹

Sie seufzt. ›Also gut: Kurz nachdem wir das Tor durchquert haben, habe ich beobachtet, wie unsere Körper ganz kurz sichtbar und dann wieder unsichtbar wurden, immer abwechselnd! Bemerkt habe ich es auch nur, weil ich unsere Schatten ganz plötzlich am Boden aufblitzen gesehen habe. Und dann waren sie auf einmal wieder verschwunden! Verstehst du, was ich meine? Wir haben eben richtig geflimmert. Stell dir vor, einer der Krieger hätte das bemerkt!‹

›Ich Trottel! Wahrscheinlich habe ich wieder versehentlich an Gyges' Stein gedreht‹, entschuldige ich mich umgehend und denke sofort an den Vorfall vom Elternsprechtag letzten März zurück, als ich mich bei Gottman eingeschlichen habe, um Pacos Vater nachzuspionieren. Damals hat mich zum Glück nur der Rektor erwischt. Hier könnte uns meine Nervosität allerdings das Leben kosten …

›Ich glaube nicht, dass das deine Schuld war, Nico. Hier ist irgendetwas faul. Ich habe so ein komisches Gefühl‹, gibt Lavinia zu bedenken.

›Das haben wir gleich. Lass es uns einfach noch einmal überprüfen. Ganz vorsichtig‹, schlage ich vor und mache auch schon einen Schritt nach vorne, wo ich sehr zu meinem Ärgernis feststelle, dass meine Schwester mit ihrer Annahme leider recht hatte. ›Hier geht wirklich etwas nicht mit rechten Dingen zu. Irgendetwas scheint Gyges' Funktion zu beeinträchtigen.‹

›Komm, ziehen wir uns zurück! Wir müssen in Ruhe nachdenken‹, antwortet Lavinia kurzerhand und fasst mich am Arm.

Gesagt, getan. Als wir uns keine zehn Minuten später einen knappen Kilometer vom Haupttor entfernt haben und ganz sicher außer Hörweite der Soldaten sind, gehen wir hinter einem Busch in Deckung.

›Wie ist das möglich?‹, frage ich Lavinia verwundert, denn egal wie ich es drehe und wende, ich finde keine Erklärung, warum Gyges vorhin so plötzlich unbrauchbar geworden ist. Hier funktioniert der Ring wieder einwandfrei. ›Vielleicht ist Gyges bei der Zeitreise kaputtgegangen?‹

›Keine Ahnung, möglich wäre es. Auf jeden Fall können wir nun unseren Plan, unbemerkt an den Soldaten vorbeizumarschieren, vergessen‹, sagt meine Schwester zerknirscht. ›Auf den Ring können wir uns jedenfalls nicht mehr verlassen.‹

›Leider!‹, antworte ich und mache uns wieder sichtbar. »Und diese Männer werden uns bestimmt niemals so einfach passieren lassen. Ich kann mir nicht vorstellen, dass wir mit Arlons akribischer Hofgesülze-Ausbildung allein an unser Ziel kommen. Außerdem wissen wir nicht einmal, ob wir für die olympische Residenz in Großbritannien überhaupt richtig gekleidet sind. Schließlich dachten Gottman und die anderen ja, dass wir nach Griechenland reisen würden. Wer weiß, ob hier nicht ganz andere Kleidungs- und Benimmregeln gelten … Was sollen wir tun, wenn uns die Wachen zum Kampf auffordern? Flehende Worte wären da wohl nutzlos – wer würde zwei Jugendlichen, die behaupten, aus der Zukunft zu kommen und Zeus besuchen zu wollen, schon glauben? Für die würde das völlig absurd klingen! Die gewähren uns niemals eine Audienz bei ihm … Unser Vorgehen braucht System!«

Ich beginne zu überlegen, und kurze Zeit später fällt mir auch eine gute Möglichkeit ein, um unbemerkt auf das Arassis-Grundstück zu gelagen. »Lavinia, was hältst du davon, wenn wir es über den Pegasoswald versuchen?«

»Vergiss es, Nico! Sicher nicht! Dann verlaufen wir uns am

Ende wieder, denk an vergangenen Herbst! Hier ist kein Argos, der uns mit seinem Ariadnefaden retten könnte.«

»Das stimmt zwar, aber im Gegensatz zu damals sind wir heute klar im Vorteil«, entgegne ich und erkläre, dass uns inzwischen unsere Zauber- und Flugtalente zur Verfügung stehen. »Diese Kräfte hatten wir letzten Herbst noch nicht, denn die Unterrichtseinheiten in den Elementen Feuer und Luft kamen erst später. Und dank des Trainings der letzten Monate beherrschen wir unsere Gaben mittlerweile auch richtig gut. Mein Plan ist doch gar nicht mal so schlecht, oder?«

Lavinia scheint nachzudenken und rümpft die Nase. »Hmm … daran habe ich noch gar nicht gedacht. Aber du hast recht! In Ordnung, lass uns den von dir vorgeschlagenen Weg nehmen. Doch ich bestehe darauf, dass wir fliegen. Dadurch sind wir nicht nur schneller beim Anwesen als zu Fuß, sondern schalten auch das Risiko aus, uns zu verirren. Das ist perfekt. Aber da Gyges möglicherweise wieder unbrauchbar wird, müssen wir eine Flughöhe knapp über den Baumkronen wählen, sonst werden wir am Ende doch noch erwischt, wenn wir zu tief fliegen und der Ring plötzlich aufhört zu wirken.«

»Ein guter Punkt, genau so machen wir es. Wir landen erst, wenn wir uns vergewissert haben, dass wir allein sind und uns keine Gefahr droht«, beende ich unsere Strategiebesprechung.

»Einverstanden! Dann legen wir los, lass uns in die Luft aufsteigen«, stimmt meine Schwester zu und reicht mir die Hand. »Wenn ich dich berühre, fühle ich mich immer stärker, und zur Not kannst du mir helfen.«

»Natürlich!«, antworte ich lächelnd, ehe ich uns, zumindest für die erste Wegstrecke, wieder unsichtbar mache. »Volle Kraft voraus!«, rufe ich motiviert, als wir uns einen Augenaufschlag später bereits meterhoch in der Luft befinden.

Kurz darauf steuern wir auf den Pegasoswald zu.

»Meine extra Trainingseinheiten haben sich richtig bezahlt

gemacht«, freut sich Lavinia, als sie feststellt, dass sie das Element Luft inzwischen kinderleicht kontrollieren kann. »Ich bin richtig stolz auf mich. Wenn ich so weitermache, kann ich bald besser fliegen als du«, scherzt sie euphorisch und gibt Gas.

Ich wünsche es ihr. Ich bin so froh darüber, dass wir seit unserem Dublin-Dover-Flugerlebnis im Mai, bei dem wir ohne die Kraftverstärkung der Zauberperle aus dem Inneren des Caduceus aufgeschmissen gewesen wären, einiges dazugelernt haben.

Alles scheint wie am Schnürchen zu laufen. Zumindest so lange, bis wir die Grenze des Pegasoswaldes auf Höhe der Baumwipfel überschreiten. Dort verspüre ich nämlich einen eigenartigen Luftzug, und schon kurz darauf habe ich das Gefühl, als ob ein riesiger Klotz Blei an meinen Beinen hängen würde, der mich immer weiter nach unten zieht.

»Was ist das?«, ruft Lavinia entsetzt, als auch sie die Veränderung bemerkt. »Ich glaube, ich kann nicht mehr fliegen!« Abrupt beginnen wir zu sinken.

»Zurück!«, rufe ich instinktiv, da ich plötzlich vermute, dass diese eigenartige Luftströmung mit Gyges' vorherigem Funktionsverlust zusammenhängen und vielleicht etwas mit dem Anwesen zu tun haben könnte. Ich packe meine Schwester an der Hand und zerre sie in die entgegengesetzte Flugrichtung davon.

Und tatsächlich: Einige Meter weiter hinten ist das seltsame Gefühl wieder verschwunden. Dort lässt sich die Schwerelosigkeit wieder problemlos umkehren, und wir können auf gewohnte Art und Weise auf- und abgleiten.

»Komm, versuchen wir es noch einmal«, drängt meine Schwester und möchte bereits wieder losfliegen, doch ich halte sie zurück.

»Lavinia, das hat keinen Sinn. Ich glaube, dass irgendein Zauber dieses Anwesen umgibt. Mir scheint, als hätte Zeus eine

Art Schutzwall errichtet, der nicht nur Gyges sondern auch alle magischen Kräfte nutzlos macht und aushebelt«, erkläre ich ihr meine Theorie. »Lass uns landen, schnell! Wer weiß, was passieren würde, wenn wir erneut in diesen eigenartigen Luftstrom geraten. Wir könnten abstürzen und …«

»In Ordnung, in Ordnung, du hast ja recht. Lass uns vorsichtshalber wirklich lieber landen«, pflichtet sie mir nun ebenfalls bei.

Nachdem wir wieder festen Boden unter den Füßen und unsere Gedanken ein wenig sortiert haben, diskutieren wir darüber, wie wir nun vorgehen könnten.

»Wenn ich mir das Ganze so überlege, dann komme ich zu dem Schluss, dass deine These stimmen muss, Nico. Eigentlich hätten wir im Vorfeld daran denken sollen, dass der mächtigste Talenter aller Zeiten niemals Fremde einfach so mir nichts dir nichts in seine Gefilde eindringen lassen würde. Erinnere dich an Sir Gottman und Onkel Mikelo: Die treffen ja auch ständig solche Vorkehrungen«, meint Lavinia und rümpft verärgert die Nase.

»Ganz genau! Ich glaube, wir haben vorhin echt Glück gehabt und müssen froh darüber sein, dass nichts Schlimmes passiert ist, als wir versucht haben, die Grenze des Grundstücks zu passieren. Aber wie auch immer: Da wir irgendwie zum Anwesen kommen müssen, bleibt uns meines Erachtens nichts anderes übrig, als den herkömmlichen Weg zu bestreiten. Wir müssen zu Fuß durch den Wald gehen.«

»Und was, wenn wir uns wieder verlaufen? Diesmal haben wir keinen Argos, der uns aus der Patsche hilft, das habe ich dir doch vorhin schon gesagt«, wendet Lavinia erneut ein.

»Ja, aber dafür haben wir wenigstens einen funktionsfähigen Kompass. Sebi hat ihn mir mitgegeben.« Sofort krame ich den kleinen Gegenstand aus meinem Rucksack und zeige ihn ihr. »Wir wissen genau, in welcher Richtung das Anwesen liegt. Keine Sorge, Lavinia, heute klappt das bestimmt. Wir werden uns nicht verlaufen, garantiert nicht«, verspreche ich ihr hoch und heilig. »Und außerdem ist das die einzige Möglichkeit, unbemerkt zu Zeus zu gelangen«, füge ich abschließend mit Nachdruck hinzu, um meine Argumentation noch zu bekräftigen. »Oder wäre es dir lieber, wenn wir uns den Wachen am Haupteingangstor zu erkennen geben?«

»Nein, das wäre es nicht.« Mit sichtbar mulmigem Gefühl – Lavinias Gesichtszüge wirken sehr verunsichert – willigt meine Schwester schließlich ein und wir starten keine zehn Minuten später mit unserer Wanderung.

Schritt für Schritt folgen wir dem Weg, der sich direkt vor uns ausbreitet, tiefer und tiefer in den mysteriösen Wald hinein. Irgendwie kommt es mir beinahe so vor, als hätten uns die Sträucher, Bäume und Gräser dort bereits erwartet. Uns offenbart sich eine wunderschöne magische Traumwelt, in der Raum und Zeit plötzlich nicht mehr zu existieren scheinen.

Egal wohin ich blicke, umgeben mich Farben. Alles blüht. Überall wachsen Blumen – gelbe, rote, violette. Manche haben gepunktete Blüten, andere gestreifte oder marmorierte. Nicht einmal der Himmel wirkt blau. Hier glänzt und schimmert er, als würden Milliarden kleiner Kristalle die Sonnenstrahlen reflektieren. Bunte Vögel zwitschern meiner Schwester und mir vergnügt zu, fast so, als würden sie uns begrüßen. Hier drüben sonnt sich ein Kaninchen, da vorne hüpft ein Fuchs durchs Gebüsch, und direkt neben uns flattern Dutzende Schmetterlinge. Alle Tiere wirken glücklich und unbeschwert. Ich habe sogar den Eindruck, die Bäume würden uns zulächeln und uns den Weg freimachen, damit wir schneller an unser Ziel gelangen.

Plötzlich sehe ich eine dichte Dampfwolke aus dem Dickicht des Tannenwaldes aufsteigen. »Lavinia, siehst du das auch? Dort drüben! Das könnten heiße Quellen sein.«

Angestrengt späht meine Schwester in die besagte Richtung. »Da dampft es tatsächlich, ich fasse es nicht! Schnell, komm und lass uns nachsehen, ob es dort drüben Pegasospferde gibt!«

»Gute Idee.«

Je näher wir unserem Ziel kommen, desto mehr beginnen die frischen Nadeln zu duften, und auf einmal sind die Tannen nicht mehr grün, sondern schimmern pastellfarben bis türkis.

»Nico, da sind Spuren! Das könnten wirklich Huftritte sein«, ruft Lavinia auch schon hocherfreut, als wir aus der Ferne erste Geräusche vernehmen.

»War das gerade ein Wiehern?« Neugierig lege ich die rechte Hand hinter mein Ohr und möchte schon meine Kräfte verstärken, als ich mich gerade noch erinnere, dass das hier leider nicht funktionieren wird. »Beeil dich, Lavinia, das müssen wir uns aus der Nähe ansehen«, fordere ich meine Schwester auf, mir zu folgen und beginne, blitzschnell durch den Wald zu hetzen, so lange, bis ich sie endlich sehe: die altbekannte, herrlich verwilderte Lichtung mit ihren ineinander verzweigten, sprudelnden Quellen.

Ich staune nicht schlecht, als ich dort die perlweißen Pegasospferde im glasklaren Wasser baden sehe. Ihre wunderschönen Schwingen wirken hier noch um einiges größer und mächtiger als bei uns in der Gegenwart. Habe ich mir das Wiehern vorhin also doch nicht eingebildet.

Und dann erblicke ich ihn, völlig unerwartet. ›Kann das denn sein?‹, frage ich mich in Gedanken und überlege. Doch bereits einen Augenblick später erinnere ich mich an unseren Ausflug in die Bibliothek, als wir Nachforschungen über das Arassis-Anwesen angestellt und dabei gelesen haben, dass die Lebensdauer der Pegasospferde mehrere tausend Jahre beträgt. »Du liebe Zeit!« Obwohl er jünger ist, weiß ich ganz genau, wen ich da vor mir sehe! »Hektor!«, rufe ich so laut ich kann und laufe schnurstracks auf meinen lieben Freund zu.

»Achtung, Herde, Eindringlinge!«, gibt das Pferd jedoch

sofort mit donnernder Stimme Alarm und baut sich umgehend in voller Größe vor mir auf.

Oh nein! Ich Blödmann! Ich hätte wissen müssen, dass er mich hier nicht kennt. Natürlich nicht, wie denn auch? Schnell, ich muss mir etwas einfallen lassen, sonst sitzen wir ganz schön tief in der Misere …

»Wer, um alles in der Welt, seid ihr?«, will er von uns wissen. »Was habt ihr hier zu suchen? Und wieso kennst du meinen Namen und siehst wie die jüngere Version meines Freundes Zeus aus?«

Bevor etwas Schreckliches passieren kann, starte ich mit meinen Erklärungen und argumentiere buchstäblich um unser Leben. Ich berichte Hektor im Eiltempo von unserer Mission, von unseren gemeinsamen Erlebnissen in der Zukunft, davon, wie er uns schon mehrfach das Leben gerettet hat und vor allem von all den Geheimnissen, die er mir anvertraut hat. Plötzlich habe ich die Idee: »Hektor, ist eigentlich Leda schon zu deiner Herde gestoßen?«

Verwirrt sieht mich das Pferd an. »Das tut doch nichts zur Sache. Aber ja, sie lebt schon seit sechs Jahren hier.«

Gott sei Dank! »Hektor, hör mir jetzt genau zu, du hast mir in der Zukunft erzählt, dass du dich gleich am ersten Tag, als die Stute Leda zu euch kam, in sie verliebt hast. Du hast dich aber nie getraut, es ihr zu sagen. Und als du endlich den Mut dazu gefunden hast und ihr deine Zuneigung gestehen wolltest, hat Anthimos sie dir einfach vor der Nase weggeschnappt. Anfangs warst du deswegen richtig böse auf ihn, aber kurz darauf wurde er zu einem deiner besten Freunde. Er hat dir sogar das Leben gerettet.« Ich hoffe inständig, dass ihm diese Geschichte klarmacht, dass ich die Wahrheit sage.

Völlig aus dem Häuschen beginnt der Hengst augenblicklich zu wiehern und mich mit seiner Schnauze zu beschnuppern, ehe er mich damit sanft an sich drückt – so macht er es auch zu

Hause immer, wenn er mich umarmen möchte. Endlich habe ich es geschafft: Das Pegasospferd glaubt mir.

»Oh, Hektor…« Wie schön, ihn auch hier zum Freund zu haben.

»Leute, ich möchte euch die Wiedervereinigungsfreude nur ungern vermiesen, aber wir sollten nun wirklich weitermachen«, ermahnt uns Lavinia, die wie immer völlig tough ist und stets unser Ziel vor Augen hat.

»Natürlich«, entschuldige ich mich etwas beschämt. »Du hast recht.« Wenn ich meine Schwester nicht hätte, würde ich ziemlich viel vergeigen.

»Und wie wollt ihr euer Vorhaben nun angehen?«, fragt Hektor neugierig.

»Ganz einfach. Ich dachte, wir durchqueren den Wald, suchen den Eingang zum Arassis-Labyrinth und schummeln uns über den Geheimgang in das Gebäude. Dann suchen wir Zeus und konfrontieren ihn mit der Situation. Dank Lavinias Kette und meines Ringes können wir das unterirdische Tor problemlos öffnen und passieren. Wie das geht, haben wir in der Zukunft gelernt. Oder findest du etwa nicht, dass das eine gute Idee ist?«

Hektors Reaktion spricht Bände. »Ist es definitiv nicht! Glaubt ihr wirklich, ihr hättet euch bisher erfolgreich vor Zeus versteckt? Dass ihr in unsere geschützte Zone eingedrungen seid, ist sogar mir aufgefallen. Das komplette Anwesen ist eine abgeriegelte Festung.«

»Was? Also hebelt euer Schutzwall nicht nur unsere magischen Kräfte aus, sondern… ist obendrein auch noch so eine Art Alarmanlage?«, frage ich neugierig, obwohl ich die Antwort bereits erahne.

»Leider, ja. Ich fürchte, wenn ihr euch ohne mich dem Schloss nähert, dann seid ihr des Todes. Die Wachen erwarten euch bereits und würden weiß Gott was mit euch anstellen…

Zeus selbst würdet ihr wahrscheinlich nicht einmal zu Gesicht bekommen. Kommt, setzt auf, ich fliege euch ganz offiziell zum Eingang. Ich werde euch unterstützen und dafür sorgen, dass euch mein Freund empfängt.«

»Danke, dann lass uns aufbrechen!«, sage ich mit gemischten Gefühlen, ehe Lavinia und ich auf das Pferd aufsteigen und abheben. Mit Hektors Hilfe wird bestimmt alles klappen.

Doch als wir den Waldrand erreichen und ich die schwer bewaffnete Phalanx, die aus Hunderten von Soldaten besteht, sehe, wird mir richtig mulmig zumute. Nun habe ich nur noch einen einzigen Gedanken: Hoffentlich nimmt diese Sache ein gutes Ende …

15

Unser Treffen mit Zeus

Ohne Hektors Begleitschutz wären Lavinia und ich an der Waldgrenze aufgeschmissen gewesen. Mit Sicherheit hätten uns die Soldaten nicht einmal angehört, geschweige denn Zeus von unserem Erscheinen Bericht erstattet. Wenn es nach ihnen gegangen wäre, wären wir auf der Stelle exekutiert worden, soviel steht fest. Schließlich hatte der Befehlshaber dieser Truppe, ein großer kräftiger Mann mit Helm und schwarzer gepanzerter Rüstung, genau das befohlen. In den Augen dieser Armee sind und bleiben wir leider ihr Feindbild-Nummer-eins: gewiefte Spitzel der Elysier, die ihrem ehrwürdigen Anführer nach dem Leben trachten.

Gleich nachdem Hektor verschwunden war, um Zeus über unsere Anwesenheit in Kenntnis zu setzen, hat man uns wie hinterhältige Geschöpfe, die jede Sekunde ihre Waffen ziehen könnten, grob in den erstbesten Raum des Arassis-Anwesens, einen mir unbekannten kalten Kerker, gezerrt. Dort behält man uns nun genau im Auge. Obwohl sich das Pegasospferd persönlich für uns und unsere guten Absichten verbürgt hat, trauen uns die Soldaten nicht über den Weg.

Ein großer blonder Muskelprotz, der aussieht, als sei er bis oben hin mit Steroiden vollgepumpt – keine Ahnung, ob dieses

Zeug zu Zeus' Lebzeiten schon existierte – hält seine Schwertspitze dauerhaft auf uns gerichtet, während ein anderer, der mir ehrlich gesagt viel größere Sorgen bereitet, meine Schwester und mich mit einigem Abstand umkreist. Sein Verhalten gleicht dem eines Bullenhais, der jederzeit zum Angriff bereit ist und zuschnappen könnte. Das ständige Klirren der messerscharfen Zacken seiner silbernen Eisenschleuder treibt mir nach und nach alle Farbe aus dem Gesicht. Eine falsche Bewegung und wir sind tot. Mir ist ganz schwindlig vor Angst, meine Kehle ist wie zugeschnürt.

Dabei kann ich den Kriegern dieses Verhalten eigentlich nicht einmal verübeln. Ich an ihrer Stelle würde bestimmt ähnlich reagieren und vermeintlich gefährliche Spione nicht aus den Augen lassen. Schließlich befinden wir uns in einer Zeit, in der Überfall, Mord und Totschlag zum täglich Brot gehören und auch alle Eventualitäten einkalkuliert werden müssen. Und obendrein wäre es ein wirklich kluger Schachzug von den Elysiern gewesen, zwei treuherzig dreinblickende Jugendliche anstelle von ausgebildeten Kriegern zu schicken, um so ins Anwesen zu gelangen. Das würde der Hinterhältigkeit des Bundes durchaus entsprechen. So hätten sie ganz ungestört zuschlagen und den mächtigen Zeus vernichten können.

Wie dem auch sei, das hilft uns alles nicht weiter. Ob wir das Misstrauen der Soldaten nun nachvollziehen können oder nicht, ändert nichts an der Tatsache, dass Lavinia und ich bis zum Hals in der Klemme stecken.

Angsterfüllt pressen meine Schwester und ich unsere Körper enger aneinander. Unser synchrones Zittern geht mir durch Mark und Bein. Ohne Serpens und Anguis fühle ich mich so hilflos.

Die letzte Kartenbotschaft war wirklich nicht fair von unseren Eltern! Vorwarnen hätten sie uns zumindest können. Ein

»Passt auf, eure Zauberkräfte sind in der Vergangenheit wirkungslos!«, von mir aus auch in gutem altem Talenterisch, hätte ja vollauf gereicht. Gottman und Erossa wären schon dahintergekommen, was Sache ist, und wir hätten zumindest die ein oder andere Waffe einpacken können. Diese dumme Karte und die verbleibenden empfohlenen Schutzmittel helfen uns hier sicher nicht weiter. Mal ganz abgesehen davon, dass sowohl Karte als auch Honig und Moly in meinem Rucksack stecken, und dass der wahrscheinlich nicht einmal mehr existiert. Zumindest haben die Soldaten, die ihn mir vorhin abgenommen haben, sofort angekündigt, ihn samt Inhalt zu verbrennen.

Diese Situation ist so zermürbend. Nur weil uns Mum und Dad keinen Hinweis gegeben haben, kauern Lavinia und ich nun Rücken an Rücken gefesselt auf diesem kalten Steinboden – wie Gewaltverbrecher, die auf ihre Hinrichtung warten. Nur dass wir, im Gegensatz zu diesen, überhaupt nichts verbrochen haben … Wo bleibt Hektor denn bloß? Er hat doch versprochen, bald zurückzukommen …

Plötzlich lässt mich das Salutieren der Soldaten hochschrecken und ich spüre einen leichten Stich gegen die Mitte meines Halses. Nur ein kleines Stück weiter und die Klinge des Blonden wäre tief in meine Kehle eingedrungen. Ob er mich wirklich verletzt hat? Meine Haut fühlt sich komisch an – warm und feucht irgendwie …

Doch zum Nachdenken bleibt mir keine Zeit, denn sofort wird die vergitterte Kerkertür mit Schwung aufgestoßen. Mit einem lauten Krachen schlägt sie gegen die Wand. Auf der Stelle beginnen meine Zähne zu klappern und die absolute Panik überwältigt mich. Was kommt denn jetzt?

Mein Schicksal in Kauf nehmend, starre ich auf die erwartungsvoll dreinschauenden Kämpfer.

»Position, Männer!«, brüllt augenblicklich ein älterer bärtiger Mann in einer ledernen Tunika. Ob das der Kerkermeister höchstpersönlich ist? Aber nein… anscheinend ist auch er nur ein höhergestellter Offizier, der jemanden ankündigt. »Macht Platz für Zeus, den Herrscher über alle Talenter, den Beschützer der Menschen, den Helden des Olymps, des Himmels und der Erde!«

Diese Ansage hat gesessen. Prompt beginnt mein Herz wild zu hämmern. Gleich kommt Zeus…

»Senkt eure Köpfe, Unwürdige!« Damit meint der Bärtige meine Schwester und mich. »Unser Herrscher wird euch Gehör schenken, denn wie immer ist er auf ein gerechtes Urteil aus.«

In Gedanken betend, hebe ich dennoch den Kopf. Ich kann einfach nicht anders, ich muss ihn sehen… Doch als er den Raum betritt, trifft mich fast der Schlag.

Niemals in meinem Leben zuvor habe ich solche Anmut verbunden mit Väterlichkeit, Autorität und Gerechtigkeit in einer Person vereint gesehen. Selbst ohne vorankündigende Worte hätte ich diesen starken und würdevollen Charakter erkannt. Jemand, der derart majestätisch durch ein Tor schreitet, ja fast schon schwebt, kann niemand anderes sein als der mächtigste Talenter aller Zeiten. Sein mit grauen Strähnen durchzogenes Haar, seine weiße Kleidung und der braune Teint entsprechen genau dem Bild von der muskulösen Person, die uns das Hologramm gezeigt hat.

Zeus' und meine Augen treffen sich. Er lächelt mich an, fast so, als würde er mich bereits kennen. Ob er weiß, wer ich bin? Da, schon wieder… Nun nickt er mir zu! Und ganz plötzlich habe ich Gewissheit. Tief in meinem Inneren spüre ich, dass ich recht habe.

Überglücklich beginne ich zu jubeln, und binnen Sekunden sind mein Mut und… meine magischen Kräfte?… zurückgekehrt. Bilde ich mir das ein? Nein! Tatsächlich! Zeus selbst muss den Zauberbann aufgehoben haben. Mit Leichtigkeit gelingt es mir nun, meine Fesseln zu sprengen, als ich fühle, wie sich die

Elemente Feuer, Wasser, Erde und Luft wieder mit meinem Körper verbinden und dort eins mit mir werden. Mit einem Mal kann ich meine Macht in jedem noch so kleinen Muskel und in jeder Faser meines Leibes spüren. Kein Schwert der Welt wäre nun imstande, mir Leid zuzufügen. Ich fühle mich unverwundbar und stärker als alle anderen in diesem Raum. Für mich zählt nur noch eines: Wir haben Zeus gefunden!

»Großvater!«, rufe ich, springe auf und falle ihm in die Arme, als er diese einladend ausbreitet. Die vielen Ur- vor dem Großvater lasse ich vorsichtshalber weg. Nicht, dass ich ihn am Ende damit beleidige. Als ich Zeus danach ins Gesicht sehe, erkenne ich nichts als unendliche Freude. Unsagbar glücklich und vollends überwältigt kullern mir Tränen der Erleichterung über die Wangen. ›Er erkennt uns! Wir sind endlich in Sicherheit!‹, ist das Einzige, das mir pausenlos durch den Kopf schießt. Und anders als erwartet habe ich weder Angst vor ihm noch fühle ich eine Distanz zwischen uns. Ganz im Gegenteil spüre ich ausschließlich die Liebe und Verbundenheit einer glücklichen Familie.

»Wachen!«, donnert plötzlich die gebieterische Stimme des mächtigen Talenters lautstark durch den Raum, und ich schrecke hoch. Was hat er denn? Beruhigend lächelt er mir zu. »Mit Stolz darf ich euch meine Nachkommen aus dem einundzwanzigsten Jahrhundert vorstellen. Kniet nieder vor Nico Alechandro und Lavinia Arassis! Ihnen gebührt dieselbe Ehre wie mir, denn sie sind mein Fleisch und Blut! Wagt es nicht, ihnen Leid zuzufügen! Großer Dank gebührt dem Anführer der Pegasospferde, denn Hektor hat sie als Einziger erkannt! Nicht auszudenken, was gewesen wäre, wenn meinen Kleinen etwas zugestoßen wäre. Das hätte womöglich das Ende der Menschheit bedeutet … Aus diesem Grund werde ich dem mächtigen Hengst nun die würdevolle Aufgabe zuteilwerden lassen, der erste Torwächter des Geheimlabyrinths des Arassis-

Anwesens zu sein. Mit einem kräftigen Schlag seiner Hufe soll er ab nun dazu imstande sein, das unterirdische Portal, das bisher nur meine Nachfahren und ich öffnen konnten, freizulegen.«

Die Soldaten verbeugen sich und salutieren.

»Komm, mein Kind, trau dich endlich zu mir«, fordert Zeus schließlich meine Schwester liebevoll auf, näherzutreten, ehe er sie keine zehn Sekunden später auch schon väterlich an seine Brust drückt.

»Wurde auch Zeit, dass du uns rettest«, schluchzt Lavinia und beginnt vor Erleichterung zu weinen.

»Nun, euer Besuch wurde mir zwar angekündigt, doch ich wusste nicht, dass es schon so bald dazu kommen würde«, erklärt unser Ahne entschuldigend und streicht ihr tröstend über das lange Haar.

Sie blickt ihn an. »Na ja, telefonisch konnten wir uns ja leider nicht bei dir anmelden«, gibt sie keck grinsend zur Antwort. Ein Glück, dass sie wieder ganz sie selbst ist und ihren Humor wiedergefunden hat.

»Telewas?«, fragt Zeus erstaunt. »Dieses Wort habe ich ja noch nie gehört!«

»Zukunftskram«, entschuldige ich mich. »Telefonieren ist dem Briefeschreiben ähnlich, nur eben cooler und … ohne Brief«, versuche ich zu erläutern. »Hätte ich mein Handy mit, könnte ich dir zeigen, was ein Telefon ist.«

»Cooler also … hmm … und Handy … eigenartige Ausdrücke benutzt ihr da. Die kenne ich auch nicht.« Zeus sieht uns lachend an. »Aber egal … Wo habt ihr denn eure Eltern gelassen? Und warum habt ihr überhaupt versucht, über den Pegasoswald vorzudringen? Ich habe Mara beim letzten Mal, als die beiden hier waren, ausdrücklich darum gebeten, mich vorher zu informieren. Ich hätte euch doch gebührend empfangen und selbst hergebracht«, ärgert sich der mächtige Talenter ein wenig. »Aber egal: Endlich habe ich Gelegenheit, euch kennenzulernen. Bei Maras und Alexis' letztem Besuch wart ihr leider noch zu klein, um die Zeitreise unbeschadet zu überstehen, obwohl die Zwei-Personen-Beförderungsregel bei uns Arassis natürlich nicht gilt. Doch ich habe euren Eltern damals geraten, dass ihr bei eurem ersten Besuch mindestens vier Jahre alt sein solltet.«

»Ahhh… ähhh«, ist das Einzige, das ich auf die Schnelle herausbringe, denn ich weiß nicht, was und wie ich antworten soll. So viele Fragen tummeln sich in meinem Kopf… Zeus kennt unsere Eltern also persönlich? Wie kann das denn sein? Das ist ja richtig krass… Aber wie mir scheint, hat er wohl ziemlichen Nachholbedarf was unsere Zeitzone betrifft, denn offensichtlich weiß er nicht, was ihnen zugestoßen ist.

»Kommt, Kinder, wir haben einiges zu bereden. Ihr benötigt Ruhe und etwas Anständiges zu essen«, sagt unser Vorfahre, ehe ich zu einer Erklärung ansetzen kann, und nimmt uns an den Händen, um uns in Richtung Kerkertür zu führen.

Diese unverhoffte Verschnaufpause kommt mir durchaus gelegen. So kann ich zumindest kurz überlegen, wie ich ihm die Geschehnisse der letzten Jahre aus Lavinias und meiner Vergangenheit auf schonende Weise beibringen kann. Denn wie es aussieht, war er mit unseren Eltern gut befreundet, und traurige Nachrichten tun immer schrecklich weh. Ich weiß leider nur zu gut, wovon ich spreche.

Schmerzerfüllt denke ich an den Tag zurück, als mir meine Zieheltern letztes Weihnachten erzählt haben, dass ich adoptiert wurde…

»Aus dem Weg, Soldaten! Macht den hohen Herrschaften Platz!«, befiehlt der bärtige Krieger, der ganz eindeutig ein Vertrauter von Zeus ist, und verbeugt sich vor uns, als wir an ihm vorbeimarschieren und holt mich so aus den Gedanken. »Dienerinnen, serviert unverzüglich eine große Auswahl an Speisen direkt in den olympischen Privatgemächern des allmächtigen Zeus von Arassis«, weist er sogleich die bei der Tür postierten, in schlichte graue Gewänder gekleideten Damen an.

»Sehr wohl, Sir!«, verabschieden sich diese mit einem galanten Hofknicks und rauschen davon. Ich komme mir vor, als wäre ich in einem Film gelandet, der kurz darauf noch um einiges besser wird.

Niemals in meinem Leben werde ich die verdatterten Blicke der Wachen vergessen, als wir hoch erhobenen Hauptes an ihnen vorbeistolzieren und den Kerkerraum verlassen. Zuerst Erzfeinde und nun Vorgesetzte … Wie heftig muss sich diese Zukunftssache in ihren Ohren angehört haben? Dass ihnen nun alles andere als wohl ist, ist vollkommen verständlich. Ich könnte mich kugeln vor Lachen. Doch obwohl sie meine Schwester und mich vorhin alles andere als gut behandelt haben, tun sie mir nun irgendwie leid. Aber dank Hektor hat sich ja alles zum Guten gewendet!

›Wieder einmal hast du meiner Schwester und mir das Leben gerettet. Wenn wir zu Hause sind, werde ich mich bei deinem älteren Ich revanchieren. Du bekommst deine Lieblingspizza, eine fett belegte Provinciale‹, verspreche ich dem Pferd in Gedanken und grinse in mich hinein, während wir Zeus in den Hauptteil des Arassis-Anwesens folgen.

Über eine breite, glänzende Silbertreppe, auf deren Stufen in regelmäßigen Abständen am linken Rand weiße brennende Kerzen und Vasen mit bunten Blumen aufgestellt sind, erreichen wir einen langgestreckten Korridor. Ich fühle mich wahrlich, als würde ich direkt in einen Traumpalast schreiten. Alles ist völlig anders als bei uns in der Gegenwart, viel geheimnisvoller und magischer. Egal wo ich hinblicke, erhellen goldene Lichter die eher schlicht gehaltene, jedoch wunderschöne antike Einrichtung, und der duftende Rosenschmuck an den Wänden verleiht dem Anwesen ein heimeliges Gefühl.

»Ich bin so froh, dass eure Eltern sich dazu entschieden haben, dieses wunderbare Anwesen in der Zukunft zu erhalten. Nur ihnen ist es zu verdanken, dass es renoviert und modernisiert wurde«, erklärt uns Zeus während des Gehens und bestätigt damit auch meinen vorherigen Verdacht. »Ihr müsst wissen, dass mir dieser Landsitz schon immer der liebste von all meinen Besitztümern war. Nur hier kann ich den Alltag vergessen, abschalten und mich von dem ganzen Trubel in Griechenland erholen«, sagt er und sieht uns grinsend an. »Macht euch bereit, gleich sind wir da.«

Zeus' Privatgemächer erreichen wir genau wie in unserer Zeit über den von der Sphinx bewachten Geheimgang in Rektor Gottmans Büro. Somit ist wenigstens etwas vom Prunk der Vergangenheit in der Gegenwart erhalten geblieben. Das freut mich sehr.

»Ich fühle mich wie in einem Märchen!«, rufe ich vollends verblüfft, nachdem ich mich kurz umgesehen habe. »Hier ist alles um ein Vielfaches prächtiger als bei uns zu Hause. Ich bin so begeistert!«

Sofort nehme ich jeden Winkel dieser traumhaft schönen Wohnung neugierig unter die Lupe. Die Dutzenden Fragen in meinem Kopf müssen wie alles andere erst mal warten. Mit großen Augen bestaune ich das prächtige, geschwungene Sofa und die Sessel in Zeus' elegantem Wohnraum, die den Stil der juwelenbesetzten Kerzenhalter, die in allen Ecken aufgebaut sind, perfekt aufgreifen. Am anderen Ende des Raumes prasselt ein einladendes Feuer in einem marmornen Kamin, und obwohl die blass gestrichenen Wände selbst ein gewisses Maß an Helligkeit spenden, tauchen die unzähligen freischwebenden Lichter an der Decke, die mich an Sterne erinnern, die Umgebung in ein warmes Licht, während der Klang einer unsichtbaren Harfe in mein Ohr dringt.

Und plötzlich sehe ich es: »Was für ein gigantisches Himmelbett! Da drinnen würde ich auch gerne schlafen!«, rufe ich begeistert und sprinte sogleich in das nächste Zimmer.

»Darf ich?« Ohne die Antwort abzuwarten, springe ich voller Schwung hinein. »Ist das weich! Ich schwebe auf Wolken! Ich bin im siebten Himmel!«

»Toll, nicht? Hypnos selbst hat dieses gute Stück entworfen«, erklärt Zeus meiner Schwester und mir vergnügt.

»Meinst du etwa den Talenter Hypnos, der als Herr des Tiefschlafes gilt?«, fragt Lavinia neugierig, nicht ohne Stolz darüber in der Stimme, dass sie über diesen Herrn Bescheid weiß.

»Ganz genau den!«

Wow! »Ich glaube, ich bin im Wunderland.« Nicht einmal der Pegasoswald konnte mich derart beeindrucken, und das heißt etwas! »Was glänzt denn dort drüben so wunderschön?«, will ich sogleich wissen, krabble bereits vom Bett und mache mich in die besagte Richtung auf, als ein Klopfen an der Tür mich abrupt innehalten lässt. Ich blicke auf.

»Tretet ein!«, antwortet Zeus freundlich.

Und sofort kommt die nächste Überraschung: Zehn Dienerinnen huschen mit üppig beladenen Servierplatten zur Tür herein. Noch nie habe ich Essen derart kunstvoll angerichtet gesehen. Bei diesem Festschmaus, der bestimmt für zwanzig Personen reichen würde, läuft mir augenblicklich das Wasser im Mund zusammen. Oliven, Granatäpfel, Quitten, Feigen, Ziegenkäse, Reis, Gemüse und unzählige Fisch- und Fleischgerichte stapeln sich auf antiken goldenen Tellern.

»Ich wusste nicht, dass all diese Speisen bereits zu deinen Lebzeiten bekannt waren«, stelle ich staunend fest, ehe wir gemeinsam mit unserem Ahnen am Tisch Platz nehmen und zu essen beginnen.

»Doch, doch! Ich habe schließlich einiges von euren Eltern gelernt«, gibt Zeus schmatzend zur Antwort und grinst. »Hiervon müsst ihr unbedingt probieren. Diesen edlen Tropfen kennt ihr bestimmt nicht«, meint unser Vorfahre und reicht sowohl Lavinia als auch mir einen antiken Kelch, den er zuvor mit einer dunkelroten Flüssigkeit aus einer Kristallkaraffe befüllt hat.

»Mmmhh, Wein«, freue ich mich schon, als mir meine Schwester den Kelch aber auch schon wieder aus der Hand wegschnappt und zu schimpfen beginnt.

»Nein, den trinkst du bestimmt nicht!«, ermahnt mich Lavinia erbarmungslos. »Immer, wenn du Alkohol intus hast, setzt dein Hirn aus!«

»Was soll das denn? Ich bin alt genug!«, kontere ich beleidigt. Diese einmalige Gelegenheit, mit Zeus einen leckeren Tropfen zu trinken, lasse ich mir bestimmt nicht vermiesen! »Ich bin dieses Jahr sechzehn geworden! Was hast du für ein Problem? In diesem Alter ist Alkoholkonsum bei Mahlzeiten erlaubt, und außerdem sitzt eine volljährige Person bei uns!«

»Nicht doch! Beendet den geschwisterlichen Disput. Dieses edle Getränk ist alkoholfrei, es gibt keinen Grund zur Sorge. Versucht es! Ich verspreche euch, ihr werdet es lieben.«

Augenblicklich fällt mir die Kinnlade runter und ich sehe Zeus mit großen Augen erstaunt an. »Was? Kein Alkohol?«, frage ich verdutzt und bin fast etwas enttäuscht, nicke aber, um ihm zu signalisieren, dass die Streiterei hiermit ein Ende hat.

»Wir sind einfach unverbesserlich«, gibt auch Lavinia mit einem entschuldigenden Lächeln zu, und wir probieren beide einen Schluck von dem angepriesenen Getränk. Damit ist unsere Meinungsverschiedenheit vom Tisch.

»Das ist ja wirklich lecker! Was ist das?«, will ich wissen und überlege mir bereits, wo ich dieses schmackhafte Getränk zu Hause herbekommen könnte. »Dieser Saft ist besser als jede Cola!«

»Das ist reinster Nektar, gepresst aus den Goldenen Äpfeln der Hesperiden.«

»Meinst du etwa die unsterblich machenden Äpfel?«, fragen meine Schwester und ich fassungslos wie aus einem Mund.

»Genau die meine ich. Ich sehe, ihr seid gut informiert. Doch *unsterblich* ist nicht ganz der korrekte Ausdruck. *Lebensverlängernd* trifft es wohl besser. Dank dieser Früchte ist es mir nämlich gestattet, sehr, sehr alt zu werden. Doch leider werden auch diese magischen Sträucher irgendwann welk. Und wenn dies geschieht, werde auch ich mein irdisches Dasein beenden und meinen Brüdern Poseidon und Hades im Himmel Gesellschaft leisten.«

Tröstend greift Lavinia nach Zeus' Hand.

»Nicht doch, mein Mädchen. Das ist der Lauf der Dinge, und ich werde mein Schicksal mit Würde annehmen. Jeder muss in die ewigen Gefilde übertreten, das ist überhaupt nichts Schlimmes. Aber bis es so weit ist, dauert es noch sehr lange. Noch sind meine Plantagen, insbesondere jene in Griechenland, mit Jungfrüchten übersät. Und wenn ich irgendwann aus dem Leben geschieden bin, kann ich sowieso noch immer zu jedem Samhain-Fest zurückkehren und meine Lieben besuchen«, fügt er zwinkernd hinzu.

Plötzlich fallen mir Dorothy Arlons Worte wieder ein, als sie sagte, dass Zeus als alter Mann zufrieden in seinem Bett gestorben ist. Nach diesem Gespräch weiß ich auch, warum … Unser Ahne ist wirklich tiefenentspannt.

»Nun aber genug der zwanglosen Plauderei. Ich bin neugierig, und ihr schuldet mir eine Erklärung«, wechselt Zeus elegant das Thema, nachdem wir mit dem Essen fertig geworden sind. »Was genau führt euch zu mir? Mittlerweile habe ich nämlich den Eindruck, dass es sich heute nicht um den versprochenen Verwandtschaftsbesuch handelt, den Mara mir vor einiger Zeit angekündigt hat. Liege ich damit richtig?«

Aufgeschoben ist nicht aufgehoben, jetzt kommt der ernste Teil der Zeitreise. »Damit hast du leider recht«, antworte ich, ehe Lavinia und ich die wichtigsten Details unserer Vergangenheit schildern. Wir erzählen, wie wir als vierjährige Kinder unsere Eltern verloren haben, dass wir getrennt voneinander aufgewachsen sind und wir nur dank Erossa und Gottman Jahre später im Arassis-Anwesen wieder zueinandergefunden haben. Und letztendlich berichten wir vom Vermächtnis unserer Eltern und der uns aufgetragenen Mission, die Menschheit zu retten und Torloxtons Pläne zu durchkreuzen. »… und um die Elysier aufhalten zu können, sind wir hier«, lauten meine Abschlussworte.

»Grundgütiger!«, ruft unser Ahne erschrocken und schlägt die Hände über dem Kopf zusammen. »Ihr armen Kinder! Es ist furchtbar, was mit euren Eltern geschehen ist!« Tränen treten ihm in die Augen, offenbar muss er unsere Mutter und unseren Vater über alles geliebt und geschätzt haben.

»Wisst ihr, wie oft ich ihnen mit Rat und Tat zur Seite gestanden habe?«, fährt Zeus nach einer kurzen Pause fort. »Das ist … einfach unsagbar schrecklich. Bei ihrem letzten Besuch versprachen mir Alexis und Mara noch, gemeinsam mit ihren beiden Kindern, also euch, wiederzukommen. Sie sagten, ich müsse unbedingt ihren ganzen Stolz kennenlernen, doch nun … Diesen Elysiern muss ein für alle Mal Einhalt ge…«

Unerwartet wird mit einem gewaltigen Schlag die Tür aufgestoßen, und meine Schwester und ich zucken unweigerlich zusammen. Binnen Sekunden ist auch Zeus von seinem Lehnstuhl hochgesprungen und donnert: »Was soll dieses ungebührliche Beneh…«

»Hilfe, Hilfe!«, unterbricht ihn jedoch ein kreidebleicher Soldat, der dem bärtigen Anführer von vorhin zum Verwechseln ähnlich sieht. »Mein Bruder schickt mich, Eure Hoheit. Die Erde bebt, sie entzweit sich! Ihr müsst etwas tun, und zwar schnell! Das Wetter spielt vollkommen verrückt! Beeilt Euch, sonst ist alles zu spät!«

»Nicht schon wieder!«, ruft Zeus verärgert und zugleich außer sich vor Sorge. Offenbar weiß er genau, was vor sich geht. »Schnell, Andorras, suche eines der Orakel. Bring eine von ihnen, Sibylle, Kassandra oder Pythia, in den heiligen Saal. Lauf!«

»Sehr wohl, Majestät!« Schon ist er weg.

Mit einer geübten Handbewegung lässt Zeus sogleich die Quelle seiner unendlichen Macht, das Caelum – die Kombination aus dem Caduceus und dem allmächtigen Aigis – erscheinen. Obwohl ich dieses Zepter niemals zuvor in natura zu Gesicht bekommen habe, weiß ich sofort, dass irgendetwas damit ganz und gar nicht stimmt. Sein unterer Teil, das Aigis, leuchtet nämlich glutrot. Es sieht fast so aus, als würde es jeden Moment zerspringen. Und mit einem Mal beginnen auch noch Funken daraus zu entweichen.

»Nico Alechandro und Lavinia, kommt und reicht mir eure Hände«, befiehlt Zeus und zerlegt das Caelum mit einem mir unbekannten Zauber in seine Einzelteile. »Ich muss das Aigis vor dem Verglühen bewahren und die unkontrolliert entweichenden Blitze einfangen, sonst kommt es zu einer Katastrophe! Ich brauche eure Macht, schnell, kommt her und helft mir! Keine Angst, euch geschieht nichts, ich bin bei euch.«

Ohne seine Anweisung zu hinterfragen, laufen meine Schwester und ich zu unserem Vorfahren, dem wir bereits nach so kurzer Zeit blind vertrauen. Wir sind zu allem bereit, Hauptsache ist, dass Zeus diese Bedrohung abwenden kann.

Mutig bilden wir einen Kreis um das allheilige Zepter und fassen uns an den Händen. Ein letztes Mal nickt der mächtige Talenter uns ermutigend zu, ehe es losgeht.

»Spüre hier die Macht der Drei, wir sind stärker als allerlei! Drei befehlen dir, halt ein und werde wieder rein!«, beginnt Zeus den Zauber anzustimmen. »Und nun gemeinsam!«, weist er uns an.

›Oh Mann, hoffentlich habe ich mir das gerade eben gemerkt‹, denke ich mir noch verzweifelt, bevor ich es versuche und überrascht feststelle, dass mir die magischen Worte ganz wie von selbst aus dem Mund gleiten. Ohne nachzudenken weiß ich genau, wann ich was zu sagen habe und wie ich die einzelnen Laute betonen muss, damit sie wirken.

Binnen Sekunden haben wir eine mächtige Energiewelle erschaffen, die jeden Winkel des antiken Wohnraums durchdringt. Immer und immer wieder, lauter und lauter, wiederholen wir den magischen Spruch, so lange bis ich meine Gliedmaßen nicht mehr spüre und kraftlos in mich zusammensacke – zu groß war die Anstrengung für meinen Körper. Doch der dumpfe Schmerz, der zurückgeblieben ist, ist nichts im Vergleich zu der Freude, die ich empfinde, als ich sehe, dass wir unser Ziel erreicht haben. Nur das zählt! Gemeinsam haben wir es geschafft, das Aigis mit einer Schutzschicht aus Eiskristallen zu isolieren. Man könnte fast sagen, wir haben es eingefroren. In diesem kleinen Eis-Gefängnis eingesperrt, wirkt es mit einem Mal wieder ungefährlich und friedlich.

»Das wäre geschafft! Mein Zepter kann vorerst keinen Schaden mehr anrichten. Ich bin euch zutiefst zu Dank verpflichtet, meine Kinder. Und keine Sorge, gleich geht es euch auch wieder gut. Dafür sorge ich«, verspricht Zeus und hebt kurzerhand den Hermesstab zu einer schwungvollen Bewegung. »Sanus! … Und? Ist es nun besser?«

»Schon viel angenehmer«, bedankt sich meine Schwester mit einer Umarmung. Und tatsächlich sind auch meine Schmerzen beinahe restlos verschwunden. Ich fühle mich fast wie neugeboren. Bei Gelegenheit muss ich Serpens und Anguis nach diesem Genesungszauber fragen. Den zu beherrschen, wäre mit Sicherheit hilfreich.

»Wenn ihr beide nicht gewesen wärt, hätte der heutige Tag ein schreckliches Ende genommen«, fährt Zeus bedauernd fort.

»Schon seit geraumer Zeit bereitet mir das Zepter Aigis große Sorgen. Und dank euch und den Dingen, die ihr mir berichtet habt, habe ich nun auch eine Vermutung warum. Ohne eure Kraftverstärkung wäre ich heute verloren gewesen, denn mir wäre es nicht erlaubt gewesen, eine Veneficium-Perle einzunehmen, da ich erst vor einigen Monaten eine zu mir genommen habe, um den Trojanischen Krieg zu beenden. Ihr wisst ja bestimmt, dass die Einnahme dieses mächtigen Wundermittels nur einmal pro Jahr gestattet ist, oder?«, fragt er.

Wir nicken. Nur zu gut kann ich mich an Serpens' und Anguis' Erklärung diesbezüglich erinnern. Hätte Zeus heute eine weitere Perle geschluckt, wäre er früher als üblich gestorben, die Zukunft hätte sich verändert, und Torloxton hätte womöglich ein leichtes Spiel bei seinen Machenschaften gehabt. Doch das war mein Stichwort. Schon fällt mir die Geschichte der Myrmidonen und des Aiakos wieder ein. Just habe ich eine Eingebung.

»Himmel noch mal! Das hängt ja alles zusammen!«, rufe ich wie von Sinnen und beginne zu erklären: »Zeus, Großvater, hör zu: Torloxton, der Mann, der die Menschheit versklaven will und den wir aufhalten müssen, hat das allmächtige Zepter in seiner Gewalt! Er steckt dahinter. Sobald er in der Gegenwart etwas damit anstellt, spürst du es bestimmt auch hier in der Vergangenheit. Das wäre doch möglich, oder?«

»Genau das befürchte ich auch. Als ich vorhin eure Geschichte gehört habe, hatte ich ebenfalls diesen Gedanken. Du bist sehr clever, Nico Alechandro«, lobt er mich und lächelt. »Aber bevor wir weitere Schlüsse ziehen, verschaffen wir uns Gewissheit. Ich habe vorhin bereits nach einem Orakel schicken lassen. Wir haben Glück, dass heute ein geweihter Tag ist. Nur einmal im Monat gestatten die glorreichen Prophetinnen nämlich eine Befragung. Kommt, werfen wir einen Blick in die Zukunft, beziehungsweise aus eurer Sicht, in die Gegenwart.

Lasst uns die heilige Stätte aufsuchen!«, fordert uns Zeus auf und macht kehrt, um seine Gemächer zu verlassen.

»Dann nichts wie los«, antworten ihm meine Schwester und ich entschlossen und folgen dem mächtigen Talenter zur Tür hinaus. Ich bin bereit!

16

Das Orakel Sibylle

Niemals hätte ich es für möglich gehalten, dass wir den heiligen Ort der Weissagung *direkt* im Arassis-Anwesen vorfinden. Ich muss zugeben, dass ich mit vielem gerechnet habe, als Zeus uns aufgefordert hat, ihm zu folgen: einem Flug mit den Pegasospferden, einem längeren Fußmarsch, einer erneuten Zeitreise oder mit sonst etwas in dieser Art. Ich war mir einfach sicher, dass die Orakelstätte bestimmt irgendwo außerhalb des Schlosses liegen würde – zumindest etwas abseits, meinetwegen auch bei den sprudelnden Quellen im Wald – aber keinesfalls hier *mitten* im Gebäude und noch dazu an genau dem Ort, wo sich in der Gegenwart unser prachtvoller Festsaal befindet.

»Lasst uns die heilige Halle betreten«, sagt Zeus ehrfurchtsvoll, bevor er die mit griechischen Ornamenten verzierte hölzerne Flügeltür zur Seite schwingt. »Kommt und verhaltet euch ruhig«, fordert der mächtige Talenter Lavinia und mich auf, ihm zu folgen, ehe er durch die offene Tür schreitet.

Wir nicken. Doch als wir wortlos eingetreten sind und ich mich umsehe, falle ich vor Staunen aus allen Wolken. Ich habe ein absolutes Déjà-vu-Erlebnis.

›Das kann doch wohl nicht wahr sein‹ ist das Einzige, das mir durch den Kopf schießt. Denn egal wo ich hinblicke, fühle ich mich zu hundert Prozent an das Bankett der Talenteoffenbarung erinnert, bei dem wir vergangenen Herbst erfahren haben, mit welchen Elementen wir verbunden sind. Genau wie damals beleuchten flackernde Kerzen die prunkvollen Sandsteinwände, während gläserne Spiegel den Raum optisch erweitern und das Tageslicht reflektieren. Wieder singen die bronzenen Statuen, die neun Musen des Apollon – das war einer von Zeus' Söhnen, wie Gottman mir beigebracht hat –, ihre huldvollen Lieder, wobei sie von einer weiteren Statue, die Apollon selbst zeigt, auf der Harfe begleitet werden. Das Einzige in dem Raum, das mir vollkommen fremd ist, ist die Mitte des Saales. Dort befindet sich nämlich nichts anderes als ein gigantischer, durch Glaswände abgeriegelter Bereich mit einem prachtvollen Swimmingpool, auf dessen Rand vier gertenschlanke, nackte Frauen mit bodenlangen Haaren behände tanzen. Schmunzelnd muss ich sofort an Sebi denken. Ihm würde diese Vorstellung garantiert auch gefallen. Hübsche Playboy-Models haben ihn schon immer fasziniert. Wenn Mary nur einmal so für mich tanzen würde … Hmm …

»Vor euch seht ihr die heilige Orakelstätte«, unterbricht Zeus plötzlich meine Schwärmerei, »welche nur einmal im Monat ihre Pforten für uns öffnet. Wenn wir gleich eintreten, bitte ich euch, nur dann mit der Prophetin zu sprechen, wenn ihr dazu aufgefordert werdet. Alles andere könnte sie vergrämen, und dann bestünde die Gefahr, dass sie uns umgehend und ohne vorherige Weissagung des Raumes verweist«, erklärt Zeus, bevor er von meiner Schwester und mir wissen will, ob wir so weit sind und alles verstanden haben.

Während wir nicken, bekomme ich bereits ein schlechtes Gewissen angesichts meiner dummen Gedanken von gerade eben. Bei einer solch wichtigen Angelegenheit an Nacktmodels und Mary zu denken, ist echt blöd gewesen – das entschuldigt nicht mal die Ausrede, dass ich eben ein pubertierender Sechzehnjähriger bin. Ich bin wirklich dämlich …

Doch glücklicherweise bleibt mir nicht lange Zeit, mich über mich selbst zu ärgern, denn prompt schwingt Zeus mit einer eleganten Handbewegung den Caduceus durch die Luft, und kurzum verwandelt sich die Glasmauer vor uns in ein schimmerndes Portal, das uns den Eintritt in das Innere der heiligen Stätte ebnet. Gebannt beobachte ich, wie Zeus einfach durch die funkelnde, gallertähnliche Masse hindurchschreitet.

Nun sind wir an der Reihe.

Nachdem Lavinia und ich uns ein letztes Mal zugenickt haben, treten auch wir ein. Interessanterweise spüre ich dabei überhaupt nichts Seltsames, nicht einmal einen Widerstand oder Ähnliches. Es ist alles haargenau so, als würde ich durch einen simplen Torbogen schreiten. Diese schwabbelige Masse fühlt sich nicht anders an als Luft …

»Wow … Hier drinnen erinnert mich alles an ein römisches Tepidarium«, flüstert meine Schwester mir staunend ins Ohr, als wir uns eine Weile umgesehen haben.

Sofort rümpfe ich fragend die Nase. Was meint sie denn jetzt wieder? »Was ist denn ein Tepondidararium oder was auch immer du gerade gesagt hast? Ich fühle mich eher wie in einer Wüste«, antworte ich verwirrt. Die Luft um uns herum ist trotz des vielen Wassers nämlich ungewöhnlich trocken und heiß. »Hier hat es bestimmt fünfundvierzig Grad Celsius.«

Meine Schwester schüttelt den Kopf und rollt dabei mit den Augen. »Ein Tepidarium«, korrigiert sie mich umgehend, »ist eine Art Wärmeraum, in dem alles – die antiken Sitzbänke, die Liegeflächen, aber auch die Decke und der Boden – beheizt werden. Die Römer nutzten solche Orte schon sehr früh zum Entspannen und Geschäfte machen«, erklärt sie flüsternd, ehe wir leise am Rand des Beckens Platz nehmen und ich feststelle, dass die Sitzflächen wirklich warm sind und Frau Neunmalklug wohl wieder einmal recht haben könnte.

›Besserwisserin!‹, möchte ich schon ansetzen, doch auf einmal passiert es. Wie aus dem Nichts erhebt sich plötzlich ein mächtiger, quadratischer Felsen direkt aus dem Wasserbecken, auf welchem kurz darauf eine wunderschöne junge Frau zum Vorschein kommt. Sie trägt ein himmelblau glänzendes, durchsichtiges Kleid, das mich irgendwie an den Schwanz einer Nixe erinnert. Ihr dunkler Teint und ihr langes schwarzgewelltes Haar verleihen ihr ein exotisches Aussehen, das durch ihre tiefgrünen Augen nur noch verstärkt wird. Ob sie die besagte Prophetin ist?

»Ehrwürdige Sibylle, ich danke Euch, dass Ihr meiner Bitte gefolgt seid!«, beginnt mein Ahne soeben zu sprechen. Aha! Ich liege also richtig.

»Edler Zeus und hochwohlgeborene Nachkommen der Arassis-Dynastie«, grüßt das Orakel auch uns mit einem Nicken. »Ich werde euch gerne den ›Einen Blick‹ gewähren! Passt auf und ihr werdet sehen, was soeben im einundzwanzigsten Jahrhundert geschehen ist«, sagt sie, ehe sie verstummt und ihre rechte Hand befehlend nach oben erhebt.

Auf der Stelle befüllt eine der vier eben noch tanzenden Damen einen antiken Kelch mit Wein und reicht ihn Sibylle, die sofort einen Schluck davon nimmt. Und damit geht das Spektakel auch schon los.

Wie in Trance beginnt sie umgehend zu singen und sich auf dem Felsen zu drehen. Zeitgleich fängt auch das Wasser des Pools zu dampfen und der Körper der Prophetin neonfarben zu strahlen an … und mit einem Mal erhebt sich das allwissende Orakel in die Luft, wo es schwebend auf- und abgleitet, bis sich die Luft im Raum verdichtet und Nebelschwaden den Raum durchfluten.

Um sicherzugehen, dass ich mir auch nichts davon einbilde, reibe ich mir mit beiden Händen die inzwischen brennenden Augen. Doch da verschwindet die Frau auch schon völlig von der Bildfläche, und ich kann sie überhaupt nicht mehr sehen. Stattdessen erscheinen nun dort, wo bis eben nur neblige Luftströme zu sehen waren, unzählige Bilder in der Luft – anfangs sind sie nichtssagend und wirr, doch mit der Zeit ergeben sie einen Sinn, einen furchtbaren Sinn!

»Da ist Tor… Tor… Torloxton!«, stottere ich voller Verzweiflung ganz leise, springe auf und möchte schon auf ihn zulaufen, als meine Schwester mich in letzter Sekunde am Arm packt und zurückhält. Keine Ahnung, was ich angerichtet hätte, wenn ich wirklich losgesprintet wäre. Wahrscheinlich hätte ich Sibylles Weissagung unterbrochen.

Ich setze mich wieder, doch prompt schnürt es mir auch schon die Kehle zu – so schrecklich sind die Bilder, die ich nun zu Gesicht bekomme.

Vor meinen Augen sehe ich Hunderte Menschen beim Ausbruch eines Vulkans sterben. Unschuldige Menschen werden bei ihrer täglichen Arbeit von einer tödlichen Asche- und Geröllawine erfasst. Mit horrenden Temperaturen rast die Lava den Vulkanhang hinab und begräbt alles und jeden unter sich. Unzählige Feldarbeiter werden dabei verletzt, getötet oder verschüttet. Ich beobachte, wie zig Rettungskräfte ungeachtet aller Gefahren und unter Einsatz ihres eigenen Lebens nach Überlebenden suchen. In bin völlig perplex. Was hat Torloxton denn diesmal mit dem Zepter des Zeus angerichtet? Und wo ist diese Katastrophe überhaupt passiert? Warum, um alles in der Welt, hat der Elysier einen Vulkan ausbrechen lassen? Wie kann jemand nur so grausam sein?

»Stopp! Wir haben genug gesehen«, beendet Zeus genau im richtigen Moment das schreckliche Schauspiel. Viel länger hätten meine Schwester und ich diese grausamen Bilder nicht mehr ertragen. »Habt Dank, ehrwürdige Sibylle, für diese Weissagung«, sagt unser Ahne mit tiefer Stimme und vollführt eine galante Verbeugung vor der Prophetin. »Würdet Ihr uns freundlicherweise noch verraten, wo dieses schreckliche Ereignis stattgefunden hat?«

»Was Ihr gesehen habt, edler Herrscher, war ein Ausbruch des schlafenden Vulkans Sinabung auf der Insel Sumatra in Indonesien.«

Zeus nickt. »Ich danke Euch. Kommt, Kinder«, richtet Zeus schließlich seine Worte an Lavinia und mich. »Für uns ist es nun Zeit, zu gehen!«

Betroffen verlassen wir ohne eine weitere Verabschiedung den Raum, um uns zur Beratung in Zeus' Privatgemächer zurückzuziehen.

Dort angekommen, ergreift unser Vorfahre sofort das Wort: »Was wir vorhin gesehen haben, war grauenhaft und schrecklich. Doch leider kann und darf ich den Lauf der Dinge nicht beeinflussen und diese Katastrophe ungeschehen machen, so lautet das Gesetz. Was wir aber tun können, ist, diesen Halunken von Elysiern die Stirn zu bieten, und zwar in eurer Zeit, in der Gegenwart! So kann und darf es nicht weitergehen. Das allheilige Aigis existiert nicht, um andere zu vernichten, sondern um Gutes zu tun! Und genau aus diesem Grund müssen wir uns nun endlich dem eigentlichen Sinn eures Besuches widmen. Lasst mich sehen, wie ich euch bei eurer Mission helfen kann. Zeigt mir die Karte von Mara und Alexis!«, befiehlt unser Vorfahre.

Das ist Lavinias Stichwort, denn plötzlich spricht sie aus, was ich in der Aufregung die ganze Zeit über vergessen oder, besser gesagt, verdrängt habe. »Die … die haben wir aber nicht me… mehr«, stammelt sie entsetzt. »Sie war in Nicos Rucksack, und den haben die Soldaten mit ziemlicher Sicherheit ins Feuer geworfen, als sie uns gefangen genommen haben …«, gibt sie bedrückt zur Antwort und wird dabei leichenblass. »Ohne die Karte sind wir verloren!«

»Papperlapapp, wenn ein sogenannter … Rucksack … das Objekt ist, in das man etwas hineinpacken und dadurch verstecken kann, dann haben wir das gleich!«, lautet der einzige Kommentar meines Ahnen, ehe er mit den Fingern schnippt.

»Unmöglich!«, rufe ich überrascht aus, als bereits im nächsten Augenblick mein dunkelblauer Burton wieder in meinen Händen liegt. »Der ist ja vollkommen unversehrt! Du bist ja der Oberhammer, Großvater!«, rufe ich, ehe ich ihm dankend in die Arme falle.

»Aber … Moment mal … ich dachte, man darf die Vergangenheit nicht verändern?«, will Lavinia verschmitzt grinsend wissen.

»Habe ich doch nicht«, antwortet Zeus wie aus der Pistole geschossen und erklärt, dass die Wachen gar nicht erst den Mut hatten, den Rucksack tatsächlich ins Feuer zu werfen. »Sie wussten nicht, was passieren würde, wenn ihn die Flammen verschlingen. Denn nie zuvor haben sie ein ähnliches Objekt gesehen. Ich glaube, sie hatten gehörigen Respekt vor diesem Beutel.«

»Welch ein Glück!«, platzt es aus mir raus. Die Vorstellung, dass jemand vor meinem Rucksack Angst haben könnte, bringt mich innerlich zum Lachen. Aber nun zurück zum Thema …

Erleichtert fasse ich in das Seitenfach des Burtons und reiche Zeus das alte Pergament, die Botschaft unserer Eltern, die sich sehr zu Lavinias und meinem Erstaunen sofort verändert, als Zeus' Finger das Papier berühren.

Wie von Zauberhand beginnt sich das Zimmer um uns herum zu drehen, ehe ein neuer Schriftzug sichtbar wird. Diesmal ist die Nachricht, im Gegensatz zu den früheren, jedoch nicht an uns, sondern direkt an unseren Ahnen gerichtet.

›Also sind Mutter und Vater tatsächlich davon ausgegangen, dass die Karte in Zeus' Händen landet und wir unsere Mission bis hierhin schaffen‹, denke ich mir noch, ehe unser Vorfahre die Botschaft verliest und ich aufpasse.

Gegrüßet seiest du, edler Vater,
sei auch den Kindern der Berater.

Nur mit dir erreichen sie das Ziel,
ich weiß, ich verlange von dir viel.
Doch ausschließlich mit deinem Kreisel,
wird die Menschheit keine Geisel.

Und nun hab Dank,
denn wieder ersparst du Zank.

Keine fünf Sekunden nachdem der mächtige Talenter das letzte Wort zu Ende gelesen hat, formen die altbekannten Nebel ein neues Hologramm in der Luft. Schon blicken wir auf einen rund zwei Zentimeter großen Kreisel, der mit unzähligen altgriechischen Zeichen versehen ist und, um ehrlich zu sein, nicht besonders wertvoll aussieht.

Als Zeus jedoch das Bildnis erblickt, stößt er einen regelrechten Freudenschrei aus. »Selbstverständlich werde ich euch geben, wonach die Karte verlangt«, ruft er begeistert. »Wenn es weiter nichts ist!«

Erfreut klatscht unser Ahne in die Hände, und prompt erscheint ein schlichtes Armband mit einem Anhänger, der eindeutig das Ding aus dem Hologramm sein muss, in seiner rechten Hand. »Darf ich vorstellen: Der Anhänger dieses Armkettchens hier, das ist Jynx, mein magischer Kreisel. Mit ihm kann Mächtiges bewirkt werden«, endet er und legt Lavinia sogleich das seltsame Schmuckstück um das rechte Handgelenk. »Von nun an soll es dir gehören.«

Um das an Lavinia überreichte Geschenk ohne Ablenkung begutachten zu können, beende ich den Kartenzauber, indem ich die Karte wieder an mich nehme. Obwohl dieses komische Ding irgendwie ganz hübsch aussieht, habe ich keinen blassen Schimmer, was wir mit diesem kreiselförmigen Anhänger anstellen sollen.

Die Erklärung folgt jedoch auf dem Fuße: »Mit Jynx' Magie ist es möglich, mythologische Gegenstände unschädlich zu machen. Durch das Spannen und Lösen dieses Riemchens hier könnt ihr das Werkzeug in Bewegung setzen.« Zeus zeigt auf ein kleines Schnürchen an der Spitze des Anhängers, von dem ich dachte, es wäre nur Zierde.

»Das summende Geräusch, welches ihr nun hört, verrät euch, dass der Kreisel bereit ist«, spricht er weiter. »Nun müsst ihr die Gegenstände, die ihr unschädlich machen wollt, nur mehr auf den für die Zerstörung vorgesehenen magischen Altar legen und das Zauberwort ›Circulatio‹ sprechen. Dann erledigt Jynx den Rest. Ein Peng und die Gegenstände sind zerstört! Wo sich dieser Altar befindet, wird euch die Karte ganz bestimmt noch verraten. Ich weiß nur, dass magische Altäre immer an einem für Talenter heiligen Ort zu finden sind. Doch leider gibt es mehrere davon, sodass ich nicht sagen kann, welchen eure Eltern für die Zerstörung ausgewählt haben. Aber gebt acht, denn Altarstätten werden immer bestens bewacht. Seid auf der Hut und bewaffnet euch stets mit dem, was euch die Karte rät, sonst seid ihr des Todes. Habt ihr das verstanden?«

»Gut zu wissen, danke«, antworte ich mit gemischten Gefühlen – einerseits froh darüber, informiert worden zu sein, was Sache ist, und andererseits angsterfüllt, weil uns bestimmt ein heftiger Kampf bevorsteht.

»Nun fehlt uns also nur noch die Büchse der Pandora! Großvater, hast du vielleicht eine Ahnung, wo sie versteckt sein könnte?«, fragt Lavinia unseren Ahnen hoffnungsvoll.

»Leider nein, doch auch das werdet ihr zu gegebener Zeit erfahren, seid euch dessen gewiss. Doch nun sputet euch, ihr müsst gehen! Ihr habt etwas zu erledigen. Und Nico Alechandro…«, sagt Zeus nun zu mir und sieht mir tief in die Augen. »Du musst Torloxton unbedingt das allmächtige Zepter Aigis entreißen. Ich möchte nicht, dass noch mehr Böses damit heraufbeschworen wird. Ich wünsche, dass du es an dich nimmst und sicher verwahrst. Es soll dir gehören. Sobald es sich in deinen Händen befindet, wirst du wissen, wie du es einsetzen und mit dem Caduceus verbinden kannst.«

Obwohl mich diese Worte wohl ehren sollten und ich nicke, fühle ich plötzlich wieder diesen alles erdrückenden Kloß in meinem Hals aufsteigen. Hoffentlich scheitern wir bei unserer Artefakte-Mission nicht und schaffen es, die Menschheit vor den Grausamkeiten der Elysier zu bewahren.

»Nun seht mich nicht so an, liebe Kinder! Mehr kann ich wirklich nicht für euch tun«, entschuldigt sich Zeus. »Jetzt seid ihr am Zug. Ich weiß, ihr werdet es schaffen! Glaubt an euch und eure Fähigkeiten. Ihr seid mein Blut, vergesst das niemals. Und nun schicke ich euch in die Gegenwart zurück, denn dort habt ihr einiges zu erledigen.«

Obwohl ich gerne noch länger hierbleiben würde und ich noch so viele Fragen hätte, hat Zeus recht mit dem, was er sagt.

»Es war schön, hier zu sein und dich kennenzulernen, Großvater«, erklärt meine Schwester und ich nicke bestätigend, als wir uns noch einmal für seine Hilfe bedanken.

»Aber Großvater… bevor wir gehen, habe ich noch eine letzte Frage an dich«, füge ich abschließend hinzu. »Werden… werden wir dich jemals wiedersehen? Ich meine, wo wir das Stundenglas des Kronos doch zerstören werden?« Ich wäre sehr traurig darüber, wenn der heutige Besuch der einzige und letzte gewesen wäre…

»Aber natürlich! Hat dir Alexis etwa die Uhr nicht übergeben, Nico Alechandro?«, fragt Zeus etwas erstaunt und sieht mich mit hochgezogenen Brauen an.

»Meinst du etwa diese hier?« Schon ziehe ich meinen ganzen Stolz aus der Innentasche meines Rucksackes. »Mein menschlicher Ziehvater, Tony Ringhoff, sagte, dass dies eine 42 500 aus dem Hause A. Lange & Söhne und damit eine der wertvollsten Taschenuhren überhaupt ist. Sie soll aus 18-Karat Rotgold bestehen und von unschätzbarem Wert sein.«

»Das muss ich jetzt aber nicht genau verstehen, oder?«, antwortet Zeus mit großen fragenden Augen.

»Ähh, wohl eher nicht …«

»Wie dem auch sei. In diese Uhr haben Alexis und ich Sandkörner des Stundenglases des Kronos verwoben. Mit deren Hilfe könnt ihr mich jedes Jahr exakt am fünften Tag nach Samhain besuchen kommen. Ihr müsst dafür nur den kleinen Knopf auf der Rückseite drücken.« Zeus demonstriert uns, was er meint, indem er auf den besagten Knopf deutet. »Schon seid ihr mit mir verbunden und werdet innerhalb von wenigen Minuten zu mir geschickt. Es wäre jedoch nett, wenn ihr mich zuvor von eurem Besuch in Kenntnis setzen könntet, denn ich würde euch gerne gebührend empfangen. Um das zu tun, müsst ihr nur einen Tag im Voraus, also am vierten Tag nach Samhain, den Knopf einmal kurz nach innen pressen. Wichtig ist, dass ihr euch vor Beginn der Zeitreise die Hände reicht, um miteinander verbunden zu sein, ansonsten greift der Zauber nur auf jenen, der die Uhr in den Händen hält. Ist euch klar, was ich meine?«

»Ja, das ist es! Das ist toll«, antworten Lavinia und ich erfreut und verabschieden uns mit einer innigen Umarmung von unserem Vorfahren. »Wir freuen uns riesig, dass wir dich wiedersehen werden, Großvater.«

»Ich mich auch, Kinder«, antwortet Zeus väterlich, bevor er den für unsere Zeitzone passenden kryptografischen Code in sein Stundenglas eintippt, das er gerade mit einer schlichten Caduceus-Bewegung hat erscheinen lassen.

»Es war mir eine Ehre, meine lieben Kinder! Bis bald! Ich freue mich, wenn ihr mich das nächste Mal besuchen kommt, aber lasst euch damit bitte nicht allzu lange Zeit. Und ehe ich es vergesse: Könnt ihr mir dann vielleicht ein Gläschen von eurem wunderbaren Honig mitbringen? Mara hat mich auf diesen edlen Geschmack gebracht.«

Sofort fällt es mir ein. »Das haben wir doch heute schon!« Unsere Eltern haben wirklich an alles gedacht, sogar an Geschenke.

Mit Schwung werfe ich Zeus noch schnell das Glas Sonnenblumenhonig aus meinem Rucksack entgegen, ehe uns die Zeitreise schon wieder voll im Griff hat und es ab nach Hause geht.

Ewig werde ich das dankbare Lächeln meines Vorfahren in Erinnerung behalten, als er sein Geschenk auffing und es stolz in den Händen hielt.

17

Das goldene Verdienstzeichen der Queen

Wie ist das möglich? Ob Zeus sich in der Zeit geirrt hat, in die er uns zurückgeschickt hat? Das kann ich mir beim mächtigsten Talenter aller Zeiten aber irgendwie nicht vorstellen, oder doch? Wie auch immer. Auf jeden Fall muss ich seit unserer Rückkehr aus der Vergangenheit ständig darüber nachdenken – auch Gottman und Erossa finden in ihren Aufzeichnungen keine plausible Erklärung dafür –, warum die Uhren in der Vergangenheit anscheinend anders ticken.

Als Lavinia und ich gestern Mittag im Arassis-Anwesen gelandet sind, waren wir uns nämlich zu einhundert Prozent sicher, dass wir lediglich einen oder maximal eineinhalb Tage weggewesen sind – wenn man die Dauer der zwei Zeitsprünge, von denen wir nicht genau wissen, wie lange sie gedauert haben, miteinrechnet. Doch mit dieser Einschätzung lagen meine Schwester und ich zu unserer eigenen Überraschung vollkommen daneben. Seit unserer Abreise war sage und schreibe – und jetzt festhalten! – eine ganze *Woche* verstrichen. Anfangs dachte ich, das wäre wieder einmal einer von Sebis Scherzen gewesen, doch mein digitaler Handy-Kalender lieferte mir den Beweis, dass mein bester Freund uns nicht veralbern wollte. Als mir dort tatsächlich der zwanzigste August angezeigt wurde, bin ich aus allen Wolken gefallen. Schließlich habe ich ganze sieben Tage meines Lebens einfach so verpasst! Und was das neben einem eindeutigen Erklärungsnotstand noch bedeutet, ist sonnenklar: eine Menge Nachholbedarf!

Nicht nur von unseren Erlebnissen in der Vergangenheit galt es zu berichten, nein, auch in der Gegenwart, unserer richtigen Welt, ist einiges passiert, während wir weg waren – Positives wie Negatives, versteht sich.

Beginnen wir zuerst mit der schlechten Nachricht: Leider hat der fürchterliche Vulkanausbruch in Indonesien noch weitaus heftigere Ausmaße und Konsequenzen gehabt, als wir bereits vermutet hatten. Die vielen freiwilligen Helfer vor Ort hatten nur wenig Glück und konnten fast keine Verschütteten lebend bergen. Die Anzahl der Todesopfer beläuft sich inzwischen auf über dreihundert Menschen, von den unzähligen Verletzten und der Dunkelziffer ganz zu schweigen. Leider wurde die Insel Sumatra zu einem nicht unbeachtlichen Teil von Schutt und Asche begraben, und es wird womöglich noch Monate dauern, bis dort alles wieder einigermaßen aufgebaut werden kann. Es ist unfassbar, was Torloxton wieder einmal angerichtet hat.

Wider Erwarten hatte diese Naturkatastrophe jedoch auch etwas – ich traue mich kaum dieses Wort dafür in den Mund zu nehmen – Gutes. Irgendwie haben wir es wohl geschafft, das gestohlene Zepter Aigis auch in der Gegenwart dauerhaft einzufrieren und unschädlich zu machen. Gottman und Erossa vermuten, dass es an der Macht des Bannzaubers liegen könnte, den Lavinia und ich in der Vergangenheit gemeinsam mit Zeus gewirkt haben. Natürlich spuckt Torloxton nun sprichwörtlich Gift und Galle, denn offensichtlich hat er noch immer keine Möglichkeit gefunden, um sein Zepter wieder aufzutauen. Hoffentlich bleibt das noch lange der Fall, sodass er damit wenigstens keinen Schaden mehr anrichten kann.

Mindestens genauso spannend wie diese erfreuliche Neuigkeit ist auch die Tatsache, *woher* sie genau stammt und wieso wir all das überhaupt wissen. Nämlich von unserer Tante Elvira van Divort höchstpersönlich, womit wir auch schon bei der nächsten frohen Kunde angelangt wären: Die Verhöre dieser bösartigen Person waren, wie Onkel Mikelo bereits im Vorfeld vermutet hatte, mehr als erfolgreich. Die Talenterpolizei hat Elvira van Divort den von ihr verlangten Deal angeboten, auf den sie ohne größere Nachverhandlungen binnen Minuten eingegangen ist. Im Austausch für ihre Freiheit und das Behalten ihrer Zauberkräfte muss sie nun für die nächsten Jahre Spionagearbeiten im Auftrag der Talenterpolizei erledigen.

Dank Elviras Kooperationsbereitschaft ist seit Kurzem auch bekannt, wo sich Torloxtons Hauptquartier befindet. Es liegt auf einer Insel im Pazifik, genau genommen irgendwo im Staat Vanuatu. Richtig ärgerlich ist jedoch, dass nicht einmal unsere Tante genau sagen kann, wo es sich exakt befindet. Alles, was sie weiß, ist scheinbar Folgendes: Sobald ein Elysier zum Stützpunkt gelangen möchte, muss er zu einem Münztelefon gehen, eine ganz bestimmte Nummer wählen und dann in der Hauptstadt des Inselstaates, Port Vila, den vom Gesprächspartner telefonisch bekanntgegebenen und leider ständig wechselnden Treffpunkt aufsuchen. Dort gilt es zu warten, bis man von Torloxtons Männern abgeholt und in eine Art komatösen Zustand versetzt wird, ehe man zu seinem Schutzbunker gebracht wird. Und da dieses Prozedere leider ausnahmslos immer eingehalten wird, sind die genauen Koordinaten des Stützpunktes niemandem außer Torloxtons engsten Vertrauten wirklich bekannt. Und mit Sicherheit wird das auch noch länger so bleiben, denn wie ich erfahren habe, besteht der Inselstaat Vanuatu aus dreiundachtzig Inseln und Inselgruppen. Aber wenigstens sind die Polizisten dem Rätsel des Hauptquartiers ein Stückchen nähergekommen. Ich hoffe jedoch sehr, dass sich van Divort an die

Vereinbarung hält und nicht noch einmal die Seiten wechselt. Ich für meinen Teil wäre bei dieser Frau vorsichtiger gewesen und hätte ihr niemals so schnell vertraut. Aber na ja, ich wurde ja nicht gefragt …

»Hey Mann, beeil dich! Du hast dir ja immer noch keine Krawatte umgebunden!«, treibt Sebi mich ungehalten an und lässt mich dadurch aus meinen Gedanken hochschrecken. »Wenn wir deinetwegen heute zu spät kommen, dann werde ich richtig sauer«, meckert mein Freund weiter und klatscht auffordernd in die Hände. »Mach schon!«

Mit dieser Ansage wären wir auch bei der letzten Nachricht angelangt – in unserer Abwesenheit ist es wirklich mächtig rundgegangen. Heute Nachmittag werden Sebi, Mary, Paco und Argos – ganz genau, auch der Hund – von Queen Elisabeth II. höchstpersönlich für ihren Verdienst an England geehrt und mit dem »Goldenen Verdienstzeichen Großbritanniens« ausgezeichnet! Einzig und allein meinen Freunden ist es zu verdanken, dass das Einbrecherduo im London British Museum geschnappt werden konnte. Bereits gestern Abend hat mir Mary mit einem breiten Grinsen sowohl das Einladungsschreiben als auch die unfassbar große Packung Pralinen, die meine Freunde aus dem Buckingham Palace zugeschickt bekommen haben, unter die Nase gehalten. Leider durfte ich nur ein einziges Mal zugreifen … und diese Schokodinger waren echt lecker! Allein bei der Erinnerung daran, läuft mir das Wasser im Mund zusammen … Ob ich Mary daran erinnern sollte, dass sie mir beim Abschied in die Vergangenheit eine Brownie-Torte versprochen hat?

»Was ist denn mit euch beiden los? Das gibt es doch nicht! Die Limousine ist bereits da!«, hören wir Rektor Gottmans ungeduldige Stimme aus dem Treppenhaus ertönen. »Trödelt nicht so! Ich gehe voraus.«

»Nico, mach endlich schneller!«, meckert auch Sebi sogleich

wieder und versucht, mich rabiat aus unserem Zimmer zu zerren. »Gottman dreht sonst durch! Stell dich nicht so an und nimm den Schlips einfach mit. Ich habe dir ja gesagt …«

»Schon gut, schon gut! Ich komme ja …«, unterbreche ich meinen besten Freund leicht gestresst und stecke meine noch immer nicht fertig gebundene Krawatte in den linken Ärmel meines dunkelblauen Sakkos, das mir Onkel Mikelo heute Vormittag extra für diesen Anlass in Dover gekauft hat. Den Kniff mit diesem dummen Knoten habe ich leider irgendwie noch immer nicht raus, aber einer der Professoren kann mir bestimmt damit helfen. Es wäre echt besser gewesen, ich hätte es Sebi gleichgetan und mir bereits heute Mittag Unterstützung geholt. Aber egal, jetzt ist auch noch Zeit dafür. Doch nun sollte ich mich sputen, nicht dass wir am Ende wirklich zu spät zu den Feierlichkeiten um sechzehn Uhr kommen.

Hastig laufen mein Freund und ich daher die Treppe nach unten, direkt nach draußen vor den Eingang des Anwesens, wo wir bereits von einem unbekannten Herrn im grauen Anzug mit einer dazu passenden, altmodischen Tweed-Kappe auf dem Kopf erwartet werden.

»Oh mein Gott!«, rufe ich aus, als ich den Wagen hinter ihm erblicke, mit dem wir allem Anschein nach zur Veranstaltung in den Buckingham Palace kutschiert werden sollen. Ich könnte durchdrehen vor Freude! Vor mir steht nämlich kein gewöhnliches Auto, sondern eine rund neun Meter lange, nachtschwarze, echte Bentley-Luxus-Stretch-Limousine. »Ich fasse es nicht!« Das ist sensationell!

»Mach den Mund zu«, scherzt Sebi ebenfalls beeindruckt und verpasst mir einen freundschaftlichen Klaps auf die Schulter. Seine Anspannung scheint sich in Luft aufgelöst zu haben.

Schon begrüßt uns der elegante Mann, der natürlich unser Chauffeur ist, mit einem freundlichen Händeschütteln. »Ich bin Henry Wiggens, ich bringe Sie direkt zur Feier.«

Ich könne vor Freude im Kreis hüpfen. »Das ist ja ein wahnsinnig tolles Fahrzeug! Ich habe noch nie eine Bentley-Stretch-Limo in natura gesehen«, rufe ich überschwänglich und noch immer völlig aufgelöst. »Ich wollte schon immer mal mit so einer fahren!«

Wäre mir vorhin bewusst gewesen, dass uns wirklich eine *echte* Limousine abholt, hätte ich garantiert nicht dermaßen getrödelt, als der Rektor uns zum Beeilen aufgefordert hat – meine Lernversuche im Krawattenbinden hätte ich definitiv auf ein anderes Mal verschieben können. Nächstes Mal werde ich mit Sicherheit nachfragen, wenn jemand das Wort »Limousine« in den Mund nimmt, denn so ein Missverständnis wie heute passiert mir in Zukunft bestimmt nie wieder. Irgendwie ärgerlich, dass man heutzutage beinahe jedes Fahrzeug mit einem festen Verdeck mit diesem Begriff bezeichnet…

»Darf ich bitten«, fordert uns der Fahrer schließlich lächelnd auf, einzusteigen und deutet galant auf die offene Tür.

Damit bin ich wieder voll bei der Sache. »Ich fühle mich wie ein Promi, das ist so genial«, flüstere ich Sebi zu, ehe ich Mr Wiggens Bitte erfreut nachkomme und leider bemerke, dass wir wirklich die Letzten sind. All meine Freunde sitzen bereits auf der eleganten beigen Ledercouch und schlürfen Orangensaft aus wunderschönen Kristallgläsern.

Während uns Lavinia mit »Macht schnell und steigt ein, hier ist alles so cool, das Fahrzeug hat Platz für bis zu neun Personen«, begrüßt und Mary, Paco und Argos uns abwechselnd mit Details über das Auto versorgen, schütteln Gottman und Erossa nur vorwurfsvoll den Kopf.

»Sorry für die Verspätung, aber ich hab's einfach nicht allein geschafft«, entschuldige ich mich und ziehe die ungebundene Krawatte aus meinem Sakko. »Kannst du mir bitte helfen?«, frage ich Onkel Mikelo, der im Gegensatz zu Gottman gleich wieder lächelt.

»Gerne«, sagt er umgehend, woraufhin ich ihm die Krawatte dankbar reiche.

»Da wir nun komplett sind, können wir endlich starten«, wendet sich der Rektor sogleich an den Fahrer, der sich von seinem Sitz aus nach hinten umdreht.

»Sehr wohl, Sir! Wenn Sie etwas benötigen, dann lassen Sie es mich bitte wissen, indem Sie die elektrische Trennwand zwischen uns mit dem roten Knopf hier vorne runterlassen«, weist der Chauffeur Gottman an und demonstriert, was er meint. Danach startet er den Motor und fährt los.

Ehe mein schlechtes Gewissen darüber, möglicherweise eine unnötige Verspätung verschuldet zu haben, überhandnimmt, reißt mich Mary mit ihrem »Rutsch doch rüber und setz dich zu mir« aus den Gedanken. Sie deutet auf den freien Platz neben sich. »Den habe ich extra für dich freigehalten! Ich beiße nicht.«

»Danke …«, antworte ich erfreut und bemerke, wie unglaublich hübsch sie heute ist. »Wow! Du siehst vielleicht umwerfend aus!«, staune ich beeindruckt und starre sie mit großen Augen von oben bis unten an, während ich mich zu ihr setze. In diesem dunkelblauen, knielangen Cocktailkleid, das ihre Figur perfekt zur Geltung bringt, sieht sie wie eine fleischgewordene Göttin aus. »Und die Locken stehen dir ausgezeichnet …« Mary ist wirklich der Inbegriff meiner Traumfrau. Niemals könnte ich leugnen, dass ich bis über beide Ohren verliebt in sie bin.

»Süße, ich glaube, du hast einen Verehrer«, scherzt meine Schwester grinsend und gibt ihrer Freundin einen leichten seitlichen Stups. »Schau nur, wie Nico dich anstarrt.«

Prompt sind die Augen aller auf mich gerichtet, und ich werde knallrot. Mit dieser Ansage hat Lavinia die Sache wieder einmal punktgenau auf den Kopf getroffen. Was sag ich denn jetzt?

Ich hab's: »Lavinia, du siehst … aber *auch* sehr hübsch aus«, lautet mein mehr als kläglicher Versuch, die Aufmerksamkeit von mir abzulenken. »Das gelbe Seidenkleid steht dir toll, es bringt deine … hochgesteckten Haare und deine … ähm … Ohrringe richtig gut zur Geltung. Oder was meinst du, Sebi?«, ziehe ich nun auch noch meinen besten Freund in die Sache mit hinein, der natürlich umgehend nickt und mir beisteht.

Mann, bin ich verlegen. Obwohl meine Schwester wirklich megahübsch in ihrem Kleid ist und fast wie eine Prinzessin wirkt, haben meine Worte leider überhaupt nicht überzeugend geklungen und bei Lavinia vollends ihren Zweck verfehlt. Mit einem alles durchdringenden Blick, der eindeutig »Sag ihr endlich, dass du sie magst« bedeutet, grinst sie mich an. Wenn ich das nur könnte … Ich weiß ja nie, wie ich das anfangen soll …

Unerwartet ist Paco meine Rettung.

»Leute, wenn ihr für dieses unnötige Liebesgeplänkel Zeit verschwenden wollt, dann bitte, aber *ich* verpasse deswegen sicherlich nicht das Wesentliche«, meint er und zeigt auf die Reihe von unterschiedlichen Knöpfen an der Sofalehne. »Ich werde jetzt herausfinden, was dieses Ding hier alles kann. Schließlich hat uns Mr Wiggens offiziell erlaubt, jedes dieser Knöpfchen auszuprobieren. Und die Gelegenheit, in einer Stretch-Limo herumgefahren zu werden, bekommt man auch nicht alle Tage.«

Wie recht er hat. Im Nu ist die Nico-liebt-Mary-Sache vom Tisch und wir überzeugen uns ausgiebig davon, dass dieses Auto wirklich jeden erdenklichen Luxus bietet.

Neben einem beleuchteten und verspiegelten Sternenhimmel in der Decke sowie einer großen, ebenfalls verspiegelten und voll ausgestatteten Bar, gibt es noch ein Beleuchtungssystem aus LED-Lichtern, welche ständig ihre Farbe ändern. Dank des integrierten, selbst bedienbaren Multimedia-Systems mit DVD-Player, einem in der Wand eingelassenen Flachbildschirm und einem Bose-Sound-System für vollen Klanggenuss, fühle ich mich wie auf Wolke sieben. Ob gedämpftes Licht, entspannende Musik oder totale Partystimmung – für jeden Geschmack ist etwas dabei. Sogar Rektor Gottman und Onkel Mikelo sind von diesem Luxusschlitten vollends angetan. Schade eigentlich, dass Mrs Arlon heute nicht mitkommen konnte. Ich bin mir sicher, dass sie ebenfalls begeistert gewesen wäre. Doch dummerweise muss sie heute arbeiten und irgendeinen öden Vortrag zum Thema »Griechische Mythologie« an einer Hochschule halten. Echt blöd …

»Meine Herrschaften, machen Sie sich bitte zum Aussteigen bereit. Wir sind am Ziel«, verkündet Mr Wiggens nach einer nahezu zweistündigen Fahrt, die für meinen Geschmack viel zu schnell vorbeiging, unsere Ankunft in Westminster. Aber wenigstens haben wir die Wegzeit genutzt, um einige Vorzüge dieses Wahnsinnsautos lückenlos zu testen.

Pflichtbewusst lege ich mir meine inzwischen gebundene Krawatte um und schlüpfe in mein Sakko. Jetzt bin auch ich passend gekleidet und startklar.

Nachdem wir direkt am Parkplatz des Buckingham Palace ausgestiegen und von der Palast-Wache minutenlang kontrolliert und durchsucht worden sind, werden wir von einer jungen Frau mit Hosenanzug und Brille, ich schätze sie so um die dreißig, in Empfang genommen und in die offizielle Residenz der britischen Monarchen geführt.

»Da wir noch Zeit haben und Sie bestimmt nur ungern in einem leeren, wenn auch wunderschönen Ballsaal auf den Beginn der Feierlichkeit warten wollen, würde ich mit Ihnen einen kleinen Umweg über die eindrucksvollen königlichen Staatsgemächer machen und Sie erst danach zur Ehrung geleiten, sofern Sie damit einverstanden sind«, zwinkert sie uns zu.

»Heute ist ja wirklich unser Glückstag! Das wäre richtig toll!«, ruft Sebi begeistert und all meine Freunde, einschließlich mir, nicken erwartungsvoll.

Erleichtert darüber, dass hier nirgendwo Hundeverbot

herrscht und darum sogar Argos ohne Diskussion überall mit hinkommen darf, marschieren wir los.

»Die Frau ist total nett«, flüstert Sebastjan mir beim Gehen ins Ohr.

»Und wie«, antworte ich ihm und freue mich riesig über den zur Abwechslung einmal richtig tollen und entspannten Tag.

Die prunkvollen Räume, die wir in den nächsten dreißig Minuten besuchen, verbessern meine Laune noch um ein Vielfaches. Wer hätte gedacht, dass wir heute sogar einige der größten Schätze der königlichen Sammlung – darunter Gemälde der weltbekannten Künstler Rembrandt, Rubens und Canaletto – zu Gesicht bekommen. Dieser Rundgang ist schlichtweg sensationell! Auch Gottman und Erossa sind voll in ihrem Element – sie sind überglücklich, endlich jemanden gefunden zu haben, der in der Lage ist, sich mit ihnen über die gesamte Geschichte des englischen Königshauses auszutauschen.

Unseren letzten Stopp, bevor wir gemütlich zurück in Richtung Ballsaal zur Ehrung schlendern, machen wir in den Räumen der Queens-Gallery-Sonderausstellung, die in diesem Jahr das Motto »The Queen's Wardrobe« trägt. Lavinia und Mary freuen sich riesig darüber, unverhofft ein paar königliche Roben bewundern zu dürfen. Offenbar wechselt diese Ausstellung, die stets einen Einblick in das Leben der Monarchen-Familie bietet, kontinuierlich, sodass die diesjährige sogar den beiden Mädchen, die den Buckingham Palace schon mehrmals zuvor besucht haben, unbekannt ist. Heute sind einfach alle happy.

Zehn Minuten vor Beginn der Feierlichkeiten erreichen wir schließlich den Ballsaal.

»Es war mir eine Freude, Sie kennenzulernen! Ich wünsche Ihnen viel Spaß beim folgenden Fest«, sagt die junge Dame zum Abschied und reicht uns allen nacheinander die Hand, ehe sie den Türflügel öffnet und uns leise zu unseren Sitzplätzen führt.

»Wow!«, ist mein einziger Kommentar, als ich die große

hufeisenförmig angeordnete Tafel in der Mitte des großzügigen Saals erblicke, die für mindestens zweihundert Personen gedeckt ist.

»Rektor Gottman hat gesagt, dass in genau diesem Raum die Staatsbankette stattfinden! Regierungschefs aus aller Welt sollen hier schon zusammengesessen haben«, flüstert mir Mary beeindruckt zu. »Und weißt du, was ich noch gehört habe: Man sagt, dass Prinz William hier einen Orden an Victoria Beckham verliehen hat.« Mary vollführt sogleich eine überschwängliche Drehung um die eigene Achse, und ich beginne zu lachen.

»Das kann ich mir gut vorstellen. Der Saal ist echt beeindruckend«, antworte ich ihr enthusiastisch, ehe ich die Kerzenleuchter, die die festlich gedeckte Tafel beleuchten, betrachte und leise zu zählen beginne … »Ich fasse es nicht, Mary, halt dich fest! In diesem Raum gibt es bestimmt mehr als neunzig silberne Kerzenständer! Die allein müssen ein Vermögen wert sein. Und selbst die Blumenarrangements wurden auf die dominierende Farbe im Ballsaal abgestimmt. Hier ist alles rot«, füge ich begeistert hinzu.

Kurz darauf nehme ich zwischen ihr und Sebi am unteren Ende des Hufeisen-Tisches Platz und stelle fest, dass die Servietten das Monogramm der Königin tragen und jeder Teller und jede Obstschale auf den Zentimeter genau platziert worden ist.

»Sogar Argos hat sein eigenes rotes Samtbettchen inklusive Futternapf bekommen«, lacht Sebastjan ganz außer sich und deutet nach unten, wo sich der Hund bereits genüsslich reckt und ausbreitet. »In diesem Schloss ist es richtig vornehm. Die haben wirklich an alles gedacht!«

»Und wie …«

Inzwischen hat sich der Saal bereits bis zum Anschlag gefüllt, und keine fünf Minuten später geht das Fest mit einem Glockenläuten auch schon los. Anmutig betritt die Queen gemeinsam mit drei anderen Männern – ihren Bodyguards? – den Raum. Sie trägt ein elegant geschnittenes, cremefarbenes Etuikleid und einen farblich darauf abgestimmten Hut mit einer großzügigen Krempe.

»Mist!«, flüstere ich Sebi genau in dem Moment zu, als Queen Elisabeth II. mit ihrer Eröffnungsrede loslegt. »Ich muss unbedingt noch mal aufs Klo.«

»Das ist aber jetzt nicht wahr! Du bist schlimmer als jedes Mädchen«, schimpft mein bester Freund umgehend. »Aber besser, du gehst jetzt und nicht später. Es wäre nämlich echt blöd, wenn du verpasst, wie wir unsere Verdienstzeichen bekommen.«

Ich nicke ihm zu. »Stimmt. Aber so lange kann ich es garantiert nicht mehr aushalten. Ich war vorhin eindeutig *zu* gierig, was die Getränke aus der Limousinen-Bar angeht. Jetzt kommt die Rache, und alles muss raus«, scherze ich leise, ehe ich von meinem Sessel aufstehe und direkt zu Onkel Mikelo und Rektor Gottman gehe, um mich bei ihnen zu entschuldigen – schließlich sollen auch sie wissen, warum ich während dieses echt wichtigen Festes so mir nichts dir nichts abhaue.

Nachdem das erledigt ist, verschwinde ich aus dem Raum und laufe unverzüglich zur Herrentoilette, die ich dank einer netten Palastangestellten auch schnell finde. Aber als ich keine zehn Minuten später wieder vorm Ballsaal eintreffe, leise die Tür öffne und zu unseren Sitzplätzen spähe, stelle ich fest, dass Pacos Stuhl ebenfalls leer geworden ist. Damit werde ich neugierig.

Warum fehlt der denn? Ob auch er zur Toilette gegangen ist? Am liebsten würde ich zu Sebi huschen und ihn danach fragen, doch das lasse ich lieber mal bleiben. Denn sobald ich wieder auf meinem Platz sitze, komme ich von dort nicht mehr weg – Gottman und Erossa würden mir bestimmt nicht noch einmal erlauben, abzuhauen. Und mit Durchfall möchte ich nicht unbedingt argumentieren müssen … Hmm … was mache ich jetzt? Soll ich zurückgehen und mich setzen? Oder soll ich Paco suchen? Ich wäre schon sehr neugierig, was er treibt …

Schnell checke ich die Lage, um mich zu vergewissern, wie weit die Feierlichkeit inzwischen vorangeschritten ist. Und als die Queen mit »Ich bin froh, Britin zu sein« über das ach so große Verantwortungsbewusstsein der englischen Bürger zu referieren beginnt, weiß ich, dass das heutige Highlight, die Ehrung meiner Freunde, wohl noch eine ganze Weile entfernt ist. Daher beschließe ich, wirklich nach Paco zu suchen und meiner Neugierde nachzugeben. Hier drinnen ist es sowieso zu stickig.

Eilends mache ich kehrt, ziehe die Tür des Ballsaals erneut hinter mir zu und krache direkt in den Security-Typen hinein, der sich inzwischen genau davor postiert hat.

»Sorry«, entschuldige ich mich bei ihm, ehe ich dem Mann auftische, dass ich mein Handy auf dem WC-Waschbecken habe liegen lassen. Ich bin echt froh über meine Schlagfertigkeit.

»Dann beeil dich und hol es dir zurück! Nicht, dass es weg ist«, antwortet er grinsend. »Lauf schon los.«

Ich nicke. Ein Glück, dass er meine wirklich passable Ausrede sofort gefressen hat und ich keine Magie anwenden musste, um ihn zu überzeugen.

Schnellen Schrittes haste ich zur Toilettenanlage zurück, nur um festzustellen, dass Paco dort nicht aufzufinden ist. Dass er schlichtweg eine andere WC-Einrichtung aufgesucht hat, schließe ich aus. Denn laut der netten Palastangestellten von vorhin, ist diese hier die einzige weit und breit.

Obwohl ich nicht vorhabe, voreilig meinen Torloxton-könnte-etwas-im-Schilde-führen-Instinkt zu reaktivieren, kann ich wieder einmal nicht anders, und abrupt überkommt mich erneut dieses komische Gefühl, ihm nicht trauen zu können. Ich werde Paco suchen und seine Loyalität überprüfen. Und dank Gyges wird auch niemand bemerken, dass ich ihm nachspioniere. Ein Hoch auf die Unsichtbarkeit! Ich liebe diesen Ring! Mit ihm werde ich herausfinden, ob ich Paco vertrauen kann, oder nicht. Und wenn ich feststellen sollte, dass ihm einfach nur langweilig geworden ist und er einen harmlosen Spaziergang durch den Palast macht, dann schwöre ich hoch und heilig, seine Absichten nie wieder in Frage zu stellen! Indianer-Ehrenwort! Doch jetzt heißt es: Auf zur Vergewisserungsrunde.

Vor allem und jedem verborgen haste ich die Korridore des Buckingham Palace entlang und kann Paco leider nirgendwo finden. Trotzdem ist es richtig aufregend, querfeldein durch dieses Schloss zu stöbern – alles hier hat ein ganz besonderes Flair. Es ist richtig toll zu sehen, wie die Königsfamilie lebt. Allein das ist diesen verbotenen Geheimausflug wert. Aber nun ist es an der Zeit, ihn wieder zu beenden, denn mittlerweile bin ich schon viel zu lange unterwegs. Und wahrscheinlich ist Paco schon längst wieder im Ballsaal eingetroffen. Ansonsten hätte ich ihn sicher irgendwo gesehen.

Ich kehre um, aber genau in dem Moment, als ich mir gerade denke, dass ich ein richtiger Mistkerl bin, weil ich Torloxton Junior noch immer misstraue und Lavinia mir bereits in Gedanken einen Benimm-Vortrag hält, höre ich eine leise Stimme, nämlich seine.

Neugierig drehe ich mich um, doch wider Erwarten kann ich ihn nirgendwo entdecken. Und plötzlich, als ich mich nach rechts in Richtung Sonnenterrasse wende, habe ich ihn gefunden. Paco steht dort mutterseelenallein herum und führt offenbar… Selbstgespräche? Der ist ja wie ich. Das mache ich von Zeit zu Zeit auch ganz gerne.

Und nun?

Jetzt hätte ich eigentlich den Beweis, dass er nichts Falsches gemacht hat… Hmm… Aber irgendwie würde mich schon brennend interessieren, was er mit sich selbst zu besprechen hat – obwohl mich das natürlich überhaupt nichts angeht. Ach, was soll's …

Eilends schleiche ich mich so nah wie möglich an ihn heran, doch als ich konzentriert meine Ohren spitze, merke ich, dass mein unerlaubter Lauschversuch in die Hose gegangen ist. Sehr zu meinem Missfallen hat Torloxton nämlich gerade die Balkontür von außen geschlossen, sodass ich außer einem undeutlichen Nuscheln nichts mehr verstehen kann.

Was soll ich jetzt tun?

Umkehren? Aber ich bin doch so neugierig. Ob ich die Tür einfach öffnen soll? Nein, das wäre nicht besonders klug. Damit würde meine, zugegeben hinterhältige, Masche auffliegen. Schließlich weht heute ja nicht einmal ein kleines Lüftchen, das es mir erlauben würde, auf die Das-war-ja-nur-der-Wind-Nummer zu plädieren. Paco wüsste sofort, dass ich hier bin. Schließlich weiß er, dass ich Gyges benutzen kann. Mist! Grundsätzlich könnte ich zwar Magie anwenden, aber wäre das fair? Offenbar wollte Paco einfach nur alleine sein. Und das ist ihm ja auch nicht zu verdenken. Schließlich brauche auch ich von Zeit zu Zeit mal eine Pause. Und dabei möchte ich ebenfalls nicht belauscht werden. Am besten wäre es wohl, einfach zu den anderen zurückzugehen und ihn in seiner Einsamkeit schwelgen zu lassen. Aber … wo ich schon mal hier bin … könnte ich vielleicht doch ein bisschen Zauberei anwenden … nur so vorsichtshalber. Und obendrein bin ich doch hier, um seine Loyalität zu überprüfen … Hmm …

Flugs entschließe ich mich entgegen aller Vernunft dazu, heute ein kleiner Bösewicht zu sein und Serpens' und Anguis' Lauschzauber, den ich inzwischen bereits des Öfteren benutzt habe, zu verwenden. Doch als ich »Aucupari!« befehle und jedes einzelne von Pacos Worten klar und deutlich verstehen kann, holt mich meine böse Vorahnung ein und ich werde kreidebleich. ›Oh nein, also hatte ich doch recht, was Torloxton

Junior anbelangt?‹, schießt es mir durch den Kopf, während ich dem ominösen Gespräch auf der Terrasse folge.

»Es erfüllt mich mit Freude, dass Ihr Euch so entschieden habt! Das war weise und klug. Euer Vater wird sehr glücklich sein, Sir Paco«, vernehme ich eine mir unbekannte, körperlose Stimme. »Als ich Euch das letzte Mal am Grenzzaun des Arassis-Anwesens besucht habe, war ich mir Eurer Antwort ungewiss, doch jetzt …« Bösartig beginnt der unsichtbare Gesprächspartner zu lachen. Mir bleibt fast die Luft weg.

Habe ich gerade richtig gehört? Grenzzaun? Arassis-Anwesen? Vater? Das gibt es doch nicht! Um zu testen, ob ich träume, kneife ich mir augenblicklich in die rechte Wange.

Himmel noch mal, ich bin leider wirklich hellwach!

Auf einmal beginnt etwas in Pacos rechter Handfläche zu glänzen und zu schimmern. Und Sekunden später wird dort, wo gerade noch ein weißer Lichtkegel flackerte, ein silberner Kugelschreiber sichtbar.

»In Eurer Hand befindet sich nun ein magisches Voxonium«, erklärt die unbekannte Stimme nach einer Weile geheimnisvoll. »Damit wird Euch Euer Vater morgen um fünfzehn Uhr kontaktieren. Seht zu, dass Ihr allein auf Eurem Zimmer seid«, fügt das unsichtbare Wesen ernst hinzu. »Seid unbesorgt, Gottman und die anderen werden davon nichts mitbekommen.«

Du liebe Güte! Dann ist Paco wirklich ein elysischer Spion! Aber mit wem spricht er da? Hier ist doch niemand … und Torloxton hat nicht einmal sein Telefon dabei – schließlich hat Gottman in der Limousine noch ausdrücklich kontrolliert, ob wir unsere Handys im Anwesen gelassen haben …

Innerlich mit mir hadernd, wie ich nun vorgehen soll, verharre ich reglos an der Terrassentür. Obwohl ein Teil von mir am liebsten sofort auf den Balkon sprinten und Paco gleich hier auf der Stelle windelweich prügeln möchte, halte ich mich zurück und verfolge das weitere Geschehen.

»Also gut, ich werde meinem Vater unter der Bedingung, dass er mich ab nun als ebenbürtigen Elysier akzeptiert, diese eine Chance geben. Er soll mir sagen, was er möchte. Aber wenn er mich wieder wie ein Stück glühende Kohle fallen lässt, hat er verspielt, richte ihm das aus, Kommandant Eudoros. Aber nun werde ich gehen, denn ich möchte nicht, dass jemand Verdacht schöpft. Auf Wiedersehen!«

Just macht Paco kehrt und öffnet die Tür. Ich erschrecke und haste reflexartig zur Seite.

Mit starrem Blick in beide Richtungen vergewissert sich Torloxton Junior, ob ihm auch niemand gefolgt ist. Und nach einem erleichterten Seufzer, der eindeutig »Die Luft ist rein!« bedeutet, marschiert er, ohne die Balkontür zu schließen, in Richtung Ballsaal davon.

Und ich? Was mache *ich* nun? Soll ich Paco nachlaufen und ihm eine scheuern, oder soll ich abwarten und mir einen guten Plan überlegen?

Spontan entscheide ich mich, Letzteres zu tun und meinem Instinkt, die Sache mit Hirn anzugehen, zu folgen. Aber bevor ich das tue, werde ich diesem ominösen Gesprächspartner auf den Grund gehen – jetzt wo die Terrassentür offensteht, habe ich ein leichtes Spiel.

Vorsichtig schleiche ich deshalb auf den Balkon und sehe mich um. Und als ich bereits glaube, erfolglos zu sein, bemerke ich ein winzig kleines Krabbeltier auf der Brüstung. Es ist eine Ameise. Damit ist mir alles klar: Paco hatte also Besuch von einer Myrmidone! Dieser Verräter! Bisher wusste ich nicht, dass diese Lebewesen sogar über Zauberkräfte verfügen – schließlich hat es ja diesen komischen Kugelschreiber erscheinen lassen.

Ohne das Tier anzufassen oder sonst etwas mit ihm anzustellen – dabei hätte ich gute Lust, es entweder zu fangen oder unschädlich zu machen –, stehle ich mich auf leisen Sohlen davon und haste so schnell ich kann zur Toilette zurück, wo ich mich wieder sichtbar mache.

Jetzt gilt es, erst mal durchzuatmen und etwas zur Ruhe zu kommen. Ich brauche einen klaren Kopf …

18

Freund oder Feind – die allesentscheidende Frage

Wieder auf meinem Sitzplatz im Ballsaal angekommen, werde ich prompt von fragenden Blicken durchbohrt und als Argos obendrein noch wissen will, ob auch alles okay mit mir sei, da ich so blass aussähe, drohen mir fast die Nerven durchzugehen. Trotzdem ringe ich mich zu einem kurzen und trockenen »Ja, klar! Ich war bloß länger auf der Toilette. Ich habe eine gewaltige Magenverstimmung« durch.

Jede Minute, in der ich gezwungen bin, so zu tun, als ob alles in bester Ordnung wäre, verlangt mir unheimliche Selbstbeherrschung ab. Irgendwann spielen meine Gefühle vollends verrückt. Zu sehen, wie dieser hinterhältige Elysier scheinheilig zwischen meiner Schwester und Onkel Mikelo sitzt und vor sich hinlächelt, macht mich unglaublich wütend. Zornesröte steigt mir ins Gesicht, ohne dass ich irgendetwas dagegen tun kann, und ich spüre, wie meine Hände zu zittern und meine Fingerspitzen zu kribbeln beginnen. Würde die Queen nicht in diesem Moment Sebi, Mary, Paco und Argos auf die Bühne bitten, wäre ich garantiert durchgedreht, hätte mir Torloxton geschnappt und mich mit ihm geprügelt. Stattdessen beobachte ich nur, wie Elisabeth II. den vieren nacheinander die Hand schüttelt, sie mit den Verdienstorden Großbritanniens auszeichnet und sie vor aller Augen als Helden feiert.

Geistesabwesend folge ich der, für mich inzwischen komplett unwichtig gewordenen, Veranstaltung. In Gedanken befehle ich mir immer wieder, mich genau an meinen Plan zu halten und Paco erst zum richtigen Zeitpunkt, nämlich zu Hause im Arassis-Anwesen, wo Myrmidonen-freie-Zone herrscht, als Elysier zu enttarnen. Schließlich läuft mir die Rache nicht davon, und außerdem wäre es meinen Freunden gegenüber unfair, ihnen diesen Auftritt zu vermiesen.

Eine knappe Viertelstunde später kehren Sebi, Mary, Argos und Paco bis über beide Ohren grinsend und unter tobendem Applaus zu ihren Plätzen zurück. Programmpunkt eins wäre damit erledigt. Jetzt heißt es nur mehr das Galadinner abwarten, das zu meiner Erleichterung bereits serviert wird.

Obwohl ich normalerweise unsagbar gerne esse und die Speisen wirklich köstlich aussehen – es gibt Karottenschaumsuppe als Vor-, Rinderfilet-Steak mit Pfeffersauce als Haupt- und Eierlikör-Torte als Nachspeise – bringe ich keinen einzigen Bissen hinunter. Ein Glück, dass ich bereits vorhin Argos gegenüber meine angebliche Magenverstimmung vorgeschoben habe, sonst hätten mir meine Freunde diesen mangelnden Appetit niemals abgenommen.

Ich bin wirklich stolz auf mich, dass ich es immer wieder schaffe, mich bedeckt zu halten, auch dann noch, als meine Freunde mich nach dem Essen kontinuierlich mit Fragen zu meinem Befinden bombardieren. Weiterhin mache ich nur gute Miene zum bösen Spiel: »Ich habe wirklich nur Bauchweh, versteht ihr das denn nicht? Das sind bestimmt die Nachwehen der Zeitreise! Bitte lasst mich doch endlich in Ruhe.«

Damit wären auch die erneuten Gesprächsversuche im Keim erstickt.

In mich gekehrt, blende ich die Umgebung komplett aus und

warte ab, bis das Fest eine knappe halbe Stunde später zu Ende ist. Endlich brechen wir auf und verlassen den Ballsaal durch die große Flügeltür, wo uns unser Chauffeur freundlich in Empfang nimmt. Ohne Umwege führt uns Mr Wiggens zum Limousinen-Parkplatz, um uns von dort aus nach Hause zu bringen.

Während der folgenden zweistündigen Fahrt verhalte ich mich ganz still. Völlig regungslos starre ich auf den mir gegenüberliegenden Flachbildschirm der Luxuskarosse, auf dem ironischerweise ein James-Bond-Film läuft. Wie passend… Obwohl es mir immer mehr Kraft abverlangt, mich an meine eigenen Regeln zu halten, verwerfe ich sie nicht – nicht einmal dann, als mich der noch immer völlig aufgedrehte und fröhliche Sebi zum zigsten Mal auf mein eigenartiges Verhalten anspricht.

»Lass mich endlich in *Ruhe*, du siehst doch, dass es mir nicht gut geht. Zu Hause mache ich mir eine Portion Ambrosia, und dann bin ich wieder ganz der Alte«, lautet diesmal meine gereizte Antwort.

Felsenfest entschlossen, mein Vorhaben durchzuziehen und Torloxton Junior erst zu Hause auffliegen zu lassen, presse ich mich ungeduldig in meinen Sitz. Sogar als Pacos und meine Blicke sich treffen und er möglicherweise tief in seinem Inneren bereits ahnt, dass ich ihm auf die Schliche gekommen bin, bleibe ich ruhig und beherrscht. Noch nie ist mir eine Autofahrt so lange vorgekommen.

Eine gefühlte Ewigkeit später biegen wir endlich in die Einfahrt des Anwesens ein. Mir fällt ein riesen Stein vom Herzen, denn gleich hat dieses Versteckspiel ein Ende.

Sofort nachdem wir ausgestiegen sind, uns von Mr Wiggens verabschiedet haben und die Stretch-Limousine außer Sichtweite ist, gibt es für mich kein Halten mehr. Wie ein Besessener ziehe ich schnurstracks mein Sakko aus, werfe es neben mich auf den Boden, kremple die Ärmel meines Hemdes hoch und sprinte direkt auf Paco zu. Nichts ist größer als das Verlangen, ihm eine Ohrfeige zu verpassen. Aus dem Augenwinkel bemerke ich noch, wie Lavinia, Sebi, Mary, Argos, Gottman und Erossa die Kinnlade runterfällt, als sie mich derart wütend auf Torloxton losstürmen sehen. Sie haben natürlich keine Ahnung, was hier vor sich geht.

»Du elender Verräter!«, brülle ich ihn an, packe ihn an der Krawatte und versuche, ihn zu Boden zu werfen. »Schleichst dich bei uns ein und tust so, als ob du unser Freund wärst, und dann!? Glaubst du wirklich, wir wären so dumm und würden dir nicht auf die Schliche kommen? Was hast du dieser elenden Myrmidone im Buckingham Palace erzählt und was, zum Teufel noch mal, hat dir dieses Vieh überhaupt gegeben? Was ist ein Vox-keine-Ahnung-was«, will ich noch wissen, ehe ich mit ihm zu raufen beginne.

Wie zwei Magnete aufeinander fixiert, prügeln wir keine zehn Sekunden später völlig unkontrolliert aufeinander ein. Obwohl ich Paco im Zweikampf noch immer restlos unterlegen bin, schaffe ich es, ihm einen saftigen Schlag ins Gesicht zu verpassen. Schon spüre ich, wie seine Faust mich mitten in den Bauch trifft und mein Hemd zerreißt. Brüllend kontere ich so lange, bis ich auf einmal einen festen Griff um meine Mitte spüre und ich nach hinten gezogen werde.

»Was soll das?«, rufe ich erbost, drehe mich um und sehe Onkel Mikelo direkt ins Gesicht. »Lass mich los! Ich muss diesem verdammten Elysier klarmachen, dass es so nicht geht«, schimpfe ich und versuche, mich strampelnd von ihm loszureißen. In diesem Moment ist mir alles egal. Für mich zählt nur eines, und zwar diesen Mistkerl in die Schranken zu weisen.

»Aufhören, ihr beiden! Sofort!«, brüllt Erossa jedoch unnachgiebig und droht sogar, einen Zauber auf uns abzufeuern, wenn wir nicht auf der Stelle innehalten. »Habt ihr zwei völlig den Verstand verloren?«

»Onkel Mikelo, lass mich los, du verstehst den Ernst der Lage nicht!«, erkläre ich ihm, doch vergeblich. Erossa hält mich weiter fest. »Aber Paco ist ein Elysier!«

Erst als ich merke, dass inzwischen auch Torloxton fest in Gottmans Umklammerung gefangen ist und er sich ebenfalls nicht mehr rühren kann, gebe ich mich geschlagen und halte mit meinem Strampeln inne. Nun lässt Onkel Mikelo mich frei.

»Er ist was? Was geht hier vor?! Habe ich gerade richtig gehört?«, will der Rektor sofort wutentbrannt wissen und lockert seinen Griff um Paco ebenfalls. »Paco und du, ihr benehmt euch schon seit London sonderbar! Raus mit der Sprache, was habt ihr angestellt und was wollt ihr mit dieser kindischen Schlägerei überhaupt bewirken?«

Gottman spinnt, der hat wohl immer noch nicht kapiert, was Sache ist! »Von wegen kindische Schlägerei, hier geht es um Leben und Tod«, rufe ich erzürnt und beginne genau zu erklären, was im Buckingham Palace vorgefallen ist.

Noch während ich erzähle, bemerke ich, wie Sebi, Mary, Argos und Lavinia geschockt von einem zum anderen blicken und kaum in der Lage sind, die Sache nachzuvollziehen. Von Sekunde zu Sekunde werden sie bleicher und bleicher. Onkel Mikelo und Rektor Gottman hingegen verfolgen meine Erzählung mit ausdrucksloser Miene, ihren Gesichtsausdruck kann ich nicht deuten. Doch im Grunde ist das auch egal, Hauptsache ist, dass alle nun über Pacos hinterhältige Masche Bescheid wissen.

»Ich habe euch doch immer gesagt, dass wir ihm nicht trauen können! Aber ihr habt mir nie geglaubt!«, ende ich meine Ausführungen.

Inzwischen ist auch jegliche Farbe aus Pacos Gesicht gewichen… und mit einem Mal sackt er in sich zusammen und bricht in Tränen aus.

Gefasst tritt Onkel Mikelo vor ihn. »Und: Hast *du* nichts zu deiner Verteidigung zu sagen?«, konfrontiert er Torloxton

Junior direkt mit meinen Vorwürfen. »Nico erhebt sehr schwere Anschuldigungen gegen dich.« Die Sachlichkeit in seiner Stimme ist echt bemerkenswert, er könnte Richter sein.

»Es … es … es tut mir unendlich leid«, stottert Paco. »Es ist alles wahr, was Nico erzählt hat. Ich streite nichts ab! Ab… aber Rektor Gottman und Professor Erossa, Sie müssen mir glauben, wenn ich sage, dass ich nicht vorhatte, meinem Vater etwas von Nicos und Lavinias geheimer Mission zu erzählen. Das würde ich niemals tun! Seit dem Zeitpunkt, als mich diese komische Myrmidone aufgesucht hat, weiß ich nicht mehr, was ich tun soll! Ich überlege ständig, wie ich Sie am besten einweihen könnte! Bitte glauben Sie mir! Bitte …«, fleht Paco mit tränenüberströmtem Gesicht.

So habe ich ihn ja noch nie jammern gehört … Ob er es wirklich ernst meint? Sieht fast danach aus …

»Aber warum, um Himmels willen, hast du es dann nicht getan und uns miteinbezogen?«, will Gottman wissen. »Dein Verhalten uns gegenüber war nicht fair! Diese Truppe hier«, damit meint der Rektor meine Freunde und mich, »hat dir vertraut und dir entgegen all der Tatsachen, die gegen dich sprachen, ihre Freundschaft angeboten!«

»Ja, ich weiß das, und es tut mir auch unendlich leid. Aber ich hatte solche Angst, dass mich dann alle erst recht für einen Verräter halten und mir sowieso nicht glauben würden«, versucht Torloxton, sich schluchzend zu rechtfertigen und blickt mir dabei ernst in die Augen. »Nico, du hast bereits die ganze Zeit an meiner Loyalität gezweifelt …«

»Der lügt doch wie gedruckt!«, ruft Sebi, und Argos bellt wütend, wodurch die beiden Paco das Wort abschneiden.

»Nein, wirklich nicht! Ich schwöre es bei meinem Leben. Hört mir bitte zu und lasst mich wenigstens jetzt alles erzählen.« Paco blickt mich flehend an. »Nico, bitte, gib mir noch diese eine Chance …«

Ich nicke und bedeute ihm weiterzusprechen.

»Damals, als Rektor Gottman, Professor Erossa und Mrs Arlon von Brighton zurückgekommen sind, hat eine Stimme nach mir gerufen, als wir gerade auf dem Weg waren, um Ambrosia herzustellen. Da ich neugierig war, bin ich ihr bis zum Grenzzaun des Arassis-Anwesens gefolgt, und dann stand er plötzlich vor mir – ein schmuddelig wirkender Myrmidonen-Hauptmann namens Eudoros. Er sagte, er habe eine Nachricht von meinem Vater. Er ließ mir über die Ameise ausrichten, dass ihm alles leidtäte und er sein Verhalten bedaure. Die Myrmidone wollte von mir wissen, ob ich bereit wäre, mit meinem Vater zu sprechen – anscheinend wünscht er, Kontakt mit mir aufzunehmen. Eudoros gab mir Bedenkzeit und meinte, er würde wiederkommen, um meine Antwort zu hören. Und das ist heute passiert. Als ich vorhin mit euch an der Tafel im Buckingham Palace saß, kam das Tier ganz unerwartet mein Bein hochgeklettert, und dann bin ich umgehend nach draußen geeilt und habe mit ihm gesprochen. Die Myrmidone gab mir dieses komische Ding hier.« Paco greift in seine Hosentasche und überreicht Gottman den silbernen Kugelschreiber. »Können Sie damit etwas anfangen?«

Augenblicklich wirkt der Rektor sichtlich angespannt. Hoffentlich weiß er, was es mit diesem Ding auf sich hat. »Occulere!«, befiehlt er, und sofort wird der Stift mit einer gläsernen Haube umhüllt. »Sicher ist sicher!«, erklärt Gottman. »Bei Torloxton Senior weiß man nie. Bis Mikelo und ich dieses Utensil untersucht haben, bleibt es in Verwahrung.«

Ohne ein weiteres Wort über das seltsame Ding zu verlieren, steckt er es in die Innentasche seines Sakkos. Und noch bevor ich fragen kann, ob er einen Verdacht hat, was dieses Kugelschreiber-Ding überhaupt ist, bricht Paco erneut in Tränen aus.

»Nico, bitte, du musst mir glauben. Ich hätte dich und Lavinia niemals verraten! Ich hasse meinen Vater ebenso sehr wie du! Mein größter Wunsch ist es, mich schnellstmöglich an ihm zu rächen. Ich möchte ihm heimzahlen, was er mir angetan hat. Bitte, Nico … ich habe mich geändert! Ich schwöre dir bei meiner Ehre, dass ich euch alle noch heute in die Sache eingeweiht hätte. Aber ich wollte damit warten, bis wir alle wieder im Anwesen sind, da dieses ja mit dem Anti-Myrmidonen-Zauber belegt ist und wir hier vor Eudoros sicher sind. Das ist die Wahrheit, Nico …«

Obwohl Pacos Erklärung durchaus ehrlich klingt und ich sein Vorgehen sogar nachvollziehen kann, hege ich Zweifel. Nach allem, was passiert ist, fällt es mir schwer, seinen Worten Glauben zu schenken. »Trotzdem war es richtig dumm von dir, dass du nicht einmal Onkel Mikelo oder Rektor Gottman etwas erzählt hast«, antworte ich lediglich, da mir auf die Schnelle nichts Besseres einfällt.

»Ja, ich weiß. Aber ich hatte solche Angst, dass auch sie mir nicht glauben würden. Ich wollte nicht schon wieder von jemandem verstoßen werden … Jetzt, wo ich doch niemanden mehr habe …« Paco beginnt erneut zu schluchzen.

»Ich sage, das ist Blödsinn! Der lügt doch wie gedruckt«, wirft Sebi umgehend ein. »Er will uns nur einlullen!«

»Nein, ich glaube, dass Paco die Wahrheit sagt!«, höre ich eine vertraute weibliche Stimme hinter mir und drehe mich um.

»Mrs Arlon, Sie hier?«, rufe ich derart erschrocken, als hätte ich einen Geist gesehen.

»Natürlich. Dachtet ihr, ich würde euch bei dieser wichtigen Mission nicht mehr länger beistehen? Sofort nachdem mein Vortrag an der Hochschule zu Ende war, habe ich mich auf den Weg zurück ins Arassis-Anwesen gemacht. Und als ich bereits gemütlich auf dem Sofa in meinem Zimmer gesessen und einen Kaffee getrunken habe, habe ich plötzlich lautes Geschrei gehört und bin nach draußen gerannt, wo ich dich und Paco aufeinander einprügeln sah. Ich habe mir das Ganze dann einige Zeit aus der Entfernung angesehen und euch zugehört …«

Schon wendet sich Mrs Arlon an Rektor Gottman und Onkel Mikelo: »Ich werde ihn prüfen«, meint sie, bevor sie näher an Paco herantritt, ihn mit ihrer rechten Hand an der Stirn berührt und die Augen schließt. Kurz darauf nickt sie. »Ich versichere euch, dass Paco nicht gelogen hat.«

Wieso das denn? Das kann ja jeder behaupten …

»Dorothy ist eine der begabtesten Wasser-Talenterinnen der Welt. Sie hätte es gespürt, wenn Paco uns etwas vorgelogen hätte«, erklärt Onkel Mikelo augenblicklich. Wieder einmal dürfte er meinen Gesichtsausdruck richtig gedeutet haben. »Sobald eure Geschichtslehrerin jemandes Stirn berührt und die Augen schließt, werden ihre Sinne geschärft. Sie ist dann quasi ein lebender Lügendetektor. Seid unbesorgt, wenn Dorothy sagt, dass Paco es ehrlich meint, dann ist es auch so. Um einen Wasser-Talenter-Test verfälschen zu können, bedarf es jahrelanger Ausbildung. Und nicht einmal dann ist gewährleistet, dass eine Lüge wirklich unentdeckt bleibt. Dorothy zu hintergehen, würde sogar mich vor eine fast unmögliche Herausforderung stellen …« Erossa blickt Lavinia, Mary und mir nacheinander eindringlich in die Augen. »Da ihr ebenfalls mit diesem mächtigen Element verbunden seid, bestehen gute Chancen, dass auch ihr drei diese Gabe einmal so gut beherrschen werdet wie sie«, endet er seine Ausführungen.

Was soll ich jetzt erwidern? Ich starre meine Freunde ratlos an. Grundsätzlich vertraue ich unserer Geschichtslehrerin ja. Sie würde uns niemals ohne triftigen Grund belügen. Trotzdem habe ich keine Ahnung, wie ich nun reagieren soll. Paco einfach so zu verzeihen, käme mir irgendwie falsch vor …

»Gebt mir bitte noch diese eine Chance auf Wiedergutmachung«, fleht Torloxton erneut. »Ich schwöre, ich werde euch nie wieder etwas verheimlichen! Ich werde euch nicht mehr enttäuschen! Ihr könnt mich auch gerne rund um die Uhr überwachen, wenn es euch damit besser geht, doch bitte verstoßt mich nicht. Lasst mich weiterhin helfen und euch unterstützen. Ich weiß, ich habe einen Fehler gemacht!«

»Schluss jetzt, alle miteinander! Wir beenden diese Sache für heute. Schließlich ist es schon spät, und unter diesem momentanen Gefühlswirrwarr kann sowieso niemand klar denken und eine kluge Entscheidung treffen. Morgen um halb zehn vormittags erwarte ich euch allesamt in meinem Büro. Dann werden wir das weitere Vorgehen besprechen«, lauten Gottmans strikte Abschlussworte, bevor er gemeinsam mit Onkel Mikelo und Mrs Arlon kehrtmacht und geht.

»Lasst uns rausfinden, was es mit diesem Ding in meiner Tasche auf sich hat«, höre ich Erossa noch zu den beiden Professoren sagen, ehe seine Worte verklingen und sie weg sind.

Obwohl der Vorschlag des Rektors gar nicht mal so schlecht ist, sondern äußerst vernünftig klingt, fühle ich mich vor den Kopf gestoßen. Ohne zu wissen, wie wir mit alldem umgehen sollen, marschieren Sebi, Mary, Lavinia, Argos, Paco und ich wortlos und mit eingezogenen Köpfen nebeneinander her, ebenfalls in Richtung Anwesen.

Als Torloxton in seinem Zimmer verschwunden ist, gebe ich meinen Freunden ein Zeichen, um ihnen anzuzeigen, dass wir uns im Gemeinschaftsraum treffen. Es ist höchste Zeit für einen Krisenrat.

19

Das Voxonium des Elysischen Bundes

Nachdem meine Freunde und ich uns bis in die frühen Morgenstunden ausgiebig über Paco und seine Absichten beraten haben, treffen wir uns wie vereinbart um acht Uhr dreißig im Aufenthaltsraum wieder, um unsere Entscheidung Torloxton betreffend ein letztes Mal durchzugehen, bevor wir uns in die Höhle des Löwen – so nennen wir die heutige Sitzung in Gottmans Büro – wagen. Obwohl Argos noch nicht anwesend ist, beschließen wir dennoch, vorerst ohne ihn anzufangen, denn inzwischen läuft uns wirklich die Zeit davon. Die verbleibenden fünfundfünfzig Minuten sind schließlich nicht mehr die Welt.

»Fassen wir die Ergebnisse unserer Krisensitzung also noch mal zusammen«, ergreife ich deshalb das Wort und stehe von der Couch auf, um meine Freunde besser im Blick zu haben.

Sofort springt Sebi ein. »Wir haben vereinbart, Paco eine zweite Chance zu geben, aber nur unter einer Bedingung«, schnauft er etwas unzufrieden. Anscheinend ist er von unserem nächtlichen Abkommen noch immer nicht ganz überzeugt. Dennoch spricht er weiter: »Und die lautet: vollste Transparenz in jeder Angelegenheit.«

»Genau!«, pflichte ich meinem besten Freund bei. »Außerdem werden wir in den nächsten Wochen all seine Schritte genauestens überwachen und kritisch hinterfragen. Und sollte jemandem von uns irgendeine Ungereimtheit, die nicht zu rechtfertigen ist, in seinem Benehmen auffallen, setzt er die anderen davon in Kenntnis und wir weihen Gottman, Erossa und Arlon ein. Und wenn es sein muss, können wir natürlich auch Gyges zum Einsatz bringen. Was aber die fundamentalen Eckpunkte unserer Gegenstands-Such-und-Zerstör-Mission betrifft, bin ich der Meinung, dass wir äußerst vorsichtig sein sollten. Wahrscheinlich wäre es am besten, ihn zumindest vorerst komplett rauszuhalten.«

»Das sehe ich genauso«, bestätigt Lavinia nickend meine Äußerung. »Es wäre vorteilhaft, wenn wir ihn erst wieder vollständig miteinbeziehen, wenn wir uns über seine Absichten zu hundert Prozent im Klaren sind. Stellt euch vor…« Als mit einem Mal die Tür zum Gemeinschaftsraum aufgeht, stoppt meine Schwester ihre Erklärung mitten im Satz – schließlich ist diese Besprechung unsere Privatsache.

Alarmiert drehe ich mich um, bin aber sofort wieder beruhigt, denn sehr zu meiner Erleichterung sind es weder die Professoren noch Paco, die zu uns stoßen. Es ist Argos. Hastig läuft der Vierbeiner mit einer für seine Größe viel zu sperrigen Papiertüte schwanzwedelnd auf mich zu.

»Argos, da bist du ja endlich! Aber was hast du uns denn da mitgebracht?«, frage ich und starre neugierig auf den weißen Beutel in seinem Maul.

»Schallo allscherscheitsch«, nuschelt der kleine Hund unverständlich, bevor er sein Mitbringsel direkt vor meinen Füßen ablegt. »So ist es besser! Jetzt kann ich wieder normal sprechen. Sorry für die Verspätung, Leute, aber ich wollte euch unbedingt eine Freude machen. So wie ihr heute um vier Uhr morgens ausgesehen habt, dachte ich mir, ihr könntet etwas Zucker zur

Aufmunterung gebrauchen. Und da habe ich auf die Schnelle *die* hier besorgt …« Mit seiner Nase stupst er stolz gegen die weiße Tüte. »Na mach schon, Nico, schau endlich rein!«, fordert er mich ungeduldig auf und beginnt nervös auf seinen Pfoten zu tänzeln. Sofort lockert Argos' gute Laune unsere gedrückte Stimmung etwas auf.

Gespannt, was sich wohl in der Tüte verbergen könnte, öffne ich sie und entdecke frische, köstlich duftende Himbeer-Scones. »Oh lecker! Wo hast du die denn her?«, will ich umgehend wissen. »Hier gibt es doch nirgendwo eine Bäckerei in der Nähe.«

»In der Nähe nicht, aber da ich sowieso nicht schlafen konnte, bin ich heute früh zu Hektor gelaufen und habe ihn gebeten, mit mir nach Dover zu meiner Lieblingskonditorei zu fliegen. Und da die Chefin, Mrs Miller, eine Talenterin ist und mich bereits seit Jahren kennt und obendrein noch total gerne mag, war das Besorgen der Scones überhaupt kein Problem …«, erklärt der Kleine fröhlich und leckt mir über die Hand. »Aber nun esst, die sind wirklich lecker! Aber damit eines klar ist: Ich möchte zumindest auch ein kleines Teilchen davon abhaben.«

»Na klar doch!«, antworte ich grinsend und probiere den erstbesten Scone, den ich erwische. »Mmmhh, danke Argos! Der ist sehr lecker! Dafür bekommst du eine extra Streicheleinheit vom Feinsten! Aber hier hast du erst mal dein Stück.« Vorsichtig breche ich die Mehlspeise entzwei und lege dem Vierbeiner seine Hälfte auf ein Taschentuch auf den Boden.

»Das ist ja so lieb von dir«, ruft auch Lavinia erfreut und nimmt sich ebenfalls ein Stück aus der Tüte. »Du bist der Beste! Das ist genau das, was wir vor dem Gespräch mit Paco und den Professoren brauchen.« Genüsslich beißt sie hinein. »Mmmhh, die sind super genial! Danke, Argos.«

Nachdem auch Sebi und Mary sich jeweils mit einem Himbeer-Scone den Magen gefüllt haben, besprechen meine Freunde und ich ein letztes Mal, was es bei der kommenden Sitzung mit Gottman und Co. alles zu beachten gibt.

»Und diesmal lassen wir uns nur auf etwas ein, wenn alle einstimmig dafür sind«, meint Sebi noch zum Abschluss, als wir uns genau um fünf vor halb zehn auf den Weg zum Treffpunkt machen, wo wir bereits von Mrs Arlon, Onkel Mikelo, Sir Gottman und Paco erwartet werden.

»Guten Morgen«, begrüßt uns der Rektor in väterlichem Ton und bittet uns, ebenfalls am Besprechungstisch Platz zu nehmen. Damit geht die Krisensitzung auch schon los.

»Nun gut: Da wir nun alle eine Nacht über diese Sache geschlafen haben, sind wir heute bestimmt in der Lage, eine kluge Entscheidung zu treffen, mit der auch alle zufrieden leben können«, eröffnet er diplomatisch das Gespräch. Die Wortwahl ist wieder einmal typisch Gottman – immer durchdacht und souverän. »Zuallererst gilt es zu klären, ob Paco erneut eine Chance erhält oder nicht.«

Ernst blickt der Rektor Lavinia, Sebi, Mary, Argos und mir nacheinander in die Augen. »Und? Habt ihr euch schon Gedanken dazu gemacht?«, will er kurzerhand wissen und spielt damit den Antwort-Ball an uns weiter.

Als ich zu Paco sehe, wird mir sofort klar, dass er mit so einem Gesprächsverlauf nicht gerechnet hat. Wahrscheinlich dachte er, der Rektor würde einfach die von den Professoren und ihm getroffene Entscheidung verkünden und damit fertig. Aber da hat sich Torloxton Junior geschnitten! Jetzt sind wir am Zug. Gott sei Dank!

»Natürlich haben wir uns untereinander schon beraten«, antwortet Lavinia allen voran gefasst, noch ehe ich zu Wort komme. Ernst wendet sich meine Schwester Torloxton zu und mustert ihn für einen kurzen Augenblick abschätzend von oben bis unten. Was sie wohl denkt? »Paco, du bekommst deine

Chance, deine *allerletzte*«, sagt sie schließlich ernst. »Doch nur unter der Bedingung, dass du diesmal völlig mit offenen Karten spielst! Keine Lügen mehr, hörst du?«

Erleichtert keucht Paco auf. »Danke … danke, das bedeutet mir unendlich viel! Und natürlich, ich tue alles, was ihr wollt«, verspricht er und sieht uns allesamt erleichtert an. »Ich werde euch nicht enttäuschen!« Mit großen Augen dreht er sich in Richtung der Professoren. »Und Sie? Wie haben Sie sich entschieden?«

»Dorothy, Mikelo und ich schließen uns der Meinung der vier Jugendlichen an«, antwortet Gottman mit tiefer, autoritärer Stimme. »Wir verlangen von dir ab jetzt absolute Loyalität! Von nun an wirst du keine Geheimnisse in Bezug auf deinen Vater und die Elysier mehr vor uns haben! Ist das klar?«

Torloxton nickt.

»Paco, das ist wirklich deine letzte Gelegenheit, um zu beweisen, dass du aufrichtig und ehrlich bist. Vergeude diese Chance nicht!«, redet ihm nun auch Onkel Mikelo eindringlich ins Gewissen, und Mrs Arlon bestätigt seine Worte mit einem entschiedenen Nicken.

Das Gespräch verläuft besser, als meine Freunde und ich erwartet haben. Warum wir überhaupt solchen Bammel vor diesem Zusammentreffen hatten, weiß ich inzwischen auch nicht mehr, denn eigentlich handeln Gottman, Erossa und Arlon genau in unserem Sinne. Möglicherweise hatten wir einfach nur ein ungutes Gefühl, weil sie uns Paco beim ersten Mal quasi aufs Auge gedrückt haben? Da hieß es ja nur: »Nehmt euch seiner an. Schluss, aus und basta.« Wir wurden weder nach unserer Meinung gefragt noch in den Entscheidungsprozess eingebunden. Heute ist das ganz anders, und das freut mich riesig. Mal sehen, wie das Gespräch weitergeht und wie wir über Torloxtons weiteres Miteinbeziehen in die Gegenstands-Mission entscheiden …

Plötzlich erhebt sich Paco von seinem Platz. Er wirkt, als wäre sein Kampfgeist völlig zurückgekehrt. »Ich danke euch von ganzem Herzen. Ich schwöre bei meinem Leben, dass ich euch nie wieder etwas vormachen werde. Ihr könnt mir vertrauen, ich stehe definitiv auf eurer Seite! Aber nun hört mir bitte zu«, sagt er und sieht uns auffordernd an. »Vergangene Nacht kam mir eine Idee, wie wir die gestrige Sache für uns alle gewinnbringend nutzen könnten.«

Noch während Torloxton Junior schelmisch zu grinsen beginnt, hat er meine vollste Aufmerksamkeit. Das klingt interessant.

»Was haltet ihr davon, wenn wir den Spieß einfach umdrehen und meinen Vater ausspionieren? Nico, da du mich gestern vor der Myrmidone nicht hast auffliegen lassen, könnte ich die Elysier mit falschen Informationen füttern und …«

»Stopp! Moment mal, junger Mann«, mischt sich Onkel Mikelo ernst ein. »Ist dir eigentlich klar, was du da gerade gesagt hast?«, fragt er sichtlich erregt. »Wenn dein Vater dieses Doppelspiel durchschauen würde, könnten wir nicht mehr für deine Sicherheit garantieren. Einnar Torloxton ist unberechenbar, Paco, das weiß ich aus eigener Erfahrung. Dein Vorschlag ist höchst gefährlich.«

»Wo er recht hat, hat er recht!«, gibt auch Mrs Arlon ihre Meinung kund, und meine Freunde und ich nicken bestätigend. Wenn sein Vater Paco auf die Schliche käme, würde ich nicht in seiner Haut stecken wollen. Der Elysier würde ihm bestimmt übelst zusetzen oder, noch schlimmer, ihn womöglich auf der Stelle töten …

»Ich bin mir über die Gefährlichkeit meines Vorschlages durchaus im Klaren. Doch das wäre nicht nur eine Chance für euch, sondern auch eine für mich! Versteht ihr denn nicht? So könnte ich mich endlich an meinem Vater rächen«, meint er entschieden mit hochrotem Gesicht.

»Aber Paco, das …«, setzt Mrs Arlon wieder zum Kontern an, doch schon hat Torloxton sie unterbrochen.

»Ihr wisst alle nicht, wie ich aufgewachsen bin. Deshalb könnt ihr meine Absichten möglicherweise nur schwer verstehen …«, rechtfertigt sich Paco mit hasserfülltem Blick und beginnt von seiner Vergangenheit zu erzählen. »Mein Vater ist die abartigste und grässlichste Kreatur, die ich kenne! Seit dem Tod meiner Mutter hat er sich verändert … Ich habe damals nicht nur sie, sondern auch gleichzeitig meinen Dad verloren! Egal womit ich je versucht habe, ihn zu beeindrucken, es ging immer schief. Nie war es genug. Und ihr könnt mir glauben, wenn ich sage, dass ich mich wirklich bemüht habe, ihm ein guter Sohn zu sein! Seit Jahren behandelt er mich wie … ach, ich möchte dieses Thema eigentlich gar nicht vertiefen … Auf jeden Fall bringt jede Myrmidone mehr Mitgefühl für ihre Genossen auf, als dieser Mann für mich«, ruft Paco wütend. »Er ist herrschsüchtig, gemein und obendrein noch gefährlich! Er muss aufgehalten werden, und zwar bald. Und diese Sache wäre eine gute Gelegenheit, um ihm das Handwerk zu legen! Lasst mich für euch spionieren.«

Das war ja mal eine klare Ansage. Dieser Paco erinnert mich eins zu eins an den hinterhältigen Burschen von letztem Semester – gewieft, gemein und vollkommen bereit, seine eigenen Pläne durchzusetzen. Er ist genau wie damals, als er mich bei der Sache mit der Sicherheitsnadel überrumpelt und mich Westhold ans Messer geliefert hat. Nur dass er dieses Mal auf unserer Seite steht. Aber ja … so einen Paco könnten wir eigentlich echt gut gebrauchen. Sein Plan könnte durchaus funktionieren. Ich denke, es wäre gar nicht so schlecht, wenn wir ihn auch weiterhin in die Artefakte-Suche miteinbeziehen …

»Mal angenommen, wir würden dich wirklich als Spitzel einsetzen«, starte ich meine Überlegungen. »Wer garantiert uns, dass du nicht im entscheidenden Moment die Seiten wechselst und uns in den Rücken fällst? Blut ist schließlich dicker als Wasser!«

»Niemand garantiert euch das. Ihr müsstet mir wohl vertrauen«, antwortet Paco ehrlich, wobei er mir entschlossen in die Augen blickt. Diese Sache scheint ihm echt wichtig zu sein. »Nico, dass ich eben nicht gelogen habe, kann dir bestimmt Mrs Arlon bestätigen.« Torloxton blickt unsere Vertrauenslehrerin fragend an. »Bitte berühren Sie mich an der Stirn.«

Sie nickt und tut ihm den Gefallen. »Paco sagt die Wahrheit«, antwortet die Lehrerin umgehend.

»Siehst du! Nico, jetzt weißt du zumindest, dass ich es ehrlich meine. Ich habe einen Fehler gemacht, ja. Aber es tut mir unendlich leid. Und wenn ich den gestrigen Tag rückgängig machen könnte, dann würde ich es tun, aber das geht nun mal nicht«, sagt er fast schon wütend, was mich wirklich beeindruckt, denn so viel Mumm seinerseits überrascht mich positiv. »Hast du nicht auch schon einmal Mist gebaut, Nico?«

»Doch, schon …«, antworte ich aufrichtig und erinnere mich daran, dass ich noch vor nicht allzu langer Zeit Onkel Mikelo für einen Verräter gehalten habe. »Möglicherweise hätte ich an deiner Stelle ähnlich reagiert, wie du es getan hast, Paco«, gebe ich zu und sehe meine Freunde ratsuchend an. »Was meint ihr?«

Lavinia, Sebi, Mary und Argos nicken bestätigend. »Pacos Idee klingt gar nicht mal so schlecht!«

Endlich mischt auch Gottman sich wieder ein. »In Ordnung: Wenn Paco dazu bereit ist, diese Sache durchzuziehen, werden wir auf sein Angebot eingehen und seine Bereitschaft nutzen. Mit seiner Hilfe können wir tatsächlich zwei Fliegen mit einer Klappe schlagen. Einerseits verringern wir die Gefahr für euch beide, Nico und Lavinia, wenn wir Torloxton mit ein paar verdrehten Informationen bezüglich unserer Mission versorgen. Und andererseits, was ebenso wichtig ist, haben wir mit Pacos

Unterstützung eine reelle Chance, den Elysiern ein für alle Mal das Handwerk zu legen.«

»Ich verspreche euch, alles zu tun, was ihr von mir verlangt, aber bitte glaubt mir, wenn ich sage, dass ich auf eurer Seite bin«, fleht Torloxton erneut.

»Ich glaube, das wissen wir nun«, meint Onkel Mikelo entschlossen, eindeutig nicht mehr bereit, länger über diese Sache zu diskutieren. »Ich denke, du hast aus deinem Fehler gelernt, damit lassen wir es gut sein. Doch jetzt tickt die Uhr, denn bald ist es Nachmittag und dein Vater wird dich kontaktieren. Und dann musst du genau wissen, wie du dich zu verhalten hast, damit unser Plan gelingt.«

Guter Punkt. Da hat er recht. Wir sollten uns wirklich schleunigst eine gute Strategie überlegen.

Ruckartig steht Erossa von seinem Sessel auf und läuft zu Gottmans Holzschrank, aus dem er den Kugelschreiber herausnimmt, den Paco gestern von Myrmidonen-Hauptmann Eudoros erhalten hat. Er ist noch immer von der gläsernen Haube umgeben.

»Movare!«, befiehlt er, als er sich wieder zu uns an den Tisch gesetzt hat, und schon ist die Isolationsschicht verschwunden. »Bevor wir einen Plan entwickeln, müsst ihr erst mal wissen, was es mit diesem Ding hier auf sich hat«, erklärt er und beginnt, das Schreibgerät auseinanderzunehmen.

Gebannt sehe ich zu, wie Onkel Mikelo den Kugelschreiber geschickt in seine Einzelteile zerlegt und kurz darauf einen rund vier Zentimeter langen und einige Millimeter breiten Metallbolzen zwischen seinen Fingern hält.

»Was ich hier in meiner Hand habe, ist keine gewöhnliche Schreibmine, wie ihr vielleicht im ersten Moment geglaubt habt, sondern ein sogenanntes Voxonium.«

»Ein was?«, will Lavinia sofort neugierig wissen und sieht Erossa mit fragenden Augen erwartungsvoll an.

Prompt fällt mir ein, dass auch die Myrmidone das Ding gestern so bezeichnet hat. In der Hektik des Gefechtes ist mir der Begriff leider völlig entfallen, ansonsten hätte ich im Anschluss an unsere nächtliche Diskussionsrunde noch in der Bibliothek recherchiert und das Schlafen einfach ganz ausfallen lassen. Neugierig, welche Erklärung nun folgen wird, lausche ich Onkel Mikelos Worten.

»Ein Voxonium gilt in Talenterkreisen nicht nur als die höchste Form der digitalen Kommunikation, sondern auch der Spionagetechnologie. Prinzipiell erfüllt es eine ähnliche Funktion wie ein simples Telefon, wobei der eigentliche Aufbau dieses Gerätes wesentlich gewiefter und komplizierter ist. Der größte Vorteil eines Voxoniums besteht darin, dass Gespräche von niemandem aufgezeichnet oder gar zurückverfolgt werden können. Auf der Erde gibt es nur eine Handvoll Talenter, die in der Lage sind, ein solches Gerät herzustellen. Dazu bedarf es nämlich nicht nur einer ganz besonderen Fingerfertigkeit, sondern auch einer einzigartigen magischen Veranlagung, die nichts mit Elementverbundenheit oder gar Ausbildung zu tun hat. Ich vergleiche das gerne mit dem menschlichen Beispiel der Pferdeflüsterer. Diese Begabung hat man, oder man hat sie eben nicht. Sie ist nicht zu beeinflussen oder zu erlernen. Wie auch immer: Zwei von diesen Talentern kennen Rupert und ich sogar persönlich. Beide arbeiten bei der Talenterpolizei. Der eine ist der Präsident Tristan Jakobs selbst, und der andere ist der Einsatzleiter und Abhörspezialist General Rudolf Smith. Im Grunde könnt ihr ein Voxonium mit einer hochentwickelten und intelligenten Stimmgabel, die nur auf ein ganz bestimmtes Gegenstück reagiert und dadurch in Schwingung gerät, vergleichen. Um mit jemandem sprechen zu können, werden zwei Voxoni, so lautet die Mehrzahl, der gleichen Sorte benötigt. Jede Gabel braucht jeweils die andere, um existieren und funktionieren zu können. Eine ist ein reiner Kontaktempfänger, wie dieses

Voxonium hier«, Onkel Mikelo hebt den kleinen Bolzen hoch, »und die andere ist der Kontaktsender, der sich in unserem Fall bei den Elysiern, also bei deinem Vater, befindet. Paco kann mit seinem Gerät also ausschließlich Anrufe *annehmen*, jedoch nicht tätigen.«

»Genau so ist es«, übernimmt der Rektor nun das Wort – die beiden sind ein eingespieltes Team. »Wenn dich Einnar Torloxton heute kontaktieren wird«, Gottman sieht Paco ernst in die Augen, »dann wird dieser kleine Bolzen hier plötzlich selbstständig in der Luft schweben und vibrieren. Du brauchst aber keine Angst zu haben, es passiert dir nichts. Doch sobald du die Stimmgabel berührst – das ist ungefähr so, wie wenn du einen Anruf auf deinem Handy annimmst – geht es los. Dann kannst du mit deinem Vater sprechen und ihn hören. Aber vergiss nicht – und damit komme ich zur eigentlichen Funktion eines Voxoniums, nämlich der Abhörtechnologie –, den Bolzen nach dem Gespräch erneut zu berühren. Solltest du das nämlich nicht tun, verwandelt sich dieses kleine unscheinbare Ding in ein hochmodernes Abhörgerät. Und ich denke, dass dein Vater genau darauf abzielt. Also denk daran, dass du am Ende eures Telefonats diese abschließende Berührung tätigst, hast du verstanden?«, fragt Gottman Paco zum Abschluss. »Und noch einmal: Du brauchst keine Angst zu haben, wir werden dir heute alle zur Seite stehen und bei dir sein.«

Paco nickt dankbar. »Ja, mir ist alles klar«, sagt er mutig.

»Bevor wir jedoch mit den Einzelheiten deines Gesprächs, und damit meine ich die Besprechung darüber, was du sagen darfst und was nicht, beginnen, sollten wir eine kurze Pause einlegen«, meint Onkel Mikelo und blickt auf seine Uhr. »Ich weiß nicht, wie es euch geht, doch mir knurrt der Magen. Inzwischen ist es ja auch fast Mittag geworden.«

Gute Idee, eine kurze Auszeit, würde wirklich nicht schaden. »Leute, was haltet ihr davon, wenn wir uns eine schnelle Pizza zur Nervenberuhigung liefern lassen?«, frage ich in die Runde, die meinen Vorschlag sogleich dankend annimmt.

Mit einem kurzen »Apparete!« lasse ich deshalb die Speisekarte des Pizzadienstes, einen Flyer, der leider etwas schwer auseinanderzunehmen ist, erscheinen. Beim nächsten Mal sollte ich mir eine andere Unterlage für mein Frühstück besorgen oder einfach etwas vorsichtiger mit dem Ahornsirup sein und nicht alles verkleben. Aber dank eines schnellen »Purgare!« ist die Speisekarte rasch wieder sauber.

Schon reiche ich sie an meine Freunde weiter, die sich binnen Sekunden völlig darin vertiefen. Diese intensive Beschäftigung mit dem Essen ist für alle die perfekte Gelegenheit, erst mal zu schweigen, durchzuatmen und abzuschalten.

Nachdem alle gewählt haben, fasse ich zusammen: »Also, ich ordere eine Salami mit extra Käse für Sebi, je eine Hawaii für die Mädchen, drei Provinciale, davon gehört eine Hektor, schließlich muss ich mein Zeitreiseversprechen einlösen, eine Onkel Mikelo und eine Argos und mir. Eine Tonno mit extra Zwiebeln bestelle ich für Rektor Gottman und zwei Diavolos für Mrs Arlon und Paco. Richtig?«

Da ich keine Einwände höre, greife ich zu meinem Handy und ordere unser Mittagessen.

20

Möge das Täuschungsmanöver beginnen

Kaum eine Dreiviertelstunde nachdem ich unsere Pizzabestellung abgegeben habe, klingelt es an der Tür und ich laufe zum Tor des Arassis-Anwesens, um die Lieferung entgegenzunehmen.

»Stimmt so«, sage ich zu dem Boten, als er mir das Rückgeld geben möchte. »Der Rest ist für Sie.« Erfreut macht sich der junge Mann auf den Weg zu seinem nächsten Kunden.

Bevor ich jedoch zu den anderen zurückkehre und sie mit Futter versorge, rufe ich mit einem kurzen Telepathie-Zauber Hektor herbei, um mein Versprechen seinem jüngeren Ich gegenüber, bei ihm einzulösen.

Als das Pegasospferd nur wenig später bei mir ist und die dick belegte Provinciale erblickt, beginnen seine Augen richtig zu leuchten. Ich bin heilfroh, dass ich mich wenigstens mit dieser Kleinigkeit bei ihm revanchieren kann. Er ist uns eine wirklich großartige Hilfe in der Vergangenheit gewesen.

»Hektor, hättest du eventuell heute Nachmittag noch Zeit, um mit Argos und mir einen Ausflug nach Dover zu machen?«, frage ich den Hengst, der bereits zufrieden seine Pizza verschlingt, und sehe ihm dabei bittend in die Augen. »Ich brauche dich bei einer ganz bestimmten Sache.«

»Aber immer doch«, gibt er mir schmatzend zur Antwort und grinst. »Ich nehme an, es geht um das, was ich denke?«

Ich nicke. »Ganz genau.« Natürlich hat er mich bereits durchschaut. Er kennt mich wirklich gut. Schnell vereinbaren wir, uns nach dem Telefonat mit Torloxton Senior erneut hier zu treffen. Dann laufe ich auch schon ins Anwesen zurück, direkt in den Speisesaal, wo mich meine Freunde bereits mit Essbesteck in den Händen erwarten und hungrig ansehen.

»Ich hatte schon befürchtet, du würdest die ganze Bestellung alleine verputzen«, scherzt Sebi, als ich den Raum betrete.

»Das habe ich mir auch wirklich kurz überlegt«, antworte ich lachend und eile zu ihnen an den Tisch. Bevor ich die Pizzen jedoch unter meinen Freunden verteile, halte ich sie Onkel Mikelo noch einmal schnell vor die Nase und bitte ihn darum, sie erneut zu erwärmen – er freut sich immer riesig, wenn *er* das machen darf.

Nach einem kurzen »Calidare!« lassen wir uns die italienische Spezialität schließlich schmecken, die nun wieder wie frisch aus dem Holzofen schmeckt. Ich bin echt froh, dass es Magie gibt. Damit werden einfach so viele Kleinigkeiten im Alltag erleichtert …

Die restlichen neunzig Minuten bis zum sogenannten Final-Call um fünfzehn Uhr verbringen wir gemeinsam auf der Couch im Aufenthaltsraum, wo wir sämtliche Details des kommenden Gesprächs noch einmal durchgehen.

»Also, was soll ich meinem Vater nun genau sagen?«, will Paco nach einer Weile wissen. Er scheint doch ein bisschen nervös zu sein. »Mit welchen Falschinformationen soll ich ihn füttern?«

»Mit nicht allzu vielen, würde ich sagen. Wir müssen aufpassen, dass Einnar Torloxton keinen Verdacht schöpft. Wenn du ihm das Blaue vom Himmel herunterlügst, könnte das aber passieren!«, gibt unsere Geschichtslehrerin zu bedenken und sieht den Rektor fragend an. »Wir dürfen den Anführer des Elysischen Bundes auf keinen Fall unterschätzen.«

»Dein Einwand ist berechtigt, Dorothy. Aber keine Sorge, Paco wird seinen Vater gar nicht wirklich belügen. Er wird ihm sogar die Wahrheit sagen«, antwortet Gottman grinsend.

»Was?«, schnauben meine Freunde und ich alle gleichzeitig und sehen den Rektor verdattert an.

»Jetzt verstehe ich gar nichts mehr …«, meint Sebi und schüttelt ratlos den Kopf.

»Hatten wir vorhin nicht genau das vereinbart? Dass wir ihm falsche Informationen liefern?«, wende auch ich verwirrt und fast etwas aufgebracht ein. Ihm die Wahrheit sagen? Spinnt der denn? Jetzt nimmt das Ganze Dimensionen an, die ich nicht mehr gutheiße.

»Wir dürfen nicht zulassen, dass die Elysier unsere Mission durchkreuzen könnten …«, bekräftigt auch Lavinia meine Kritik und Mary schüttelt ebenfalls verbissen den Kopf. »So geht das nicht!«

»Beruhigt euch, Kinder! Es ist nicht so, wie ihr denkt. Ihr habt da gerade etwas völlig falsch verstanden«, stellt Onkel Mikelo umgehend klar und unterbricht damit unsere aufwogende Aufregung. »Rupert, du hast dich da wohl ziemlich holprig ausgedrückt. Lass mich das vielleicht noch einmal erklären. Also: Wir erzählen Pacos Vater zwar die Wahrheit, aber nur einen Teil davon. Bestimmte wichtige Details lassen wir einfach weg, und andere verdrehen wir eben ein wenig. Wir liefern ihm sozusagen eine etwas manipulierte Version der Wahrheit. Aber Paco, pass nun bitte gut auf, denn jetzt kommt dein Part: Hör mir zu. Du musst dir genau merken, was du ihm verraten kannst und was nicht. Bist du bereit?«

»Bin ich!«, gibt dieser ernst dreinblickend zur Antwort und nickt.

Onkel Mikelo lächelt zufrieden. »Sehr gut. Also: Ich möchte, dass du deinem Vater von der Karte und den Etappen, die Nico und Lavinia zu bestreiten haben, erzählst. Berichte, dass ihr im London British Museum wart und dort einen Zentauren getroffen habt, der Nico und Lavinia eine Information zum Stundenglas des Kronos anvertraut hat. Erkläre Torloxton, dass Lavinia und Nico von Pholos dem Schrecklichen erfahren haben, dass die Artefakte nur mithilfe eines ganz bestimmten Gegenstands zerstört werden können. Erwähne jedoch mit keinem Wort, dass sie Zeus einen Besuch abgestattet haben oder dass das Stundenglas des Kronos und Jynx sich bereits in unserem Besitz befinden. Sag deinem Vater, dass ihr in dieser Nacht zwei Einbrecher gestellt habt und dass deine Freunde und du darum gestern im Buckingham Palace mit dem ›Goldenen Verdienstzeichen Großbritanniens‹ ausgezeichnet worden seid, bei welcher Gelegenheit dich Myrmidone Eudoros aufgesucht hat. Solche für ihn eher unwichtigen Informationen sind bestimmt hilfreich, um deinen Vater in die Irre zu führen. Er soll denken, dass du ihm alles, auch Belanglosigkeiten, mitteilst. Danach erzähle ihm, dass Rupert und ich in Brighton waren und versucht haben, ihm und seinen Gefolgsleuten eine Falle zu stellen. Teile deinem Vater mit, dass wir noch immer wütend darüber sind, dass Elvira van Divort der Talenterpolizei entwischen konnte, bevor die Verhörversuche erfolgreich waren. Dadurch stärken wir ihre Position und das Vertrauen Torloxtons in die Spionin. Und wenn dich der Elysier fragt, wie sie entkommen konnte, sag ihm lediglich, dass du das nicht weißt. Berichte ihm, dass Nico und Lavinia seit dem Ausflug ins Museum tagtäglich hoffnungsvoll auf die Karte starren und auf neue Anweisungen warten, aber dass bisher nichts passiert ist. Poche am Ende eures Gespräches darauf, dass du mit ihm in Kontakt bleiben möchtest. Versuche mit jedem Wort, das dir über die Lippen kommt, sein Vertrauen zu gewinnen. Lulle ihn ein und mach ihm bewusst, wie wichtig es für dich ist, dass ihr beide wieder miteinander ins Reine kommt.«

Paco, der die ganze Zeit über konzentriert den Anweisungen gelauscht hat, ist inzwischen etwas blass um die Nase geworden. »Hoffentlich schaffe ich das und verwechsle nichts …«

»Aber nein, das wirst du nicht. Keine Sorge! Du machst das bestimmt großartig, da bin ich mir sicher«, versucht Erossa ihn zu ermutigen und klopft ihm dabei aufmunternd auf die Schulter. »Hast du noch Fragen?«

»Ja, was soll ich antworten, wenn mein Vater fragt, wann er mich wieder erreichen kann?«, möchte er wissen.

»Ganz einfach: Vereinbare am besten einen bestimmten Wochentag und eine feste Uhrzeit mit ihm. Zum Beispiel Sonntagmorgen um acht Uhr. Argumentiere damit, dass an diesem Tag sowieso alle länger schlafen und es immer erst um neun Uhr Frühstück gibt und du daher ungestört reden kannst«, meint Onkel Mikelo und grinst verschmitzt.

»Aber was machen wir, wenn wieder eine Ameise hier auftaucht?«, fragt Mary plötzlich nervös. »Dann würde Paco auffliegen.«

»Keine Sorge. Hier im Anwesen sind wir dank des Myrmidonen-Gifts sicher. Doch außerhalb des Landsitzes müssen wir wirklich aufpassen«, erklärt Rupert Gottman.

»Dann muss als oberstes Gebot gelten, dass nur innerhalb dieser Mauern über unsere Mission und darüber, dass Paco ein falsches Spiel mit seinem Vater treibt, gesprochen werden darf. Alles andere wäre viel zu riskant«, schlussfolgert Sebi ganz richtig.

»Genau so machen wir es! Alle für einen und einer für alle!«, stimmt Lavinia an, und wir legen sogleich unsere Hände auf ihre.

»Komm, Paco, du auch«, wende ich mich schließlich an Torloxton Junior, auch wenn mich diese Worte noch immer Überwindung kosten. Hoffentlich enttäuscht er mich nicht… Aber wenn er wirklich dazu bereit ist, sein Leben für unsere Sache zu riskieren, dann bin ich ihm diesen freundschaftlichen Akt schuldig. Alles andere wäre unfair. »Du gehörst ab jetzt zu uns!« Damit wäre die Sache besiegelt. Hoffentlich geht unser Plan auf und wir können Pacos Vater tatsächlich täuschen…

»Leute, gleich ist es so weit«, holt mich Marys Stimme auch schon wieder aus meinen Gedanken. »Es ist bereits fünf Minuten vor drei Uhr!«

Schon geht es los. Exakt um die vereinbarte Zeit beginnt das elysische Voxonium erst zu vibrieren und dann zu schweben. Wie besprochen berührt es Paco nach einem letzten, sich vergewissernden Blick in unsere Richtung und nimmt dadurch das Gespräch an.

Kaum eine Sekunde später dröhnt die gebieterische Stimme des Anführers des Elysischen Bundes laut durch den Raum. Obwohl das Ding keinen Lautsprecher hat, habe ich das Gefühl, Torloxton Senior würde direkt neben mir stehen. Dieses Voxonium ist ein echtes Teufels-Ding. Richtig gruselig. Paco kann einem wirklich leidtun, einen so furchtbaren Vater zu haben. Da hat das Schicksal es keinesfalls gut mit ihm gemeint.

Während ich das Gespräch von der Couch aus verfolge, habe ich zwischenzeitlich immer wieder den Eindruck, dass Einnar Torloxton jeden Moment der Kragen platzt und er seinen Sohn sicher gleich anschreien und ihm befehlen wird, was er zu tun hat und was nicht. Einzig und allein dem Umstand, dass der Elysier zuerst Pacos Vertrauen gewinnen muss, ehe er sich traut, so mit ihm umzugehen, ist es meiner Meinung nach zu verdanken, dass er sich bei seiner Wortwahl zusammenreißt.

Vor Paco selbst habe ich bei diesem Gespräch jedoch den größten Respekt. Er lässt sich überhaupt nicht aus der Ruhe bringen und tischt seinem Vater Satz für Satz genau das auf, was wir vereinbart haben. Er ist ein perfekter Schauspieler. Das hätte ich ihm wirklich nicht zugetraut. Offenbar war es doch eine kluge Entscheidung, diese Sache hier durchzuziehen. Der Elysier scheint seinem Sohn jedes Detail abzukaufen … Gott sei Dank! Sogar als Paco erklärt, dass jemand an seiner Zimmertür klopft und er deswegen Schluss machen muss, schöpft er keinen Verdacht. Paco ist wahrlich ein Weltmeister der Täuschung.

Nachdem er sich von seinem Vater verabschiedet und einen neuen Anruftermin vereinbart hat, berührt er das Voxonium erneut mit seinen Fingern, um das Gerät zu deaktivieren und nicht in ein Abhörgerät zu verwandeln. Danach reicht er es an Rektor Gottman weiter und bittet ihn, es zu verwahren. Damit ist der Spuk zu Ende.

»Geschafft! Ich habe es wirklich geschafft!«, ruft Paco überglücklich und fällt uns allen nacheinander lachend in die Arme. »Mein Vater wird noch lernen, uns zu fürchten!«

»Hoffentlich!« Aber mal sehen, was die Zukunft bringt. Inzwischen halte ich alles für möglich. Doch jetzt werde ich mich zurückziehen, um mich mit Hektor zu treffen, denn gemeinsam mit ihm und Argos werde ich in die Stadt fliegen, um für Mary eine Geburtstagsüberraschung zu besorgen. Schließlich ist morgen schon der dreiundzwanzigste August. Und dann heißt es: Happy Birthday, Mary!

21

13500 Kilometer entfernt auf einer Insel in Vanuatu

Nach dem Gespräch mit seinem Sohn sitzt der Anführer des Elysischen Bundes auch eine Stunde später noch angespannt auf dem Schaukelstuhl vor dem Fernseher in seiner Experimentierkammer. Obwohl es längst an der Zeit wäre, zu Bett zu gehen und zu schlafen, schafft Einnar Torloxton es nicht, jene Ruhe zu finden, die er dringend benötigen würde, um sich zu erholen. Seit rund einer Woche scheint er eine regelrechte Pechsträhne zu haben. Seine Nerven liegen blank. Was geschieht bloß mit ihm? Ob er kurz vor einem Burnout steht? Nein, der Anführer des Elysischen Bundes doch nicht …

Anfangs hatte alles danach ausgesehen, als ob sein perfider, bis ins kleinste Detail ausgeklügelter Plan funktionieren würde, aber dann verweigerte während des letzten Einsatzes plötzlich sein geliebtes Zepter ganz ohne Vorzeichen seinen Dienst. Dabei hatte der Elysier noch viel mehr als den Vulkanausbruch auf Sumatra geplant. Er hatte die Menschheit so richtig bluten lassen wollen … Aber stattdessen konnte er nicht einmal ansatzweise das erreichen, was er vorhatte.

Den Tag darauf ging es mit den Hiobsbotschaften auch schon weiter. Dann ließen ihn zu seinem eigenen Erstaunen plötzlich auch die eigenen Zauberkenntnisse bei der Reparatur seiner wichtigsten Waffe im Stich. Und jetzt liegt das mächtige Zepter regungslos und unbrauchbar vor ihm! Noch immer hat Torloxton überhaupt keine Ahnung, mit welchem Spruch er das mächtige Aigis wieder auftauen könnte. Hoffentlich findet er im »Buch der Schwarzen Magie« eine Lösung – gleich morgen wird er damit beginnen, es genau zu studieren. Wenn er dort nicht fündig wird, hat der Elysier ein mächtiges Problem …

Und als ob diese Misere nicht schon schlimm genug wäre, behagte ihm heute auch noch irgendetwas an der Unterhaltung mit seinem Sohn nicht. Aber was es war, kann Einnar Torloxton beim besten Willen nicht sagen. Vielleicht trügt den Elysier das Gefühl auch nur und er sieht Probleme, wo gar keine sind. Möglicherweise hat es ihn auch einfach nur irritiert, dass ihm sein Sohn keinerlei Vorhaltungen gemacht hat, weil er ihn vor zwei Monaten wie ein heißes Stück Kohle hat fallen gelassen. Wäre Einnar Torloxton an Pacos Stelle gewesen, dann hätte er diese ganz und gar nicht unwichtige Sache sicherlich erwähnt. Und dass sein Sohn das nicht getan hat, macht den Anführer des Bundes stutzig … Schließlich hatte ihm sein Junior sogar durch diese unnütze Myrmidone ausrichten lassen, dass er ihm nur unter der Bedingung, ihn als ebenbürtigen Elysier zu akzeptieren, verzeihen würde …

»Ach, egal! Ich bilde mir das sicher alles bloß ein …«, beruhigt sich Torloxton selbst. Heute hat er es sich höchstpersönlich erlaubt, Selbstgespräche zu führen. »Ich darf über diese Sache nicht mehr nachdenken. Mein dämlicher Sohn hätte sowieso niemals den Mumm dazu, mich zu hintergehen. Das würde er nicht wagen. Wahrscheinlich ist er einfach nur froh darüber gewesen, dass ich ihm diese zweite Chance gegeben habe. Bestimmt hat er darum nichts weiter gesagt – damit ich es mir letztendlich doch nicht anders überlege.« Ja, das muss der Grund sein …

Wobei der Elysier an dieser Stelle zugeben muss, dass es ihm um einiges lieber gewesen wäre, wenn er seinen Sohn ein für alle Mal losgeworden wäre. Aber wie sagt man so schön: »Einem geschenkten Gaul schaut man nicht ins Maul.« Wenn ihm Paco die außerordentliche Möglichkeit bietet, Gottman auszuspionieren und mehr über die beiden Artefakte zu erfahren, dann wird er diese auch nutzen! Und damit soll das Grübeln auch ein Ende haben.

Beim nächsten Mal muss er Paco jedoch unbedingt ablenken, damit dieser Tölpel nicht wieder irrtümlich das Voxonium berührt. Aber ihm zu sagen, dass er dies nicht tun darf, weil er ihn ansonsten nicht abhören kann, wäre kein schlaues Vorgehen. Dadurch würde sich der Junge bestimmt hintergangen fühlen und auf stur schalten. Und dann wäre alles umsonst und er könnte diesen wirklich nicht üblen Plan vergessen. Der Elysier muss sich unbedingt einen Vorteil gegenüber Gottman verschaffen. Die Gegenstände müssen ihm gehören und nur ihm, koste es, was es wolle!

Doch nun braucht Torloxton Ablenkung. Es wird Zeit, sich etwas Neues, Besseres und Gemeineres auszudenken. Auch wenn sein Zepter momentan nicht einsatzfähig ist, gibt es andere Mittel und Wege, um seinem Ziel ein Stückchen näherzukommen …

22

Marys Geburtstagsüberraschung

Seitdem meine Freunde und ich den Kampf gegen den Elysischen Bund vor etwas mehr als einem Jahr aufgenommen haben, ist uns bewusst geworden, wie wichtig es ist, das eigene Leben zu schätzen und für jeden erlebten Tag dankbar zu sein. Wie schnell es vorbei sein kann, hat uns die fürchterliche Katastrophe auf der Insel Sumatra leider erst vor Kurzem schmerzlich vor Augen geführt. Und genau aus diesem Grund haben wir gestern beim Abendessen – zu dem Argos und ich aufgrund unseres Ausfluges mit Hektor fast unpünktlich gekommen wären – mitsamt den drei Professoren beschlossen, uns einen Tag Auszeit von unserer Mission zu gönnen. Heute werden wir einfach mal abschalten und Marys Geburtstag ganz unter das Motto »Carpe Diem« – was sinngemäß übersetzt so viel wie »Nutze den Tag« bedeutet – stellen.

»Die nächsten vierundzwanzig Stunden gehören uns ganz allein«, rufe ich begeistert, als Sebi und ich uns um kurz vor zehn Uhr vormittags ausgeschlafen auf den Weg zum Speisesaal machen, um uns mit Gottman und den anderen zu treffen. »Heute ist unser ganz persönlicher Feiertag! Ich bin so glücklich!«

»Und ich erst! Heute können wir uns endlich einmal wieder wie ganz *normale* Teenager fühlen und es uns von früh bis spät gemütlich machen. Wir werden einfach nur relaxen, Spaß haben, die Seele baumeln lassen und Mary feiern«, antwortet Sebi gut gelaunt, während er die Treppen hinunterläuft.

»Ganz genau! Schließlich haben wir uns diese Pause nach dem ganzen Stress auch redlich verdient«, füge ich noch hinzu, um dem klitzekleinen schlechten Gewissen, das sich inzwischen in meinem Inneren breitmacht, auch ja keine Chance zu geben.

Übermütig betreten wir den Speisesaal.

»Mannomann, hier hat sich aber jemand echt Mühe gegeben!«, stelle ich bewundernd fest, als ich mich umsehe und die unzähligen Luftballons und das viele bunte Konfetti im Raum erblicke.

»Hier sieht es ja wie in einer Partyhöhle aus, fehlt nur noch die Musik«, sagt auch Sebi anerkennend.

»Und die machen wir gleich selbst! Einen wunderschönen guten Morgen, ihr beiden«, begrüßt uns Rektor Gottman freundlich. »Da staunt ihr, was? Die Dekoration stammt von Dorothy. Und das Essen, das uns heute serviert wird, haben Mikelo und ich zu verantworten«, erklärt er zwinkernd, ehe die Tür aufgeht und auch Mary, Lavinia, Paco und die beiden anderen Professoren, gefolgt von Argos, zur Tür hereinschneien.

»Wow! Phänomenal!«, höre ich Lavinia im Hintergrund rufen, als wir bereits ein lautes und leider auch ziemlich falsches »Happy birthday to you« anstimmen und Mary gratulieren. Dass wir mit diesem Singsang keine Musicalkarriere starten werden, steht definitiv fest – meine armen Ohren haben so etwas von gelitten –, doch Hauptsache wir hatten unseren Spaß.

»Deine Geschenke bekommst du aber erst nach dem Essen«, stellt Onkel Mikelo sofort lächelnd klar. »Ich hoffe, ihr habt

Hunger mitgebracht! Kommt zu Tisch und lasst uns mit einem ausgedehnten Geburtstagsbrunch in den Tag starten. Bernard, die Bühne gehört dir, du kannst loslegen …«, höre ich Erossa das Startsignal geben, als wir um den mit bunten Blumen, Kärtchen und Servietten geschmückten Frühstückstisch Platz nehmen.

Einen Augenblick später stapft bereits Monsieur le Moore mit drei verschiedenen Serviertabletts beladen in den Raum. Da er ausnahmsweise sogar ein Lächeln im Gesicht hat, verzichte ich heute sogar darauf, ihn wie sonst »le Monster« zu nennen.

»Wahnsinn, was der alles mitbringt«, flüstert mir Sebi mit großen Augen ins Ohr.

Schon läuft auch mir das Wasser im Mund zusammen und ich nicke. »Es ist richtig nett von Gottman und Erossa gewesen, dass sie extra für Marys Geburtstag unseren heißgeliebten Küchenchef in seinem Urlaub herbestellt haben, um uns ein Frühstück vom Allerfeinsten, mit allem Drum und Dran, zu bereiten.« Das *heißgeliebt* war gerade natürlich sarkastisch gemeint, denn eigentlich können wir diesen missmutigen Franzosen noch immer nicht leiden, obwohl er echt fabelhaft kochen kann.

Neben Pfannkuchen, frischen Früchten und Mehlspeisen tischt er uns verschiedene Aufstriche, Wurstsorten und selbst gebackene Brötchen, die einem das Herz zum Schmelzen bringen, auf. Alles ist derart appetitanregend angerichtet, dass ich gar nicht weiß, was ich als Erstes probieren soll. Mit diesem Festmahl hat sich der Koch eindeutig Pluspunkte bei mir verdient. Wenn er nicht immer so miese Laune hätte, könnte ich ihn sogar ein kleines bisschen mögen …

»So einen Festschmaus sollte es auch während des Schulbetriebs von Zeit zu Zeit geben …«, ruft Paco erfreut und beginnt sofort damit, sich die Backen vollzustopfen. »Guten mmmhh … Appetit«, schmatzt er munter kauend.

»Ebenfalls, lasst es euch schmecken. Und übrigens: Paco hat total recht, was das Frühstück betrifft: Würden wir so etwas Leckeres öfter bekommen, wären wir beim Lernen bestimmt motivierter«, gebe auch ich meinen Senf dazu und grinse. »Damit könnten Sie uns definitiv das Leben versüßen, Sir Gottman.«

Der Rektor lacht. »Das würde euch so passen! Erpressen lasse ich mich bestimmt nicht!«, scherzt er gut gelaunt. Es ist richtig schön, auch ihn wieder einmal entspannt zu erleben – diese kurze Pause tut uns allen wirklich gut.

Nachdem wir unser Futtergelage leider zwangsläufig aufgrund eines sogenannten Magen-Engpass-Problems beenden mussten – ich hätte gerne noch viel, viel mehr verdrückt, doch irgendwann rief mein Bauch einfach nur noch »Stopp! Aufhören, oder ich platze!« –, starten wir mit dem Highlight unseres Brunchs.

Jetzt bekommt Mary ihre Geburtstagsgeschenke überreicht, und Sebi ist als Erster an der Reihe. »Alles Gute«, sagt er und überreicht unserer Freundin eine bunte Tüte, in der sich eine DVD – es ist der Kinofilm »Twilight« –, eine Monsterpackung Popcorn und eine Schachtel Süßigkeiten befinden.

»Oh mein Gott! Ich liebe die Biss-Reihe total!«, ruft Mary laut, ehe sie ihm um den Hals fällt. »Danke, Sebi! Die Liebesgeschichte von Edward und Bella ist so schön, ich könnte ausflippen vor Freude. Diesen Film müssen wir uns unbedingt alle zusammen ansehen! Und zwar noch heute! Aber woher weißt du überhaupt, dass ich ein Fan davon bin? Hast *du* ihm das verraten, Lavinia?«, fragt Mary meine Schwester, die nur selbstzufrieden lächelt. Die Geschenkempfehlung stammt eindeutig von ihr.

»Nein …«, meint Lavinia nur scheinheilig schmunzelnd und zwinkert Sebi grinsend zu. »Aber jetzt komme ich!« Erfreut drückt sie Mary auch schon einen Kuss auf die Wange und überreicht ihr ein in Teddybär-Papier gewickeltes Päckchen, aus dem unser Geburtstagskind ein brandneues Lockeneisen herauszieht.

»Das ist ja … Wow! Ahhh …«, fängt sie zu kreischen an.

»Stell dir vor: Bei diesem Lockenstab wird jede einzelne Haarsträhne automatisch eingezogen und gelockt. Damit ist mühsames Lockenmachen passé! Hiermit ist es ein Kinderspiel, ich habe es bereits ausprobiert! Nun hat dein altes Eisen endlich ausgedient. Das kommt in den Müll! Lass uns das neue später gleich gemeinsam testen, ja?«, fragt meine Schwester begeistert.

Sofort beginnt Mary wie verrückt zu quieken und fällt ihrer besten Freundin in die Arme. »Danke, Süße! Ja, das machen wir!«

Verstehe einer die Mädchen … Ich wäre nie auf die Idee gekommen, jemandem etwas zu schenken, das er bereits hat. Auch dann nicht, wenn sich ein paar Funktionen geändert haben. Nun ja. Wie auch immer … Mit ihrem Geschenk hat Lavinia jedenfalls voll ins Schwarze getroffen, Marys Reaktion war zumindest eindeutig. Und die Locken beim Besuch im Buckingham Palace standen ihr auf alle Fälle super. Da war sie echt wunderschön.

Nun kommt Paco dran. Von ihm erhält unsere Freundin einen mit einer Torte bemalten, selbstgebastelten Gutschein mit der Aufschrift »Einmal Pizza essen in Dover mit uns allen« geschenkt.

»Wow! Das ist wahnsinnig großzügig von dir! Danke, Paco«, freut sich Mary mit großen Augen und nimmt ihn ebenfalls in die Arme. Damit zeigt sie ihm ganz deutlich, dass er nun auch zu unserem Team gehört. Hoffentlich liegen wir, was seine Absichten betrifft, nicht falsch und Torloxton Junior ist tatsächlich auf unserer Seite … Aber darüber werde ich mir heute nicht den Kopf zerbrechen.

Auf alle Fälle ist sein Geschenk richtig nett, und das, obwohl es eigentlich *typisch Junge* ist. Wieso uns die meiste Zeit außer einem Gutschein überhaupt nichts Eigenständiges einfällt, geht mir beim besten Willen nicht in den Kopf. Ich bin da normalerweise nämlich nicht anders. Zum Glück habe ich diesmal jedoch mein Muster durchbrochen. Ob erfolgreich oder nicht, werde ich gleich sehen, denn bald bin ich an der Reihe.

Doch zunächst kommt Argos. Und sein Geschenk ist total süß. »Ich werde dir einmal *auf Befehl* Scones holen!«, ruft er schwanzwedelnd und leckt Mary freudig übers Gesicht. »Das Geld bekomme ich bestimmt von meinem Herrchen, oder?« Schon starrt der Hund Gottman mit treuen Augen an.

»Na klar bekommst du das, Kleiner!«, antwortet ihm dieser und streichelt dem Vierbeiner sacht über den Kopf.

»Aber jetzt sind wir am Zug«, meint Onkel Mikelo lächelnd. »Von Dorothy, Rupert und mir bekommst du, neben dem heutigen Geburtstagsbrunch, ebenfalls noch eine Kleinigkeit. Wir werden nämlich heute die Rechnung für euch alle bei der Beach-Party in Dover übernehmen.«

»Was? Also dürfen wir doch auf diese Party?«, will ich verdutzt wissen. Gestern nach dem Abendessen zeigten sich die drei Professoren von unserem Vorschlag alles andere als begeistert. Da waren sie noch einstimmig der Ansicht, dass ein solcher Ausflug viel zu gefährlich wäre. Was in Anbetracht der gegenwärtigen Umstände ja auch irgendwie stimmt …

»Ja, das dürft ihr. Aber nur, wenn ihr uns mitnehmt!«, fügt Mrs Arlon grinsend hinzu. »Ein bisschen relaxen am Strand würde uns allen guttun.« Mit einer galanten Bewegung dreht sie sich zu Onkel Mikelo und Rektor Gottman. »Habe ich recht, Männer?«

Beide nicken und lachen. Heute ist Mrs Arlon echt gut drauf. Ihre Pirouette kam der einer Primaballerina gleich.

»Juhu!«, jubeln dieses Mal alle hocherfreut, und sofort fallen wir den drei Lehrkräften überglücklich in die Arme. »Danke!

Danke, das bedeutet uns irrsinnig viel. Und natürlich freuen wir uns, wenn Sie mitkommen«, meint Mary abschließend. »Das Fest wird ein Riesenspaß!«

In diesem Moment kommt mir eine Idee. »Wenn das so ist, dann bekommst du mein Päckchen aber erst heute Abend auf der Party«, sage ich geheimnisvoll grinsend zu unserem Geburtstagskind, obwohl mich diese Worte wahrlich Zurückhaltung kosten. Denn natürlich hätte ich Mary mein Geschenk am liebsten gleich hier auf der Stelle gegeben. Aber das wäre blöd. Wenn ich schon unverhofft die Chance auf so ein perfektes Ambiente erhalte, werde ich dieses auch nutzen.

Mary wird mein Geschenk an einem ganz besonderen Ort bekommen, und meines Erachtens ist eine Party am Meer dafür bestens geeignet. Außerdem kann ich sie dort nebenbei auch noch endlich etwas anderes fragen, und zwar: Ob sie meine Freundin sein will, also … so richtig. Ja, heute werde ich mich endlich trauen! Hoffentlich hat Sebi recht und sie lässt mich nicht abblitzen … Auf jeden Fall hoffe ich, ihr mit meinem Geburtstagsgeschenk eine Freude bereiten zu können. Ich bin schon richtig gespannt auf ihre Reaktion.

Mein gestriger Ausflug mit Hektor und Argos nach Dover diente nämlich nur diesem einen Zweck: Ich musste ein besonderes, einzigartiges und persönliches Präsent für Mary finden. Leider war mir Sebi keine große Hilfe, als ich ihn zu Hause noch gefragt habe, ob er mir eine Idee für ein passendes Geschenk liefern könnte. Er meinte lediglich, ich solle nicht so lange grübeln und ihr, genau wie ihm damals, meine Playstation überlassen. »Das wird schon passen, schließlich ist sie sowieso scharf auf dich«, war sein einziger Kommentar. Aber damit wäre mein Vorhaben, Mary zu beeindrucken, bestimmt in die Hose gegangen. Mädchen stehen bekanntlich nicht auf Jungen-Kram …

Also bin ich mit Argos und Hektor nach Dover geflogen, wo der Hund und ich eine ganze Weile planlos von Geschäft zu

Geschäft gelaufen sind, bis der Kleine die zündende Idee hatte. Als wir an einem Juwelier vorbeikamen, erinnerte er sich nämlich daran, wie ihm Lavinia vor einiger Zeit erzählt hatte, dass Mary Schmuck unheimlich toll finden würde. Damit war der erste Schritt dann auch schon erledigt. Zumindest hatten wir die Richtung gefunden, in die mein Präsent gehen sollte. Nach einer kurzen Diskussion, ob eine Kette oder ein Ring besser geeignet wäre, entschieden wir uns für Ersteres. Aber irgendeine x-beliebige Kette zu kaufen, wäre für mich nicht in Frage gekommen! Daher, und jetzt kommt der Clou, habe ich kurzerhand den Entschluss gefasst, ein ganz individuelles Schmuckstück zusammenzuzaubern. Dafür fehlten uns nur mehr die passenden Einzelteile. Also bin ich mit Argos in das Juwelier-Geschäft marschiert, wo ich mit meinem, leider recht begrenzten, Budget sowohl einen kleinen silbernen Anhänger, einen Engelsflügel, als auch eine Modeschmuck-Kette erstanden habe. Danach sind wir mit unseren Errungenschaften auf Hektors Rücken nach Hause zurückgeflogen, wo unsere Arbeit aber erst richtig begann.

Mit Papier, Bleistift und meinem Tablet bewaffnet, haben Argos und ich stundenlang im Internet nach unterschiedlichen Design-Vorlagen gesucht. Und als wir nach einer ganzen Weile endlich auf eine Webseite zum Thema »einzigartige, von Hand gefertigte Schmuckkreationen« gestoßen sind, hatten wir mein Geschenk im Handumdrehen beisammen.

Total motiviert bin ich in die Küche gestürmt, um dort ein Trinkglas zu besorgen, das ich kurz darauf in seine Einzelteile zerbrochen habe – dieser Kollateralschaden musste sein. Danach habe ich bis kurz vor Mitternacht aus den Scherben eine kleine Phiole gezaubert, die wir schließlich mit kleinen blauen Sandkörnern aus Mrs Arlons Kunstblumenstock befüllt haben. Als wir endlich fertig waren, haben wir die Phiole mit einem kleinen Korken, den ich aus dem Verschluss einer Weinflasche gewonnen hatte, verschlossen und den entstandenen Anhänger mit Silberdraht verschönert. Zuletzt habe ich sowohl die Phiole als auch den Engelsflügel auf die gekaufte Kette aufgefädelt und alles in einem rosa glänzenden Papier verpackt. Ich bin richtig stolz darauf, wie schön mein Geschenk letztendlich geworden ist – Zauberkräfte sind einfach für alles zu gebrauchen. Ich freue mich schon total darauf, es Mary heute Abend übergeben zu dürfen.

»Oh Nico, das ist eine so coole Idee! Ich habe noch nie von jemandem ein Geschenk am Strand bekommen!«, jubelt Mary ganz außer sich vor Aufregung über meinen Vorschlag. »Ich bin schon richtig nervös!«

Dankbar blickt sie kurz darauf in die Runde. »Ich danke euch allen von ganzem Herzen. Ich bin wirklich froh, euch zu haben. Ihr seid inzwischen zu meiner Zweitfamilie geworden! So einen tollen Geburtstag wie heute hatte ich noch nie.«

»Und er wird noch besser, denn bald geht es auf eine Party! Aber nun: Gebt uns eineinhalb Stunden Zeit, dann sind wir wieder bei euch«, ruft meine Schwester plötzlich entschuldigend und packt ihre Freundin bei der Hand. »Wir müssen uns unbedingt für Dover aufhübschen und das Lockeneisen ausprobieren. Und deine Eltern«, jetzt wendet sich meine Schwester an Mary, »solltest du ebenfalls endlich zurückrufen. Sie haben nämlich schon mehrmals versucht, dich und sogar mich auf dem Handy zu erreichen … Aber um Punkt halb zwei heute Nachmittag sind wir wieder bei euch«, sagt sie nun wieder zu uns. »Wir treffen uns direkt im Gemeinschaftsraum. Bis dann!«

Ohne unsere Antwort abzuwarten oder zu fragen, wann wir denn überhaupt nach Dover aufbrechen werden, verschwinden die beiden Mädchen schnurstracks in Richtung ihres gemeinsamen Zimmers.

»Was war das denn gerade eben?«, fragen die drei Professoren völlig überrascht und ziehen fragend ihre Augenbrauen hoch. »Verstehe einer die heutige Jugend ...«

»Die sind immer so«, meint Sebi. »Die beiden hecken bestimmt irgendetwas für die Party aus, darauf verwette ich sogar Nicos Playstation.«

»Vorsicht, mein Freund, die gehört mir«, scherze ich. »Aber hey, wenn wir schon einmal beim Thema sind, hättet ihr Lust, eine Runde zu spielen?« Fragend sehe ich den Professoren, Sebi und Torloxton Junior abwechselnd in die Augen – schließlich möchte ich nicht, dass jemand denkt, ich würde ihn ausschließen. »Ich könnte sie holen und im Gemeinschaftsraum aufbauen. Und dann könnten wir gegeneinander antreten und ein paar Autorennen fahren. Das haben wir schon extrem lange nicht mehr gemacht.« Der letzte Satz war eindeutig an Sebi gerichtet.

»Super Idee«, antworten Paco und Sebastjan zeitgleich. »Liefern wir uns ein Match!«

»Ich nehme den Porsche!«, stellt mein bester Freund sogleich klar und verteidigt sein Lieblingsauto gegenüber Paco. »Und Rektor Gottman, Sie könnten den Lamborghini haben, oder den Ferrari, wenn Sie wollen ... Und für Mrs Arlon würde der Bentley genau passen, und für Sie, Mr Erossa ...«

»Stopp, stopp, stopp, junger Mann! Das ist zwar sehr nett von euch dreien, dass ihr uns dabeihaben möchtet, aber wir werden uns jetzt für einige Zeit zurückziehen«, meint Rektor Gottman ablehnend, jedoch dankbar. »Argos möchte nun eine Runde Gassi gehen, nicht wahr, mein Kleiner?« Schon beginnt der Hund mit seinem Schwanz zu wedeln. »Und danach werden wir uns etwas ausruhen. Ihr wisst ja, wie Erwachsene sind ...«

»Aber um sechzehn Uhr dreißig holen wir euch im Aufenthaltsraum ab, um uns auf den Weg nach Dover zu machen. Viel Spaß euch dreien«, fügt Onkel Mikelo noch hinzu, ehe er Monsieur le Moore Bescheid gibt, dass er nun abräumen kann.

»Ebenfalls viel Spaß!«, rufe ich Gottman, Erossa und Arlon zu, ehe ich mich zu den beiden Jungs drehe. »Dann hol ich mal die Playstation!«

Flink haste ich noch vor den Professoren die Tür hinaus, eile zuerst auf mein Zimmer und dann in den Gemeinschaftsraum, wo mich Sebi und Paco bereits freudig erwarten.

Dort beginne ich mit meiner Aufbauarbeit, die aufgrund meiner Routine innerhalb von wenigen Minuten erledigt ist. Schon startet Sebi das Spiel und nimmt die Steuerung an sich, um kurzerhand den silbernen Porsche in Beschlag zu nehmen. Paco entscheidet sich nach kurzem Hin und Her schließlich für den schwarzen Lamborghini, und ich wähle den knallroten Ferrari.

»Los geht's!«, rufe ich begeistert und drücke auf die Play-Taste. »Möge der Beste gewinnen!«

Sebi, Paco und ich haben wirklich Glück, dass sich die Mädchen verspäten und ihre Aufhübschungs-Aktion bis kurz vor halb drei in die Länge ziehen. Somit haben wir unverhofft eine gute Stunde länger für unser Rennen Zeit. Was für ein Segen! Bestimmt haben die Professoren sie inzwischen über den Abreisetermin nach Dover in Kenntnis gesetzt… Aber zugegeben, Marys und Lavinias Schönheitswahn hat sich richtig bezahlt gemacht, denn als die beiden wiederkommen und den Raum betreten, kippen Paco, Sebi und ich fast aus den Schuhen.

»Ihr seht ja wie Topmodels aus!«, rufe ich anerkennend und bewundere nicht nur ihre perfekte Schminke und die Haare, die sie natürlich mit dem neuen Lockeneisen gestylt haben, sondern vor allem auch ihre Outfits.

Mary trägt eine hautenge schwarze Röhrenjeans mit Ledereinfassung an den Seiten und ein enganliegendes weißes Pailletten-Top mit einem breiten Hüftgürtel. Und meine Schwester macht in ihrem zerrissenen, blauen Jeansrock, den sie mit einem dunkelbraunen Fransenshirt und kniehohen Stiefeln kombiniert trägt, jeder Rockerbraut Konkurrenz. Sie wirkt richtig cool.

»Aber hallo!«, pfeift auch Sebi mit einem breiten Grinsen im Gesicht. »Ihr seht echt sexy aus.« Als ich merke, wie er meine Schwester mit offenem Mund anstarrt, könnte ich mich kugeln vor Lachen. Ich glaube, er mag sie.

Paco hält sich mit seinen Äußerungen jedoch zurück und schweigt. Offenbar hat er Angst, sich mit einer unpassenden Bemerkung unbeliebt zu machen. Doch wie sagt man so schön: Blicke sagen mehr als tausend Worte …

»Danke für die Blumen«, antworten Mary und Lavinia, beide übers ganze Gesicht grinsend. Ihnen ist ganz deutlich anzusehen, dass sie mit unserer Reaktion mehr als zufrieden sind. Fast glaube ich, dass sie diese sogar bezwecken wollten.

Nach einer kurzen Beratungsrunde darüber, was wir in den verbleibenden neunzig Minuten bis zu unserem Ausflug anstellen könnten, entschließen wir uns dazu, den Fernseher anzuschalten und die neue DVD, diesen Film Twilight, einzulegen. Hätte ich gewusst, dass es sich dabei um eine reine Fantasy-Schnulze handelt, hätte ich bestimmt dagegen protestiert. Aber dank einer ordentlichen Menge Popcorn halte ich den Film schließlich ohne Meckern aus. Vielleicht habe ich mir sogar den einen oder anderen Tipp von diesem Hauptdarsteller, diesem Edward, geholt, mit dem ich Mary heute beeindrucken kann. Dieser Kerl war zumindest verdammt selbstsicher, was seinen Umgang mit Mädchen betrifft.

Auf die Minute genau werden wir um halb fünf von den drei Professoren abgeholt. Wirklich schade, dass Argos nicht mitkommen möchte und streikt. Er sagt, er hätte genug Trubel für heute gehabt und würde lieber relaxen und hier die Stellung halten. Irgendwie verständlich, denn eine Party am Strand mit Hunderten von Menschen wäre für den kleinen Hund letztendlich nur purer Stress. Da hat er es zu Hause gemütlicher.

Nachdem wir alle unsere Pullover, Jeansjacken, Rucksäcke, Taschen, Schminkutensilien – die Mädchen natürlich – und was man sonst noch für so einen Ausflug braucht, geholt haben, marschieren wir in den Garten, wo bereits sieben gesattelte Pegasospferde auf uns warten.

»Wir *fliegen* nach Dover? Das ist ja eine tolle Überraschung!«, freue ich mich und steige sogleich auf Hektor auf, der natürlich mein Weggefährte sein wird. Irgendwie hatte ich schon befürchtet, dass wir den Bus nehmen müssten.

»Mit diesem Rock wirst du aber Probleme bekommen«, meint Onkel Mikelo kopfschüttelnd, als er Lavinia beim Aufsteigen beobachtet.

»Ach was, auf Leda kann ich auch seitlich gut sitzen«, antwortet sie nur mit einem Schulterzucken. War doch klar, dass sie sich niemals umziehen würde. »Und Leda würde mich sowieso niemals abwerfen, oder Süße?«, fragt sie zum Abschluss die weiße Stute und streicht ihr über die Mähne.

Diese Aktion gerade war typisch für Lavinia – was meine Schwester sagt und tut, muss einfach richtig sein … Aber egal …

Als wir alle aufgesessen haben und startklar sind, gibt Hektor das Signal zum Aufbruch und wir fliegen los. Ich kann es kaum erwarten, bis die Party in Dover losgeht und Mary mein Geschenk bekommt. Hoffentlich gefällt es ihr.

23

Eine Party mit Hindernissen

Ich muss gestehen, dass ich vom Strand in Dover richtig angetan bin. Es ist ein wirklich schöner Kiesstrand, der sich zwischen den Hafenmauern und den weißen Kreidefelsen verbirgt. Kaum zu glauben, dass wir das ganze letzte Jahr keine Gelegenheit gefunden haben, diesem Ort einen Besuch abzustatten. Aber weiter als in die Innenstadt haben wir es nie zuvor geschafft. Ich finde es richtig schade, dass wir noch immer so wenig über den Ort, an dem wir leben und wo wir zur Schule gehen, wissen. Es ist wirklich unglaublich, wie sehr uns der Elysische Bund die vergangenen Monate auf Trab gehalten hat.

Sofort fällt mir der Tag wieder ein, an dem wir im Pub »Rack of Ale« hier in Dover Burger essen waren. An jenem Abend wurden wir bei Dynamos Zaubershow im Arassis-Anwesen von diesem fiesen Mantikor attackiert. Niemals hätte ich es damals für möglich gehalten, dass ein kleines Tier für einen Geheimbund arbeiten und die Menschheit mit einem furchtbaren Grippevirus infizieren könnte … Tja, wie man sich täuschen kann. Inzwischen weiß ich es natürlich besser. Mittlerweile kenne ich sogar Myrmidonen. Summa summarum kann man eigentlich sagen, dass an diesem Tag der Stein ins Rollen geraten ist. Nach und nach wurden meine Freunde und ich in so vieles eingeweiht: in das Wissen um die Elysier und ihr Vorhaben, unsere magische Abstammung, die Artefakte und ihre Bedeutung. Eigentlich unfassbar, was in den letzten Monaten alles passiert ist. Irgendwie kommt es mir immer noch so vor, als sei ich erst gestern ins Arassis-Sportcamp gekommen …

Augenblicklich meldet sich mein schlechtes Gewissen zurück – vielleicht war es doch unverantwortlich von uns zu entscheiden, dass wir unsere Mission für einen Tag unterbrechen … Was, wenn uns am Ende genau dieser Tag fehlt?

Prompt reißt mich Sebi jedoch mit einem lauten »Schau nur, wie hier die Hölle los ist« aus den tristen Gedanken. »Der Strand ist gerammelt voll!!«

»Heiliger Strohsack, und wie!!«, antworte ich beeindruckt und bemerke erst jetzt die unzähligen Leute, die den Beginn der Party in zwanzig Minuten offensichtlich kaum erwarten können. Während die einen sich etwas zu essen besorgen, scharen sich die anderen bereits vor der Getränkebar. »Ich glaube, die Gruppe dort drüben glüht schon vor«, witzle ich und überlege, wie meine Freunde und ich uns die Zeit bis zum Partystart vertreiben könnten.

Gemeinsam mit den Professoren entscheiden wir uns nach einer kurzen Diskussionsrunde dazu, die Uferpromenade, die mit unterschiedlichen Cafés, Restaurants und Geschäften gespickt ist, entlang zu schlendern und einen letzten Blick auf die Klippen und das Dover Castle zu werfen, bevor es dunkel wird.

»Hey Leute, was haltet ihr davon, wenn wir uns demnächst mal ein Tretboot mieten, um die Küste vom Wasser aus zu erkunden? Vielleicht haben wir Glück und sehen eine Robbe«, schlägt Sebi uns kurz vor dem Umkehren vor.

»Das wäre echt toll!«, antwortet ihm meine Schwester sichtlich begeistert und hängt sich bei ihm ein. »Aber du trittst«, scherzt sie, ehe sie innehält und freudig aufschreit: »Riecht ihr das auch? Oh Mann, dort vorne brennt bereits das Lagerfeuer! Dem vielen Rauch nach zu urteilen, ist es riesig groß! Kommt, macht schnell, die haben schon ohne uns angefangen!«

»Aber Lavinia, wir haben doch noch nichts versäumt«, versucht Mrs Arlon sie lachend zu beruhigen. »Lasst uns einfach ein wenig schneller gehen, dann sind wir auch in Windeseile am Ziel angelangt.«

Schon kurze Zeit später finden meine Freunde und ich uns bester Laune mitten im Gedränge wieder.

An den zahlreichen Stehtischen tummeln sich Hunderte Partygäste mit Fingerfood und Getränken in den Händen, und am hinteren Ende des Sandstreifens sehe ich das riesige Lagerfeuer lichterloh brennen, das meine Schwester bereits im Vorfeld gerochen hat. Um die Flammen herum stehen etliche Leute mit Hotdogs und Marshmallow-Spießen und tanzen entspannt zur Musik. Nicht weit von der riesigen Bühne, auf der eine mir unbekannte Band gerade einen Linkin-Park-Song spielt, sehe ich eine Gruppe Teenager, die Gitarren bei sich tragen, allesamt einen Kreis gebildet haben und zum Rhythmus des Liedes die Saiten ihrer Instrumente zupfen. Ob das die Newcomer-Band ist, die in sämtlichen Zeitschriften angekündigt wurde und die heute ab zweiundzwanzig Uhr ihren Auftritt hat? Das wäre toll.

»Ich weiß ja nicht, was ihr vorhabt«, meint Onkel Mikelo dann plötzlich. »Aber ich hätte jetzt nichts gegen eine Riesenportion Fish and Chips und etwas zu trinken einzuwenden. Und danach würde ich mir gerne die Musik etwas genauer anhören.«

»Und wir kommen mit«, stimmt Rektor Gottman kurzerhand zu und drückt mir einen Fünfzig-Pfund-Schein in die Finger. »Wenn der nicht reicht, dann wisst ihr ja, wo ihr uns findet.«

Eilends stapfen die drei Professoren durch den Sand in Richtung Grill davon. Wirklich nett, dass sie uns allein lassen. Das hätte ich nicht gedacht. »Und was machen wir jetzt?«, frage ich sogleich in die Runde.

»Na feiern natürlich!«, ruft Sebi wie aus der Pistole geschossen und nimmt mir das Geld auch schon aus der Hand. »Aber zuerst hole ich uns ein paar Getränke. Cola mögt ihr doch alle …«

Im Nu ist Sebi auch schon mit fünf Flaschen zurück. »Prost! Auf einen tollen Abend!«, ruft er und stößt mit uns allen an, nachdem er die Getränke verteilt hat.

»Hey, guckt mal, da vorne findet ein Tanzwettbewerb statt«, ruft Mary bereits kurze Zeit später aufgeregt, als sie die halbe Falsche geleert hat. »Komm, da machen wir mit! Lavinia, lass uns das ausprobieren, bitte! Die tanzen Limbo.«

»Oh ja, schnell«, antwortet ihr meine Schwester begeistert und reicht Sebi ihre inzwischen leere Flasche zum Halten. »Dafür hast du was gut«, bedankt sie sich bei ihm, ehe sie sich mit ihrer Freundin im Schlepptau davonmacht.

»Warte, ich muss auch noch austrinken«, höre ich Mary noch rufen, als sie bereits mit meiner Schwester in Richtung der tanzenden Menge verschwindet.

»Nie werden wir gefragt, was wir tun wollen«, jammert Sebastjan gleich darauf genervt. »Aber dieses Spektakel sollten wir uns trotzdem nicht entgehen lassen! Tanzende Mädchen sind sicher nicht übel«, meint er noch scherzend, ehe wir den beiden folgen.

Schon geht die Vorstellung los.

Mit einem koketten Lächeln schummeln sich Mary, inzwischen ebenfalls ohne Colaflasche – keine Ahnung, wo sie die losgeworden ist –, und Lavinia in die Schlange hinein. Die ersten paar Runden schaffen es die Mädchen mit Leichtigkeit, unter dem Holzstab durchzutanzen, der von zwei Jungen, die beide nicht mehr ganz nüchtern aussehen, gehalten wird. Beim sechsten Durchgang jedoch müssen sich unsere Freundinnen bereits richtig anstrengen und ihre Köpfe sehr weit zurückbeugen, sodass ich für einen kurzen Moment glaube, dass die beiden scheitern könnten. Doch Fehlanzeige! Lavinia und Mary sind richtig gut und halten sich Runde um Runde perfekt.

Die Zuschauer applaudieren, und mit einem Mal stelle ich fest, dass »einfach nur zu relaxen und Spaß zu haben« gar nicht mal so schwer ist, wie ich bis vor Kurzem noch gedacht habe. Schnell verdränge ich mein erneut aufkeimendes Schuldgefühl hinsichtlich unserer Mission und überlege stattdessen, wie ich es am besten schaffen könnte, Mary ein Stückchen von der Menschenmenge fortzubringen, um ihr mein Geburtstagsgeschenk in Ruhe zu überreichen.

Prompt präsentiert sich die Lösung wie von selbst, denn gerade scheidet das Geburtstagskind aus dem Tanzwettbewerb aus. Das ist meine Chance.

»Bleibt ihr hier bei Lavinia«, rufe ich Sebi und Paco zu, bevor ich schnurstracks in die Richtung meiner Freundin eile. ›Jetzt oder nie‹, denke ich mir, ehe ich Mary an der Hand nehme und sie lautlos zur Seite ziehe.

»Sorry, ich wollte dich nicht erschrecken«, entschuldige ich mich, als wir einige Meter von der Menge entfernt sind. »Aber ich muss dir unbedingt noch etwas geben. Du hast doch Geburtstag … Hast du Lust, ein Stück mit mir zu gehen?«, frage ich sie etwas schüchtern, doch als ich sehe, wie sie nickt und sogar ein wenig rot wird, beruhigen sich meine Nerven auf der Stelle. Der erste Schritt ist also getan. Sie kommt mit.

Als wir uns weit genug vom Getümmel entfernt haben und es am Strand so ruhig geworden ist, dass ich das Meer rauschen höre, bleibe ich stehen und öffne meinen Rucksack, um das Präsent herauszuholen.

»Das ist für dich! Happy Birthday!«, gratuliere ich ihr etwas unbeholfen und drücke Mary behutsam an mich – so nah, dass ich sogar den blumigen Duft ihrer Haare riechen und die

Wärme ihres Körpers spüren kann. Wie gerne ich sie jetzt küssen würde …

Mit großen leuchtenden Augen nimmt sie mein Geschenk entgegen. »Weißt du, dass dieses Päckchen von dir etwas ganz Besonderes für mich ist?«, sagt sie schließlich etwas nervös und beginnt es ganz vorsichtig, fast so, als wäre es aus Glas, auszupacken. »Was ist da drinnen?«

»Mach es auf und schau nach«, antworte ich grinsend. »Das musst du schon selbst herausfinden.«

Lächelnd entfernt Mary den letzten Rest des rosaroten Papiers, und als sie die Silberkette mit dem selbstgebastelten Anhänger aus der Verpackung nimmt, leuchten ihre Augen wie funkelnde Diamanten.

»Wow … Nico, was soll ich sagen? Das … diese Kette ist einfach nur wunderschön. Die Phiole und der Engelsflügel sind traumhaft. Wo hast du die her? Wo bekommt man denn so etwas Tolles?«

»Nirgendwoher, ich habe dein Geschenk selbst gemacht«, antworte ich nicht ohne Stolz in der Stimme. »Ich habe diesen Anhänger aus verschiedenen Einzelelementen zusammengezaubert, extra für dich!« Stolz zeige ich auf die Glasphiole.

»Nico, das ist das allerschönste Geschenk, das ich jemals bekommen habe, ganz ehrlich! Ich bin … so überwältigt. Diese Kette ist einfach nur … perfekt.«

Vorsichtig tritt Mary ganz nah an mich heran, und mein Bauch beginnt zu kribbeln. Es fühlt sich an, als würden sich Tausende Schmetterlinge in meinem Inneren breitmachen. Ob ich sie jetzt küssen darf? Schließlich sind unsere Lippen nur noch wenige Zentimeter voneinander entfernt …

»Mary, da gibt es schon so lange etwas, das ich dir sagen möchte«, taste ich mich langsam an mein Vorhaben heran. Auf gar keinen Fall darf ich das jetzt vermasseln oder sie gar überrumpeln …

»Ja, ich dir auch«, entgegnet sie liebevoll und strahlt mich mit ihren vollen, rosaroten Lippen sanft an.

Behutsam fasse ich nach ihrer zierlichen Hand und halte sie ganz sachte in meiner. Das ist der schönste Moment, den ich bislang mit einem Mädchen erlebt habe. »Seit ich dich das erste Mal in der Schule gesehen habe, bin ich von dir wie verzaubert«, sage ich noch leise zu ihr, ehe ich die Augen schließe und mich ganz langsam vorbeuge, um sie zu küssen.

Doch dann passiert es: »Hey, ihr dort drüben!«, unterbricht ganz plötzlich jemand diesen besonderen Moment, noch bevor ich Marys Lippen auch nur ansatzweise mit den meinen berühren konnte.

Es ist meine Schwester.

»Das darf doch wohl nicht wahr sein!«, stöhne ich genervt und sehe Mary entschuldigend an. »Was willst du denn hier?«, frage ich Lavinia. Sie erntet einen mehr als mürrischen Blick. Hat diese Frau überhaupt kein Taktgefühl?

»Störe ich etwa? Oh, sorry … ja!« Beschämt schlägt sie sich die Hand auf den Mund, als sie zu verstehen scheint. »Ich wollte euch wirklich nicht …«

»Hey, Süße, ist doch nicht so schlimm! Mach dir keinen Kopf.« Wie immer ist es Mary, die die Contenance bewahrt und die Situation dadurch beschwichtigt. »Aber wenn du schon einmal hier bist, dann schau dir an, was Nico mir gerade geschenkt hat«, meint sie freundlich und zeigt ihr voller Stolz meine Kette. »Ist die nicht wunderschön?«

»Wow, die ist wirklich toll«, antwortet Lavinia etwas beschämt. Offensichtlich weiß sie noch immer nicht, wie sie sich verhalten soll.

Mary lächelt. »Nico, ich möchte, dass du sie mir anlegst«, bittet sie mich sogleich, reicht mir das Schmuckstück und dreht sich erwartungsvoll um.

Verärgert zische ich Lavinia, während ich den Karabiner der

Kette verschließe, ein unfreundliches »Du vermasselst mir alles! Hau ab und verschwinde!« ins Ohr.

Meine Schwester nickt. Ihrem Gesichtsausdruck nach zu urteilen, tut es ihr aufrichtig leid. Sofort bekomme ich ein schlechtes Gewissen, dass ich sie gerade so ruppig angefahren habe, und möchte mich bei ihr entschuldigen.

Doch genau in dem Moment, in dem ich meine Finger von Marys Nacken nehme, beginnt sie ganz unerwartet wild mit den Händen zu gestikulieren und aufgeregt zu rufen: »Nico, sieh doch, da! Dein Rucksack leuchtet!«

»Was?«, rufe ich schockiert, noch ehe ich realisiere, was sie meint.

»Schnell, nimm ihn ab«, fordert Mary mich auf, mich zu beeilen.

Als ich ihrer Aufforderung nachkomme und ihn hektisch öffne, sehe ich sofort, was Sache ist. Wieder einmal ist es die Karte, die in allen Farben des Regenbogens strahlt. Wieso ich Dummkopf das Ding überhaupt dabei habe, weiß ich auch nicht… Wahrscheinlich, um mein Gewissen zu beruhigen. Aber egal. Was soll's. Jetzt ist die Stimmung sowieso ruiniert. Heute vermasselt mir buchstäblich die ganze Familie mein Vorhaben…

»Schnell, Lavinia, wir müssen sie gemeinsam berühren!«, fordere ich meine Schwester nichtsdestotrotz augenblicklich auf.

»Nein, wartet, ich hole zuerst Gottman, Erossa und die anderen. Sie sollten auch dabei sein. Bleibt ihr hier«, widerspricht mir Mary mit ernstem Blick.

»In Ordnung, aber mach bitte schnell«, antwortet ihr Lavinia, bevor unsere Freundin in Windeseile zur Party zurückeilt.

Es dauert keine zehn Minuten, bis alle bei uns angekommen sind. Nachdem sich Onkel Mikelo vergewissert hat, dass sich keine Menschen in unserer Nähe befinden, gibt es kein Halten mehr. Schon berühre ich gemeinsam mit Lavinia das

Pergament, und binnen Sekunden werden wir erneut in den magischen Strom der Karte gerissen. Wieder beginnt sich die Welt um uns herum zu drehen, bevor die alte Botschaft verblasst und eine völlig neue zum Vorschein kommt.

❖

Gratulation zu Etappe zwei,
doch Nummer drei wird pure Gaunerei.

Unter Einsatz der Reflexe
müsst ihr beklauen die böse alte Hexe.
Versucht sie stets zu überraschen,
doch gebt acht, schon bei Odysseus war sie stets mit allen Wassern gewaschen.

Und nun zu eurem letzten Tipp:
Finden werdet ihr sie nur zu zweit in der nächsten Vollmondnacht bei eurem Trip.

❖

Einen Augenblick später schwebt die Karte abermals wie von Geisterhand in die Höhe, und erneut formen die mysteriösen, goldenen Nebelschwaden ein dreidimensionales Hologramm.

Diesmal blicken wir auf einen gewaltigen Damm aus meterhohen Steinsäulen, der inmitten von zerklüfteten Klippen, die von Wind und Wellen gepeitscht werden, zum Himmel ragt.

Nachdem wir das Abbild eine Weile lang betrachtet haben, nehme ich die Karte an mich und beende den Zauber.

»Kennt jemand von euch diesen Ort?«, will ich neugierig wissen. »Und *wen* sollen wir dort eigentlich suchen?«

»Still!«, befiehlt mir Gottman umgehend mit sehr ernstem

Gesicht. »Hier ist nicht der rechte Ort, um über Derartiges zu diskutieren. Denkt an die Myrmidonen. Wir müssen schleunigst zum Anwesen zurück! Die Zeit drängt!«

»Natürlich, wie dumm von mir«, entschuldige ich mich hastig. Das hatte ich in der Aufregung völlig vergessen. Aber warum der Rektor auf einmal derart hektisch ist, ist mir nicht ganz klar. Ob er tatsächlich eine Ameise gesehen hat?

»Kommt, Kinder! Mara und Alexis möchten, dass wir mit unserer Suche fortfahren. Wir müssen schleunigst aufbrechen«, fügt auch Mrs Arlon bestimmt hinzu, um Gottmans Aussage noch zu verstärken.

Mit einem lauten Pfiff beordert Onkel Mikelo schließlich die Pegasospferde zum Dienst. Das war es dann also mit unserer Party. Nun heißt es: Botschaft entschlüsseln, Etappe drei bestreiten und meine Liebeserklärung auf unbestimmte Zeit verschieben …

24

Auf den Spuren des Odysseus

Gleich nachdem wir eine knappe Dreiviertelstunde später mit Hektor und den anderen Pegasospferden im Park vor dem Arassis-Anwesen gelandet sind, kommen wir zu einer Teambesprechung im Aufenthaltsraum zusammen.

Zum Glück sorgt Argos' Anwesenheit dafür, dass ich mich ein wenig beruhige, denn irgendetwas an der Nachricht meiner Eltern behagt mir diesmal ganz und gar nicht. Seitdem uns die Karte am Dover Beach die neue Botschaft offenbart hat, machen Onkel Mikelo, Sir Gottman und Mrs Arlon derart besorgte Gesichter, als wäre jemand gestorben oder stünde zumindest kurz davor. Den ganzen Flug über haben sie vor sich hin geschwiegen und ins Leere gestarrt. Und da dieses Verhalten meiner Ansicht nach nicht allein durch die Angst, von Myrmidonen belauscht zu werden, erklärt werden kann, ist es nun meine Aufgabe, schnellstmöglich herauszufinden, was sie vor uns verbergen.

»Also gut, meine Lieben«, eröffnet der Rektor schließlich unsere Sitzung und setzt sich zu uns auf die Couch. »Es tut mir unendlich leid, dass dein Geburtstagsfest derart abrupt enden musste«, wendet er sich entschuldigend an Mary, »doch wie mir scheint, drängt die Zeit so sehr, dass das unumgänglich war.«

Unsere Freundin nickt und lächelt verständnisvoll in Lavinias und meine Richtung.

Kurz darauf blickt Rupert Gottman meiner Schwester und mir ernst in die Augen. »Leider ist auch eure kurze Verschnaufpause nun vorbei, denn schon morgen früh müsst ihr euch der nächsten Etappe stellen. Und zwar wieder allein!«

»Was? Morgen früh? Und warum allein?«, fragen Lavinia und ich bestürzt. Das muss doch ein Witz sein. »Ich dachte, wir würden den Rest unserer Mission nun gemeinsam durchziehen?« Hilfesuchend sehe ich zu Onkel Mikelo hinüber.

»Rupert hat mit seiner Aussage leider recht, meine Lieben. Die Nachricht eurer Eltern enthält ausdrücklich zwei Hinweise. Und einer davon besagt, dass ihr auch diesmal allein aufbrechen müsst. Erinnert euch an den Wortlaut ›zu zweit‹ in der Botschaft. Der andere Hinweis deutet auf euren Reisebeginn hin, nämlich auf die bevorstehende Vollmondnacht. Und leider ist diese bereits morgen, am vierundzwanzigsten August«, erklärt uns Erossa, als er sich erhebt und tröstend seine Hand auf meine Schulter legt.

»Jetzt aber mal stopp, alle miteinander«, mischt Sebi sich schockiert ein und springt von seinem Platz auf. »Mara und Alexis Arassis haben sie doch nicht mehr alle!« Mein bester Freund starrt Lavinia und mich entschuldigend an. »Sorry für die Wortwahl, Leute, aber das musste jetzt einfach mal gesagt werden! Die beiden können doch nicht von ihren eigenen Kindern verlangen, sich ohne irgendwelche Vorbereitungszeit ins nächste, bestimmt nicht ungefährliche, Abenteuer zu stürzen! Das ist eine Kamikazeaktion sondergleichen«, beendet Sebi verärgert seine Ausführungen.

»Damit hat Sebastjan völlig recht!«, bekräftigt auch Mary lautstark die Meinung meines besten Freundes. Auch ihr steht der Schreck ins Gesicht geschrieben. »Was wäre gewesen, wenn Nico die Karte im Anwesen gelassen hätte?«

Eine gute Frage … heute Mittag hatte ich das nämlich noch vor …

»Hätte er sie nicht mitgenommen, wären wir mit Sicherheit *nicht* um zehn Uhr abends, sondern möglicherweise erst um drei Uhr morgens oder vielleicht sogar noch später ins Anwesen zurückgekehrt … Und was dann?«, gibt auch Paco verärgert seinen Kommentar dazu ab.

»Das wäre wirklich sehr ungünstig gewesen«, antwortet Gottman sichtlich bekümmert. »Wenn das geschehen wäre, wäre der Zeitdruck noch größer, als er es jetzt ohnehin schon ist. Lasst uns daher das Beste daraus machen und euch so gut und schnell es geht auf die nächste Etappe vorbereiten.«

Onkel Mikelo nickt seinem Freund bestätigend zu. »Das klingt vernünftig. Doch ich glaube nicht, dass Mara und Alexis uns die Botschaft böswillig bis heute verschwiegen haben«, überlegt er und versucht, unsere Gemüter mit einem aufmunternden Lächeln zu beruhigen. »Mit an Sicherheit grenzender Wahrscheinlichkeit hat der Zeitpunkt des Erscheinens der Nachrichten nämlich nichts mit euren Eltern zu tun. Passt auf: Zu Beginn eurer Mission haben wir euch doch erklärt, dass die Karte mit dem Zeusenium, dem mächtigsten aller Schutzzauber überhaupt, belegt wurde, erinnert ihr euch?«

Meine Freunde und ich nicken. Jetzt bin ich aber neugierig, was kommt …

»Ich denke, ich habe soeben ein ständig wiederkehrendes und leider auch unveränderliches Muster beim Erscheinen der Botschaften zu den einzelnen Etappen erkannt. Ich glaube, dass euch diese immer an einem ganz bestimmten Tag nach eurer Rückkehr von der vorherigen Etappe offenbart werden. Nur die kleinen Hilfestellungen zwischendurch erscheinen willkürlich, nämlich dann, wenn ein Was-wäre-wenn-Zauber greift. Hört mir jetzt zu: Die Nachricht zur ersten Etappe erhielten wir sofort, nachdem wir das Pergamentpapier mit eurem Blut zum Leben erweckt haben, die zweite am zweiten Tag nach eurer Heimkehr von Pholos und die dritte heute, am dritten Tag nach eurer Rückkehr von Zeus. Und ich denke, dass es so weitergehen wird und wir die vierte Nachricht am vierten Tag nach eurer Heimkehr der nun folgenden Etappe erhalten werden. Wäre ich bloß früher hinter dieses Muster gekommen«, ärgert sich Onkel Mikelo. »Aber ich befürchte leider, dass wir den Start eurer kommenden Reise nicht länger hinauszögern dürfen. Denn mit Sicherheit gibt es beim Zeusenium-Spruch einen automatischen Zauber-Timer, der die zeitliche Abfolge der Etappen genau festlegt. Und dieser errechnet garantiert selbstständig, wann welcher Schritt erfolgen muss, damit die Artefakte schnellstmöglich zerstört werden können.«

Ich schnaufe. »Das erklärt wenigstens *etwas*. Und Onkel Mikelo, dich trifft keine Schuld. Wenigstens wissen wir dank dir, wann wir mit der vierten und letzten Botschaft rechnen können. Also gut, dann legen wir endlich los. Was kommt auf uns zu?«, verlange ich schließlich von den Professoren zu wissen und sehe meiner Schwester, die inzwischen kreidebleich geworden ist, aufmunternd in die Augen. Mich wundert es selbst, dass ich gerade so mutig geklungen habe.

»Also gut, die gute Neuigkeit bezüglich der nächsten Mission ist, dass euch diesmal keine Zeitreise bevorsteht«, beginnt Sir Gottman zu erklären. »Euer nächstes Ziel liegt nämlich in der Gegenwart, jedoch in so etwas Ähnlichem wie einer Paralleldimension.«

»Und wenn das die… gute Nachricht war, was ist dann die… schlechte?«, will Lavinia zögerlich wissen. »Ich meine, ein erneuter Zeitsprung wäre eigentlich gar nicht mal so schlimm gewesen. Für mich klingt Paralleldimension irgendwie unheimlicher…«

Wo sie recht hat, hat sie recht – doch in den Fängen von Zeus'

Soldaten würde ich mich auch nicht noch einmal wiederfinden wollen.

Besorgt senkt der Rektor den Kopf. »Aufgrund der Botschaft eurer Eltern vermute ich, dass eure nächste Etappe leider um einiges gefährlicher werden wird als alle bisherigen.«

Was sagt Gottman da? Fast fällt mir die Kinnlade runter. »Das hört sich ja … viel… vielversprechend an …«, stammle ich nervös. »Und was heißt das nun genau?« Mir dreht sich fast der Magen um.

Onkel Mikelo fasst mir ein zweites Mal tröstend an die Schulter, ehe er wieder das Wort ergreift und uns aufklärt: »Da eure Eltern in der Botschaft den Talenter Odysseus erwähnt haben, glauben wir, dass …« Unerwartet hält Erossa auf einmal mitten im Satz inne und sieht meine Freunde und mich fragend an. »Sagt euch dieser Talenter überhaupt etwas?«

Während Paco, Sebi, Mary und ich verneinen, nickt Lavinia als Einzige zustimmend. »Ich habe mal gelesen, dass er sich zehn Jahre lang immer wieder mit seinem Schiff verfahren und sich während all dieser Zeit durch seinen außergewöhnlichen Verstand und seine listigen Ideen ausgezeichnet hat«, erklärt meine Schwester, die natürlich sofort von Mrs Arlon gelobt wird.

»Sehr gut, ich finde es immer besonders toll, wenn sich jemand freiwillig in seiner Freizeit weiterbildet«, sagt die Lehrerin und lächelt. »Odysseus und die Ziele seiner Irrfahrten stehen erst in unserem vierten Unterrichtssemester auf dem Lehrplan«, meint Mrs Arlon anschließend und rechtfertigt damit wenigstens die Unwissenheit von uns anderen.

»Gut zu wissen, liebe Dorothy. Dann ist mir klar, dass ich das später genauer erklären muss. Aber nun zurück zur Karte. Da ein Satz der Botschaft ›bei Odysseus war sie bereits mit allen Wassern gewaschen‹ lautet, müssen wir mit großer Sicherheit davon ausgehen, dass euch eure nächste Reise zu der Feuer-

Talenterin Kirke führen wird. Leider gilt sie seit jeher als eine bösartige Zauberin, deren Ziel es ist, unschuldige Talenter gefangen zu nehmen und zu verhexen.«

Ich spüre, wie mir alle Farbe aus dem Gesicht weicht. Das klingt gar nicht gut…

»Seit Tausenden von Jahren lebt sie mit ihren Dienern in einer sich ständig verändernden, verborgenen Siedlung namens Aiaia, deren Eingang für unsere Augen nur in einer Vollmondnacht sichtbar wird«, fährt Onkel Mikelo sogleich fort. »Der Name dieses Dorfes heißt übersetzt so viel wie ›Klagen‹, da er auf die Wehrufe der Seelen, die Kirke dort verzaubert, hindeuten soll. Bis heute war niemandem – weder uns noch der Talenterpolizei – bewusst, wo sich ihre Siedlung befinden könnte. Doch zu eurem Zielort möchte ich später noch kommen. Zuerst sollt ihr erfahren, mit wem ihr es zu tun bekommt und warum Odysseus eine so wichtige Rolle bei dem Ganzen spielt. Ist euch bisher alles klar?«, will Onkel Mikelo von uns wissen.

»Na ja«, antworte ich nachdenklich. »Eigentlich sind mir zwei Dinge unklar. Erstens, warum der mächtigste Talenter aller Zeiten nicht selbst etwas gegen diese Frau unternommen hat – wo sie doch so gefährlich ist. Und zweitens, warum Kirke immer noch leben kann, wo Zeus doch längst tot ist?«

»Zwei gute Fragen, mein Junge, aber zum Glück kann ich dir beide beantworten«, meint Erossa grinsend und erklärt: »Natürlich ist Zeus zu seinen Lebzeiten rigoros gegen die Talenterin vorgegangen. Er hat sie sogar verbannt und eingesperrt. Doch nach seinem Tod war niemand mehr in der Lage, ihr die Stirn zu bieten, denn jeder fürchtete sich vor ihren unermesslichen Zauberkünsten. Und eines Tages gelang es Kirke – keiner weiß, wie sie das angestellt hat – aus ihrem Gefängnis auf der Insel der Seligen auszubrechen und unterzutauchen. Bis heute ist nur bekannt, dass sie sich in so etwas wie einer magischen

Paralleldimension aufhält, wo die Zeit anscheinend anders tickt und sie darum nicht mehr altern kann.«

»Na dann wüssten wir auch das«, seufzt Sebi und sieht mich mitfühlend an. »Euer nächster Ausflug wird alles andere als angenehm …«

»Leider …«, antworte ich ihm mit mulmigem Gefühl, wende mich aber dennoch pflichtbewusst Onkel Mikelo zu: »Du kannst mit deinen Ausführungen nun weitermachen.« Schließlich nutzt uns ein Hinauszögern auch nichts.

Er nickt. »Also: Wie ich vorhin bereits angeschnitten habe, versucht Kirke mit allen Mitteln Talenter, die sich ihrem Heimatdorf nähern, zu umgarnen, sie gefügig zu machen und sie letztendlich in Tiere zu verwandeln, die wiederum Neuankömmlinge umschmeicheln und in ihre Fänge locken sollen. Für Kirke ist es das Größte, von anderen angehimmelt zu werden. Ihre Verführungskünste sind nicht zu unterschätzen. Auch wenn ihr jetzt über sie Bescheid wisst, müsst ihr euch ungemein vor ihr in Acht nehmen!«

Mit einem lauten »Apparete!« lässt Erossa eine zwei mal drei Meter große rechteckige Leinwand vor unseren Augen erscheinen. »Nun zur Geschichte des Odysseus«, sagt er und fordert uns auf, aufzupassen. »Um begreifen zu können, was damals geschah und warum Kirke überhaupt verbannt wurde, seht zu und lernt.«

Augenblicklich beginnt ein Filmausschnitt vor unseren Augen abzulaufen.

Gebannt beobachte ich, wie ein kräftiger, dunkelhaariger Mann Anfang dreißig – das muss Odysseus sein! – mit seinem Segelschiff nach einem Sturm auf einer Insel strandet. Nachdem er und seine Gefährten vergeblich versucht haben, das Schiff zu reparieren, geht ihnen irgendwann die Nahrung aus. Da bemerkt Odysseus bei einem Rundgang zufällig Rauch von der Insel aufsteigen. Sofort schickt er die Hälfte seiner Gefährten los, um den Ort genauer zu erkunden und etwas Essbares aufzutreiben. Bald finden Odysseus' Männer eine alte Siedlung, die nur aus wenigen Steinhäusern besteht, vor denen zahme Wölfe, Löwen, Ziegen und unzählige andere Tiere friedlich leben. Als die Männer kurze Zeit später an einer Tür klopfen, öffnet ihnen eine wunderschöne Frau, die betörender ist als jede, die ich bisher gesehen habe. Doch als sie sich mit Kirke vorstellt, weiß ich, wer sie ist. Freundlich bietet sie den Griechen ihre Gastfreundschaft an. Aber als sie ihnen Essen serviert, mischt die Zauberin ein unheilbringendes Kraut in die Speisen, und noch bevor die Männer den letzten Bissen geschluckt haben, beginnen sie bereits zu wanken und zu stottern, ehe sie in einen tiefen Schlaf fallen. Daraufhin werden sie von Kirke in Schweine verwandelt und in einen Koben gesperrt. Lediglich ein Krieger, nämlich der, der sich zuvor geweigert hat, das Haus zu betreten, weil er eine Falle gewittert hat, kann entkommen. Wie besessen läuft dieser zurück zum Schiff und berichtet Odysseus unter Tränen, was er erlebt hat. Bewaffnet macht sich der mächtige Talenter sofort auf den Weg zur Zauberin. Unterwegs trifft er jedoch auf Hermes, der ihm einen Bund des Krautes Moly überreicht und ihn anweist, einen Saft daraus herzustellen und diesen zu trinken, um so gegen die Zauberkünste Kirkes gefeit zu sein. Und tatsächlich bleiben ihre Kräuter bei Odysseus ohne Wirkung, was die Talenterin jedoch selbst nicht ahnt. Und genau diese Tatsache macht sich Odysseus zunutze, um eine List anzuwenden: Er tut nämlich so, als würden Kirkes Verführungsversuche Wirkung zeigen und macht ihr schöne Augen. Die Zauberin, die offenbar großen Gefallen an dem Krieger findet, glaubt, dass er es ehrlich mit ihr meint und lässt sich dazu verleiten, ihm als Beweis ihrer Liebe einen Herzenswunsch zu erfüllen. Und da schnappt Odysseus' Falle auch schon zu. Denn er wünscht sich nichts anderes, als dass seine verzauberten Gefährten wieder in Menschen verwandelt werden. Dann befiehlt er ihr, ein Festmahl für alle zu veranstalten. Danach möchte er wissen, wie er die gefährliche Klippe der Sirenen passieren kann, ohne in den Abgrund zu stürzen, und so geht es immer weiter und weiter …

Plötzlich verblassen die Bilder auf der Leinwand, und schlagartig bin ich mit meinen Gedanken wieder im Hier und Jetzt.

»Nun gut, ich glaube, dieser Kurzfilm hat euch gezeigt, wozu Kirke fähig ist«, meint Onkel Mikelo und lässt die Leinwand mit einem Schwung seines Zauberstabes wieder verschwinden. »Nicht umsonst stammt das Wort *becircen* vom Mythos rund um diese Zauberin. Dieser Ausdruck bedeutet nämlich nichts anderes als *verführen.*« Kurzerhand sieht Onkel Mikelo Lavinia und mich durchdringend an. »Sobald ihr Kirkes Siedlung gefunden habt, wird sie alles versuchen, um euch einzulullen und zu umgarnen. Ihr müsst darum sehr vorsichtig sein. Habt ihr verstanden?«

»Ja, das haben wir. Diese Frau ist brandgefährlich, aber dank dir sind wir nun bestens auf sie vorbereitet«, antworte ich ihm mit mulmigem Bauchgefühl. Hoffentlich habe ich meinen Mund mit dieser Aussage nicht zu voll genommen …

»Mit *vorbereitet* wären wir auch schon bei meinem Stichwort«, ergreift nun Rektor Gottman das Wort. »Denn vorbereitet war auch Odysseus, erinnert euch, ihm hat niemand Geringeres als der mächtige Talenter Hermes beigestanden. Und jetzt hört mir genau zu: Dorothy wird euch noch heute einen magischen Trank aus dem Kraut Moly brauen und ihn in zwei separate Flaschen abfüllen. Eine für dich, Nico, und eine für dich, Lavinia. Das ist meines Erachtens auch der Grund, warum ihr die nächste Mission wieder alleine bestreiten müsst. Das wenige Kraut, das uns eure Eltern hinterlassen haben, reicht nämlich nur für zwei Personen«, erklärt Gottman. »Nachdem ihr euch morgen früh auf den Weg gemacht habt, müsst ihr Stunde um Stunde jeweils einen kleinen Schluck dieses Elixiers trinken, um euch gegen Kirkes Zauberkünste immun zu halten. Achtet stets darauf, die Konzentration des Wirkstoffs in eurem Blut konstant zu halten. Habt ihr das verinnerlicht?«

Lavinia und ich nicken. »Wir werden uns einfach einen Handywecker stellen«, versprechen wir ernst. »Aber was genau sollen wir eigentlich von Kirke stehlen? In der Botschaft heißt es doch: ›ihr sollt beklauen die alte Hexe‹, oder?«, frage ich neugierig.

Diesmal ist es Mrs Arlon, die antwortet. »Entweder haben eure Eltern die Büchse der Pandora direkt in Kirkes Siedlung versteckt oder, und das ist viel wahrscheinlicher, ihr findet dort etwas, das ihr unbedingt benötigt, um eure letzte Etappe, also Nummer vier, bestreiten zu können.«

Na bravo … »In Ordnung. Das heißt dann wohl, wir müssen so listig und gerissen wie Hermes und Odysseus sein«, überlege ich laut. Ein Glück, dass wir ihre Vorgehensweise nun kennen.

»Ganz genau. Darauf wollten wir hinaus«, meint Onkel Mikelo und lächelt mich an.

»Aber wohin soll unsere Reise eigentlich gehen?«, will Lavinia schließlich wissen und stellt damit die allesentscheidende Frage. »Wo finden wir Kirke?«

»Aufgrund des uns erschienenen Hologramms wissen wir, dass ihr an die nördliche Küste des Countys Antrim, nach Nordirland, östlich des kleinen Städtchens Bushmills reisen müsst, das rund achtzig Kilometer von Belfast entfernt ist«, sagt Gottman.

»Nein, nicht schon wieder Irland«, rufen meine Schwester und ich im Chor. Damit verbinden wir nun wirklich keine guten Erlebnisse. Sofort muss ich an die geplante Entführungsaktion von Mrs Jackson, unserer ehemaligen Schulsekretärin, und unserer Tante Elvira van Divort denken, die zum Glück schiefgegangen ist …

»Es tut mir leid, doch ihr müsst schon wieder dorthin«, bestätigt der Rektor ernst. »Aber wenn es euch beruhigt: Nordirland gehört eigentlich nicht zu Irland, sondern zu Großbritannien. Und zudem braucht ihr diesmal nicht selbst zu fliegen. Morgen könnt ihr direkt mit Hektor und Leda reisen.«

Leider hilft auch dieser Aufmunterungsversuch nicht wirklich und ich fühle mich weiterhin richtig mies.

»Euer genaues Reiseziel ist der Giant's Causeway, der seit 1986 zum UNESCO-Weltkulturerbe zählt«, konkretisiert nun Onkel Mikelo. »Das ist jener Damm, den uns das dreidimensionale Bildnis am Dover Beach gezeigt hat. Er besteht aus etwa vierzigtausend gleichmäßig geformten Basaltsäulen, die ein Alter von etwa sechzig Millionen Jahren aufweisen. Genaueres dazu erzähle ich euch aber morgen beim Frühstück um acht Uhr. Nun ist es schon viel zu spät geworden. Ihr müsst euch ausruhen und schlafen«, beendet er augenblicklich unsere Krisensitzung.

Ein Blick auf die Uhr zeigt mir, dass er wohl recht hat. Inzwischen ist es schon kurz nach Mitternacht. Obwohl ich noch Fragen über Fragen hätte, verabschieden meine Freunde und ich uns mit gemischten Gefühlen voneinander.

Sebi und ich kehren auf unser Zimmer zurück. Erschöpft und vollends aufgeregt zugleich falle ich dort in mein Bett, wo ich in einen unruhigen Schlaf sinke, aus dem ich immer wieder erwache. Was kommt nur diesmal auf uns zu? Hoffentlich finden wir den Eingang zu dieser ominösen Siedlung …

25

Unerwartet Verstärkung

»Aufwachen, mein Freund!«, weckt mich Sebi am Morgen des vierundzwanzigsten August und rüttelt mich unsanft aus dem Schlaf, wobei er mir fast die komplette Bettdecke wegzieht. »Es ist Zeit aufzustehen und dich anzuziehen. Dein Handywecker hat schon dreimal geklingelt, und du hast immer nur die Schlummertaste gedrückt. Jetzt ist aber Schluss damit!«

»Nicht doch, was ist denn los mit dir? Stress mich nicht so, Sebi. Ich will nur noch ein paar Minuten schlafen … Was soll denn die Hektik?«, maule ich im Schlaftaumel und drehe mich auf den Bauch, um so seinem Gemotze zu entgehen. Ich bin einfach nur k. o. und hundemüde. Ich brauche Ruhe …

»Hey«, rüttelt er mich da aber auch schon wieder an der Schulter, diesmal noch fester.

Warum gibt er nicht endlich Ruhe? So nervig ist er doch sonst nicht …

»Nico, verdammt noch mal, du sollst dich nicht umdrehen, sondern in die Gänge kommen, und zwar pronto«, schimpft er. »Hast du vergessen, dass wir gestern vereinbart haben, uns um acht Uhr morgens mit den anderen beim Frühstück zu treffen?«

»Was? Frühstück … um acht?« Das hätte ich doch nie und nimmer so vereinbart … »Ach herrje!« Prompt sind all meine

Erinnerungen zurück und ich weiß wieder, *was* Lavinia und mir heute blüht! Der Flug, Kirke, oh nein! Sofort bin ich hellwach und sitze aufrecht auf den Knien in meinem Bett.

»Wie konnte ich Idiot nur den Wecker ignorieren?«, rufe ich nun völlig außer mir vor Aufregung und erinnere mich daran, dass ich mich vor lauter Nervosität die ganze Nacht über von einer auf die andere Seite gewälzt habe. Das letzte Mal, als ich auf mein Handy gesehen habe, war es gegen fünf Uhr morgens. Wahrscheinlich muss ich danach in eine Tiefschlafphase gefallen sein. »Wie viel Zeit bleibt mir noch?«, will ich hektisch wissen.

»Fünf Minuten! Glaubst du, ich wäre sonst so erpicht darauf, dich aus den Federn zu rütteln?«

Gutes Argument. »Mist!« Wie von der Tarantel gestochen springe ich aus dem Bett und laufe ins Badezimmer. Ich muss unbedingt kalt duschen – vielleicht hilft mir eine Abkühlung dabei, fit zu werden.

Und siehe da: Tatsächlich zeigt das frische Wasser binnen kürzester Zeit zumindest einen Hauch von Wirkung. Sogleich fühle ich mich etwas wohler …

Nun heißt es mich beeilen.

Als ich wieder zurück in unserem Zimmer bin, ziehe ich mir hastig eine bequeme Jeans und ein rotes Shirt über und stopfe alles Notwendige – die Karte, Sebis Survival-Pfadfinderset, einen Pullover, mein Handy und eine Jeansjacke – in meinen Rucksack.

»Los, komm, jetzt bin ich startklar«, fordere ich meinen Freund schließlich um punkt halb neun zum Gehen auf und eile gemeinsam mit ihm die Treppen hinunter.

Im Speisesaal angekommen, werden wir natürlich bereits von allen anderen erwartet. »Wurde aber auch langsam mal Zeit«, lautet der Morgengruß meiner Schwester, als sie mich sieht. Natürlich blickt sie mich dabei vorwurfsvoll an.

»Sorry, ich habe verschlafen«, entschuldige ich mich. Mir tut es wirklich richtig leid, gerade heute zu spät zu kommen – doch irgendwie habe ich in letzter Zeit die Unpünktlichkeit gepachtet. Beim Ausflug in den Buckingham Palace war Gottman richtig sauer, als Sebi und ich nicht zur vereinbarten Zeit beim Tor des Anwesens waren, weil ich vergeblich versucht habe, meine Krawatte zu binden. Ich sollte womöglich etwas Grundlegendes an meinem Zeitmanagement ändern ...

»Guten Morgen, ihr beiden, alles halb so wild! *Noch* hast du nicht viel verpasst, Nico! Mikelo hat inzwischen zwar die Hintergrundinformationen rund um euer Ziel mit Lavinia besprochen, aber die kann dir deine Schwester später genauso gut selbst erzählen«, begrüßt uns Dorothy Arlon mit mütterlichem Blick und reicht mir eine graue Thermoskanne. »Die musst du dir gut einpacken, da ist nämlich der Moly-Saft drin. Aber bevor du das tust, nimm schon mal einen kleinen Schluck von der Flüssigkeit und vergiss nicht, das ab jetzt stündlich zu wiederholen. Lavinia hat ihre Dosis bereits eingenommen«, erklärt mir die Professorin mit ernstem Gesicht, und ich nicke.

»Klar, danke«, antworte ich und trinke gehorsam von der, zu meiner Verblüffung nicht einmal so schlecht schmeckenden, Flüssigkeit. »Dieses Gebräu ist gar nicht übel! Ist da etwa Honig drin?«, möchte ich wissen, da mich der süßliche Geschmack des Trunks irgendwie daran erinnert.

»Ja, ist es. Zudem habe ich den Moly-Saft mit etwas Ambrosia-Sirup angereichert und gestreckt, damit euer Geist ständig gesund und wach bleibt und nicht durch Kirkes Zauberkräfte geschädigt werden kann. Wahrscheinlich schmeckst du neben dem Honig auch die Brombeeren und die Milch heraus.«

»Ach so, ja, das kann gut möglich sein«, sage ich zu meiner Geschichtslehrerin, während ich die Kanne sorgfältig in meinem blauen Burton verstaue. Ich hoffe, dass der Verschluss dicht hält – nicht, dass mir das wertvolle Getränk während der Reise ausläuft.

Als ich das erledigt habe, setze ich mich zu den anderen an den Tisch, wo Mrs Arlon Sebi und mir ebenfalls Frühstück serviert. Sehr zu meiner Freude gibt es auch heute wieder ofenfrisches Gebäck. Bestimmt ist gestern etwas übriggeblieben und Monsieur le Moore hat es eingefroren, sodass die Professorin es vorhin nur auftauen, in den Ofen werfen und backen musste.

»Gibt es sonst noch etwas, das ich wissen müsste?«, frage ich in die Runde meiner Freunde, während ich mir ein warmes Croissant nehme und es aufschneide, um es mit Butter und Nutella zu beschmieren, und mir eine Tasse Kakao eingieße.

»Ja, gibt es!«, antwortet mir Argos plötzlich gut gelaunt und bellt. »Ich komme mit!«

»Was?«, rufe ich verblüfft, da ich seine Worte kaum glauben kann. Das wäre ja fast zu schön, um wahr zu sein! »Wie … du kommst mit? Das verstehe ich nicht. Ich dachte Lavinia und ich müssten wieder alleine gehen? Das hieß es doch gestern …« Die anstrengende Nacht wird meine Erinnerung doch nicht komplett vernebelt haben?

»Nein. Oder … ich meine … ja, ähm … heute habe ich ein echtes Sprachproblem«, scherzt der kleine Hund vergnügt und springt mir mit einem präzisen Satz auf die Beine. »Also noch einmal von vorne: Nico, du hast richtig gehört, ich komme mit euch mit!« Argos schaut mich ernst an.

Ich blinzle nur verdutzt. »Aber … bist du verrückt geworden? Wir haben doch viel zu wenig Moly-Saft, um dich versorgen zu können. Hast du vergessen, was Rektor Gottman gestern gesagt hat?«, kontere ich augenblicklich, schließlich will ich nicht, dass dem Kleinen etwas zustößt. »Argos, das kannst du nicht machen. Das ist viel zu gefährlich, du bleibst gefälligst zu Hause und basta«, füge ich dann noch mit Nachdruck hinzu, damit er auch gar nicht erst versucht, mir zu widersprechen.

»Jetzt mach aber mal halblang, Chef«, antwortet mir der Vierbeiner keck. »Zuerst viel zu spät kommen und unsere Diskussion versäumen und dann auch noch einen auf Besserwisser machen«, schimpft mich der Hund und leckt mir quer übers Gesicht. »Das geht gar nicht … Ja, wir haben zu wenig Moly-Saft, und deshalb müssen die anderen auch zu Hause bleiben. Aber da ich ein *Hund* – und die Betonung liegt auf *Hund* – bin«, Argos bellt demonstrativ, »wenn auch ein sehr, sehr schlauer …«, lobt er sich selbst, »wird Kirke mir nichts antun können. Schließlich kann sie ausschließlich Talenter in Tiere verwandeln. Und ich *bin* erstens kein Talenter und zweitens bereits ein *Tier*, schon vergessen? Die Hexe kommt nie dahinter, dass ich ein mythisches Lebewesen und daher eure geheime Verstärkung und Wunderwaffe bin, das kann ich dir garantieren. Denn so blöd, dass ich mich vor ihr zu erkennen gebe, bin ich wirklich nicht! Also komme ich mit euch mit und helfe euch, so gut ich kann. Und ich will jetzt keine Widerrede mehr hören! Verstanden?«

Diese Erklärung klingt plausibel. »Das ist ja … großartig!«, rufe ich, obwohl ich die frohe Kunde irgendwie noch immer nicht ganz glauben kann. Erfreut streichle ich dem Vierbeiner über das Köpfchen. »Aber vorsichtig müssen wir trotzdem sein, in Ordnung?«

»Sehr wohl, Chef!«, nickt der Hund bestätigend und drückt seinen Körper liebevoll an mich.

»Dann werde ich nach dem Frühstück noch eine Riesenportion Trockenfutter für dich einpacken«, sage ich, ehe mich Argos schon wieder eines Besseren belehrt.

»Das ist alles schon längst hergerichtet und in Lavinias Rucksack verstaut!« Abschätzend blickt sich der Kleine plötzlich zuerst nach links und dann nach rechts um und macht kurz darauf Männchen auf meinem Schoß, um mir etwas ins Ohr zu flüstern. »Na ja, aber ein paar von meinen Lieblings-Leckerli-Stangen könntest du schon noch einpacken. Frag *du* Rupert, ob er dir welche mitgibt. Wenn ich das mache, sagt er bestimmt wieder ›Nein‹, da er ja der festen Überzeugung ist, ich müsste dringend abnehmen, weil ich angeblich zu dick bin, dabei …«, Argos streicht sich mit den Pfoten demonstrativ über den Bauch, »bin ich so schlank.«

Sofort beginne ich zu lachen. Das ist typisch Argos. »Ich habe noch etwas Besseres in petto: Ich frage ihn gar nicht, sondern hole einfach selber welche! Schließlich kenne ich das Geheimversteck in seinem Büro«, gebe ich ihm flüsternd zur Antwort und zwinkere ihm zu. »Ich bin doch auf deiner Seite.«

»Na, was habt ihr zwei Tunichtgute denn da so Geheimnisvolles zu bereden«, meint auf einmal der Rektor und sieht uns grinsend an. Ich verwette alles darauf, dass er mitbekommen hat, was wir gerade ausgeheckt haben.

»Oh … gar nichts. Ich habe Nico nur erklärt, dass ich sein Beschützer bin und deshalb mitkomme«, schwindelt der Hund schlagfertig, ehe er mit einem flinken Satz auf den Boden zurückspringt. »Nico möchte jetzt ungestört essen.« Schon verschwindet er mit wedelnder Rute in Richtung seines Körbchens.

»Ja genau, ich muss jetzt frühstücken«, bestätige ich augenblicklich Argos' Aussage und beiße genüsslich in mein Schokocroissant, wobei ich vor Lachen platzen könnte, es mir aber erfolgreich verkneife. Mit dem Hund an unserer Seite wird diese Reise bestimmt um einiges erträglicher. Und außerdem kann es sicher nicht schaden, seinen Ariadnefaden im Halsband dabeizuhaben. Damit finden wir wenigstens immer und von überall nach Hause zurück.

Im Verlauf der nächsten Stunde besprechen Lavinia und ich gemeinsam mit den anderen noch einmal jedes Detail der uns bevorstehenden Etappe. Eigentlich ist es eine erweiterte Zusammenfassung von gestern Abend – worauf wir achten sollen, wonach wir Ausschau halten müssen und so weiter und so fort. Irgendwie ist es schon richtig blöd, dass uns niemand genau sagen kann, wie Kirkes Siedlung heutzutage aussieht und womit wir eigentlich rechnen müssen. Aber egal, auch das werden wir herausfinden …

Nachdem wir mit unserer Diskussionsrunde fertig sind, hole ich während einer angeblichen Toilettenpause Argos' Leckerlis aus Gottmans Büro. Danach marschieren meine Freunde und ich in den Garten hinaus, wo uns Leda und Hektor bereits wiehernd erwarten.

»Wir sind startklar und haben die Route in unseren Köpfen gespeichert!«, begrüßt uns der perlweiße Hengst mit tiefer Stimme. »Von unserer Seite aus kann es losgehen! Seid ihr ebenfalls bereit, Nico und Lavinia?«

»Ja, Hektor!«, antworte ich dem Hengst etwas zerknirscht. »Dann ist es nun wohl Zeit zum Abschiednehmen.«

Mit mulmigem Bauchgefühl drücke ich Onkel Mikelo, Rektor Gottman, Mrs Arlon, Sebi und sogar Paco nacheinander an mich – ich hätte nicht gedacht, dass ich das noch einmal freiwillig machen würde. Zuletzt wende ich mich an Mary: »Wenn ich wieder da bin, haben wir noch etwas zu bereden«, flüstere ich ihr ins Ohr, bevor ich ihr einen Kuss auf die Wange gebe.

Sie grinst. Mary weiß genau, worauf ich anspiele. Und so wie sie mich mit ihren wunderschönen Augen ansieht, weiß ich es einfach – sie ist auch in mich verliebt. Ich könnte jubeln vor Glück! Dann habe ich wenigstens etwas, worauf ich mich freuen kann, wenn wir wieder im Arassis-Anwesen sind und bevor die nächste und letzte Etappe losgeht.

»Bis bald! Es wird schon alles gut gehen! Macht euch keine Sorgen! Nico und ich bekommen auch diese Etappe hin«, versucht Lavinia, die triste Aufbruchsstimmung ein wenig aufzulockern. »Seht ihr zu, dass ihr hier die Stellung haltet. Macht's gut, alle miteinander!«

Mutig steigen meine Schwester und ich auf die Rücken der Pegasospferde. Wie immer reitet Lavinia auf Leda, und ich fliege gemeinsam mit Argos auf Hektor.

»Dann los!«, fordere ich mutiger, als ich es mir selbst zugetraut hätte, und gebe den Pferden damit das Signal zum Aufbruch.

»Viel Glück und passt auf euch auf, ihr drei«, sind Onkel Mikelos Abschiedsworte, als sich die majestätischen Tiere mit ihren meterlangen Schwingen in die Lüfte erheben.

Nach und nach steigen wir höher und höher, und irgendwann sind unsere Freunde nur mehr als stecknadelkopfgroße Punkte in der Ferne zu sehen.

»Auf nach Irland!«, ruft Hektor motiviert, als wir die richtige Reiseflughöhe erreicht haben und gibt volle Kraft voraus.

26

Der Damm des Riesen

Unser durch und durch perfektes Reisewetter haben wir mit Sicherheit dem Umstand zu verdanken, dass Torloxton noch immer keinen Weg gefunden hat, das Zepter Aigis von der magischen Eiskristallschicht zu befreien und es funktionsfähig zu machen. Der Himmel ist strahlend blau, und sogar die Außentemperaturen und Seitenwinde sind in unserer Flughöhe noch immer richtig angenehm. Hier herrschen sicherlich trotz der siebenhundert Meter, die wir uns laut Hektor über dem Boden befinden, noch wohlig warme zwanzig Grad. Ich möchte mir nicht vorstellen, wie unangenehm unsere Reise nach Irland hätte werden können, wenn der bösartige Elysier in der Lage gewesen wäre, eine seiner Wetterkatastrophen herbeizuführen. Schließlich beträgt die direkte Luftlinie von Dover nach Antrim über sechshundert Kilometer.

Unweigerlich erinnere ich mich an den furchtbaren Sturm, den Torloxton heraufbeschworen hat, als Lavinia und ich im Mai von unserem Schulausflug nach Dublin abgehauen sind, um den vermeintlichen Diebstahl der mythologischen Gegenstände im Arassis-Anwesen zu verhindern. Damals wären wir ohne die Kraft der Veneficium-Perle verloren gewesen, mit Sicherheit abgestürzt und im Meer ertrunken. Aber nicht daran denken! Das haben wir überstanden, und heute ist zum Glück alles anders – heute ist das Wetter perfekt.

Nach einer Flugzeit von etwa drei Stunden, während der Lavinia und ich dank des Klingelns meines Handyweckers stündlich von unserem Wundermittel getrunken haben, um gegen die Zauberkünste der Kirke immun zu bleiben, legen wir eine Pause in einem kleinen malerischen Städtchen ein, dessen Name mir leider entfallen ist, um uns vom langen Sitzen zu erholen.

In einem rustikalen Pub bestellen meine Schwester und ich uns jeweils eine Megaportion Baked Potatoes – ein eigentlich recht einfaches, aber sehr leckeres Gericht. Um diese Mahlzeit zuzubereiten, muss man nämlich nur eine große Kartoffel im Ofen backen, bis die Haut knusprig und das Innere der Kartoffel zart und weich ist. Danach wird die Knolle in der Mitte geteilt, mit Butter bestrichen und mit einer Wunschfüllung serviert. Lavinia und ich haben beide die Thunfisch-Mayonnaise-Käse-Krautsalat-Variante gewählt. Ich muss gestehen, dass diese Speise eindeutig die beste ist, die ich mir vor unserem Weiterflug, der immerhin noch rund vier Stunden dauern wird, vorstellen kann.

Sofort nachdem wir aufgegessen und bezahlt haben, rufen wir die Pferde und Argos herbei und brechen auf.

Glücklicherweise vergeht die verbleibende Flugzeit rasend schnell. Schon sehe ich unser Ziel, die nördliche Küste des Countys Antrim in Nordirland, am Firmament auftauchen.

»Wahnsinn! Sieh dir das an, Argos«, rufe ich beeindruckt, als wir mit Hektor eine beeindruckende Felsschlucht überqueren, wo perfektes Grün in eine Ansammlung von vulkanischen Steinformationen mündet, die vollkommen surreal wirken. »Hier ragen ja lauter Säulen nebeneinander aus dem Boden!«

Obwohl das dreidimensionale Hologramm der Karte bereits ziemlich beeindruckend ausgesehen und uns Onkel Mikelo sogar erzählt hat, dass der Giant's Causeway, oder auch der Damm des Riesen genannt, ein Weltkulturerbe ist, hätte ich es niemals für möglich gehalten, von diesem Anblick derart überwältigt zu werden. Ich komme aus dem Staunen nicht mehr heraus. Irgendwie fühle ich mich von diesem ständig von Wellen umspülten Relikt fast eingeschüchtert. So würde ich mir ein achtes Weltwunder vorstellen. Überall zwischen den sich zum Teil meterhoch auftürmenden Gesteinsformationen scheint die Urgewalt der Erde spürbar zu sein. Jetzt verstehe ich auch, warum diese faszinierende Laune der Natur mit ihren Basaltsäulen eine der meistbesuchten Sehenswürdigkeiten Nordirlands ist.

Sofort ärgere mich darüber, Erossas Vortrag über dieses Naturdenkmal heute Morgen verpasst zu haben. »Richtig blöd, dass ich zu spät zum Frühstück gekommen bin und ich deswegen nichts über diesen Damm hier weiß… Dabei würde mich echt interessieren, wie er entstanden ist«, sage ich enttäuscht zu meinem vierbeinigen Begleiter.

»Da kann ich gerne abhelfen! Ich weiß alles, was es über diesen Ort zu wissen gibt!«, antwortet mir der Hund und beginnt augenblicklich zu erklären: »Entstanden ist der Giant's Causeway durch eine vulkanische Eruption der Erdkruste, deren Spuren sich von der Küste Antrims bis zu den vor Schottland gelegenen Inneren Hebriden nachweisen lassen. Entlang dieser Bruchstelle wurde eine große Menge flüssiger Lava an die Oberfläche geschleudert, und als diese auskühlte, erstarrte sie zu jenen bemerkenswerten und bizarren Gesteinsformationen, wie du sie hier sehen kannst.« Argos deutet mit seiner Pfote nach unten. »Die meisten der Basaltsäulen sind sechseckig und im Schnitt zirka dreißig Zentimeter breit«, fährt er fort. »Einige haben aber auch vier, fünf, sieben oder gar acht Seiten. Viele der Säulen tragen aufgrund ihrer Form und ihres Aussehens Namen wie Lady's Fan, das bedeutet Damenfächer, Horse

Shoe, also Hufeisen, Wishing Chair, was übersetzt so viel wie Wunschstuhl heißt, und Giant's Organ, die Orgel des Riesen.«

»Wow, Argos, das ist ja toll! Aber woher weißt du das alles?«, frage ich den Kleinen verblüfft. Dieses umfassende Wissen kann er sich doch unmöglich heute Morgen angeeignet haben, oder doch?

»Mein Herrchen und ich haben vor rund zwei Jahren einen Urlaub hier verbracht. Deswegen kenne ich dieses Gebiet in- und auswendig«, meint er beiläufig, fast so, als wäre es nichts Besonderes, dass er anscheinend ein wahrer Fachmann ist.

»Aber … das ist ja der Hammer! Warum hast du mir denn bisher noch nicht verraten, dass du dich hier so gut auskennst?«, will ich neugierig wissen.

»Na ganz einfach, weil ich mir diese gute Nachricht für einen Augenblick wie diesen aufheben wollte. Und wie mir scheint, ist es mir auch gelungen, dich zu überraschen«, scherzt der Hund, nun überhaupt nicht mehr beiläufig.

»Und wie«, antworte ich glücklich. Diese Tatsache kann im Rahmen unserer Mission nur einen riesigen Vorteil bedeuten.

»Hey Leute«, ruft meine Schwester plötzlich Argos und mir zu und fliegt mit Leda so nah an uns heran, dass wir sie gut verstehen können. »Dort unten wimmelt es nur so von Touristen. Seht mal …« Mit ihrer Hand zeigt sie auf die Menschenmassen unter uns. »Ich habe keine Ahnung, wo wir hier ungestört landen könnten.«

»Guter Punkt, das wird echt schwierig werden.« Ich beginne zu überlegen.

Prompt ist Argos unsere Rettung. »Ich schlage vor, direkt bei der schönsten Formation des Giant's Causeways, dem Amphitheater dort drüben, zu landen. Irgendwo bei diesen fast fünfundzwanzig Meter hohen Säulen gibt es bestimmt ein passendes Plätzchen, um mit Gyges' Hilfe unbemerkt runterzugehen.«

»Gut, so machen wir es. Hektor, hast du das gehört?«, frage

ich den perlweißen Hengst, der sofort bestätigend wiehert und den Kurs ändert.

»Perfekt, das klingt nach einem vernünftigen Plan«, fügt meine Schwester ebenfalls hinzu, während ich mich ein zweites Mal über Argos' Insiderwissen freue.

Keine zehn Minuten später gehen die Pegasospferde auch schon in den Sinkflug über. Flugs drehe ich den Stein meines Ringes nach links, übertrage seine Macht auf Hektor, Argos, Lavinia und Leda und verberge uns so vor den Augen aller.

Kurz darauf landen wir unauffällig auf dem Boden und steigen ab.

Nachdem die Pegasospferde wieder losgeflogen sind, warte ich mit dem Sichtbarmachen so lange ab, bis Hektor und Leda nicht mehr zu erkennen sind. Und als gerade niemand in unsere Richtung blickt, beende ich Gyges' Zauber. Das wäre geschafft. Ich bin so froh, dass es mir dank Magie jederzeit möglich ist, telepathisch mit den Pferden in Kontakt zu treten, sobald wir ihre Dienste wieder benötigen. So können auch sie sich zwischenzeitlich an einem ruhigen Ort ausruhen und stärken.

»Kommt, ihr beiden«, forde ich Lavinia und Argos schließlich auf, uns ins Getümmel zu mischen, wo Hunderte von Touristen wie verrückt die Auslöser ihrer Kameras betätigen, um die perfekte Aufnahme für ihre Fotoalben zu erhaschen.

»Hier geht es ja mächtig rund«, stelle ich fest, merke aber sogleich, dass meine Schwester mir überhaupt nicht zuhört und sich stattdessen vollends überwältigt nach allen Seiten umblickt.

»Hier ist es derart romantisch, dass ich fast nicht glauben mag, dass dieses Naturdenkmal durch einen Vulkanausbruch vor über sechzig Millionen Jahren entstanden ist«, seufzt sie verträumt.

»Das ist es ja vielleicht auch gar nicht«, meint Argos plötzlich und springt vor Freude eine Runde im Kreis.

»Was?«, frage ich verwirrt. Jetzt verstehe ich gar nichts mehr. Genau das hat er mir doch vorhin selbst erzählt… Weiß der Hund etwa noch etwas anderes über den Giant's Causeway?

»Also, es gibt da noch zwei andere, nicht wissenschaftliche, Theorien zur Entstehung dieses Dammes«, erklärt er und sieht meiner Schwester und mir geheimnisvoll in die Augen. »Habt ihr Lust, zwei Geschichten zu hören?«

»Aber immer! Doch woher weißt *du* etwas über diesen Damm?«, wundert sich Lavinia sofort über Argos' Worte.

Umgehend klärt er sie auf. »Na, weil ich ein Insider bin! Ich kenne diese Gegend wie meine Westentasche. Da ich mit Rupert schon einmal hier im Urlaub war, sind mir alle Details rund um den Giant's Causeway bestens bekannt.«

»Ach so, verstehe! Das ist ja mal eine tolle Neuigkeit«, sagt meine Schwester begeistert und fordert uns auf, etwas abseits zu gehen. »Schließlich soll nicht jeder gleich mitbekommen, dass wir mit einem Hund sprechen. Nicht, dass uns die Menschen für verrückt halten und wir unnötigerweise auffallen…«

»Gute Idee«, antworte ich ihr, und schon bahnen wir uns einen Weg aus der Touristenmasse hinaus und verschwinden.

»Jetzt sind wir weit genug von den Leuten weg. Hier können wir bleiben«, sagt Argos, als wir uns bereits einen knappen halben Kilometer entfernt haben. »Nun kann uns bestimmt niemand mehr hören.«

»Nein, garantiert nicht, mein Kleiner«, antworte ich und mache es mir neben Lavinia auf einem Felsen bequem.

Nachdem wir unser mitgebrachtes Abendessen, zwei Butterbrote mit Käse und Wurst, ausgepackt haben, blicke ich auf meinen Handywecker, der nach wie vor penibel danach gestellt ist, wann wir unsere Moly-Dosis einzunehmen haben. »Ich denke, wir können jetzt gleich unseren Schluck Wundermittel nehmen. Auf die restliche verbleibende Minute kommt es nun auch nicht mehr an.«

»Das klingt vernünftig«, bestätigt meine Schwester, öffnet ihren Rucksack und trinkt aus ihrer Thermoskanne. »Erledigt! Aber nun zurück zum Thema, Argos«, meint sie neugierig, nachdem sie sich vergewissert hat, dass ich unseren Handyalarm erneut um eine Stunde verlängert habe. »Kleiner, erzähl uns endlich die Geschichten, die du über diesen Damm hier kennst. Man weiß ja nie, wofür Zusatzinfos gut sein können.«

Eindeutig erfreut über diese Aufforderung, beginnt der Hund sogleich tänzelnd zu berichten: »Also gut, gerne! Wie gesagt, gibt es zwei verschiedene Sagen rund um die Entstehung des Giant's Causeway. Wobei die erste eher unglaubwürdig ist … Aber bestimmt wollt ihr sie trotzdem hören, oder?«, fragt Argos mit einem hoffnungsvollen Unterton in der Stimme. Er scheint total in seinem Element zu sein.

Meine Schwester und ich nicken. »Natürlich! Nur raus damit.«

»Gut, dann starte ich nun mit Geschichte Nummer eins. Sie handelt von einem Menschen, einem Kommandanten, der einst in der Armee des irischen Königs diente. Es heißt, dass dieser Mann unsterblich in eine bildhübsche Frau verliebt war, die auf der etwa zwanzig Kilometer entfernten schottischen Insel Staffa lebte. Um zu seiner Geliebten zu gelangen, soll er diesen Damm hier über Jahre hinweg eigenhändig errichtet haben.«

»Oh, wie romantisch«, ruft Lavinia und fasst sich ans Herz. »Das muss wahre Liebe gewesen sein!«

Ich hingegen verdrehe nur die Augen. »So ein Blödsinn! Ich glaube, die Diskussion darüber, dass diese Sage Humbug ist, können wir uns sparen. Hätte ein Mensch diesen Damm hier gebaut, dann wäre das garantiert weltbekannt«, füge ich ernst hinzu und beiße herzhaft in mein Brot. Bei so viel Kitsch muss ich einfach essen …

»Mann, Nico, du bist vielleicht ein Spielverderber! Immer machst du alles mies …«

»Hey, ihr beiden! Aufhören!«, unterbindet der Hund augenblicklich unseren aufkeimenden Geschwisterstreit. »Nico hat recht, diese Überlieferung ist wohl wirklich nur ein Märchen. Zwar ein schönes, aber trotzdem … Aber nun zu Legende zwei. Und diese ist meines Erachtens durchaus glaubwürdig.«

Nach einer kurzen Pause, in der Argos sich vergewissert hat, dass er auch unsere ganze Aufmerksamkeit genießt, schlägt der Hund einen geheimnisvollen Unterton an. »Geschichte zwei handelt nämlich von Finn McCool, einem Riesen, der auch unter dem Namen Fionn MacCumhaill bekannt ist. Eines Tages, so sagt man, hat dieser einen heftigen Streit mit dem schottischen Riesen Benandonner angefangen. Offenbar soll Benandonner Fionn dermaßen beleidigt haben, dass er sich dazu entschlossen hat, diesen Damm hier zu bauen, um dem Schotten eine Lektion zu erteilen. Er wollte ihn in einem Duell besiegen.«

»Oh wie spannend!«, ruft Lavinia aufgeregt und beißt ebenfalls in ihr Brot. Einem echten Riesen traue sogar ich es zu, diesen Damm hier gebaut zu haben. »Argos, komm, erzähl bitte weiter«, fordert meine Schwester den Hund ungeduldig auf, fortzufahren.

»Gerne: Um zu Benandonner zu gelangen, riss Fionn riesige Felsen aus den Klippen heraus und rammte sie direkt in den Meeresboden, um sich so einen sicheren Weg nach Schottland zu bauen. Als er damit fertig war, forderte er Benandonner kurzerhand zum Kampf heraus. Doch schnell erkannte er, dass das eine waghalsige Idee war, denn Fionn war von den Arbeiten am Damm derart ermüdet und erschöpft, dass er niemals eine Chance gegen den anderen Riesen gehabt hätte.«

»Das kann ich mir vorstellen. Das war bestimmt mörderanstrengend!«, lautet mein einziger Kommentar, den Argos mir umgehend bestätigt.

»Ganz genau. Und exakt aus diesem Grund trat Fionn auch den Rückzug an. Doch als der schottische Riese das merkte, nahm er umgehend seine Verfolgung auf. Als Fionn endlich zu Hause angekommen war, suchte er sofort nach einem Ausweg, um Zeit zu schinden und das Aufeinandertreffen mit Benandonner hinauszuzögern. Schließlich musste er sich vor dem Kampf von den Strapazen des Baus erholen. Schnell hatte er eine passende Lösung parat: Fionn verkleidete sich nämlich als Baby und wartete mit seiner Frau auf die Ankunft Benandonners.«

»Aber das muss doch aufgefallen sein! Ich meine, ein Erwachsener, der sich als Baby verkleidet, ist ja wohl ein Scherz! Darauf fällt doch keiner rein«, meint meine Schwester, und wir beginnen zu lachen.

»Das würde man meinen, aber dem ist nicht so. Hört zu: Als Benandonner kurze Zeit später vor Fionns Haus erschien, sagte ihm seine Ehefrau lediglich, dass ihr Mann gerade nicht da sei. Gleichzeitig lud sie den Gast auf eine Tasse Tee ein und versprach ihm, dass es nicht mehr lange dauern und Fionn bald zurückkommen würde. Doch als Benandonner beim Warten das angebliche Baby sah, ließ ihn die Vorstellung, dass bei der Größe des Kindes der Vater gar gigantische Ausmaße haben müsste und er niemals gegen ihn gewinnen könnte, erblassen. Die Furcht packte ihn, und er rannte quer über den Damm zurück nach Schottland. Dabei zerstörte er direkt hinter sich den Übergang, damit ihm Fionn niemals mehr gefährlich werden könnte. Mit dieser einfachen List hat der Riese gesiegt.«

»Das ist ja eine coole Geschichte, die glaube ich tatsächlich!«, rufe ich und klatsche begeistert in die Hände.

»Absolut, ich ebenfalls! Auch wenn sie nicht ganz der Realität entspricht, enthält sie garantiert einen Funken Wahrheit, obwohl die andere viel romantischer war«, meint Lavinia und seufzt theatralisch.

»Alles klar, Schwester, lass gut sein … Aber hey, vor lauter Geschichtenerzählen haben wir nicht einmal mitbekommen, dass es inzwischen dämmrig geworden ist. Kommt, lasst uns schnell herausfinden, ob alle Menschen gegangen und wir mittlerweile allein sind. Dann können wir endlich mit der Suche nach dem Eingang zu Kirkes Siedlung anfangen«, fordere ich meine Begleiter voller Tatendrang auf und blicke gen Himmel. »Oh je, wie es aussieht, zieht gerade ein Gewitter auf.« Ich deute auf die sich auftürmenden dunklen Wolken und packe rasch meinen Rucksack, als auch schon mein Handy läutet und mich an unser Wundermittel erinnert. »Kommt, lasst uns Gas geben und versuchen, die Hexe schnell zu finden, um wenigstens im Trockenen zu sein, bevor es mit dem Regen losgeht!« Ich versuche mutig zu klingen, was mir aber in Anbetracht der Umstände leider kläglich misslingt. Mein besorgter Unterton verrät natürlich genau, wie groß meine Angst vor der bevorstehenden Aufgabe ist. Ich wünschte, wir hätten sie bereits hinter uns …

Schnell trinken meine Schwester und ich jeweils einen letzten Schluck Moly-Saft aus unseren Kannen und machen eine letzte Abschlussbesprechung, bevor wir aufbrechen und losmarschieren.

Möge Etappe drei beginnen …

27

Das magische Portal

Kurze Zeit später sind Lavinia, Argos und ich wieder zu unserem Ausgangspunkt, dem Amphitheater, zurückgekehrt, wo wir zu unserer Erleichterung feststellen, dass wir inzwischen tatsächlich alleine sind.

»Für irgendetwas sind Gewitterwolken also doch zu gebrauchen. Zumindest haben sie die Besucher restlos vertrieben«, stelle ich erleichtert fest. »Nun sind wir ungestört und können mit unserem Vorhaben beginnen.«

Blind wählen wir die erstbeste Richtung, um die Gegend zu erkunden. Schließlich bleibt uns sowieso nichts anderes übrig, als jeden Winkel einzeln unter die Lupe zu nehmen. Denn wie immer haben uns unsere Eltern in ihrer Botschaft keinen Hinweis bezüglich des genauen Ortes, an dem wir den Eingang zu Kirkes Siedlung finden können, gegeben. Also suchen Lavinia, Argos und ich unsere Umgebung von vorne bis hinten ab und drehen jeden Stein gefühlt zweimal um. Pause machen wir nur zum Trinken unseres Wundermittels.

»Hey, bleibt mal stehen, Leute«, bitte ich meine Freunde nach etwa zwei Stunden planlosen Herumlaufens anzuhalten. »Inzwischen ist es schon verdammt finster geworden, ich kann fast nichts mehr erkennen.«

Eilends öffne ich die Taschenlampen-App auf meinem Handy, da ich vermeiden möchte, dass einer von uns auf den unebenen Felsen stolpert und sich verletzt. In Sekundenschnelle vervielfache ich die Leuchtkraft meines Mobiltelefons mit einem lauten »Duplicare!«, und prompt sehen wir genauso gut, als wäre es wieder taghell. »So ist es besser, oder?«

»Und wie! Aber Nico, du hattest mit deiner Annahme über das bevorstehende Gewitter wohl recht. Mir scheint, als würde es hier bald ziemlich ungemütlich werden«, merkt Argos besorgt an und zeigt mit seiner Pfote auf das Meer hinaus. »Schaut euch diese Wellen an – da kommt mit Sicherheit ein heftiges Unwetter auf uns zu.«

»Dann lasst uns lieber keine Zeit vertrödeln und schleunigst mit der Suche weitermachen«, fordert uns Lavinia deshalb auf, wieder zur Tat zu schreiten, und versucht die Situation mit einem »Ein wenig hält das Wetter bestimmt noch durch« etwas weniger bedrohlich wirken zu lassen.

»Hoffentlich!«, antworte ich zögernd und blicke dennoch besorgt zum Himmel, wo die vielen dunklen Wolken inzwischen sogar den Vollmond bedecken. »Kommt, beeilen wir uns, gehen wir los!«

Leider bringt uns auch dieser erneute Erkundungsgang kein Stück weiter, und irgendwann habe ich keine Idee mehr, wo wir mit unserer Suche weitermachen könnten. Erwartungsvoll blicke ich auf die Karte und stelle ernüchtert fest, dass diese uns völlig im Stich lässt. Noch immer zeigt sie den altbewährten Text.

»Wieso gibt uns dieses Pergamentding denn diesmal keine Hilfestellung? Ich verstehe das nicht«, ärgert sich Lavinia im selben Moment und fasst sich nervös in die Haare. »Ich dachte, die Karte wäre aufgrund ihrer Was-wäre-wenn-Zauber auf Situationen wie diese hier vorbereitet. Nun wissen wir wirklich nicht mehr weiter … Was sollen wir nur tun?«

»Denk an Odysseus' Geschichte und halte nach Rauch oder Tieren Ausschau«, erinnere ich sie lediglich und beginne über den Filmausschnitt, den Onkel Mikelo uns gestern gezeigt hat, zu grübeln. Wir haben bestimmt irgendetwas übersehen.

»Und was glaubst du, was ich die ganze Zeit über mache?«, gibt mir Lavinia forsch zur Antwort. »Däumchen drehen?«

»Hallo? Geht's noch? So habe ich das doch gar nicht gemeint, du brauchst ja nicht gleich derart angefressen zu sein«, stöhne ich genervt. »Ich wollte doch nur helfen …« Was hat sie denn jetzt wieder? Glaubt sie etwa, *mir* würde das alles hier Spaß machen?

Als ich Lavinia argwöhnisch ins Gesicht blicke, bemerke ich jedoch auf der Stelle, dass irgendetwas mit ihr ganz und gar nicht stimmt. Und wirklich … abrupt beginnt sie zu schluchzen: »Sorry, Nico, es … tut mir echt leid, aber gerade gehen die Nerven mit mir durch«, entschuldigt sie sich und fasst mich am Arm. »Bitte, bleib kurz stehen und sag mir, dass wir hier das Richtige tun – ich bin gerade irgendwie am Verzweifeln.« Schon treten ihr erneut Tränen in die Augen.

»Hey, aber klar tun wir das Richtige! Denk an Pholos den Zentauren, auch den haben wir zuerst nicht finden können«, versuche ich, sie zu beruhigen.

»Ja, aber damals hat uns wenigstens die Karte einen Anhaltspunkt gegeben. Doch heute … heute passiert gar nichts … Und inzwischen irren wir schon ewig hier herum …«, seufzt sie traurig und mit zittriger Stimme.

»Mir geht es doch genau wie dir, glaub mir. Kirke zu finden, ist sicherlich unsere bisher schwierigste Aufgabe. Erinnere dich an die Worte der Professoren … Aber weißt du, was mich beruhigt?«, frage ich sie in der Hoffnung, sie aufmuntern zu können.

Sie schüttelt unsicher den Kopf.

»Die Aussage von Mary, Sebi und dir damals. Weißt du noch, als ihr mir bei der Karten-Entschlüsselungs-Aktion ständig gesagt habt, dass sich alles zu gegebener Zeit fügen würde?«

Ein zögerliches Nicken.

»Siehst du! Und weil es damals so war, wird es auch heute so sein. Und nun, komm! Lass uns weitermachen. Bis jetzt hatten wir immerhin das Glück, dass das Wetter gehalten hat, doch damit wird bald Schluss sein. Die momentane Windstille ist mit Sicherheit die berüchtigte Ruhe vor dem Sturm …«

Zustimmend bellt Argos. »Ganz sicher! Aber Leute, was haltet ihr davon, wenn ich vorauslaufe und mich eigenständig ein wenig umsehe? Auf den Steinen bin ich viel wendiger als ihr«, schlägt der Kleine mutig vor. »Ich könnte den Bereich dort hinten allein abchecken. Vielleicht finde ich ein paar Tiere.«

Das klingt nicht schlecht. »In Ordnung, Argos, mach das! Das ist eine gute Idee«, nehme ich seinen Vorschlag dankend an. »Aber bleib nicht allzu lange weg«, rufe ich dem Hund noch hinterher, als er bereits fast vollständig in der Dunkelheit verschwunden ist und Lavinia und ich unsere Suche ohne ihn fortsetzen. Wenn das Gewitter losgeht, möchte ich nicht, dass der Vierbeiner alleine herumläuft.

Als der Kleine eine knappe halbe Stunde später wieder zu uns zurückkommt und berichtet, dass sein Ausflug leider vergeblich war, beginnt es plötzlich mit einem lauten Poltern, das mich an den Einschlag eines Blitzes erinnert, von einer auf die andere Sekunde heftig zu schütten.

»Mist! Das hat uns gerade noch gefehlt. Gleich sind wir klitschnass …«, ärgere ich mich und presse meine Hände gegen mein immer feuchter werdendes Shirt. Ich hatte so gehofft, den Eingang zu Kirkes Siedlung zu finden, bevor dieser Mist hier losgeht. Heute ist wirklich ein Pechtag. »Aber keine Bange, Leute! Ich werde uns gleich einen Regenschutz herbeizaubern.«

Sofort lasse ich den Caduceus erscheinen und frage Serpens und Anguis nach einer geeigneten Formel. »Imbribus impenetrabilis«, zaubere ich umgehend auf ihren Rat hin, und schon haben sowohl meine Schwester als auch Argos und ich jeweils einen durchsichtigen Regenmantel an, der uns wenigstens fürs Erste trockenhält.

Leider wird das Wetter auch nach einiger Zeit nicht besser, sondern ganz im Gegenteil, immer schlimmer und schlimmer. Prompt beginnt es auch noch zu donnern, zu hageln und zu stürmen, und in Kürze steht überall um uns herum Wasser. Als ich zum Meer blicke und sehe, wie die inzwischen meterhoch gewordenen Wellen über der Küste zusammenschlagen, alles wegschwemmen, was ihren Wogen nicht entkommt, und mit einer todesverachtenden Wucht gegen die Klippen prallen, bekomme ich es mit der Angst zu tun. Mittlerweile raubt mir der Nebel der Gischt nahezu komplett die Sicht.

»Wenn das so weitergeht, kann ich bald überhaupt nichts mehr erkennen! Freunde, bevor es richtig gefährlich wird, sollten wir uns irgendwo einen Unterschlupf suchen«, rufe ich so laut ich kann und versuche, mit meiner Stimme den stetig stärker werdenden Wind zu übertönen. »Argos, hast du eine Idee, wo wir hier in Deckung gehen und das Ende des Gewitters abwarten könnten?«, brülle ich dem Hund gegen das Brausen des Sturms zu und hoffe, dass er mich trotz des Getöses verstehen kann.

»Wir müssen ... zum ... Am... Amphitheater zurück, dort kenne ich einen Felsvorsprung, unter dem wir uns verstecken können«, schreit der Kleine tapfer, obwohl er mittlerweile aufgrund seines Fliegengewichts kaum mehr stehen kann. Erbarmungslos wird er von den Böen hin- und hergeschaukelt.

»Dann nichts wie los«, rufe ich und bücke mich, um ihn hochzuheben und seinen Körper zu schützen.

Während wir uns fast blind, mit Salz in den Augen und durchgepeitscht vom Wind in die besagte Richtung vorwagen, nimmt das Unwetter binnen Minuten elysische Auswüchse an.

Ich zittere am ganzen Leib, als mir klar wird, dass gerade meine größte Befürchtung wahr wird und die vielen frei herumliegenden Steine unkontrolliert vom Wind durch die Luft geschleudert werden.

›Bitte lass mich nicht das Schicksal mit meiner dummen Äußerung, Torloxton hätte noch keinen Weg gefunden, um sein Zepter wieder aufzutauen, herausgefordert haben, Vater‹, schießt es mir pausenlos durch den Kopf, während wir gegen den Wind ankämpfen. Wir brauchen schnellstmöglich einen Unterschlupf. Bis zum Amphitheater zurück schaffen wir es nie und nimmer, das ist viel zu weit…

»Schütz deinen Kopf, Lavinia«, schreie ich meiner Schwester verzweifelt zu und drücke Argos, dessen Körper inzwischen vor Angst ebenfalls bebt, fester an mich. Wo sollen wir nur hin? Wenn wir so einen Stein mit voller Wucht gegen den Kopf bekommen, könnte das unser Ende bedeuten… »Serpens und Anguis, habt ihr einen Schutzzauber für mich?«, flehe ich den Caduceus um Hilfe an.

Doch ehe mir die beiden Schlangen einen passenden Spruch verraten haben, packt Lavinia mich panisch an der Schulter. »Nico, schau, dort drüben könnten wir in Deckung gehen. Da ist ein Felsentor! Komm schnell, lass uns hinlaufen!«

Schon realisiere ich, was sie meint. Sie hat recht!

Mit letzter Kraft und vom reinen Überlebenswillen gesteuert schaffen wir es, gegen den Sturm anzukämpfen und den vermeintlichen Unterschlupf zu erreichen. Auf allen vieren kauern wir uns unter die torähnlich durchbrochene Felsformation, deren Öffnung vollständig von Gestein umgeben ist, und die uns nun zumindest von oben und von zwei weiteren Seiten Schutz vor Wind und Wetter bietet.

»Sind wir hier wirklich in Sicherheit?«, fragt Argos winselnd, als er es nach einiger Zeit wagt, mich anzublicken.

»Ja, fürs Erste hoffe ich das.«

»Gott sei Dank!«, keucht der Hund und atmet auf.

»Ich dachte, wir würden sterben«, schluchzt meine Schwester, wobei ihr Tränen der Erleichterung über die Wange kullern. »So ein heftiges Gewitter habe ich noch nie erlebt.«

»Ich auch nicht. Aber wenn es so weitergeht, können wir auch hier nicht ewig bleiben. In unserem Schulbuch habe ich nämlich einmal gelesen, dass gegen natürliche Erosion kein magischer Spruch hilft.«

Fragend blickt mich Lavinia ängstlich an. »Wie?«

Ich deute nach oben, direkt auf den Riss im Gestein über uns. »Ich weiß nicht, wie lange dieses Felsentor durchhält«, spreche ich meine Befürchtung laut aus und beginne zu grübeln. »Hoffentlich sind Hektor und Leda wohlauf …«

»Um die brauchst du dir keine Sorgen zu machen. Die Pegasospferde können mit Sicherheit auf sich selbst aufpassen«, antwortet mir Argos und erinnert mich daran, dass diese Tiere bereits seit mehreren tausend Jahren leben.

»Aber Nico: Vielleicht sollten wir die beiden umgehend nach dem Gewitter rufen und von hier verschwinden«, überlegt Lavinia. »Ich habe die Nase gestrichen voll! Ich möchte hier nicht noch weiter sinnlos Zeit verplempern. Sieh uns drei doch nur an: Wie verwahrloste Söldner laufen wir herum … Bisher haben wir weder eine Siedlung noch ein Tier oder auch nur ein Haus gesehen! Vielleicht sind wir hier schlichtweg falsch oder unsere Eltern haben gar die nächste und nicht die heutige Vollmondnacht gemeint.«

»Möglich …«, antworte ich und lasse mir ihre Worte durch den Kopf gehen.

»Aber vielleicht finden wir den Eingang auch in der Luft?«, rätselt Argos. »Oder … was, wenn wir uns vertan haben und …« Schon brechen Lavinia und der Hund in eine ausgedehnte Diskussion über unsere weitere Vorgehensweise aus.

Während die beiden beratschlagen und Ideen austauschen, muss ich wieder an die Elysier denken. Ob Torloxton wirklich etwas mit diesem Wetter zu tun haben könnte?

Plötzlich werde ich abgelenkt, denn für einen kurzen Moment habe ich den Eindruck, etwas über mir schweben zu sehen. Und als ich aufblicke, um mich zu vergewissern, sehe ich eine Art … eigenartig verdichtenden Nebelschleier von der Größe meines Tablets rund um eine dreißig Zentimeter lange Gesteinsausbuchtung kreisen, die wie ein Stalaktit von der Decke herabhängt.

Der seltsame Dunst hat die Farbe von verbrannter Kohle, ein giftiges Schwarzgrau, und wirkt durch seine Dichte fast so, als könnte ich ihn greifen. Was ist das denn? So etwas habe ich noch nie gesehen. Dieses komische Etwas kann unmöglich mit dem Gewitter zusammenhängen …

Mit einem Mal hält der Nebelschleier in seiner Bewegung inne, und ich habe das Gefühl, er würde mich anschauen und sich freuen, dass ich ihn bemerkt habe und ihm zusehe. Doch kurz darauf fällt er wieder in sich zusammen und schlängelt sich von Neuem um die Gesteinsausbuchtung, wo er sich immer schneller und schneller dreht. Und bereits beim nächsten Luftzug, und noch bevor ich Argos oder Lavinia von meiner Entdeckung berichten kann, bewegt sich das Dunstgewächs auf mich zu. Gebannt starre ich es an.

Während es behände die Seitenwände des Felsentores herabgleitet, sinken die Temperatur um uns herum um ein Vielfaches. Abrupt beginne ich zu frösteln. Hier stimmt etwas nicht …

Und dann, als der Nebel immer näher und näher rückt und ich meine Freunde, die noch immer in ihre Diskussion vertieft sind, warnen möchte, wird mir plötzlich zu meinem Schrecken bewusst, dass ich dazu nicht mehr in der Lage bin. Ich kann mich nicht mehr bewegen!

Reglos und völlig unfähig, mich zu rühren, bin ich gezwungen, auf dem Boden zu verharren und dem Nebelschleier zuzusehen. Meine Gliedmaßen sind wie gelähmt und mein Mund wie zugeklebt. Der leicht schimmelige Geruch, der mir in die

Nase steigt, als mich das Nebel-Etwas mit seinen glitschigen Bewegungen im Gesicht streift, bringt mich zum Zittern. Was soll ich nur tun?

Hin- und hergerissen zwischen Furcht, Panik und Neugierde habe ich keinen Schimmer, was hier gerade passiert. Mit aller Kraft versuche ich, nach Serpens und Anguis zu rufen, doch auch sie können mich nicht hören – anscheinend sind auch meine Gedanken blockiert. Ich muss Lavinia und Argos irgendwie warnen …

Ruckartig und ohne dass ich etwas dagegen tun kann, wird mein rechter Arm auf einmal wie von Geisterhand nach vorne gezogen und meine zu einer Faust geformten Finger öffnen sich ganz langsam von selbst – ich kann sie weder zurückhalten noch sonst etwas tun. Mit seinen durchsichtigen Ranken schlängelt sich der kühle, nasse Nebel um meine Hand.

Endlich bemerkt ihn Argos. Wild bellend springt er von meinem Schoß und versucht mit allen Mitteln, das Ding zu beißen oder zu verjagen, doch seine Bemühungen sind umsonst.

»Nico, beweg dich endlich, lauf weg! Schnell!«, höre ich meine Schwester nun ebenfalls hysterisch brüllen. Aber Fehlanzeige, ich kann noch immer nichts tun. Ich kann nur stillsitzen und beobachten, was passiert.

Flink rollt sich das dunkle Etwas nun in meiner Handfläche zusammen, und mit einem kurzen Aufflackern von Licht formt sich die gestaltlose Masse zu einem kompakten schwarzen Quadrat in der Größe eines drei mal drei Zentimeter großen Würfels, der sich erstaunlich fest anfühlt. Damit erlange ich völlig unerwartet auch die Kontrolle über meine Gliedmaßen zurück. Endlich …

»Lavinia, ich glaube, dieses Etwas könnte mit unserer Mission zusammenhängen«, rufe ich ihr zu, da ich nun auch wieder in der Lage bin zu sprechen. »Dieses Nebelding war auf einmal über uns, und dann ist es auf mich zugekommen und hat mich gelähmt. Und jetzt liegt es in meiner Hand … Was soll ich tun?« Hoffentlich hat sie eine Idee.

Doch ehe meine Schwester antworten kann, beginnt der Würfel zu leuchten, und schon sehe ich ein Spiegelbild meiner selbst in dem Licht, das kräftig an den Enden zieht und aus dem Nebel eine Art Tür formt.

Mit diesem Hinweis wird mir sofort klar, was dieses Etwas ist und was es zu bedeuten hat. »Das ist ein magisches Portal!«, rufe ich aufgeregt. »Es führt uns bestimmt zu Kirke!«

All meinen Mut zusammennehmend, überwinde ich meine alles überlagernde Angst und ziehe eifrig an den Enden des Quadrats, ganz sorgsam, als würde ich versuchen, einen Strudelteig auseinanderzuziehen, ohne dass er zerreißt. Ich mache es genau wie meine Adoptivmutter bei ihrem Zimtschneckenteig. Aber als die Masse eine rechteckige Form in der Größe eines Fernsehers annimmt, wird sie mit einem Mal glitschig wie Seife, rutscht mir aus den Händen und knallt auf den Boden.

Und damit ist es passiert: Mit einem lauten Poltern wird eine mächtige hölzerne Falltür direkt in der Erde sichtbar, die sich wie von Zauberhand öffnet. Ein kalter Windhauch streift mein Gesicht. Vor mir hat sich ein Weg in einen tiefen, langen, dunklen Tunnel aufgetan, aus dem uns ein grausig muffiger Geruch entgegenströmt.

»Das ist der Weg zu Kirke. Wir haben keine andere Wahl. Wir müssen hier entlang!«, fordere ich meine Schwester tapfer auf, mir die alte Steintreppe hinunter in den schwarzen Gang zu folgen. »Argos, komm wieder zu mir, dich nehme ich sicherheitshalber hoch. Wer weiß, was uns dort unten erwartet.«

28

In den Fängen der Kirke

Im Inneren des Tunnels ist es feucht und kühl und es riecht so fürchterlich nach Schimmel, dass mir das Atmen schwerfällt. Meine Kehle ist wie zugeschnürt. Während meine Schwester und ich uns Schritt für Schritt langsam in etwas vorwagen, das sich wie eine düstere Endlosigkeit anfühlt, habe ich immer mehr das Gefühl, dass wir gegen eine dicke Nebelwand ankämpfen, die uns von Kopf bis Fuß in ihre feuchten Tröpfchen einhüllt und versucht, uns am Weitergehen zu hindern. Doch trotz des beklemmenden und unangenehmen Gefühls in meiner Magengegend gebe ich nicht auf. Wir werden es hier hindurch schaffen. Koste es, was es wolle!

Entschlossen nehme ich Lavinias Hand, drücke Argos' kleinen Körper fester an mich und dringe tiefer und tiefer in die fremdartige Dunkelheit vor, als plötzlich auch noch der Lichtkegel meines Handys erlischt und es stockdunkel wird. Ich lasse den Hermesstab erscheinen, muss aber sogleich feststellen, dass uns nicht einmal der Zauber »Fiat lux« dabei helfen kann, die Helligkeit zurückzubringen. Kurz darauf löst sich auch der Caduceus wie von Geisterhand in Luft auf. Offensichtlich sind meine Zauberkräfte in diesem mysteriösen Höhlenkonstrukt wirkungslos. Sofort überkommt mich Panik, denn ich fühle mich haargenau wie bei der Zeitreise zu Zeus, als meine Schwester und ich nur deshalb gefangengenommen werden konnten. Schon spüre ich, wie auch Lavinia zu zittern beginnt. Was kommt hier bloß auf uns zu? Ob uns Kirke gleich überfallen wird? Ich weiß es nicht … Obwohl meine Angst mich fast zu ersticken droht, kämpfe ich mit allen Mitteln gegen sie an. Ich muss sie verdrängen. ›Es ist meine Pflicht, uns hier heil wieder rauszubringen‹, spreche ich mir immer wieder in Gedanken Mut zu und probiere, mich zu konzentrieren und meine Sinne zu schärfen. Und siehe da, auf einmal klappt es und ich vernehme ein unablässiges, stetiges Rauschen wie von einem Wasserfall … Da meine Augen sich allmählich an die neuartige Finsternis gewöhnt haben und es zudem auch ein bisschen heller geworden ist, realisiere ich, dass wir von Wänden aus gleichmäßigem smaragdgrünem Fels umgeben sind, aus denen kleine Wasserfontänen spritzen, die in einer seitlichen Rinne aufgefangen und abgeleitet werden.

»Hier riecht es grauenvoll«, stellt Argos fest und drückt seine Nase ganz nah an meinen Körper. »Irgendwie nach verfaultem Fisch.«

»Das stimmt«, antworte ich ihm und blicke nach oben. Hier tritt auch etwas Wasser aus der Decke aus. »Möglicherweise befindet sich irgendwo über uns ein Fluss oder so etwas Ähnliches«, rätsle ich, als ich prompt von einer Horde Fledermäuse erschreckt werde, die mich von ihren Hängeplätzen mit rotglühenden Augen fixieren.

»Komm, weiter«, dränge ich meine Schwester darum sofort, sich zu beeilen. Irgendwie sind diese Viecher unheimlich. Mir kommt es fast so vor, als ob sie uns beobachten. Aber wahrscheinlich ist das blanker Unsinn, denn bestimmt ist das nur die Furcht vor der uns bevorstehenden Etappe, die mich das denken lässt.

Hastig gehen Lavinia, Argos und ich weiter und weiter,

immer geradeaus den Tunnel entlang, bis ich nicht einmal mehr abschätzen kann, wie lange wir bereits durch diesen nasskalten, gruseligen Schlauch marschieren. Ich habe vollkommen mein Gespür für die Zeit verloren.

Irgendwann, nach einer gefühlten Ewigkeit, kommen wir vor einer Mauer zum Stehen. Und als ich bereits befürchte, in einer Sackgasse gelandet zu sein und eine Abzweigung übersehen zu haben, entdecke ich gerade noch rechtzeitig winzige Steinstufen in einer Ecke, die zu einer alten Holzklapptür mit einem silbernen Knauf in Form einer Muschel führen.

»Das muss der Weg nach draußen sein«, rufe ich erleichtert und reiche Argos vorsichtig an Lavinia weiter. »Ich gehe voraus. Aber zuerst mache ich uns vorsichtshalber unsichtbar … Mist«, ärgere ich mich jedoch keine Zehntelsekunde später, als ich feststelle, dass in dieser Dimension nicht nur meine Zauberkräfte unbrauchbar sind, sondern auch Gyges nicht funktioniert.

Mutig stapfe ich dennoch die Treppe nach oben und presse mich mit aller Kraft gegen die schwere, morsche Tür in die Freiheit. Als es mir endlich gelingt, sie zu öffnen, und ich nach oben hinausklettere, werde ich von stechend grellem Licht geblendet und beinahe von der schwülheißen Luft umgehauen, die mir entgegenströmt. »Ahhh«, stoße ich einen kurzen Schmerzensschrei aus und halte mir beide Hände vors Gesicht.

Es dauert einen Moment, bis sich meine Augen der neuen Umgebung angepasst haben und ich sie langsam öffnen kann. Doch was ich nun sehe … haut mich fast um! Damit habe ich nun wirklich nicht gerechnet.

»Wo sind wir denn hier gelandet?«, rufe ich völlig verblüfft aus. »Eine solch kitschige und unwirkliche Schönheit habe ich bisher nur auf Postkarten gesehen.«

Ich bin wirklich hin und weg, denn ich befinde mich – und jetzt festhalten – auf einer kleinen, maximal zwei Quadratmeter großen, herzförmigen Sandbank mitten im Meer, auf der es außer dieser morschen, alten Holzklapptür hinter mir und der kleinen Palme rechts von mir nichts gibt. Direkt vor meinen Augen liegt nur der Ozean in seiner unendlichen Weite. Aber … wie kann es hier eigentlich Tag sein, wenn doch gerade noch finsterste Nacht war? Sind wir wirklich so lange durch diesen Tunnel marschiert?

»Hey, mach mal Platz!«, drängt mich Lavinia auch schon beiseite, um ebenfalls aus der Öffnung zu klettern. »Oh … wow! Hier sieht es ja genau wie auf den Malediven aus!«, lautet ihr erster Kommentar, als sie sich umblickt und Argos absetzt. Ihre Angst ist auf einmal wie weggeblasen. »Mary hat vor einigen Jahren mit ihrer Familie dort Urlaub gemacht und mir ein Video gezeigt«, erklärt sie aufgeregt. »Da sah es ganz genau so aus wie hier, unfassbar! Jetzt brauchen wir unsere Regenmäntel definitiv nicht mehr!«

»Das stimmt.« Nachdem Lavinia und ich das unnötig gewordene Kleidungsstück ausgezogen haben, befreie ich auch Argos davon.

»So ist es besser! Aber … seht nur!«, ruft der Hund plötzlich und bedeutet uns, eine Drehung um einhundertachtzig Grad zu machen. »Schnell!«

Nun sehe auch ich sie: Unsere mit schneeweißem Sand bedeckte Nachbarinsel, auf der sich … das ist doch unmöglich … der luxuriöseste und modernste Ferienkomplex befindet, den ich zeit meines Lebens jemals zu Gesicht bekommen habe. Ich muss träumen …

»Schau dir das an!«, ruft meine Schwester verblüfft und bestätigt mir damit, dass ich hellwach bin.

Just erkenne ich einen riesigen Pool, in dem sich unzählige Personen mit kühlen Erfrischungsgetränken entspannen. Dann schweift mein Blick ein wenig weiter nach rechts, wo ich einen sonnendurchfluteten Palmengarten sehe, in dem einige geräumige Holzhäuser mit Strohdächern erbaut wurden. Und auf der linken Seite der Insel gibt es entlang eines Steges etliche Bungalows, die auf Brücken und Stelzen direkt im Wasser stehen. Das hier ist einfach nur gigantisch. »Wow!«

»Mein Wunschtraum geht gerade tatsächlich in Erfüllung«, ruft meine Schwester völlig begeistert, und auch ich bin hin und weg.

»Hier Urlaub zu machen, ist sicher ein Traum.«

»Ich glaube, wir sind wirklich am Indischen Ozean gelandet! Juhu!«, höre ich Lavinia weiter jubeln. »Und hier: Schau dir nur die vielen bunten Fische an, die sich in diesem kristallklaren Wasser tummeln! Man kann sogar bis auf den Grund sehen!« Sie zeigt mit ihrer Hand direkt auf einen Schwarm orange-weiß gestreifter Clownfische. »Komm, lass uns zur Insel hinüberschwimmen und sie erkunden!«

»Oh ja!«, antworte ich ihr fast wie in Trance, doch schon pfeift Argos uns zurück.

»Hey, Leute, stopp! Ich möchte eure Euphorie ja nur ungern schmälern, aber wir sind nicht zum Vergnügen hier!«, ruft er uns umgehend zur Vorsicht auf. »Ihr dürft niemals vergessen, dass das hier das Reich von Kirke ist! Bevor wir irgendetwas unternehmen, müsst ihr erst mal einen Schluck von eurem Saft nehmen. Das ist bestimmt schon längst überfällig! Und dann …«

»Natürlich, Kleiner«, unterbreche ich ihn und wundere mich im selben Augenblick darüber, nicht selbst daran gedacht zu haben. Seit ich aus diesem Tunnel gekommen bin, fühle ich mich irgendwie beschwingt. Für kurze Zeit habe ich sogar komplett vergessen, warum wir eigentlich hierhergekommen sind. Ich dachte wirklich, wir wären hier im Urlaub … Das darf nie wieder passieren! Jetzt ist eine ordentliche Dosis Moly dran. Aber … Moment … warum hat eigentlich mein Handywecker nicht geläutet?

Misstrauisch hole ich mein Mobiltelefon aus dem Rucksack, blicke darauf und bemerke, dass es haargenau neunundfünfzig Minuten später anzeigt, seitdem ich den Wecker zum letzten Mal gestellt habe. Somit haben wir noch genau eine Minute Zeit … Gott sei Dank!

Ich warte ab, doch als der Wecker noch immer nicht klingelt, werde ich kreidebleich. Mir schwant Böses … Ich zähle bis sechzig, und als wieder nichts passiert, bleibt mir vor Schreck fast der Atem weg, denn augenblicklich muss ich an den Dimensionswechsel in die Parallelwelt und die Tatsache, dass die Uhren in Kirkes Welt anders ticken, denken.

»Du liebe Güte! Meine Handyuhr ist stehengeblieben!«, rufe ich völlig perplex. »Lavinia, wir Idioten haben komplett vergessen, während des Tunnelganges von unserem Saft zu trinken. Den letzten Schluck Moly haben wir beim Giant's Causeway, während unserer Suche nach dem Eingang zu Kirkes Siedlung, noch vor dem Gewitter, genommen! Und wie lange das her ist, kann ich dir beim besten Willen nicht sagen … Aber garantiert länger als eine Stunde!«

»Scheibenkleister, ich habe den Saft auch völlig vergessen!«, ruft Lavinia entsetzt und beginnt laut zu fluchen. »Wie konnte das nur passieren? Was machen wir denn jetzt?«

»Wir sind solche Dummköpfe! Das haben wir richtig toll hinbekommen«, ärgere ich mich und bin gleichzeitig irgendwie erleichtert, dass auch Lavinia nicht an das Wundermittel gedacht hat und ich in meiner Not nicht allein bin. Ich weiß, wie doof das klingt … Doch jetzt muss eine Lösung her …

»Was hältst du davon, wenn wir gleich mehrere Schluck Moly-Saft auf einmal trinken? Vielleicht können wir damit die verpasste Dosis kompensieren«, schlägt Lavinia nach einer kurzen Bedenkzeit vor.

»Gute Idee!«

»Hey, macht mal halblang, ihr beiden«, hält Argos uns jedoch umgehend zurück. »Dass ihr den Saft vergessen habt, ist bestimmt nicht so schlimm, wie ihr gerade glaubt! Kommt erst mal runter! Ihr beide kennt doch Rupert und die anderen … die sind immer hypervorsichtig, was solche Dinge anbelangt«, versucht der Hund uns zu beruhigen. »Ich an eurer Stelle würde mir deswegen nicht den Kopf zerbrechen. Ich denke, es ist besser, wenn ihr jetzt weiterhin nur die übliche Portion trinkt. So bleibt euch für die Zeit bei Kirke viel mehr von dem Saft übrig – was bestimmt nicht schaden kann. Denkt an die Geschichte von Odysseus: Nicht einmal *der* hat Stunden vorher mit dem Trunk begonnen! Und im Gegensatz zu ihm habt ihr mittlerweile sowieso schon eine ganze Menge Krautessenz im Blut, also: Cool down!«

Nachdem Lavinia und ich eine Weile hin- und herüberlegt haben, was wir tun sollen, entscheiden wir uns schließlich dazu, der Empfehlung des Hundes nachzukommen. »Argos hat recht, wir sollten wirklich sparsam mit der Flüssigkeit umgehen.«

Als ich getrunken habe, fühle ich mich schon um einiges besser. Ich muss mich jetzt zusammenreißen und wieder auf den Boden der Tatsachen zurückkehren. Hier ist es zwar schön, aber ganz sicher auch gefährlich! So etwas wie gerade eben darf uns nie wieder passieren …

»Sehr gut. Da das jetzt erledigt ist, können wir nun getrost zur Insel hinüberschwimmen und unsere Mission erfüllen«, erklärt Argos, nachdem auch Lavinia ihren Schluck Moly-Saft genommen hat, und springt ins Wasser. »Und Nico, ich habe eine Idee: Schalte dein Handy doch bitte mal aus und wieder ein. Vielleicht funktioniert es dann wieder. Und wenn nicht, dann werde ich euch einfach regelmäßig daran erinnern, dass ihr zu trinken habt.«

Eilends tue ich wie mir geheißen und verstaue sowohl mein Telefon als auch die Karte unserer Eltern anschließend in einem wasserfesten Beutel, den ich dank Sebis Pfadfinderset dabeihabe. Danach packen meine Schwester und ich die Thermoskannen ein, ziehen unsere Turnschuhe aus, stopfen sie ebenfalls, zusammen mit den Regenmänteln, in unsere Rucksäcke und springen noch voll bekleidet in das türkisblaue Meer.

»Dieses Wasser ist herrlich«, stelle ich fest. »So warm!«

»Und wie! Schnell, lass uns zum Ufer schwimmen«, höre ich Lavinia hinter mir rufen, und schon kraulen wir los.

Bereits kurze Zeit später haben wir die andere Insel erreicht. Als wir aus dem Wasser steigen, sehen wir, dass diese noch um ein Vielfaches prächtiger ist, als wir zuvor bereits angenommen hatten. »Dieser Ort ist der beeindruckendste, den ich in meinem ganzen Leben je gesehen habe«, staune ich. »Ich fühle mich wie im Paradies.« In einem brandgefährlichen Paradies …

»Absolut«, bestätigt auch Lavinia und blickt sich um. »Kommt ihr beiden, lasst uns in den Schatten gehen und überlegen, wie wir weiter vorgehen.«

Gesagt, getan. Doch noch bevor meine Schwester, Argos und ich unsere Besprechung zu Ende führen können, kommt ein lachender Mann mit blondem Haar, der einen eleganten weißen Leinenanzug trägt, auf uns zu. Zum Verstecken bleibt uns keine Zeit. Kaum haben wir ihn bemerkt, ist er auch schon bei uns angekommen.

»Herzlich willkommen im Aiaia Palm Paradise Dream Resort«, begrüßt er uns überfreundlich. »Ich freue mich, dass Sie unsere Gäste sind, wir haben Sie bereits erwartet. Fühlen Sie sich wie zu Hause. Mein Name ist John, ich geleite Sie nun zur Rezeption, wo Sie eine kleine Erfrischung erhalten, ehe Sie Ihre Suite beziehen können.«

Lavinia und ich starren einander mit großen Augen verblüfft an.

»Jetzt wissen wir also offiziell, wie Kirkes Siedlung heutzutage aussieht und wie ihre Untergebenen so drauf sind«, flüstere ich meiner Schwester verdutzt ins Ohr, während wir dem Mann folgen. Sofort bekomme ich ein ungutes Gefühl. »Das ist genau wie in der Geschichte von Odysseus' Männern. Auch sie wurden als Gäste empfangen und bewirtet, bevor sie verwandelt wurden.«

»Ganz genau! Und deshalb müssen wir dieses Spielchen auch mitspielen, sonst fallen wir auf«, meint Lavinia und sieht mich ernst an.

»In Ordnung«, stimme ich ihr leise zu, denn um an unser Ziel zu kommen, müssen wir leider wirklich gute Miene zum bösen Spiel machen. Hoffentlich liegt Argos mit seiner Einschätzung richtig und wir haben tatsächlich bereits genügend Moly-Essenz im Blut... Ich werde meinen kleinen Freund einfach noch einmal um Rat fragen.

Aber exakt in dem Moment, als ich zu Boden blicke und genau das tun möchte, bemerke ich, dass Argos verschwunden ist. Prompt wird mir vor Schreck heiß und kalt. Fast begehe ich den kapitalen Fehler, laut nach ihm zu rufen. Aber zum Glück sehe ich ihn in letzter Sekunde etwas abseits neben einer Palme stehen und mit dem Schwanz wedeln. Von dort gibt er mir mit seiner Pfote ein Zeichen, das eindeutig »Sei bloß ruhig, mir geht's gut, das gehört zur Tarnung!« bedeutet.

Und damit ist mir alles klar. Sehr klug von ihm, so zu tun, als würde er nicht zu uns gehören. Ich erinnere mich genau an seine Worte beim Frühstück, als er mir versprochen hat, er würde unsere Wunderwaffe gegen Kirke sein... wie wahr... Als er uns vorhin aufgefordert hat, von dem Moly-Gebräu zu trinken, hat er uns bereits zum ersten Mal gerettet. Ich muss ehrlich gestehen, dass ich nicht weiß, ob ich von selbst auch irgendwann daran gedacht hätte oder nicht. Doch nun zurück zum Thema: Ich sollte besser aufpassen, wo uns der Handlanger von Kirke hinbringt.

Geradewegs führt uns John einen langen schmalen Pfad aus hellem, weichem Sand entlang, der an beiden Seiten von wunderschönen roten Blumen begrenzt wird. Wir schlendern durch den prachtvollen Palmengarten hindurch, bis wir zu einer schicken Rezeption gelangen, die mitten im Freien liegt und nur mit einem einfachen Strohdach bedeckt ist. Davor stehen einige stylische Lounge-Möbelstücke aus weißem Rattan, die mit dicken Sitzpolstern ausgestattet sind.

»Machen Sie es sich bitte bequem. Ich kümmere mich nun um Ihren Bungalow. Ich bin gleich wieder für Sie da«, erklärt uns John etwas kurz angebunden und verschwindet schnurstracks hinter der Theke, wo er irgendetwas in einen Computer eintippt.

Erschöpft lasse ich mich, noch immer mit einem unguten Bauchgefühl, auf der vordersten Bank nieder. Endlich sitzen, tut das gut.

Bevor ich jedoch mit Lavinia sprechen und beratschlagen kann, werden wir auch schon von einer bildhübschen, jungen, rothaarigen Dame überrascht, die nur ein knappes geblümtes Sommerkleid trägt, das jede ihrer Kurven perfekt zur Geltung bringt.

»Ich hoffe, Sie hatten keine zu beschwerliche Anreise. Das hier wird Ihnen guttun«, säuselt sie zuckersüß und reicht meiner Schwester und mir jeweils ein kühles feuchtes Erfrischungstuch, mit dem wir uns den Schweiß von der Stirn wischen.

Ob das Kirke ist? Wohl eher nicht. Die würde bestimmt keine Dienstbotenarbeit verrichten. Leider bleibt mir wieder keine Zeit zum Überlegen, denn schon kommt eine zweite Frau, diesmal eine blonde, die lediglich einen viel zu engen weißen Bikini anhat, auf uns zu.

»Eine kleine Aufmerksamkeit unseres Hauses«, erklärt diese mit piepsiger, schriller Stimme, während sie uns jeweils einen Smoothie in die Hand drückt.

Ich sehe Lavinia mit hochgezogenen Augenbrauen an, denn ich hadere mit mir, ob ich überhaupt davon trinken soll – und das, obwohl ich durchaus Durst habe. Als mir meine Schwester mit einem Kopfnicken jedoch bedeutet, dass es ihrer Ansicht nach sicher in Ordnung sei und schlichtweg zum Schauspiel dazugehöre, probiere ich vorsichtig davon. Schließlich sind wir durch unsere Moly-Essenz vor Kirkes Zauberkräften geschützt.

»Das schmeckt richtig gut«, stelle ich postwendend fest. Das Getränk erinnert mich irgendwie an den Nektar, den uns Zeus in der Vergangenheit angeboten hat. Ob Kirke auch Zugang zu den Goldenen Äpfeln der Hesperiden hat und sie deswegen nicht altern kann? Das wäre durchaus möglich …

»Sehr lecker, mmh«, bestätigt auch Lavinia, als John gerade wieder zu uns zurückkommt.

»Ich hoffe, dass alles bisher zu Ihrer Zufriedenheit ist?«, will er von uns wissen und grinst uns an. »Ihre Junior-Suite wäre nun fertig. Wenn Sie mir folgen, werde ich Sie höchstpersönlich dorthin geleiten … Um Ihr Gepäck«, damit meint er unsere Rucksäcke, »kümmert sich unsere wunderschöne Liana.«

Sofort greift die Rothaarige nach unseren wichtigsten Habseligkeiten und verschwindet, noch bevor ich sie ihr wieder entwenden kann, hinter der Rezeption.

»Hey, Sie da … das …«, rufe ich ihr nach und möchte der Dame schon hinterherlaufen, als mir Lavinia mit einem Kopfschütteln andeutet, es bloß nicht zu tun.

»Das wäre doch nicht notwendig gewesen«, führt sie an meiner Stelle den Satz zu Ende, blickt mich ernst an und schüttelt erneut den Kopf. »Bist du irre?«, flüstert sie mir zu, als wir bereits losgegangen und außer Hörweite von John sind. »Jeder andere wäre froh darüber, wenn er sein Gepäck bei dieser Affenhitze nicht selbst tragen müsste. Nicht dass die hier Verdacht schöpfen … Du bist vielleicht ein Komiker.«

»Sorry«, entschuldige ich mich. »Du hast ja recht. Aber wohl ist mir nicht dabei, dass die Kellnerin so einfach mit unserem Moly-Saft abgehauen ist. Hoffentlich gelangen die Rucksäcke wohlbehalten auf unser Zimmer …« Ein Gefühl in meinem

Inneren sagt mir, dass ich dieser Frau doch hätte nachlaufen sollen …

»Wir haben uns erlaubt, Ihnen Badesachen, Abendkleidung und Flip-Flops zur Verfügung zu stellen«, unterbricht John schon kurz darauf meine Grübelei und beginnt damit, die wirklich bemerkenswerten Vorzüge des Resorts aufzuzählen. »Unsere moderne Anlage verfügt über einen 18 Loch-Golfplatz, ein Fußballfeld und einen Wellnessbereich vom Feinsten, der in dem Gebäude dort drüben zu finden ist …« Der Mann zeigt aufs Meer, wo wir ein großes Bauwerk erkennen, das auf Pfeilern steht, die sich aus dem Wasser erheben. »Dort können Sie sich kostenlos von früh bis spät verwöhnen lassen – ich empfehle Ihnen die Soft-Body-Massage auszuprobieren. Die ist einfach nur himmlisch, dabei wird Ihre ganze Muskulatur gelockert. Sie werden sehen, dass Sie sich danach wie neugeboren fühlen.«

Kurze Zeit später deutet er während des Gehens nach rechts und grinst. »Essen können Sie in dieser Luxusanlage hier, dem Aiaia Happy Day Restaurant, zu sich nehmen. Es wird in Form eines Buffets angeboten. Dieses Lokal hat vierundzwanzig Stunden am Tag für Sie geöffnet. Getränke können Sie an jeder unserer drei Bars kostenlos konsumieren. Sollten Sie Lust auf Softeis und Cocktails verspüren, müssen Sie bitte die Bar bei unserem Hauptpool dort hinten aufsuchen. Sie werden unsere Drinks lieben, da bin ich mir sicher! Und wenn Ihnen nach einer Bootsfahrt, bei der sie Delfine beobachten können, oder nach sonst einem Ausflug ist, dann teilen Sie mir dies bitte im Voraus an der Rezeption mit. Dafür muss ich Sie nämlich gesondert anmelden. Auf Ihrem Zimmer finden Sie auch eine Broschüre, in der alle Einzelheiten noch einmal festgehalten sind«, endet der Mann seine Erklärung und bleibt plötzlich stehen. »Hier wären wir. Voilà, das ist Ihre Suite«, ruft er beschwingt und überreicht mir die Schlüsselkarte für unser Zimmer.

Wie jetzt? Vor lauter Aufregung darüber, dass unsere Rucksäcke weg sein könnten, habe ich nicht einmal bemerkt, dass wir einen Steg entlanggegangen sind, an dem auf beiden Seiten ein Über-Wasser-Bungalow an den anderen gereiht ist. Und der letzte ist anscheinend unserer, denn vor diesem stehen wir nun. Ich bin so was von durch den Wind …

»Danke«, antworte ich John überrumpelt und fühle mich überhaupt nicht mehr wohl.

Als er endlich kehrtgemacht hat und Lavinia und ich eintreten, schaffe ich es jedoch für einen Augenblick, die Sorge um unser Gepäck zu verdrängen, denn plötzlich bin ich wieder restlos überwältigt. »Ich fasse es nicht. Dieser Bungalow ist ja der Wahnsinn.«

Der Boden des luxuriösen Vorraums ist ein edler Glasboden, durch den wir die unzähligen bunten Fische unter uns – Clownfische, Rochen, kleine Riffhaie, Wasserschildkröten und vieles mehr – beobachten können. Die Wände sind ganz in Weiß gehalten, und die Diele selbst ist mit eleganten, modernen Möbeln eingerichtet. Als wir weitergehen, gelangen wir in den Hauptwohnbereich, der mindestens sechzig Quadratmeter groß ist. Dort befinden sich neben einer bequemen, beigen Ledercouch und einem eleganten Holztisch mit vier Sesseln auch zwei Himmelbetten, auf denen Blütenblätter und Handtücher liegen, aus denen Schwäne geformt wurden.

Neugierig gehen Lavinia und ich ins Badezimmer weiter, das hier vollständig im Freien liegt. Dort bestaunen wir die großartige Regendusche und den riesigen Jacuzzi, von dem man einen grandiosen Blick aufs Meer genießt.

Zuletzt erkunden wir die Terrasse, die mit einem kleinen Privat-Swimmingpool und zwei komfortablen Sonnenliegen ausgestattet ist. Und als wir sehen, dass von dort eine Holztreppe direkt in den türkisblauen Ozean führt, sind wir restlos beeindruckt.

»Ich glaube, ich bin im siebten Himmel«, ruft Lavinia erstaunt, als es auf einmal an der Tür klingelt und sie in ihrem Freudentanz innehält. »Wahrscheinlich kommt unser Gepäck.«

»Hoffentlich«, antworte ich und laufe schnurstracks zum Eingang. Es ist zum Glück wirklich der Page mit unseren Rucksäcken.

Dankbar nehme ich beide entgegen – ich muss mich richtig beherrschen, sie ihm nicht mit einem Ruck aus der Hand zu reißen – und gebe ihm etwas Trinkgeld, das er lächelnd entgegennimmt, bevor er verschwindet.

Gleich nachdem ich die Tür wieder hinter mir verschlossen habe, haste ich auf die Terrasse zurück und reiche Lavinia ihren Rucksack. Sofort öffnen wir die Reißverschlüsse, um uns zu vergewissern, ob die Thermoskannen auch noch da sind.

Was für eine Erleichterung. »Gott sei Dank!«, rufe ich, als ich meine sehe, und trinke einen großen Schluck. »Igitt! Hat dein Moly-Saft inzwischen auch diesen unangenehmen Beigeschmack bekommen?«, will ich von meiner Schwester wissen und ziehe die Augenbrauen hoch.

»Ja, und wie«, antwortet sie mir ebenfalls mit verzogenem Gesicht. »Bestimmt ist das die Hitze, der der Saft ausgesetzt war. Offenbar isolieren diese Thermoskannen nicht besonders gut. Komm, lass uns die Flaschen schnell in die Minibar stellen. Nicht, dass das Getränk verdirbt. Du weißt ja, was mit Milch passiert, wenn sie nicht gekühlt wird.«

Gesagt, getan. Hoffentlich können wir den Moly-Saft damit noch retten …

»Lavinia, was machen wir denn jetzt?«, spreche ich schließlich die Frage aus, die mir schon die ganze Zeit durch den Kopf schwirrt. »Glaubst du, wir sollten es wagen und uns unter die Leute mischen und so tun, als würden wir all diesen Luxus hier genießen, während wir versuchen, Kirke ausfindig zu machen?«

»Auf alle Fälle. Ich denke, das müssen wir sogar, wenn wir hier nicht auffallen wollen.«

Hastig öffnet sie unseren Schrank, der – wie John vorhin bereits erwähnt hat – mit unzähligen Badesachen bestückt ist. Lavinia schnappt sich einen Bikini und läuft damit ins Badezimmer, um sich umzuziehen.

»Lass uns jetzt zur Bar gehen und etwas essen, ich habe Hunger«, fordert sie mich auf, als sie wieder zurück ist und sich Flip-Flops angezogen hat. »Aber eine der Thermoskannen nehmen wir sicherheitshalber mit. Wir können schließlich nicht jede Stunde in unseren Bungalow zurückkehren, um zu trinken. So schnell verdirbt das Getränk schon nicht und wenn doch, dann haben wir das andere ja noch im Kühlschrank. Je mehr wir Kirkes Spielchen hier mitspielen, desto besser ist es.«

»Absolut.«

Schnell packen wir eine kleine Badetasche mit zwei Handtüchern, zwischen denen wir unser Wundermittel und mein Handy verstauen, das dank Argos' Tipp, dem kurzen Aus- und Einschalten, wirklich wieder einsatzfähig ist. Anscheinend hat es nur den Dimensionswechsel nicht verkraftet. Bin ich froh, dass es nun wieder funktioniert und ich den Countdown von Neuem starten kann.

Im Nu bin auch ich in eine Badehose geschlüpft und begebe mich mit Lavinia in Richtung Pool. Auf dem Weg passt uns Argos hinter dem Palmengarten ab.

»Hey Kleiner«, begrüße ich den Hund und erzähle ihm von meinem wieder brauchbaren Mobiltelefon und dem Plan, die Insel abzuchecken und dabei so zu tun, als würden wir den Luxus hier genießen.

»Sehr gute Idee! Das ist prima! Ich werde einstweilen weiter die Umgebung erkunden. Hinter dem Fußballplatz habe ich bereits ein Gehege mit verwandelten Tieren entdeckt. Aber ich bin mir sicher, dass es irgendwo noch ein weiteres gibt«, erklärt uns Argos, der eindeutig froh darüber ist, dass mein Handy wieder in Ordnung ist und er nicht ständig auf uns achtgeben und prüfen muss, ob wir das Trinken nicht vergessen haben.

»Ich würde sagen, wir treffen uns heute Abend wieder. Ich komme zu euch auf euer Zimmer, sobald die Sonne untergegangen ist. Vergesst also nicht, die Balkontür zu entsperren, damit ich vom Meer aus über die Treppe zu euch hineinkommen kann. Da ich euch vorhin unauffällig gefolgt bin, weiß ich bereits, in welchem Bungalow ihr wohnt. Und denkt immer daran, euch wie ganz normale Gäste zu benehmen, verstanden?«, erinnert er uns am Ende seiner Ausführungen mit besorgtem Blick. »Und trinkt stündlich von eurem Saft!«

Lavinia und ich nicken. »Alles klar, mach dir bitte keine Sorgen um uns, wir haben alles im Griff«, antworte ich dem Hund und streichle ihm über sein weiches Fell.

»Perfekt, dann kann ja hoffentlich nichts mehr schiefgehen!«, meint der kleine Vierbeiner, ehe er sich von uns verabschiedet und wir getrennte Wege gehen.

In Kürze sitzen Lavinia und ich mitten in dem über dreißig Grad warmen Schwimmbad, wo wir jeweils eine Cola und eine große Pizza mit Schinken, Käse und Paprika, die uns tatsächlich direkt an die Poolbar hier im Wasser geliefert wurde, verdrücken.

Nach dem Essen machen wir es uns auf zwei Liegen bequem und behalten von dort aus die Umgebung genau im Auge.

»Nichts Auffälliges zu entdecken, hier scheint jeder Spaß zu haben. Alle Gäste verhalten sich wie normale Urlauber«, sage ich nach einer Weile, als plötzlich mein Handy klingelt. Es ist der Moly-Wecker, der glücklicherweise wieder einwandfrei funktioniert.

Schnell hole ich unsere Flasche heraus, trinke einen Schluck, reiche sie an meine Schwester weiter, die ebenfalls trinkt und sich beschwert, dass das Zeug inzwischen noch grässlicher schmeckt als zuvor. Dann lasse ich die Kanne wieder in der

Badetasche verschwinden und stelle mein Handy pflichtbewusst erneut.

Dieses Spielchen wiederholt sich noch ganze dreimal. Doch auch während dieser Zeit bemerken Lavinia und ich nichts Seltsames. Um uns herum haben alle die perfekte Laune zum perfekten Wetter. Die Gäste genießen es, sich zu entspannen und ihre Ruhe zu haben.

Nachdem meine Schwester und ich eine Runde im Meer um die Wette geschwommen sind, kehren wir schließlich wieder an unser Plätzchen zurück, wo mir auf einmal schwindelig wird. Was ist denn jetzt mit mir los? Mir ist richtig schwarz vor Augen!

»Darf ich Ihnen einen Caipirinha servieren?«, fragt uns ein Kellner genau in dem Moment, als plötzlich mein Handy läutet.

»Ähm … Moment …« Fragend sehe ich zu meiner Schwester. »Weißt du, was wir vorhatten? Wieso klingelt denn mein Wecker?«, will ich erstaunt wissen und beginne zu überlegen. Irgendetwas wollten wir doch tun. »Lavinia, weißt du, warum ich meinen Handyalarm gestellt habe?«, frage ich sie noch einmal, als ich ihn ausschalte. »Wollten wir vielleicht einen Ausflug zu den Delfinen machen? Ist es das gewesen?«

»Keine Ahnung«, meint sie nur schulterzuckend. »Aber mach dir nichts draus. Egal was es war, es kann nicht so wichtig gewesen sein. Sonst hätten wir es bestimmt nicht vergessen. Und ich für meinen Teil möchte gerade sowieso nichts unternehmen. Ich will hierbleiben und chillen. Also: Ja, ich hätte gerne einen Cocktail«, sagt meine Schwester lächelnd zu dem Kellner. »Du auch?«

»Nein, danke«, antworte ich etwas verwirrt. Dass mich meine Schwester ohne Streiterei Alkohol trinken lassen würde, wundert mich ein wenig. Das tut sie doch sonst nie … Gerade sie ist immer so erpicht darauf, dass wir uns ständig gesetzeskonform verhalten …

Ich stehe auf. »Ich springe noch einmal kurz in den Pool, ich bin irgendwie durcheinander und brauche eine Abkühlung.«

Als ich keine zwanzig Minuten später wieder zurückkomme und mir ein Handtuch aus der Badetasche nehme, um mich abzutrocknen, fällt mir die Thermoskanne neben meiner Liege auf und ich bekomme auf einmal einen Riesendurst. Ich trinke daraus.

»Igitt, was für ein Gesöff ist denn hier drin?«, frage ich Lavinia und befürchte kurz, mich übergeben zu müssen.

»Weiß ich nicht«, antwortet sie mir schulterzuckend. »Wahrscheinlich ist das der letzte Rest unseres Kaffees vom Frühstück.«

»Pfui! Auf diesen Geschmack hinauf brauche auch ich einen Cocktail. Einen Mojito bitte«, rufe ich dem Kellner von meinem Platz aus zu und beginne erneut zu überlegen …

Irgendwas hatte es mit dieser Thermoskanne doch auf sich … Ich bin mir ganz sicher, sie nicht ohne Grund eingepackt zu haben! Dunkel glaube ich mich sogar daran zu erinnern, dass ich das in ihr enthaltene Getränk unbedingt trinken wollte. Aber warum, weiß ich nicht mehr, und Kaffee ist eigentlich sowieso nicht mein Ding … Wahrscheinlich war mir auch heute Morgen schon schwindelig und ich habe die Kanne bloß mitgenommen, um mit dem Koffein meinen Kreislauf etwas aufzuputschen …

Kurzerhand beschließe ich, dieser sinnlosen Grübelei ein Ende zu setzen und es meiner Schwester gleichzutun und unseren wohlverdienten Urlaub zu genießen. Jetzt ist Party angesagt! Doch zuvor gönne ich mir den leckeren Cocktail, den mir der Kellner gerade serviert … Und danach vielleicht einen zweiten und später einen dritten …

29

Argos – der Retter in der Not

›Ich bin ein Genie, ich habe dieses Biest tatsächlich ausfindig gemacht‹, lacht sich Argos ins Fäustchen und schlägt vor Freude beinahe einen Purzelbaum. ›Ich bin so gut‹, lobt er sich selbst in Gedanken, während er von seinem sicheren Versteck aus beobachtet, wie sich die Zauberin Kirke, die offensichtlich die Resort-Managerin dieses Luxus-Hotelkomplexes ist, mit ihren Untergebenen unterhält. Sie spricht mit dem Angestellten John und der Kellnerin Liana – das ist die Rothaarige, die sich vorhin so dreist Nicos und Lavinias Rucksack geschnappt hat.

Argos' Unterschlupf hinter den zwei Palmen bei der Rezeption ist einfach perfekt. Von hier aus hat er einen grandiosen Überblick. ›Wenn ich meinen Freunden heute Abend von dieser herausragenden Entdeckung erzähle, werden sie garantiert stolz auf mich sein. Bestimmt bekomme ich dann ein extra Leckerli. Dass ich diese Hexe so schnell gefunden habe, grenzt an ein Wunder. Das bringt uns mit Sicherheit einen erheblichen Vorteil bei unserer Mission ein… Sicher sind wir schon bald wieder zu Hause!‹, jubelt Argos wie ein übermütiger Welpe in sich hinein und legt sich gespannt auf die Lauer.

Keine fünf Minuten später zuckt der Hund jedoch unerwartet zusammen, denn auf einmal beginnt die soeben noch relativ entspannt wirkende Kirke hysterisch zu schreien und mit ihren Händen zu fuchteln… Irgendetwas scheint die Zauberin aufzubringen.

Argos ärgert sich, dass er kein Wort von dem, was sie sagt, verstehen kann. Das liegt aber nicht daran, dass Kirke zu leise wäre. Ganz im Gegenteil: Das Gebrüll dieser Hexe ist kaum zu überhören. Vielmehr bedient sie sich einer Sprache, die dem Hund vollkommen unverständlich ist. Ob das Altgriechisch sein könnte? Möglich… Auf jeden Fall macht sie irgendetwas richtig wütend, doch was?

Kirkes furchteinflößende Tonlage und die Art, wie sie gestikuliert, lassen die Zauberin um einiges älter wirken, als sie es wahrscheinlich war, als sie ihren Alterungsprozess gestoppt hat. Ihrem Äußeren nach zu urteilen, schätzt Argos sie auf knapp fünfundvierzig Jahre. Sie trägt ein weitschwingendes Kleid aus schwarzer Spitze mit einem Stehkragen, der ihr bis zu den Ohren reicht. Insgesamt erinnert ihr Outfit an ein Hexenkostüm aus der Halloween-Abteilung. Ihr zu einem perfekten Dutt hochgestecktes, brünettes Haar und die langen, nach innen gebogenen, schwarz lackierten Fingernägel – sie sind so lang, dass Argos sie sogar von seinem Unterschlupf aus erkennen kann – machen sie auch optisch zu dem, was sie ist: einer hinterhältigen Hexe, die bestimmt mit allen Wassern gewaschen ist. Sowohl die herben Gesichtszüge als auch die mehr als unfreundliche Ausstrahlung flößen dem Hund gehörigen Respekt ein. Er muss sich unbedingt vor dieser Frau in Acht nehmen – sie ist mit Sicherheit gefährlich.

Wenn die Zauberin wüsste, dass sie von einem mythischen Lebewesen ausspioniert wird, würde sie Argos sicherlich auf der Stelle wegsperren oder, weiß Gott, etwas noch viel Schlimmeres mit ihm anstellen…

»Aber meine Liebste, ich bin mir sicher, dass es sich dabei um das längst in Vergessenheit geratene Mittel handelt! Wenn du

Liana schon nicht glauben willst, dann doch wenigstens mir«, beschwichtigt John Kirke völlig unerwartet in Argos' Sprache.

Wenn der Mann sich traut, die Hexe mit einem Kosenamen anzusprechen, hat er bestimmt etwas zu melden. Ob er so etwas wie ihr Liebhaber ist? Möglich … Auf jeden Fall scheint die Zauberin nachzudenken und sich Johns Worte durch den Kopf gehen zu lassen.

»Allein der Geruch!«, fährt der Mann sogleich fort und rümpft angewidert die Nase. »Liana hat sofort richtig gehandelt, das Zeug isoliert und die Flasche in mein Labor gebracht. Doch um sicherzugehen, dass wir richtigliegen, möchte ich noch ein paar Tests durchführen. Ich habe bereits alles für die Untersuchung aufgebaut und hergerichtet«, erklärt John streng und bedeutet Kirke mit einem Handzeichen, ihm zu folgen. »Liana, du kannst jetzt gehen und deinen Dienst an der Bar antreten«, befiehlt er der Kellnerin wegzutreten. »Du hast deine Arbeit gut gemacht!«

Gehorsam neigt die rothaarige Frau den Kopf und geht.

»Also gut, John, dann komme ich eben mit dir mit. Du gibst ja sowieso keinen Frieden, bevor du deinen Willen durchgesetzt hast, das war ja schon immer so. Aber wehe, du verschwendest meine Zeit«, antwortet ihm die Zauberin, diesmal ganz eindeutig nicht mehr so aufgebracht und glücklicherweise ebenfalls in Argos' Sprache. Wahrscheinlich hat sie vorhin nur einen Fluch oder etwas Ähnliches ausgestoßen.

»Dann lass uns aufbrechen«, fordert John sie schließlich ungeduldig auf, der Sache auf den Grund zu gehen. »Ich denke, du hast nicht ewig Zeit!«

Damit ist die Neugierde des Hundes vollends entflammt. ›Hier scheint es um etwas sehr Wichtiges zu gehen. Ich muss unbedingt mehr darüber herausfinden‹, entscheidet sich der Vierbeiner in Sekundenschnelle und macht sich sofort auf, um ihnen nachzuspionieren. ›John und Liana haben anscheinend etwas herausgefunden, das Kirke für unmöglich hält und das ihr obendrein überhaupt nicht gefällt … Gleich werde ich wissen, was das ist.‹

Flugs vergewissert sich Argos mit einem Blick in beide Richtungen, dass niemand ihn sieht, bevor er sich vorsichtig aus dem Unterschlupf wagt und die Verfolgung mit angemessenem Abstand aufnimmt.

Fast im Laufschritt durchqueren John und Kirke den Palmengarten, bis sie eine Reihe Strand-Bungalows erreichen, die Argos bereits bei seiner ersten Spionagerunde entdeckt hat. Rasch verschwinden die Hexe und ihr Handlanger im ersten Gebäude.

In Kürze hat auch Argos die besagte Strandhütte erreicht.

›So ein Mist, dass die beiden die Tür geschlossen haben! Aber Aufgeben ist nur etwas für Schwächlinge‹, macht sich der Hund selbst in Gedanken Mut und versucht, eine andere Lösung zu finden, um die beiden belauschen zu können.

Während der Kleine eine Runde um das Haus läuft, bemerkt er, dass eines der Fenster von John gekippt wird. Das ist seine Chance. Jetzt muss sich Argos nur mehr etwas einfallen lassen, um auf den Fenstersims zu gelangen, der erfreulicherweise breit genug für ihn ist.

Sofort hat der Hund eine passende Idee: Er wird springen. Ein Glück, dass er vollkommen allein ist und niemand seinen Plan durchkreuzen könnte.

Zielstrebig eilt der Vierbeiner erneut hinter das Haus, wo er zuvor einen kleinen Mülleimer mit einem Deckel entdeckt hat. So leise und schnell er kann, schiebt er diesen mit seiner Schnauze direkt unter das Fensterbrett.

»Das müsste funktionieren, das könnte ich schaffen«, murmelt Argos und springt mit einem präzisen Satz auf den Behälter. Doch dieser Sprung war natürlich nicht die eigentliche Herausforderung. Denn diese kommt jetzt, schließlich muss Argos auf das Fensterbrett.

Schon erinnert sich der Kleine daran, wie ihm sein Herrchen beim Agility-Training beigebracht hat, aus dem Stand einen ganzen Meter hoch in die Luft zu springen. Und genau das wird er jetzt tun. Konzentriert nimmt Argos all seinen Mut zusammen … Und hopp! … Das war zu niedrig, gleich noch einmal … Und … hopp!

Und siehe da, mit diesem Sprung schafft es der Hund im letzten Moment, den Rand der hölzernen Fensterbank mit den Vorderpfoten zu erwischen und sich instinktiv mit seinen Krallen daran festzuklammern. Gott sei Dank hat Argos genügend Kraftreserven, um mit dem Hochziehen warten zu können, bis er die Lage überprüft hat. Es wäre fatal, wenn er mit dem Sprung die Aufmerksamkeit seiner Feinde erregt hätte und von ihnen geschnappt werden würde …

Da alles ruhig ist und ihn offenbar niemand gehört hat, wagt der Hund auch den letzten Schritt und zieht sich gekonnt so weit nach oben, bis er seine Hinterbeine auf die Fensterbank hieven kann. Nun hat er es geschafft, er ist oben. Ein Segen, dass Argos so klein ist und wirklich als Ganzes auf die Fensterbank passt.

Vorsichtig kauert sich der Kleine an ihren linken äußeren Rand des Sims, um nicht entdeckt zu werden und beginnt zu lauschen. Aber was er nun zu hören bekommt, lässt ihm beinahe das Blut in den Adern gefrieren.

»Das ist eindeutig Moly, ich habe es dir doch gesagt!«, ruft John mit hochrotem Gesicht. »Zum Glück hat Liana mitgedacht und die Flüssigkeit in den Thermoskannen ausgetauscht! Aber irgendetwas wurde hier noch beigemischt … Mal sehen, was das ist.«

Vorsichtig tunkt John eine Pipette in die Flasche, um so etwas Flüssigkeit zu entnehmen und diese auf ein Glasplättchen zu tropfen, welches er sogleich unter ein Mikroskop legt. »Mmhh … Ich bin mir nicht ganz sicher, doch diese anderen Zellverbindungen sehen nach … Ambrosia aus?«

»Was?«, faucht Kirke angewidert, reißt John die Pipette aus der Hand, tröpfelt ein klein wenig Flüssigkeit auf ihren am weitesten nach Innen gebogenen Fingernagel und führt diesen zum Mund.

»Tatsächlich, das ist eindeutig eine Mischung aus Ambrosia und Moly! Aber wo, zum Teufel noch mal, haben diese Bengel Talentarium Echinacinuskraut und Molyanuswurzelblüten her? Letzteres gibt es doch überhaupt nicht mehr! Was führen die beiden nur im Schilde, und woher wissen sie, wo ich zu finden bin? Welches meiner Tiere hat sie vergangene Nacht angelockt?«, will Kirke augenblicklich wissen.

»Die Fledermäuse haben mir berichtet, dass ein Hund bei ihnen war. Doch bisher hat ihn niemand gesehen. Ich werde nach ihm Ausschau halten und ihn zu dir bringen, sobald ich ihn gefunden habe. Dann kannst du ihn befragen.«

»Gut! Ich muss diese Eindringlinge umgehend verwandeln! Nicht dass sie mir gefährlich werden. Wo sind sie?« Wutentbrannt marschiert die Zauberin im Raum umher.

Der kleine Hund kann von Glück reden, dass Kirke derart in Rage ist und nicht bemerkt, dass Argos, inzwischen völlig fertig mit den Nerven, zitternd vor dem Fenster hockt und sie mit großen Augen fixiert …

»Nicht so schnell, meine Liebe! Das Mädchen und der Junge schöpfen keinen Verdacht. Ihre Sinne sind derart vernebelt, dass sie seelenruhig an der Pool-Bar sitzen und einen Cocktail nach dem anderen schlürfen. Dank Lianas schneller Reaktion haben sie inzwischen viel zu wenig Essenz im Blut und deine Hexenkünste konnten binnen kurzer Zeit ihre Wirkung zeigen und sie in einen tranceartigen Zustand versetzen. Mittlerweile denken sie, sie wären hier im Urlaub. Was auch immer sie vorhatten, ist längst vergessen. Diese beiden Teenager sind für dich komplett ungefährlich. Du musst sie also nicht allzu schnell in Tiere verwandeln. Und überhaupt: Inzwischen haben wir doch genug Vierbeiner hier. Ein paar Talenter in ihrer Ursprungsform könnten unserem Dorf nun wirklich nicht schaden, findest du nicht auch? Sonst ist es hier nur noch öde …« Um seinen Willen durchzusetzen, umgarnt John Kirke, indem er ihr verliebt über das Haar streicht und sie sachte auf die Wange küsst.

»Nun gut, du hast mich überzeugt, ich gebe ja nach. Aber ich wünsche, dass du sie im Auge behältst. Ist das klar?«

»Natürlich, meine Schöne«, antwortet ihr John mit einem Grinsen. »Und was soll ich nun mit diesem Gebräu anstellen?«, will er schließlich wissen und sieht Kirke fragend in die Augen. »Wegschütten?«

Schon wird Argos kreidebleich. ›Wenn das passiert, ist alles aus …‹

»Nein, natürlich nicht«, widerspricht Kirke umgehend. »Damit wirst du Forschungen anstellen. Ich will wissen, wie ich meinen Zauber gegen dieses Zeug immun machen kann. So eine einmalige Chance bekommen wir gewiss nicht so schnell wieder. Außerdem brauchst du sowieso irgendeine Aufgabe, du siehst unterbeschäftigt aus. Nutze die Tatsache, dass du echte Moly-Essenz in deinen Händen hältst, und finde heraus, was ich wissen will!«, befiehlt Kirke ernst. Ihre Worte lassen keinen Raum für Widerspruch.

John nickt verhalten. Ihm ist anzusehen, dass er darauf überhaupt keine Lust hat. »Wenn es sein muss … Aber meinst du wirklich …«

Während die beiden noch weiter diskutieren, beginnt Argos zu überlegen. Was soll er jetzt bloß tun? Die Mission ist völlig aus dem Ruder gelaufen. Doch wie gewohnt gibt der Vierbeiner nicht auf und fasst alle Fakten, die er gerade gehört hat, im Geiste noch einmal zusammen.

›Also: Nico und Lavinia haben seit unserer Ankunft auf dieser Hotel-Insel hier keinen *richtigen* Moly-Saft mehr zu sich genommen … Dadurch hatten sie irgendwann zu wenig Essenz im Blut, sodass Kirkes Verführungskünste auf sie wirken konnten. Aber dass Moly grundsätzlich wirksam ist, hat die Zauberin gerade selbst bestätigt… Ich muss unbedingt etwas unternehmen, um meine Freunde zu retten. Doch die Tatsache, dass sich Nico und Lavinia inzwischen bestimmt nicht einmal mehr an den eigentlichen Grund unserer Mission erinnern können, macht die Sache kein bisschen einfacher. Schließlich sagte John ja, sie würden glauben, sie wären hier im Urlaub. Verflixt und zugenäht! Was soll ich nur tun?‹

Auf einmal hat der kleine Hund die zündende Idee: Argos' einzige Möglichkeit, seine Freunde zu retten, ist es, selbst an die Flüssigkeit zu kommen und sie ihnen stündlich zu verabreichen. Aber bevor er sich Gedanken machen kann, wie er das am besten anstellen könnte, muss er sich den Saft beschaffen. Und das stellt den Vierbeiner vor eine der größten Herausforderung seines Lebens. Irgendwie muss es ihm gelingen, John und die Hexe aus dem Bungalow zu vertreiben. Nur dann hat er eine Chance…

Wider Erwarten löst sich dieses Problem jedoch ganz von selbst.

»Komm, mein Schatz, lass uns gemeinsam etwas Essen gehen, bevor ich zu arbeiten beginne! Ich habe Hunger, und inzwischen ist es auch schon dämmrig geworden«, hört er John nämlich ganz plötzlich zu Kirke sagen.

Argos könnte jubeln vor Glück, denn das ist seine Gelegenheit! In Sekundenschnelle legt sich der mutige Hund einen Plan zurecht, wie er ungesehen an beiden vorbei und in den Bungalow schlüpfen kann. Hoffentlich hat Argos mit seinem Verdacht recht und sein Vorhaben gelingt.

Schon geht es los. Genau in dem Moment, als Kirke und John die Tür öffnen, flüstert der Kleine: »Nebulosus«, und prompt werden seine Widersacher von einer dichten Nebelwolke umhüllt.

›Wusste ich es doch!‹, grinst Argos sich gerissen ins Fäustchen und freut sich über seinen Geistesblitz. Also lag der Hund mit seiner Vermutung richtig und Kirke hat tatsächlich vergessen, auch die Zauberkräfte von mythischen Lebewesen zu blockieren. Somit konnte der Vierbeiner problemlos seinen Umgebungszauber wirken! Und damit ist er nun klar im Vorteil.

»Was ist denn hier los?«, fragt die Zauberin irritiert und sieht sich um. »Nebel hatten wir hier schon lange nicht mehr … Seltsam …«

»Mach dir keinen Kopf darüber, wahrscheinlich schlägt das Wetter um«, antwortet John nach kurzem Überlegen unbekümmert und tritt nun vollständig aus der Tür, um diese hinter sich zu schließen. »Sicher wird es bald regnen …«, sagt er abschließend zu Kirke, ehe er ihr den Arm reicht, um mit ihr in Richtung Restaurant zu gehen.

Diesen kurzen Augenblick des Zögerns hat Argos natürlich genutzt und ist flink zwischen Johns Beinen hindurch durch den Türspalt in den Bungalow geschlüpft. Somit hat er den ersten Schritt seiner Rettungs-Mission hinter sich gebracht. Nun zu Hürde zwei: Jetzt ist die Moly-Essenz an der Reihe.

Sorgfältig überprüft Argos die Umgebung und überlegt, wie er am besten auf den Regalvorbau, auf dem sich die Essenz befindet, gelangen könnte. Und sofort weiß er auch wie.

Hastig schiebt er mit seiner Schnauze einen Sessel vor den Tisch, der sich in der Mitte des Raumes befindet. Danach nimmt er Anlauf und landet mit dem ersten Satz auf der Sitzfläche und mit einem zweiten direkt auf der Tischplatte, von wo aus er mit einem einzigen Sprung zum Regalvorbau gelangt. Nun steht die Flasche mit dem Moly-Trunk direkt vor ihm. Das wäre also geschafft. Aber nun wird es richtig kniffelig.

»Wie, zum Geier noch mal, kann ich mit meinen Pfoten diese Flasche zu Nico und Lavinia bringen? Für mein Maul ist dieses Ding viel zu sperrig«, überlegt Argos laut und ärgert sich darüber, dass er nur einfache Umgebungs-Magie wirken kann! Mit richtigen Zauberkräften wäre alles um vieles leichter.

Flink lässt der Hund seinen Blick erneut durch den Raum schweifen und erblickt dabei ein Wollknäuel in einer kleinen Truhe. »Jetzt weiß ich, was ich tun kann!«

Aufgeregt springt Argos auf den Boden zurück, läuft zur besagten Truhe, aus der er die Wolle mit den Zähnen herausholt. Danach legt er sie vor sich ab, rollt sie entlang des Fadens aus und läuft wieder zum Sessel, wo er den Faden geschickt eine Runde um das Sesselbein herumführt und einen Knoten macht. Alsdann stemmt der Hund den Sessel mit seinem Gewicht ein kleines Stück in die Höhe, sodass er die Schlinge hervorziehen kann.

»Das wäre erledigt«, freut er sich und schreitet zum nächsten Streich.

Mit seinen Zähnen packt Argos nun die Wollschlaufe und springt mit drei gekonnten Sätzen erneut auf den Regalvorsprung hinauf, wo er direkt vor der Moly-Flasche landet. Gewieft legt er dort die Schlinge um den Flaschenhals und zieht sie fest zu. Danach postiert er sich selbst vor der Flasche, zieht so lange vorsichtig am Faden, bis sie nach vorne kippt und direkt auf seinem Rücken landet. Nun macht er Männchen, sodass die Flasche mit einem kurzen Scheppern waagrecht auf dem Regalvorbau landet.

»Himmel sei Dank, dass dieses Ding nicht aus Glas, sondern aus Plastik ist«, schnauft Argos erleichtert und ist froh darüber, dass das Gefäß nicht so leicht kaputt zu bekommen ist. Jetzt gilt es, den Behälter auf den Boden zu verfrachten.

Sofort überprüft Argos mit seinen Zähnen, ob die Schlinge um den Flaschenhals fest genug ist, und tritt dann mit seiner Pfote auf den restlichen Faden, um die Flasche festzuhalten, ehe er sie mit seiner Schnauze an den Rand des Regals schubst, von wo aus er sie in Windeseile abseilt.

Als die Moly-Essenz endlich unbeschadet am Boden angekommen ist, ist Argos an der Reihe. Nun muss auch er nach unten gelangen. Und schwupps... schon sitzt er neben dem Gebräu.

Damit er den Faden nicht die ganze Zeit während des Transports halten muss, beißt er ihn schließlich mit seinen Zähnen ab und macht mit dem anderen Ende eine weitere, diesmal jedoch größere, Schlinge, in die er selbst hineinpasst. Doch bevor er hineinschlüpfen und abhauen kann, gilt es, die Tür zu öffnen. Schon dreht der Hund den Schlüssel mit ein paar geschickten Sprüngen nach links – das Aufsperren von Türen hat Argos zum Glück im Arassis-Anwesen über Jahre hinweg perfektioniert. Nun schlüpft der Hund mit seinem ganzen Körper in die Wollschlinge, zieht den Faden um seine Mitte zu und verschwindet durch die Tür hinaus, die er mit seiner Schnauze wieder hinter sich zurück ins Schloss wirft. Die Flasche zerrt er nun automatisch hinter sich her.

Jetzt kann er sich auf den Weg zu seinen Freunden machen.

Um so wenige Schleifspuren wie möglich im Sand zu hinterlassen, sprintet Argos in Richtung Meer davon und freut sich ein zweites Mal darüber, dass die Flasche aus Plastik ist und somit auf den sachten Wellen schwimmen kann.

So schnell er kann, marschiert Argos ins Wasser und beginnt mit allen Kräften im Hundestil zu paddeln. Gott sei Dank hat er sich den Weg zum Häuschen seiner Freunde derart gut eingeprägt, sodass er sogar in der Dunkelheit in nur einer Viertelstunde zur rettenden Treppe findet.

Auf der obersten Stufe angelangt, stellt der Hund jedoch sehr zu seinem Bedauern fest, dass die Balkontür versperrt ist und er nicht hineinkommt. »Mist«, schimpft Argos und späht abschätzend in den dunklen Raum. Er muss überprüfen, ob Nico und Lavinia bereits im Haus sind und in ihren Betten liegen.

Doch Fehlanzeige, seine Freunde sind immer noch nicht da.

Nun bleibt dem tapferen Vierbeiner nichts anderes mehr übrig, als abzuwarten. Die Kraft nach ihnen zu suchen, hat er nicht mehr. Die Anstrengungen der letzten Stunde haben ihn sehr geschwächt. Erschöpft legt sich der Kleine mit dem Köpfchen voran zur Tür und wartet.

Irgendwann, nach einer geschätzten Stunde, geht im Raum Licht an, und er sieht, wie Nico und Lavinia durch die Tür in das Zimmer treten, beziehungsweise ... wanken. Offensichtlich sind seine zwei Freunde sturzbetrunken.

Wie von Sinnen kratzt Argos sogleich an der Balkontür. So fest er kann schlägt er mit seinen Pfoten dagegen, so lange, bis Lavinia ihn endlich bemerkt.

»Argosch, wo kommscht du denn auf einmal scher?«, will sie wissen, nachdem sie die Terrassentür geöffnet hat. »Ich habe tscho...mplett verschessen, dass du mit uns mitgeschkommen bist ...«, lallt sie, ehe sie sich völlig erledigt ins Bett fallen lässt.

»Mann, hast du eine Fahne!«, ruft Argos und verschließt die Tür hinter sich. »Du stinkst ja ärger als ich, wenn ich mich im Dreck gewälzt habe, igitt!«

»Argoooosch, sei nicht so streng mit ihrsch«, hört der Hund nun Nico murmeln. »Ich bin auch scho fett wie ein Radierer!« Nico benutzt schon wieder diesen komischen Ausdruck, den Sebi ihm damals nach seinem Skiurlaub in Kitzbühel beigebracht hat und der für nichts anderes als ›vollends betrunken‹ steht. »Isch muss misch unbedingt hinschlegen ... Lavinschia und ich brauschen eine Kopfschmerztscha...taschblette, holscht du unsch eine? Bitteee.«

»Nein, ich habe etwas viel Besseres für euch«, sagt Argos, der umgehend seine Chance wittert – vielleicht kann er sie so dazu bringen, freiwillig den Moly-Saft zu trinken. »Wenn ihr dieses Mittel hier einnehmt, dann garantiere ich euch, dass ihr morgen wieder topfit seid. Diesen Saft hier hat mir mein Herrchen extra für so einen Fall mitgegeben. Er wollte, dass ich ihn euch bringe«, schwindelt Argos gekonnt, beißt sodann den Faden um seinen Körper durch und fordert Nico auf, die Flasche zu nehmen. »Komm, nimm einen Schluck und dann gib sie an Lavinia weiter«, drängt Argos seinen Freund. »Ich werde euch stündlich wecken, und dann müsst ihr davon trinken, habt ihr *verstanden*? Nur so könnt ihr euch den Kater am Morgen ersparen.«

Glücklicherweise scheint Nico Argos' Ausrede ohne Weiteres zu schlucken. »Wenn dusch dasch schagscht, maschen wir dasch«, lallt er und öffnet den Flaschenverschluss. »Dasch scholl helfen?«

»Natürlich, habe ich dich jemals enttäuscht?«, antwortet Argos ernst, und der Junge schüttelt den Kopf.

»Neinsch, nie.«

»Siehst du!«

Nachdem seine Freunde brav getrunken haben, zwingt Argos Nico vor dem Einschlafen noch, ihm sein Handy zu geben und den Wecker zu stellen, damit der Hund seine beiden Schützlinge Stunde für Stunde wecken, den Alarm verlängern und ihnen jeweils einen Schluck Moly-Saft einflößen kann. Das wird eine anstrengende Nacht für den kleinen Vierbeiner werden. Doch er wird alles daransetzen durchzuhalten.

30

Ein Filmriss vom Feinsten

Völlig gerädert erwache ich orientierungslos aus einem unruhigen Schlaf. Draußen dämmert es bereits. Meine Augenlider sind so schwer, dass ich sie kaum öffnen kann, und meine Muskeln fühlen sich an, als wäre ich die letzten Stunden in einem Höllentempo durchgelaufen. Aber wieso, um Himmels willen, bin ich nur dermaßen gerädert? Lavinia und ich sind schließlich die ganze Zeit über nur faul am Pool gelegen und haben versucht, die Situation auszuspionieren und Kirke zu sichten… Noch nie zuvor haben mich hohe Außentemperaturen und Sonnenstrahlen derart fertiggemacht wie an diesem Ort hier. Irgendwie fühle ich mich, als hätte mich ein Lastkraftwagen überfahren. Mir ist sogar schwindelig, obwohl ich ganz ruhig daliege.

Ich fasse mir an die Stirn, die zum Glück nicht ungewöhnlich heiß ist. Wenigstens habe ich kein Fieber. Ich beruhige mich ein wenig und lasse meine Hand wieder sinken, doch als sie auf etwas Weiches trifft, bekomme ich augenblicklich Herzrasen. Ich war mir doch ganz sicher, noch immer auf der Liege am Pool zu dösen?! Wo bin ich? Was geht hier vor?

Erschrocken richte ich mich auf, um mich zurechtzufinden. Und als ich bemerke, dass ich mich in einem bequemen Bett und nicht wie vermutet auf der Liege am Pool befinde, drohen meine

Nerven mit mir durchzugehen. Wie, zum Teufel noch mal, bin ich wieder in unseren Bungalow gekommen? Wie ist das denn möglich? Das Letzte, woran ich mich erinnern kann, ist, dass meine Schwester und ich von unserem Schattenplatz an der Pool-Bar aus die Urlauber beobachtet und uns gewundert haben, wieso alles derart harmlos aussieht und dass die Leute wirklich alle nur das schöne Wetter zu genießen scheinen. Aber danach? Danach ist alles wie ausradiert! Ich habe einen kompletten Filmriss und null Erinnerung daran, was später geschehen ist... Ich weiß wirklich nicht, wie ich hierhergelangt bin, geschweige denn, wer unsere Sachen hergebracht hat. Dort drüben liegen sogar unsere Badesachen verstreut. Das ist ja eigenartig...

Verdutzt sehe ich auf mein Handy, das – ebenfalls zu meiner Überraschung – auf meinem Nachttisch liegt und sich nicht mehr in der Badetasche befindet. Was? Schon fünf Uhr morgens? Also fehlen mir tatsächlich etliche Stunden meiner Erinnerung... Du liebe Zeit. Hier ist etwas faul, hier stimmt irgendetwas ganz und gar nicht!

Nervös blicke ich zu meiner Schwester, die noch immer seelenruhig in ihrem Bett schläft und gleichmäßig atmet. Was ist hier passiert? Vielleicht weiß sie ja mehr! Doch exakt in dem Moment, als ich realisiere, dass wir dann wohl auch das Trinken des Moly-Gebräus vergessen haben, und ich bereits hektisch aus meinem Bett steigen möchte, um Lavinia zu wecken, spüre ich einen felligen, warmen und vertrauten Körper unter der Bettdecke hervorkriechen. Es ist Argos. Ein Segen. Ob er etwas weiß?

»Was ist hier los?«, frage ich sofort den kleinen Hund, der ebenfalls richtig fertig aussieht und mich abwartend mit seinen müden Augen mustert. »Weißt du, was in den letzten Stunden passiert ist und wie wir hierhergelangt sind? Ich kann mich an nichts mehr erinnern«, sage ich bekümmert.

»Nico, bist du wirklich wieder *du*?«, will Argos umgehend

mit ernster Stimme von mir wissen und geht überhaupt nicht auf meine Frage ein. Stattdessen positioniert er sich direkt vor mir. »Warum sind wir hier?«

Verwirrt blicke ich ihn an. »Was soll das denn heißen, Kleiner? Wer sollte ich denn sonst sein? Und glaubst du etwa, ich würde unsere Mission einfach so vergessen? Wir sind natürlich hier, um Etappe drei zu bestreiten«, gebe ich ihm etwas schnippisch zur Antwort, obwohl das eigentlich nicht meine Absicht war. Aber inzwischen verstehe ich wirklich gar nichts mehr. »Wieso fragst du überhaupt so komische Sachen?« Das tut er doch sonst nicht. »Hast du etwa ebenfalls deine Erinnerungen an die letzten Stunden verloren?« Besorgt fasse ich ihm an sein Köpfchen. »Hast du Fieber? Brauchst du Wasser?«

Als ich jedoch aufstehen und ihm eine Schüssel Flüssigkeit holen möchte, beginnt der Hund abrupt zu jubeln und wie von Sinnen auf meinem Bett herumzutoben. »Juhu, juhu!«, ruft er fröhlich bellend und weckt damit natürlich auch Lavinia, die ebenfalls schlapp und mitgenommen aussieht.

»Hey Leute, was habt ihr denn für ein Problem?«, murmelt sie todmüde, während sie sich aufrichtet und sich die Augen reibt. »Warum macht ihr so einen Lärm? Ist etwas passiert?«, fragt sie völlig entkräftet und fährt sich mit ihren Fingern durch das lange Haar, das irgendwie verknotet aussieht … fast so, als hätte sie eine wilde Partynacht hinter sich. »Und wieso habe ich überhaupt einen so wirren Brummschädel? Ich kann mich irgendwie an gar nichts mehr erinnern«, endet sie und setzt sich kerzengerade auf.

»Was?! Du also auch nicht? Hier stimmt etwas nicht!«, rufe ich verdattert und will schon zu meiner Schwester laufen. Doch bevor ich dazu komme, hüpft Argos bereits mit einem gezielten Sprung von meinem Bett und springt in Lavinias hinein, um ihr dort dieselbe Frage wie mir zu stellen: »Lavinia, was machen wir hier?«

Und als auch Lavinia den Kopf schüttelt und mit nahezu dem gleichen Satz wie ich antwortet, dreht Argos vollends durch. Erneut beginnt er zu bellen und wild in Lavinias Bett von links nach rechts zu springen. Nachdem der Vierbeiner meine Schwester im Gesicht abgeleckt hat, als würde sein Leben davon abhängen, kehrt er auf den Boden zurück, wo er sicherlich mehrere Minuten lang fröhlich im Bungalow hin- und herläuft.

Lavinia und ich blicken einander dabei nur ratlos in die Augen und stehen schließlich von unseren Betten auf.

»Was hat der denn gefressen? Sollen wir uns Sorgen machen?«, frage ich meine Schwester nervös, während wir den Kleinen mit gemischten Gefühlen zusehen. »Er wird doch nicht krank sein? Hoffentlich hat er keinen Sonnenstich. Lavinia, wir müssen Argos schnellstens beruhigen und dann von hier verschwinden, denn hier ist irgendetwas geschehen. Es ist keinesfalls normal, dass wir beide solche Gedächtnislücken haben.«

Endlich bleibt Argos vor uns stehen. »Ich bin so froh, dass ihr beiden wieder ganz die Alten seid! Ich könnte vor Freude einen Baum ausreißen!«, ruft er völlig außer Atem, als er sich etwas beruhigt hat und wieder sprechen kann. Doch plötzlich wird er ernst und sieht uns mit seinen treuen Knopfaugen an. »Wisst ihr denn wirklich gar nichts mehr?«, möchte er schließlich von uns wissen.

Meine Schwester und ich schütteln den Kopf. »Nein.«

»Leute, hört mir jetzt ganz genau zu: Was ich euch nun erzähle, ist kein Witz, sondern purer Ernst! Gestern Nachmittag ist etwas Furchtbares passiert. Ich dachte, ich hätte euch verloren«, startet Argos seine Erklärung, bevor er uns in alles einweiht, was gestern wirklich vorgefallen ist, und uns erklärt, warum meine Schwester und ich jegliche Erinnerung an die Ereignisse der letzten Stunden verloren und nun stattdessen Kopfschmerzen haben. Mit jedem Wort werden Lavinia und ich bleicher und bleicher im Gesicht.

»Das darf doch wohl nicht wahr sein! Also hat mich das ungute Gefühl, das ich hatte, als uns die Rucksäcke von diesem rothaarigen Biest abgenommen wurden, doch nicht getäuscht …«, ärgere ich mich und mache mir noch im selben Augenblick schwere Vorwürfe. »Spätestens nachdem wir festgestellt haben, dass der Moly-Saft anders schmeckt als vorher, hätte ich Idiot hellhörig werden müssen. Ohne Argos wäre unsere Mission gescheitert und die Menschheit wäre …« Ich darf gar nicht daran denken, wie alles ohne den Hund ausgegangen wäre … »Argos, du hast uns beide gerettet!«, bedanke ich mich völlig fertig bei dem Vierbeiner und bücke mich, um ihn ganz sachte in die Arme zu schließen. »Du bist der Beste! Aber nun müssen wir schnellstens etwas unternehmen, sonst scheitert unsere Mission doch noch!«

»Komm her, Kleiner, lass dich aber zuerst auch von mir drücken«, sagt meine Schwester, holt eine Leckerli-Stange aus meinem Rucksack und reicht sie ihm. »Wenn wir dich nicht hätten, wären wir verloren. Danke, Argos. Du hättest dir Tausende solcher Stangen verdient. Lass sie dir schmecken.«

»Ist doch Ehrensache! Ich bin doch eure Wunderwaffe, schon vergessen?«, scherzt der Hund selig und verschlingt mit wenigen Bissen sein Futter. »Diese Leckerlis sind wahnsinnig gut! Kann ich bitte noch eines haben?«

»Später gerne, mein Kleiner. Doch zuerst brauchen wir einen Plan, und zwar schnell, denn wahrscheinlich hat Kirke bereits bemerkt, dass der Moly-Saft aus der Hütte verschwunden ist. Uns bleibt bestimmt nur mehr wenig Zeit, um …« Plötzlich werde ich vom Läuten meines Handys unterbrochen und ich blicke erschrocken auf.

»Das ist der Moly-Wecker«, klärt Argos mich umgehend auf. »Ihr müsst wieder einen Schluck trinken. Das Gebräu steht auf deinem Nachtkästchen, Nico.«

»Ahhh, danke, ich habe mich schon gefragt, wo das echte

Moly nun ist.« Sofort drehe ich mich um, um unser Wundermittel zu holen. Aber als ich danach greife, sehe ich, wie die Oberfläche der Flasche zu beschlagen beginnt und wie dort, nach und nach, ein Schriftzug in einer mir inzwischen sehr vertrauten Handschrift sichtbar wird.

»Oh nein!«, rufe ich verdattert aus, als ich die Nachricht von unserem verstorbenen Vater, der uns schon so viele Male aus der Patsche geholfen hat, erblicke. Dadurch werde ich noch nervöser als zuvor, denn was das bedeutet, ist klar, schließlich ist mein Ahne nur dann in der Lage, Kontakt zu mir aufzunehmen, wenn sich meine Schwester oder ich in akuter Lebensgefahr befinden!

Mit zittrigen Händen lese ich die Botschaft.

❖

Meine lieben Kinder, macht schnell, ihr seid aufgeflogen!
Holt die Klapper der Athene aus Kirkes Bibliothek. Sie ist dort in einem magischen Buch versteckt. Ihr werdet das richtige erkennen, sobald ihr dort angekommen seid. Und danach verschwindet augenblicklich von hier! Das Buch wird euch retten!
Passt auf euch auf, ich habe euch lieb,
Papa

❖

»Um Himmels willen!«, rufe ich erschrocken aus. »Argos und Lavinia, kommt schnell und seht, welche Warnung Vater uns geschickt hat.«

Binnen Sekunden stehen beide neben mir, und ich hebe Argos hoch, damit auch er die Botschaft lesen kann, bevor sie nur wenige Sekunden später wieder verblasst.

»Er sagt, dass wir aufgeflogen sind! Das ist die Bestätigung dafür, dass Kirke oder irgendeinem ihrer Gefolgsleute aufgefallen ist, dass wir die Moly-Essenz wieder in unserem Besitz haben, und dass die Hexe, John oder sonst wer gleich vor unserer Tür stehen«, ruft meine Schwester entsetzt und verliert den letzten Rest ihrer Gesichtsfarbe. »Kirke wird uns jagen! Sie will uns bestimmt töten! Wir müssen unverzüglich von hier weg.«

»Ganz genau, aber dabei müssen wir einen kühlen Kopf bewahren! Lavinia, wir dürfen jetzt unter keinen Umständen die Fassung verlieren, sonst kommen wir aus dieser Paralleldimension nicht mehr lebend raus«, ermahne ich meine Schwester, sich zu beruhigen. Hoffentlich halten meine Nerven diesem Druck stand.

»Argos, hast du eine Idee, wo wir die vermeintliche Bibliothek, von der unser Dad in seiner Nachricht gesprochen hat, finden könnten?«, wende ich mich sogleich an unseren vierbeinigen Freund, der sich noch immer auf meinem Arm befindet. »Du kennst dich als Einziger in dieser Umgebung aus. Wo könnte sie sein?«

Augenblicklich sehe ich den Kampfgeist in Argos' Augen aufleuchten. »Ich habe wirklich einen Verdacht«, ruft er auf der Stelle. »Ich denke, wir finden das Buch in einem der Bungalows im Palmengarten. Ich glaube, dass sich die Bibliothek in der Nähe von Johns Forschungslabor befindet, aus dem ich gestern die Moly-Flasche geklaut habe.«

»In Ordnung, dann versuchen wir es dort!«, antworte ich gefasster, als ich es jemals für möglich gehalten hätte, ehe ich Argos absetze und einen Schluck unseres Wundermittels trinke.

Als ich die Flüssigkeit eilends an meine Schwester weiterreiche, bedanke ich mich in Gedanken bei Mrs Arlon dafür, dass sie dem Getränk ein wenig Ambrosia-Sirup beigemischt hat und wir deswegen nur leichte statt höllische Kopfschmerzen haben. Nachdem auch meine Schwester einen Schluck getrunken hat, packe ich die Flasche in meinen Rucksack und entscheide mich kurzerhand auch dazu, eine der Thermoskannen mit dem falschen Getränk mitzunehmen. Man weiß schließlich nie …

»Kommt ihr beiden, machen wir uns fertig, wir müssen los. Lavinia, lass die Badesachen einfach an und pack deine ursprünglichen Klamotten zu den Turnschuhen in einen Rucksack. Umziehen können wir uns später.«

Auf ins Gefecht …

31

Die Klapper der Athene

Innerhalb weniger Minuten haben meine Schwester und ich unsere wenigen Habseligkeiten zusammengesucht. Jetzt kann es losgehen! »Wir nehmen den Hinterausgang«, fordere ich Lavinia und Argos umgehend auf, mir auf die Terrasse zu folgen. »Wenn uns Kirke abpassen will, dann sicherlich am Steg vor der Eingangstür. Über das Meer zu verschwinden, ist unser einziger Ausweg.«

»Okay«, stimmen mir beide zu, und flugs eilen meine Freunde und ich die Treppe des Balkons hinab und springen direkt in das türkisblaue Meer.

So schnell wie möglich schwimmen wir zum Strandabschnitt mit dem Palmengarten hinüber, wo wir dank der frühen Stunde ganz ungestört an Land gehen können. Ein Glück, dass Argos die Gegend gestern so präzise erkundet hat und er uns Schritt für Schritt anleiten kann, wo genau wir uns ducken und verstecken müssen, um auch weiterhin unbemerkt zu den Bungalows zu gelangen, wo wir Kirkes Bibliothek vermuten. Teil eins unseres Vorhabens hätten wir damit geschafft. Nun zum nächsten Streich.

Während wir vorsichtig von Haus zu Haus hasten, durch die Fenster spähen und nach allem Ausschau halten, was nach einer Bibliothek aussehen könnte, ärgere ich mich immer wieder darüber, dass weder Gyges noch meine Zauberkräfte in dieser Dimension einsatzfähig sind. Mit ihnen wäre alles leichter … Aber egal. Wir müssen einfach das Beste aus der Sache machen …

»Hier, schau mal, Nico«, ruft meine Schwester plötzlich, als wir bereits einige Häuser passiert haben. »In diesem Bungalow stehen deckenhohe Regale voller Bücher.«

Aufgeregt spähe ich durch das Fenster. Und siehe da: Lavinia hat recht! »Tatsächlich«, freue ich mich und laufe schnurstracks zur Tür, wo ich leider feststellen muss, dass diese abgeschlossen ist. War ja auch nicht anders zu erwarten. »Mist!«

»Und was machen wir jetzt? Wie kommen wir rein?«, will Argos wissen und starrt mich mit fragendem Blick an.

»Ganz einfach: Wir schlagen ein Fenster ein«, antworte ich entschlossen und hole ohne Umschweife die Thermoskanne mit dem falschen Moly-Getränk, die ich glücklicherweise vorhin eingepackt habe, aus meinem Rucksack. »Leute, schaut mich nicht so an. Unbemerkt bleiben wir sowieso nicht mehr lange, und gerade zählt jede Sekunde. Je schneller wir das Buch mit dem Artefakt finden, desto eher können wir abhauen. Also stellt euch bitte wegen eines dummen Kollateralschadens nicht so an.«

Beide nicken.

»Dann los.« Mit einem kräftigen Hieb schlage ich die Kanne entschlossen gegen die Scheibe, die zum Glück nur aus einer Einfachverglasung besteht und somit umgehend in Tausende Scherben zerbricht.

»Komm her, Lavinia, ich mache dir eine Räuberleiter, dann kannst du hineinklettern. Aber pass auf, dass du dich nicht am Glas schneidest«, weise ich meine Schwester an, sich zu beeilen und vorsichtig zu sein.

Wortlos steigt sie auf meine Hände, und kurz darauf befindet sie sich unbeschadet im Raum. »Geschafft«, freut sich Lavinia und blickt sich um. »Ich werde versuchen, euch die Tür von innen aufzuschließen«, erklärt sie mir, ehe sie aus meinem Sichtfeld verschwindet.

Kurz darauf öffnet sich auch schon die Tür des Bungalows. »Hereinspaziert, ihr beiden.«

»Perfekt«, bedanke ich mich begeistert, ehe Argos und ich zu ihr ins Haus huschen.

Dort befinden sich außer zig Bücherregalen, die mit den unterschiedlichsten Werken gefüllt sind, keinerlei andere Möbel. »Nicht zu fassen, dann hat mich der Blick durchs Fenster vorhin also wirklich nicht getäuscht! Hier gibt es tatsächlich keinen einzigen Sessel oder eine andere Sitzgelegenheit... Hier sind nur Bücher! Sehr imposant«, staune ich verblüfft und starre eine Weile lang fasziniert auf die unzähligen Reihen von Bänden.

»Wir müssen uns aufteilen, um das richtige Buch zu finden«, drängt meine Schwester mich sofort zur Eile. »Nico, steh nicht nur dumm rum, sondern mach endlich etwas«, ruft sie verärgert. »Wir müssen anfangen zu suchen!«

Ich schüttle meinen Kopf. »Nein! Das wird nicht nötig sein«, sage ich, während ich mich bereits wie in Trance auf ein ganz bestimmtes Buch zubewege, das mich auf merkwürdige Weise anzieht. »Dieses hier ist das richtige.«

Schnurstracks ziehe ich ein altes, eher unscheinbares Werk aus dem Regal, und exakt in dem Moment, als ich es in meinen Händen halte, beginnt es golden zu schimmern. Wie immer hatte unser Vater also recht, als er behauptet hat, wir würden das richtige Buch von selbst erkennen.

Abrupt verändert sich das zuvor dunkelbraune Cover zu einem Bild, auf dem ich meine Schwester, Argos und mich selbst erkenne. Es zeigt uns mit haargenau den Kleidungsstücken, die wir gerade tragen – Lavinia in ihrem bunten Bikini, mich in meiner Badehose und Argos mit nassem, gesträubtem Fell.

Vorsichtig schlage ich das alte Buch auf, und plötzlich glaube ich zu träumen, denn dort, wo normalerweise Seiten sein sollten, ist ein vertiefter Innenraum … ein Geheimversteck!

»Wow«, lautet mein einziger Kommentar, als ich bemerke, was sich darin befindet. »So sieht also das Fundstück unserer dritten Etappe aus, diese komische Klapper der Athene, wie Vater das Ding vorhin bezeichnet hat«, flüstere ich ehrfürchtig und hole den winzigen Gegenstand heraus.

Wie von Geisterhand wächst das magische Artefakt augenblicklich zu seiner vollen Größe von rund zwanzig Zentimetern Länge an. Neugierig drehe ich das wunderschöne alte Stück in meinen Händen, um es von allen Seiten zu begutachten … Es besteht aus zwei mit griechischen Schriftzeichen verzierten, beweglichen Teilen, die ein summendes Geräusch erzeugen, sobald sie aneinanderschlagen. Wahnsinn! Ich wüsste zu gerne, was es damit auf sich hat. Es ist bestimmt das letzte Puzzleteil, das wir benötigen, um die Büchse der Pandora zu finden.

»Nico, hör mir endlich zu, ich rede mit dir«, rempelt mich meine Schwester auf einmal fest an und holt mich damit auf den Boden der Tatsachen zurück. »Ich bin zwar genauso begeistert von diesem mythologischen Gegenstand wie du, aber wir haben keine Zeit, um dieses Teil jetzt genauer unter die Lupe zu nehmen. Gottman kann uns bestimmt erklären, was wir damit tun sollen. Aber jetzt müssen wir schnellstens von hier verschwinden! Jetzt! Hast du das kapiert? Erinnere dich, was unser Vater gesagt hat!«

»Ja, ja, na… natürlich«, stottere ich entschuldigend und packe unseren wertvollen Fund in meinen Rucksack. Ich weiß auch nicht, was plötzlich mit mir los war …

Hastig eilen wir zur Tür.

Doch als ich sie öffne und in der Ferne etwas Schwarzes aufblitzen sehe, erschüttert auch schon ein heftiges Ruckeln das ganze Haus. Ein Erdbeben!

»Kirke und ihre Leute kommen. Tür zu!«, brüllt Lavinia sofort wie von Sinnen und wirft sie zurück ins Schloss. »Was nun?«, fragt mich meine Schwester am ganzen Körper zitternd.

Ohne zu überlegen, drücke ich ihr meinen Rucksack in die Hände. »Den nimmst du! Ich werde versuchen, die Angreifer hier abzulenken. Inzwischen verschwindest du mit Argos aus dem Fenster, schwimmst zur gegenüberliegenden Insel, wo sich die Tür zum Portaltunnel befindet, und bringst die Klapper der Athene in Sicherheit. Sie ist garantiert unendlich wichtig für unsere Mission. Argos wird dir helfen, unbemerkt zum Meer zu gelangen. Wenn ich nicht innerhalb von zwanzig Minuten bei euch bin, dann haut ohne mich ab. Flieht durch den Geheimgang und lauft direkt zum Giant's Causeway zurück, um Hilfe zu holen! Habt ihr verstanden?«, will ich von meiner Schwester und dem Hund, die mich beide zögernd anstarren, wissen.

»Nico, das ist …«, stammelt meine Schwester. »Das ist doch pure … Das ist viel zu ge… gefährlich … «

»Lavinia, hör mir jetzt zu«, unterbreche ich sie im Befehlston, jedoch innerlich zitternd vor Angst. »Wenn du jetzt nicht genau das tust, was ich sage, könnte alles, was wir bisher geschafft haben, umsonst gewesen sein. Und das wollen wir nicht! … Ich werde mir etwas einfallen lassen, um Kirke und ihren Leuten zu entkommen, das verspreche ich dir. Und außerdem sagte unser Vater, dass uns dieses Buch hier retten wird.« Ich halte mein Fundstück mit beiden Händen in die Höhe. »Hörst du? Ich vertraue ihm, er hat uns noch nie belogen! Sobald ich die Bungalow-Tür öffne und euch das Zeichen gebe, will ich, dass ihr umgehend durch das Fenster abhaut«, sage ich tapfer, obwohl ich in diesem Augenblick selbst gegen die Tränen ankämpfe und große Angst habe. Doch das ist jetzt Nebensache, nun gilt es das Wohl der Menschheit vor mein eigenes zu stellen.

»In … in Ordnung«, sagt meine Schwester schließlich widerstrebend und nickt. »Wir halten uns an deinen Plan und bringen das Artefakt in Sicherheit. Richtig, Argos?«

»Ich lasse dich nur ungern allein, aber … ja …«, antwortet auch der Hund, dem der Unmut über den Plan ebenfalls ins Gesicht geschrieben steht.

»Dann ist es besiegelt«, sage ich entschlossen und nehme beide in die Arme. Danach trinke ich noch einen letzten Schluck unseres Wundermittels, stecke die Flasche zurück in meinen Rucksack, den Lavinia inzwischen bei sich trägt, und bewaffne mich mit der falschen Moly-Thermoskanne in der einen und dem soeben gefundenen Buch in der anderen Hand. Jetzt ist die Zeit gekommen, zu handeln.

»Ich habe euch lieb, seid vorsichtig«, sind meine letzten Worte, bevor ich mit voller Wucht die Tür aufstoße und der Zauberin Kirke und einem Dutzend ihrer Gefolgsleute, die mit Pfeil und Bogen bewaffnet sind, auf der Veranda vor dem Bungalow entgegentrete.

»Ich denke, du hast etwas, das mir gehört«, grölt Kirke sogleich mit bitterböser Stimme und sieht mich zornig an. »Ich lasse mich ungern bestehlen … Und wer bist du überhaupt, dass du über Moly und seine Wirkung Bescheid weißt?«, fragt die Zauberin, die ich dank Argos' Beschreibung sofort identifizieren kann. Diese Fingernägel sind wirklich Mordwaffen …

»Ich bin Nico Alechandro Arassis, ich bin ein Nachfahre des allmächtigen Zeus. Ich bin hier, um mich meinem Schicksal zu stellen und die Welt zu retten«, antworte ich mit überraschend klarer Stimme und hoffe, dass die böse Talenterin den unsicheren Unterton nicht herausgehört hat. »Wenn du mich willst, Kirke, dann musst du mich holen!«, rufe ich mutig, ehe ich mit aller Kraft die Thermoskanne mit dem falschen Moly-Extrakt nach ihr werfe.

Ängstlich umklammere ich schließlich mein Buch und flehe

es in Gedanken an, sich schleunigst in eine brauchbare Waffe zu verwandeln, denn nun habe ich den Zorn der Zauberin endgültig entflammt. Ihre Augen fixieren mich, und ihr Blick scheint mich zu durchdringen, als ich breitbeinig auf der Veranda stehe und auf sie warte.

»Angriff!«, brüllt sie wutentbrannt nur Sekunden später. »Bringt mir die Moly-Ambrosia-Essenz zurück!«, befiehlt sie ihren Gefolgsleuten, die augenblicklich gehorchen und ihre Waffen zücken. »Der Eindringling darf den Tunnel nicht erreichen, sonst ist alles aus!«

Nun habe ich es geschafft und die ganze Aufmerksamkeit unserer Feinde auf mich gelenkt. »Jetzt oder nie«, rufe ich deshalb aus Leibeskräften, drehe mich zu meiner Schwester und Argos um, um ihnen damit das Zeichen zum Verschwinden zu geben. »Haut ab! Jetzt bemerkt euch keiner.«

Bereits im nächsten Augenblick, als ich mich wieder meinen Feinden zuwende, sehe ich einen Schauer von silbernen Pfeilen in meine Richtung fliegen. Es geht los …

So schnell ich kann, haste ich von der Veranda in Richtung Haus zurück und stolpere dabei über den kleinen Stieg an der Tür, sodass ich unsanft auf allen vieren ausgestreckt auf dem Boden lande.

»Ich Idiot«, ächze ich, als ich merke, dass mir dabei das Buch – meine einzige mögliche Waffe – aus den Händen gefallen ist. Wie es entgegen aller physikalischen Regeln sein kann, dass es nicht *vor* mir, sondern *hinter* mir, direkt auf der Veranda, gelandet ist, kann ich mir beim besten Willen nicht erklären.

Zeit, um darüber nachzudenken oder es zurückzuholen, bleibt mir jedoch keine, denn als ich aufstehe, bohrt sich ein Pfeil direkt vor meinen Füßen in eine der Holzplanken. Und prompt höre ich auch schon die Schreie eines Angreifers, der geradewegs auf mich zuläuft. Gleich hat er mich …

Mutig greife ich nach dem Pfeil, ziehe ihn aus dem Holz und

hebe meinen Arm, um mich damit gegen den Angreifer zur Wehr zu setzen. Ich weiß, mir steht ein tödliches Duell bevor. Doch ganz unerwartet und noch bevor ich gezwungen bin, meine Waffe tatsächlich zum Einsatz zu bringen, passiert es: Plötzlich erhellt ein greller weißer Blitz den gesamten Bereich vor der Türschwelle, und auf einmal löst sich der Angreifer vor mir wie von Geisterhand einfach in Luft auf. Er ist weg. Einfach verschwunden!

Sofort nutze ich diese Chance und bringe mich hinter der Tür in Sicherheit.

Doch auf einmal… »Nicht schießen, ich ergebe mich!«, höre ich völlig unerwartet meine eigene Stimme laut und deutlich, jedoch gleichzeitig seltsam entfernt, rufen. Obwohl ich mich in den Lauten wiedererkannt habe, weiß ich dennoch, dass sie nicht mir gehörten. Sie klangen irgendwie… fremd und körperlos, fast so, als stünde ich nicht hier im Bungalow, sondern vor dem Haus draußen bei Kirke. Wie ist das möglich?

Vorsichtig öffne ich die Tür einen Spaltbreit und wage einen unsicheren Blick in die Richtung meiner Feinde. Und dann sehe ich es… oder besser gesagt: ihn. Den Jungen, der soeben gesprochen hat. Das gibt es doch nicht! Dieser Typ da… bin ich! Na ja, eigentlich nicht wirklich, denn *ich* bin ja hier drinnen, aber der Nico dort draußen sieht zu einhundert Prozent aus wie ich! Das ist doch… unmöglich? Ich kann in dieser Dimension doch gar nicht zaubern.

Verwirrt blicke ich mich um, und genau in dem Moment, als ich aus dem Buch, das ich vorhin auf der Veranda verloren habe, einen durchsichtigen Lichtstrahl entweichen sehe, habe ich die Lösung des Rätsels gefunden. Nun ist mir klar, wo meine Rettung herkommt… Das hat unser Vater also gemeint, als er sagte, dass das Buch uns retten würde – es projiziert eine Art Klon meiner selbst direkt vor die Hexe und meine Feinde. Es ist ein Zaubergegenstand, der Kirke und ihre Gefolgsleute ablenkt. Das ist also meine Waffe … Wie cool! Und deshalb ist mir das Buch auch entgegen aller physikalischen Regeln nach hinten und nicht nach vorne entglitten … Weil es mich retten wollte! ›Oh mein Gott, danke!‹, sage ich im Geiste zu meinem Ahnen.

»Ich ergebe mich, ich komme zu euch«, höre ich mein Double schließlich laut sagen. Schon macht es einen Schritt nach vorne und schreitet direkt auf die Angreifer zu.

Froh darüber, dass nun alle ihre Augen auf mein zweites Ich fixiert haben, erkenne ich meine Gelegenheit zu entkommen. Ich muss weg, ehe sie begreifen, dass sie getäuscht werden. Schnurstracks eile ich zum Fenster, klettere auf den Stuhl, den Lavinia für Argos und sich selbst davor platziert hat, und springe hinaus. Dann laufe ich so schnell ich kann zum Meer, wo ich mich wie von Sinnen in die Fluten stürze und mit aller Kraft zu schwimmen beginne.

Während ich buchstäblich um mein Leben kraule, höre ich, wie die Stimmen meiner Feinde hinter mir plötzlich wieder lauter werden. »Er darf nicht entkommen! Sobald er den Tunnel erreicht hat, sind wir machtlos! Dann haben wir ihn verloren, dort sind meine Zauberkräfte wirkungslos. Schnell! Holt unsere Boote von der anderen Inselseite! Und nun: Schießt, Männer!«, höre ich Kirke hysterisch kreischen. »Angriff, Gonzales!«

Mist, nun haben sie bemerkt, dass sie getäuscht wurden.

All meine Kraft zusammennehmend, schwimme ich so schnell ich kann weiter und weiter und alles scheint wie am Schnürchen zu laufen. Aber dann, als ich die rettende Insel und meine beiden Freunde bereits erkennen kann und mir nur mehr wenige Meter fehlen, bis ich es geschafft und sie erreicht habe, wird mir bewusst, was das Wort »Gonzales« zu bedeuten hatte. Denn exakt in dem Augenblick, als meine Schwester »Nico, Nico, beeil dich! Schneller, mach schneller. Sie schießen auf dich!« ruft, nehme ich ein Geräusch hinter mir wahr.

Und schon sehe ich sie … eine riesige Rückenflosse, die in horrender Geschwindigkeit vom offenen Meer aus direkt auf mich zurast!

»Da kommt ein Hai, da kommt ein Hai!«, höre ich Argos plötzlich völlig außer sich rufen. »Nico, gib nicht auf! Gleich bist du bei uns. Nur noch wenige Meter … das Ufer ist bereits zum Greifen nah.«

Wie besessen beginne ich wieder zu schwimmen und zu strampeln, doch leider werde ich zu allem Überfluss noch von einem Pfeil an meinem linken Arm gestreift, woraufhin ich sofort zu bluten anfange. »Au, verflucht«, stoße ich einen Schmerzensschrei aus, und damit überkommt mich ein noch nie dagewesenes Gefühl von Panik, denn ich weiß, dass mir der Hai inzwischen bedrohlich nähergekommen sein muss.

Ich will nicht sterben, nicht so … nicht als Fischfutter … nicht hier … und nicht durch Pfeile … Das Adrenalin, das mir gerade durch die Adern rauscht, lässt mich jegliches Schmerzgefühl verdrängen. Ich versuche nur noch, dem Tod zu entrinnen. Doch ich bin einfach nicht schnell genug.

Prompt sehe ich die riesige Flosse direkt neben mir in die Höhe schnellen. Und als der Raubfisch bereits zum tödlichen Biss ansetzt, ist da plötzlich dieser kleine pelzige Körper, der mit einem präzisen Satz direkt auf dem Kopf des Hais landet.

»Nein!«, brülle ich wie von Sinnen, als ich Argos erkenne, der es irgendwie geschafft hat, direkt vom Strand der Insel aus auf den Riesenfisch zu springen und den Hai damit zumindest kurzfristig in die Flucht schlagen kann. Ob Lavinia ihn geworfen hat?

»Hau ab, Nico!«, höre ich den Kleinen kurz darauf mutig kläffen, als er mit den Vorderbeinen paddelnd ein Stück entfernt von mir aus dem Wasser auftaucht.

»Nein, niemals!«, schreie ich außer mir. Niemals würde ich

es übers Herz bringen, meinen vierbeinigen Freund zurückzulassen!

Sekunden später nähert sich uns die Rückenflosse wieder, diesmal jedoch direkt in Argos' Richtung.

Vom Überlebenswillen gesteuert, schwimme ich zu ihm, packe den Hund mit meiner linken Hand, um ihn vor einer Dummheit zu bewahren, ehe ich bemerke, dass die riesige Flosse bereits direkt neben uns aus dem Wasser ragt.

Siegessicher beginnt der riesige Hai uns langsam zu umkreisen.

»Lass mich, ich muss dich retten!«, flucht Argos wie besessen und versucht mich zu beißen, nur damit ich ihn loslasse. »Ich werde wegschwimmen und mich für dich opfern. Er wird mich sicher verfolgen!«

»Das kommt nicht in Frage!«, rufe ich mit letzter Kraft. »Hör auf, mich zu zwicken! Ich lasse sowieso nicht zu, dass du für mich stirbst!«

Was kann ich nur tun, um uns beide zu retten? Ohne Gegenwehr gebe ich mich nicht geschlagen. Das schwöre ich bei allem, was mir heilig ist. Ich werde um Argos' und mein Leben kämpfen. Ich werde uns verteidigen, komme was wolle! Doch wie?

Während meine Gedanken vollends verrücktspielen, spüre ich einen rauen Körper meine Fußsohlen streifen. Nun hat unser letztes Stündlein geschlagen. Gleich wird der Hai das Maul aufreißen und zum finalen Biss ausholen ... Doch plötzlich kommt es ganz anders, denn abrupt werden mein kleiner treuer Freund und ich von einer riesigen Wasserfontäne einen guten Meter weit aus dem Meer geschleudert.

»Ein Hippokamp, ein Hippokamp«, jubelt Argos auf einmal überglücklich, noch ehe ich realisiere, was gerade passiert ist und dass wir uns auf dem Rücken eines ... was ist das eigentlich ... eines Riesenseepferdchens? ... befinden. »Der Hippokamp hat uns gerettet, Nico!«

Leider ist damit nicht das Ende der Haiattacke erreicht, denn mit der nächsten gewaltigen Welle schnellt der Killerfisch in die Höhe. Und wieder reagiert das mächtige Meerwesen, das vorne Pferd und hinten Fisch ist, in Sekundenschnelle. Mit einem gewaltigen Schlag seiner Schwanzflosse, erhebt es sich einen weiteren Meter aus dem Wasser, beugt sich nach vorne und verpasst dem Hai einen ordentlichen Schlag aufs Maul. Blöderweise ist das jedoch auch der Moment, in dem ich das Gleichgewicht verliere und gemeinsam mit Argos zurück ins Meer stürze. Verzweifelt schreie ich auf, ehe ich kopfüber mit dem Hund im Arm ins Wasser abtauche und von den Fluten umhüllt werde.

Als es dem Kleinen und mir wieder gelingt, aus dem Nass aufzutauchen, erkenne ich zu meiner Erleichterung, dass der Hai inzwischen restlos auf unseren Lebensretter fixiert ist. »Das ist unsere Chance, Argos«, fordere ich den Hund auf, nicht aufzugeben. »Schnell, lass uns fliehen und versuchen, zur Insel zu gelangen. Der Hippokamp kann sich gut alleine wehren.«

»Dann los!«, stimmt auch Argos zu, und schon schwimmen wir um unser Leben. Schlussendlich gelangen wir mit letzter Kraft und nur in letzter Sekunde, ehe die Bestie erkennt, dass sie ausgetrickst worden ist und zurückkehrt, an das Ufer der rettenden Insel.

»Wir haben es geschafft!«, schluchze ich erleichtert und den Tränen nahe, als ich erkenne, dass wir nun wirklich in Sicherheit sind. »Hier kann uns weder der Pfeilregen noch die Bestie etwas anhaben.«

»Das Riesenseepferdchen hat euch gerettet!«, ruft Lavinia und fällt mir erleichtert um den Hals. »Ich bin so froh, euch wiederzuhaben.«

»Ein Glück, dass diese Tiere gutmütige Wassergeister sind und Haie hassen«, meint Argos und schleckt mir quer über das Gesicht. »Ich wusste gar nicht, dass diese Wesen noch immer existieren.«

»Gerade war das Schicksal eindeutig auf unserer Seite, Kleiner«, stelle ich zitternd fest. »Ich möchte mir nicht ausmalen, was passiert wäre, wenn Kirkes Leute nicht so lange gebraucht hätten, um ihre Boote von der anderen Inselseite zu holen. Seht nur, diese lahmen Enten kommen erst jetzt …«, scherze ich, ehe ich wieder ernst werde und Argos anblicke. »Aber im Grunde habe ich *dir* mein Leben zu verdanken.« Dankbar nehme ich den Hund in den Arm. »Bist du in Ordnung?«

»Mir geht es gut«, sagt er schnaufend. »Und dir? Du blutest ja.«

»Ach was, alles halb so schlimm. Das ist doch nur ein kleiner Kratzer!«, verharmlose ich die Wunde. Aber schon wenige Sekunden später trifft mich der Schmerz in meinem Arm mit seiner vollen Wucht und ich muss mir eingestehen, dass die Verletzung doch ernster zu sein scheint, als ich dachte. Vor Schmerz verziehe ich das Gesicht.

»Was hast du denn? Lass mal sehen«, wendet sich mir meine Schwester sogleich besorgt zu und kniet sich zu mir in den Sand. »Oh nein … Nico«, stottert sie betroffen. »Diese Wunde sieht echt schlimm aus, dein Arm hat sich bereits entzündet … Bestimmt war der Pfeil vergiftet oder verflucht. Ich muss sie auswaschen.«

»Nein, nicht, dafür ist nun keine Zeit mehr! Sieh nur, da kommen bereits die ersten Angreifer mit den Booten. Wir müssen schleunigst von hier weg!«, fordere ich meine Schwester hektisch auf und bitte sie, mir beim Aufstehen zu helfen. Den allesüberlagernden Schmerz muss ich einfach verdrängen … Von dieser dummen Verletzung lasse ich mich bestimmt nicht aufhalten – nicht jetzt, nicht nach allem, was wir durchgemacht haben. »Komm, Lavinia, lass uns gemeinsam die Klapptür aufmachen und abhauen. Ich glaube, im Tunnel sind wir in Sicherheit. Zumindest hat Kirke vorhin so etwas angedeutet.«

Schon ist das Tor geöffnet.

Mit flinken Schritten huschen Argos und Lavinia kurz darauf die Stufen hinab. »Mach schnell, Nico, jetzt du«, höre ich die beiden, wie sie mich vom Tunnel aus zur Eile aufrufen.

»Ich komme ja schon.«

Nachdem ich mich ein letztes Mal umgedreht und das Riesenseepferdchen, das sich inzwischen tapfer vor Kirke und ihre Gefolgsleute gestellt hat, angesehen und mich im Geiste bei ihm für unsere Rettung bedankt habe, mache ich mich auf den Weg zu meinen Freunden. Doch als ich schon fast bei ihnen angekommen bin, schießt mir plötzlich eine Schmerzwelle durch den Arm, sodass ich die letzten Stufen hinunterstolpere. Nur in letzter Sekunde gelingt es meiner Schwester, mich vor einem Sturz zu bewahren und mich zu stützen.

»Alles okay mit dir, Nico?«, fragt sie besorgt, als sie mich loslässt, und ich nicke. Ich muss mich zusammenreißen, ich darf meiner Verletzung jetzt nicht nachgeben. Ich muss stark sein, für meine Schwester und Argos … »Lavinia, mach schnell, du musst die Falltür zuziehen. Schaffst du das alleine? Ich kann dir dabei nicht mehr helfen, ich bin so schwach«, sage ich entkräftet zu ihr, als ich mich endlich etwas gefangen habe.

»Ganz sicher«, gibt sie mir ohne Zögern zur Antwort und läuft entschlossen ein weiteres Mal die Stufen hinauf. Und tatsächlich gelingt es ihr nach zwei Versuchen, das hölzerne Tor über uns zu schließen. »Erledigt«, sagt sie und kehrt zu mir zurück. »Dieses morsche Ding war schon ziemlich schwer.«

»Lavinia, gib mir etwas von dem Moly-Ambrosia-Gemisch. Mir ist richtig schwindelig und übel … ich brauche etwas davon. Ich sehe schon alles doppelt«, bitte ich meine Schwester, mir das rettende Getränk zu reichen.

Dankend nehme ich es entgegen. Und es wirkt. Bereits nach dem ersten großen Schluck verspüre ich Erleichterung, und einige Sekunden später kann ich sogar wieder einigermaßen normal sehen. Hoffentlich bleibt das so …

»Das muss fürs Erste reichen«, sagt Lavinia ernst, nimmt mir die Flasche aus der Hand, verstaut sie in ihrem Rucksack und hilft mir dabei, mich wieder ordentlich aufzurichten. »Wir müssen uns beeilen. Deinen Burton nehme weiterhin ich.«

»Danke …«

Allen Schmerz beiseiteschiebend, laufe ich neben Lavinia und Argos den langen, feuchten und nebeligen Tunnel entlang. Ich hoffe inständig, dass meine Vermutung wahr ist und Kirke und ihre Leute uns hier im Tunnel nicht erwischen können.

Schritt für Schritt bewege ich mich weiter vorwärts, und das, obwohl ich spüre, wie mir das Gift des Pfeiles durch die Blutbahn strömt und versucht, mich von innen aufzufressen, doch ich gebe nicht auf … Ich kämpfe weiter und weiter, so lange, bis wir endlich, eine gefühlte Ewigkeit später, das rettende Ende des unendlich scheinenden schwarzen Ganges erreichen, Lavinia die Tür in die Freiheit öffnet und wir uns inmitten der felsigen Steine des Giant's Causeways wiederfinden.

Doch nun kann ich nicht mehr. Ich bin mit meinen Kräften vollkommen am Ende und fühle nur noch, wie die Welt um mich herum in einem schwarzen Nebelschleier zusammenfällt.

32

13 500 Kilometer entfernt auf einer Insel in Vanuatu

»Ein Glück, dass du derart schnell reagiert hast, Kapitän Eudoros! Ohne dich und deine Gerissenheit würden wir mit hoher Wahrscheinlichkeit noch immer im Dunkeln tappen. Ich hätte wissen müssen, dass Gottman und Erossa meinem törichten Sohn niemals zu einhundert Prozent vertrauen und ihn in all ihre Pläne einweihen. Aber dank deines gewieften Handelns wissen wir nun, wo die Arassis-Sprösslinge abgeblieben sind und dass diese das Stundenglas des Kronos bereits in ihrem Besitz haben! Und bald werde ich auch ihr nächstes Reiseziel kennen, sodass wir sie dort überraschen und gefangen nehmen können … Und dann sind die mythologischen Gegenstände mein und zwar *nur* mein …« Ein grausames Lachen verlässt Einnar Torloxtons Kehle.

Nachdem der Anführer des Elysischen Bundes seinen soeben formulierten Plan im Geiste noch einmal durchgespielt hat, gibt er noch eine letzte Anweisung an seinen Untertan: »Halte dich weiterhin gut versteckt und bleib in Deckung. Morgen hören wir uns wieder … Und unternimm nichts, was deine Tarnung gefährden könnte, Myrmidone. Ich muss wissen, wo die Büchse der Pandora versteckt ist. Ich werde die Brut abpassen, und zwar dort, wo sie es am wenigsten erwartet… Sobald wir uns wiedersehen, wirst du eine Belohnung erhalten. Überlege dir gut, welchen Wunsch du äußerst, denn ich bin bereit, dir nahezu jeden zu erfüllen«, beendet der Elysier zufrieden das Ferngespräch.

Kurz darauf lässt sich Einnar Torloxton seelenruhig auf dem hölzernen Lehnsessel neben Balthasar Enorak nieder. So ausgeglichen wie heute war die Stimmung des Elysiers schon lange nicht mehr. Endlich verläuft alles so, wie er es sich schon immer vorgestellt hat.

»Das Schicksal ist eindeutig auf Eurer Seite, Eure Hoheit«, beginnt der ehemalige Hauptmann nach einer Weile verhalten zu sprechen. Noch immer weiß er nicht genau, welchen Stellenwert er nun bei seinem einstigen Freund einnimmt – anzunehmen wäre zwischenzeitlich wohl eher ein recht hoher, schließlich hat er das Voxonium für ihn gebaut. Doch bei dem Elysier weiß man nie, seine Launen sind unberechenbar.

Noch immer muss Enorak mit seinen Äußerungen äußerst vorsichtig sein, ansonsten wird er seine alte Stellung niemals zurückbekommen. Und diese wiederzuerhalten, ist sein oberstes Bestreben…

»Wie wahr, wie wahr…«, antwortet ihm Torloxton glücklicherweise kurz darauf überaus freundlich gesinnt. »Das Blatt hat sich gewendet, Balthasar, sämtliche Geschehnisse wirken sich ganz zu meinem Vorteil aus. Nicht nur, dass mein allheiliges Zepter dank des mächtigen Zauberspruches aus dem »Buch der Schwarzen Magie« wieder einsatzfähig ist, nein… bald werde ich auch das Ziel der nächsten Reise der Arassis-Sprösslinge kennen, und dann werde ich meine Pläne noch eher verwirklichen können, als ich es jemals für möglich gehalten hätte. Bald bin *ich* Herrscher über die Menschheit…« Wieder erfüllt das boshafte Lachen des Elysiers den Raum.

»Sehr wohl, Eure Majestät, sehr wohl! Diese bislang für

unnütz gehaltene Ameise hat wirklich klug und schnell gehandelt. Sich kurzerhand im Fell eines Pegasospferdes zu verkriechen und zu verstecken, ist wahrhaft mutig gewesen«, fährt der ehemalige Hauptmann der Elysischen Armee nach einer kurzen Pause fort. »Da sieht man wieder, wie dumm diese flugfähigen, wiehernden Viecher doch sind: Obwohl Gottman und Erossa sich die Mühe gemacht und das komplette Areal des Arassis-Anwesens mit einem Myrmidonen-Gift gesichert haben, sind diese blöden Pferde nicht *im*, sondern *vor* dem geschützten Bereich gelandet. Und zwar direkt beim Tor, wo Kapitän Eudoros nur den richtigen Moment abwarten musste. Schwupps, und schon war er im Haar eines der Tiere verschwunden! Wie dämlich Gottman und Erossa doch waren, das nicht zu bedenken … Wir müssen froh darüber sein, dass wir keine solch dummen Pegasospferde in unseren Diensten haben.«

»Sei nicht voreilig mit deinen Äußerungen, Balthasar! Diese Tiere können durchaus nützlich sein. Du weißt selbst, dass in der Hektik des Gefechts Fehler passieren können. Auch dir ist es in der Vergangenheit bereits so ergangen, erinnere dich«, meint Torloxton grinsend und spielt mit dieser Äußerung wieder einmal auf Enoraks Versagen bei seiner letzten Mission an.

Verärgert und etwas beschämt rümpft dieser die Nase. Ist es wirklich notwendig, dass der Elysier schon wieder in dieser Wunde stochert?

»Die Angst um die Arassis-Sprösslinge macht Gottman verletzlich und schwach«, fährt Einnar Torloxton nach einer kurzen Pause wieder sachlich fort. »Aber das ist gut so. Nun wissen wir wenigstens, dass der Junge und das Mädchen mit ihrer Suche schon weiter sind als gedacht. Ich denke sogar, wir können mit Sicherheit davon ausgehen, dass die beiden auf ihrer nächsten Etappe auch die Büchse der Pandora finden. Und dann wird meine Falle zuschnappen. Peng!«

»Ein perfekter, bis ins kleinste Detail ausgeklügelter Plan, mein Gebieter!«, stimmt Balthasar Enorak dem Anführer des Elysischen Bundes zu. Hoffentlich reitet Torloxton nun nicht mehr auf seinem einmaligen Versagen herum …

»Ich weiß, Balthasar, ich weiß … Aber eines frage ich mich: Ob es nun an der Zeit ist, Gottman und seinen Gefolgsleuten erneut meine unendliche Macht zu demonstrieren, oder sollte ich mich noch ein Weilchen gedulden? Was meinst du?«, will der Elysier von seinem Diener wissen und blickt ihm dabei ernst in die Augen. »Dieser harmlose Sturm und das Gewitter, die England nur ein paar Überschwemmungen beschert haben, können doch nicht das letzte Highlight vor der Verwirklichung meiner Pläne gewesen sein, oder? Eine weitere Ablenkung würde Gottman sicher guttun und ihn möglicherweise noch einmal auf notwendige Sicherheitsvorkehrungen verzichten lassen, denkst du nicht auch? Stress bringt ihn immer gehörig aus der Fassung.«

Glücklich darüber, dass der Meister seine Meinung hören will, antwortet der ehemalige Hauptmann mit bösartigem Unterton in der Stimme: »Ich denke, es wäre Zeit für eine weitere Einschüchterung.«

»Nun denn: So sei es! Wenn du das sagst …«, lächelt der Elysier und blickt Balthasar Enorak direkt in die Augen. »Ab sofort bist du wieder mein Hauptmann und Freund! Ich habe dir verziehen! Trommle unsere Gefolgsleute zusammen und bring sie zu mir, ich brauche Unterstützung. Ich muss mit allen die weitere Vorgehensweise besprechen.«

»Aber … ich danke dir, Einnar … Pardon, Euch, … Majestät«, stottert Balthasar Enorak angesichts dieser Schicksalswende.

»Ein ›Du‹ ist wieder in Ordnung! Doch nun verrichte deinen Dienst, Hauptmann! Nicht, dass ich es mir wieder anders überlege«, fordert der Anführer des Bundes fast freundlich von seinem Untertan.

Perplex, jedoch froh darüber, seine alte Stellung wiederzuhaben, salutiert Balthasar Enorak und tritt umgehend weg. Niemals mehr wird er seinen Freund enttäuschen, das schwört sich der Elysier bei seiner Ehre.

33

Ein Erwachen mit Folgen

Als ich langsam das Bewusstsein wiedererlange, spüre ich ein unnachgiebiges Hämmern in meinen Schläfen. Oh Mann, ich fühle mich, als hätte mich eine Eisenbahn mit voller Kraft voraus überrollt. Ich bin hundemüde, und mein linker Arm pocht wie verrückt. Bevor ich mich den bitteren Tatsachen jedoch stellen, die Augen öffnen und wieder aufstehen werde, beschließe ich, mich noch ein letztes Mal meinen Träumereien hinzugeben und sie zu genießen … Noch möchte ich keine Sorgen haben oder weitere Etappen bewältigen müssen. Noch möchte ich einfach nur daliegen … und an sie denken … Hmm …

Es ist schon richtig verblüffend, dass ich, obwohl ich bereits wach bin, noch immer den blumigen Duft ihres Parfüms riechen und ihre Anwesenheit spüren kann, fast so, als würde ich noch immer träumen. Marys Duft, der Geruch nach Orangenblüte, Jasmin, Vanille und Lavendel, ist allgegenwärtig, und die Einbildung, ihre süße Stimme zu hören, ist um einiges berauschender als die unnachgiebige Realität, der ich mich wohl oder übel gleich stellen werde.

Widerwillig reiße ich mich schließlich zusammen und zwinge mich dazu, meine schweren Augen zu öffnen. Die Artefakte-Suche wartet.

Prompt trifft mich jedoch fast der Schlag. »*Du* hier?«, staune ich ungläubig und setze mich mit solch einer Wucht auf, dass meine Stirn unsanft mit Marys zusammenknallt. Mit weit aufgerissenem Mund blicke ich geradewegs in das ebenmäßige Gesicht meiner Freundin, die direkt neben mir auf einem Sessel ruht. Das ist doch unmöglich!

»Autsch!«, meckert Mary sofort lautstark und reibt sich den Kopf. »Endlich bist du wach!«

»Wie jetzt? Was ... was machst du denn hier?«, frage ich verdutzt. Ein Glück, dass ich inzwischen meinen Orientierungssinn wiedergefunden und realisiert habe, dass ich mich nicht mehr auf den felsigen, harten Steinen des Giant's Causeways, sondern in einem weichen, warmen Bett befinde. Aber ... was für ein Bett eigentlich? Wo, zum Teufel, bin ich denn jetzt wieder gelandet?

Augenblicklich macht sich ein ungutes Gefühl in meiner Magengegend breit und mein Herz beginnt wie wild zu hämmern. Denn obwohl ich mich noch sehr genau an die vergangenen Ereignisse erinnere, bin ich mir hundertprozentig sicher, dass hier irgendetwas faul sein muss! Schließlich ist Mary überhaupt nicht mit Lavinia, Argos und mir nach Irland gereist, sondern mit den anderen im Arassis-Anwesen geblieben! Und dass ich dort nicht bin, ist ja wohl sonnenklar! Mein Heim kenne ich inzwischen in- und auswendig!

Also gibt es für mich nur zwei logische Erklärungen für das soeben Erlebte: Entweder ist diese Mary hier eine Fata Morgana und ich träume – was ich jedoch nach dem harten Zusammenprall mit ihrem Kopf ausschließe –, oder aber diese Mary hier ist eigentlich die Zauberin Kirke höchstpersönlich und ich stecke mitten in einer Falle – was in Anbetracht der allgemeinen Situation viel wahrscheinlicher ist! Bestimmt ist sie uns durch den Tunnel gefolgt und hat uns, nachdem ich umgekippt bin, ein zweites Mal gefangen genommen. Offensichtlich befindet sich ihre Siedlung nun nicht mehr in diesem Urlaubsparadies im Indischen Ozean, sondern in einer ganz normalen Umgebung… Na warte, darauf falle ich nicht rein. Nicht mit mir!

Mit einer geschickten Handbewegung nach vorne lasse ich flink den Caduceus in meiner rechten Hand erscheinen und staune nicht schlecht, als mir das auch ohne Probleme gelingt – meine Zauberkräfte habe ich also wieder? Zielstrebig richte ich ihn direkt auf die Person neben meinem Bett, die meiner Traumfrau bis aufs Haar gleicht.

»Sag mir sofort, wo Lavinia und Argos sind, oder du wirst mehr Schmerzen erleiden als dir lieb ist«, fordere ich mit drohender Stimme. »Diesmal hast du nämlich ganz offensichtlich einen Fehler gemacht und vergessen, die Zauberkräfte fremder Talenter zu blockieren!«

»Spinnst du?«, schreit das Mary-Abbild augenblicklich auf, springt von seinem Sitzplatz hoch und schnellt mit einem Satz in Richtung Tür zurück. »Nico, beruhige dich! Alles ist gut! Du bist in Sicherheit!«, versucht es mich aus angemessener Entfernung zu beruhigen.

»Ganz sicher nicht, Kirke!« Dass ich nicht lache! »Diesmal kannst du mich nicht austricksen, du Hexe! Einmal ist genug! Dich in der Gestalt meiner Freundin zu zeigen, ist zwar klug, aber noch einmal führen du oder irgendeiner deiner Untertanen mich nicht aufs Glatteis!«

Zornig schlage ich die Zudecke zurück und springe aus dem Bett. Während ich mich meiner Feindin abschätzend nähere, stelle ich fest, dass ich noch immer meine Badehose trage.

»Du hast sie ja nicht mehr alle! Nico, ich bin doch nicht diese Hexe! Verflixt und zugenäht, ich bin es, Mary, und zwar die einzige und echte!«, schreit mich das Mädchen nun fast verzweifelt an. Sie klingt dabei überraschend ernst. »Hör mir zu, Nico, ich erzähle dir ja alles. Aber steck zuerst dieses verdammte Ding weg! Oder willst du mich damit umbringen? Ich kann dir beweisen, dass ich es bin! Ich werde dir alles erklären!« Entschlossen mustert mich das Mary-Abbild nun von oben bis unten. »Stell mich auf die Probe, na mach schon!«, fordert es mich umgehend auf.

Sofort werde ich hellhörig. »Das ist gar keine schlechte Idee.« Nach kurzem Nachdenken konfrontiere ich mein Gegenüber mit einer Frage, die ganz sicher nur *meine* Mary beantworten kann: »Dann sag mir, was ich dir bei unserem Abschied versprochen habe.«

»Gerne! Du hast gesagt, dass du mir etwas sagen willst, sobald wir uns wiedersehen«, gibt mir mein Gegenüber wie aus der Pistole geschossen zur Antwort. »Und ich glaube auch zu wissen, was das ist«, fährt sie fort. »Ich denke, dass es mit dem Ausflug zum Dover Beach und unserem Gespräch, bei dem wir so abrupt von Lavinia gestört wurden, zu tun hat.« Sie lächelt mich etwas unbeholfen an.

Das ist doch unmöglich! Woher weiß sie das? Ob dieses Mädchen vielleicht wirklich … *meine* Mary ist? Wie hätte Kirke von meinen Abschiedsworten wissen können? Schließlich habe ich sie meiner Freundin ins Ohr geflüstert – nicht einmal Argos oder Lavinia haben sie gehört … Ob sich die Hexe vielleicht in meine Gedanken gezaubert hat? Ich starre nachdenklich auf den Hermesstab. Mit einem Mal fallen mir noch einige weitere Ungereimtheiten auf, die mich mächtig ins Grübeln bringen: Niemals wäre Kirke so dumm, nicht daran zu denken, fremde Zauberkräfte zu blockieren. Nicht nach allem, was passiert ist. Schließlich habe ich mich als direkter Nachfahre des allmächtigen Zeus vorgestellt … Sie müsste also wissen, dass meine Kräfte stark sind. Und irgendwie kann ich mir auch nicht vorstellen, dass die Erschaffung einer neuen Siedlung – wie auch immer sie aussieht – so schnell vonstatten hätte gehen können. Ich bin so ein Blödmann … Das ist tatsächlich Mary!

»Du bist es wirklich!«, rufe ich erleichtert aus und lasse den

Caduceus verschwinden. Sofort eile ich auf meine Freundin zu und schließe sie fest in die Arme.

»Natürlich bin ich es, erkennst du die Kette denn nicht, die du mir zum Geburtstag geschenkt hast?« Liebevoll berührt sie das von mir selbst zusammengezauberte Schmuckstück und sieht mir dabei tief in die Augen.

»Natürlich, klar erkenne ich die Phiole. Aber irgendwie ist sie mir bei der ganzen Aufregung gerade völlig entgangen. Bitte verzeih mir«, entschuldige ich mich aufrichtig und greife nach Marys Hand. »Ich glaube die Ereignisse der letzten Zeit haben mich gelehrt, stets misstrauisch zu sein. Kirke und ihre Leute haben uns nämlich schon einmal ausgetrickst… Ich wollte dir niemals wehtun, das musst du mir glauben!«

»Das weiß ich doch. Lavinia hat mich auch davor gewarnt, dass du so reagieren könntest. Ich hätte besser vorbereitet sein müssen«, antwortet sie lächelnd. »Aber jetzt hör mir zu, damit ich dir die ganze Geschichte erzählen kann und du weißt, wie du hierhergekommen bist. Ich möchte nie wieder, dass du mich für jemand anderen hältst, und schon gar nicht für deinen Feind.«

Ich nicke. »Ich bin ganz Ohr.«

Liebevoll nimmt Mary meine Hand und zieht mich in Richtung Bett zurück, wo wir nebeneinander Platz nehmen und sie zu berichten beginnt: »Also… als euch Hektor und Leda nach dem fürchterlichen Sturm nicht mehr finden konnten, sind die Pferde auf direktem Weg zu uns ins Arassis-Anwesen zurückgekehrt. Und nachdem Professor Erossa bei einer kurzen Rücksprache mit der Talenterpolizei herausgefunden hat, dass die Elysier dieses Gewitter zu verantworten hatten, sind wir alle – also er, Rektor Gottman, Mrs Arlon, Paco, Sebi und ich – umgehend mit den Pferden nach Irland geflogen, um euch zu suchen. Offensichtlich hat der Elysier das Aigis wieder auftauen können. Doch keine Sorge, diesmal ist durch seine Wetterbeeinflussung niemand verletzt worden oder gar ums Leben gekommen. Gottman meint, der Elysier hätte dieses Mal nur ein wenig mit dem Aigis experimentiert. Aber egal … zurück zu Irland und der Mission: Als wir euch drei nach einer gefühlten Ewigkeit endlich gefunden haben, bist du vor unseren Augen einfach umgekippt … noch bevor du uns sehen konntest. Das war … so schrecklich …« Mary schluchzt leise auf und schmiegt sich für ein paar Sekunden an meine Brust, um sich wieder zu beruhigen.

Kurz darauf erzählt sie weiter: »Als uns Lavinia schließlich berichtet hat, dass ihr Kirke gefunden habt und du von einem anscheinend vergifteten Pfeil getroffen wurdest, war Erossa und Gottman sofort klar, dass der Nachhause-Flug warten musste. Du warst viel zu schwer verletzt, du hättest niemals durchgehalten und brauchtest dringend Ambrosia. Und zwar unverdünntes! Also haben wir dieses entlegene Cottage in Bushmills, ganz in der Nähe des Giant's Causeways, gemietet, um dich gesund zu pflegen. Und hier hast du fast ganze vier Tage lang durchgeschlafen. Seither bin ich nicht mehr von deiner Seite gewichen – nicht einmal, als Mrs Arlon deine Wunde versorgt hat.« Mary deutet auf den dicken, weißen Verband an meinem linken Arm.

»Was? Ganze vier Tage? Aber … welches Datum haben wir denn heute?«, will ich völlig perplex wissen und erinnere mich daran, dass in Kirkes Dimension die Zeit anders verläuft.

»Am Abend des 25. August haben wir dich und Lavinia wiedergefunden und heute ist der 29. August«, antwortet sie mir betroffen. »Obwohl alle beteuerten, dass alles wieder gut wird und ich mich ausruhen soll, hatte ich solche Angst um dich, Nico. Anfangs dachte ich, ich hätte dich für immer verloren … Aber nun wird alles wieder gut.« Erleichtert sieht mich meine Freundin aus ihren feuchten, rehbraunen Augen an.

Dieses Mädchen ist eindeutig meine Mary, wie konnte ich je

daran zweifeln? »Nicht weinen«, beruhige ich die Ärmste und drücke zärtlich ihre schlanken Finger. »Es ist alles okay, keine Sorge! Ich bin ja wieder wohlauf.«

Ich nehme all meinen Mut zusammen und hebe schließlich die Hand, um ihr sanft die blonden Haare aus dem tränennassen Gesicht zu streichen. Nun ist es Zeit, endlich den letzten Schritt zu wagen und das zu tun, was ich schon so lange tun wollte.

Behutsam beuge mich nach vorne, ein kleines Stück, gerade so weit, dass unsere Münder nur noch wenige Millimeter voneinander entfernt sind und nur darauf warten, sich zu berühren. Mit Schmetterlingen im Bauch schließe ich nun die Augen und in dem Moment, als unsere Lippen aufeinandertreffen und wir in unserem allerersten Kuss versinken, fühlt es sich an, als würde die Zeit stillstehen und als würden ausschließlich Mary und ich auf dieser Welt existieren. Auf einmal sind all meine Ängste rund um unsere Mission wie weggeblasen. Erst jetzt wird mir klar, wie sehr ich diesen einen Augenblick all die Zeit über herbeigesehnt habe. Diese innige Zweisamkeit ist so wunderschön, sie beruhigt all die Wunden, die sich in den letzten Monaten in meinem Inneren aufgetan haben. Wie ich dieses Mädchen vergöttere. Sie ist nicht nur mein Fels in der Brandung, sondern auch meine Hoffnung auf eine friedvolle Zukunft ohne Elysier.

»Sind wir jetzt offiziell zusammen?«, flüstert Mary mir atemlos zu, als wir uns irgendwann widerwillig voneinander lösen, um nach Atem zu ringen.

»Ich würde sagen ja. Also nur … wenn du das auch willst … Ich für meinen Teil würde dich am liebsten nie wieder hergeben, hörst du?«, füge ich verliebt hinzu und möchte sie bereits ein weiteres Mal küssen, als mich eine bekannte Stimme innehalten lässt.

»Dann darf ich euch herzlichst gratulieren!«, ruft Sebi nämlich laut aus und gibt mir einen freundschaftlichen Klaps auf den Rücken. »Ich dachte schon, ihr beiden schafft das nie«, scherzt mein bester Freund und fällt mir strahlend um den Hals. »Schön, dich wieder unter den Lebenden zu haben, Bruder.«

»Danke … ich … ich freue mich auch, dich zu sehen. Aber … seit wann bist *du* hier?«, will ich etwas verlegen wissen – schließlich hat er Mary und mich während unseres intimsten Moments beobachtet – und ich kann mich nicht erinnern, ihn eintreten gehört zu haben … Aber zugegeben, ich war gerade auch echt anderweitig beschäftigt.

»Lange genug, mein Freund, glaub mir. Aber hey, ein Kuss ist doch nichts, wofür man sich schämen muss. Ich wäre froh, jemanden küssen zu können. Ich freue mich richtig für euch beide und melde mich jetzt schon als euer Trauzeuge an«, übertreibt er gleich wieder maßlos. Aufrichtig sieht er mir in die Augen. »Und außerdem wollte ich nicht den Störenfried spielen und euch unterbrechen … Schließlich heiße ich nicht Lavinia«, fügt er noch witzelnd hinzu, ehe sich seine Mimik verändert und ernst wird. »Aber nun müsst ihr eure traute Zweisamkeit leider beenden und euch beeilen. Die Artefakte-Mission wartet. Es geht wieder los.«

»Was geht wieder los?«, will ich umgehend wissen und befürchte bereits das Schlimmste.

»Lavinia schickt mich, um nachzusehen, ob du inzwischen endlich wach geworden bist. Offenbar ist die Karte wieder bereit und möchte euch den nächsten Schritt mitteilen«, erklärt Sebi und holt mich damit auf den Boden der Tatsachen zurück.

Kurzfristig habe ich wirklich alles vergessen … Natürlich! Heute ist ja Tag vier unserer Rückkehr! »In Ordnung«, antworte ich pflichtbewusst, obwohl ich diese Ablenkung durch Mary keinesfalls bereue. »Dann gehen wir!«

»Moment!«, hält Sebi mich zurück. »Ich glaube, du solltest dir vorher noch etwas anderes anziehen.«

»Äh, oh … ja, guter Plan, danke!«, antworte ich lachend und tausche sogleich im angrenzenden Bad meine Badehose gegen Jeans und Shirt – nach einer vorangegangenen Dusche, versteht sich. Ein Glück, dass das Cottage über eine eigene Waschmaschine verfügt und irgendjemand daran gedacht hat, meine vom Meerwasser verklebten Klamotten zu säubern. So fühle ich mich gleich viel besser.

»Jetzt bin ich bereit!«, fordere ich meine Freunde nur wenig später auf, uns auf den Weg zu den anderen zu machen.

Als wir durch die Zimmertür schreiten, greife ich ein letztes Mal nach Marys Hand, um ihr etwas ins Ohr zu flüstern. »Wenn wir Torloxton besiegt haben, werden wir uns nie wieder stören lassen, das verspreche ich dir.«

Sie grinst. »Aber nun ist es Zeit zu handeln und diesem elysischen Tyrannen endgültig ein Schnippchen zu schlagen«, sagt sie und nickt.

Wie wahr …

34

Etappe vier, offenbare dich mir

Das Erste, das ich wahrnehme, als ich gemeinsam mit Mary und Sebi das spärlich eingerichtete Zimmer ein paar Türen weiter betrete, sind die freudigen Gesichter all meiner Freunde, denen eindeutig anzusehen ist, wie dankbar sie sind, mich wohlauf wiederzusehen. Wie eine Flutwelle strömen meine Schwester, Onkel Mikelo, Rektor Gottman, Mrs Arlon und sogar Paco auf mich zu und schließen mich erleichtert in ihre Arme. In der Hektik der Wiedersehensfreude bekomme ich nicht einmal die Gelegenheit, mich nach Argos, der eindeutig nicht unter ihnen weilt, zu erkundigen. Wahrscheinlich macht er einen kleinen Spaziergang an der frischen Luft.

Während mir Dorothy Arlon mit der Verbissenheit einer Krankenschwester den Verband abwickelt und erfreut feststellt, dass die – offenbar noch bis vor Kurzem schwer entzündete und eitrige – Wunde gut verheilt ist, bringen mich die anderen in Kürze auf den aktuellen Stand der Dinge. Natürlich kann Sebi es auch nicht lassen, lautstark Marys und meinen neuen Beziehungsstatus zu verkünden. Aber egal, geheim halten wollten wir ihn sowieso nicht. Ich bin stolz, sie zu meiner *richtigen* Freundin zu haben. Und genau wie vermutet, freuen sich auch all die anderen mit uns. Aber nun zu unserer Mission.

Gerade als ich mich pflichteifrig nach der Karte erkundige, steigt mir der Geruch von frischem Gebäck in die Nase. Prompt regt sich auch schon mein Magen und ich merke, wie ausgehungert ich bin und welch riesigen Appetit ich habe – zu meiner Verteidigung muss ich anmerken, dass ich immerhin seit Tagen nichts mehr gegessen habe. Fast so, als könnte meine Schwester Gedanken lesen, macht Lavinia sofort kehrt, geht zum Tisch und hält einen großen Teller voller mit Wurst, Käse und Tomaten belegter Brötchen in die Luft. Augenblicklich läuft mir das Wasser im Mund zusammen.

»Bevor wir mit der Artefakte-Suche weitermachen, musst du dich stärken«, sagt Rektor Gottman und berührt dabei väterlich meine Schulter. »Mit vollem Magen denkt sich's leichter.«

»Komm an den Tisch und lass es dir schmecken«, meint auch Mrs Arlon lächelnd und fordert mich auf, mich zu setzen und zuzugreifen. »Diese Köstlichkeiten hat deine Schwester extra für dich zubereitet, bevor sie Sebi zu dir geschickt hat! Sie wusste, dass du Hunger haben würdest.«

»Sensationell!«, bedanke ich mich und stürze mich wie ein ausgehungerter Aasgeier auf das Essen. Heute hat nicht einmal mein schlechtes Gewissen, das sich soeben mit einem leisen »Du musst dich zuerst um die Karte und nicht um das Essen kümmern!« gemeldet hat, eine Chance. Bissen für Bissen schlinge ich den Festschmaus hinunter – ja, mit ausreichend Hunger, können auch einfache belegte Brötchen ein wahrer Festschmaus sein! »Göttlich! Wollt ihr wirklich nichts davon abhaben?«, frage ich schmatzend in die Runde, bevor ich nach dem letzten Stück greife.

»Nein, das gehört alles dir«, beteuern meine Freunde lachend.

»Wenn er so futtern kann, geht es ihm gut!«, höre ich Lavinia erleichtert scherzen, ehe ich auch schon aufgegessen habe und mich kurzerhand mit einem »Vielen Dank, das war richtig lecker« bei ihr für diese Aufmerksamkeit bedanke.

Gestärkt und gesättigt kehren wir rund fünfzehn Minuten später zu unserem eigentlichen Thema, der Karte, zurück. Inzwischen hat Mrs Arlon auch den Tisch abgeräumt und Onkel Mikelo das alte Pergamentpapier auf den Tisch gelegt.

»Seid ihr bereit?«, frage ich meine Freunde, bevor meine Schwester und ich exakt nach der gleichen Vorgehensweise wie immer handeln.

Sie nicken.

Behutsam berühren Lavinia und ich gemeinsam das alte Schriftstück, und wie auf Knopfdruck verwandelt sich der Raum um uns wieder in ein gigantisches Karussell. Während sich alles – die Wände, der Boden und sogar die schlichte Einrichtung – dreht und dreht, legt die Karte Buchstabe für Buchstabe eine neue, kryptische Botschaft frei.

Gebannt lese ich die soeben erschienenen Worte, und auch diesmal kann ich keinen tieferen Sinn hinter diesen ungreifbaren, talenterischen Floskeln erkennen. Wie ich dieses Um-den-heißen-Brei-Herumreden hasse.

❖

Geschafft habt ihr Etappe drei,
gewiss war sie eine Quälerei.
Doch auch die letzte, also Nummer vier,
wird kein Spaziergang, das garantiere ich hier.

Auf der schwimmenden Insel,
verborgen tief unten im Heiligen See,
liegt sie begraben und wartet.
Doch herrje!

Gut bewacht wird sie von oben,
seid bereit, sie werden toben.
Und nun zu eurem Tipp:
Nutzt das Mitbringsel von eurem letzten Trip.

❖

Kaum eine Sekunde nachdem ich das letzte Wort zu Ende gelesen habe, schwebt die Karte auch schon wieder wie von Geisterhand einen knappen Meter hoch in die Luft, wo sie innehält und ihr erneut die altbekannten Nebelschwaden entsteigen und ein neues dreidimensionales Hologramm formen.

Neugierig blicke ich direkt auf eine relativ kleine, vom Meer umgebene Insel, auf der eine einzige Palme am Fuße eines nicht sehr hohen Berges steht. Nichtssagender hätte ein Bildnis für mich nicht sein können. Wo soll dieser Ort denn nun wieder sein?

Eilends vergewissere ich mich, ob auch alle anderen einen Blick auf unser vermeintliches nächstes Ziel werfen konnten, bevor ich mich von meinem Sessel erhebe und die Karte wieder an mich nehme, um den Zauber zu beenden. Schon ist die Magie verschwunden, und alles ist wie zuvor.

»Und? Habt ihr eine Ahnung, was die Botschaft unserer Eltern diesmal zu bedeuten hat? Wo soll diese komische Insel sein?«, frage ich hastig und blicke direkt zu Onkel Mikelo, Rektor Gottman und Mrs Arlon in der Hoffnung, ich könnte ihren Gesichtern die Lösung entnehmen. Hoffentlich müssen wir nicht schon wieder eine Parallelwelt aufsuchen …

Wider Erwarten ist es diesmal jedoch keiner der Professoren, der das Wort ergreift und Licht in die Sache bringt, sondern mein ehemaliger Erzfeind Paco. »Ich denke, ich weiß, wo dieses Ziel liegt. Ihr müsst nach Delos, zur Geburtsstätte der Talenter Apollon und Artemis.«

Völlig verblüfft, dass Torloxton Junior möglicherweise des Rätsels Lösung kennt, starre ich ihn mit ungläubigem Blick an. »Wie kommst du denn darauf?«, will ich wissen und kann es noch immer nicht fassen, dass ausgerechnet er es war, der mir geantwortet hat.

Eindeutig zufrieden mit meiner Reaktion beginnt er zu lächeln. »Also: Während du, Lavinia und Argos Kirke einen Besuch abgestattet habt, waren Sebi, Mary und ich im Arassis-Anwesen auch nicht komplett untätig.« Paco blickt verschwörerisch zu meinen Freunden hinüber. »Stimmt's, Leute?«

»Absolut!«, klinkt nun auch Sebi sich ins Gespräch ein, und auch Mary nickt bestätigend.

»Was habt ihr herausgefunden?«, will ich auf der Stelle wissen und drohe vor Neugierde, fast zu platzen.

Mary lächelt. »Irgendwie hat es uns keine Ruhe gelassen, dass Zeus damals bei eurer Zeitreise erwähnt hat, dass mythologische Gegenstände nur auf einem magischen Altar zerstört werden können, der stets an einem heiligen Ort zu finden ist«, ergreift meine Freundin das Wort und sieht mich dabei ernst an. »Stundenlang haben wir deswegen in der Bibliothek des Arassis-Anwesens nach Talenter-Kultstätten gesucht. Und tatsächlich wurden wir auch fündig! Unsere Recherchen haben nämlich ergeben, dass all diese Orte Geburtsstätten von mächtigen Talentern sind. Und davon gibt es einige, zum Beispiel den Felsen der Aphrodite in Zypern oder die uns eben erschienene Insel Delos, wo Apollon und Artemis zur Welt kamen. Dank der einzelnen Palme konnten wir diese Insel kinderleicht identifizieren«, beendet Mary sogleich ihre Erklärung und bringt damit Licht in die Sache.

»Grandios!«, ruft Lavinia hocherfreut und klatscht begeistert in die Hände. »Ihr seid toll, wisst ihr das? Was meinen Sie dazu, Sir Gottman? Könnten die drei recht haben?«

»Sie könnten nicht nur, sondern sie haben recht! Sebi, Mary

und Paco, ihr habt bei euren selbst auferlegten Hausaufgaben wirklich ganze Arbeit geleistet«, lobt der Rektor meine Freunde sichtlich stolz.

»Moment! Aber ganz bin ich mit dieser Theorie nicht einverstanden!«, wendet auf einmal eine vertraute Stimme ein, die sogleich in ein Bellen übergeht.

Ich sehe zu Boden. Es ist Argos. Na endlich! »Hey, Junge, wo bist du denn so plötzlich hergekommen. Ich habe dich schon vermisst«, sage ich zu dem kleinen Hund und bücke mich, um ihn hochzuheben und zu streicheln.

»Hallo, Nico!«, begrüßt mich dieser mit einem Lecken übers Gesicht. »Ich bin kurz bevor du und Lavinia die Karte berührt habt zu euch gestoßen. Und da ich diesen magischen Moment nicht stören wollte, habe ich mich einfach ruhig verhalten und beobachtet, was passiert«, erklärt er sichtlich zufrieden damit, dass er nun meine volle Aufmerksamkeit genießt. »Aber was ich vorhin eigentlich mit meiner Aussage klarstellen wollte, ist, dass es in der Botschaft doch hieß, wir würden *sie* – und ich nehme stark an, dass es sich dabei um die Büchse der Pandora handelt – inmitten des Heiligen Sees finden. Und genau da liegt der Fehler begraben! Denn meines Wissens nach gibt es auf der Insel Delos keinen See, oder liege ich damit falsch? Leute, ich fürchte, der nächste Zielort ist doch ein anderer als gedacht«, meint Argos und holt mich damit von meinem Höhenflug herunter.

»Auweia, ich glaube, du hast leider recht«, bestätigt auch Lavinia seine Befürchtung. »Auf dem dreidimensionalen Hologramm war wirklich nirgendwo ein See zu erkennen. Es zeigte lediglich eine Insel, die vom Meer umgeben ist und auf der eine einzelne Palme wächst. Aber wenigstens hast du mitgedacht, mein Kleiner.«

Jäh wird mir anders zumute. Es wäre auch zu schön gewesen, um wahr zu sein, wenn wir unseren Bestimmungsort so schnell gefunden hätten. »Wie es aussieht müssen wir unsere These wohl oder übel noch einmal überdenken«, sage ich verzagt und schnaufe, ehe Onkel Mikelo die Situation rettet und uns aufklärt.

»Nicht so voreilig, meine Lieben. Der Zielort ist zweifelsohne korrekt, keine Sorge. Obwohl es heutzutage zwar keinen See mehr auf Delos gibt und Argos somit mit seiner Annahme richtigliegt, gab es dort bis vor einigen Jahren sehr wohl einen. Um das genau verstehen zu können, hört euch die längst in Vergessenheit geratene Geschichte an«, beginnt Erossa in geheimnisvollem Tonfall zu erzählen.

Schon hängen wir an seinen Lippen. Wie immer hat er unsere volle Aufmerksamkeit sofort gewonnen.

»Alles nahm seinen Anfang, als Zeus ein Verhältnis mit einer Talenterin namens Leto anfing und diese von ihm schwanger wurde. Seine Gemahlin Hera wurde daraufhin furchtbar eifersüchtig und verfluchte die junge Gegenspielerin mit einem bitterbösen Zauber, der es ihr verbot, ihre Zwillinge auf festem Boden zu gebären. Verzweifelt suchte Zeus Rat bei seinem Bruder Poseidon, dem Herrscher über die Meere, der zum Glück, gewieft wie er war, eine Idee hatte, wie man Heras Fluch umgehen und Leto und die Kinder retten konnte. Poseidon kannte nämlich eine kleine schwimmende Insel mitten in der Ägäis, die alles bot, was zum Überleben notwendig war. Dort konnte Zeus' Geliebte schließlich angstfrei ihre Kinder zur Welt bringen«, sagt Erossa und sieht uns mit funkelnden Augen an. »Na, durchschaut ihr den Trick, den Poseidon ausgetüftelt hatte, um Heras Fluch zu umgehen?«

»Natürlich!«, antworte ich grinsend. »Da eine schwimmende Insel nicht fest mit dem Boden verbunden ist, konnte Heras Fluch keine Wirkung entfalten! Sehr klug von diesem Talenter!«

»Sehr gut kombiniert, Nico«, lobt mich Onkel Mikelo umgehend. »Aber noch sind wir nicht am Ende der Geschichte angelangt, denn sie geht noch weiter: Bei ihrer Niederkunft am Fuße des Berges Kynthos – das war die Anhöhe, die uns das Hologramm vorhin gezeigt hat – hielt sich Leto an der einzigen Palme der Insel fest und gebar dort ihre Kinder, die sie daraufhin im davorliegenden Heiligen See badete und segnete. Nach der Geburt entschied Zeus, aus der schwimmenden Insel eine richtige zu machen. Also befestigten er und sein Bruder Poseidon diese mit vier diamantenen Säulen direkt am Meeresboden. Damit Leto ihre Zwillinge jedoch sorgenfrei großziehen konnte, schützte Zeus die Insel mit einem mächtigen Zauber, der es Hera unmöglich machte, jemals einen Fuß darauf zu setzen. Der heutige Name Delos entstand aus dem Mix der Beinamen der dort geborenen Talenter: also Delia von Artemis und Delios von Apollon.«

»Diese Geschichte ist zwar total interessant, Mr Erossa«, meint Sebi verhalten. »Und zugegeben, sie erklärt auch, dass es dort früher einen See gab, aber nicht, warum er später auf einmal verschwunden ist.«

Verschwörerisch sieht Onkel Mikelo ihn an. »Damit liegst du goldrichtig, Sebastjan. Und ich möchte auch dieses Geheimnis auflösen. Bisher ging man immer davon aus, dass dieses Gewässer trockengelegt wurde, um einen möglichen Ausbruch der Malaria-Krankheit auf Delos zu vermeiden. Doch ich glaube, dass in Wahrheit eure Eltern, Nico und Lavinia, hinter dem Verschwinden des Sees stecken. Ich vermute nämlich, dass sie das Gewässer einfach weggezaubert haben, nachdem sie die Büchse der Pandora dort versteckt hatten, um das Artefakt zu schützen.«

»Oh Mann! So muss es gewesen sein! Das ergibt Sinn! Perfekt!«, freue ich mich sogleich darüber, der Wahrheit ein Stückchen nähergekommen zu sein, und springe von meinem Sessel auf, als mein Blick plötzlich auf meinem dunkelblauen Rucksack haften bleibt, der geöffnet in einer Ecke des Raums an der Wand lehnt und aus dem ein antikes Stück Holz heraussteht. Prompt erinnere ich mich an die Klapper der Athene, und schon fallen mir Zeus' Worte wieder ein, als er uns warnte, dass der Altar, an dem wir die Büchse der Pandora und das Stundenglas des Kronos zerstören können, strengstens bewacht werden würde und dass wir stets die uns geratene Waffe mitführen müssten.

»Leute, ich weiß, was der letzte Absatz des Reims der Karte zu bedeuten hat«, rufe ich aufgeregt und laufe zu meinem Burton, um den von Kirke geklauten Schatz zu holen. »Der Satz, dass uns das Mitbringsel unseres letzten Trips, also dieses komische Ding hier, helfen wird, hat mit der Vernichtung der beiden antiken Artefakte zu tun. Zeus selbst hat uns bei der Zeitreise gewarnt, dass heilige Orte stets bewacht werden und wir dort mit heftiger Gegenwehr rechnen müssen. Wenn wir herausfinden, was die Klapper der Athene kann beziehungsweise wozu sie gut ist, erfahren wir bestimmt auch, wer oder was unser Feind sein wird.«

Auf einmal blicken mich all meine Freunde angsterfüllt mit bleichen Gesichtern an.

»Hey, so schlecht war meine Schlussfolgerung nun auch wieder nicht«, füge ich verteidigend hinzu und schüttle den Kopf. »Was ist denn los mit euch? Hat euch Lavinia noch nichts von der Klapper der Athene erzählt?«, will ich verwirrt wissen, obwohl ich mir das bei meiner Schwester beim besten Willen nicht vorstellen kann. Dieses Ding ist für unsere Mission ganz bestimmt wichtig ...

»Doch, natürlich habe ich das, Bruder«, meint Lavinia fast schon beleidigt. »Während du im Bett gelegen bist und dich erholt hast, haben wir bereits die Funktion dieses Artefakts herausgefunden.«

»Das ist ja fabelhaft!«, sage ich erfreut, halte jedoch sofort in meinem Überschwang inne, denn schon wird mir klar, dass wohl genau deswegen alle so betroffen dreinschauen. »Sagt schon: Was wisst ihr über dieses Holzgestell? Raus mit der Sprache!«

Just folgt die Erklärung: »Hör zu, Nico: Die Talenterin Athene erschuf einst diese Klapper, um damit die stymphalischen Greife zu zähmen. Das sind Riesenvögel, die fast so groß wie Drachen sind und eiserne Schnäbel, Klauen und Flügel haben. Sie haben die Macht, ihre metallenen Federn wie Pfeile auf ihre Opfer abzuschießen – damit können sie sogar Rüstungen durchdringen. Diese Tiere sind wahnsinnig gefährlich! Der Legende nach gelten sie seit jeher als perfekte Beschützer und Wächter. Das sind skrupellose Killermaschinen, die keinen Schmerz verspüren und die für das Gelingen ihrer Mission ohne Weiteres ihr Leben opfern würden. Niemandem ist es jemals gelungen, ein solches Tier zu besiegen.«

»Diese Erklärung klingt zwar alles andere als gut, doch ganz verstehe ich eure Reaktion noch immer nicht«, antworte ich und blicke irritiert zu meinen Freunden. »Warum blickt ihr denn so verdattert drein? Wir haben doch die Klapper der Athene, damit sind wir doch bestens auf diese Tiere vorbereitet und können uns vor ihnen schützen, oder etwa nicht? Bestimmt können wir sie damit zähmen oder verjagen.«

»Ich hoffe es«, antwortet mir diesmal der Rektor mit besorgtem Unterton. »Da wir leider nirgendwo eine Gebrauchsanweisung für dieses Artefakt finden konnten, müssen wir uns wohl oder übel darauf verlassen, dass schlichtes ›Klappern‹ mit den Enden reichen wird.«

Nun fällt auch mir die Kinnlade runter. Ojemine! »Das ist also der Haken.« Nun verstehe ich auch die Reaktion meiner Freunde … Wenn dieses Ding nicht funktioniert, dann … sind wir … tot.

»Aber wisst ihr, was ich bisher überhaupt nicht checke«, mischt Paco sich plötzlich in die Diskussion ein. »Warum haben eure Eltern diesen magischen Altar, zu dem ihr müsst, um die Artefakte zu zerstören, überhaupt von derart gefährlichen Tieren schützen lassen? Schließlich verlangen doch eure *Eltern*, dass ihr dorthin geht und genau das tut, Nico und Lavinia. Irgendwie kommt es mir so vor, als würden sie versuchen, euch an der Vernichtung zu hindern! Warum legen sie euch Steine in den Weg, wo sie euch doch helfen sollten?«

Aus diesem Blickwinkel habe ich das noch gar nicht betrachtet. Aber ja … diese Frage ergibt durchaus Sinn.

»Nicht Alexis und Mara Arassis haben den Altar beschützen lassen, sondern die Moiren, Paco. Das sind die Wächter des Schicksals höchstpersönlich«, erklärt Onkel Mikelo. »Alle Altäre an heiligen Stätten können nicht nur für Gutes, sondern auch für Böses eingesetzt werden. Dort kann man nämlich nicht nur mythologische Gegenstände vernichten, sondern auch erschaffen. Stellt euch vor, der Elysische Bund wäre in der Lage, sich ein Wunsch-Artefakt zu bauen. Dass so etwas übelst enden könnte, brauchen wir nicht zu diskutieren. Wenn der Bund dazu in der Lage wäre, würden wir nicht mehr hier stehen. Dann wäre die Menschheit schon längst verloren. Aus diesem Grund müssen magische Altäre immer optimal geschützt sein. Verstanden?«

»Ach so ist das, jetzt ergibt das einen Sinn«, antwortet Paco und nickt. »Es wäre schrecklich, wenn mein Vater einen solchen Altar für seine Zwecke nutzen könnte …«

»Und ob! Und da uns nichts anderes übrig bleibt, als unsere Mission zu Ende zu führen, müssen wir hoffen, dass diese Klapper im rechten Augenblick so funktioniert, wie wir glauben, und dass wir die Vögel damit vertreiben oder zähmen können«, meint Lavinia mutig.

»Da bin ich völlig deiner Meinung, Schwester! Um der Menschheit willen muss es uns gelingen, die Büchse der Pandora in Delos zu finden und danach beide Artefakte für immer zu zerstören!«, sage ich voller Tatendrang und blicke zu meinen Freunden.

Rektor Gottman lächelt mich an. »Das sehe ich genauso! Aber bei dieser letzten Mission werdet ihr nicht alleine gehen müssen. Dieses Mal werden wir alle mit euch kommen. Ich weiß nicht, ob euch die versteckte Botschaft im Reim diesmal aufgefallen ist, doch die Karte spricht ausdrücklich nicht mehr nur von ›euch beiden‹«, fügt er hinzu und blickt Onkel Mikelo und Mrs Arlon in die Augen, die ebenfalls bestätigend nicken.

»Richtig! Und genau deshalb können wir die letzte Etappe mit euch gemeinsam bestreiten und euch beim finalen Kampf unterstützen«, sagt unsere Geschichtslehrerin und grinst.

»Das sind ja mal positive Neuigkeiten«, ruft Sebi und blüht augenblicklich zum Krieger auf. »Das wurde aber auch langsam mal Zeit! Endlich können wir euch wieder einmal richtig zur Hand gehen. Ich freue mich schon, diesen Greifen eine auf den Schnabel zu hauen.«

»Und ob!«, beteuert auch Paco.

»Dann lasst uns aufbrechen!«, stimme ich ebenfalls in die Euphorie mit ein und will bereits meinen Rucksack packen, als Rektor Gottman unseren Tatendrang stoppt.

»Nicht so hastig«, sagt er ernst und blickt uns an. »Delos liegt mehr als dreitausend Kilometer von hier entfernt. Diesmal können wir nicht mit den Pegasospferden reisen, das würde viel zu lange dauern. Wir müssen den traditionellen Weg mit dem Flugzeug nehmen. Der nächstgelegene Flughafen ist Belfast, und es ist anzunehmen, dass heute kein Flug mehr nach Mykonos geht.«

»Moment… wieso Mykonos?«, will Mary sofort verwirrt wissen. »Wir müssen doch nach Delos!«

»Schon, aber Delos selbst wird nicht angeflogen. Diese Insel ist nämlich unbewohnt. Dort gibt es weder ein Dorf oder gar eine Stadt noch Hotels, Pensionen oder Ferienwohnungen«, erklärt Onkel Mikelo. »Doch kommt jetzt bitte nicht auf den Gedanken, dass wir dort alleine und ungestört wären, denn das wäre völlig falsch. In Wahrheit ist nämlich genau das Gegenteil der Fall: Aufgrund seiner beeindruckenden Ausgrabungsstätten zählt dieser Ort nämlich zu den interessantesten und meistbesuchten Orten der Welt. Um euch eine Vorstellung von Delos zu machen, denkt einfach an ein Open-Air-Museum in der Größe einer kleinen Insel, das nur zu bestimmten Öffnungszeiten betreten und nur per Schiff von Mykonos aus erreicht werden kann«, sagt er, bevor er nach seinem Handy greift, um nach passenden Flugverbindungen zu suchen. »Mal sehen, was die Flugpläne so sagen …«

»Mist!«, ärgert sich Erossa jedoch keine fünf Minuten später. »Du hast leider wirklich recht, Rupert. Der nächste Flug nach Mykonos geht wirklich erst morgen Vormittag … Und wie mir scheint, wird dieser richtig anstrengend und kompliziert. Denn laut meinem Handy müssen wir mehrmals umsteigen. Zuerst geht es nach London und von dort aus nach Athen und dann wiederum per Anschlussflug nach Mykonos. Insgesamt wird uns dieser Trip rund zehn Stunden Zeit kosten!« Onkel Mikelo schnauft. »Wenn ich doch nur ausgebildeter Luft-Talenter wäre und uns teleportieren könnte …«

Plötzlich fällt mir etwas ein. »Aber Torloxton ist doch auch kein Luft-, sondern ein Feuer-Talenter, genau wie du. Beim Angriff auf das Arassis-Anwesen hat er sich und seinen Gefolgsmann auch einfach so weggebeamt, als er merkte, dass er ausgetrickst wurde, oder irre ich mich da?«

»Nein, Nico, damit liegst du zwar richtig, doch um damals verschwinden zu können, hat er sich nicht auf die Art und Weise teleportiert, wie es Luft-Talenter können. Dafür hat er einen einfach Teleportations-Zauber angewendet. Und das sind zwei unterschiedliche Paar Schuhe. Während sich Luft-Talenter mit ihrer Gabe über weite Strecken fortbewegen können, können Feuer-Talenter mit ihrem Zauber nur kurze Distanzen überwinden. Für kurze Wegstrecken sind Teleportations-Sprüche also perfekt, aber um nach Delos zu gelangen, leider vollkommen ungeeignet. Um dorthin zu kommen, bleibt uns wirklich nur der herkömmliche Transportweg übrig.«

Aha … damit wüsste ich auch das. Aber einen Versuch war es zumindest wert. Schade, dass Lavinia und ich noch nicht gelernt haben, uns zu teleportieren, schließlich sind auch wir mit dem Element Luft verbunden. »In Ordnung! Aber wie werden wir nun vorgehen?«, frage ich neugierig und blicke zu den Professoren.

»Morgen früh um acht Uhr dreißig brechen wir auf«, antwortet der Rektor umgehend. »Plant genug Zeit ein, um vorher frühstücken zu können. Die Pegasospferde bringen uns nach Belfast zum Flughafen. Von dort aus benötigen wir, wie gesagt, noch rund zehn Stunden, um zu unserem Ziel zu gelangen. Ruht euch heute auf jeden Fall gut aus, denn der morgige Tag wird anstrengend werden«, beendet Sir Gottman unsere Diskussion über das weitere Vorgehen.

Wir nicken.

Schon blickt unsere Geschichtslehrerin uns fragend an. »Was möchtet ihr zum Abendessen? Es ist bereits achtzehn Uhr und ich würde gerne mit dem Kochen beginnen, um danach noch genug Zeit zum Packen zu haben. Hättet ihr Lust auf ein einfaches Pilz-Risotto?«

Verblüfft darüber, dass es inzwischen schon so spät geworden und der Nachmittag schon so weit fortgeschritten ist, bejahen wir ihren Vorschlag und helfen ihr keine halbe Stunde später beim Zubereiten der Speise, die wirklich mehr als köstlich schmeckt.

Nach einem kurzen anschließenden Beisammensitzen vor dem Fernseher im Wohnzimmer ziehen wir uns alle um zweiundzwanzig Uhr in unsere Zimmer zurück, wo ich sehr zu meinem eigenen Erstaunen nach einem großen Glas Ambrosia-Saft augenblicklich ins Bett falle und in einen tiefen, traumlosen Schlaf sinke.

35

Möge die Reise nach Delos beginnen

Als ich um sechs Uhr morgens – ausnahmsweise noch vor dem Klingeln meines Handyweckers – aus dem Schlaf erwache, fühle ich mich zumindest körperlich wie neugeboren. Ich könnte Bäume ausreißen vor Erleichterung darüber, dass mein Arm inzwischen vollkommen schmerzfrei ist. Endlich bin ich wieder richtig einsatzfähig und fit. Und das ist für die Reise, die uns bevorsteht, auch unsagbar wichtig – Ambrosia sei Dank!

Motiviert stehe ich auf, gönne mir eine lauwarme Dusche, kleide mich an und packe meine wenigen Habseligkeiten zusammen, um kurz darauf mit meinem Rucksack beladen ins Nebenzimmer zu marschieren. Dort hat Mrs Arlon bereits angefangen, das Frühstück für uns alle zuzubereiten. Es gibt frische Pfannkuchen mit Ahornsirup und Früchten. Lecker! Eine perfekte Henkersmahlzeit.

»Guten Morgen«, begrüße ich die Lehrerin freundlich, bevor ich sie frage, ob ich ihr beim Anrichten behilflich sein kann.

»Guten Morgen, Nico. Aber gerne doch! Könntest du vielleicht den Tisch für uns alle decken?«, bittet sie mich, nachdem sie sich mütterlich erkundigt hat, wie es mir heute geht.

»Viel besser, danke der Nachfrage. Ihr Tipp, vor dem Schlafengehen noch ein großes Glas Ambrosia-Saft zu trinken, war super«, zwinkere ich ihr zu und mache mich an die Arbeit.

»Das ist schön zu hören«, höre ich Mrs Arlon noch sagen, als plötzlich die Tür aufgeht und Mary den Raum betritt.

Prompt habe ich meine Aufgabe komplett vergessen, denn mit einem Mal fühlt sich die Luft im Raum wie elektrisiert an. Ich habe den Eindruck, die Zeit würde stillstehen. Für einen kurzen Moment vergesse ich sogar die uns bevorstehende Etappe und eile wie magisch von ihr angezogen, auf meine Freundin zu, um sie mit einer innigen Umarmung und einem, leider viel zu kurzen, Kuss auf den Mund zu begrüßen. Für mehr bleibt keine Zeit, denn schon beordert mich Mrs Arlon zum Dienst zurück.

»Zum Turteln habt ihr im Flugzeug noch genügend Zeit«, sagt sie und schüttelt lächelnd den Kopf. »Die erste Liebe …«

Etwas genervt von ihrer Ansage wende ich mich dennoch verantwortungsbewusst der mir aufgetragenen Arbeit zu, und noch bevor ich das letzte Besteckset auf seinen Platz gelegt habe, betreten auch all meine restlichen Freunde den Raum. Zuerst kommen Sebi, Paco, Onkel Mikelo und Rektor Gottman und danach meine Schwester und Argos.

»Ich brauche Koffein, sonst stehe ich den Tag heute nicht durch«, mault Lavinia verschlafen und läuft schnurstracks zur Kaffeekanne, die Mrs Arlon gerade mitten auf dem Tisch abgestellt hat. »Lebenselixier«, seufzt meine Schwester, ehe sie die schwarze Flüssigkeit in ihre Tasse gießt, den ersten Schluck nimmt und sich tief schnaufend niedersetzt. »Besser«, sagt sie. »Mag noch wer?«

»Gerne«, bejahen alle außer mir. Ich für meinen Teil verzichte lieber auf Kaffee. Kakao war mir schon immer lieber.

Nachdem wir rund um den Tisch Platz genommen haben und Lavinia alle mit ihrem heißgeliebten »Lebenselixier« versorgt hat, gieße ich mir ein ordentliches Glas Milch ein und löse zwei großzügig beladene Löffel Kakaopulver darin auf. Den Gesichtern meiner Freunde nach zu urteilen, dürften Mary und ich die Einzigen sein, die heute Morgen ein positives Erlebnis hatten. Aber wenigstens blicken Onkel Mikelo und Rektor Gottman nicht ganz so verstimmt drein wie meine Schwester, Paco und Sebi. Hoffentlich hebt eine gehörige Portion Koffein ihre Stimmung ein wenig.

»Macht Platz, Frühstück ist im Anmarsch«, ruft Mrs Arlon, als sie mit einer großen Pfanne auf uns zukommt und ihr Power-Menü serviert.

»Und ich? Was bekomme ich?«, will Argos sogleich mit heraushängender Zunge wissen. Seinem Blick nach zu urteilen, denkt er bestimmt, er bekommt ebenfalls Pfannkuchen, doch Fehlanzeige.

»Hundefutter«, gibt ihm Dorothy Arlon nur trocken zur Antwort und verweist auf die Schüssel am Boden.

»Mist!«, ärgert sich der Hund, beginnt aber dennoch sofort zu fressen. Scheinbar hat er mit dieser Antwort bereits gerechnet. Ob er schon wieder auf Diät gesetzt wurde?

Im Nu haben wir alle unsere Morgenmahlzeit, die wirklich energiespendend war, beendet.

Eine knappe halbe Stunde später verlassen wir pünktlich um sieben Uhr dreißig das Cottage in der Nähe von Bushmills, vor dem uns bereits vier Pegasospferde gesattelt und startklar erwarten. Ein Glück, dass keine Menschen in der Nähe sind und wir unsere Reise ungestört antreten können.

Mary, Argos und ich sitzen auf Hektor auf, Sebi und Lavinia auf Leda, Rektor Gottman und Paco auf Kanos und Mrs Arlon und Onkel Mikelo fliegen gemeinsam auf Anthimos. Gut, dass wir alle nicht allzu viel Gepäck dabeihaben, das die Pferde tragen müssen. Unser Körpergewicht ist für die meisten von ihnen schon schwer genug. Hektor ist da als einziges Pferd die rühmliche Ausnahme, denn er ist bei Weitem das stärkste von ihnen und könnte bestimmt noch eine dritte Person tragen.

Ich bin richtig froh darüber, dass Torloxton keinen neuen Aigis-Testversuch wagt und wir heute schönes Wetter haben, denn so verläuft der Flug nach Belfast nahezu – und die Betonung liegt auf nahezu – ohne Turbulenzen.

Leider hat der gute Hektor kurz nachdem wir die erste Hälfte unserer Wegstrecke geschafft haben, einen … nennen wir es … kleinen Ausraster. Auf einmal beginnt er nämlich aus heiterem Himmel und leider auch ohne jegliche Vorwarnung, sich aus Leibeskräften zu schütteln und in der Luft zu winden.

»Da ist etwas in meinem rechten Ohr, es juckt, es juckt«, ruft er dabei wiehernd und versucht, das vermeintliche Etwas mit einem abrupten Flugmanöver loszuwerden – was natürlich mit Mary, Argos und mir auf dem Rücken kläglich misslingt.

Dummerweise führt diese unerwartete Positionsveränderung auch dazu, dass meine Freundin und ich beinahe unser Gleichgewicht verlieren und wir es nur in letzter Sekunde schaffen, uns an seiner Mähne festzuklammern.

»Hektor, was soll das? Hör sofort auf damit, oder willst du uns abwerfen!«, schimpft Mary ängstlich und eindeutig erschrocken. »Bist du wahnsinnig geworden?!«

»Stopp, Hektor! Alles ist gut«, beruhige ich ihn, indem ich so sanft als möglich auf ihn einrede. »Ich helfe dir ja schon … Ist es so besser?«, frage ich das Pferd, als ich mit meiner freien Hand den Juckreiz an der betreffenden Stelle zu lindern versuche. »Wieso sagst du denn nicht einfach, dass ich dich kratzen soll?«

»Oh ja, danke! Verzeiht mir bitte, ich wollte euch keine Angst einjagen oder euch gar abwerfen. Aber ich habe mich so erschrocken, als ich dieses Vieh in meinem Ohr gespürt habe«, entschuldigt sich das Pferd sofort bei uns. »Ich habe mir in Bushmills Flöhe eingefangen. Sobald ich zu Hause im Arassis-Anwesen bin, muss ich umgehend eine heiße Quelle aufsuchen und mir ein Bad gönnen. Danach sind sie bestimmt wieder weg. Dieses Wasser hilft immer …«

»Das ist eine prima Idee«, meint Mary und schnauft erleichtert, als sich der Hengst endlich wieder vollständig entspannt hat. »Glücklicherweise ist alles gut gegangen. Und böse sind wir dir deswegen natürlich nicht – Flohbisse sind bestimmt richtig unangenehm. Die Katze meiner Cousine hatte auch einmal welche und war deswegen ebenfalls total durcheinander. Überall hatte sie rote Stellen … Aber sollte dich noch einmal einer beißen, dann warne uns bitte vor, ehe du … na du weißt schon … eben durchgehst.«

»Natürlich«, sagt Hektor beschämt, und ich schmunzle. Marys Ausdrucksweise ist wirklich eine ganz besondere. Obwohl sie Hektor gemaßregelt hat, klang es bei ihr irgendwie charmant.

Den restlichen Flug, der ohne weitere Vorkommnisse verläuft, nutzen Mary und ich, um noch einmal alle Details unserer Etappe auf Delos durchzusprechen. »Ich hoffe inständig, dass wir die Büchse der Pandora dort finden und die Artefakte zerstören können«, sage ich zum Abschluss, als wir nach einer Reisezeit von rund sechzig Minuten an unserem Ziel ankommen.

»Ist es okay, wenn wir hier runtergehen?«, fragt Hektor, als er bereits in den Sinkflug übergegangen ist. »Wie mir scheint, ist dieser Parkplatz dort unten aufgrund von Bauarbeiten gesperrt und deswegen so gut wie menschenleer. Ich denke, er würde sich optimal als Landeplatz eignen. Und wenn mich nicht alles täuscht, ist die Haltestelle des Shuttleservice zum Flughafen auch nicht weit entfernt.«

»Das klingt perfekt!«, antworte ich ihm und lasse meine Freunde und mich sicherheitshalber trotzdem mit Gyges und dem Übertragungsspruch von der Bildfläche verschwinden.

Nachdem wir unauffällig gelandet sind, die Lage gecheckt haben und ich uns wieder sichtbar gemacht habe, verabschieden wir uns von den Pegasospferden, die sich kurz darauf auf den Rückweg ins Arassis-Anwesen begeben.

»Solltet ihr etwas von uns benötigen, kontaktiert uns telepathisch«, höre ich Hektor noch rufen, ehe er höher und höher steigt und in den Wolken verschwindet.

Kurz darauf machen Rektor Gottman, Onkel Mikelo, Mrs Arlon, Sebi, Mary, Lavinia, Paco, Argos und ich uns auf den Weg zur Bushaltestelle, wo wir nach wenigen Minuten abgeholt und zum Flughafen gefahren werden.

Beim Schalter angekommen, besorgen die Professoren unsere Flugtickets, die dank Erossas Vielfliegerstatus gar nicht so teuer sind, wie wir zuvor befürchtet hatten. Für genau einhundertzehn Pfund pro Person – Argos geht glücklicherweise als Handgepäck durch und fliegt darum gratis – ergattern wir unsere Boardingpässe, mit denen wir uns schnellstens auf den Weg zum Flugsteig machen.

Nun heißt es: Delos, wir kommen!

36

In der Nähe des Flughafens Belfast

Mit schmerzverzerrtem Gesicht lässt sich Myrmidonen-Anführer Eudoros auf dem menschenleeren Parkplatz in der Nähe des Flughafens Belfast nieder. Er befindet sich nicht unweit von der Bushaltestelle, wo vorhin die Arassis-Sprösslinge, Gottman und Co. auf den Shuttleservice gewartet haben. Bald hat er seine Mission beendet und Zeit zum Durchatmen.

Ein Segen, dass beim Flug vorhin doch noch alles gut ausgegangen ist und sich der Gaul wieder beruhigt hat. Nicht auszudenken, was passiert wäre, wenn der Auftrag der Myrmidone wegen dieses lächerlichen Missgeschicks gescheitert und Eudoros aufgeflogen wäre.

Während der Reise hat sich die Ameise nämlich im Ohr des Pegasospferdes verkrochen, um die Arassis-Anhänger ungehindert ausspionieren zu können. Doch aufgrund einer kleinen Unachtsamkeit hat die Myrmidone plötzlich das Gleichgewicht verloren und ist leider etwas zu tief in den Gehörgang des Tieres abgerutscht, woraufhin dieses fast durchgangen wäre. Hätte der Jugendliche das Pegasospferd nicht derart schnell unter Kontrolle gebracht, hätte Eudoros sicher ein trauriges Ende bevorgestanden. Bestimmt wäre er abgestürzt und gestorben. Doch er hatte Glück im Unglück. Denn dieser Nico Arassis hat das Pferd binnen Sekunden mit Bravour besänftigen können, und am Ende hat der Gaul Eudoros sogar unwissend in die Karten gespielt, als er das Missgeschick als harmlosen Flohbiss abgetan hat. Und weil die Myrmidone Hektor in Bushmills vorsorglich mit diesen unangenehmen Zeitgenossen infiziert hat, wird dieser gewiefte Spionageakt auch im Nachhinein niemals ans Licht kommen. Wie wunderbar! Das war ein wirklich kluger Schachzug.

Bis hierhin ist Eudoros Mission also fast perfekt gelaufen. Doch dann geschah der Unglücksfall, der leider eine unerwartete Verzögerung mit sich brachte und weswegen die Ameise nun hier verletzt am Boden kauert und sich ärgert.

Nachdem das Pegasospferd nämlich hier in Belfast gelandet ist und die Teenager abgestiegen sind, ist dieser dumme Hengst blöderweise derart abrupt aufgebrochen, dass die Myrmidone nicht genug Zeit hatte, um in normaler Geschwindigkeit vom Fell des Tieres hinunter auf den Boden zu klettern. Sie war gezwungen abzuspringen. Und dabei hat sie sich das rechte Bein verletzt, was wiederum bedeutet, dass die Rückverwandlung in ihre andere Gestalt warten muss, bis der Heilungsprozess ihrer Gliedmaßen abgeschlossen ist. Und ärgerlicherweise ist genau das Grundvoraussetzung, um ihren Auftrag zu Ende zu führen. Wie das Eudoros nervt! Schließlich hat er Einnar Torloxton versprochen, sich umgehend zu melden.

Wenn es irgendwie ginge, würde er jetzt sofort eine Telefonzelle aufsuchen und seinem elysischen Gebieter Bericht erstatten. Doch als Ameise? Als Ameise ist das leider unmöglich. In dieser Gestalt sind ihm die Hände gebunden. Überaus ärgerlich … Aber in ein paar Stunden wird es ihm mit Sicherheit besser gehen und dann kann er sich verwandeln und den Anführer des Bundes kontaktieren. Seine Majestät wird staunen und mächtig stolz auf die Myrmidone sein, denn bisher verläuft alles nach dem bösartigen Plan des Elysiers.

37

13500 Kilometer entfernt auf einer Insel in Vanuatu

Während Rupert Gottman, Mikelo Erossa, Dorothy Arlon und die fünf Jugendlichen gerade zum zweiten Mal mit dem Flugzeug abheben – momentan befinden sie sich auf dem Weg von London nach Athen – feilen im Pazifikstaat Vanuatu Hauptmann Enorak, der sein altes Amt als Befehlshaber des elysischen Heeres in vollen Zügen genießt, und Einnar Torloxton verbissen an der verheerenden Naturkatastrophe, die als krönender Abschluss der Artefakte-Suche geplant ist. Doch obwohl die beiden Elysier mit ihren Vorbereitungen, die inzwischen schon länger als zwei Tage andauern, äußerst gut vorankommen und das Endergebnis sicherlich ebenso viel Leid und Schrecken verbreiten wird wie der Vulkanausbruch auf Sumatra, ist die Stimmung im Raum mehr als gedrückt.

»Meinst du, dass diese törichte Ameise aufgeflogen ist?«, will der Anführer des Elysischen Bundes in einer Arbeitspause von Balthasar Enorak wissen. Inzwischen ist er wieder zu seinem Vertrauten geworden. »Ich habe kein gutes Gefühl bei der ganzen Sache, schließlich habe ich ihr befohlen, sich sofort zu melden… doch mittlerweile ist ihr Anruf schon viel zu lange überfällig.« Torloxton scheint sichtlich nervös zu sein. Normalerweise bringt ihn nichts so leicht aus der Fassung. Doch heute stehen ihm Schweißperlen auf der Stirn – zu viel steht auf dem Spiel.

»Hab Geduld, Einnar! Ich bin guter Dinge. Ich denke nicht, dass Eudoros entdeckt wurde, dazu ist er viel zu schlau. Aber ich habe eine Idee, wie du herausfinden kannst, ob ihm etwas zugestoßen ist oder nicht.«

Misstrauisch, jedoch neugierig, blickt Torloxton den Hauptmann an. »Was schlägst du vor?«

»Kontaktiere deinen Sohn! Ich bin überzeugt, dass er es dir sagen würde, wenn etwas Ungewöhnliches vorgefallen wäre, beziehungsweise wenn Gottman eine Myrmidone entdeckt hätte. Und zudem kannst du mit einem Anruf erneut deine Position bei ihm stärken. Zeig Paco, dass du wirkliches Interesse an ihm hast und dass er dir wichtig ist.«

»Was soll ich?!« Augenblicklich verhärtet sich der Gesichtsausdruck des Elysiers. »Bist du von allen guten Geistern verlassen? Wenn ich diesen Tölpel außerhalb der vereinbarten Zeit kontaktiere, wird er auffliegen! Er ist garantiert nicht fähig, das Voxonium unbemerkt zu aktivieren! Und dann? Dann war alles umsonst! Wie ich ihn kenne, hat er das Gerät nicht einmal bei sich… Dieser Vorschlag ist eindeutig der schlechteste, den du mir jemals unterbreitet hast, Balthasar!« Wütend rümpft der Elysier die Nase und beginnt genervt im Raum umherzulaufen. Ob er seine Meinung über den Hauptmann noch einmal ändern sollte?

»Einnar, sei nicht voreilig mit deinem Urteil. Unterschätze deinen Sohn nicht, er ist nicht dumm! Er lässt sich nicht erwischen, sei unbesorgt«, beteuert Hauptmann Enorak nachdrücklich und hofft, dass ihm Torloxton Glauben schenken wird. »Schließlich ist er dein Kind! Der Bengel hat dein Blut! Und Eudoros zufolge hat er die Arassis-Sprösslinge inzwischen auf seine Seite gezogen. Aber wenn es drauf ankommt, weiß er, wo er hingehört! Er wird zu dir halten, vertrau mir! Doch *du* musst ihn endlich wie einen richtigen Sohn behandeln, wie einen gleichwertigen Elysier, der eines Tages dein Erbe antreten wird! Verstehst du, was ich damit sagen will, Einnar?«

»Du wagst es, so mit mir zu sprechen?«, faucht ihn Torloxton bitterböse und mit gefährlich zusammengekniffenen Augen an. »Nach allem, was passiert ist?«

»Ja, das tue ich!«, traut sich Balthasar Enorak mutig zu erwidern, und das, obwohl er große Angst davor hat, sein Amt als Hauptmann erneut zu verlieren. »Einnar, ich rede so mit dir, weil *du* mich darum gebeten hast, wieder dein Ratgeber zu sein, und als dieser kann ich nicht zulassen, dass du die beste Waffe, die wir in unseren Reihen haben, ungenutzt lässt! Lull den Bengel ein, sag ihm, dass du ihn vermisst oder sonst etwas! Zieh ihn auf unsere Seite! Mach, dass er dir aus der Hand frisst, und dann wird der Junge nützlich sein, glaub mir! Du kennst ihn, er ist schon immer auf dein Gesülze reingefallen … Kontaktiere ihn und dein Plan wird aufgehen.«

Der Anführer des Bundes lässt sich die Worte von Balthasar Enorak durch den Kopf gehen. »Möglicherweise hast du diesmal sogar recht«, gibt der Elysier nach einiger Zeit reichlichen Überlegens zu. Der Hauptmann atmet erleichtert auf.

»Ich versuche, ihn zu erreichen.« Entschlossen entfernt Torloxton die goldene Anstecknadel, das Wappen der Elysier, ein goldenes V, von seinem Hemd. In diese hat Enorak das moderne Abhörgerät eingebaut. Ein harmloser Kugelschreiber, wie er ihn für Paco angefertigt hat, wäre für das Oberhaupt des Bundes nicht standesgemäß gewesen. Eine goldene Anstecknadel eignet sich dafür weit besser.

Mit einem lauten »Activum!« versetzt Einnar Torloxton das Voxonium kurz darauf in Schwingung und wartet geduldig, bis sich das magische Gerät um seine eigene Achse dreht und wie von Geisterhand zu schweben beginnt. Nun ist es kommunikationsbereit. »Coniungere cum Paco!«, ruft der Elysier mit tiefer Stimme und gibt damit den Befehl, seinen Sohn zu kontaktieren. Sollte der Junge sein eigenes Voxonium jetzt bei sich haben, wird ihm dessen Vibration den eingehenden Anruf ankündigen.

»Wusste ich es doch!«, grölt Torloxton gehässig, als einige Zeit verstrichen ist und sich niemand gemeldet hat.

Als der Elysier die Verbindung gerade wieder kappen will, hört er eine Stimme. »Ich bin hier, Dad!«, flüstert Paco so leise, dass er fast nicht zu verstehen ist. »Was gibt es denn so Dringendes, dass du mich heute kontaktierst? Es ist erst Freitag.«

»Bist du allein?«, will der Elysier augenblicklich wissen, ohne auf die ihm gestellte Frage einzugehen. Sofort schüttelt Balthasar Enorak verbissen den Kopf. »Freundlicher!«, redet er seinem Anführer umgehend ins Gewissen. Torloxton nickt.

»Natürlich bin ich das, was denkst du denn? Glaubst du, ich bin blöd! Als ich die Vibration gespürt habe, bin ich schnurstracks zur Toilette gelaufen«, fährt Paco seinen Vater unwirsch an.

»Verstehe. Sehr gut … Meine Pläne haben sich geändert, hör mir gut zu, ich habe dir einen Vorschlag zu unterbreiten: Was hältst du davon, wenn ich dich zu gegebener Zeit, und diese ist bald, zu mir nach Vanuatu zurückhole und dich als nächsten Anführer des Elysischen Bundes ausbilden lasse? Wäre das in deinem Sinne, Sohn?«, will Torloxton fast schon überfreundlich von Paco wissen. Hoffentlich beißt der Junge an.

Kurz ist es still in der Leitung, doch dann antwortet Paco: »Das würdest du tun?« Der hoffnungsvolle Unterton in seiner Stimme ist kaum zu überhören. Offenbar funktioniert der Plan.

»Natürlich, was denkst du denn?«, fügt Torloxton sofort mit Nachdruck hinzu. »Ich habe Großes mit dir vor! Schließlich bist du mein einziges Kind! Aber nun sag mir, warum es bei dir im Hintergrund so laut ist? Ist etwas vorgefallen?«, leitet Torloxton elegant zum eigentlichen Grund seines Anrufs über.

»Nein, es ist gar nichts passiert, na ja, nichts Ungewöhnliches zumindest. Die Suche geht einfach wieder weiter. Ich sitze gerade im Flugzeug, wir fliegen nach Griechenland, wo eine weitere Aufgabe auf Nico und La… auf… auf… die Arassis-Sprösslinge wartet!«, gibt Paco schließlich zur Antwort. »Wir sind gerade auf dem Weg zur Insel D… Mist, jetzt klopft es an der Tür! Ich muss Schluss machen, sonst fliege ich auf!«, flüstert der Junge und kappt ohne ein weiteres Wort zu verlieren die Verbindung. Damit ist das Gespräch beendet.

Augenblicklich fängt Torloxton zu toben an. »Dieser Trottel! Er hätte mir sagen müssen, wo es hingeht und was sie vorhaben! D kann alles bedeuten… es gibt mehrere griechische Inseln, die mit diesem Buchstaben beginnen! Daskalio, Drima oder Donoussa, sie könnten überall sein! Wenn ich diesen Nichtsnutz von Sohn in die Finger bekomme, dann…«

»Beruhige dich, Einnar, beruhige dich! Du hast doch dein Ziel erreicht. Wenigstens können wir nun davon ausgehen, dass noch immer alles nach Plan läuft. Die Myrmidone ist ganz sicher nicht…«

Abrupt werden die beiden Elysier von einem Klopfen an der Tür unterbrochen, und keine Sekunde später betritt Akon Hollenbeck völlig aufgelöst den Raum.

»Eure Hoheit, Eure Hoheit, es gibt frohe Kunde! Eudoros hat soeben auf Leitung eins mit mir gesprochen. Seine Mission war erfolgreich! Gottman und seine Gefolgsleute sind auf dem Weg nach Delos, dort ist die Büchse der Pandora versteckt. Ihr könnt die notwendigen Schritte für euren Zugriff in die Wege leiten!«

Wie auf Knopfdruck beginnen Einnar Torloxtons Augen zu leuchten. »Dann wissen wir nun, was zu tun ist! Akon, mach den elysischen Privatjet startklar, und Balthasar, kümmere dich um die Armee. Wir machen uns auf den Weg«, gibt der Elysier den Befehl zum Aufbruch. »Der Kampf beginnt.«

38

Nächster Halt: Mykonos

Aufgrund einer ziemlichen Flugverspätung, die durch einen Personalstreik bei der ausländischen Luftlinie verursacht wurde, ist es bereits zwei Uhr morgens, als wir endlich auf der griechischen Insel Mykonos landen. Hastig packen wir unsere wenigen Habseligkeiten zusammen und machen uns schließlich auf den Weg nach draußen, wo wir endlich wieder frische Luft atmen können.

»Länger hätte ich es in diesen klimatisierten Räumen wirklich nicht mehr ausgehalten, meine Schleimhäute sind total trocken und gereizt«, beschwert sich Sebi, während wir sehnsüchtig auf unsere Geschichtslehrerin warten. Wir hoffen wirklich alle, dass sie es schaffen wird, eine Unterkunft für die Nacht aufzutreiben.

»Alles geregelt!«, ruft Mrs Arlon schon von Weitem, als sie zurückkommt, und grinst über das ganze Gesicht. »Gleich kommt das Taxi!«

»Gott sei Dank!« Wir freuen uns alle sehr. Am Flughafen schlafen zu müssen, wäre wirklich das Letzte gewesen, das wir uns jetzt gewünscht hätten.

Ein Glück, dass Mrs Arlon mit einem hier ansässigen Hotelier befreundet ist und darum wirklich nur einen einzigen Anruf tätigen musste, um uns eine Bleibe zu organisieren. Nicht auszudenken, wenn wir uns zu dieser späten Stunde erst mühsam ein Zimmer hätten suchen müssen. Bei meinem gegenwärtigen körperlichen Zustand wäre das alles andere als erfreulich gewesen – mittlerweile bin ich nämlich komplett kaputt und mein Rücken schmerzt vom langen Sitzen.

Der Einzige unter uns, der nicht hundemüde, gerädert und erschöpft, sondern ganz im Gegenteil, richtig aufgedreht und hibbelig wirkt, ist Paco. Seinen Erklärungen zufolge ist der Grund dafür ein Klatschmagazin, das ihm während unserer Anreise auf der Flugzeugtoilette in die Hände gefallen ist. Anscheinend hat er dort gelesen, dass Mykonos zu den angesagtesten Hotspots der Welt zählt und es hier genauso schrille Feten wie auf Ibiza oder Mallorca gibt. Diese Neuigkeit hat bei ihm leider auch gleichzeitig eine Art Midlife-Crisis ausgelöst. Seit diesem Toilettengang redet er nämlich nur noch wirres Zeug über irgendwelche Partys daher, und wir können überhaupt nichts Anständiges mehr mit ihm anfangen. Er verhält sich total komisch. Offenbar ärgert es ihn maßlos, dass wir keine Zeit für diese ach so tollen Feten erübrigen werden … Aber im Moment haben wir wirklich ganz andere Sorgen im Kopf, als wilde Partynächte am Strand zu feiern – obwohl das mit Mary bestimmt richtig schön wäre. Aber egal. Gedanken beiseite.

Fakt ist, dass Paco seit einigen Stunden nicht mehr alle Tassen im Schrank hat … Aber wenigstens kann er, im Gegensatz zu mir, auch noch an etwas anderes als an unsere Mission denken … Und vielleicht wäre genau das der Schlüssel dazu, um einmal den Kopf freizubekommen. Während Paco es schafft, zumindest zwischenzeitlich etwas abzuschalten, ärgert es mich ununterbrochen fürchterlich, dass wir heute nicht mehr nach Delos reisen und die letzte Etappe zu Ende bringen können.

»Ich glaube unser Taxi kommt«, ruft Lavinia erleichtert aus, als ein nagelneuer Mercedes-Bus vor dem Flughafenausgang vorfährt und direkt bei uns anhält.

»Bin ich froh!«, freue ich mich und beende damit sowohl meine Hat-Paco-einen-Hirnschaden-oder-nicht- als auch meine Etappen-Überlegungen. Eilends hebe ich Argos hoch und steige gemeinsam mit ihm direkt nach meinen Freunden in das silberne Gefährt, das ganz genau acht Sitzplätze hat.

Schon fahren wir los. ›Mykonos bei Nacht ist wohl doch nicht so der Brüller, wie Paco sagte‹, denke ich mir noch, als wir bereits wenige Minuten später – und ich kann es kaum fassen – vor einem Nobelschuppen vom Allerfeinsten Halt machen. »Demostenis Luxury Resort & Villas«, steht auf dem Schild des modernen Fünfsternehotels geschrieben, das direkt am Strand liegt.

»Wir sind am Ziel. Das macht dann bitte elf Euro fünfzig«, fordert uns der Taxifahrer schließlich auf, auszusteigen und zu bezahlen.

Habe ich richtig gehört? Am Ziel? Wie irre ist das denn? »Ich fasse es nicht!«, staune ich, öffne jedoch sofort die Tür, um das Fahrzeug zu verlassen. »Das ist ja … Hammer!«, freue ich mich und bewundere mit Argos im Arm den farbenfroh beleuchteten Luxuskomplex, während Onkel Mikelo die Taxirechnung begleicht.

Obwohl es dunkel ist und ich nicht alles haargenau erkennen kann, bin ich hin und weg! Und den weit aufgerissenen Augen meiner Freunde nach zu urteilen, bin ich nicht der Einzige, dem es so geht und der kaum glauben kann, dass wir wirklich hier absteigen dürfen.

»Wahnsinn, wo sind wir denn hier gelandet?«, höre ich auch meine Schwester begeistert rufen. »Für diese Nacht haben wir wohl einen Volltreffer gelandet.«

»Und ob!«

In der Lobby der grandiosen Herberge angekommen, werden wir von einer elegant-freundlichen Atmosphäre überwältigt. Die Einrichtung vereint auf stilvolle Weise modernen Chic mit traditionellen griechischen Elementen.

»Schaut euch dieses tolle Sofa mit den Ornamenten dort drüben an, gleich neben der antiken Säule«, ruft Mary und deutet aufgeregt nach rechts. »Dieses Hotel ist phänomenal!«

»Tatsächlich … hier hat alles einen altgriechischen Touch …«

Umgehend reißt uns Mrs Arlons Stimme jedoch aus dem Staunen. »Androkles, ich freue mich, dich zu sehen«, sagt sie grinsend zu einem vollbärtigen Herrn Ende fünfzig, der geradewegs auf uns zukommt. »Danke, dass du uns alle um diese Zeit noch empfängst!«

»Das muss wohl der Typ sein, mit dem sie vorhin telefoniert hat«, mutmaßt Argos, den ich inzwischen wieder auf dem Boden abgesetzt habe. »Hoffentlich mag er Hunde und schmeißt mich nicht raus …«

»Aber natürlich!«, beruhige ich ihn. ›Und wenn nicht, werde ich einfach mit Magie nachhelfen‹, füge ich in Gedanken hinzu und schmunzle.

»Dorothy, meine Liebe! Es freut mich, dich nach einer so langen Zeit endlich wiederzusehen! Wie lange ist es her? Zehn Jahre? Und noch immer bist du ganz die Lady, die ich in Erinnerung habe.« Erfreut schließt der Mann im dunklen Businessanzug unsere Lehrerin in die Arme. Ob auch er ein Talenter ist?

»Das ist Mr Demostenis, der Besitzer dieses wundervollen Anwesens. Dieser wunderbare *Mensch* hier ist ein langjähriger Freund von mir!« Mit diesen Worten stellt uns Mrs Arlon unseren Retter in der Not vor, der sofort zu grinsen beginnt und uns freundlich die Hand reicht. Dank Arlons gekonnter Anspielung wissen wir nun auch alle über seine Abstammung Bescheid – nicht, dass sich einer von uns am Ende verplappert und ihn für einen Talenter gehalten hätte …

»Seid willkommen in meinem bescheidenen Haus! … Aber

wen haben wir denn da? So ein liebes Kerlchen!«, freut sich der Mann und bückt sich, um Argos zu streicheln, was diesem selbstverständlich mehr als behagt.

Flugs rollt sich der Vierbeiner genüsslich zur Seite und gibt sein Bestes, um den Hotelier auch direkt um den Finger zu wickeln – was ihm natürlich auch gelingt. Zum Glück war unsere vorige Befürchtung unbegründet. Mr Demostenis scheint Hunde nicht nur zu mögen, sondern zu lieben.

»Aber nun verratet mir, was euch zu dieser späten Stunde zu mir führt?«, will er schließlich wissen, nachdem er sich wieder erhoben hat und uns mit neugierigen Augen anstarrt.

»Wir bedauern die nächtliche Störung wirklich sehr«, entschuldigt sich Rektor Gottman sofort aufrichtig für unser kurzfristiges Erscheinen. »Danke noch einmal dafür, dass Sie uns um diese Zeit empfangen. Leider hatte unser Anschlussflug nach Mykonos mehrere Stunden Verspätung, sodass wir unsere Pläne kurzfristig ändern mussten.«

»Ach so, ich verstehe! Natürlich, der Streik, nicht wahr? Das erklärt alles. So etwas ist immer fürchterlich unangenehm«, antwortet der Hotelier glücklicherweise ohne weiter nachzubohren und bedeutet uns, ihm zur Rezeption zu folgen. »Für Dorothy und ihre Freunde habe ich immer ein freies Zimmer.«

Verbissen tippt Mr Demostenis kurze Zeit später auf seinem Laptop herum. »Leider sind wir im Moment nahezu ausgebucht, sodass ich mit freien Doppelzimmern nicht mehr dienen kann … aber … Moment … Wie lange habt ihr denn vor hierzubleiben, Dorothy?«, möchte er von unserer Lehrerin wissen und sieht sie fragend an.

»Nur diese eine Nacht. Wir werden dir nicht lange zur Last fallen, Androkles«, verspricht Mrs Arlon mit hoffnungsvollem Unterton in der Stimme.

Was macht er denn so lange? Ob er doch kein Zimmer für uns hat? Könnte das sein? Aber nein … Schließlich hat unsere

Lehrerin vorhin genau deswegen mit ihm telefoniert … Oh je … Ich hoffe inständig, dass wir nicht weiterziehen müssen.

»Ach so, na das ist dann überhaupt kein Problem«, höre ich endlich die erlösenden Worte. »Für eine Nacht könnt ihr sogar eines meiner Prunkstücke, eine eigene Privat-Villa, haben! Dir, meine liebe Dorothy, überlasse ich sie gerne zu einem Freundschaftspreis von dreihundert Euro inklusive Frühstück für alle. Die Villa verfügt über acht Zimmer. Dort habt ihr genügend Platz, um euch auszuruhen, und auch der Hund kann sich richtig austoben. Wäre das in Ordnung und in eurem Sinne?«, fragt er grinsend.

»Das ist perfekt«, bedankt sich Mrs Arlon erleichtert und nimmt auch schon die Schlüsselkarte entgegen.

»Dann folgt mir, ich zeige euch den Weg«, meint der Hotelier und führt uns auf direktem Wege in eine Privatunterkunft, mit der ich im Leben nicht gerechnet hätte. Niemals hätte ich erwartet, dass ich einmal in einer *richtigen* Villa übernachten dürfte! Dort angekommen, haut es mich nämlich fast aus den Socken, als ich erkenne, womit wir es zu tun haben. Der Luxus rund um mich stellt sogar jenen von Kirkes Bungalows in den Schatten.

Zur Ausstattung des zweistöckigen Luxuswohnbereichs, dessen Etagen durch eine faszinierende Treppe aus Glas miteinander verbunden sind, gehören eine hochmodern eingerichtete Küche, eine Bar, eine Heimkinoanlage, eine I-Phone-Dockingstation und uneingeschränkter WLAN-Internetzugang. Während vier der bereits angekündigten acht Räume – allesamt mit Badewanne und Dusche ausgestattet – im Erdgeschoss liegen und auf eine geräumige Terrasse mit einem Pool hinaus führen, sind die Zimmer im oberen Stockwerk fast doppelt so groß. Sie verfügen sogar über eigene Sonnenterrassen mit eigenen Open-Air-Whirlpools, von wo aus man einen Blick bis zum Horizont hat.

»Hier ist es wunderbar! Vielen Dank für Ihre Gastfreundschaft«, bedankt sich Rektor Gottman mit einem Lächeln bei Mr Demostenis, der sich kurz darauf mit einem zufriedenen Gesicht von uns verabschiedet und uns allein lässt.

Schon startet Onkel Mikelo unsere Besprechung darüber, wie wir morgen vorzugehen gedenken.

»Gut, dann machen wir es so, wie wir gerade vereinbart haben. Ihr wisst, wann und wo morgen Treffpunkt ist«, sagt Mrs Arlon bereits kurze Zeit später und beendet damit unsere Diskussion. »Aufgrund der fortgeschrittenen Stunde ist es nun höchste Zeit, um endlich zu Bett zu gehen«, fügt sie gähnend hinzu und gibt damit den Startschuss, unsere Zimmer zu wählen.

Während Mary und Lavinia ganz auf »typisch Mädchen« machen und auf das einzige Doppelzimmer im Obergeschoss bestehen, entscheiden sich Arlon, Gottman und Erossa kurzerhand für die drei restlichen Räume dieses Stockwerks. Damit bleibt für uns Jungs nur mehr das Erdgeschoss übrig. Dort werden wir übernachten.

Nachdem wir uns allesamt voneinander verabschiedet haben und ich Mary einen Gute-Nacht-Kuss gegeben habe, marschieren die Mädchen und die Professoren die Treppe hinauf. Und Torloxton, der inzwischen wieder halbwegs normal geworden ist, Sebi und ich verschwinden daraufhin in jeweils einem der Einzelzimmer. Der kleine Argos entscheidet sich nach einem kurzen Hin und Her – »Will ich im Wohnzimmer oder doch bei Nico übernachten?« – schließlich für mich.

Gegen halb vier morgens versinke ich, vollkommen erledigt und fest gegen Argos' felligen Körper gekuschelt, in einen unruhigen und leider auch viel zu kurzen Schlaf.

39

Der Feuerregen der elysischen Blutwolke

Um exakt acht Uhr dreißig vormittags sitze ich nach einer kalten Dusche, die ihre Wachmacher-Wirkung traurigerweise vollends verfehlt hat, mit meinen Freunden beim Frühstück auf der Terrasse unserer Villa. Wäre ich unter anderen Umständen an diesem wunderschönen Ort hier gelandet, würde ich den Blick auf die Bucht, das Meer und den Sandstrand garantiert genießen und Urlaubsfeeling bekommen – doch heute ist das unmöglich. Ständig muss ich an die uns bevorstehende Etappe und die Greife denken. Nicht einmal Appetit habe ich richtig. Selbst mein normalerweise echt leckeres Toastbrot bekomme ich kaum runter. Wenn das alles hier vorbei ist, werde ich garantiert irgendwann einmal nur zur Entspannung auf diese traumhafte Insel reisen. Schließlich ist Mykonos ein wunderbares Urlaubsziel. Und vielleicht begleitet mich dann sogar Mary … Doch heute gilt es anderes zu tun und …

»Kann ich den Herrschaften noch etwas bringen?«, holt mich die Stimme unseres privaten Butlers plötzlich aus der Grübelei. Irgendwie kann ich es noch immer nicht fassen, dass uns hier das Frühstück sogar à la carte von einem eigenen Kellner serviert wird – richtig nobel, dieser Schuppen.

»Eine Tasse Tee, bitte«, antwortet ihm Mrs Arlon genau in dem Moment, als ich mein restliches Toastbrot für Argos unter den Tisch fallen lasse und Mr Demostenis auf uns zukommt. Schon sieht er mich mit großen Augen fragend an. Das hat er jetzt garantiert bemerkt…

»Guten Morgen! Ist alles zu eurer Zufriedenheit?«, will der Hotelier augenblicklich von uns wissen. »Mundet das Essen etwa nicht?« Damit meint er bestimmt mich.

Prompt bekomme ein richtig schlechtes Gewissen und blicke ihn unschuldig an. »Doch, doch, es ist sogar ganz vorzüglich. Aber der Kleine hier brauchte auch etwas zu beißen.«

»Ah, ich verstehe! Aber hat euch Rinaldo etwa kein Hundefutter gebracht?«, will der Hotelier etwas bestürzt wissen und blickt vorwurfsvoll in Richtung unseres Butlers.

»Guten Morgen, lieber Androkles! Doch, doch! Natürlich hat er das! Aber unser Nico kann es einfach nicht lassen, den süßen Argos vom Tisch aus zu füttern«, beruhigt ihn Mrs Arlon mit leuchtenden Augen. »Komm, setz dich zu uns, direkt neben mich, und lass uns plaudern.«

Damit bin ich Gott sei Dank aus dem Schneider, denn sofort ist Mr Demostenis ganz auf Mrs Arlon konzentriert.

»Alles hier ist einfach so wunderbar!«, meint unsere Geschichtslehrerin voller Begeisterung, ehe sie das Thema wechselt und ernst wird. »Aber Androkles, hast du eventuell eine Ahnung, wie wir am schnellsten von hier aus nach Delos kommen könnten? Wir würden unseren Schülern gerne diese grandiose Insel zeigen, bevor wir weiterreisen. Uns drängt die Zeit, weißt du?«

Sichtlich erfreut, Dorothy Arlons Frage beantworten zu können, beginnt der Mann augenblicklich wie ein Wasserfall zu plappern: »Natürlich kann ich euch helfen, wo denkst du hin. Um mit dem Schiff auf die benachbarte Insel zu gelangen, müsst ihr euch nur Tickets in der Altstadt besorgen. Ihr bekommt sie am Kiosk, der am westlichen Ende des alten Hafens, ganz in der Nähe der Kapelle Agios Nikolaos, liegt. Der Preis ohne Führung beträgt rund zwanzig Euro pro Person für die Hin- und Rückfahrt inklusive des Inseleintritts. Die Boote fahren nur am Vormittag, meistens zur vollen Stunde – ich glaube um acht, neun, zehn und zuletzt um elf Uhr dreißig. Wenn ihr einen Guide benötigt, kann ich euch Marcus Halussis, einen guten Bekannten von mir empfehlen. Ich kann ihn selbstverständlich kontaktieren und …«

»Danke dir, mein Lieber!«, schneidet unsere Lehrerin Mr Demostenis mit zuckersüßem Tonfall das Wort ab und bringt ihn damit zum Schweigen. Wenn sie das nicht getan hätte, wären seine Ausführungen mit Sicherheit noch ewig so weitergegangen – dieser Grieche hört sich selbst unglaublich gerne reden. »Aber Androkles, das wird nicht nötig sein, du weißt doch, dass ich Geschichte unterrichte. Doch huch …« Dorothy Arlon blickt mit einem Mal erschrocken auf die Uhr. »Es ist schon viel zu spät! Kinder!«, mit diesem Wort meint die Professorin unsere ganze Gruppe. »Wir müssen uns beeilen, wenn wir die Fähre um elf Uhr dreißig noch erreichen wollen.«

Damit wäre dem Smalltalk ein Ende gesetzt und das Frühstück für beendet erklärt.

Pflichtbewusst springen wir alle hastig auf, laufen auf unsere Zimmer und packen die paar Habseligkeiten zusammen, die wir mitgebracht haben, ehe wir keine halbe Stunde später auch schon an der Rezeption auschecken und Rektor Gottman die Rechnung für unsere Übernachtung begleicht. Dreihundert Euro sind für diese Wahnsinns-Villa wirklich ein Schnäppchen gewesen!

»Glaubst du, dass der Grieche und Mrs Arlon vielleicht früher einmal ein Paar waren?«, fragt mich Sebi, als wir keine fünf Minuten später mit unseren Rucksäcken bepackt in der Lobby auf die Professoren, Paco, die Mädchen und Argos warten, die alle unbedingt noch einmal die Toilette aufsuchen wollten.

»Gut möglich, das könnte durchaus sein«, bestätige ich den Verdacht meines Freundes.

»Der Blick, mit dem er sie die ganze Zeit über angestarrt hat, war irgendwie seltsam, fast … lüstern? Definitiv anders als man es bei guten alten Bekannten erwarten würde«, meint Sebi und schneidet eine verliebte Grimasse, als gerade unsere Freunde zurückkommen.

»Auf geht's!«, holt uns Onkel Mikelo sofort in die Realität zurück. »Kommt! Wir müssen uns beeilen!«

Das lassen wir uns nicht zweimal sagen. Schon schreiten wir nach draußen, steigen in ein Taxi und fahren direkt in die Altstadt, um beim besagten Kiosk die Fahrkarten zu kaufen. Glücklicherweise kommen wir wegen Dorothy Arlons rechtzeitiger Ermahnung beim Frühstück auch kurz vor Ablegen der letzten Fähre am Hafen an.

»Geschafft!«, schnauft Argos, als wir endlich an Bord sind. »Das war richtig knapp«

»Und wie!«, bestätigt ihm Mary etwas außer Atem, während wir bereits erleichtert in Richtung Reling gehen. »Hätten wir dieses Boot hier versäumt, wäre das nächste erst morgen früh gegangen! Und was das für unsere Mission bedeutet hätte, brauchen wir gar nicht erst zu diskutieren.«

»Da hast du verdammt recht!«, pflichte ich ihr bei und bedanke mich in Gedanken beim Schicksal dafür, dass es wohl wieder einmal auf unserer Seite war. Noch mehr Verzögerung hätten wir bei dieser Etappe wirklich nicht brauchen können. Die Flugverspätung hat uns schon genug Zeit gekostet.

Als wir uns Schritt für Schritt, oder besser gesagt Welle für Welle, der nur wenigen Quadratkilometer großen und rund vierzig Fahrminuten entfernten Insel – dem Geburtsort der Talenter Apollon und Artemis – nähern, kommt es mir vor, als würde das flache Delos in der Ferne wie ein Floß auf dem Wasser treiben. Fast wirkt es, als handle es sich tatsächlich um eine schwimmende Insel, so wie es laut der Legende gewesen sein soll, bis Zeus und Poseidon sie mit den diamantenen Säulen am Meeresboden befestigten.

Eine kurze Recherche bei Google verrät mir aber sofort, dass diese optische Täuschung wohl durch die besonderen Lichtverhältnisse auf dem Meer verursacht wird. Aber wer weiß, ob das wirklich die ganze Erklärung ist … Ehe ich jedoch weiter über dieses Phänomen nachdenken kann, geht es los!

Noch bevor ich realisiert habe, ob ich träume, türmt sich eine finstere Gewitterwolke mit rasender Geschwindigkeit am Himmel über uns auf. Sekunde für Sekunde nimmt sie gigantischere Ausmaße an, bis sie wie ein allesverschlingendes Monster Besitz von der Sonne ergreift und sie hinter sich begräbt. Wie auf Knopfdruck verfärbt sich der soeben noch strahlend blaue Himmel in ein tiefes Schwarz, und obwohl es Sommer ist, fallen die Außentemperaturen schlagartig um einige Grad.

»Hier stimmt etwas nicht«, rufe ich so laut ich kann, als ich bereits am ganzen Körper fröstle und zittere. Mir schwant Grauenhaftes …

Und plötzlich, als die Farbe des Himmels von nachtschwarz in glutrot übergeht und ich in der Mitte der allesverschlingenden Wolke einen einzigen Buchstaben, das V für »Vergeltung«, »Versklavung« und »Verbannung«, aufleuchten sehe, weiß ich, was los ist.

»Die Elysier sind hier!«, rufe ich aus Leibeskräften und starre meine Freunde hilfesuchend an. »Was hat Torloxton vor? Welches Unheil hat er diesmal auf die Menschheit losgelassen?«

Ehe meine Freunde auch nur in der Lage sind, auf meine Worte zu reagieren, beginnt es fürchterlich zu stürmen und zu hageln. Unnachgiebig prasseln zentimetergroße Eiskörner vom Himmel auf uns herab, die auf der Haut wie kleine Messerstiche schmerzen.

»Duckt euch und schützt eure Köpfe«, höre ich Rektor Gottman kurz darauf immer wieder verzweifelt rufen. Er ist erschreckend bleich geworden.

Leider sind all seine Bemühungen, die Bootsinsassen zu warnen, vergeblich, denn inzwischen ist der Tumult auf der Fähre so groß geworden, dass ihn kaum einer mehr hören kann. Wo auch immer ich hinsehe, laufen die Menschen orientierungslos und hysterisch durcheinander. Und meine Schwester, Sebi, Paco, Mary und Argos sind vor Schreck fast unfähig, sich zu bewegen – wie versteinert kauern sie am Boden. Als mein Blick etwas nach rechts schweift, sehe ich, wie Mrs Arlon einige der Passagiere zu beruhigen versucht und wie Rektor Gottman und Onkel Mikelo inzwischen mit verbissenen Gesichtszügen rettende Magie wirken.

Was, um Himmels willen, passiert hier gerade? Prompt verspüre ich eine solche Angst in mir auflodern, wie ich sie noch nie zuvor in meinem Leben gespürt habe. Denn tief in meinem Inneren weiß ich, dass dies nur der Anfang und nicht der Gipfel des elysischen Wetterchaos ist. Und tatsächlich wird es immer schlimmer und schlimmer. Ganz plötzlich beginnen sich die Hagelkörner nämlich zu verformen: Zuerst werden sie kleiner, dann verändern sie ihre Konsistenz, bis sie wieder zu Regen werden, doch diesmal besteht dieser nicht aus harmlosem Wasser, sondern aus Blut, aus echtem Blut.

Augenblicklich schnürt es mir die Kehle zu, als ich den scharfen Geruch der roten Flüssigkeit rieche. Mir wird speiübel, und ich muss würgen. Doch bevor ich irgendetwas unternehmen oder gar einen klaren Gedanken fassen kann, wird es abermals entsetzlicher: Schon sehe ich, wie die Tropfen zu dampfen beginnen und sich mit einem lauten Zischen in allesverschlingende Flammen verwandeln. Damit ist mein schlimmster Albtraum Realität geworden: Nun regnet es nicht mehr Blut, sondern Feuer!

»Es brennt, es brennt! Hilfe, Hilfe!«, vernehme ich überall

angsterfüllte Schreie. Die Menschen auf dem Boot schlagen wild um sich und versuchen so, die Feuerzungen zu löschen. Vor Furcht drohen sie, vollkommen den Verstand zu verlieren, mittlerweile gehen einige von ihnen sogar aufeinander los.

Mein Herz schlägt mir bis zum Hals. Ich muss etwas unternehmen. Ich kann nicht einfach nichts tun und zusehen, wie hier alles und jeder draufgeht. In Gedanken spreche ich mir selbst Mut zu. Und obwohl ich völlig perplex, ratlos und unfähig bin, meine Gliedmaßen zu bewegen, schaffe ich es irgendwann, mich zusammenzureißen und nachzudenken.

Und dann, als ich sehe, wie Argos' Fell plötzlich Feuer fängt und mein kleiner Freund zu winseln und zu toben beginnt, habe ich den rettenden Einfall. »Serpens, Anguis, ihr müsst mir helfen! Schnell, ich brauche magische Löschdecken!«, flehe ich meine Zaubergehilfen verzweifelt um Unterstützung an. Nach einem markerschütternden »Statuere testudo!« fallen auf einmal Dutzende der rettenden Objekte vom Himmel, breiten sich dank des Spruchs des Caduceus wie von Geisterhand aus und wickeln sich selbstständig um die Leiber der brennenden Bootsinsassen. Das wäre erledigt.

Jetzt ist Argos an der Reihe. Schnurstracks laufe ich auf den Vierbeiner zu, stürze mich auf ihn und hebe ihn samt Decke hoch. »Ich hab dich!«, flüstere ich dem Kleinen zu. »Bei mir bist du in Sicherheit!«

»Dormite!«, höre ich plötzlich Rektor Gottmans Stimme neben mir erbeben.

»Aedificare murum vos protegant!«, fügt Onkel Mikelo noch lautstark hinzu. »Habt keine Angst, wir werden euch helfen!«

Mit diesen Worten verlieren die Passagiere des Schiffs ganz plötzlich, von einer auf die andere Sekunde, ihr Bewusstsein und schlafen weich gebettet und in ihre Löschdecken eingewickelt ein. Nach dem Aufleuchten eines grellen weißen Blitzes stülpt sich wie aus heiterem Himmel eine durchsichtige

Glaskuppel als Ganzes um unser Boot. Damit hört auch die Fähre trotz des heftigen Sturms zu schaukeln auf. Es wird ruhig. Endlich sind wir in Sicherheit und vor dem Feuerregen geschützt!

»Gott sei Dank!«, ruft der Rektor erleichtert und atmet tief durch. »Dieser Zauber war schwieriger, als wir gedacht hatten, Mikelo. Niemals hätte ich es für möglich gehalten, dass wir so lange brauchen würden. Ein Glück, dass niemand ernsthaft verletzt wurde.«

Besorgt blicke ich unter die Löschdecke und stelle fest, dass auch Argos' Fell nur leicht versengt wurde. Erleichtert setze ich ihn ab.

»Ich weiß nicht, was unser Fehler war, doch aus irgendeinem Grund haben die Elysier Wind von unserem nächsten Ziel bekommen«, ergreift Onkel Mikelo das Wort. »Freunde, wir dürfen keine Zeit verlieren. Die Menschheit befindet sich in akuter Gefahr! Wir müssen handeln, und zwar sofort! Seht nur, inzwischen hat die Blutwolke auch Mykonos erreicht. Dort steigt bereits meterhoher Rauch von der Küste auf.«

»Und was schlägst du vor?«, will Rektor Gottman sogleich von seinem treuen Verbündeten wissen.

»Am besten ist es wohl, wenn wir uns aufteilen«, meint Onkel Mikelo und sieht mir dabei ernst in die Augen.

Ich nicke.

»Die Flammen auf Mykonos werden immer höher und höher, und wenn wir nichts unternehmen, sind die Bewohner dieser wundervollen Insel in kürzester Zeit dem Tod geweiht und alles wird unter Schutt und Asche begraben, Rupert«, sagt Erossa nun zu Rektor Gottman. »Du, Argos und ich nehmen das Boot und fahren mit den unschuldigen Menschen zurück nach Mykonos. Wir werden das Feuer löschen und die Katastrophe beenden. Ich weiß, dass wir beide gemeinsam die Kraft dazu haben. Und ihr …«, nun wendet sich Onkel Mikelo an Mrs

Arlon, Lavinia, Sebi, Mary, Paco und mich, »ihr erfüllt unsere Mission auf Delos! Wenn ich mich nicht irre, dürfte das Wetter auf der Insel dort drüben viel besser sein. Mir scheint, als hätte Torloxtons Wetterchaos sie nur gestreift. Ich kann euch mit einem Teleportationszauber dorthin bringen! Da die Entfernung zur Insel nur noch sehr gering ist, schaffe ich das mit Leichtigkeit. Und sobald ihr dort angekommen seid, achtet auf nichts und niemanden, auch nicht auf die Menschen. Rupert und ich werden sie ebenfalls mit einem Tiefschlafzauber belegen, sodass ihr ganz ungestört eure Etappe beenden könnt. Lauft so schnell ihr könnt, blickt nicht zurück! Findet Pandoras Büchse und zerstört beide Artefakte auf dem magischen Altar. Und Dorothy, du vergiss nicht zu gegebener Zeit die Klapper der Athene zu benutzen!«

Unsere Vertrauenslehrerin nickt. »Ja, das werde ich!«

»Ihr schafft das, denkt immer daran«, ermutigen uns Gottman und Erossa noch zum Abschied, ehe sie uns nacheinander fürsorglich in die Arme schließen. »Passt auf euch auf. Wir sind in Gedanken bei euch! Sobald die Gefahr auf Mykonos gebannt ist, stoßen wir zu euch.«

Den Tränen nahe nicke ich. »Ja«, antworte ich gefasster als gedacht, bevor ich mich Argos zuwende, ihm sachte über den Kopf streiche und ihn ein letztes Mal an mich drücke. »Pass auf dich auf, kleiner Kumpel! Ich hab dich lieb!«

»Ich hab dich auch lieb«, flüstert Argos mir zum Abschied ins Ohr und leckt mir ein letztes Mal quer übers Gesicht. »Komm heil zu mir zurück.«

»Das mache ich.«

»Macht euch bereit und fasst euch an den Händen!«, fordert uns Onkel Mikelo schließlich mit ernster Stimme auf und beendet damit meine tränenreiche Verabschiedung von Argos.

Kurz darauf geht es los. »Adventum in insulam!«, höre ich Erossa den Zauber sprechen, bevor Sebi, Mary, Paco, Mrs Arlon,

Lavinia und ich den Boden unter den Füßen verlieren und wir mit horrender Geschwindigkeit nach Delos verfrachtet werden.

Das Gefühl, das ich während des Teleportationszaubers verspüre, kann ich nicht in Worte fassen. Es ist fast so, als würde ich mit dreihundert Stundenkilometern auf der Autobahn rasen und die Kontrolle über all meine Sinne verlieren.

40

Das Geheimnis des Heiligen Sees

Auf allen vieren landen Sebi, Lavinia, Mary, Paco, Mrs Arlon und ich bereits ein paar Augenblicke später auf dem harten felsigen Boden des Schiffsanlegeplatzes der kleinen Insel Delos.

Mit dem Schlimmsten rechnend, lasse ich augenblicklich den Caduceus erscheinen. ›Ich werde meine Freunde schützen, das schwöre ich bei meinem Leben‹, verspreche ich mir selbst in Gedanken, während ich mich mutig und zu allem bereit aufrichte.

Prompt fällt mir dabei jedoch fast die Kinnlade runter, denn ich erkenne, dass Onkel Mikelo mit seiner Vermutung, dass das Wetter auf Delos besser wäre, nicht nur recht hatte, sondern dass diese bei Weitem untertrieben war.

»Ach du heiliger Strohsack! Das gibt es doch nicht!«, rufe ich völlig verblüfft aus. »Diese Insel ist ja ganz und gar vom Wetterchaos der Elysier verschont geblieben. Hier hat das verheerende Unwetter überhaupt keine Spuren hinterlassen. Alles ist so, als wäre nie etwas gewesen.« Der Himmel ist strahlend blau, der Boden staubtrocken, weder vom Feuer versengt noch mit Blut verschmiert, und die Temperaturen sind sommerlich warm … »Ich fasse es nicht!« Wenn ich es nicht besser wüsste, könnte ich schwören, dass wir auch diesmal einen Zeitsprung gemacht haben oder in eine Parallelwelt übergewechselt sind. »Irre!«

Während meine Freunde ebenso perplex wie ich die Gegend erkunden, fällt mein Blick auf die vielen schlafenden Menschen rings um uns, die dank Erossas und Gottmans Tiefschlafzauber in weiche Zudecken gehüllt sind und ruhig vor sich hinträumen, damit sie unsere Mission nicht gefährden können.

Hoffentlich geht es den Professoren und Argos gut und es gelingt ihnen, Torloxtons Katastrophe auf Mykonos einzudämmen. Wenn nicht, könnte das alles ein böses Ende nehmen… Irgendwie kann ich es kaum fassen, dass alles hier auf Delos durch und durch friedlich erscheint, während auf der Nachbarinsel und dem Meer desaströse Zustände herrschen. Seltsam, dass gerade Mykonos und unser Boot angegriffen wurden, während das nahgelegene Delos komplett verschont geblieben ist…

Abrupt kocht ein ungutes Gefühl in meinem Inneren hoch und ich halte inne. Was, wenn wir Idioten dem Elysischen Bund gerade in eine Falle getappt sind? Ob Torloxton Senior meine Freunde und mich bloß voneinander trennen wollte? Das wäre ihm zumindest gelungen. Plant er etwa, uns grüppchenweise abzupassen? Oder noch schlimmer: Was, wenn er uns mit diesem Wetterchaos ablenken und schlichtweg von Delos fernhalten wollte, weil er selbst vorhat, die Büchse der Pandora zu stehlen? Möglicherweise ist der Geheimbund bereits auf der Insel… Könnte das sein? Wohl eher nicht… Bestimmt spielen mir gerade meine Nerven einen bitterbösen Streich. Denn… wie hätten die Elysier überhaupt Wind von unseren Plänen bekommen sollen?

»Nico, ist alles in Ordnung mit dir?«, reißt mich plötzlich die Stimme meiner Schwester aus den bitteren Gedanken. »Du bist ganz blass.«

»Wie …?«, frage ich verwirrt und blicke sie an. Ich habe nicht einmal bemerkt, dass Lavinia auf mich zugekommen ist. »A… a… alles klar«, antworte ich ihr gleich darauf stammelnd und atme tief durch, um mich wieder zu beruhigen.

Ob ich meinen Freunden von meinen Befürchtungen erzählen sollte? Doch wenn ich falsch liege – was durchaus möglich wäre – würde ich sie nur unnötig verunsichern. Schließlich könnte an all diesen Theorien auch rein gar nichts dran sein. Außerdem wäre es nicht fair, Erossas und Gottmans Einschätzungsvermögen anzuzweifeln. Sie sind mächtige Feuer-Talenter, die grundsätzlich immer wissen, was zu tun ist. Sie kennen den Bund besser als wir alle zusammen! Niemals hätten sie meine Freunde und mich alleine hierhergeschickt, wenn sie ein Komplott vermutet hätten. Aber falls ich doch richtigliege … Was dann?

Stopp, ich muss aufhören, ständig schwarzzumalen. Diese Grübeleien bringen uns hier nicht weiter! Jetzt sind wir gefragt! Obwohl ich innerlich noch immer mit mir hadere, beschließe ich nichts zu sagen, jedoch ständig auf der Hut zu sein. Nun ist Handeln angesagt! Wir müssen das letzte Artefakt finden und beide Gegenstände zerstören.

»Lasst uns mit der Suche beginnen«, sage ich deshalb wild entschlossen zu den anderen, ehe ich mich zum ersten Mal richtig – und damit meine ich auf unsere Mission und auf nichts anderes konzentriert – auf der Insel umblicke.

Schon fällt mir auf, dass Delos gar nicht so spektakulär wirkt, wie ich es mir ausgemalt hatte. Und sofort denke ich an Onkel Mikelos Erklärung, als er diesen Ort hier als riesiges Ausgrabungsfeld beschrieben hat. Wie recht er hatte. Doch irgendwie habe ich trotzdem nicht damit gerechnet, wirklich nur ein altes Ruinengelände mit einem kleinen Berg in der Mitte vorzufinden.

»Den Geburtsort der Talenter Apollon und Artemis hätte ich

mir irgendwie anders vorgestellt … zumindest etwas spektakulärer und … ach ich weiß auch nicht«, spricht mir Sebi sogleich aus der Seele und bestätigt damit meinen Eindruck.

»Ich weiß, was du meinst«, antworte ich ihm kopfschüttelnd. »Schwer vorstellbar, dass diese Insel einmal ein wichtiges Kulturzentrum Griechenlands gewesen ist und wir hier die Büchse der Pandora finden und die mächtigen Artefakte zerstören sollen.«

»Hey, Jungs, hört auf, so negativ zu sein«, mischt Lavinia sich kurzerhand ein und beendet damit unsere Nörgelei. »Klar hätte auch ich bei unserer letzten Etappe mit etwas gerechnet, das ein wenig mehr – wie soll ich sagen – Pep hat. Aber Hauptsache ist doch, dass wir heil auf Delos angekommen sind und unsere Mission beenden können. Denkt daran, was gerade passiert ist!«

»Ganz genau!«, gibt auch Mary ihren Kommentar dazu ab. »Kommt und lasst uns diesen hinterlistigen Elysiern endlich ein für alle Mal Einhalt gebieten!«

Das ist ganz mein Mädchen! »Wo du recht hast, hast du recht!«, pflichte ich ihr umgehend bei und gebe ihr einen Kuss auf die Stirn. »Mrs Arlon, wissen Sie vielleicht, wie wir von hier aus am schnellsten zur Palme des Heiligen Sees gelangen könnten?«, wende ich mich sogleich an die Professorin und hoffe, dass sie als Geschichtslehrerin einen besseren Überblick hat als wir.

»Natürlich, Nico! Da ich vor Jahren schon einmal hier gewesen bin, kenne ich den Weg. Aber nun kommt schnell, wir haben keine Zeit zu verlieren. Ihr wisst, was Rupert und Mikelo gesagt haben! Wir müssen uns beeilen«, betont sie ernst und fordert uns auf, ihr zu folgen. »Hier entlang!«

Schnellen Schrittes marschieren wir von der Schiffsanlegestelle aus über die sogenannte Agora, das ist eine Art Marktplatz, wo Inschriften und Säulenfragmente von alten Tempeln und Wohnbauten noch erhalten sind, in Richtung Inselmitte davon.

Ganz Professorin bringt uns Mrs Arlon trotz der misslichen Lage, in der wir uns gerade befinden, ganz beiläufig auch ein paar Fakten über Delos bei. »Die meisten dieser Bruchstücke, die ihr rings um uns herum sehen könnt, waren einst Häuser. Einige davon sind eingestürzt, und andere wurden über die Jahrhunderte hinweg bewusst abgetragen, da die Steine als Material für die Errichtung von Gebäuden auf den Nachbarinseln gebraucht wurden. Das hier zum Beispiel war einst der Palast des Talenters Dionysos, der es wie kein anderer verstand, den besten Wein der Welt herzustellen. Auf diesem antiken Mosaikfußboden wurden vor vielen, vielen Jahren rauschende Feste gefeiert«, erklärt sie, als wäre sie selbst dabei gewesen.

Würde nicht die Angst, bei unserer Mission zu scheitern und die Menschheit nicht retten zu können, auf mir lasten, wäre dieser Rundgang gar nicht mal so übel. Delos ist doch interessanter, als ich vorhin dachte.

Kurze Zeit später ändern wir unsere Gehrichtung und biegen in einen mit mehreren Löwenstatuen gesäumten Weg ein.

»Gleich sind wir da«, kündigt Dorothy Arlon an und zeigt auf die imposanten marmornen Skulpturen am Wegrand. »Diese stolzen fünf Wächter gelten als *das* Wahrzeichen von Delos. Sie bewachen den Heiligen See. Früher einmal hat es einige mehr, der Überlieferung nach bis zu zehn, von ihnen gegeben.«

Mit der Information, dass diese Statuen hier draußen lediglich die Nachbauten der Originale sind, die inzwischen im Museum der Insel aufbewahrt werden, beendet die Professorin unsere Geschichtsstunde und bleibt stehen. »Seht nur!« Gebannt deutet Arlon auf die einsame grüne Palme, die direkt vor uns aus der Erde ragt.

Abrupt beginnt mein Puls in ungeahnte Höhen zu rasen. »Endlich sind wir am Ziel!«, rufe ich erleichtert und möchte auch schon auf die Pflanze zulaufen, als mich die Professorin unerwartet am Arm packt und zurückhält.

»Vorsicht! Bleib stehen, Nico! Bevor wir das Gebiet des Heiligen Sees betreten, müssen wir überlegen, wie wir vorgehen. Denk an die Greife!«, ruft sie mir in Erinnerung. »Wir wissen nicht, wann genau sie zuschlagen werden. Der Tamarisken-Wald dort vorne kennzeichnet die Grenze des ehemaligen Gewässers. Siehst du ihn?«

»Da… danke!«, stammle ich aufrichtig und streiche mir mit der rechten Hand nervös durchs Haar. »Ohne Ihren Hinweis wäre mir die Abgrenzung vollends entgangen. Niemals hätte ich diesen Sträuchern irgendeinen Wert beigemessen. Dass sie den See abgrenzen könnten, wäre mir nie und nimmer in den Sinn gekommen.«

Aufgeregt wende ich mich an meine Freunde. »Hat jemand von euch einen Vorschlag, wie wir nun weitermachen könnten?« Neugierig sehe ich Mary, Sebi, Lavinia, Paco und Mrs Arlon nacheinander an.

Sebastjan ergreift als Erster das Wort: »Ich glaube nicht, dass wir mit einem Angriff der Greife rechnen müssen, bevor wir die Büchse der Pandora gefunden haben«, meint er. »Meines Erachtens gibt es nämlich nur zwei mögliche Zeitpunkte, die sich für eine Attacke eignen würden.«

Lavinia nickt und unterbricht ihn: »Entweder kurz vor oder nachdem wir den magischen Altar, wo wir die Artefakte zerstören können, erreicht haben, stimmt's?«

»Das sehe ich genau wie du«, bestätigt mein bester Freund sofort den Verdacht meiner Schwester, der auch meiner war. »Noch droht uns also bestimmt keine Gefahr. Lasst uns deshalb einfach zur Palme marschieren und testen, was passiert, wenn wir sie erreicht haben. Vorsichtshalber sollten wir aber dennoch die Klapper der Athene griffbereit halten«, rät uns Sebi mutig, wie immer ganz Krieger. Doch plötzlich hält er inne. »Oder hat jemand von euch eine andere Idee?«, will er wissen. »Paco, du vielleicht? Wieso bist du eigentlich die ganze Zeit über so still und starrst nur ins Leere? Du hast kein Wort mehr gesagt, seit wir auf dieser Insel angekommen sind! Ist mit dir etwas nicht in Ordnung?« Besorgt mustert Sebastjan meinen ehemaligen Erzfeind von oben bis unten.

»Hast du einen Knall? Was soll ich denn haben?«, antwortet ihm dieser jedoch überraschend ungehalten. Bitterböse blickt er ihn an, fast so, als hätte ihn Sebi gerade aufs Ärgste beleidigt. Dabei bin ich mir sicher, dass mein Freund es nur gut mit ihm gemeint hat.

»Hey, sorry, Mann, komm runter! Ich dachte nur, dass du möglicherweise einen Vorschlag für uns haben könntest. Damals im Museum warst ja auch du derjenige, der die zündende Idee hatte«, rechtfertigt sich Sebastjan umgehend und schüttelt genervt den Kopf.

Pacos Verhalten ist wirklich sonderbar. Bei unserem Anreiseflug nach Mykonos ist ihm offenbar wirklich eine Sicherung durchgeknallt… Sogar als uns die Elysier vorhin angegriffen haben, war er irgendwie merkwürdig teilnahmslos. Und jetzt? Jetzt mutiert er von einer auf die andere Sekunde zu dem alten Kotzbrocken, der er schon immer gewesen ist! Komisch…

Wie auf Knopfdruck aktiviert sich wieder einmal mein Paco-könnte-ein-Verräter-sein-Instinkt und ich frage mich, ob er vielleicht etwas mit dem elysischen Angriff auf unser Boot zu tun haben könnte? Ob ich Mrs Arlon bitten sollte, seine Loyalität zu prüfen? Eine kurze Berührung seiner Stirn würde ja bereits ausreichen, und dann wüssten wir, was Sache ist… Und obendrein haben meine Freunde und ich unlängst erst vereinbart, einander zu informieren, wenn wir denken, dass er irgendetwas im Schilde führen könnte…

»Leute, ich muss euch etwas…«, setze ich deshalb an, als mir die Professorin abrupt ins Wort fällt.

»Schluss jetzt! Alle miteinander! Für eure dummen Streitereien ist nun wirklich keine Zeit«, rügt sie Paco und Sebi und unterbindet damit nicht nur das aufkeimende Gerangel der beiden Jungen, sondern auch meine Gesprächsversuche. Wenn ich jetzt etwas Negatives über Torloxton sagen würde, würde sie mich für völlig übergeschnappt halten und richtig sauer werden… Also lasse ich das lieber mal bleiben.

»Wir machen es ähnlich, wie du vorgeschlagen hast, Sebi!«, übernimmt meine Schwester kurzerhand das Kommando. »Deine Idee klingt zwar gut, aber bevor wir alle loslegen und damit möglicherweise wirklich einen Stein ins Rollen bringen, werden Nico und ich den ehemaligen Heiligen See rund um die Palme von oben erkunden! In Ordnung, Bruder?«

»Fliegen ist okay«, willige ich in Lavinias Vorschlag ein und beschließe, mich zusammenzureißen. Ich muss aufhören, ständig an Torloxton Juniors Loyalität zu zweifeln. Nun haben wir wirklich wichtigere Dinge zu tun. Schließlich hat mich mein Gefühl bei der Voxonium-Sache auch getäuscht… Damals ist Paco auch auf unserer Seite gestanden. Also warum sollte er es jetzt nicht mehr tun?

»Komm, Nico, starten wir los. Wenn die Luft rein ist, werden wir euch zu uns rufen«, sagt meine Schwester zu den anderen, ehe sie mich an der Hand nimmt und mir damit das Zeichen zum Aufbruch gibt.

Innerlich angespannt reiche ich meinen Rucksack an Mrs Arlon weiter und bitte sie, die Klapper der Athene einzusetzen, sollte es nötig werden. Anschließend heben wir ab und nähern uns langsam, jedoch stetig unserem Ziel.

»Kannst du etwas erkennen?«, fragt mich Lavinia, nachdem wir schon eine ganze Weile über der heiligen Stätte gekreist sind.

»Nein, gar nichts! Komm, lass uns etwas tiefer gehen. Wir sind viel zu hoch«, schlage ich deshalb vor, und kurz darauf verringern wir vorsichtig unsere Flughöhe.

Plötzlich passiert es. »Da, schau nur!«, ruft meine Schwester mit einem Mal aufgeregt. »Ich glaube, ich sehe etwas! Wir müssen landen und herausfinden, was dort vorne glitzert!«

»Wo denn?«, will ich neugierig wissen, da ich rein gar nichts erkennen kann.

»Da! Direkt bei der Palme! Gleich vor ihr am Boden, in der Nähe des Stamms!«

»Du liebe Güte«, antworte ich keine Sekunde später, als ich endlich weiß, wo ich hinblicken soll, und das helle Schimmern sehe, das mich irgendwie an die Reflexion von Sonnenlicht in einem Spiegel erinnert.

»Möglicherweise könnte dort unten ein Hinweis für uns versteckt sein!«, mutmaßt meine Schwester hibbelig, während wir uns der besagten Stelle bereits nähern.

Doch just in dem Moment, als wir wieder Boden unter den Füßen haben und ich Gewissheit darüber erlange, was wir soeben wirklich gesehen haben, bin ich mehr als enttäuscht. Am Fuße der Palme befindet sich nämlich nichts anderes als eine kleine Pfütze.

»Das ist ja nur eine simple Wasserlache«, ärgere ich mich. »Hier hat es vor Kurzem geregnet. Wie mir scheint hat Torloxtons Wetterchaos die Insel doch erreicht, wenn auch nur mit einem kleinen Regenschauer.« Deprimiert winke ich sogleich die anderen herbei. »Ihr könnt kommen, die Luft ist rein!«

»Aber, Nico, irgendwie glaube ich nicht, dass diese Pfütze unwichtig ist«, meint meine Schwester und schüttelt verbissen den Kopf. Sie lässt nicht locker. »Diese Wasserlache hat bestimmt irgendetwas zu bedeuten, schließlich war hier mal ein See. Und denk nach: Wenn es hier wirklich geregnet hätte, wären doch woanders auch feuchte Stellen zu sehen, oder?«

»Schon möglich«, antworte ich ihr und überlege. Hmm ... Vielleicht haben Sebi und die andern eine brauchbare Idee. »Leute, was meint ihr, wo könnte hier ein Hinweis für uns versteckt sein?«, frage ich unsere Freunde, als sie endlich bei uns eintreffen und knie mich vorsichtig vor die Pfütze, um das Wasser zu inspizieren.

Als Mary jedoch einen Schritt näherkommt, um besser sehen zu können, stolpert sie ganz plötzlich über einen Stein, und noch bevor ich reagieren und sie auffangen kann, ist es geschehen: Mit voller Wucht landet meine Freundin direkt auf meinem Oberkörper und drückt mich zu Boden. Damit gerät der Stein ins Rollen.

Gleich nachdem sie nämlich wieder von mir heruntergekrabbelt ist, beginnt sie lautstark unverständliche Wörter zu stammeln und wild mit ihren Armen zu fuchteln. »Da … da … da … schau nur … Nico, tu etwas … da!«

Ich verstehe nur Bahnhof. »Was ist denn los mit dir? Was hast du?«, rufe ich perplex und noch immer am Boden liegend und sehe besorgt in Marys inzwischen rot angelaufenes Gesicht.

Da ich bereits mit dem Schlimmsten rechne und glaube, die Greife könnten uns angreifen, blicke ich angsterfüllt gen Himmel und bin schon bereit, den Caduceus erscheinen zu lassen. Aber als ich feststelle, dass dort nichts zu sehen ist, nicht einmal eine Wolke, kann ich Marys Hysterie überhaupt nicht mehr verstehen.

»Hast du dir etwa beim Sturz wehgetan?«, frage ich sie deshalb verwirrt und möchte mich aufsetzen, als auf einmal auch meine Schwester fassungslos zu kreischen beginnt. Wenigstens bringt sie im Gegensatz zu Mary einen ordentlichen Satz heraus. »Dein Arm ist weg, dein Arm ist weg!«, schreit Lavinia ganz außer sich.

›Was … mein Arm ist weg?‹, möchte ich schon rufen, als ich mich umblicke und mir klar wird, was sie meint. »Mein Arm ist wirklich weg! Ach du liebe Zeit!« Das ist doch unmöglich! Offensichtlich hat Mary meinen Arm bei ihrem Sturz nach unten gedrückt – was ja grundsätzlich nicht weiter seltsam wäre, wäre er nicht, und jetzt festhalten, einfach so komplett in der Pfütze verschwunden!

Schockiert ziehe ich ihn aus der Wasserlache zurück.

Und da ist er wieder. »Gott sei Dank!«, schnaufe ich erleichtert, als ich feststelle, dass er noch ganz ist und nicht einmal wehtut. »Aber … was ist da gerade passiert, dass mein Arm einfach kerzengerade in dieser Mini-Wasserlache versinken konnte?« Mit dieser Pfütze hat es offenbar wirklich mehr auf sich, als ich dachte! Lavinia hatte wieder einmal recht …

Eilends fasse ich ein zweites Mal hinein … und wieder kann ich problemlos im Wasser, von dem mir meine Augen vorlügen, dass es maximal einen Zentimeter tief sein dürfte, abtauchen. »Das ist ja phänomenal!«

»Komm, lass mich auch mal«, meint Sebi ebenfalls ganz aufgeregt und schiebt mich zur Seite, um es auszuprobieren. Aber wider Erwarten kommt mein Freund mit seinen Fingern genau bis zum Boden der Lache, den auch unsere Augen ganz klar zu erkennen glauben. Aber warum funktioniert der Trick nur bei mir?

»Jetzt will ich mal!«, ruft meine Schwester und fasst in die Pfütze. Und siehe da, bei ihr ist es genau wie bei mir. Lavinia kann ihren Arm ebenso problemlos in der kleinen runden Öffnung verschwinden lassen wie ich zuvor.

Nachdem auch Mary, Paco und Mrs Arlon den Arm-Test gemacht und ihn ebenfalls nicht bestanden haben, haben wir Klarheit. »Dieser Zauber ist eindeutig an das Blut der Arassis gebunden«, erklärt uns die Lehrerin umgehend und verweist auf die jahrhundertealte Prophezeiung. »Nur Lavinia und Nico ist es bestimmt, in die unendliche Tiefe des Wassers vorzudringen. Dieses Gewässer ist sicherlich ein Überbleibsel des ehemaligen Heiligen Sees.«

Sofort erinnere ich mich daran, dass uns die Karte offenbart hat, dass wir die Büchse der Pandora auf dem Grund dieses

Gewässers finden. »Vielleicht ist das magische Artefakt hier drinnen versteckt. Möglicherweise kann ich es greifen«, mutmaße ich und stecke meinen Arm erneut, diesmal jedoch so tief es geht, in das kleine Loch hinein, wo ich umgehend alle Richtungen absuche.

Doch vergeblich. »Mist, dieses Wasserloch ist einfach viel zu tief«, ärgere ich mich und beschließe, es mit meinem Bein zu versuchen.

»Nico, pass bitte auf! Nicht, dass da unten etwas ist, das dich beißen könnte«, macht Mary sich sogleich Sorgen um mich.

»Papperlapapp, keine Angst«, beruhige ich meine Freundin. »Bisher haben uns Vater und Mutter immer auf die ein oder andere Weise vor einer drohenden Gefahr gewarnt und uns dieser nicht einfach ausgeliefert. Die Karte wollte bei dieser Etappe aber nur, dass wir die Klapper der Athene, die uns bekanntlich vor Greifen schützt, einsetzen. Und Vögel kommen ausschließlich von oben und nicht von unten. Niemals würden uns unsere Eltern so mir nichts dir nichts ins offene Messer laufen lassen.« Das hoffe ich zumindest.

Mit leicht mulmigem Gefühl im Bauch drehe ich mich schließlich zur Seite und versuche mein Glück mit meinem Bein. Aber exakt in dem Moment, als ich es in die Öffnung stecke, breitet sich das Loch unter mir wie von Geisterhand aus. Und prompt plumpse ich mit meinem ganzen Körper direkt in das Wasser hinein.

Nach einer kurzen Schrecksekunde stelle ich fest, dass ich nirgendwo seitlich anschlage, sondern dass ich problemlos meine Arme ausbreiten und umherschwimmen kann … Wie ist das nur möglich? Schließlich befinde ich mich nun als Ganzes in der Bodenöffnung.

»Oh mein Gott, ich kann einen Schwimmzug nach dem anderen machen!«, rufe ich erstaunt und sehe, wie sich die Erde vor mir zeitgleich mit jeder meiner Bewegungen einfach in Wasser verwandelt. Ich kann hinschwimmen, wohin ich will, während sich der Boden hinter mir wieder verschließt, sodass meine Freunde ganz normal darauf herumgehen können! Wie cool ist das denn?

Bevor ich etwas sagen oder meine Schwester zur Vorsicht ermahnen kann, tut Lavinia es mir gleich. Sofort nachdem sie sich neben die Wasserlache gekniet und ihr Bein in die Öffnung geführt hat, landet sie ebenfalls vollständig im See. Und auch bei ihr funktioniert das Aus-Boden-wird-Wasser-Spielchen einwandfrei. Genau wie ich kann sie schwimmen, wohin sie will.

»Ich glaube, ich weiß, was unsere Eltern von uns wollen!«, ruft Lavinia auf einmal aufgeregt, als sie neben mir angekommen ist. »Wir müssen tauchen! Die Büchse der Pandora ist sicher unten am Grund versteckt.«

»Genau das denke ich auch!«, freue ich mich darüber, dass sie meine Vermutung bestätigt.

Als ich jedoch tief Luft hole und abtauchen möchte, hält meine Schwester mich besorgt zurück. »Nico, ich fürchte, ich schaffe das nicht bis ganz nach unten. Ich bin total schlecht im Luftanhalten. Ich schaffe das nie lange«, meint sie verängstigt.

Guter Punkt. Schon habe ich die Idee. »Mit Serpens' und Anguis' Hilfe ist das bestimmt kein Problem«, rufe ich und bitte meine beiden Helfer um einen geeigneten Spruch.

»Sehr gerne helfen wir Euch weiter, Eure Majestät! ›Respirare et universi!‹, lautet der Zauber. Nachdem Ihr ihn gesprochen habt, könnt Ihr und Eure Schwester problemlos abtauchen. Ihr könnt ganz normal sehen und euch ohne Bedenken für eine ganze Stunde frei im Wasser bewegen. Selbstverständlich ist euch beiden das Atmen und Sprechen jederzeit gestattet. Aber Achtung, Eure Hoheit, vergesst nicht, dass der Zauber nur einmal pro Tag angewendet werden kann und immerzu auf sechzig Minuten begrenzt ist. Er kann leider niemals verlängert werden.«

»Ich denke ohnehin nicht, dass das notwendig sein wird. Diese Zeit reicht allemal aus! Ihr seid phänomenal, Serpens und Anguis«, bedanke ich mich bei meinen Zaubergehilfen und berichte meiner Schwester umgehend von meiner Erkenntnis.

»Das ist ja perfekt!«, freut sie sich und grinst mich erleichtert an.

Schon wirke ich den Zauber. »Erledigt!«, sage ich zu Lavinia und fordere sie auf, mir die Hand zu reichen und loszulegen. »Mögen wir die letzte Etappe schnell hinter uns bringen.«

»Gleich sind wir wieder bei euch!«, verabschieden meine Schwester und ich uns von Mary, Sebi, Mrs Arlon und Paco, ehe ich mich erneut Lavinia zuwende. »Komm, lass uns das magische Artefakt holen. Gemeinsam schaffen wir das!«

41
Die Büchse der Pandora

Hand in Hand tauchen Lavinia und ich mutig und zu allem bereit in die Untiefen des Heiligen Sees ab. ›Wir werden die Büchse der Pandora finden und danach die magischen Artefakte zerstören, komme was wolle‹, lautet mein einziger Gedanke, als wir uns Meter für Meter entlang einer Steilwand in Richtung Grund fortbewegen.

Der See ist fischreich. Bei unserem Abstieg begegnen wir Hechten, riesigen Karpfen, Schwärmen von Seeforellen und Barschen, die uns allesamt mit ihren großen Augen neugierig anstarren. Obwohl wir bereits einige Zeit unterwegs sind, ist unser Ziel noch immer nicht zu erkennen, und das trotz des kristallklaren Wassers, das uns umgibt – offenbar ist der Grund noch immer weit entfernt. Die Tiefe dieses Sees scheint schier grenzenlos zu sein, und das Spiel von Licht und Dunkelheit an der Felswand hat etwas Magisches und Geheimnisvolles an sich. Dieser Tauchgang ist atemberaubend.

»Ich bin heilfroh, dass wir mit dem Zauber des Caduceus problemlos atmen und miteinander reden können«, sagt meine Schwester schließlich erleichtert und ebenso beeindruckt wie ich. »Das beruhigt mich ungemein. Niemals hätte ich gedacht, dass ich mich jemals wie eine Meerjungfrau fühlen würde, doch jetzt? Jetzt tue ich genau das, und es ist gar nicht mal so schlecht.«

»Ich stimme dir voll und ganz zu. Dieser Zauber ist wirklich einzigartig. Damit ist das Tauchen ein Kinderspiel, und wir müssen uns wenigstens keine Sorgen machen, dass wir das Luftanhalten nicht schaffen könnten«, antworte ich dankbar.

In Gedanken nehme ich mir vor, diesen Spruch auch einmal für Freizeit- und Urlaubszwecke einzusetzen, wenn das alles hier vorbei ist. Es wäre richtig schön, gemeinsam mit Mary ein Urlaubsparadies wie das der Hexe Kirke zu erkunden und dabei mit meiner Freundin plaudern zu können.

»Momentan sieht es fast so aus, als könnten wir diese Etappe schneller hinter uns bringen, als wir dachten. Wir kommen ganz gut voran, glaube ich zumindest«, freut sich Lavinia und beendet damit meine Gedankengänge rund um Mary.

»Das denke ich auch«, antworte ich ihr, und sogleich erhöhen wir motiviert das Tempo unseres Tauchgangs.

Alles läuft wie am Schnürchen, so lange, bis uns plötzlich eine eigenartige, dunkle Strömung überrascht und es wider Erwarten von einer auf die andere Sekunde stockdunkel um uns herum wird. »Was soll das denn jetzt? Ich kann gar nichts mehr sehen. Mir kommt es vor, als hätte jemand den Lichtschalter ausgeknipst«, ärgere ich mich und verwandle den Caduceus mit einem lauten »Fiat lux!« in eine mächtige Leuchtfackel. »Mist«, ärgere ich mich jedoch keine Zehntelsekunde später, denn auch damit können wir nicht besser sehen.

Damit ist unsere Anfangseuphorie schneller verschwunden, als wir bis drei zählen können, und mir wird richtig mulmig zumute. Um mich zu orientieren, taste ich in Richtung der Steilwand, greife jedoch nur ins Leere. Wie kann das denn sein? Vorhin war sie doch direkt neben mir. Ob sie verschwunden ist? Hoffentlich haben wir unser Schicksal mit der blöden Bemerkung vorhin nicht herausgefordert.

»Nico, was ist hier los? Warum zeigt der Zauber des Hermesstabs keine Wirkung?«, will Lavinia eingeschüchtert von mir wissen. »Inzwischen kann ich nicht einmal mehr dein Gesicht erkennen. ›Fiat Lux‹ hat uns noch niemals im Stich gelassen … Außer … Sind wir etwa schon wieder in einer Parallelwelt, in der unsere Zauberkräfte wirkungslos sind?«

»Nein, das sind wir ganz bestimmt nicht. Wäre es so, könnten wir nun auch nicht mehr atmen. Ich weiß auch nicht, was hier vor sich geht, Lavinia«, gebe ich ihr ehrlich zur Antwort. »Grundsätzlich funktioniert der Caduceus ja, denn wenn ich ihn ganz nah an meine Augen führe, sehe ich, wie er leuchtet. Aber aus einem mir unbekannten Grund schafft es sein Schein nur wenige Zentimeter weit in die Dunkelheit dieser komischen Strömung vorzudringen. Das Wasser ist zu einer Art dichtem Nebel geworden, der sämtliche Lichtstrahlen absorbiert«, erkläre ich ihr. Ich habe ein richtig ungutes Gefühl …

»Und nun? Was machen wir jetzt?«, fragt meine Schwester verzweifelt. »Ich hoffe, du hast eine Idee … Nico, ich habe Angst.«

›Ich auch, Lavinia‹, würde ich am liebsten sagen, lasse es jedoch bleiben. Schließlich will ich meine Schwester nicht noch mehr entmutigen. Stattdessen fordere ich sie auf, an die Botschaft der Karte zu denken. »Erinnere dich, dass wir die Büchse der Pandora nur am Boden des Heiligen Sees finden können«, sage ich zu ihr. »Und deshalb schlage ich vor, weiter nach unten zu tauchen. Vielleicht verschwindet diese komische schwarze Strömung ja irgendwann wieder und das Wasser klart auf. Meines Erachtens kann es nicht mehr lange dauern, bis wir am Grund ankommen. Unser Ziel ist bestimmt nicht mehr allzu weit entfernt, schließlich sind wir schon eine ganze Weile unterwegs«, mutmaße ich angespannt und hoffe, dass diese plötzliche Dunkelheit kein böses Omen für unsere Mission darstellt. Hoffentlich sind wir wirklich bald am Ziel …

Schon beginnt Lavinia zu schluchzen. »Und wie, um Himmels willen, willst du dann dort die Büchse der Pandora finden? Wir sehen doch nichts! Und was, wenn uns irgendetwas, vielleicht ein Riesenfisch, überrascht und angreift? Wir wären leichte Beute. Erinnere dich an unsere vorherigen Etappen: Damals mussten wir immer irgendeinen Gegner überlisten. Zuerst Pholos, den Zentauren, dann die Soldaten der Armee des Zeus und letztendlich die Zauberin Kirke. Was kommt jetzt …?«

»Lavinia, hör auf damit! Wir dürfen auf keinen Fall die Nerven verlieren«, fordere ich sie auf, Ruhe zu bewahren, obwohl auch mir gerade dasselbe durch den Kopf gegangen ist und ich mir ebenfalls große Sorgen mache. »Wenn wir uns selbst fertigmachen, kommen wir überhaupt nicht mehr weiter! Vergiss die Empfehlung unserer Eltern nicht: Sie lautete, dass wir bei dieser Etappe die Klapper der Athene einsetzen sollen, und die schützt …«

»… bekanntlich vor Greifen, welche wiederum nicht im Wasser, sondern oben in der Luft lauern«, beendet Lavinia meinen Satz und schnauft. »Ich weiß, aber … ach ich weiß auch nicht, warum ich ein so ungutes Gefühl habe … Lass uns einfach achtsam und auf alles vorbereitet sein, okay?«

»Natürlich, das sind wir doch immer!«, versuche ich sie zu ermutigen und drücke ganz fest ihre Hand. »Wir packen diese Etappe, hörst du? … Komm, lass uns jetzt weiterschwimmen.«

Mutig wagen wir uns erneut in Richtung unseres Ziels, dem Grund dieses Sees, vor. Und genau in dem Moment, als ich mich bereits frage, wie tief dieses Gewässer denn noch sein kann, verschwindet die eigenartige, dunkle Strömung wie von Geisterhand, und es wird so lange heller, bis ich wieder imstande bin, fast genauso gut wie bei Tageslicht zu sehen.

Prompt fällt mir jedoch fast die Kinnlade runter, denn inzwischen hat sich unsere Umgebung restlos verändert, und auch die Steilwand, die normalerweise ja bis zum Boden ragen müsste, ist wie vom Erdboden verschluckt. Meine Schwester und ich befinden uns inmitten einer wunderschönen Landschaft, die schlichtweg von klarem Wasser überflutet zu sein scheint.

»Spinne ich, oder siehst du das auch?«, sage ich stotternd zu Lavinia. »Ich glaube, dass wir soeben … in so etwas wie … einer Unterwasserstadt gelandet sind.«

»Und ob!«, staunt auch sie ehrfürchtig. »Mich erinnert diese Umgebung haargenau an ein Bild, dass ich vor einiger Zeit auf Instagram gesehen habe. Ich glaube, Ashton Kutcher hat es damals gepostet. Offenbar gibt es in Österreich ein Gewässer namens ›Grüner See‹, wo einmal im Jahr ein ganzer Park im Wasser versinkt. Dieses Phänomen ist den umliegenden Bergen zu verdanken. Sobald einmal im Jahr der Schnee dort schmilzt, wird der Park vom Schmelzwasser überflutet und der normale Pegelstand von einem Meter steigt dann auf das Neunfache an. Nach etwa einem Monat ist der Wasserstand wieder auf Normalniveau zurückgekehrt und alles ist wie zuvor«, erklärt Lavinia. »Hast du dieses Foto auch gesehen? Es bekam mehr als achtzigtausend Likes.«

»Nein, daran könnte ich mich sicher erinnern«, antworte ich und beginne zu grübeln. »Irgendwie sieht hier alles aus, wie … ich mir die versunkene Stadt Atlantis vorstelle.«

»Meinst du? Aber die ist nur ein Mythos … oder? Möglich wäre es vielleicht doch. Aber glaubst du wirklich, dass …«

Während wir weiter angeregt über diesen Ort hier diskutieren, nehmen wir nebenbei die faszinierende Unterwasserwelt aus Bäumen, Blumen, Sitzgelegenheiten, kleinen Hütten und sogar Brücken in Augenschein. Alles wirkt so friedlich und schön, aber außer ein paar Fischen ist hier nichts Besonderes zu entdecken. Ein Glück, dass das smaragdgrüne Wasser nun wieder klar ist und wir alles haargenau erkennen können.

»Dort vorne könnte etwas sein!«, ruft Lavinia nach einer Weile aufgeregt und zeigt auf einen leuchtenden Fleck unter einer Brücke.

Just werde ich nervös, und mein Puls beginnt zu rasen. »Schnell, lass uns hinschwimmen.«

Bei der besagten Stelle angekommen, erblicke ich das schönste und reinste Leuchten, das ich zeit meines Lebens zu Gesicht bekommen habe. Fast habe ich den Eindruck, das Licht würde direkt in mein Herz dringen und es erhellen. Es ist atemberaubend. Als wenige Augenblicke später das Glänzen verblasst, wird ein kleiner Gegenstand sichtbar, und sofort spüre ich eine unendliche Wärme in mir aufsteigen.

Ehrfürchtig hebe ich das antike Artefakt, von dem ich ganz genau weiß, dass es die sagenumwobene Büchse der Pandora sein muss, hoch. »Ich glaube, dieses Ding besteht aus reinstem Gold«, bestaune ich die wunderschöne Schatulle von allen Seiten. Sie hat in etwa die Größe eines Buches.

»Schau dir nur diese filigranen, altgriechischen Verzierungen auf der Oberfläche an. Und diese bunten Edelsteine hier sind bestimmt Saphire«, fügt meine Schwester fasziniert hinzu und zeichnet mit ihren Fingern die kleinen Einkerbungen nach. »Jetzt kann ich verstehen, warum Pandora diesem Gegenstand nicht wiederstehen konnte und ihn unbedingt öffnen wollte. Auch ich würde zu gerne wissen, was sich darin befindet.«

»Und ob, ich auch … Lavinia … meinst du, dass wir einen Blick hineinwerfen könnten?«, will ich von meiner Schwester wissen und sehe sie fragend an.

Sie nickt. »Grundsätzlich denke ich das schon, schließlich wurde das ›Unheil der Welt‹ bereits von Pandora freigelassen. Den Überlieferungen zufolge müsste die Büchse nun also leer sein … «

Von der Schönheit des Objekts verführt, greife ich fast wie in Trance nach dem Deckel. Aber bevor ich ihn anhebe, bewahren mich Serpens' und Anguis' Stimmen in letzter Sekunde vor einer großen Dummheit.

»Haltet ein, Eure Hoheit, haltet ein! Tut das nicht!«, höre ich sie eindringlich rufen. »Niemand weiß, ob die Büchse tatsächlich leer ist oder nicht, denn seit Pandoras Missetat hat es kein Talenter der Welt jemals mehr gewagt, sie ein weiteres Mal zu öffnen. In Expertenkreisen munkelt man sogar, dass der allmächtige Zeus die Büchse mit einem Schutzzauber belegt hat, der denjenigen, der sie öffnet, umgehend auf die Insel der Seligen verbannt.«

Was …? »Lavinia, Finger weg!«, brülle ich aus Leibeskräften, als ich sehe, wie meine Schwester nun, da ich gezögert habe, den Deckel anheben will.

Prompt reiße ich das magische Artefakt an mich und erkläre ihr, was ich soeben von meinen Zaubergehilfen erfahren habe. »Offenbar ist die Büchse mit einem Zauber belegt, der eine Art magische Schutzfunktion ausübt. Hätten mich Serpens und Anguis nicht zur Vernunft gebracht, wäre dieses Ding nun offen, und wir? Wir wären möglicherweise irgendwo in einem Gefängnis in der Arktis gelandet«, sage ich zu ihr und bekomme augenblicklich ein schlechtes Gewissen. »Komm, lass uns umkehren. Schnell! Wir haben, was wir brauchen«, fordere ich Lavinia auf, kehrtzumachen und unsere Mission zu beenden.

Doch diesmal ist sie es, die mich zurückhält, denn scheinbar glaubt sie, noch etwas am Boden aufleuchten zu sehen.

Kurzerhand beginnt meine Schwester neugierig im Grund des Heiligen Sees zu graben und den Sand mit ihren bloßen Händen zur Seite zu wühlen.

»Sieh nur«, flüstert sie gebannt, als sie tatsächlich kaum einen Moment später eine ovale bleierne Tafel aus dem Sand hervorzieht und sie mit beiden Händen in die Höhe hält. »Die ist aber schwer.«

»Lavinia, lass das alte Brett in Ruhe! Ich sagte doch, dass wir alles haben, was wir für unsere Artefakte-Mission benötigen!«, nörgle ich, da ich mir sicher bin, dass wir hier nur unnötig Zeit vertrödeln. »Wir müssen von hier verschwinden und zu unseren Freunden zurückkehren! Für diese Art von Archäologie-Sightseeing ist nun wirklich keine Zeit«, ermahne ich sie, sich zu beeilen und sehe sie genervt an. »Die Uhr tickt!«

»Aber … nein … warte mal«, antwortet sie und tut so, als wären ihr meine Worte vollkommen egal. Seelenruhig befreit sie das alte Stück vom Sand.

Unerwartet geschieht es: Auf einmal blinkt in der Mitte der Tafel ein Kamerasymbol auf, und damit verwandelt sich das alte Brett in eine Art TV-Gerät, auf dem umgehend ein Film abzulaufen beginnt.

»Da … da … da ist ja Vater«, stammelt Lavinia wie von Sinnen und zeigt auf die soeben erschienene Person.

»Was?«, rufe ich ungläubig. »Das kann nicht sein! Lass mal sehen!«

Du liebe Zeit! Das gibt es ja nicht! Das ist tatsächlich Vater. Aber wieso trägt er denselben Pullover, wie am Tag des schrecklichen Überfalls auf das Arassis-Anwesen vor vielen, vielen Jahren? Ich erinnere mich noch haargenau daran, wie ich den kleinen Schokoladefleck nach dem Mittagessen auf den rechten Ärmel des Kleidungsstücks gemacht habe, als ich mich weigerte, mir den Mund abzuwischen. Ich war wirklich ein Sturkopf … Aber …? Haben meine Eltern etwa den Zeusenium-Zauber am Tag ihres Todes gewirkt? Wussten sie, was ihnen bevorstand? Das wäre doch … Oh nein …

Bevor ich meine Überlegungen jedoch zu Ende führen kann, beginnt mein Vater zu sprechen, und prompt bin ich mit meinen Gedanken vollends bei ihm.

»Meine lieben Kinder, wenn ihr diese Videoaufnahme hier seht, habt ihr es tatsächlich geschafft und beide Artefakte gefunden! Ich bin mächtig stolz auf euch!

Es tut mir schrecklich leid, euch diese fürchterlichen Aufgaben zugemutet zu haben, doch es ging nicht anders. Da ich wusste, dass ich bald sterben würde, war der Zeusenium-Zauber der einzige Ausweg, die Büchse der Pandora und das Stundenglas des Kronos vor den Elysiern in Sicherheit zu bringen.

Verzeiht mir!

Bitte sagt auch eurer Mutter, sobald ihr wieder bei ihr seid, dass ich mich aufrichtig bei ihr dafür entschuldige, sie nicht in meine Pläne eingeweiht zu haben, und dass ich sie unendlich liebe! Doch ich habe es einfach nicht übers Herz gebracht, ihr das anzutun. Ich wollte sie nicht mit dem mir vorherbestimmten Schicksal beunruhigen.

Aber nun zurück zum Thema: Gleich seid ihr ein allerletztes Mal am Zug, meine Kinder. Konzentriert euch bitte genau auf die Tafel, sie verkündet nun die letzte Botschaft.

Ich habe euch beide sehr lieb, vergesst das niemals!

Just in dem Moment, als mein Vater seinen letzten Satz beendet hat und ich bereits über die eigenartigen Worte, die er über meine Mutter gesagt hat, grüble, fängt die Tafel rötlich zu schimmern an. Und Sekunden später erscheint direkt auf der Platte eine schriftliche Nachricht.

Eilends verschiebe ich meine Denkarbeit auf später und beginne zu lesen.

Ganz nah liegt nun das letzte Ziel,
jetzt fehlt wirklich nicht mehr viel.
Befolgt nun diesen Abschluss-Tipp,
um zu beenden euren Trip.

Sucht nach dem magischen Altar,
ihn zu finden ist zum Glück recht einfach und klar.
Haltet Ausschau nach der dreieckigen Stelle,
direkt hinter der Heiligen Quelle.

Mit der Klapper der Athene,
werdet ihr erleben nur das Schöne.
Genießt die herrliche Blumenpracht,
während Jynx die Gegenstände vernichtet
mit unendlicher Macht.

»Oh mein Gott! Dann haben wir wirklich gleich alles hinter uns. Bin ich erleichtert!«, ruft Lavinia euphorisch. »Nico, wir müssen uns beeilen und auftauchen, ehe die Stunde, während der wir vom Zauber des Caduceus geschützt sind, um ist.«

Meine Schwester wirkt auf einmal ziemlich beunruhigt. An die Sechzig-Minuten-Begrenzung habe ich überhaupt nicht mehr gedacht …

»Gut, lass uns von hier abhauen!«, antworte ich ihr umgehend, obwohl ich gerne noch weiter über diesen einen Satz von Vater nachgedacht hätte. Doch ich muss Lavinia recht geben: So kurz vor dem Ziel wäre ein Tod durch Ertrinken eindeutig nicht erstrebenswert.

»Lass uns die Tafel aber sicherheitshalber mitnehmen«,

schlage ich vor. »Wir sollten die Botschaft Mrs Arlon zeigen. Bestimmt kann sie etwas damit anfangen und hat eine Ahnung, wo wir diese komische dreieckige Stelle finden werden.«

»Gut, so machen wir das«, meint meine Schwester und tauscht die Tafel umgehend mit mir gegen die Büchse der Pandora. »Die ist leichter! Du bist stärker als ich und kannst dieses sperrige Ding bestimmt leichter tragen«, sagt sie zwinkernd.

»Natürlich, gerne. Lass uns auftauchen«, sage ich zu ihr und beginne zu schwimmen.

Sobald wir die beiden Artefakte zerstört haben, haben auch diese hinterhältigen Elysier ausgeelysiert – eine tolle neue Wortkreation.

42

Ein fataler Hinterhalt

Schwimmzug für Schwimmzug nähern Lavinia und ich uns entschlossen der Wasseroberfläche – meine Schwester mit der Büchse der Pandora und ich mit der Bleitafel in der Hand. Genau wie vorhin durchqueren wir auch diesmal die dunkle Strömung, innerhalb derer wir rein gar nichts erkennen können, bis nach einer gefühlten Ewigkeit das Wasser endlich wieder aufklart und es erneut die angenehm durchsichtige, smaragdgrüne Farbe annimmt.

Nun befinden wir uns wieder direkt neben der Steilwand. Somit hätten wir den ersten Teil unseres Aufstiegs hinter uns gebracht – zum Glück. Jetzt kommt der letzte Abschnitt.

Während wir weiter in Richtung Wasseroberfläche schwimmen, schweifen meine Gedanken ab und ich frage mich, ob diese seltsame Dunkelheit wohl so etwas wie ein magisches Portal gewesen sein könnte, das die Stadt am Grund des Sees vom Rest der Welt abgrenzt und schützt? In Anbetracht der Umstände wäre das durchaus möglich. Sobald wir unsere Mission hier auf Delos vollendet und wieder ein paar ruhige Momente mit Onkel Mikelo und Rektor Gottman haben, werde ich die beiden über diese Unterwasserstadt ausfragen, soviel steht fest. Schließlich haben mich die Mythen um das sagenumwobene Atlantis schon als kleines Kind fasziniert. Niemals hätte ich es für möglich gehalten, dass dieser Ort wirklich existieren könnte. Ich bin schon so gespannt, ob ich recht habe…

Weiter in Überlegungen schwelgend, schwimmen meine Schwester und ich nebeneinander her, immer weiter gen Oberfläche, bis ich irgendwann den Eindruck habe, die ersten Umrisse des rettenden Ufers durch das Wasser hindurch zu erkennen.

»Schau nur, bald haben wir den Aufstieg hinter uns«, ruft auf einmal Lavinia hocherfreut und bestätigt damit meine Vermutung, gleich wieder bei unseren Freunden zu sein. Jubelnd beginnt meine Schwester sogleich in einem solchen Höllentempo zu schwimmen, dass sie mich im Nu überholt.

»Wer als Erstes oben ist«, scherzt sie selig und blickt mir erleichtert ein letztes Mal in die Augen, ehe sie lächelnd verschwindet. »Mach schon!«, höre ich noch ihre Stimme, als sie bereits einige Meter vor mir ist. »Du bist eine lahme Ente!«

»Na warte! Das lasse ich nicht auf mir sitzen«, rufe ich scherzend und möchte bereits Gas geben und sie überholen, als mich unerwartet ein eigenartiges rotes Schimmern innehalten lässt und ich kurzum zu schwimmen aufhöre. Was war das denn gerade eben?

Neugierig blicke ich mich um, kann jedoch nichts Auffälliges erkennen. Bestimmt habe ich mir das Leuchten bloß eingebildet… Momentan stehe ich wirklich ziemlich unter Druck. Die derzeitige Situation scheint mir echt zuzusetzen… Schnell sehe ich mich ein letztes Mal vergewissernd in alle Richtungen um, ehe ich mich wieder auf den Weg mache.

Doch plötzlich schimmert es erneut, und als ich erkenne, was es ist und woher es stammt, trifft mich fast der Schlag… Warum, um Himmels willen, glänzt die Tafel denn schon wieder? Das ist unmöglich! Ich meine… Vater hat uns vorhin doch ausdrücklich darauf hingewiesen, dass diese Botschaft die letzte war … Prompt überkommt mich ein ungutes Gefühl. Hier stimmt etwas nicht …

Mit zittrigen Fingern berühre ich die Tafel, und exakt in dem Moment, als meine Haut die kalte, glatte Oberfläche streift, erhalte ich Gewissheit, dass ich mit meiner Einschätzung leider richtiglag. Hier stimmt tatsächlich etwas nicht – nämlich ganz und gar nicht! Denn dort, wo gerade noch die Nachricht zu unserer letzten Etappe stand, erscheint nun eine Warnung meines Vaters.

»GIB ACHT, DIE ELYSIER SIND HIER!«, lautet der in Großbuchstaben geschriebene Text, bei dem mir fast der Atem wegbleibt. Oh nein! Das darf doch wohl nicht wahr sein! Wieso jetzt, so kurz vor dem Ziel??? Ich muss meine Schwester warnen!

»Lavinia, nein, nicht auftauchen! Bleib hier!«, möchte ich so laut ich kann rufen, doch vergeblich. Gerade ist der Zauber des Hermesstabs erloschen. Und damit bin ich unfähig, auch nur ein einziges Wort herauszubringen. Nicht auch das noch! Vor Angst fühle ich mich wie gelähmt. Wieso arbeitet das Schicksal auf einmal nur so gegen uns?

Unkontrolliert beginnen meine Hände zu zittern, und obwohl ich noch immer von kühlem Wasser umgeben bin, steigt meine Körpertemperatur um ein Vielfaches. Mein Herz klopft mir bis zum Hals, und ich spüre jeden einzelnen Schlag dermaßen stark, als wolle es mir direkt aus der Brust springen. Was soll ich jetzt tun? So ganz ohne Plan. Auch *ich* kann nicht mehr ewig unter Wasser bleiben und nachdenken. Sekunde für Sekunde geht mir immer mehr und mehr die Luft aus.

Obwohl ich mir im Klaren darüber bin, dass mir nur der Weg nach oben bleibt, weigert sich ein Teil von mir aufzutauchen. Denn ich weiß genau, dass mich dort oben das Grauen erwartet. Wieso, zum Teufel noch mal, kann dieser Unterwasser-Atmungs-Zauber nicht verlängert werden? Hätte ich doch nur die Möglichkeit, eine Veneficium-Perle einzunehmen, dann wäre alles anders – wobei das unter Wasser ebenfalls eine ganz schöne Herausforderung darstellen würde, aber darüber möchte ich nun wirklich nicht nachdenken. Wie soll ich nur vorgehen? Was könnte ich tun? Mein innerliches Chaos treibt mich an den Rand des Wahnsinns …

Gezwungenermaßen schwimme ich erneut ein kleines Stück weiter nach oben, und als ich nur noch zwei Meter von der Wasseroberfläche entfernt bin, bereits nach Luft ringe und sehr genau weiß, dass ich umgehend handeln muss, habe ich die Idee.

›Ich werde die Elysier überraschen! Sicher rechnen sie niemals mit einem Angriff von mir, wenn ich direkt aus dem Wasser komme! Ich werde sie attackieren!‹ Niemals ergebe ich mich kampflos, schon gar nicht jetzt, wo meine Freunde und ich so kurz vor dem Ende unserer Etappe stehen …

Mutig und zu allem bereit lasse ich die Tafel fallen und den Caduceus erscheinen – beides zu tragen wäre mir aufgrund des Gewichts unmöglich und würde mich bei dem, was ich vorhabe, bloß ablenken. Und abgesehen davon, ist die Botschaft, die wir Arlon zeigen wollten, inzwischen sowieso verschwunden.

Ich schiebe all meine Angst beiseite und konzentriere mich voll und ganz auf mein Ziel: den Sieg über die Elysier. ›Serpens und Anguis, helft mir!‹, flehe ich den Caduceus in Gedanken um Beistand an. ›Meine Freunde und ich dürfen heute nicht sterben! Wir müssen die Gegenstände gemeinsam vernichten und die Menschheit retten! Das habe ich mir bei meinem Leben geschworen!‹

Während ich innigst hoffe, dass mein Vorhaben gelingt, leite ich all meine Energie in meine Beine und rufe mir Holliways Worte von damals, als er uns das allererste Mal im Fliegen unterrichtet hat, in Erinnerung. Kurz darauf werde ich ganz eins mit meinem Körper. Ich werde kämpfen! Koste es, was es wolle! Und nun bin ich bereit!

Wie eine Rakete beschleunige ich mit all meiner Zauber- und Willenskraft meine Fluggeschwindigkeit in ungeahnte Höhen und schieße wie ein allesdurchdringender, tödlicher Pfeil durch die Wasseroberfläche des Heiligen Sees direkt in die Luft, wo ich mit dem Hermesstab einen mächtigen Verteidigungszauber nach dem anderen in alle Richtungen abfeuere und den rettenden Sauerstoff in meine Lunge sauge.

»Puni vobis exceptis Mary, Sebi, Mrs Arlon, Lavinia et Paco«, brülle ich immer wieder aus Leibeskräften und danke meinen Gehilfen in Gedanken dafür, dass sie mir einen Spruch genannt haben, mit dem ich meine Freunde von der zerstörerischen Macht des Caduceus ausnehmen kann. »Ich werde siegen!«

Doch als ich nach einer Weile blinden Abfeuerns rund zwanzig Meter über dem Boden schwebend innehalte, droht mich fast der Mut zu verlassen. Mein Plan ist leider nicht aufgegangen. Ich konnte die Elysier überhaupt nicht einschüchtern, ganz im Gegenteil …

Wie eine mächtige Armee stehen sie nebeneinander, allesamt unverletzt und lächelnd. Offenbar haben sie bereits mit einem Angriff von mir gerechnet und ihn rechtzeitig abgewehrt. Mir wird angst und bang. Ich bin völlig ratlos, was ich nun tun könnte.

Während ich verzweifelt über meinen nächsten Schritt nachdenke, sehe ich, wie ein Teil der elysischen Soldaten, die allesamt in dunkle Lederrüstungen gekleidet sind, meine Freunde wie bösartige Raubtiere umzingeln und ihre gefährlich spitzen Waffen auf sie richten. Gefesselt und geknebelt sitzen Mary, Sebi und Mrs Arlon Rücken an Rücken am Boden und starren mich mit angsterfüllten Augen an. Ich muss etwas unternehmen, um sie zu retten! Doch was?

Auf einmal fällt es mir auf: Wo … wo, zum Teufel noch mal, sind Paco und meine Schwester? Konnten sie etwa entkommen? Das wäre doch …

Leider werde ich keine Sekunde später von der bitteren Wahrheit eingeholt. Schon sehe ich die beiden … und ihn. Und sofort erkenne ich den kantigen Mund und die pergamentdünne Haut des einen Elysiers, der Lavinia grob an den Haaren gepackt hält und mich mit einem hinterlistigen Grinsen von seinem Platz aus mustert. Unkontrolliert rauscht Adrenalin durch meine Adern, denn bei ihm handelt es sich um niemand Geringeren als meinen größten Feind höchstpersönlich. Dort unten befindet sich Einnar Torloxton, der Anführer des Elysischen Bundes.

Aber … aber wieso steht Paco einfach nur neben ihm und tut … und tut rein gar nichts? Er ist weder gefesselt noch geknebelt! Schon sucht er Blickkontakt mit mir. Und exakt in dem Moment, als seine ausdruckslosen Augen die meinen treffen, weiß ich, was Sache ist und was hier gespielt wird.

Dieser … dieser verdammte Verräter … ich Idiot! Wieso habe ich nicht auf mein innerstes Gefühl gehört? Eigentlich wusste ich die ganze Zeit, dass ihm nicht zu trauen war! Ich bin so ein elender Dummkopf! Wieso habe ich mich immer wieder von meinen Freunden überreden lassen, ihm eine Chance zu geben, und nicht so gehandelt, wie ich es für richtig hielt. Und jetzt? Jetzt habe ich die Misere … Blut ist eben doch dicker als Wasser! Ich Narr!

»Position, Männer!«, erschreckt mich plötzlich Einnar Torloxtons bösartiges Gebrüll. Augenblicklich schart sich eine weitere Handvoll bewaffneter Krieger um den Anführer des Bundes, meine Schwester und Paco. »Damit hast du wohl nicht gerechnet, du einfältiger Sprössling eines Arassis! Diesmal haben wir dich überrascht, was?« Heimtückisch beginnt der Elysier zu lachen. »Paco hat dich blendend ausgetrickst!«

Mir ist zum Heulen zumute, und ich zittere am ganzen Körper. Meine Kraft droht mich zu verlassen. Wie gelähmt versuche ich dennoch, Herr über die Lage zu bleiben. Ich darf mich nicht geschlagen geben, ich muss mir etwas einfallen lassen, um diese Tyrannen zu überlisten… Auch sie müssen irgendeinen Schwachpunkt haben…

Ich mustere die Soldaten der elysischen Armee. Genau wie bei dem Angriff auf das Arassis-Anwesen vor mehreren Wochen strahlt ihre Körperhaltung auch heute nichts anderes als erhabene Unberührbarkeit und grimmige Entschlossenheit aus. Alles, jede Bewegung, jede Geste und jeder Gesichtsausdruck der Krieger wirkt grausam und kalt. Als mein Blick etwas weiter nach rechts schweift, erkenne ich einen schlaksig wirkenden Kämpfer. Bei ihm handelt es sich um Akon Hollenbeck, Kilians Vater, der ebenfalls beim Überfall auf unsere Schule mit von der Partie war. Gottman hat ihn damals erkannt. Dass ich mich vor ihm, obwohl er nicht besonders stark aussieht, in Acht nehmen muss, ist mir klar. Soldaten seiner Statur, die dem ersten Anschein nach harmlos aussehen, sind in Wahrheit oft gewiefte und flinke Kämpfer.

Ich fühle mich hundeelend. Wie soll es mir jemals gelingen, mit all diesen Gegnern hier fertig zu werden und meine Freunde und mich heil aus dieser Sache herauszubringen?

»Serpens, Anguis habt ihr vielleicht eine Idee, wie…«, setze ich schließlich an, als ich erneut von einem hektischen, lauten Brüllen der Soldaten abgelenkt werde.

Ich schrecke hoch, und noch bevor ich erkennen kann, was die Ursache für diesen Aufschrei war, schiebt sich ein grauer Schleier vor die Sonne und verfinstert den Himmel. Die Elysier werden doch nicht etwa schon wieder das Wetter beeinflussen?

»Achtung, Greife! Stymphalische Riesenvögel!«, höre ich Einnar Torloxton brüllen, ehe ich realisiere, dass das, was ich gerade für eine gigantisch große Wolke gehalten habe, in Wahrheit etwas ganz anderes ist. Schon sehe auch ich mindestens zwanzig der jeweils fast zwei Meter großen Mischwesen aus Adler und Löwe in einem Mordstempo auf mich zufliegen.

»Männer, verteidigt euch!«, ruft einer der Soldaten der elysischen Armee aus Leibeskräften. Auch sie sind sich der von den Greifen ausgehenden lebensbedrohlichen Gefahr bewusst.

Hoffnungsvoll blicke ich dennoch einem der Tiere in die Augen. Ob diese Wesen vielleicht so etwas wie eine Verstärkung für uns sein könnten? Aber Fehlanzeige. Außer einem bösartigen, kalten Blick kann ich dort nichts erkennen. Diese Kreaturen werden überhaupt keinen Unterschied zwischen uns und den Elysiern machen. Diesen Vögeln sind unsere Absichten egal! Sie werden uns alle miteinander töten – einen nach dem anderen. In ihren Augen bedrohen wir allesamt ihr Allerheiligstes, den magischen Altar. Und sie werden alles dafür tun, um diesen heiligen Platz zu schützen. Was nun?

Angsterfüllt beobachte ich, wie die elysischen Krieger ihre Waffen in Anschlag bringen und damit die Aufmerksamkeit der Riesenvögel auf sich lenken. Zum Glück ignoriert mich damit auch jener Greif, mit dem ich soeben Blickkontakt hatte.

Schon geht es los. Mit voller Wucht und wilder Entschlossenheit feuern die Flugwesen ihre todbringenden eisernen Federn auf alles und jeden ab, bevor sie mit ihren Schnäbeln die Rüstungen der Soldaten aufreißen und sie niederzuringen versuchen. Sie setzen alles daran, den tödlichen Kampf für sich zu entscheiden. Schärfer als jedes Messer und treffsicherer als jeder Pfeil durchbohren die Geschosse der stymphalischen Riesenvögel alles, was sich ihnen in den Weg stellt. Vor meinen Augen findet ein Gemetzel statt, wie ich es noch nie zuvor in meinem Leben gesehen habe. Wo ich auch hinblicke, sehe ich Blut, nur Massen von Blut… Mir wird speiübel… Doch als ich bemerke, dass mich die Elysier nun vollkommen vergessen haben, erkenne ich meine Chance. Wenn ich jetzt klug und schnell handle, könnte es mir gelingen, zumindest Sebi, Mary und Mrs Arlon zu befreien.

Ich nehme meinen ganzen Mut zusammen und gehe in den

Sinkflug über. Wenn ich nicht flink genug bin, werde ich bei dieser Rettungsmission draufgehen, so viel steht fest. Aber glücklicherweise bin ich besser als gedacht.

Fast so, als hätte ich mein ganzes Leben nichts anderes gemacht, als tödlichen Federn auszuweichen, gelingt es mir jedes Mal, mich an den eisernen Pfeilen, die durch die Luft gleiten, vorbeizuschummeln. Meter für Meter nähere ich mich meinen drei aneinandergeketteten Freunden, bis ich so nahe bei ihnen bin, dass ich ihre Fesseln mit einem lauten »Disturbate!« zerstören kann. Sie sind frei.

»Mrs Arlon, Mary und Sebi! Lauft und bringt euch in Sicherheit!«, rufe ich ihnen mutig zu, während ich die Gruppe Elysier rechts von mir aus Leibeskräften fluchen höre. Gerade wurde einer von ihnen von einem Greif getötet. »Haut ab! Ich werde Lavinia holen! Sucht ihr nach meinem Rucksack, schnell«, schreie ich so laut ich kann und nehme die Umgebung genauer unter die Lupe. »Wo ist dieser blöde Burton denn bloß hin?«

Als ich ihn endlich neben einem Strauch, nicht unweit von meinen Freunden entfernt am Boden liegen sehe und ihnen dies mitteilen möchte, erblicke ich einen riesigen Feder-Pfeil direkt auf mich zurasen. »Verdammt!«

Behände gelingt es mir in letzter Sekunde, mich zur Seite zu rollen und dem tödlichen Geschoss zumindest so weit auszuweichen, dass es mich nur leicht an der Kleidung streift. Ich richte mich auf. »Nichts passiert«, rufe ich meinen Freunden, die mich bereits angsterfüllt anstarren, erleichtert zu. »Macht euch keine Sorgen um mich! Aber nun, beeilt euch und lauft schnell! Holt die Klapper der Athene und bereitet diesem Spuk hier ein Ende, sonst gehen wir alle drauf!«, befehle ich ihnen mutig, obwohl ich die Zwickmühle, in der wir uns gerade befinden, durchaus erkenne.

Sobald meine Freunde das magische Artefakt nämlich benutzen, haben wir zwar einerseits das Problem der Greife gelöst –

vorausgesetzt die Klapper funktioniert so, wie wir glauben –, aber andererseits haben wir dann auch wieder die Elysier am Hals. Wenn ich es nicht schaffe, meine Schwester in Sicherheit zu bringen, bevor die anderen die Klapper benutzen, ist alles aus. Garantiert werden sie meine Freunde und mich mit Lavinias Leben erpressen. Ich muss handeln! Und zwar jetzt!

Ohne länger nachzudenken, stürme ich deshalb so schnell ich kann auf Torloxton und seine Soldaten zu, die inzwischen mit allen Mitteln ihren Herrn und Meister, und damit auch meine Schwester, vor den Greifen zu beschützen versuchen. Noch immer kränkt es mich ungeheuerlich, dass Paco unser Vertrauen so missbraucht hat. Niemals hätte ich mein innerstes Gefühl missachten dürfen. Wenn ich nur auf meinen Instinkt gehört hätte, wäre alles womöglich anders gelaufen und …

Schluss jetzt, ich darf nicht in Panik verfallen und auch nicht über Dinge grübeln, die ich sowieso nicht mehr ändern kann. Ich werde handeln und meine Schwester befreien! Und dazu brauche ich einen klaren Kopf und einen geeigneten Plan. Meine Freunde und ich müssen schnellstens von hier abhauen und uns in Sicherheit bringen. Nur so können wir unsere Mission beenden.

»Serpens und Anguis, ist es irgendwie möglich, einen Teleportationszauber zu wirken, ohne dass die zu transportierenden Personen körperlich miteinander verbunden sind?«, frage ich meine treuen Gehilfen um Rat, da ich weiß, dass es unmöglich sein wird, Sebi, Mary, Mrs Arlon, Lavinia und mich auf einem Fleck vereint zu bekommen. »Bin ich dafür stark genug?«

»Eure Majestät, das ist ein sehr gefährliches Unterfangen! Grundvoraussetzung für einen Teleportationszauber ist normalerweise genau dieser Körperkontakt. Aber da Ihr ebenfalls mit dem Element Luft verbunden seid und Eure Kräfte sehr ausgeprägt sind, könnte es unserer Einschätzung nach durchaus reichen, an die Personen zu denken. Doch sicher sind wir uns leider auch nicht. Gebt auf jeden Fall auf folgende zwei Dinge acht. Erstens kann Euch der Zauber nur gelingen, wenn Ihr Euch selbst auf die Reise mitbegebt. Wo es auch hingeht, Ihr müsst dabei sein. Lediglich die Elysier oder Eure Freunde auf den Weg zu schicken, würde nicht reichen. Und zweitens dürft Ihr beim Sprechen des Zaubers niemanden, den Ihr nicht auf Eure Reise mitnehmen wollt, berühren, ansonsten misslingt Euer Vorhaben und alles wäre umsonst gewesen, habt Ihr verstanden?«

»Ja, das habe ich«, antworte ich mit gemischten Gefühlen. Das wird nicht leicht. »Und welchen Spruch soll ich verwenden? Jenen, den Onkel Mikelo angewandt hat?«, will ich zum Abschluss noch wissen.

»Nicht ganz, Eure Hoheit! Nutzt den kombinierten Spruch ›Teleportare et adventum in …‹ Damit sollte es Euch gelingen, den benötigten Körperkontakt auszuhebeln. Abschließend fügt den Ort hinzu, an den Ihr gebracht werden möchtet.«

»Verstanden!«, antworte ich entschlossen. Nun ist es an der Zeit zu handeln. Ich blicke mich um. Zum Glück sind die Elysier noch immer mit den Greifen beschäftigt und keiner scheint mich zu beachten.

»Jetzt oder nie!«, denke ich mir und stürme wie von Sinnen, hin und hergerissen zwischen Angst und Panik, mit voller Kraft und ohne Rücksicht auf Verluste von hinten auf Torloxton zu, um mit Wucht auf seinen Rücken zu springen. »Lassen Sie meine Schwester los!«, fordere ich lautstark und versuche, ihn mit einem entschlossenen »Puni!« zu lähmen.

»Ihr elenden Abkömmlinge des Zeus! Euch mache ich auf der Stelle kalt«, ruft der Elysier augenblicklich und beginnt einen Gegenzauber zu murmeln.

Doch ich gebe mich nicht geschlagen. So fest ich kann, beiße ich Torloxton in den Hals und komme ihm zuvor, ehe er den

Zauber zu Ende wirken kann. Vor Schmerz stöhnt er auf und flucht!

Damit schafft es auch Lavinia, sich aus seinen Fängen zu befreien. Aber anstatt kehrtzumachen und wegzulaufen, bleibt meine Schwester wie angewurzelt stehen und starrt mich verzweifelt an. »Er hat die Büchse der Pandora und das Stundenglas des Kronos magisch verkleinert und in der rechten Tasche seiner Lederrüstung versteckt«, ruft sie so laut sie kann und trifft mich mit dieser Ansage mitten ins Herz, denn damit habe ich nicht gerechnet …

»Er hat was?« Entsetzt sehe ich sie an.

»Torloxton hat Mrs Arlon mit dem Leben von Mary und Sebi erpresst, damit sie ihm das Stundenglas überlässt. Und mir … mir hat er die Büchse entrissen, als ich aus dem Wasser gekommen bin. Die Elysier sind nur hiergeblieben, weil sie dachten, dass auch du etwas haben könntest, was für sie von Bedeutung sein könnte«, stottert Lavinia verzweifelt. »Nico, wir müssen ihm die Artefakte wegnehmen, und zwar schnell.«

Ohne weiter zu diskutieren oder darüber nachzudenken, wie wir am besten handeln sollten, versuche ich mit allen Mitteln und mit Lavinias Hilfe, die mythologischen Gegenstände zu fassen zu bekommen.

Während ich den Elysier von hinten durch ein paar gezielte Schläge ablenke, setzt meine Schwester alles daran, in die Nähe der Ledertasche zu gelangen. Und als wir fast am Ziel sind und Lavinia die beiden Artefakte bereits sehen kann, werden wir plötzlich von einem Pfeil-Regen der Greife überrascht. Doch anstatt sich zurückzuziehen und zu ducken, gibt Lavinia nicht auf. Wie besessen probiert sie weiter und weiter alles, um an die Artefakte zu kommen. Und genau in dem Augenblick, als sie die Büchse der Pandora endlich triumphierend in ihren Händen hält, geschieht es: Lavinia wird von einem todbringenden Federpfeil getroffen, der sich in Sekundenschnelle wie ein messerscharfes Schwert erbarmungslos in ihren oberen Rücken bohrt.

»Laviniaaaa! Nein!«, rufe ich so laut ich kann und sehe, wie meine geliebte Schwester sofort leblos zu Boden sackt, ihre Kleidung sich blutrot färbt und die Büchse der Pandora einen guten Meter entfernt von ihr auf dem Boden landet.

Mir bleibt fast das Herz stehen. Ich fühle mich wie gelähmt und begehe deshalb den entscheidenden Fehler: Vor lauter Angst um das Leben meiner Schwester muss ich den Griff um Torloxtons Hals offenbar so stark gelockert haben, dass es ihm gelingt, mich von seinem Rücken abzuschütteln.

Jetzt geht alles rasend schnell.

Als ich am Boden liege und der Elysier sich bereits über mich gebeugt hat und seinen Zauberstab auf mich richtet, macht der Greif, der gerade noch meine Schwester niedergestreckt hat, kehrt und fliegt mit rasender Geschwindigkeit auf den Anführer des Elysischen Bundes und mich zu. Das Tier hat vor, uns zu töten …

Mein Schicksal in Kauf nehmend, schließe ich deshalb die Augen, doch als ich sie keine Sekunde später wieder öffne, trifft mich fast der Schlag.

Jedoch nicht, weil uns das Tier bereits angefallen und verletzt hat, sondern weil es verschwindet. Kurz bevor der Greif zur Tat schreiten und Einnar Torloxton schnappen konnte, hat er einfach laut aufgeheult und ist abgedreht. Und nun sitzt er einen knappen Meter entfernt von uns auf dem Boden und wartet seelenruhig ab, fast so, als wäre er von einem auf den anderen Moment zu einem zahmen Wellensittich mutiert.

Prompt wird mir klar, was da gerade passiert ist: Meine Freunde haben die Klapper der Athene eingesetzt, und zwar genau eine Sekunde zu früh. Aber wenigstens funktioniert sie auf die Art und Weise, wie wir dachten …

Schon realisieren auch Einnar Torloxton und die restlichen

Soldaten der elysischen Armee, dass ihnen keine Gefahr mehr droht. Nun müssen sie sich nur noch uns widmen.

Schelmisch grinsend nähern sie sich meinen Freunden und mir grüppchenweise von allen Seiten. Die einen Sebi, Mary und Mrs Arlon und die anderen Lavinia und mir. Mir ist klar, dass meine Freunde und ich keine Chance haben zu siegen. Sie sind eindeutig in der Überzahl und uns vollständig überlegen.

»Habt ihr wirklich gedacht, ihr könntet mich aufhalten?«, dringt die hinterlistige Stimme Einnar Torloxtons sofort in mein Ohr. »Ihr dummen kleinen Wichte seid mir einfach in die Falle getappt, alle zusammen! Und jetzt werde ich euch töten! Ich verspreche euch, es wird schmerzhaft werden! Ich werde jeden einzelnen von euch so lange quälen, bis er um Gnade winselt! Und mit dieser elenden Göre hier fange ich an … Doch zunächst hole ich mir zurück, was mir gehört.«

Exakt in dem Moment, als der Anführer des Elysischen Bundes auf die Büchse der Pandora zuschreitet und seinen Zauberstab auf meine Schwester richtet, wird mir schmerzlich bewusst, dass ich nur eines tun kann, um meine Freunde zu retten. Ich habe keine andere Wahl. Wenn ich jetzt nicht handle, ist nicht nur ihr Leben, sondern auch das aller Menschen verloren. Wenn Torloxton beide Artefakte in die Hände bekommt, ist alles aus …

Entschlossen springe ich daher mit aller Kraft vom Boden auf und sprinte so schnell ich kann auf Torloxton Senior zu. Und noch bevor der Elysier auch nur ansatzweise in der Lage ist zu realisieren, was ich vorhabe, stürze ich mich mit voller Wucht auf ihn und packe ihn mit beiden Händen fest an den Armen.

»Niemals lasse ich zu, dass Sie mit den magischen Artefakten die Welt vernichten und die Menschheit versklaven. Teleportare et adventum in mare!«, brülle ich aus Leibeskräften und denke nur mehr an meinen sehnlichsten Wunsch, alle Elysier hier auf Delos im Meer zu versenken.

Das Letzte, das ich erblicke, bevor uns eine mächtige Welle Magie von allen Seiten erfasst, um uns von der Insel fortzutragen, ist der blutüberströmte Körper meiner Schwester. Hoffentlich überlebt sie.

FORTSETZUNG FOLGT

ANHANG

Wer ist wer

Die Auserwählten der Prophezeiung

Mara Arassis:	Mutter von Nico und Lavinia, im Kampf gegen den Elysischen Bund gestorben
Alexis Arassis:	Vater von Nico und Lavinia, im Kampf gegen den Elysischen Bund gestorben
Nico Ringhoff:	eigentlich Nico Alechandro Arassis, der Auserwählte, Bruder von Lavinia
Lavinia van Divort:	eigentlich Lavinia Arassis, die Auserwählte, Schwester von Nico

Verbündete

Rupert Gottman:	Campleiter, Rektor, Professor für Gegenwartsproblematik, Freund der Familie Arassis, Gottman brachte Nico und Lavinia nach dem Tod ihrer Eltern in Sicherheit
Dr. Mikelo Erossa:	Professor für Mythologie und Lehrer des Elements Feuer, bester Freund von Alexis Arassis, ehemaliger Spion im Elysischen Bund, Vertrauter von Nico und Lavinia

Beste Freunde

Sebastjan Sollmann:	genannt Sebi, Freund von Nico, Lavinia und Mary
Mary Lambert:	Freundin von Lavinia, Nico und Sebi

Elysier

Einnar Torloxton:	Anführer des Elysischen Bundes, Vater von Paco Torloxton
Balthasar Enorak:	Mitglied des Elysischen Bundes, Vertrauter von Einnar Torloxton
Melissa Jackson:	Schulsekretärin, Lebensgefährtin von Einnar Torloxton
Akon Hollenbeck:	Soldat des Elysischen Bundes, Vater von Kilian
Asmus Westhold:	Ehemaliger Professor für Verteidigung, Verbündeter von Einnar Torloxton
Elvira van Divort:	Tante von Lavinia und Nico, Schwester von Mara Arassis, Verbündete von Einnar Torloxton
Aiakos:	Talenter, der Zeus das Zepter Aigis gestohlen und an den Elysischen Bund weitergegeben hat
Kapitän Eudoros:	Anführer der Myrmidonen, hat Zauberkräfte, mit denen er einfache Zauber wirken kann

Wichtige Mitschüler

Paco Torloxton:	Sohn von Einnar Torloxton, hasste Nico, weil er eifersüchtig auf ihn war, inzwischen hat er sich geändert und steht nun auf der Seite der Guten
Kilian Hollenbeck:	Sohn von Akon Hollenbeck und ehemaliger Freund von Paco Torloxton

Lehrer

Dorothy Arlon:	Professorin für Magische Geschichte und Vertrauensperson
Esteban Holliway:	Professor für Talent- und Begabungstraining, Lehrer für das Element Luft
Ella Finnigan:	Professorin für Talent- und Begabungstraining für das Element Erde

Sonstige Personen

Familie Ringhoff:	Tony und Martha, Adoptiveltern von Nico, Menschen
Schwester Rina:	Krankenschwester des Arassis-Anwesens
Tessa Boyle:	Bibliothekarin des Arassis-Anwesens
Monsieur le Moore:	Küchenchef der Schule
Edgar Fitch:	Hausmeister im Arassis-Anwesen
Androkles Demostenis:	Hotelier auf Mykonos
Kirke:	eine gefährliche Feuer-Talenterin, deren Ziel es ist, unschuldige Talenter gefangen zu nehmen und zu verzaubern; ist nach

Zeus' Tod von der Insel der Seligen geflohen und hat sich eine Paralleldimension eingerichtet, in der sie nun lebt und nicht altern kann; der Eingang zur Welt der Zauberin ist in der irdischen Welt nur in bestimmten Vollmondnächten zu finden

Moiren: Wächter des Schicksals; dank ihnen werden magische Altäre aufs Schärfste bewacht

Was ist was

Allgemeine Lebewesen

Mantikor:	Mischwesen aus einem Löwen und einem Skorpion, sein Stich führt meist zum Tod
Pegasospferde:	Mischwesen, die den Körper eines weißen Pferdes und die Flügel eines Adlers besitzen, stammen vom Ursprungsross Pegasus (Eltern Poseidon und Medusa) ab, fungieren als Friedensboten
Phönix:	ein mythischer Vogel, der am Ende seines Lebenszyklus in Flammen aufgeht und anschließend aus seiner Asche wieder neu entsteht
Myrmidonen:	Spitzel des Elysischen Bunds, ursprünglich Ameisen, die von Zeus zu Menschen verwandelt wurden; Aiakos verlieh ihnen die Fähigkeit, sich selbstständig in die eine oder die andere Lebensform zu verwandeln
Hippokamp:	ein guter Wassergeist, ein Mischwesen aus Pferd und Fisch – rettet Leben

Stymphalische Greife:	gefährliche Mischwesen aus Adler und Löwe, die eiserne Schnäbel, Klauen und Flügel haben; gelten als Beschützer und Wächter, die für die Erfüllung ihrer Mission sogar ihr eigenes Leben aufs Spiel setzen, Greife gelten als Symbol des Talenters Apollon

Verbündete Lebewesen

Argos:	Hund von Rektor Gottman, Beschützer von Nico und Lavinia, hat magische Fähigkeiten
Hektor:	Anführer der Pegasospferde, mächtiger, perlweißer Hengst
Leda:	Pegasospferd
Anthimos:	Pegasospferd
Kanos:	Pegasospferd

Wichtige Gegenstände

Ariadnefaden:	Faden in Argos' Halsband, verhindert, dass sich der Hund verlaufen kann
Caduceus:	Hermesstab, mächtigster Zauberstab der Talenter, oberster Teil des Caelum des Zeus
Aigis:	Zepter, das die Tartarengeschenke Blitz, Zündkeil und Donner vereint, dient zur Beeinflussung des Wetters, in Einnar Torloxtons Besitz, unterer Teil des Caelum des Zeus

Caelum:	Vereinigung aus Caduceus und Aigis, wird auch als Zepter des Zeus bezeichnet
Nepenthes:	Zaubermittel, das Helena von Troja gegen ihren Kummer einnahm
Moly:	Pflanze, die gegen Hexenkünste immun macht
Jynx:	magischer Kreisel, mit dem mythologische Gegenstände zerstört werden können
Ring des Gyges:	unsichtbar machender Ring, öffnet das Tor zum Anwesen im Arassis-Geheimlabyrinth, gehört Nico (war ursprünglich im Besitz von Alexis Arassis)
Kette der Hera:	Zauberkette, öffnet das Tor zum Anwesen im Arassis-Geheimlabyrinth, gehört Lavinia (war ursprünglich im Besitz von Mara Arassis)
Veneficium-Perlen:	Zauberperlen, deren Einnahme die Kräfte des Caduceus-Trägers für zehn Stunden verstärkt, dürfen nur einmal pro Jahr konsumiert werden
Klapper der Athene:	Instrument, mit dem die stymphalischen Greife gezähmt werden können

Talentervereinigungen

Elysischer Bund:	Geheimbund mit dem Ziel, die Menschen zu versklaven, der Anführer ist Einnar Torloxton
Arassis-Dynastie:	ihre Anhänger verfolgen das Ziel, die Menschheit zu schützen, Anführer sind die Nachkommen der Arassis-Dynastie

Sonstiges

Ambrosia:	Arznei, die fast jede Talenter-Krankheit heilt, wird aus Talentarium Echinacinuskraut hergestellt
Lethe:	Fluss des Vergessens, wer das Wasser aus diesem Fluss trinkt, vergisst alles bisher Geschehene
Zeusenium:	mächtigster Schutzzauber
Magischer Altar:	Altar, an dem mythologische Gegenstände erschaffen oder zerstört werden können; solche Altäre befinden sich immer an heiligen Orten
Heilige Orte:	Geburtsstätten von mächtigen Talentern gelten als heilige Orte

Zaubersprüche

Exsolve:	Zauberbann aufheben
Sile:	Stille erzeugen, Stimme rauben
Apparete:	etwas erscheinen lassen
Puni:	Bestrafungszauber, um jemanden kampfunfähig zu machen
Dormite:	Tiefschlafzauber
Disturbate:	Zerstörungszauber
Nebulosus:	Umgebungszauber (Nebel machen)
Exnebulosus:	Umgebungszauber (Nebel verschwinden lassen)
Claude:	Verriegelungszauber
Vide vitrea:	Sehsinn schärfen
Universi:	Zauber auf andere übertragen
Aucupari:	Gehörsinn schärfen
Fiat lux:	Licht machen
Duplicare:	etwas mehr werden lassen
Exsecratio:	Verteidigungszauber
In vincula conicere:	Fesselungszauber
Aperete:	Öffnungszauber
Exoculare:	etwas verschwinden lassen
Sanus:	Genesungszauber
Circulatio:	Zauberformel, um den magischen Kreisel Jynx in Bewegung zu setzen
Occulere:	Isolationszauber, um etwas von der Außenwelt abzuschotten

Movare:	etwas entfernen
Calidare:	etwas erwärmen
Purgare:	etwas reinigen
Imbribus impenetrabilis:	Regenschutz herbeizaubern
Activum:	Voxonium einschalten
Coniungere cum:	jemanden mit dem Voxonium anrufen
Obsurdescerete:	Worte vor anderen Ohren verbergen
Aedificare murum vos protegant:	Zauber, um ein Schutzschild hervorzurufen
Adventum in …:	Teleportationszauberspruch, der durch eine Ortsangabe ergänzt wird
Teleportare et adventum in …:	Kombinierter Teleportationszauberspruch, um den normalerweise benötigten Körperkontakt auszuhebeln
Respirare et universi:	Zauber, mit dem man dreißig Minuten die Luft anhalten kann und sich unter Wasser schwerelos bewegen kann
Vobis exceptis …:	etwas oder jemanden von einem Zauber ausnehmen

Wissenswertes

Katastrophenfälle

Die Katastrophenfälle, die im Buch vorkommen, sind an Fakten der Wirklichkeit angelehnt.

Vulkanausbruch:	seit 2010 ist der Vulkan Sinabung im Norden der indonesischen Insel Sumatra wieder aktiv und brodelt in regelmäßigen Abständen Quellen: Spiegel (online), zeit.de, faz.net
Unwetter in Irland:	angelehnt an das Unwetter in Irland im August 2017 und den Sturm Ophelia im Oktober 2017 Quellen: hna.de, focus.de

Stammbaum der Talenter

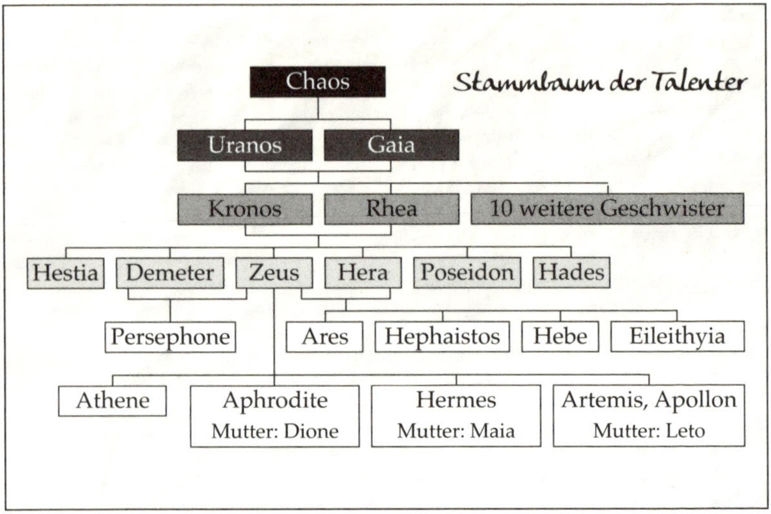

Weltkarte

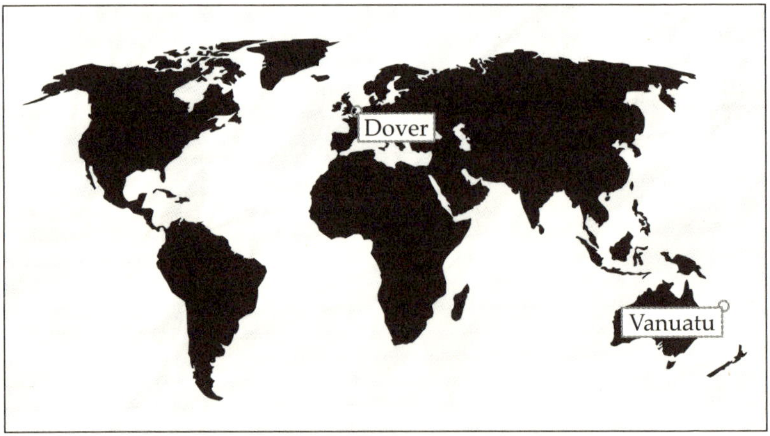

Kuppeldach des London British Museums

Metopenrelief im London British Museum

Danksagung

Ich bin unsagbar glücklich darüber, dass nun zum zweiten Mal ein vollständiger Fantasy-Roman vor mir liegt. Doch um aus einem Manuskript ein druckfähiges Werk zu machen, bedarf es der Hilfe von vielen, unsagbar wichtigen Personen, denen ich in diesem Kapitel meinen aufrichtigsten Dank aussprechen möchte.

Allen voran danke ich meiner Familie, insbesondere meinem Lebensgefährten Christoph, der immerzu bereit war, sich meine Ideen, Phantasien und Phrasen anzuhören, um mir Feedback zu geben. Lieben Dank, mein Schatz, dass du mir immer den nötigen Freiraum zum Schreiben lässt und mir nie böse bist, wenn ich wieder einmal keine Zeit für dich habe. Nur durch diese Unterstützung ist es möglich geworden, mir meinen Lebenstraum zu erfüllen.

Des Weiteren gebührt mein aufrichtiger Dank dem wundervollen Team von fehu – dem Fantasyimprint des familia Verlages –, allen voran Amanda und Steffen Koch, die genau wie beim ersten Band immer ein offenes Ohr hatten und mich bei dem unterstützten, was ich gerade vorhatte. Ich bin froh, mit euch zusammenarbeiten zu dürfen und noch viele Projekte mit euch zu realisieren.

Aber ohne die liebe Mona Dertinger, meine hochgeschätzte Lektorin, wäre dieses Buch niemals das geworden, was es nun ist. Genau wie beim ersten Band hast du auch diesmal meinen Zeilen den notwendigen Feinschliff gegeben. Ich danke dir dafür. Wieder hast du Unfassbares geleistet.

Nun zur lieben Petra Rudolf, meiner kreativen Illustratorin. Deinen Ideen und deiner Begeisterung beim Zeichnen ist es zu verdanken, dass dieses Buch so ein wundervolles Cover hat.

Und zu guter Letzt gebührt mein aufrichtiger Dank meinen lieben Leserinnen und Lesern. Dank der wundervollen Rückmeldungen, die ich zum ersten Band der Arassis-Saga von euch erhalten habe, ist mir das Schreiben, fast wie von Zauberhand, gelungen und ich konnte den zweiten Teil der Arassis-Saga bereits in kürzester Zeit in seiner Rohversion zu Papier bringen. Dieses Buch ist für euch.

Eure
Crissy Catella

© Privat

CRISSY CATELLA wurde am 5. September 1984 in Melk geboren, studierte an der Wirtschaftsuniversität Wien und lebt als freie Autorin und Professorin mit ihrem Lebensgefährten und Hund in Niederösterreich.

Schon in ihrer Jugend wurde ihre Faszination für Fantasyromane geweckt. Bereits damals verschlang sie unzählige Bücher und ärgerte sich immer wieder, dass die Geschichten nicht den von ihr gewünschten Verlauf nahmen. Was blieb ihr anderes übrig, als ihre eigenen Geschichten zu erschaffen?

Crissy Catella begann daraufhin, Kurzgeschichten für Freunde und die Familie zu verfassen. Selbst neben Studium und Beruf gab sie das Schreiben nie auf und verlor auch ihre hemmungslose Liebe zur Phantastik nicht. So entstand, mit ihrem Hund an der Seite und dem Laptop auf dem Schoß, die Fantasy-Reihe Arassis-Saga.

Die Autorin wünscht sich nichts sehnlicher, als ihre Leser mit ihren Büchern glücklich zu machen und in magischen Parallelwelten ihren Alltag vergessen zu lassen.